孔仲溫教授論學集

陳新雄題

孔仲溫著

臺灣 學生書局 印行

孔仲溫教授論學集序

仲溫以英年棄世，歲月不居，瞬將兩載，及門弟子，思念師恩，孺慕未已，既整理其《玉篇俗字研究》於前，余已序之矣。今復就其遺稿彙成《論學集》，脫稿之日，復問序於余，余閱其稿，文字、聲韻、訓詁、字書、辭章兼而有之。而皆言之有物，持之有故，文成字順，可讀性高，殊非等閒者也。

仲溫於我，最為相契，不僅承受學術，更能仍襲精神，其吟誦詩文也，從背誦《昭明文選》入門，初由我吟誦全文，仲溫錄音，然後攜回自行練習，如斯兩載，前後背誦數十篇，仲溫吟誦，韻味十足，且能傳之生徒，造成風氣，余聞訊大慰。人嘗譽之為余之高足，而余實感有青出於藍之勢也。

方仲溫之就讀於政治大學也，一時師長，咸目優異，在余指導之下，以《韻鏡研究》而獲碩士學位後，旋即考入博士班深造，三年期滿，又以《類篇研究》一文而榮獲博士學位，人或以為快，唯余知其非快，蓋以己之一年，充人之兩年也，人一己十之精神，仲溫有焉。猶憶批改其碩士論文之際，遇有問題，雖凌晨電呼，即躍身而起，次日必當面承教，返後修改，既勤於研究，復勇於改進，故論文口試，乃獲評優等。

畢業之後，初受聘靜宜女子學院中文系任聲韻學講席，口齒清晰，條理密察，深得學生歡迎，不僅教學優良，且擅於辦事，其舉辦第一屆中國聲韻學國際學術研討會，大會事務，有條不紊，與會學人，異口交稱，行政幹才，不脛而走。東吳大學、中山大學先後下聘，不數年間，聲譽益隆。方其初任教於上庠也，欲余親書教誨，以時策勵。余因賦詩一首相勉，詩云：

十年壇坫誨諄諄。喜汝知津可出塵。
兒女所傳為骨血，生徒相繼乃精神。
先賢學術誰堪續，後世青藍孰代新。
風雨雞鳴休自已，師門薪火望傳人。

仲溫將此詩張之壁上，拳拳服膺，不數年間，聲譽益隆，傳道授業，薪火益盛，仙子灣前，蔚成槐市，鯤鯓南域，響叩洪鐘。眾望所歸，遂膺選為系祭酒。來函相告，余初聞訊，深為欣慰。因填詞二闋，以祝賀之。

浣溪沙

仲溫弟膺選中山大學中文系主任，詞以賀之。

用東坡炙手無人傍屋頭韻。

欣喜今朝已出頭。一番事業展枰楸。須知道義勝輕裘。　　顧我久無當世望，如君應向古人求。松筠清節怎驚秋。

浣溪沙

再賦一首贈仲溫。用東坡晝隼橫江喜再遊韻。

猶記當時從我遊。吟詩誦賦識清謳。一番辛苦未空流。　　世事總應勞後得，今朝旨酒許思柔。他年松柏廣餘休。

自爾以來，更是兢兢不息，學術交流，無役不與，弟子隨從，氣勢漸壯。海峽對岸，固已譽滿。歷經三峽，尋歐蘇之風流；論學武漢，紹章黃之墜緒。北走燕京，南暨五羊，西抵昆明，東極丹東。大陸學人，咸相稱譽。非僅此也，更北聯日本，以姐妹而相親，南達獅城，因同文而自喜，學術宏揚，屈指有日，天不假年，殊為慨歎也。

仲溫之與余，非僅師徒之情深，亦且心意之感通，殊無滯礙。仲溫之逝，為之沉痛者久矣。或謂余曰仲溫之逝，子宜慟矣。余非斯人之為慟，又孰慟之乎！仲溫以初逾不惑之年，而指導博碩士研究生數逾二十，若陳梅香之任教成功大學、黃靜吟之任教中正大學、洪燕梅之任教政治大學、陳瑤玲之任教靜宜學院，其擔任文字、聲韻課程者多有之，其造就學術人才，近歲以來，蓋罕有其比也。而凡受其指導諸生，聚於門下，雍雍穆穆，人人恪守師訓，發揚師說，以嘗為弟子而榮，以曾經受業為傲。近世以來，又未嘗有也。

去歲仲溫逝世週年，余心忽有所失，把酒持樽，感觸彌多，因填詞一首以述懷。茲錄於下：

漁家傲

夜飲藍帶酒適孔生仲溫逝世周年感觸彌多用歐公十月小春梅蕊綻韻

小住人間無破綻。師生相處溫情遍。美酒沾

脣心再暖[1]。詩夢懶。悲懷戚緒旋盈滿。　　淚

滴衣襟哀未卷。可憐佳士埋幽遠。傳道無從

緣已斷。聲漏晚。尋思不盡絲紛亂。

信筆至此，謹以此詞，寄余無限哀思，亦以告仲溫門人，祈無違師教，而能發揚師說，則仲溫於九泉之下，必亦無所遺憾者矣。斯為序。

中華民國九十一年元月九日

陳新雄序於台北市和平東路鍥不舍齋

[1] 孔生贈我藍帶白蘭地酒，已逾十年，適逢棄世週年，近雖不飲，亦破例把盞，而悲不自勝，故賦此遣懷。

序

從台北搬到了高雄，由仲溫生前直到仲溫身後，家中肅靜的小廳上，始終掛著這幅　伯元恩師賜贈的詩作：

十年壇坫誨諄諄，喜汝知津可出塵。
兒女所承為血統，生徒相繼乃精神。
先賢學術誰堪續，後世青藍孰代新。
風雨雞鳴休自已，師門薪火望傳人。

每天隨著日出、月落，在風風雨雨的生命旅程中，仲溫從學生晉升為老師，由學子養成為學者，期間時刻不能或忘的，是　陳新雄伯元老師對他的「師門薪火望傳人」的深厚寄望。

我與仲溫自相識到相隨，有著長達五年的學長、學妹情誼，暨二十年生死相守的夫妻情緣，在這朝夕相依的二十五年當中，我們不但共同成長，分享了生活中各個層面的喜悅與歡樂，我們更是攜手共進，渡過了一切的苦痛和災難，為我們的生命，留下了不滅的行蹟：

〈孔仲溫．自遣〉

人生在世意多悲。困窘安銷每鎖眉。

下筆送窮文未竟，拔釵沽酒情猶追。

風簷獨寓容亦瘁，載籍時親學尚虧。

欲效先賢傳絕業，襟懷端賴志恢危。

〈孔仲溫．喜與僑雲並騎至新竹〉

驅車南向如風疾，梅雨霑衣也興濃。

綠野蛙鳴伴蝶舞，青巒蟬唱有鶯從。

往來交臂長行客，上下高歌老佃農。

遠麓人家炊霧起，此中真意與誰同。

看著他從築夢到徵實：

〈孔仲溫．晨雨樓前遠眺偶感〉

豪氣干雲俊少年。心存絕學法先賢。

千鍾早付南柯夢，萬念皆縈北海篇。

只恨汹汹人事裏，徒淪碌碌俗塵淵。

春山寂寞殷勤望，一片淒迷一片煙。

〈孔仲溫・秋夜讀書〉

日暮風寒意蕭瑟，夜分雨急似春潮。
陌頭冷冷無行客，簷下淒淒獨寓僑。
苦校蟲魚傳墜業，勤修禮樂繼前朝。
周書孔籍光今古，孰謂賢愚共寂寥。

看著他由青澀到成熟：

〈孔仲溫・晨登指南宮〉

霧裏層臺深不竄，朔風瑟瑟凍梅疏。
指南有道山中住，冀北空群海上居。
欲挽狂瀾施惠德，長流聖業佈仁書。
可憐一片檀煙繞，獨有情人苦不如。

〈孔仲溫・端節述懷〉

黃梅雨作荔枝紅。苦艾懸門五月風。
細讀離騷悲楚事，永傷屈子沈江中。
滄波渺渺深千尺，龍殿森森有孤忠。
萬世清名當日月，誰能師法作豪雄。

看著他從沈穩到永恆：

〈孔仲溫・以論文事感作〉

競發柔條正喜春，凌霄壯志望能伸。
誰知狂暴平空起，欲抒新芳落水淪。
王粲樓前情眷眷，賈生江畔草蓁蓁。
三更燈下愁思繞，敢仰高山指路津。

〈孔仲溫・秋日登指南宮有感〉

千層巃黛峻階臨，萬幻浮雲對客吟。
望北喧喧塵濁染，指南寂寂意清尋。
孔門衛道誰當任，揚子傳經尚有心。
轉眼昏黃賢聖遠，愴然涕泗滿衣衾。

八十九年三月，仲溫因病住院檢查，九日，主治大夫向我們宣布仲溫罹患癌症一事（案：此病名雖於當日夜間即被專科醫生否定，但終因做支氣管擴張術內視鏡檢查時，在醫生話說取痰卻意外切片的情況下，造成仲溫呼吸衰竭，送入加護病房十五天後過世。）在此晴天霹靂之際，仲溫平和地交待了他的後事，遺言中提及他的論文說道：

我本來計畫在這一生當中，至少要寫十部書、一百篇的論文。如今看來，這個理想恐怕是，難以實現了！如果我死了，在我死後，就請梅香負責，將我所寫的單篇論文蒐集起來，編纂成書，書名就叫做：《孔仲溫語言文字論文集》！（案：初稿編輯完成時，經　陳伯元師審視過相關篇目，認為改為《孔仲溫教授論學集》應更為合適。）

事隔一年八個月，陳梅香女士將這編纂成書即將付梓的論文集，端放在這肅靜小廳的几案上，敬呈於仲溫遺相之前。完美的編輯，是仲溫所有學生的辛勞與敬意，更是主事者的智慧與擔當，身為師母的我，在此謹致上由衷的謝意，並深深地銘記著諸位所付出的真情。

四十一篇的單篇論文，篇篇都有我們共學的痕跡：民國六十六年仲溫大三的那一年，他寫了平生第一篇論文〈《詩經・靜女》篇疏證〉，在我們針對遣詞用句，進行一番爭議之後，這篇論文正式脫了稿，不但為仲溫榮獲了教育部青年著作發明獎暨壹萬元獎金，肯定了他的研究能力及著作價值之外，更為我們求學撰述的路上，開啟了彼此欣賞、相互評鑑的進學大道。

民國七十五年，我已經是博士班五年級的學生了，身兼母職，帶著五歲大的令文和三歲大的令元，一邊執教銘傳學院，一邊攻讀博士學位。每晚我搖了令元安睡後，再撫慰令文入眠，而仲溫總是在我昏昏入夢之際，來到床邊，享受他所謂共處的美好時光，發表他的研究成果。這天他依例按第三順位來到我的床邊，對著我津津樂道，不斷反覆對「祭、泰、夬、廢」這《廣韻》四韻來源的探索心得，他知道我當下是昏然欲睡，又明白我聲韻之學不夠精通，很寬容地對我說：「你只要聽聽就好，記不住沒關係，放心！明天早上我會為你再重述一遍的。」第二天一大早，果不其然地，他又神情興奮地為重覆說了一次。就這樣地日覆一日地，我們分享了彼此在學術上的研究成果。記得有一天我們還分享了有關這篇論文的一個小笑話，他說：「大概是這個問題太冷僻了吧！有一位教授耳聞這論文題目時，竟快人快語的說：『啊！雞蛋快飛？中國語文中也有這個怪題目呀？』」。

仲溫棄逝前兩年，由於背部筋傷，撰述論文時，搬動圖書、尋覓資料，已屬困難之事，所以在民國八十八年十月撰述〈郭店緇衣簡字詞補釋〉時，由於身體不適，撰述不能盡情，於是在中山大學中文系學術討論會上，仲溫說出了自己的遺憾，許師錟輝表示做學問的人，不能有任何推託之詞，仲溫返家後為此更加自勉。然行政工作在身，疼痛又與日俱增，終於在〈郭店緇衣簡字詞再補釋〉完稿後，結束了他的單篇論文的撰述。

仲溫天命有年，然在其有生之年，風雨雞鳴未嘗休止，謹承　伯元恩師教誨，深知文章經國之大業、不朽之盛事，為人在世，當立下「立言」之志，《孔仲溫教授論學集》付梓問世，期不負伯元師教，但望可報師恩於萬一。

孔仲溫未亡人

雷僑雲　謹誌於溫雲樓

孔仲溫教授論學集

目　次

二、聲韻

三、訓詁

四、附錄

編輯體例

一、依論文性質分為文字、聲韻、訓詁與附錄四大類。

二、每一大類的論文依發表時間先後為次序，首重發表年代，次為刊載時間，未能知悉年代者，則列於該類之末，並於篇末加以說明。

三、論文中的古文字形，皆以掃描方式處理，保留原有筆跡。

四、論文篇末若附參考資料，一律以「參考引用書目」做為標目。

五、參考引用書目之次序，首列作者，次為時間、書名（篇名）、出版社（卷期）、起訖頁數。

六、每篇論文末尾加注發表（刊載）之刊物與時間。

宋代的文字學

宋代的文字學比聲韻學、訓詁學發達，不僅參與整理研究的學者最多，著作最豐富，成果也最輝煌。我們由清謝啟昆的《小學考》所載錄的書目，就可以得到證明。當時文字學的研究發展情形大致可以歸納成：一、御敕修纂的字書，二、振衰起蔽的說文學，三、承流正俗的字樣學，四、勃然興盛的金石文字學，五、新奇矚目的文字論等五項來論述。

一、御敕修纂的字書

宋代全面整理文字的字書有兩部，都是御敕官修的。較早的一部是真宗大中祥符六年（1013AD），由陳彭年、吳銳、丘雍等人負責，以唐朝孫強增字的《玉篇》為基礎，而重新修纂的《大廣益會玉篇》。顧名思義，這新修的《玉篇》，要比孫強增字的本子增加了許多字，[1] 它所收的字數，計達二萬二千五百二十字，[2] 超越以前的其他字書。但如果連同注文計算，全書的字數，卻不過是其祖本——梁朝顧野王《玉篇》的一半，[3] 所以它收字雖然最多，但篇幅反少，顯然是它的注文比顧氏原本《玉篇》省略的緣故，如果我們拿它和目前仍然流傳於世的顧氏原本《玉篇》

[1] 《大廣益會玉篇·序》：「南國處士富春孫強增加字，三十卷，凡五百四十二部，舊一十五萬八千六百四十一言，新五萬一千一百二十九言，新舊總二十萬九千七百七十言。」其中「舊」指的是孫強增加字的《玉篇》，「新」指的是《大廣益會玉篇》。

[2] 本數目是根據張士俊澤存堂本每部所記的字數統計而得的，與劉師培《中國文學教科書》統計的二二七二六字，胡樸安《中國文字學史》統計的二二五六一字，相差不多，至於周祖謨《問學集》中〈論篆隸萬象名義〉一文統計為二萬八千九百八十九字，則和大家相差很遠。

[3] 張士俊澤存堂本《大廣益會玉篇》序首，於述新舊總字數末有小注說：「注四十萬七千五百有三十字」，學者們都認為這是梁顧野王《玉篇》全書的總字數。

零卷比較一下，就可以明白這種現象。把顧氏《玉篇》的注文大量刪略這事，並不是宋人所為，恐怕早在盛唐時期，日僧空海入唐以前就已經有了，所以空海來唐，才會根據刪略的本子抄錄，而成為《篆隸萬象名義》一書。到了中唐之際，這注略的《玉篇》，又經過孫強增加了一些字，而成為後來《大廣益會玉篇》所據以修定的底本。宋修《玉篇》的組織架構，大致是承襲顧氏《玉篇》的，以五百四十二部首統攝所有的文字，部目與次序多沿襲許慎《說文解字》而略有出入，尤其一反「據形繫聯」的觀念，改為「以義相聯」。每字訓釋，以音義為主，先列反切，再釋字義，有時還引文證義，至於古籀異體，也列在每字後面。雖然本書注文中的義訓，早已刪略至簡，無法了解原本博采的字義訓詁，十分可惜，不過它仍是我們目前所能運用的一部最早、最完整以楷體字編纂的字書，所以對於文字的研究，仍具有很高的價值。

其次一部是由王洙、胡宿、張次立、范鎮、司馬光等人主纂，從仁宗寶元二年（1039AD）編到英宗治平四年（1067AD）的《類篇》。[4] 但最早倡議編纂本書的是主修《集韻》的翰林學士丁度，在今本《類篇》末的附記中，有一段記載編纂動機的話，頗值得注意：

> 寶元二年十一月，翰林學士丁度等奏：「今修《集韻》，添字既多，與顧野王《玉篇》，不相參協，欲乞委修韻官，將新韻添入，別為《類篇》，與《集韻》相副施行。」

其中說到丁度見《集韻》增添了許多新字，不能和顧野王《玉篇》相協，所以奏乞再修一部新字書，以便和新韻書相副施行。但是這裡所稱顧野王《玉篇》，實際上指的是

---

4 《類篇》一書原題司馬光撰，其實從書後附記可知主持編纂事宜並不只司馬光一人。但司馬光與《類篇》的關係，也不像王力《中國語言學史》中說只是「湊進」而已，從英宗治平三年正月司馬光代范鎮負責主纂起，直到翌年十二月，《類篇》纂修鈔謄完成，並進呈英宗期間，司馬光頗力督其事，我們由書中有五十五條「臣光曰」的案語就可明白，所以豈能用「湊進」一詞，而抹殺了他的勤苦。

重修的《大廣益會玉篇》，我們從《大廣益會玉篇》序首題有「梁大同九年三月二十八日，黃門侍郎兼太學博士顧野王撰本」，就可明白宋人雖重修《玉篇》，但仍然尊重原始的作者。另外，重修新字書要和新韻書相協，以便相輔施行，這個觀念，恐怕是宋人所特有的。當大中祥符四年，陳彭年、丘雍完成《廣韻》的重修，接著在祥符六年修纂《大廣益會玉篇》，就是一個前例，只是此時對字書和韻書的內容，並未嚴格地要求一致。所以當丁度纂成《集韻》時，便接著乞修《類篇》，不過這次為了達成「相協」和「相副施行」的原則，使得《類篇》的內容，大大地受到《集韻》的影響。

《類篇》一書共十五篇，每篇又分上中下，總計四十五卷，有三萬一千三百一十九字。[5] 大體上是以說文五百四十部首編排，而略有差異，如艸食木水四部，則各分為

[5] 這個數目是根據《類篇·序》所載的，但依個人的統計，實際上只有三萬零八百二十八字，請參閱拙著《類篇研究》第二章所論。

上下兩部，而成五百四十四部，[6] 再如說文「旨」部原在「甘」、「曰」二部之間，《類篇》則將它移置於「亏」、「喜」二部之間。而同部中的字次，更是不同於以前的字書，完全採用新修《集韻》的韻次，依平上去入四聲作為文字的先後，這種以形為經，以韻為緯的編排方式，真是獨創一格，別具特色。每字則先列本字及古、籀、或體等異體，然後再以小注訓釋，首明反切、本義、形構，次舉異音異義，並引經傳子史以證明。全書的卷帙浩繁，蒐羅的材料極為豐富，所以在編纂上不免會有些錯誤混亂為學者們批評，[7] 然而它仍是一部極有價值的字書，我們由蘇轍《類篇》序中所指陳的條例，可知它的編纂態度較嚴謹，

---

[6] 《四庫提要》與《欽定四庫全書簡明目錄》均稱《類篇》分部五百四十三，清朝嚴元照〈書類篇後〉一文則稱五百四十四部，當以嚴氏的說法為確，但是嚴格說來，艸食木水雖然分為上下部，其實仍然應該視為一部，所以實際上《類篇》是五百四十部，與《說文》相同。

[7] 清段玉裁《經韻樓集》卷五嘗批評說：「《類篇》之舛謬，不可枚舉。」

在說文五百四十部首一系的字書中是殿軍之作，從此以後，再也沒有一部以「始一終亥」為部首的字書產生。尤其在內容上，它著重探討字原，論析古音古訓，闡明古今字形的遞變，顯示南北字音的差異，廣泛蒐羅後代孳乳的新字，所以對於文字整體的研究，提供了極豐富的材料。

二、振衰起弊的說文學

從東漢許慎撰成《說文解字》以後，這本書便輾轉流傳，不絕如縷，但從漢朝以來，由於書寫文字通行隸楷，所以以小篆為主體的《說文》，並沒有受到應有的重視，再加上流傳日久，錯誤滋生，漸失原有的面貌。至盛唐以後，才有以篆書揚名一時的李陽冰，奮筆刊定，又因為當時學習篆字的風氣頗盛，此學稍見興起。但如果論到唐以後認真地整理《說文》，並有卓越貢獻的學者，恐怕不得不先提到被譽為「許學功臣」的二徐——徐鉉、徐鍇兄弟了。

弟弟徐鍇撰著的《說文解字繫傳》，又稱為小徐本說文，[8] 這是最早為《說文》注解的書。全書四十卷，以通釋三十卷為主體，另外部敘、通論、袪妄、類聚、錯綜、疑義、系述諸篇合成十卷。其中袪妄一卷抨擊李陽冰的師心自用，臆改說文，這也是他整理《說文》的理由。本書早在宋朝傳本就很少，今第二十五卷已經亡佚，是後人取大徐本補足。小徐注釋古義名物，徵引博洽，頗為宋代學者推崇，[9] 其中朱翱的反切，又有助於中古音系的研究，尤其以文字的聲音考索字義的訓詁方式，近人周祖謨特別稱譽，以為清代文字訓詁學的前驅，[10] 但由於過分重視聲

---

[8] 清王鳴盛〈蛾術篇〉據《繫傳》前的〈結銜書〉：「文林郎守祕書省校書郎」，認為此書為徐鍇初入官所作。徐鍇為南唐人，卒於南唐國亡前一年（即宋太祖開寶七年），然因此時已入宋史十五年，而其說文學又與入宋為官的徐鉉關係密切，因為一代大家，所以把他放在宋代敘述。

[9] 如陳振孫《直齋書錄解題》贊美說：「此書援引精博，小學家未有能及之者。」

[10] 參見周祖謨《問學集》中〈徐鍇的說文學〉一文。

音中的意義，而將形聲字多解為會意或會意兼聲的觀念，不僅影響了哥哥徐鉉，甚至影響了王安石的《字說》，造成以意解字、穿鑿附會的現象。至於徵引失實，未予詳加考察的地方，也曾為清人所譏評。[11]

徐鉉於宋太宗雍熙三年（986AD）與王惟恭、葛湍、句中正等受詔校定《說文》，又稱《大徐本說文》。這是目前所能見到最早最完整的《說文解字》。全書三十卷，受《繫傳》的影響很大，訓解多採徐鍇之說，但較簡要，注音則取孫愐《唐韻》。尤其在每部末補入經籍常見而許慎漏收的文字，共四百零二字，稱為「新附字」，王力在《中國語言學史》中認為這正是徐鉉的大功績。向來許多學者認為大徐學問不如小徐，校定的態度也較遜色，其原因不外小徐多存舊義，自有見解，大徐則妄自校改，甚至訛誤。但實際上，大徐本是官修，目的在定於一尊，本來

---

[11] 盧文弨的〈與翁覃溪論說文繫傳書〉，嚴元照的〈奉梁山舟先生書〉均有評論，但元照所評，似乎稍嫌嚴苛。

就無法兼蓄舊義，再者校改難精，不免有得有失，而缺失之處，必成為後人評論的矢的。大徐《說文》於雍熙校定以後，隨即刊刻行世，至宋神宗元豐元年（1078AD），王聖美、陸佃等又奉詔修定《說文》，雖經過五年書成，但未見流傳於世。

另外徐鍇於撰成《繫傳》後，又將《說文》重新依韻書四聲部目編次，成《說文解字篆韻譜》五卷，這是最早為讀者翻檢方便，而將說文依韻編列的書，其體例是凡統領同音字的小篆，其下必有反切，每字均有極簡要的字義，但籀文、古文、或體之下，則不注明音義，只標示「史」、「古」、「同」等字。本書的價值，除了可以參校《說文》之外，最重要的是徐鉉曾經利用李舟《切韻》「精加研覈」，現在李舟《切韻》已經亡佚了，所以要探求李書的內容與音系，恐怕只有從它入手了。南宋孝宗時，李燾仿《篆韻譜》作《說文解字五音韻譜》三十卷，內容較詳，並參取《集韻》次弟，起「東」終「甲」，同韻之中，以形相從，雖說便於檢閱，卻紊亂了許慎「始一終亥」的次序。當《五音韻譜》書出，竟大行於世，而導致二徐本《說文》漸趨湮沒，甚至在明清之際，學者只知有《五音韻譜》，並誤以為是徐鉉舊本，[12] 可見此書對說文學的發展影響很大。

三、承流正俗的字樣學

標準字體在多方言的我國，是最為歷代國君重視的政治工具。所謂字樣學，就是研究分析標準字體的學問。「字樣」這個名稱的產生，及形成系統分析的學問，則是在唐朝顏師古訂定的《五經文字》與《字樣》以後，唐顏元孫的《干祿字書》便是字樣學中最具特色的經典著作，宋朝的字樣學，深受它的影響。宋人字書、韻書的修定，固然是有為天下用字「標準」的目的，但是一般人仍因寫字習慣，或認字不清，常造成筆劃上的訛誤，因此有心的學者，

[12] 明萬曆中，宮氏刊刻《五音韻譜》，陳大科為之序，即誤以為徐鉉校本。

歸納那些易生訛誤的文字，撰成書籍，以矯正時人的錯誤。其中最早最好的一部，便是郭忠恕的《佩觿》。郭忠恕是五代宋初時人，對標準文字的認識頗深，相傳在後周末年，曾為後周書寫「九經字樣」，[13] 其《佩觿》是《干祿字書》以來，一部有系統的重要著作。全書分兩大部份：一是上卷的理論，即著重分析形體訛變，讀音複雜，傳寫差誤等「三科」的原因與狀況。二是中下兩卷的例字，盡取形聲疑似易混的字體，按四聲分十部編排，即他所謂的「十段」。這部書在形體的分析與編排上，比起唐代的字樣書都來得細密、有系統，甚至還糾正了前人的錯誤，對於正確地辨別一般文字的形音義，是很有用處的。

其次，詞人張先的孫子——張有所撰《復古編》，也是一部重要的書。全書體例仍是模仿《干祿字書》依四聲的順序辨別俗、通、正三體，不過它用《說文》的篆字為正體，以辨別注中所列俗體的訛誤，這是它受宋代說文學

[13] 王國維〈五代兩宋監本考〉說周末所刻《九經字樣》是忠恕所書寫。

的影響，也是書名稱作「復古」的原因。他這種能以篆文辨正俗體的觀念，可見得對文字源流的認識，十分正確。且在入聲之後，附有聯緜字、形聲相類、形相類、聲相類、筆迹小異、上正下訛等六項辨正異體的歸類，又比唐人著作有系統，所以後人因它重編、續修的著作很多。[14]

至南宋寧宗時，有李從周撰《字通》。其書是以《說文》的篆文來解說通用楷書的偏旁，按楷書的點畫分為上一點類、立字類、广字類……等八十九類。他想以篆文統一地來解說楷書的偏旁，立意雖佳，但以楷書的形體分類，而每字卻以篆文為首，實予人一種不協調的感覺，尤其舉例又常有一字重複出現在幾處部類中的矛盾現象，都是缺失。不過，他能勇於突破《說文》五百四十部首的範圍，而根據楷書形體分類，為後來明張自烈《正字通》、梅膺祚《字彙》二百十四部的前驅，實可敬佩。

---

[14] 宋有陳恕可作《復古篆韻》，元有吳均作《增修復古編》，臧崇僧作《後復古編》，泰不華作《重類復古編》，劉致作《復古糾繆編》，曹本作《續復古編》。

上述三書為宋代較重要的字樣學著作，其他尚有釋適之《金壺字考》、王雰《字書誤讀》二書，體例均似《干祿字書》，前者著重音義的說解，後者則以辨正字音為主，而時及形體。

四、勃然興起的金石文字學

宋代金石文字學的發達，遠勝前代。這門學問的興起，雖然是受名山大川時發現古代鼎彝石刻的影響，但主要還有君主熱愛於上，好事者爭藏於下，法書風氣昌盛等重要原因的推波助瀾，而造就了欣欣向榮的空前局面，也奠定了後代研究發展的基礎。

最早開啟收藏古器，解讀文字風氣的是劉敞《先秦古器記》。今此書不傳，都融入同時歐陽修的《集古錄》中。《集古錄》一書，卷帙浩繁，內容綦詳，廣蒐輯錄古器石刻的銘拓，並為之釋讀，其中有些還是歐陽修請教當時古文字名家楊南仲的成績。特別可述的是歐陽修能獨具慧眼，以這些銘拓文字進一步地考證史實，所以《集古錄》在我國金石文字學的發展史上，佔著相當重要的地位。但由於資料的豐富，蒐羅時間的漫長，而採取依收集先後隨時著錄的方式，導致全書缺乏條理，後來清人曾經為它重新整理編排。至於前人批評他疏於考校，[15] 也是缺點之一。其後歐陽修的弟子曾鞏在《元豐類稿》的〈金石錄跋〉中，取石刻文字詳考碑帖，內容雖少，但辨論精切，可惜篇題稱「金石錄跋」，而內容著論卻盡是石刻，二者並不相合。

哲宗時，呂大臨撰《考古圖》，內容除取自祕閣和太常的藏器外，還囊括了當時北宋的三十六個收藏名家。全書將古器分類傳摹著錄，考訂名物源流，辨論形制文字，體例嚴謹，規模儼然。另外，相傳他又撰《考古圖釋文》，

[15] 明毛晉〈跋東觀餘論〉說：「歐陽公文章冠世不可跂及，大要考校非其所長。」

[16] 他在書首的題辭中，曾經歸納古文字形體有「筆畫多寡，偏傍位置，左右上下不一」的原則，認為從小篆考古文，只能認得十之三四而已，但如果能根據上述原則，從省體、繁體、反文、偏旁等義類來推尋，就可考得十之六七。他用這個辦法認識了幾百個古文字，奠定了古文字學的基礎。後來，在南宋時，有人撰《續考古圖》一書，[17] 但內容體例考釋，都遠不如《考古圖》。

至徽宗時，王黼[18] 受詔撰《宣和博古圖》，以宣和殿中所藏三代秦漢彝器為主，摹繪圖象，拓釋文字，辨論形制源流，體例大致類似《考古圖》，雖然洪邁《容齋隨筆》曾批評他有考證上的疏失，是因他著錄古器圖象，字迹完

---

[16] 潘重規先生《中國文字學》於〈緒論〉中，曾力指呂大臨撰《考古圖釋文》，但清陸心源於〈儀顧堂續跋〉據翟耆年《籀史》說是南宋趙九成撰。

[17] 陸心源〈儀顧堂續跋〉據李邴《嘯堂集古錄．序》說《續考古圖》是南宋趙九成所輯。

[18] 余嘉錫《四庫全書提要辨正》曾詳加考證，以為王黼是王楚之訛。

存，所以成為後人研究三代彝器的重要參考資料。在這同時的另一位收集金石大家，就是女詞人李清照的丈夫——趙明誠。他撰的《金石錄》雖說是模仿《集古錄》，但已改善編排紊亂的缺點，而且跋尾的考訂，也頗為詳細該洽，無怪乎李慈銘《越縵堂讀書記》稱贊它「遠出歐陽文忠集古錄之上」。此外王俅《嘯堂集古錄》也是此期重要著作。他以器為類，依時相次，摹銘文、舉釋文，內容雖以鐘鼎彝器為主，卻也錄列漢代官私印章，後世的印譜，正濫觴於此，但真偽雜揉，釋文失確，是本書的缺點。

南宋高宗時，薛尚功撰《歷代鐘鼎彝器款識法帖》，它大致是以《考古圖》、《博古圖》為藍本，而又廣為蒐羅，因薛尚功「嗜古好奇，深通篆籀之學」，所以內容博洽，考據精審，但仍不免有真偽雜揉的缺憾。與薛尚功同時的還有富家學淵源的翟耆年、博學多識的鄭樵、專意隸書的洪适。翟耆年為翟汝文之子，撰《籀史》一書，考述古器原委為其特色。鄭樵撰《金石略》，裒輯豐富，可惜考訂並不精密。至於洪适是洪邁的哥哥，一生專門研究石刻漢隸，曾撰《隸釋》、《隸續》、《隸圖》、《隸纘》、

《隸韻》，但洪邁說其中的《隸韻》並未完成。[19] 洪适研究一種字體的專精態度，是可佩的，但他撰書都是把碑文的隸字轉寫成楷書，不僅容易發生譌舛，也失去隸書的真實形貌，所以應為後人所批評。孝宗時，王厚之撰《鐘鼎款識》，所採拓本較精，雖然數量不多，但也為後世學者所重視。

至於把當時能辨認的金石文字，重新整理編次成書，以便利檢查參考，也是部分學者注意的方向。在宋朝，郭忠恕的《汗簡》和夏竦的《古文四聲韻》，是最早的兩部書，不過由於這兩部書的資料來源複雜，其中的古文字，已經一再地傳摹，俱失真貌，而偽作又特別多，所以價值不高。真正有價值，材料又較具可靠性的最早一部，是前面已述及的《考古圖釋文》。其次，有王楚作《鐘鼎篆韻》，薛尚功作《廣鐘鼎篆韻》，可惜二書，今都不傳，倒是後

[19] 洪邁於婁機〈漢隸字源序〉中曾提到洪适所撰的書說：「四者備矣，唯韻書不成。」

來元楊鉤繼之作《增廣鐘鼎篆韻》，我們自此尚可推知二書的大概。此外，婁機作《漢隸字源》，劉球作《隸韻》，則都是以石刻上的隸書為主，依《禮部韻略》的順序排列。

據近人楊殿珣與容庚二人的統計，宋代金石著作多達一百十七種，[20] 因此，我們不難了解當時金石文字學發展的盛況了。可惜百餘種的著作，現在卻僅存二十八種，前面所敘述的，也只是這百餘種中較重要的幾種，不過對此期的金石文字學，已稍可窺得一斑了。金石文字學至清乾嘉以後，真是盛極一時，成績斐然，但清人常喜歡譏評宋人的著作，固然宋人有考釋舛誤、真偽不分、摹拓失真等缺點，然篳路藍縷、鑿空之功，豈可抹殺？沒有他們的努力，清人的研究恐怕就未必有如今這樣輝煌的成就了。

---

[20] 參看燕京大學考古社刊四期中，楊殿珣撰、容庚校補的〈宋代金石書考目〉、〈宋代金石佚書目〉二文。

五、新奇矚目的文字論

宋人對於文字構造的分析詮釋，頗為重視，但較有特殊見解，具影響力的，則為王聖美、王安石、鄭樵三人。

神宗時的王聖美，注意到在我國文字中佔大多數的形聲字的聲符同時兼有意義的特性。雖然這種形聲兼意的見解，在晉楊泉《物理論》中已肇其端倪，但說法尚嫌粗糙，仍隔一層，[21] 不如王聖美《字解》一書的深入、有條理。可惜《字解》早佚，今僅能從沈括《夢溪筆談》所述，略見大概：

> 王聖美治字學，演其義以為右文，古之字書，皆從左文，凡字，其類在左，其義在右，如木類，其左

---

[21] 《物理論》今亡佚，於唐歐陽詢《藝文類聚·人部》尚引述有「在金曰堅，在草木曰緊，在人曰賢」臤字一條。

皆從木，所謂右文者，如戔，小也。水之小者曰淺，金之小者曰錢，歹之小者曰殘，貝之小者曰賤，如此之類，皆以戔為義也。

但這「右文」的理論，並非完美無瑕，因為它並不能概括所有的形聲字，如期斯、翁營、美宥、圓圍、闔閣一類並非聲符在右的文字。而且形聲字的聲符，本身也有不兼意的現象，如雞鴨嚶呦等依自然界聲音所造的字、氧氯鈉碳等依外來語譯音而造的字、祿禍等聲符為假借的字。雖然如此，它的影響仍然很大，如高宗時王觀國的《學林》、寧宗時張世南的《游宦紀聞》都有類似的看法，甚至清段玉裁還因之創「聲意同源」、「形聲多兼會意」等重要聲訓條例。

與王聖美同時的王安石，晚年居金陵，撰《字說》一書。其說解文字往往棄六書於不顧，師心自用，以己意臆解，而有如「同田為富」、「分貝為貧」、「波乃水之皮」、

「以竹鞭馬為篤」等可笑的說解產生，今書雖已亡佚，但我們從宋人的載記中，猶可考見。[22] 安石解釋文字固然十分謬誤，然而當時因為他的地位崇高，科舉時主司取士，釋又多遵從其經義訓釋，致使考生盡棄先儒傳注，而勤習謬說不輟，因此如《字說解》、《字說解數》、《字說音訓》、《字說偏旁音釋》、《字說疊解備檢》、《字會》等一類的著作，[23] 應運而生，甚至學者注經，也受他的影響，[24] 其流毒之廣，是可以想見的。此書流行之時，當時如司馬光、蘇軾、劉貢父等有識之流，都群起反對，稍後

[22] 以上所引參見宋葉大慶的《考古質疑》，瑯琊代醉編，宋徐慥《漫笑錄》。

[23] 據宋晁公武《郡齋讀書志》載：唐耜撰《字說解》。陸游《老學庵筆記》載：韓兼撰《字說解數》，太學生某撰《字說音訓》，劉全美撰《字說偏旁音釋》、《字說疊解備檢》、《字會》。

[24] 如王昭禹撰《周禮詳解》，解釋太宰「匪頒之式」說：「散其所藏曰匪，以等級分之曰頒。故匪从匸从非，言其分而非藏也；頒从分从自，言自上而頒之下。」

如晁公武、李燾、葉適等學者，亦多所譏評，[25] 所以這種望形生訓、穿鑿附會的說法，雖像旋風橫掃一時，但終究還是如消煙散雲，飄逝無踪，因為它在學術上是不能據為典要的。

鄭樵博通經史，總成《通志》一書，〈六書略〉是他闡述文字的菁華，據書序知道此略是取材舊作《象類》書而成，而《象類》書又是他董理王安石《字說》的餘緒，[26] 因此〈六書略〉受《字說》的影響，不辨可知。全篇是將天下所有的文字以六書分類，並闡明「獨體為文，合體為字」的道理，還提出以三百三十個形類為母，八百七十個聲類為子，取這一千二百文相合孳乳成無窮文字的理論。鄭樵這種以六書來探究文字的方式，是開前古所未

[25] 參見晁公武《郡齋讀書志》，李燾《說文五音韻譜》，葉夢得《石林燕語》。

[26] 宋馬端臨《文獻通考·經籍考》引《中興國史·藝文志》說：「中興後，安石之《字說》既廢，樵復理其緒餘，初有《象類》之書。」

有，自然有其肇造之功，但是重義不重形的分類，導致有揉雜牽強、界限不清的缺失，[27] 則常為後人批評。不過後來元明兩代討論文字的學者，都頗受他的影響，如元楊桓的《六書統》、《六書泝源》，戴侗的《六書故》，周伯琦的《六書正譌》，明趙撝謙的《六書本義》，魏校的《六書精蘊》，楊慎的《六書索隱》，所以他在文字學史上，仍有相當的地位。

原刊載於《國文天地》3：3，p73～79，1987年

[27] 例如分象形為正生、側生、兼生三類。其側生中的象貌、象位、象气三小類，又皆可入於正生一類中，而象數一小類，又多和指事相混，象聲一小類又與形聲相混，至於象屬一小類，卻僅列「巳亥」兩字，於其本義，又無定說，其分類的瑣碎混雜，由此可見。

《說文》「品」型文字的造形試析

一、前　言

所謂「『品』型文字」，指的是由三個形體相同的符號或文字所組合、堆疊而成的文字。這類文字，除了有少數是在「獨體為文」的範疇，如「叒」、「」屬「指事」之外，[1] 其餘的多數是在「合體為字」的範疇，如「品」、

[1] 關於「叒」字的本義，諸說紛紜，如羅振玉《增訂殷虛書契考釋》以為「卜辭諸若字象人舉手而跽足，乃象諾時巽順之狀。」，馬敘倫《說文解字六書疏證》、向夏《說文解字部首講疏》均以為是「桑」的本字，而葉玉森則以為「契文若字並象一人跽而理髮使順形」，李孝定先生於《甲骨文字集釋》與張日昇於《金文詁林》中，均贊成葉說，並將所有「」形列於「叒」字之下，個人也認為葉說為長，李先生的移置「叒」下為是，因為甲骨文中的「」、「」、「」三形，應該就是「叒」、「桑」、「若」三字，形體原是不同的。

「磊」、「森」、「晶」、「姦」等字屬「會意」。[2] 它們在《說文》中的造形，都是作「品」字的形式——上一下二的組合形態，所以稱之為「『品』型文字」。[3] 向來學者們對於這類文字的討論，多是以傳統六書為範圍，並傾重在字義方面，對於造形方面，談論較少。[4] 我國的漢

2 這一類字，均是林景伊先生《文字學概說》中，歸之於「同體會意」的「會同體三字見意者」一類。清王筠《文字蒙求》則析之為「會意」中的「疊三成字者」。

3 大陸黃榮發氏於 1985 年《安慶師院學報》發表〈略談「∴」（磊）型字的組合〉一文，稱之為「『∴』（磊）型字」，其「∴」的形式，在形、音、義的表達皆不如「品」字方便、明確，而這類組合的形體，不僅有合體的「字」，還有獨體的「文」，因此本文不採他的名稱。

4 論「品」型文字的形構，龍宇純氏《中國文字學》與《從我國文字的結體談起》都曾略作論述，而蔣善國《漢字學》於〈漢字形體的演變〉一節析「品」字。組合形式為「錯綜組合式」，梁東漢《漢字的結構及其流變》也將這種形式歸為「上下組合式」，另外張系國在〈漢字的構字法〉一文中，分析中文電腦的構字有：

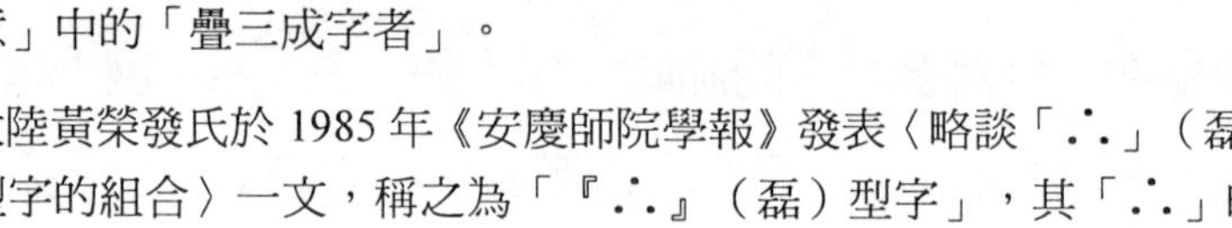

字是屬於形系文字，[5] 自古以來，十分講求文字的造形結構，在世界上形形色色的文字中，是最為特出的，因此在造形方面的研究，顯然是很重要的，本文即希望從這個角度去探析《說文》中，這類文字在早期古文字時的造形、其後的演化方向、造形的類別、造形的理論基礎，冀能對於文字造形的研究有所助益。

二、《說文》「品」型文字在古文字中的造形

《說文》的「品」型文字，一共有三十三字，它們在較早的古文字中是否如同《說文》，也作「品」字型式的

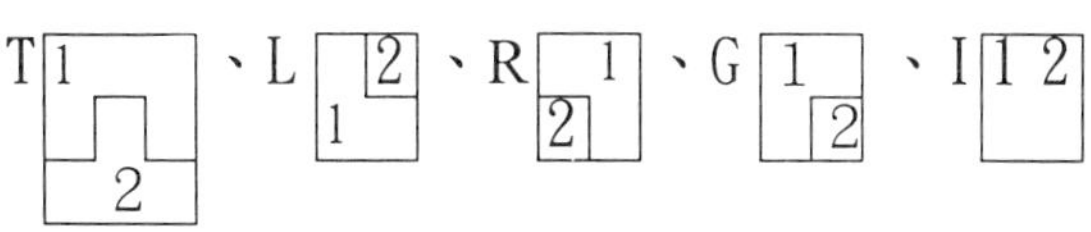

等十一種形式，卻未提及「品」型的結構。

[5] 見宋育仁〈說文解字部首箋正自序〉所述。

組合呢？如果沒有，其組合的情況又是如何呢？這些溯源的問題，是我們析論《說文》「品」型文字，首先需要解決的。

《說文》的文字，大抵是以秦篆為主體，論其時代，通常是較甲骨文、金文及部分的簡帛文字、石刻文字、璽印文字為晚的。由於時代較晚，文字孳乳益多，又經文字學家整理，文獻較為完整，因此要從《說文》「品」型文字向上追溯時代較早、文字較少、文獻零碎又不太完整的古文字的造形，顯然是不容易的，幸而近代學者，先後對古文字做了一番地整理、系聯的工夫，在材料方面的掌握，就方便得多了，茲以李孝定先生的《甲骨文字集釋》、周法高先生主編的《金文詁林》、徐中舒主編的《漢語古文字字形表》、大陸高明主編的《古文字類編》等為範圍，做一番地蒐尋、比對，而獲得了二十一字，[6] 從這裏面，我們發現《說文》的「品」型文字，與早期的古文字，二

---

[6] 其中「蟲」「[illegible]」、「譶」三字，是析取「[illegible]」、「蠱」、「[illegible]」、「[illegible]」等字的部分形構。

者組合的形符，不論在數目上、位置的經營上，都不盡相同。

（一） 古文字的形符數目與《說文》不盡相同

《說文》中的「品」型文字是以三個相同的形符疊組而成的，但是在早期的古文字中，文字的形符，數目不一。有古文字本為一體而不可分析的文，例如：

	說文	甲骨文	金文	其他古文字
1.		 甲・一・二六・十	 毛公鼎  徸公壺	 石鼓文
2.		 前・六・三九・二  甲・二・二九・九	 盂鼎	
3.		 （蟲） 乙・四六一五		

有原是由兩個形符組合而成的，例如：

	說文	甲骨文	金文	其他古文字
1.		 乙·四五三一	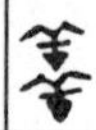 彝鼎	
2.		 乙·九〇〇		
3.		 前·八·一〇·一  甲·二·二六·九		
4.		 乙·一八一四		
5.		 （蟲）乙·一九二六		

也有是由四個形符組合而成的，例如：

	說文	甲骨文	金文	其他古文字
1.		 前·四·三五五		

但是大多數仍然是與《說文》同為三個形符所組合，這一類有：

	說文	甲骨文	金文	其他古文字
1.				 楚帛書

	說文	甲骨文	金文	其他古文字
2.		 甲編二四一  粹四五二	 保卣  穆公鼎	
3.		 前·四·三五·四  前·四·三五·六		 戰國·印·字徵
4.		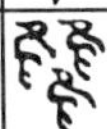 續·一·七·六		
5.		 後·下·三·二	 金四七二	
6.		 甲編六七·五  佚五〇六		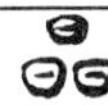 信陽楚簡
7.		 乙·三六六一		
8.			 守宮盤  𤔲盤	
9.			 𧕍簋	
10			 王白尊	

	說文	甲骨文	金文	其他古文字
11		 乙・八六九一  乙・八八五二		
12			 公貿鼎	
13	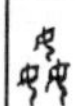		 長由盉	
14		 甲編一三〇七  後上一九六		 戰國・印・北京
15				 古匋・蒦圖匋里人孨
16		 （[illegible]） 乙・七〇一二	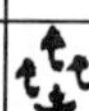 （[illegible]） 子癸蠱觶	 （蠱） 盟書一〇五・一
17			 （[illegible]）鐀匜	
18			 驫羌鐘	

（二）　古文字的形符位置與《說文》不盡相同

《說文》的「品」型文字，它的三個形符在位置上的經營，是作上削下豐、上一下二的疊組形式，如果以幾何圖形來說明，則是作正立三角形——△的形狀。然而我們從前面小節中，可以很清楚地看到所列的古文字，在形符位置的經營，與《說文》不盡相同。在古文字中，形符作一體、二形、四形的文字，形符數目與品型文字既然不同，位置經營的形態則必然不同，古文字的形符本是一體的，如「卉」作「」、「」、「」、「」；「叒」作「」、「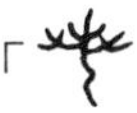」、「蟲」作「」（），那就沒有位置措置的問題，而古文字的形符為二，其形符有上下直列的，如「羴」作「」、「」，有左右橫列的，如「」作「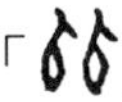」、「麤」作「」、「孨」作「」、「蟲」作「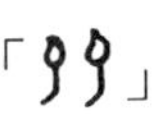」（），其形符為四的「羴」則作「」，為上二下二的矩陣式排列。

至於同樣是由三個形符所組合而成的文字，顯然古文字在形式的表現上，較具多樣性，除了有不少相同於《說文》，作上一下二、上削下豐的正立三角形形式，如：

「卉」作「」

「品」作「」、「」

「羴」作「」、「」

「森」作「」
「晶」作「」、「晶」、「」
「毳」作「」、「」
「焱」作「」
「姦」作「」
「劦」作「」
「蟲」作「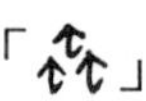」（）、「」（）
「孨」作「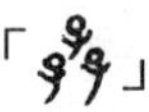」
「麤」作「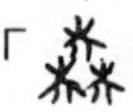」（）
「聶」作「」（）

尚有將三形符橫向排列成字的，如：

「森」作「」
「𪚰」作「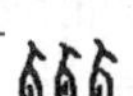」
「劦」作「」
「蟲」作「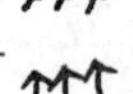」

也有疊組成上二下一、上豐下削，如幾何圖形的倒三角形——▽的形狀，例如：

「品」作「」

「羴」作「」

「雥」作「」

「驫」作「」

「猋」作「」

「鱻」作「」

還有，像「焱」、「劦」兩字，在甲骨文中，書寫的形式，稍有不同於上列諸字，而作「」、「」，前者雖然是作上削下豐、上一下二的形態，但上方的形符卻偏寫在右邊，我們可視之為「品」型字的變形，後者則略似橫向排列成字，卻又不是水平式的書寫，而是傾斜於右下方，也可以視為橫列的變形。

三、從早期古文字演化成《說文》品型文字的演化方向

早期的古文字在形符的數目和位置的經營上，既然與

《說文》「品」型文字有程度上的差異，關鍵就是在早期的古文字造形不穩定，形符的數目與位置，無定數，無定位，因而造成一個字，它同時具有幾種不同的造形，與《說文》「品」型文字定數定型的情況不同。例如《說文》作「」，古文字則作「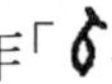」或作「」；《說文》作「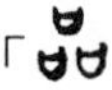」，古文字作「」，也作「」；《說文》作「」，古文字作「」、「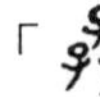」；《說文》作「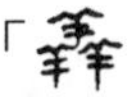」，古文字作「」、「」、「」、「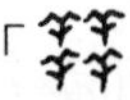」；《說文》作「」，古文字作「」、「」；《說文》作「」，古文字作「」、「」；《說文》作「」，古文字作「」、「」、「」、「」、「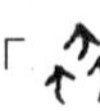」，有的是形符數目不同，有的則是位置經營不同，也有的是兩種情況同時具備，這種不穩定的情形，時代愈早愈是明顯，它並不是《說文》「品」型文字在古文字中的專利，而是所有早期的漢字，都共同具有的不定型的特質。[7] 例

[7] 參見李孝定《漢字史話》一書所述：「早期漢字所具有的不定型特質」一小節，p54。

如「」的本義是指一群羊，[8] 則兩隻羊——「」、三隻羊——「」、「」、四隻羊——「」的造形，都可以表示很多隻羊、一群羊的意思。再如「森」的本義是指樹木繁多的樣子，則無論作「」或「」的形態，都可以表示木多的意思。又如「」的本義是指果實纍纍的樣子，則兩個碩大的果實——「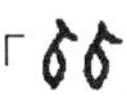」、三個碩大的果實——「」，都可以表示果實豐多肥碩的形貌。[9] 李孝定先生在《漢字史話》中曾指出這是文字源於圖畫的緣故，雖然文字是由抽象的線條所組成，又儘管早期的文

---

[8] 馬敘倫《說文解字六書疏》與向夏《說文解字部首講疏》均以為「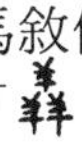」、「羶」不同字，「」本義應如《國語・周語》密康公之母所謂「獸三為群」，為群羊的意思。

[9] 「」字的本義，涉及「卤」字，「卤」字的說解目前約有兩派：一派主張許慎「艸木實垂卤卤然」的說法，而後「卤」假借為「中尊」，形變作「卣」；一派主張「卤」的本義即是「中尊」。然個人從甲骨文作「」、「」，與「栗」字甲骨文作「」，形近而不同，而推知前說為長，「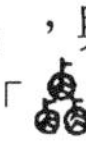」象果實豐多碩大的樣子，而許慎本義則據籀文「」而來。

字，「文字化」的程度已經很深了，但是仍然保留其源於圖畫的象徵。[10]

就前面所列的古文字來觀察，「品」型文字早於商朝的甲骨文字，就發展得有相當的程度，而龍宇純先生於《中國文字學》曾說：

> 金文品字作，驫字作，猋字作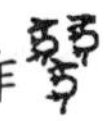，鱻字作，甲骨文彝字作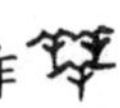，轟字作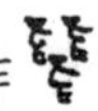，可見早期仍是上二下一之形。[11]

這種上豐下削，上二下一，如倒三角形——▽的書寫方式，確實是《說文》「品」型文字較早期的書寫方式之一，但事實上「品」、「彝」等字，在商朝的甲骨文字中，也同時作上削下豐，上一下二的正立三角形——△的造形。而這些文字在早期的書寫形式之所以不是單一的造形，正是因為它們有不定型的特質。但是，由於時間的遞

[10] 參見《漢字史話》p54。

[11] 參見龍宇純《中國文字學》p204。

轉，社會日趨進步，人與人之間的交往愈趨頻繁，文字逐漸在「約定俗成」的觀念下定型，甚至再晚至秦始皇一統天下時，以政治手段——「罷其不與秦文合者」——達到文字統一的目標，《說文》「品」型文字的造形於是確定。

假使要分析從早期不定型的古文字，其演化到秦以後《說文》所載定型的「品」型文字，演化的方向，將可分為簡省、增繁、訛變、定形四項。

（一） 簡 省

蔣善國在《漢字學》書中曾指出：

> 『簡化』是漢字形體演變的總趨勢。[12]

的確，文字的「苟趨約易」是漢字演化的一個重要方向，但是在我們所探討的「品」型文字之中，其由繁複的

[12] 參見《漢字學》p231。

古文字形簡省而來的，僅有：

這個例子，道理其實很簡單，就是「品」型文字的造形，一般而言，比起其他形式組合的漢字，那算是複雜的了。當然，一種已算是複雜的文字，要從比它更複雜的形體演化來，這樣的機率自然是較少，更何況，倘若古人將形符重覆三次來表示「盛多」，重覆四次也表示「盛多」，那麼從簡便的觀點看，古人必然是捨「四」而入「三」了。

（二）　增　繁

由早期一個形符或兩個相同形符的古文字，演化成《說文》由三個相同形符組合的「品」型文字，這種形符由少而多的演化方向，就是「增繁」。這類的例子較多，如：

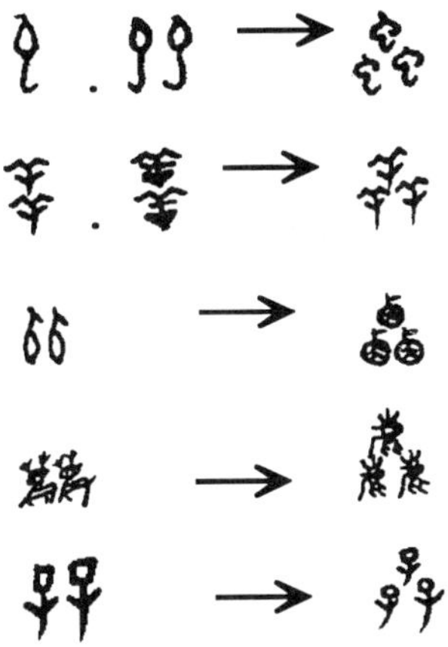

這種「增繁」的演化方向，似乎與「漢字形體演化的總趨勢」——「簡化」——背道而馳，然而因為在《說文》的「品」型文字中，大多數文字的本義，如段玉裁《說文解字注》於〈晶部〉「晶」字下云：

> 凡言物之盛，皆三其文。[13]

---

[13] 參見《說文解字注》p315。

於〈驫部〉「驫」字下云：

凡積三為一者，皆謂其多也。[14]

因此它們極有可能是由於「三代表盛多之意」這個「約定俗成」的概念，逐漸發展成熟，而運用於文字的造形之中有關，關於此說本文第五小節將進一步論述。

（三）　訛　變

在漢字的演化方式之中，「訛變」是一種既特殊而又普遍的方式，雖然訛變的發生，每個字都有其個別的差異，但誠如李孝定先生所說的，「形近而訛」是它們致訛的一個共通現象。[15] 而於《說文》「品」型文字之中，「叒」字就是以「訛變」的方式，演化形成。該文在甲骨文、金文中，原作「」、「」，不知曾幾何時，竟析而

---

[14] 參見《說文解字注》p575。

[15] 參見李先生《漢字史話》p60～61，或其《漢字的起源與演變論叢》p181～182。

為三個形符的「叒」，這種「訛變」的條件，除了是「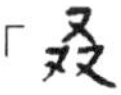」與「」的形體十分相近而致訛外，就其書寫而言，「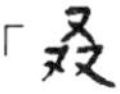」字也較「」字方便，可能也是致訛的原因，但無論如何，「叒」經訛變以來，就失去了「一人跽而理髮使順形」的原始造形與造意了。

（四） 定 形

所謂「定形」，指的是文字書寫的筆劃、形符的數目與位置，由不定型的造形，逐漸演化成為穩定的造形。這種「定形」，一如前述，可由「約定俗成」遞漸達成，也有以政治手段予以統一。而《說文》「品」型文字講求的「定形」，是指三個形符相同，並疊組成正立三角形的造形，使得文字的筆劃、形構均告確立。例如：「森」字在古文字中有「」、「」不同的造形；「品」字有「」、「」不同的造形；「驫」、「猋」古作「」、「」的造形，「㐭」字則有「」、「」、「」、「」等不同的造形，由於文字的「約定俗成」與政治手段的統

一，使其造形定形作「」、「」、「」、「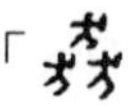」、「」。再如「毳」字在西周中期的金文有「」、「」等不同的書寫造形，「鱻」字也有作「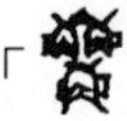」，講究結體對稱美的造形，但也逐漸地定形作「」、「」。

四、《說文》「品」型文字造形的類別

《說文》「品」型文字共通的基本造形是上削下豐、上一下二，如正立三角形——△的形態，這個基本的造形，我們可以稱它為「母形」，而這個「母形」是由三個形體相同的形符構築而成，這個「形符」，在這裏我們可以稱它為「子形」，《說文》三十三個「品」型文字，由於「母型」相同，因而字義多有「盛多」的意義，然而彼此意義之所以仍有差異，則全在構成分子——「子形」的不同。因此，要分析「品」型文字造形上的類別，當可從「子形」的意義著手。縱析「子形」的意義有實義、虛義兩類，茲分《說文》「品」型文字的類別為：實義子形的「品」型文字、虛義子形的「品」型文字兩類。

（一） 實義子形的「品」型文字

所謂「實義子形」，是指「品」型文字的形符——子形，其所表示的本義為具體意義。這類文字為數凡二十六字，佔全部的四分之三強。若再分析其「子形」所以具「實義」者，是因為除了「厽」字的「△」為象土塊的具體符號，「⿱圥⿰圥圥」字的「圥」，為菌圥、地蕈等菌類植物的「从屮六聲」形聲字外，其餘都是屬於六書「象形」的「文」。今依其意義再分為以下五小類：

1. 屬自然景物的實義子形：有「晶」、「磊」、「焱」、「灥」、「垚」、「厽」等六字。
2. 屬人體的實義子形：有「品」、「惢」、「聶」、「姦」、「劦」、「孨」等六字。
3. 屬動物的實義子形：有「羴」、「雥」、「毳」、「驫」、「麤」、「⿱兔⿰兔兔」、「鱻」、「猋」、「蟲」等九字。

4. 屬植物的實義子形：有「[illegible]」、「芔」、「森」、「[illegible]」[16] 等四字。
5. 屬器物的實義子形：有「轟」一字。

（二） 虛義子形的「品」型文字

所謂「虛義子形」，是指「品」型文字的形符——子形所表示的本義為抽象意義。這類文字為數較少，只有七字，佔「品」型文字的四分之一弱。其中除了「叒」字的「又」，是由「象一人跽而理髮使順形」的古文字「」訛變解析而來，無法單獨解釋子形的意義之外，其餘依其意義，可分為以下兩小類：

1. 表動作的虛義子形：有「譶」、「劦」兩字。
2. 表狀態的虛義子形：有「嚞」、「卉」、「皛」、[17]「[illegible]」[18] 等四字。

---

16 參見註 9，「[illegible]」義既指果實豐多碩大，若單取其子形而言，則是象碩大果實的形狀。

17 關於「皛」字的「子形」——「白」字，它的本義，許慎《說文》

在此類文字中，「叒」字是「獨體指事」的「文」，「又」的子形只能算是符號，其餘如「劦」、「卉」、「皛」的子形——「乃」、「十」、「白」屬「指事」的「文」，「嚞」、「奰」的子形——「吉」、「𡗞」屬「會意」，

以陰陽五行學說解釋，自來學者都以為不盡可信，而他分析本形又說是「从入合二」，學者也多認為值得商榷，因為甲骨文、金文的「白」作「」前、二、八、五、「」摭、續、一二二、「」盂鼎，如林元義《文源》就說「入二，非義」。雖然許說仍有疑義，今人從甲骨文、金文追溯本義、本形，也是異說紛紜，然個人則較能接受商承祚的看法，他在〈說文中之古文考〉中說：

> 甲骨文、金文、鉨文皆作，从日銳頂，象日始生光，閃耀如尖銳，天色已白，故曰白也。

確實古人造字，往往模擬自然界的形貌，「白」字的形義，可能是古人取旭日初升，東方發白，造日形而尖頂，模擬光芒四射，並呈魚肚白色的狀態。而這種表達抽象狀態的「文」，就屬「指事」一類。

18 「奰」字的「子形」作「𡗞」，金文作「」縣妃簋，此字《說文》未收，據林明潔在《金文詁林》中以為，「[illegible]」、「奰」並訓為「大」，「𡗞」應是「[illegible]」、「奰」的初文，結構是「从目从大」，義指人目之大，引申為壯大，茲從其說。

「𧬄」的子形——「言」屬「形聲」，「會意」、「形聲」則是「字」了。

綜上所述，在所列的三十三個「品」型文字中，除了「𡙇」、「劦」為籀文，「𧬄」為古文之外，其餘的三十字均是小篆，但這並不表示籀文與古文的「品」型文字僅止於此，因為有許多古文、籀文的造形與小篆相同，而仍然保留在《說文》裏面，只是《說文》並未注明，例如甲骨文「森」、「晶」的造形與《說文》大致相近，但許慎並未予說明，這就是《說文》只列載與小篆不同的籀文、古文的例子。另外，由上面的分類，我們也可以看出古人較喜歡用實義的子形來疊組，以表現事物「盛多」的抽象意義，遠在使用虛義的子形之上。

五、《說文》「品」型文字造形的理論基礎

《說文》「品」型文字在早期的古文字時代，固然已有不少作「品」字型式的造形，但其於形符的數目、位置的經營，都仍然呈現著不定型的狀態，而後來逐步演化成

定型的「品」型文字，在意義上，又多具有「盛多」的含義，因此在造形上，必有其「所以如此」的理論基礎，茲將從以下三項理論基礎，嘗試為之解釋。

（一） 意義學的理論基礎

「品」型文字既是由三個形符架構而成，而且多半具有「盛多」的含義，這個含義，段玉裁在《說文解字注》中是再三地強調，他在〈晶部〉「晶」字下說：

凡言物之盛，皆三其文。

在〈焱部〉「焱」字下說：

凡物盛則三之。[19]

在〈雥部〉「雥」字下說：

[19] 參見《說文解字注》p495。

凡積三為一者，皆謂其多也。

這個將形符重覆三次而排組成的文字——符號樣型（symbol form），使它具有「盛多」的含義，是源於中國自古就有以「三」代表「多」的觀念。清汪中（容甫）《述學》中〈釋三九〉一文，就曾經論述說：

> 凡一二之所不能盡者，則約之三，以見其多，……此言語之虛數也，實數可稽也，虛數不可執也，何以知其然也？《易》：「近利市三倍」、《詩》：「如賈三倍」、《論語》：「焉往而不三黜」、《春秋傳》：「三折肱為良醫」，此不必限以三也，……故學古者通其語言則不膠其文字矣！[20]

可見得以「三」來代表「多」的概念，早在先秦以前，《易經》、《詩經》的時代，就已經普遍地存在，為一種「約定俗成」的概念，而這個概念並逐步地運用在「三其文」的「品」型的符號樣型中，因此，在早期的古文字中，以

[20] 參見漢京出版社印《皇清經解》第十八冊 p13153。

一形、二形、三形、甚至四形等不定數「子形」的符號樣型來表達「多」的含意，這固然是一種保留文字源於圖畫的象徵，實際上也可以看做「三」代表「多」的含意，這個「約定俗成」的性質，還未充分地運用在文字形構之中的一種表象，換句話說，以重覆形符三次的符號樣型，來表達「盛多」的含意，尚未成為一種「意義的客觀性」（Objectivity of meaning）。[21] 這種「意義的客觀性」到了秦篆的時代，便完全形成，而呈現在許慎《說文》之中，但是由於文字的演化方向並非單一的，因此同樣是作「品」型的符號樣型，它並不全然裝載著「盛多」的含義，例如「叒」字，它是由「」訛變而來，所以同樣是重覆三次的符號樣型，並不含存「盛多」的意義。

[21] 這裏講的「意義的客觀性」，嚴格說來，應該是稱作「意義的相互主觀性」（intersubjectivity of meaning），也就是何秀煌《記號學導論》裏解釋說：「大家對某一表式，彼此的意義可通性」。參見《記號學導論》p23。

（二） 幾何形態的理論基礎

倘若我們將《說文》「品」型文字的周邊，以線條把它圍起來，便大致可以得到一個正立三角形的幾何圖形，例如：  、 這種三角的圖形，在早期的古文字時代，這些「品」型文字原是不定型，到了以「三」來表示「多」的概念，運用在文字的造形上時，古人排列三個形符以表達「盛多」意義的文字，在組合的形式上就顯得講究了。因為這些文字的「子型」，本身就是一個「方塊」的形體，[22] 如果把三個「方塊」的個體，做横列式、或直列式的組合，固然也可以達到「三」代表「多」的意義概念，但文字的結體會顯得過寬或過長，因此古人對這「三其文」的文字，就採用三角形的組合形式。基本上，三角形在幾何力學當中，它具有結構穩固的特性，[23] 但是這種

---

[22] 這裏的「方塊」只是一般人對漢字形體的說辭，決不可以把它當作一個標準的矩形來看，尤其所謂的「方塊」字，恐怕得在隸變之後，才比較有「方」的形貌，所以英語中稱中國的漢字為 Character，實際上是有別於拼音文字的 word。

[23] 三角形結構穩固的特性，在幾何學、建築結構學中特別受到重視，

呈現三角幾何圖形的文字，如前所述，在早期的古文字中，通常有兩種表現形式，一是將形符排組作上一下二的正立三角形，一是排組作上二下一的倒立三角形，但到了《說文》所載錄的「三其文」的文字，則盡是正立三角形，而不用倒立三角形，其原因何在呢？這恐怕與心理的感覺有關，正立三角形是底寬而頂銳，它給人一種下重上輕的穩定感覺，而倒立的三角形，則是頂寬而底銳，給人一種頭重腳輕的不安定感覺，所以原本在古文字中作上二下一，上豐下削形式的「三其文」文字，在《說文》中都演化成上一下二，上削下豐的穩定形式的「品」型文字。

「品」型文字不僅具有如上平面幾何的形態，事實上，它也具備立體幾何的視覺效果，例如：「」字，該字的「子形」——「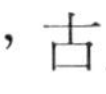」，古人所繪構的，實際上就是像一匹具體形象的馬兒，「」形固然是由線條組合而成，它卻充滿立體的形象，一匹馬如此，三「馬」組合

尤其在做大型的建築時，它是最常被運用的。

成字，就更顯現出一群馬並立的立體形態。

（三）　有機造形的理論基礎

雖然我們可以用幾何形態來解釋「品」型文字的造形，但嚴格的幾何概念，極重視整齊、對稱、比例等，是嚴謹而理性的造形，因此在我們所見的「品」型文字，似乎又不能單純地用這個原則去規範它，因為它們還蘊含著中國人所特有的感性造形——「有機造形」，所謂「有機造形」，是指物體的造形，具有生命力、有思想、有精神、有情感的。例如前面所舉的「」，它就不是一個純粹的幾何矩形的「方塊」字，「」也不是一個純粹的平面幾何三角形或立體幾何三角形，它在形態上充滿了自然的形貌，有高度的生命力，有躍動的精神，它是一種有機的形態，所以「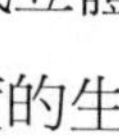」這個「品」型文字，是有機造形與幾何造形的結合體，二者相輔相成，創造出形態既嚴謹整齊，而又生意盎然的文字。

六、結　語

從上述《說文》「品」型文字的造形，我們可以了解古人對文字造形的經營，可以說是費盡巧思，且工夫湛深。他們不僅要讓這文字充分達到其「約定俗成」的「符號」功能之外，而且對於文字的構築組合，又冀望能達到造形完整、嚴密、美觀，並充滿思想與生機的境界。因此，中國的漢字，在世界上形形色色的文字中，確實有它獨具的特色，值得我們從各種不同的角度去了解、探討，本文所討論的，只是這多層面、多角度裏的一小部分，其他舉凡線條的架構勾勒、空間的佈置設計等等，都值得再深入去探索。

參考引用書目

丁福保編纂、楊家駱合編　《說文解字詁林正補合編》　鼎文書局

王　筠　《文字蒙求》　文光圖書公司

向　夏　《說文解字部首講疏》　駱駝出版社

何秀煌　《記號學導論》　水牛出版社

呂清夫　《造形原理》　雄獅圖書公司

李孝定　《甲骨文字集釋》　中央研究院

《漢字史話》　聯經出版社

《漢字的起源與演變論叢》　聯經出版社

汪　中　《述學》　漢京出版社景印皇清經解本

周法高主編　《金文詁林》　香港中文大學

林　尹　《文字學概說》　正中書局

徐中舒主編　《漢語古文字字形表》　四川人民出版社

馬敘倫　《說文解字六書疏證》　鼎文書局

高　明主編　《古文字類編》　臺灣大通書局

商承祚　〈說文中之古文考〉　《金陵學報》4、5、6 卷 2 期

張系國　〈漢字的構字法〉　《科學月刊》3 卷 7 期

梁東漢　《漢字的結構及其流變》　上海教育出版社

許　慎著、段玉裁注　《說文解字注》　藝文印書館

黃榮發　〈略談「∴」（磊）型字的組合〉　《安慶師院學報》　1985 年

蔣善國　《漢字學》　上海教育出版社

龍宇純　《中國文字學》　臺灣學生書局總經銷

〈從我國文字的結體談起〉　《中華文化復興月刊》11 卷 9 期

羅振玉　《殷虛書契考釋》　藝文印書館

原刊載於《東吳文史學報》8　，p93～107，1990年

段注《說文》「牡妹」二字形構述論

一、前　言

清代於《說文》的研究與注釋，蔚為風氣，不僅學者眾多，且著述繁富，其中最受推崇的有段玉裁、桂馥、王筠、朱駿聲，即所謂的「說文四大家」。而四家之中，尤其以段玉裁窮其畢生的智慧，撰成《說文解字注》一書，[1] 最稱冠冕。章太炎先生就曾指出：

段氏為《說文注》，與桂馥、王筠並列，量其殊勝，

[1] 段注《說文》，最早原撰《說文解字讀》，為 540 卷之長編，書成後簡練為注，自乾隆四十一年（1776AD），42 歲始撰《說文解字讀》。至嘉慶十二年（1807AD），73 歲那年完成《說文解字注》。參見林師慶勳《段玉裁之生平及其學術成就》p178～197。

固非二家所逮。[2]

跟段氏同時，也同樣是語言學大家的王念孫，對段注更是推崇備至，稱譽該書「蓋千七百年來無此作矣」，[3] 其所以能獲致斐然的成就，而令天下的學者敬重，除了為許君功臣，寓述於作以外，也就在他能融合形音義的精要，相互闡發，主張研究文字的形義，必由聲韻的途徑通達，所謂「十七部為音均，音均明而六書明，六書明而古經傳無不通。」[4] 又說：「于十七部不熟者，其小學必不到家，求諸形者難為功也。」[5] 因此段玉裁於注釋《說文》之際，每每勇於指陳許書形音義上的譌失，甚而校改之，據鮑國順《段玉裁校改說文之研究》，統計全書校改計凡 4261

---

[2] 參見章炳麟《國故論衡．小學略說》p4。

[3] 參見《說文解字注》卷首的王念孫〈說文解字注序〉。

[4] 參見段玉裁《六書音均表》卷首載列的乙未十月〈寄戴東原先生書〉。

[5] 參見段氏《經韻樓文集補編》〈與劉端臨第九書〉，收錄於大化書局《段玉裁遺書》p1150。

處，[6] 其精思卓見的地方，則深博學者們的激賞，如王筠《說文句讀·自序》云：

> **苟非段懋堂氏力闢榛蕪，與許君一心相印，天下亦安知所謂《說文》哉！**[7]

然智者千慮，終有一失，其自信太過之處，不免為人譏評為率意武斷。

他校改《說文》的形式，方法很多，其中多以他厚實的古音學說為基礎，參覈比較各種文獻材料，往往能發前人之所未發，甚至所校論的，竟然有時還能跟近代晚出的古文字不期而合，可見其學養湛深，稱為冠冕，洵非虛譽。本文僅舉「牡妹」二字為例以論，藉以闡述他校論形構的方法，並兼及自他而後，受其影響的諸家情形。

---

[6] 參見鮑國順《段玉裁校改說文之研究》p17～18。

[7] 參見廣文書局《說文解字讀》第一冊 p7。

二、「牡」字形構述論

《說文解字 · 牛部》云：

牡，畜父也，從牛土聲。

段氏注云：

按土聲求之疊韻、雙聲皆非是，蓋當是从土，取土為水牡之意，或曰土當作士，士者，夫也，之韻、尤韻合音最近，从士則為會意兼形聲，莫厚切，古音在三部。[8]

從上述的這段注文裏，我們可以了解到段玉裁發現「牡」這個形聲字跟它所從的「土」聲，在聲韻上有不和諧的現象，因為「土」字，《廣韻》作「他魯切」，我們推究它在上古的周秦時期，它的聲母是屬於黃季剛先生古聲十九紐的透母，韻部則屬於段玉裁古韻十七部的第五部魚部；

[8] 參見藝文印書館出版《說文解字注》p51。

而「牡」字，《廣韻》作「莫厚切」，則屬於古聲十九紐的明母，古韻十七部的第三部尤部。既然牡從土聲，它不在第五部，反而把它歸入第三部，段氏是依據先秦用韻的實例而來，在其《六書音均表·詩經韻分十七部表》中，「牡」字的押韻，一共有六條：

1. 軏、牡　邶·匏有苦葉二章
2. 茂、道、牡、好　齊·還二章
3. 埽、簋、牡、舅、咎　小雅·伐木二章
4. 酒、牡、考　小雅·信南山五章
5. 牡、考　周頌·雝
6. 牡、酒　魯頌·有駜二章

據段氏的看法，當中除〈匏有苦葉〉軏、牡一條的押韻，屬於古合韻之外，其餘的五條，均屬古本音，[9] 又在他的《六書音均表·群經韻分十七部表》中，牡與州、道、草、擾、獸諸字押韻。[10] 如此一來，就跟他在〈六書音均表·古諧聲說〉中所謂「一聲可以諧萬字，萬字而必同部，同

[9] 同註 8，p849～851。

[10] 此押韻現象見於《左傳·襄公四年周箴》，又參見同註 8，p870。

聲必同部」的說法相矛盾。[11] 於是段氏接著提出 (1)「牡」為「从土」會意字。 (2)「牡」為「从土」的會意兼聲字。

（一） 「牡」爲「从土」的會意字

這也就是認為《說文》的「土聲」，可能是「从土」的訛誤。這個解釋方式，似乎可以讓「牡」字不跟他的〈古十七部諧聲表〉相衝突。但是「比類合誼，以見指撝」的會意，段氏自己曾解釋說：

> 會者，合也，合二體之意也。一體不足以見其義，故必合二體之意以成字。[12]

所以他改易「土聲」為「从土」，而會合二形體的意義為「取土為水牡之意」。

---

[11] 同註 8，p825。

[12] 同註 8，p763。

（二） 會意說的影響

這個見解後來影響了鈕樹玉，鈕氏於《說文解字校錄》的「牡，从牛土聲」下注云：「聲字疑衍」，[13] 此外並未得到其他學者的認同，如徐灝於《說文解字注箋》則駁斥說：

> 箋曰：段說殊謬，土為水牡而从土，豈謂水牛邪？水亦為火，牡何不从水乎？[14]

徐氏這裡的批評，看來還有一些道理，至如苗夔也受會意說的影響，而另主「从土」為「从垚省」，他在《說文聲訂》裡說：

> 夔案：土非聲，當作從牛垚省，亦聲。不曰省聲而曰亦聲者，以省二土為圭非聲，其聲乃全在垚也。[15]

---

[13] 參見《說文解字詁林正補合編》第二冊 p1038。

[14] 參見廣文書局印《說文段注箋》第二冊 p380。

[15] 同註 13，p1039。

段氏指「牡」為會意，雖然有強為之說的缺點，但就其古韻而言，仍可相合，而如苗氏的「垚省，亦聲」，不僅垚字的古韻，屬段氏十七部的第二部蕭部，韻部與牡字不合之外，若就形聲兼義的觀點來看，「从垚」的意義，則更難解說，更何況「省形亦聲」的體例，似未曾見於許書，為苗氏所自創，相較之下，苗氏的說法，實在還遠遜於段氏的會意說。

（三）　「牡」爲「从士」的會意兼聲字

段氏雖然提出了第一說，實際上他似乎沒有把握，因此接著提出「或曰土當作士」的說法，以為「土」為「士」的形訛，並從音義兩個方面論證，所謂「士者夫也，之韻、尤韻合音最近，从士則為會意兼形聲。」從字音方面觀察，的確第一部之部跟第三部尤部，就段玉裁〈詩經韻分十七部表〉而言，其合韻的例子，顯然不少，共有 8 個例子，是第一部跟其他各部合韻最多的，段氏說它們「合音最近」是有充分證據的，雖然徐灝《說文解字注箋》曾反駁說：

或言土當作士，尤不足辨，牡從土聲，蓋本在魚部，周秦閒轉入幽部耳。[16]

但是如果從段玉裁〈詩經韻分十七部表〉韻讀來說，似乎古韻第三部尤部（也就是徐氏的幽部）與第五部魚部合韻的例子非常少，僅有一例，因此徐氏通轉的說法，反而難以成立，所以從古音的角度而言，段氏的論點遠較徐氏為佳。而且段氏又從「士者夫也」這意義上補充，固然，「夫也」未必是古人造「士」字最原始的初意，[17] 但這樣的見解，已經是「雖不中亦不遠」了。

（四） 以古文字學證成段氏第二說的羅、王、郭等諸家見解

近代古文字學大興，學者們從甲骨文、金文的形構出發，於段氏「牡」字「从士」的說法，多所證成。但諸家之中，其論點又有歧異的地方。

---

[16] 同註 14。

[17] 「士」字的意義，詳下文討論。

最近遵循段說，並進一步申論的為羅振玉，他在《殷虛書契考釋》卷中〈文字第五〉裡論述：

曰牡 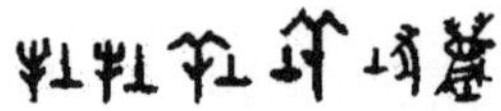

《說文解字》：牡，畜父也，从牛土聲。此或从羊、或从犬、或从鹿；牡既為畜父，則从牛、从羊、从犬、从鹿得任所施，牡或从鹿作麠，猶牝或从鹿作麀矣，又牡字从丄，丨即古文十，乃推一合十之士，非从土地之土，古者士與女對稱，故畜之牡亦从士。[18]

上文中，羅氏雖然把甲骨文从羊、从犬、从鹿的羊土、犭土、麠諸字也都視為「牡」的異體字，而為楊樹達以古文「物色形狀，辨析綦詳，事偶不同，別為一字」的看法，批評是「欲以一手掩天下之目」，[19] 但他指出甲骨文「牡」从

[18] 參見《殷虛書契考釋》卷中 p27。

[19] 參見楊樹達《積微居甲文說》卷上〈釋麠羊土犭匕豕匕馬匕〉p2～3。

「丄」，正合於《說文》「推一合十為士」之說，[20] 並舉古者士與女對稱為證，可見段氏的論點，從羅振玉這裡，獲得了相當程度的支持。

稍後，王國維更繼續羅氏的說法，撰成〈釋牡〉一文，再度肯定了段說，王氏說：

> 《說文》：「牡，畜父也，从牛土聲。」案牡古音在尤部，與土聲遠隔，卜辭牡字皆從丄，丄古士字，孔子曰：「推十合一為士」，丄字正丨（古文十字）一之合矣，古音士在之部，牡在尤部，之尤二部音最相近，牡从士聲，形聲兼會意也。士者男子之稱，古多以士女連言，牡从士與牝从匕同，匕者比也，比於牡也。[21]

---

[20] 《說文》「士」字說解引「孔子曰」，其內容據段注有二說，即《韻會》、《玉篇》作「推一合十」，《徐本》及《廣韻》則作「推十合一」，段注本則采後說，而羅氏采前說。

[21] 參見《觀堂集林》卷六 p13。

文中他將「士女」的對稱，擴而言「牝牡」的對稱，但他依據劉熙《釋名》「妣，比也，比之於父亦然也」的音訓，[22] 申論牝比於牡，為其後的郭沫若，在〈釋祖妣〉一文中加以批評，說「其在母權時代，牡猶不足以比牝，遑論牝比於牡。」[23] 由於郭氏是把「牝牡」的造字時代，歸屬於母權時代，才提出這樣的論點，但吾國造字的時代渺遠，究竟當時是屬於父權社會呢？還是母權社會呢？目前實在很難徵驗，不過王氏據《釋名》的音訓而引申的說法，是不很適當的，更何況牝从匕，本來就有它造字的始義。[24]

至於郭沫若也是承繼段氏以來牡字从土的說法，再擴而論證，他在〈釋祖妣〉一文裡說：[25]

---

[22] 參見《釋名．釋喪制》p35。

[23] 參見郭著《甲骨文字研究》p34。

[24] 「牝」字的意義，詳於下文的討論。

[25] 同註 23，p32～33。

> 卜辭牡牝字無定形，牛羊犬豕馬鹿均隨類賦形，而不盡从牛作。其字之存者，今表列之如次：

	馬	牛	羊	犬	豕	鹿
牝						
牡						

其文中以「⊥」為牡器之象形，而「⊥」也就是「士」，以為《說文》「推十合一」的士君子之「士」，並不是「士」的初意，它應該是士女之士的後起義。郭氏能不以不雅馴，而論證「士」的本形、本義，不僅證明了段氏牡字从士說的可信，於「牡」「士」形義的主張上，也可以說是發前人之所未發。其實，「牝牡」為相對的名詞，例如前面郭氏所表列的，馬、牛、羊、犬、豕、鹿這些動物，在甲骨文中，是在動物的類名旁加上「⊥」、「」，以作為公母的區別，而于省吾於《甲骨文釋林‧釋牡》一文中，也說他發現甲骨文「匕牛」二字分作兩行，共有三個例子，另外同行縱列，而佔了兩個字的地位，則有五個例子，因

此他得到以下的結論：

> 依據上述，則甲骨文本來先有匕牛二字，後來演化為从牛匕聲的牝字。[26]

而我們從「匕牛」這個詞匯，推溯「丄」「匕」的原始形義，它們所代表的應該就是男陰、女陰的象形，而後擴大使用範圍，以之來區分動物的公母，「丄」就是「士」，「丄」自殷商甲骨以後，則增繁美化作「士」、「」、「」諸形，[27] 正如同「」美化作「」。另外郭氏〈釋祖妣〉文中，就卜辭、、丄等形構相近，提出牡所从的士字，與且、土同為牡器的象形，甚至吉字也是从士的構形，在甲骨文、金文中，與土、且並無二致，而且就古音而言，土且同在魚部，是必然可以相通的，又士字的

---

[26] 參見《甲骨文字釋林》p330～331。其本文之下還有「至于牡以及从士的牪豭麈等字，均从士作丄（非从土聲），則不能以牝字為例」諸語，也同樣是贊成段氏之說。

[27] 作「」見《古文字類編》p188 引錄戰國時期〈中山王圓壺〉的，作「士」，也見於《古文字類編》p377 引西周早期金文中〈臣辰卣〉作，西周晚期金文〈克鐘〉作。

古音雖在之部、牡字在尤部，之部、尤部都有跟魚部通押合韻的例子。[28] 郭氏從形構上說士、且、土同為牡器，個人以為這些字，在甲骨文中，雖然形體相近，可是它們並不相通，因為从丄如牡、羝、豭、麀等字，到目前還沒有發現有从、這兩個形符的，而且丄、、在意義上也不相通，在古音方面，郭氏雖然也舉出之部魚部、尤部魚部通押的《詩經》韻例，但是如果我們就段玉裁的〈詩經韻分十七部表〉的合韻譜來分析，嚴格地說，之部跟魚部互為合韻，還有五個韻例，至於尤部跟魚部則僅有一個韻例，所以一定要說且、土在古韻部與士相通，恐怕證據是不夠堅強的。而甲骨文中作「丄」的士，到西周金文則衍化作「士」，甲骨文中作「」的「土」，到了西周早期盂鼎則作，在中期舀壺則作，[29] 及戰國楚帛書則作，[30] 因此士與土漸漸混而不別，造成形同而音義

[28] 同註 23，p35～36。

[29] 、 均見於《古文字類編》p418，又〈盂鼎〉，《商周青銅器銘文選》第三冊 p38 則稱〈大盂鼎〉。

[30] 參見徐中舒《漢語古文字字形表》p512，又見饒宗頤、曾憲通《楚

不同的現象，[31] 所以許慎《說文》稱「牡」字的形構為「从牛土聲」，可能是有它的字史背景，但是在《說文》的小篆裡，既然士與土已有明確的區分，按理「牡」字也是應該要有所區分，所以段玉裁改「土聲」為「士聲」，是比較符合《說文》全書的體例，而段玉裁能從古音學出發，校論許書的疏失，的確是功力湛深。

（五）　個人於段氏第二說的一點補證

除了以上學者於段氏第二說的證成之外，本文還要再補充牡字从士的一點旁證。小徐本《說文·牛部》云：

特，特牛也，从牛寺聲。

段注云：

帛書》p229 之摹錄。

31 郭沫若以為「匕乃匕柶字之引伸，蓋以牝器似匕，故以匕為妣若牝也。」其實為「女陰」的「匕」，自為象形，實在沒有必要再從匕柶的匕引申，郭說蛇足也。

> 鉉本云：朴特，牛父也。按〈天問〉：焉得夫朴牛。洪氏引《說文》：特，牛父也。……特，本訓牡。[32]

由上述可知，特就是公牛，而《說文》解釋牡字的意義為畜父，實際上是引申義，因為牡字的初義應該跟特字相同，都是公牛的意思，而特字从牛寺聲，跟「士」字同屬段玉裁古韻第一部之部，從這裡也可以證明「牡」字从士而不从土。

再者，《說文·馬部》云：

> 騭，牡馬也，從馬陟聲。

段注云：

> 按騭古叚陟為之，小正四月，執陟攻駒，陟騭古今字，謂之騭者，陟，升也，牡能乘牝。……〈釋詁〉曰：騭，陞也。……馬融曰：騭，升也，升猶舉也，

[32] 參見同註 8，p51。

舉猶生也。[33]

個人以為騭從陟得聲，固然有「升」的含意，但是《說文》解釋的本義為「牡馬」，倘若「牡馬」果真為「騭」字造字伊始的初義，則從「陟」得聲，極可能就是「士」的假借，因為「陟」與「士」都是屬段玉裁古韻第一部，因此「騭」的本義為「牡馬」，是順理成章的了。當然，這也可以作為「牡」是从士而不从土的旁證。

（六） 關於段氏第二說的其他諸家見解

除了上述是承襲段說而加以引申論證之外，至如林義光《文源》也認為牡字从土非聲，主張从士，但从士的理由是：「士即事之本字，牡者任事，故从士。」[34] 他將「任事」作為「士」的意義，固然士有任事的意義，但這應該是從士君子的士再引申而來，而牡字並不是從這裡取義。

---

[33] 同註 8，p465。

[34] 參見周法高《金文詁林》p522 引錄。

還有，林氏視牡為會意字，跟段氏的會意兼形聲的說法，也不相同。

再者，高鴻縉《中國字例》的說法，大致也是承繼段氏以下學者的見解，他在「」字下說：

> **按：字意當為公牛，从丄牛會意，順成，名詞。丄字意為雄，周時改从牛會意，以士為雄，亦猶《詩》以士女對稱也。秦漢改从土聲。**[35]

高氏於形義上的詮釋有可通之處，不過把牡字視為順敘為意的會意字，則跟林氏相同，至於「秦漢改从土聲」一語，本文在前述二（四）中申論丄形入周已轉化為士或土，其實作「土」形，並非土地之土，如此似乎可以為高氏略作修正。

又如馬敘倫《說文解字六書疏證》提出牡从土固非，从士也不對的說法，他認為「士」為「了」的寫誤，而「了」

---

[35] 參見《中國字例》p490。

為男陰，[36] 馬氏過度地穿鑿附會，李孝定先生於《甲骨文字集釋》中已予駁斥，[37] 個人也以為士字釋為男陰已經很明確，實在不必要再輾轉而說是「了」字的形訛。

其次，朱芳圃《殷商文字釋叢》則謂：

> 按土聲固非，如改為士，亦牽附難通，余謂丄即矛之異文，金文懋字有作左列形者：（省略）其所从之矛作丄，是其明證，牡从丄聲，諧同音也。[38]

朱氏從懋牡所从丄形出發，再以古音學論證，看似可信，其實懋字所从的楙字，考諸金文野字正作埜大克鼎、埜盤埜勹，[39] 而《說文》於「野」字下又載：「壄，古文野，从里省从林。」段注：「亦作埜」，可見得朱氏說懋字所从

---

[36] 參見《說文解字六書疏證》p300～301。

[37] 參見《甲骨文字集釋》第一冊 p297～299。

[38] 同註 34，p523。

[39] 前者參見《商周青銅器銘文選》第三冊 p215。後者見同書第二冊 p432。

的矛丄相通，實際上所从的丄，應該是土或士字，[40] 所以說牡从矛聲，在形構上有矛盾之處，更何況「矛」字在金文中作戟簋，[41] 與牡所从的土士諸形，都有差別。

總之，儘管馬、朱二氏之說，較林、高二氏，更有別於段氏，但是不可否認的，他們多少都是受到段氏校論的影響，尤其馬氏的論點，是承接段、羅、王諸家之說，再深入探論，其情形是更為明顯。

三、「妹」字形構述論

《說文解字·女部》云：

妹，女弟也，从女未聲。

---

[40] 前文已言及土士二字於周朝趨於相混，今《說文·里部》「里」字下也說「里，凥也，从田从土，一曰士聲也。」

[41] 參見徐中舒《漢語古文字字形表》p537。

段氏注云：

> 〈衛風〉：東宮之妹。〈傳曰〉：女子後生曰妹。

又云：

> 莫佩切，十五部；按：《釋名》曰：姊，積也；妹，昧也；字當从未。《白虎通》曰：姊者，咨也；妹者，末也，又似从末。[42]

於段氏之前的學者，似乎對於「妹」字的形構，並沒有什麼疑義，至段玉裁注《說文》「妹」字時，則據班固《白虎通》云「妹者，末也」，而懷疑「妹」字也有可能「从末」，因為從意義上說，女子後生為妹，後生就是末後而生，有末尾的意思；就字形上言，「未」跟「末」又極為近似，就古音學而言，《廣韻》「未」作「無沸切」屬微母，而「末」作「莫撥切」屬明母，明微的上古聲母，據錢大昕「古無輕脣音」的理論，則都屬於明母，又「未」、

[42] 同註 8，p621。

「末」所屬的古韻部，都屬於段氏古韻的第十五部脂部，因此段氏以他深厚的小學根柢觀察，並引《釋名》、《白虎通》為據，而提「妹」字是「从未」？還是「从末」的疑問，這樣的看法，就是段氏的創見，雖然他只提出問題，但似乎已了解當中有些問題，一時難以論斷。

（一） 段說對後世學者的影響

在段氏提出這個疑問之後，有不少學者受他的影響，紛紛陳述他們的見解，歸納起來，大致可以分成以下的幾種類型：

1·同於段氏兼存兩形

朱駿聲在《說文通訓定聲》「妹」字下說：

> ……〔叚借〕託名標識字，《書·酒誥》明大命于妹邦。〈鄭注〉紂之都所處也。《詩·桑中》作沫，又〈晉語〉妹喜，《荀子·新序》皆作末。〔聲訓〕《白虎通·三綱六紀》妹者，末也。《纂文》妹，媚也。《釋名》妹，昧也，猶日始入歷時少，尚昧

也。[43]

從上文中，我們可以看見朱氏列舉了从未與从末的文獻材料，但是他把从末的字視為假借，就跟段玉裁不同了，或許朱氏是受到全書體例的限制，也沒有深究从未跟从末的緣由，因此不如段玉裁那樣分辨得清晰。

2．「从末」為是，「从未」為非

由於段玉裁提出「妹」可能从末的疑義，此後有部分學者，則逕自主張从末為是，从未為非的論點，如戚學標在《說文又考》中說：

> 妹，女弟也。《繫傳》作夫之女弟也，字皆从末。《白虎通》妹者，末也。據義當从末，《詩》沫鄉，《書》為妹土，妹亦應作妹。《莊子》鼠壤有餘蔬，而棄妹不仁，謂有餘而棄其親，即弟妹之妹，注解為末學，曲說難通，本書有妹無妹，實則妹未聲，

[43] 參見藝文印書館印《說文通訓定聲》p579。

> 乃末聲之訛，韻書妹收十八隊，妺在十三末，經典相承，無復辨正。[44]

戚氏蒐集群籍韻書中「妹」、「妺」的各種現象，而加以論證，比起段玉裁更深入一層，似乎妹字從末的說法，逐漸獲得認同，並且印證，只是他从未為誤的主張，恐怕值得再商榷。稍後的毛際盛，在《說文解字述誼》中也說：

> 又案：《說文又考》云：《白虎通》妹者，末也，據義當从末，未聲乃末聲之誤。[45]

但在上文中，毛氏則只是表示贊同戚氏的說法而已，並未多所申論。

3·「未」、「末」同為一字

段玉裁對妹字从未還是从末，採兩種都有可能的態度，而近代部分學者，從古文字的研究裡，發現未末同一

---

[44] 同註 13，第十冊 p58。

[45] 同註 44。

字，可見段氏兩存的見識，確實有過人之處。較早提出未末為一字的學者為葉玉森，其於民國十三年撰《說契》就說道：

> 森按：《說文》：「妹，女弟也，從女未聲。」卜辭作寐之偏旁，上象木近女首，下象木在女旁，古以木為枕，女子雞鳴而起，時方枕臥，東方未明，故卜辭用如昧爽之昧，妄妹固妹之初文，別構作、从象木上有小枝，乃木末形似，為末之初文，古末未音同，當為一字，後人从未專紀時，或作語詞，乃別製末字，訓女弟也之妹，應从末，蓋末有小誼，妹固女之小者。[46]

此說後來又見於他的《殷契鉤沈》，李孝定先生於《甲骨文字集釋》裡，曾經批評他以女子早起而時方枕臥，所以借用為昧爽的昧字的說法為蛇足，不過葉氏認為妹从末，從甲骨文的形構上，看來象木上有小枝，跟樹木的末稍形

[46] 同註 37，第十二冊 p3620。

似，所以應該就是未字的初文，而且未末同音，應為一字。

（二）「未」「末」爲一字說補證

在上述的諸說之中，個人以為从「妹」字所從的聲符——「未」「末」在古文字中的形、義，或書面的文獻材料等去考量，都足以顯示「未」、「末」原本為一字，而「妹」字从未或从末都是對的。

1·從「妹」字聲符的形義方面證

「妹」字，在甲骨文字，出現的頻率很高，就取《甲骨文字集釋》所引錄的有：

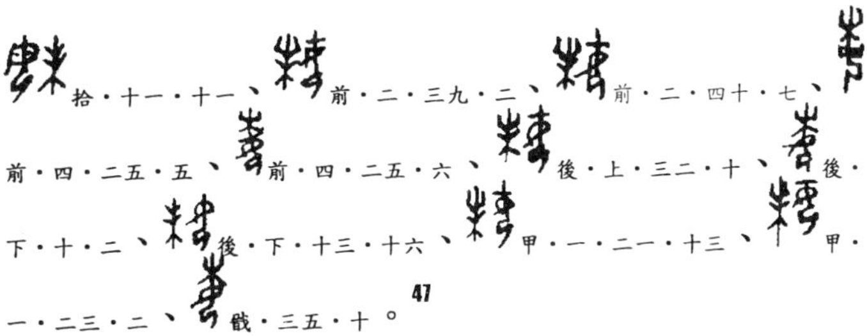

[47]

[47] 同註 37，第十二冊 p3619。

如果再取徐中舒《甲骨文字典》所引錄的，還有：

一期甲・二〇九、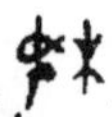一期合・一五二、一期拾・一一・一一、一期戩・三五・八、三期人・一八八四、五期人・二五八七、五期前・二・四〇・七。[48]

這些「妹」字所从的聲符，跟甲骨文十二支裡的「未」字相同，我們就從《甲骨文字集釋》中選錄一些比較具有代表性的字形，列舉如下：

藏・五・三、拾・四・十五、前・一・二一・二、前・三・九・一、前・三・十二・四、甲・一・十八・二、戩・二五・十。[49]

而關於「未」字的意義，許慎《說文・未部》云：

> 未，味也，六月滋味也，五行木老於未，象木重枝葉也。[50]

---

48 參見《甲骨文字典》p1307。

49 同註 37，第十四冊 p4381。

50 同註 8，p753。

顯然許慎解釋「未」字，係依古人的十二月配十二支，再採陰陽五行的學說而言，自然不是古人造字的初義，而後世學者推究「未」字的本義，諸家意見頗為分歧，如朱駿聲、王筠則依從許說，而主象樹木重枝；[51] 林義光、趙誠則以為「未」是「枚」的古文，指枝幹的意思；[52] 吳楚則主張《釋名》聲訓的「昧」，就是「未」的正義；[53] 而郭沫若以為「未」就是「采」的古文；[54] 高鴻縉則從字形上看，以為有樹木枝葉滋茂的樣子，而以「未」為「茂」，[55] 其諸說之中，李孝定先生於《甲骨文字集釋》已指出卜辭另外有「采」字，而郭氏以「未」為「采」是不正確的，又在《金文詁林讀後記》裡評論高氏之說未安，因為「象

[51] 朱說參見同註 43，p578。王說則參見他的《說文釋例》卷一 p39。

[52] 林說參見同註 13，第十一冊 p779。趙說見於所編《甲骨文簡明詞典》p264。

[53] 同註 13，第十一冊 p779。

[54] 參見《甲骨文字研究・釋干支》p207～209。

[55] 參見《中國字例》p298～299。

枝葉之象，凡木皆然，無以見茂盛意」。[56] 至於林、趙二氏之說，《說文》「枚」字形構是从木支，會意，若由形構探其初義，則應該是指伐木、取木的意思，而甲骨文、金文等古文字裡，確實另有「枚」字，據高明《古文字類編》引錄，則有：

四期粹一〇六〇、周早父乙鼎、周中枚家卣。

可見得林、趙二氏的說法也不正確。至於吳楚以「昧」為「未」，在甲骨文、金文裡，雖然有假「妹」為「昧」的情形，但是吾國文字是由形見義的表意文字，如果如吳氏所說，則我們從未字的形構上，實在看不出有日光陰蔽不明的情狀，又如果是從許書「象木重枝葉」，而引發「昧」的意義，那麼就更顯見是引申義，而不是本義。至如許慎所指「象木重枝葉」一義，為王、朱等學者所主張，由字形上看，似乎近是，其實仍有疑義，縱然在甲骨文中有不少「未」字作或，看似有倚木重枝的樣子，但是也有

[56] 前者參見同註 37，第十四冊 p4381；後者見《金文詁林讀後記》p501。

不少作、，甚至的形構，都不見「重枝」的樣子，所以個人以為重枝的說法仍有未安，而應該採葉玉森的主張，比較符合造字伊始的初義，葉氏在《殷虛書契前編集釋》中說：

> 未之異體作等形，从或或一繫於木上，並象木之末，未與末為一字，省變作，乃與木同矣。[57]

文中有省變之說，個人並不以為然，因為作或，都是把木字形體的上端筆勢，使陡銳而長，它是取意在樹枝的末端，也就是樹梢，這也正是《說文》釋「末」為「木上曰末」的意義，所以甲骨文的形體不論重枝，或者不重枝，都是指「木上」的樹梢，因此並無所謂的「省變」。

其次，在甲骨文中，「未」字常常作如後世「末」字的形體，例如前面所引錄《殷虛書契前編》的，與《殷虛文字甲編》的，雖然目前所發現的甲骨文中，在意義

[57] 參見《殷虛書契前編集釋》卷一 p23 上。

上是有「未」無「末」，而「未」義又多是用作干支的假借義，但從甲骨文「未」字的形構上看，似乎已表示了「未」「末」不別的現象。

在金文裡，似乎已有「末」的形義，在春秋時期有〈蔡侯鐘〉的，在戰國時期有〈末距愕〉的，[58] 但是在西周時期，「未」「末」似乎還是顯示混而不別的情形，例如西周穆王的〈班簋〉，有銘文作「」，[59] 郭沫若《兩周金文辭大系考釋》隸定作「忎」，以為就是「昧」字，[60] 而洪家義《金文選注釋》則直接釋作「怽」字，並引《廣雅·釋詁》：「怽，忘也。」[61] 其實「昧」與「怽」在意義上是都相通的，但它們卻顯示「未」「末」形義混而不別的現象，而且从未从末在意義上都有「隱而不明」的含意，也都是從樹梢引申而來，樹梢在樹的末端，就觀看者

[58] 參見《古文字類編》p277。

[59] 參見《商周青銅器銘文選》第三冊 p108。

[60] 參見《兩周金文辭大系考釋》p20。

[61] 參見《金文選注釋》p142。

來說，距離較遠，再加上天空光線明亮刺眼，在視覺上會比較不清楚，而由這裡再說到「昧」義，它是指日光陰翳不明，「恷」義則是指心智不明，在意義上是相通的。

再如商承祚等編《先秦貨幣文編》的「未」字作：

。[62]

其中六八、六二的形構，跟〈蔡侯鐘〉、〈末距愕〉的、，實在沒有什麼差異，只不過是圓點與直線、曲線與直線的筆勢變化而已。

由以上所述，可見得商周先秦時期「未」、「末」的形義，一直是混而不別，但後來在小篆裡，有了形義上的區分，不過到了後世，从未从末似乎還是混淆不清，例如《廣韻》中，同樣作「水名」，卻有「沬」、「沫」兩字，與其說它們是形近而訛，反不如說它們是自古相混同源的結果。

---

62 參見《先秦貨幣文編》p174。

2．從其他書面文獻證

綜上所述，「妹」字可以「从未」，也可以「从末」，而在其他書面的文獻裡，也不乏證據。例如傳說中，夏桀的妃子為「妹嬉」，《楚辭．天問》即載說：

> 桀伐蒙山，何所得焉？妹嬉何肆，湯何殛焉？[63]

而《國語．晉語》則作「妹喜」：

> 史蘇曰：昔夏桀伐有施，有施人以妹喜女焉，妹喜有寵，於是乎與伊尹比而亡夏。[64]

又《呂氏春秋．慎大》則作「末嬉」：

> 伊尹又復往視曠，夏聽於末嬉，末嬉言曰……[65]

又《太平御覽》卷一三五引《竹書紀年》作「末喜」：

---

[63] 參見藝文印書館《楚辭補注》p174。

[64] 參見四部叢刊本《國語》p60。

[65] 參見四部叢刊本《呂氏春秋》p92。

桀……棄其元妃于洛，曰末喜氏，末喜以與伊尹交，遂以間夏。[66]

至於《廣韻·末韻》則作「妹嬉」：

妹，妹嬉，桀妃。[67]

同是夏桀妃「妹嬉」，而有「妹喜」、「末嬉」、「末喜」、「妹喜」等形式上的差異，足以證明「妹」字可以「从未」，也可以「从末」。

總之，段玉裁在注釋時，他有他的理由懷疑「妹」字从末，可是他也不否認可以从未，從我們上面的論述，可見段玉裁在形音義的鑒別上，確實是獨具隻眼，而非一般學者所能及。

---

[66] 參見《太平御覽》卷一三五。

[67] 參見《廣韻》p485。

四、結　語

從上文「牡妹」二字形構的述論裡，我們可以看見段玉裁校論文字見解精闢，眼光灼然，雖然有學者認為他校論許書自信太過，流於武斷，[68] 但就「牡妹」二字而言，他是顯得非常謹慎小心，有意從不同的角度去推論判斷，雖然也有判斷錯誤的地方，可是正確的觀念與方法，啟示後人甚多，尤其運用他精擅的古音學，配合著訓詁材料校論，居然能達到與近代新興的古文字學相互印證的效果，實在令人驚異不已，而不由得發出長聲的贊歎，所以清人稱譽為清代《說文》學冠冕，應是當之無愧。

---

[68] 參見周祖謨《問學集．論段氏說文解字注》p871～873。

參考引用書目

于省吾 1979 《甲骨文字釋林》 大通書局

王國維 1921 《觀堂集林》 河洛出版社

王　筠 1837 《說文釋例》 世界書局

1850 《說文解字句讀》 廣文書局

左丘明？ 《國語》 商務印書館四部叢刊本

朱駿聲 1833 《說文通訓定聲》 藝文印書館

呂不韋 《呂氏春秋》 商務印書館四部叢刊本

李孝定 1965 《甲骨文字集釋》 史語所專刊之五十

1982 《金文詁林讀後記》 史語所專刊之八十

周法高 1974 《金文詁林》 中文出版社

周祖謨 1966 《問學集》 河洛出版社

林慶勳 1979 《段玉裁之生平及其學術成就》 文化大學博士論文

段玉裁 1807 《說文解字注》 藝文印書館

《段玉裁遺書》 大化書局

洪家義 1988 《金文選注釋》 江蘇教育出版社

洪興祖		《楚辭補注》	藝文印書館
徐中舒	1981	《漢語古文字字形表》	文史哲出版社
	1988	《甲骨文字典》	四川辭書出版社
高　明	1980	《古文字類編》	大通書局
馬承源等	1988	《商周青銅器銘文選》	文物出版社
馬敘倫	1939	《說文解字六書疏證》	鼎文書局
高鴻縉	1967	《中國字例》	三民書局
徐　灝		《說文段注箋》	廣文書局
郭沫若	1931	《兩周金文辭大系考釋》	大通書局
	1952	《甲骨文字研究》	民文出版社
商承祚等	1983	《先秦貨幣文編》	書目文獻出版社
章炳麟		《國故論衡》	廣文書局
陳彭年	1008	《廣韻》	藝文印書館
葉玉森	1932	《殷虛書契前編集釋》	藝文印書館
楊家駱編	1975	《說文解字詁林正補合編》	鼎文書局
楊樹達	1963	《積微居甲文說》	大通書局
趙　誠	1986	《甲骨文簡明詞典》	中華書局
劉　熙		《釋名》	大化書局
鮑國順	1974	《段玉裁校改說文之研究》	政治大學

碩士論文

羅振玉 1914 《殷虛書契考釋》 藝文印書館

饒宗頤、曾憲通 1985 《楚帛書》 中華書局

原刊載於《第二屆清代學術研討會論文集》， p577～599，1992 年

中共簡化字「異形同構」現象析論

一、前 言

中共於一九五六年公布〈漢字簡化方案〉（簡稱〈一簡方案〉），並大力推行，迄今已有 36 年之久。公布與實施之初，曾遭遇不少阻力，但是除了在主政者以強大的政治力量推動外，也因為公布的這批簡化字已有不少已經在民間普遍地流傳使用，再加上國民政府教育部於民國二十四年曾公布〈第一批簡體字表〉，雖然後來並沒有實施，卻為中共奠定了推行簡化字的基礎，[1] 因此〈漢字簡化方案〉竟也推行到現在。此後中共又在一九七七年十二月公

[1] 據汪學文《中共簡化漢字之研究》所指，〈第一批簡體字表〉共公布 324 字，但其中的 280 字為〈漢字簡化方案〉所採用。

布〈第二次漢字簡化方案草案〉（簡稱〈二簡草案〉），但因〈二簡草案〉中的簡化字，簡化得比〈一簡〉還要劇烈，又大量地使用同音代替，簡化的文字又多脫離了約定俗成的軌跡，產生運用上的各種矛盾與困難，所以反對聲浪極大，終致〈二簡草案〉胎死腹中。本文將討論的簡化字，就是以一九五六年公布，一九六四年修訂的〈簡化字總表〉為範圍。該表包括三部分：（一）第一表為不作偏旁用的 352 個簡化字。（二）第二表為可作偏旁的 132 個簡化字與 14 個簡化偏旁。（三）第三表為由第二表的簡化字與簡化偏旁組合而得的 1754 字。既然第三表是從第二表組合而來，為了分析上儘量避免重複，本文則採第一表與第二表討論。

在其「約定俗成」的原則下，[2] 由正體字簡化為簡化字，[3] 則會產生在正體字當中原本是相同的形符或聲符，

---

[2] 中共中國文字改革委員會主任吳玉章於一九五五年四月《中國語文》發表〈關於漢字簡化問題——在政協全國委員會報告會上的報告〉一文中說：「在字的選定上根據『約定俗成』的原則。」

[3] 大陸實施簡化字，稱傳統的漢字為繁體字，為簡化字的對立名詞，

到了簡化字表就形成不同的文字或符號，例如證→证、鄧→邓、熱→热、陸→陆、養→养、癥→症、徵→征、鍾→钟、動→动、牽→牵、縴→纤等，原本同「登」聲而各簡作「正」、「又」；原本同「坴」符，而各簡作「扌」、「击」；原同為「養」，而各簡作「养」、「羊」；原同為「徵」字，而各簡作「正」、「征」；原同為「重」聲，而各簡作「中」、「云」；原同為「牽」字，各簡作「牵」、「千」，這種現象，本文稱之為「同形異構」；反之，在正體字當中原本是不同的形符或聲符，經簡化之後，在簡化字表中變為相同的形符或聲符，例如襖→袄、躍→跃，同變為「夭」聲；壩→坝、貝→贝，同為「贝」字；斃→毙、畢→毕，同簡從「比」聲，這種現象，本文稱之為「異形同構」；在第一、第二表中，「異形同構」的情形十分普遍，頗值得進一步分析討論，辨識其中的矛盾現象，以為研究漢字發展，思考海峽兩岸文字統一問題之借鏡、參考。

台灣地區一直使用傳統漢字，不少學者以為不應用「繁體字」一詞，應稱之為「正體字」，本文以為是也。

二、「異形同構」的分類與舉例

分析〈簡化字總表〉中「異形同構」的簡化字，大致可得 193 正體字，183 簡化字，依正體字原本不同形符、聲符而簡化成相同形符、聲符的數目，我們可以分成 6 類 54 條，茲列舉如下：

（一）　二形同構

1.　夭：袄〔襖〕、跃〔躍〕。
2.　贝：坝〔壩〕、贝〔貝〕。
3.　扌：报〔報〕、热〔熱〕、势〔勢〕、亵〔褻〕、执〔執〕。
4.　比：毙〔斃〕、毕〔畢〕。
5.　示：标〔標〕、际〔際〕。
6.　里：缠〔纏〕、里〔裏〕。
7.　切：彻〔徹〕、窃〔竊〕。
8.　小：尘〔塵〕、孙〔孫〕。
9.　尔：称〔稱〕、尔〔爾〕。
10.　出：出〔齣〕、础〔礎〕。

11. 舌：辞〔辭〕、敌〔敵〕、乱〔亂〕、适〔適〕。
12. 总：聪〔聰〕、总〔總〕。
13. 失：迭〔疊〕、铁〔鐵〕。
14. 不：怀〔懷〕、坏〔壞〕、环〔環〕、还〔還〕。
15. 击：击〔擊〕、陆〔陸〕。
16. 介：价〔價〕、阶〔階〕。
17. 佥：硷〔鹼〕、签〔籤〕、签〔簽〕。
18. 见：舰〔艦〕、见〔見〕。
19. 井：讲〔講〕、进〔進〕。
20. 京：惊〔驚〕、琼〔瓊〕。
21. 令：怜〔憐〕、邻〔鄰〕、岭〔嶺〕。
22. 良：粮〔糧〕、酿〔釀〕。
23. 尤：扰〔擾〕、忧〔憂〕、优〔優〕、犹〔猶〕。
24. 西：洒〔灑〕、晒〔曬〕、牺〔犧〕。
25. 显：湿〔濕〕、显〔顯〕。
26. 下：虾〔蝦〕、吓〔嚇〕。
27. 先：宪〔憲〕、选〔選〕。
28. 向：响〔響〕、向〔嚮〕。

29. 兴：兴〔興〕、誉〔譽〕、举〔舉〕。
30. 羊：痒〔癢〕、样〔樣〕。
31. 月：钥〔鑰〕、阴〔陰〕。
32. 乙：亿〔億〕、忆〔憶〕、艺〔藝〕。
33. 文：这〔這〕、刘〔劉〕。
34. 与：写〔寫〕、与〔與〕。

（二） 三形同構

35. 寸：衬〔襯〕、过〔過〕、时〔時〕、寿〔壽〕、寻〔尋〕。
36. 正：惩〔懲〕、征〔徵〕、症〔癥〕、证〔證〕。
37. 中：冲〔衝〕、钟〔鐘、鍾〕、肿〔腫〕、种〔種〕。
38. 干：干〔乾、幹〕、赶〔趕〕。
39. 戶：沪〔滬〕、护〔護〕、庐〔廬〕、芦〔蘆〕、炉〔爐〕、驴〔驢〕。
40. 只：积〔積〕、只〔隻、祇、戠〕。
41. ㄗ：疖〔癤〕、卫〔衛〕、爷〔爺〕、节〔節〕。

42. 头：实〔實〕、头〔頭〕、买〔買〕、卖〔賣〕。

43. 用：痈〔癰〕、拥〔擁〕、佣〔傭〕。

44. 占：毡〔氈〕、战〔戰〕、钻〔鑽〕。

45. 尺：昼〔晝〕、尽〔盡、儘〕。

（三） 四形同構

46. 办：办〔辦〕、苏〔蘇、囌〕、协〔協〕、胁〔脅〕。

47. 卜：卜〔蔔〕、补〔補〕、扑〔撲〕、仆〔僕〕、朴〔樸〕、盐〔鹽〕。

48. 虫：蚕〔蠶〕、触〔觸〕、独〔獨〕、茧〔繭〕、烛〔燭〕、浊〔濁〕、虫〔蟲〕。

49. 千：忏〔懺〕、歼〔殲〕、千〔韆〕、纤〔縴、纖〕、迁〔遷〕。

50. 庄：赃〔贓〕、脏〔臟、髒〕、庄〔莊〕、桩〔樁〕。

51. 乂：赵〔趙〕、风〔風〕、冈〔岡〕、区〔區〕。

（四）　五形同構

52.　力：伤〔傷〕、边〔邊〕、穷〔窮〕、
历〔歷、曆〕。

（五）　十形同構

53.　云：层〔層〕、偿〔償〕、坛〔壇、罎〕、
运〔運〕、酝〔醞〕、尝〔嘗〕、
动〔動〕、会〔會〕、云〔雲〕。

（六）　十三形同構

54.　又：邓〔鄧〕、凤〔鳳〕、观〔觀〕、汉〔漢〕、
轰〔轟〕、欢〔歡〕、鸡〔雞〕、艰〔艱〕、
仅〔僅〕、劝〔勸〕、权〔權〕、树〔樹〕、
叹〔嘆〕、戏〔戲〕、对〔對〕、难〔難〕、
聂〔聶〕、圣〔聖〕、双〔雙〕。

在上列之中，二形同構凡 34 條，82 個正體字、簡化字；三形同構凡 11 條，44 個正體字，39 個簡化字；四形同構

凡 6 條，33 個正體字，30 個簡化字；五形同構凡 1 條，5 個正體字，4 個簡化字；十形同構凡 1 條，10 個正體字，9 個簡化字；十三形同構凡 1 條，19 個正體字、簡化字。其中兩形以上的多形同構現象，佔了一半以上的比例，尤其值得注意的是竟然有高達十形或十三形同構的情形，這種原本各自有不同來源、本義的正體字，卻都因為「約定俗成」而簡併為同構的現象，於文字學的角度來說，應該是不合理的，它顯然會跟原隸變以後，已使用二千年的漢字系統，起很大的衝突，其理由將於第四小節中論述，茲不贅。

三、異形而同構的簡化方法

吳玉章在〈關於漢字簡化問題〉一文中，特別說明該「中國文字改革委員會」整理簡化漢字，是採「約定俗成」的原則，盡量選群眾已普遍流行的簡化字，其實雖說是「約定俗成」，在取字定形上仍然免不了要主觀地將這些簡化字予以規範化、標準化。例如「總」字，據《宋元以來俗字譜》所載流行俗寫的字形有「總」、「揔」、「捴」、「揔」、「緫」、「总」諸形，但公布時取「总」以為標準；又如「趙」字，《宋元以來俗字譜》載有「赵」、「赵」兩個通俗字形，公布時則取「赵」為規範的字形。[4] 至於仍有部分沒有簡體而又常用的字，則採取：(1)用古代原來筆畫比較簡單的字。(2)用同音字代替。(3)用筆畫簡單的聲旁代替原有的聲旁。(4)極個別的字是創新的。[5] 換句話說，雖然以「約定俗成」為原則，實際上仍有相當比例的簡化字，是由「我輩數人，定則定矣」制訂出來，而要眾人遵守的「非約定俗成」的文字。因此正如王忠林先生所析，簡化字可分成「前有所承」與「中共自創」兩大類。[6] 然不論是古人所已造用而前有所承，抑或是中共自行創制，正體字經由簡化的過程而變成簡化字，其簡化的方法如何呢？大陸學者王顯於一九五五年四月號《中國

[4] 「總」字參見《宋元以來俗字譜》p80，「趙」字則參見 p88。

[5] 參見同註 2，p3～4。

[6] 參見王先生〈中共簡體字的分析研究〉一文，發表於「第二屆中國文字學國際學術研討會」。

語文》，為中共簡化字政策尋求文字學的理論基礎，發表〈略談漢字的簡化方法和簡化歷史〉一文，提出十種簡化方法的類型── (1)用部分代替整體。(2)省併重複。(3)符號代替。(4)草體楷化。(5)改換聲符。(6)改換形符。(7)形聲改成非形聲。(8)非形聲改成形聲。(9)同音代替。(10)恢復古體。[7] 雖然他的分類已頗為細密，但是仍有少部分的簡化現象，例如由於書寫習慣筆勢變轉而導致形變的少數簡化字，就未能規範，如上節中第 12 條：总：聪〔聰〕、总〔總〕，「总」形簡化的過程，原來是作「悤」，从「囱」得聲，至北魏鄭道昭〈鄭文公下碑〉，「聽」字已寫作「聡」，改从「公」得聲，而唐顏元孫《干祿字書》中列「聡」為「通」一類的字，至於由「怂」變成了「总」，則純粹是因為書寫習慣改變，導致形構變化。再如第 15 條：陆〔陸〕，其顯然是將聲符的筆畫簡化，並將書寫的筆勢略作改變而成的。再如第 41 條：卩：爷〔爺〕，「爺」从「耶」得聲，「耶」古原即「邪」字，在《說文·

[7] 參見該期《中國語文》p21。

邑部》「邪」从邑牙聲，至漢〈曹全碑〉中隸變作「耶」，此後便有「耶」字，唐《干祿字書》以「耶」為「通」，「邪」為「正」，而簡化字則將「爺」字省去「耳」形，並據世人書寫習慣將「阝」略變作「ㄗ」，像這一類因為書寫習慣或筆勢使字形略作衍變，似又無法歸入王氏所述十類中的任何一類，而其於文中述「恢復古體的簡化法」時也說：「草案中的『倉』作『仓』，『漿』作『氷』，是把古文、奇字的『仝』和『牀』稍微加以改造而來的。」所謂「稍微加以改造」就是改變書寫形式。諸如此類，雖因書寫習慣或筆勢變轉，造成字形略有變化，卻又未構成文字整體的改變，我們仍將不予另作分類，而以王氏所分的 10 類型為基礎以分析討論，不過其第(7)形聲改成非形聲、第(8)非形聲改成形聲兩類型中的「非形聲」一詞，語詞略嫌含混不清，本文擬依字例之實際現象，明確改為「會意」。依個人略作修正的十類型名稱，將「異形同構」的字例，逐一地加以分析歸類，大體上，多數的簡化字是以一種簡化方法簡化而成，本文稱之為「單型簡化」，但也有部分文字用兩種的簡化方法簡化而成，本文稱之為「複型簡化」。在類型的分析上，有時並不容易釐清，本文將以簡化所重為原則，例如：标〔標〕、际〔際〕，其不歸入第(7)由形聲改成會意一類，而歸入第(1)用部分代替整體一類，則在标、际所从的「示」符，並不表意，不是意符，充其量它不過是表示「票」、「祭」的省聲符號。所以「标」、「际」所重就是用部分代替整體。再如：里〔裏〕、向〔嚮〕、干〔幹〕、虫〔蟲〕，其不歸入第(9)同音代替一類，也歸入第(1)類，在於不僅正體字與簡化字的本義不相同，且從簡化字字形上可以確切地看出其來自於正體字的部分形構。至於云〔雲〕從字形上看，簡化字與正體字的下半部相同，但其不歸入第(1)類而歸入第(10)恢復古體類，就是「云」是「雲」的古文，兩字的原始本義完全相同。在這原則下，本文分「單型簡化」、「複型簡化」，分別依類列舉如下：

（一） 單型簡化

a. (1)用部分代替整體

标〔標〕、际〔際〕、缠〔纏〕、里〔裏〕、
孙〔孫〕、击〔擊〕、陆〔陸〕、向〔嚮〕、

与〔與〕、时〔時〕、寻〔尋〕、干〔幹〕、赶〔趕〕、沪〔滬〕、疖〔癤〕、爷〔爺〕、触〔觸〕、独〔獨〕、茧〔繭〕、烛〔燭〕、浊〔濁〕、虫〔蟲〕、敌〔敵〕、适〔適〕。

b.　(3)符號代替

报〔報〕、热〔熱〕、势〔勢〕、亵〔褻〕、执〔執〕、辞〔辭〕、乱〔亂〕、怀〔懷〕、坏〔壞〕、环〔環〕、还〔還〕、这〔這〕、刘〔劉〕、过〔過〕、卫〔衛〕、办〔辦〕、苏〔蘇〕、协〔協〕、胁〔脅〕、赵〔趙〕、风〔風〕、冈〔岡〕、区〔區〕、伤〔傷〕、边〔邊〕、穷〔窮〕、层〔層〕、坛〔壇〕、尝〔嘗〕、动〔動〕、会〔會〕、邓〔鄧〕、凤〔鳳〕、汉〔漢〕、欢〔歡〕、鸡〔鷄〕、艰〔艱〕、仅〔僅〕、劝〔勸〕、权〔權〕、树〔樹〕、叹〔嘆〕、戏〔戲〕、对〔對〕、难〔難〕、聂〔聶〕、圣〔聖〕。

c. (4)草體楷化

贝〔貝〕、称〔稱〕、佥〔僉〕、见〔見〕、
湿〔濕〕、兴〔興〕、誉〔譽〕、举〔舉〕、
寿〔壽〕、实〔實〕、头〔頭〕、买〔買〕、
卖〔賣〕、昼〔晝〕、尽〔盡〕、庄〔莊〕。

d. (5)改換聲符

袄〔襖〕、跃〔躍〕、坝〔壩〕、毙〔斃〕、
窃〔竊〕、础〔礎〕、聪〔聰〕、价〔價〕、
阶〔階〕、签〔籤〕、舰〔艦〕、进〔進〕、
琼〔瓊〕、怜〔憐〕、邻〔鄰〕、岭〔嶺〕、
粮〔糧〕、酿〔釀〕、扰〔擾〕、优〔優〕、
犹〔猶〕、洒〔灑〕、晒〔曬〕、牺〔犧〕、
虾〔蝦〕、吓〔嚇〕、宪〔憲〕、选〔選〕、
痒〔癢〕、样〔樣〕、亿〔億〕、艺〔藝〕、
衬〔櫬〕、惩〔懲〕、征〔徵〕、症〔癥〕、
肿〔腫〕、种〔種〕、庐〔廬〕、芦〔蘆〕、
炉〔爐〕、积〔積〕、痈〔癰〕、拥〔擁〕、
佣〔傭〕、毡〔氈〕、战〔戰〕、补〔補〕、

扑〔撲〕、仆〔僕〕、朴〔樸〕、忏〔懺〕、歼〔殲〕、迁〔遷〕、脏〔臟〕、桩〔樁〕、历〔歷〕、历〔曆〕、偿〔償〕、运〔運〕、酝〔醞〕。

e.　(6)改換形符

双〔雙〕。

f.　(7)形聲改成會意

阴〔陰〕。

g.　(8)會意改成形聲

彻〔徹〕。[8]

[8]《說文·攴部》云：「徹，通也，从彳，从攴，从育。」

h. (9)同音代替

出〔齣〕、迭〔疊〕、冲〔衝〕、只〔隻〕、
只〔祇〕、只〔戠〕、卜〔蔔〕、干〔乾〕、
千〔韆〕。

i. (10)恢復古體

尔〔爾〕、云〔雲〕。

（二） 複形簡化

a. (1)+(3)型

苏〔蘇〕。

b. (1)+(4)型

尘〔塵〕、[9] 显〔顯〕。

---

[9]「塵」，草書作塵，簡化寫作「尘」為據之取部分形體予以楷化而成。

c. (1)+(5)型

总〔總〕。

d. (1)+(6)型

坛〔罎〕、节〔節〕。

e. (1)+(8)型

毕〔畢〕。

f. (2)+(5)型

蚕〔蠶〕。

g. (3)+(4)型

轰〔轟〕、观〔觀〕。

h. (3)+(6)型

盐〔鹽〕。

i. (4)＋(5)型

证〔證〕、钟〔鐘〕、钟〔鍾〕、驴〔驢〕、钻〔鑽〕、纤〔縴〕、赃〔贓〕、钥〔鑰〕、铁〔鐵〕、讲〔講〕。

j. (4)＋(6)型

硷〔鹼〕、写〔寫〕。

k. (4)＋(9)型

尽〔儘〕。[10]

l. (5)＋(6)型

惊〔驚〕、响〔響〕、护〔護〕、脏〔髒〕、忧〔憂〕。[11]

---

[10] 王顯〈略談漢字的簡化方法和簡化歷史〉一文以為「儘」屬第(3)型，然「盡」字草作，故其簡化過程應屬「(4)+(9)型」。

[11]《說文・夂部》云：「憂，和之行也，从夊㥑聲。」今簡化字「忧」从心尤聲，故形符聲符皆改換，屬「(5)+(6)型」。

在上列分類中，總計單型簡化類凡 163 字，複型簡化類凡 30 字，在單型簡化類中，獨不見王顯氏 10 種類型中的第(2)型，其餘各型字數統計如下表：

類型	(1)	(2)	(3)	(4)	(5)	(6)	(7)	(8)	(9)	(10)
字數	24	0	47	16	62	1	1	1	9	2

其中值得注意的現象是第(5)改換聲符這類的字例最多，第(3)符號代替次之。這兩類共計 109 個字例，佔單型簡化的 66.9%，即是 2/3 的比例，換言之，這兩類為中共「異形同構」簡化字產生的主要原因，而其餘的 7 類才佔約 1/3 的比例。

至於複型簡化，我們同樣做一個統計表來觀察：

類型	(1)+(3)	(1)+(4)	(1)+(5)	(1)+(6)	(1)+(8)	(2)+(5)	(3)+(4)	(3)+(6)	(4)+(5)	(4)+(6)	(4)+(9)	(5)+(6)
字數	1	2	1	2	1	1	2	1	11	2	1	5

在複型簡化的類型裏，以(4)+(5)型凡 11 個字例為最多，其所以為多的理由，在於這些字的形符都是草體楷化，而聲符改換，除此之外，其餘的 11 種複式類型的字例都顯得很少。若將複型簡化的類型再進而分析其所組合的單型，則可發現運用最多的就是(4)、(5)兩類型，各為 18 字例，所以在複型簡化中，草體的楷化居於重要的地位，又不論單型、抑或複型的簡化，改換聲符而使文字趨簡的簡化方式是最為常見的。

四、「異形同構」所形成之矛盾現象

簡化字多半是來自宋元以來民間流傳的俗字，[12] 如果我們取劉復《宋元以來俗字譜》參照比對，就可發現，例如缠〔纏〕，《京本通俗小說》作「缠」；称〔稱〕，自

[12] 也有的簡化字來自更早的南北朝時期的俗字，如「亂」，北魏鄭道昭〈鄭文公下碑〉作「乱」，而顏之推《顏氏家訓．書證篇》曾論及當時文字混亂，有「亂旁為舌」的「乱」字。

《古列女傳》以至《嶺南逸事》十二種書均有作「称」；湿〔濕〕，《古今雜劇三十種》、《全相三國志平話》、《朝野新聲太平樂府》、《嬌紅記》、《薛仁貴跨海征東白袍記》、《目蓮記彈詞》、《嶺南逸事》等均作「湿」；这「這」，《目蓮記彈詞》、《金瓶梅奇書前後部》作「这」；赵〔趙〕，《目蓮記彈詞》作「赵」等。這些俗字大體是為了便利個人的書寫，或快速板刻文字而產生的，在民間使用久了，形成所謂的「約定俗成」，但是由於創造這些文字的人，他們是沒有受過嚴格文字學教育的「俗儒鄙夫」，不了解漢字構形的原理，往往造出來的俗字，並不完全符合漢字的形音義系統，與六書原理。由此，我們就不難瞭解簡化字「異形同構」，其中的矛盾所在了，茲將其矛盾現象分為：（一）六書原理的矛盾現象。（二）形義系統的矛盾現象。（三）古今音讀的矛盾現象。（四）文字源流的矛盾現象四項，論述如下：

（一）　六書原理的矛盾現象

在第二節「異形同構」的字例裏，有很多原本正體字中，為不同聲符或形符的形聲、會意字，可是經過了用部分代替整體、符號代替、草體楷化的方法成為相同形構的簡化字後，變得有很多簡化字無法以傳統的漢字理論——六書原理歸類，頻頻發生矛盾現象。例如：击〔擊〕，《說文・手部》云：「擊，攴也，从手毄聲。」換言之「擊」為形聲字，可是簡化字將它的聲符簡化作「击」，其實原來「擊」字或聲符的「毄」，由形符都還可以看出打擊的意思，作「击」則難以看出，而我們也無法以六書將它歸類。再如报〔報〕、热〔熱〕、势〔勢〕、亵〔褻〕、执〔執〕諸字都有同形符的「扌」，可是在這些字裏，它不是「手（扌）」的形符，它在「報」、「執」字裏代表「幸」，而「報」《說文》以為會意字，「執」以為會意兼形聲字，在簡化之後的「扌」符，當然不得視為成文的「手」或者「幸」，而是符號，則「报」、「执」如何歸類呢？又「扌」在从火埶聲的「熱」、从衣埶聲的「褻」、从丮坴會意的「埶」諸字裏代表「坴」字，同理「热、亵」還算是形聲嗎？「执」還算是會意嗎？又如怀〔懷〕、坏〔壞〕、环〔環〕、还〔還〕，都是以「不」形代替「褱」、「睘」聲符，但是從「不」的形義上，或音讀上，實在難以解釋它跟「褢」、「睘」的關係，純粹是符號的代替，像這樣「怀、坏、环、还」可以視為形聲嗎？如果不能的話，又當如何歸類呢？自如卫〔衛〕，正體字中「衛」是从行韋聲的形聲字，但簡化作「卫」，從形音義都難以解釋「卫」與「衛」的關係，而再視「卫」為形聲字可能嗎？否則又作何解呢？再如实〔實〕、头〔頭〕都有「头」符，但在「实」字它是「實」的草體楷化，「貫」是从毌貝會意字，簡化成「头」後，是否還可以視為會意呢？「头」又作「頭」字，「頭」是从頁豆聲的形聲字，「头」是否可視為形聲呢？再如尽「盡」，《說文・血部》云：「盡，气液也，从血㶳聲。」「盡」是形聲字，然草書楷化後的「尽」，與尺寸的「尺」無關，它是簡化後的形體，與正體字的原形相去甚遠，像這樣又如何以六書分類呢？諸如此類的字例極多，可以說存在不符六書原理的現象極為普遍，混淆了文字學的構形原理，也是過度講求「約定『俗』成」下的結果，值得再商榷。

（二）　形義系統的矛盾現象

在世界上形形色色的文字中，漢字如同其他文字一樣，是一種推理的符號，但也是一種具有「由形表意」特質，即「是一種表達意念的象徵性符號」。[13] 因為它有這樣的特質，異於其他文字，所以瑞士的語言學家索緒爾（Ferdinand de Saussure）曾說：

> 對漢人來說，表意字和口說的詞都是觀念的符號，在他們看來，文字就是第二語言。[14]

而這種由形體表達意念的符號，由於形與義的緊密相聯，在訊息的傳遞，就其本質而言，是具有確實性和明晰性。[15] 但是這種特性尚保留在距離古人造意較接近的正體字裡，至於以各種方法簡化的簡化字，是否還具備「望文見義」的確定性、明晰性呢？就恐怕未必了，尤其從「異形同構」的簡化字觀察，似乎還更顯見其不確定、含糊的性

---

[13] 參見詹緒佐、朱良志〈漢字的文化通觀〉一文，載於《安徽師大學報》社哲版 1987：3。

[14] 參見索緒爾著、巴利．薛施藹編《普通語言學教程》p39。

[15] 參見錢惠英〈從信息的傳遞看漢字的優勢〉一文，載於《漢字漢語學術研討會論文集》上冊 p143。

質，因為其形義的關係疏遠了，甚至有時到了毫無關係的地步。例如在二·（三）·四形同構字例中的赵〔趙〕、风〔風〕、冈〔岡〕、区〔區〕，「㐅」是它們從正體字簡化後共同具備的符號，它在各字中各自代表「肖」聲、「虫」符、「山」符、「品」字，並沒有相通的意義關係，而從「㐅」符上，也實在看不出與諸字的意義有任何關聯，既然「㐅」形與字義間失去了聯繫，無法由形見義，字形充滿了不確定性、含糊性，失去了漢字原有的特質。再如二·（六）·十三形同構的字例：

邓〔鄧〕、凤〔鳳〕、观〔觀〕、汉〔漢〕、
轰〔轟〕、欢〔歡〕、鸡〔鷄〕、艰〔艱〕、
仅〔僅〕、劝〔勸〕、权〔權〕、树〔樹〕、
叹〔嘆〕、戏〔戲〕、对〔對〕、难〔難〕、
聂〔聶〕、圣〔聖〕、双〔雙〕

等十九字，都是以「又」為形符，除了「双」字，它與《說文》：「又，手也」的本義有關以外，其餘都只是把它當作符號看待，這個符號它必須同時代表「登」、「鳥」、「雚」、「𦰩」、「車」、「奚」、「堇」、「壴」、「

壹」、「丵」、「耳」、「耶」等形構、聲符或文字，那麼又將如何能從「叉」以「望文見義」呢？顯然它跟漢字由形表義的確定性、明晰性相違背。不僅上述二條字例如此，整個由「二形同構」至「十三形同構」的字例，多有這樣的現象，而且是異形的數目愈多，其不確定性、含糊性的情形就會愈嚴重。

（三） 古今音讀的矛盾現象

漢字的形聲系統，是一項超時空、執簡馭繁的科學性發展，形聲字的構造是半主形、半主聲，其聲符基本上是表音，在語根的立場上，它也表意，在表音方面，形聲字通常是跟它的聲母同音、或雙聲、或疊韻，是有聲音的關係，但也有少部分因無聲字多音現象，[16] 或語音演變，造成形聲字跟聲母完全失去聲音的聯繫，今「異形同構」的簡化字中，直接與簡化的形聲字有關聯的簡化方法為：改換聲符、會意改為形聲兩種。其中改換聲符的字例，多達

[16] 參見林尹先生《文字學概說》p132～133。

62 個，是十種簡化方法中最多的。大抵簡化形聲字的產生是以國語（或北方官話）為聲符的語音基礎，簡化的方式是將正體字的聲符以音同或音近的簡化聲符代替，例如历〔曆、歷〕、迁〔遷〕，以「力」代替「曆、歷」、以「千」代替「䙴」；或者將正體字的讀音用簡化聲符表達，如补〔補〕、犹〔猶〕、钟〔鐘、鍾〕、证〔證〕，以「卜」、「尤」、「中」、「正」來代替「補」、「猶」、「鐘、鍾」、「證」諸字的讀音。基本上簡化形聲字的聲符，其讀音與正體字的讀音或聲符，不是同音，便是雙聲、或疊韻，同音則如剛剛所舉的历〔曆、歷〕、补〔補〕等諸例，雙聲則如价〔價〕，「介」與〔賈〕，聲母均讀「ㄐ」；怜〔憐〕，「令」與「粦」聲母均讀「ㄌ」；偿「償」，「云」與「員」聲母均讀為零聲母。疊韻則如袄〔襖〕，「夭」與「奧」韻母均讀為「ㄠ」；酝〔醞〕，「云」與「昷」韻母均讀為「ㄣ」；衬〔襯〕，「寸」與「親」韻母均讀為「ㄣ」。另外有些字例從國語去分析，則也有「聲韻畢異」的現象，例如彻〔徹〕，「切」讀「ㄑㄧㄝˋ」，「徹」屬會意字讀「ㄔㄜˋ」，洒〔灑〕，「西」讀為「ㄒㄧ」，「灑」讀作「ㄙㄚˇ」，像洒〔灑〕，在古文中即已假借，許慎《說文》已說得很清楚，[17] 我們就認定它們自古便約定俗成的結果，但「切」與「徹」從古文中、國語裡都難以解說，其實它們改換聲符的語音基礎是南方方言，今揚州方言「切」與「徹」都讀作「tɕ´ieʔ꜆」，[18] 似乎與簡化字以國語或北方官話為語言基礎有些矛盾。另外在「異形同構」的簡化形聲字中，一個聲符，往往要代表兩個以上正體字的讀音或聲符，是會混淆了聲符系統，例如讲〔講〕、进〔進〕，一個「井」既要代表「講」音，又要代表「進」音，虾〔蝦〕、吓〔嚇〕，一個「下」字，既要代表「蝦」音，又要代表「嚇」音，會混淆了「井」、「下」及諸字的音讀關係與聲符體系。至如偿〔償〕則更是泯滅了原有的聲符結構，「償」字原是从人賞聲，「賞」則是从貝尚聲，可是簡化字以「云」代「員」，固然是雙聲的代替，但已破壞了从尚从賞得聲的體系，泯滅了「償」字原本的聲符結構，像這一類都是簡化

---

[17] 《說文·水部》「洒」字下云：「滌也，从水西聲，古文以為灑埽字。」

[18] 參見《漢語方音字匯》p20、p48。

的矛盾現象。

除了上述今人讀音的矛盾現象外，就連中古音韻、上古音韻也多生混淆與矛盾，就中古音而言，例如积〔積〕，「積」《廣韻》作資昔切，屬精紐入聲昔韻，而簡化字的「只」則作諸氏切，屬照紐上聲紙韻，二者在中古音中是聲韻調都不相同，毫無聲韻的關係。自如牺〔犧〕，「犧」《廣韻》作許羈切，屬曉紐平聲支韻，而「西」作先稽切，屬心紐平聲齊韻，聲調是相同了，但聲韻都是不相同，再說洒〔灑〕，「灑」也簡化從「西」的聲符，但「灑」《廣韻》有所綺、所蟹、砂下、所寄諸音切，聲母都是疏紐，韻部則屬紙、蟹、馬、寘諸韻，看來也是與「西」、「犧」的聲調不同，像這樣「異形同構」的簡化形聲字，實在很難由它們來討論或追溯中古音。[19] 在上古音部分也是如此，陳師伯元於一九八九年「第七屆全國聲韻學研討會」曾發表〈中共簡體字混亂古音韻母系統說〉一文，以其《

[19] 可參見左松超師發表於一九八九年「第七屆全國聲韻學研討會」上的〈中共簡體字混亂古音聲母系統說〉一文。

古音學發微》所訂定的古韻三十二部分析簡體字的古音韻母系統，歸納出歌諄相混、月脂相混、月質相混、月微相混……等 53 類古韻部混淆的現象，今若以「異形同構」的字例分析，可發現其混淆情形更形劇烈，如贝：坝〔壩〕、贝〔貝〕，「貝」在月部，而「霸」聲在鐸部，是月鐸兩部相混；如介：价〔價〕、阶〔階〕，「介」古韻屬月部，「賈」聲古韻屬魚部，「皆」聲古韻屬脂部，則為月魚脂三部相混；再如出：出〔齣〕、础〔礎〕，「出」古韻屬沒部，「句」聲古韻屬候部，「楚」聲在魚部，則為沒侯魚三部相混：再如千：忏〔懺〕、歼〔殲〕、千〔韆〕、纤〔縴、纖〕、迁〔遷〕，〔千〕、〔牽〕聲古韻都在真部，〔韱〕聲在添部，〔䙴〕聲在元部，是為真添元三部相混，諸如此類古韻混淆的情形，伯元師以為「為了少寫幾筆，造成古今這麼大的隔閡，整個擾亂了上古的韻母系統。」[20]

---

[20] 參見該文 p22。

（四） 文字源流的矛盾現象

在「異形同構」的字例中，有部分由恢復古體與同音代替等簡化方法所產生的簡化字，容易造成文字源流觀念混淆，正簡難辨的現象。例如：云〔雲〕，「云」固然是「雲」的古文，在甲骨、金文中確實容易看出天上浮雲的形貌，但「云」字在先秦以前即已借為「說」，與「曰」通，如《尚書·微子》：「我舊云刻子」，陸德明《經典釋文》解釋說：「馬云言也」；《論語·子罕》：「牢曰：『子云：吾不試，故藝。』」，數千年來，以「云」為「說」已「約定俗成」，普遍流行。因「云」字已借用為「說」，而古人則別加形旁「雨」，孳乳出「雲」字，數千年來也已經「約定俗成」，其實「雲」字這種「加注意符」孳乳的情形，是漢字為了分工而常見的分化方式，[21] 而且加上「雨」的意符，在文字已經隸變楷化的今日，容易給人「雲騰致雨」的鮮明意象。儘管「雲」字比古文「云」多幾畫，卻是容易辨認，今特意去恢復古體，是違反「約

[21] 參見裘錫圭《文字學概要》223～236。

定俗成」的原則，容易把說的「云」跟天上的「雲」混淆，而且「云→雲→云」這樣的回頭衍化，也違反了文字演變的源流。再者，如只〔隻〕、只〔祇〕，只、隻、祇三字論它們於《說文》中所載的本義各不相同，《說文》釋「只」為「語已詈也」，釋「隻」為「鳥一枚也」，釋「祇」為「地祇提出萬物者也」，在先秦之際，「祇」已借為副詞「但」的意思，如《論語·顏淵》：「誠不以富，亦祇以異。」皇侃《疏》：「只以為異事之行耳。」而「只」本義原是「語已詈」，段玉裁《說文解字注》「只」下說：「宋人詩用只為祇字，但也。今人仍之讀如隻。」可見得儘管「只」「祇」文字本義不同，至宋以來，二字通用，所以用「只」代替「祇」是「約定俗成」，並無問題。至於本義為「鳥一枚」的隻，後來引申凡物單為隻，如「形單影隻」、「片言隻字」，再引申變為生物器具之量詞，如「千隻羊」、「一隻船」，但是如果只是為了簡化，以同音代替的方式以「只」代「隻」，個人以為並非最恰當，因為「隻」字也不過十畫而已，筆畫並不繁重，且這個字在社會上已極普遍而習慣地使用，從文字意義的源流來看，用「隻」作為量詞，甚是符合字義的歷史，因此實在不必拋棄原有的衍化歷史，純粹為簡而簡，而增加「只」字的負荷，徒增字義的困擾與混淆，諸如此類，因簡化而與文字源流發生矛盾的現象，實值得商榷。

五、結　語

總之，我們從「異形同構」的字例中，分析出許多矛盾的現象，這種現象混亂了文字學的理論，破壞了漢字嚴整而科學的形音義系統，表面上這些簡化字似乎可以讓人寫得比較迅速，容易辨認學習，就如同「中國文字改革委員會」在一九五五年一月公布的〈漢字簡化方案草案說明〉中所說：

> 由於漢字艱難，無論兒童識字或者成人掃盲，都得耗費很多額外的時間和精力，這就使我國文化的普及和人民文化水平的提高都受到很大的阻礙。[22]

[22] 參見《中國語文》1955：2，p1。

看來它似乎可以幫助識字掃盲，普及並提升文化水準，但事實上是否如此呢？就識字掃盲來說，大陸地區是自一九五六年大力推行簡化字的，其掃盲的成績如何呢？據大陸學者滕純〈關於小學識字教學的幾個問題〉一文中的說明：

> **我國的文盲經過建國以來掃盲運動的努力，已經從建國初期的 80%，下降到 20%，但我國目前還是世界上文盲最多的國家之一，官方統計是 2.2 億，實際上可能還多。[23]**

但是台灣地區自抗戰勝利，台灣光復以後，即使用正體字一直到現在，根據內政部〈七十九年度台閩地區人口統計調查表〉公布台澎金馬地區 12 歲以上不識字的人口共計 1,354,002 人，佔當時台灣人口 18,443,125 人的 7.34%，從這樣的數據顯示台澎金馬地區的中國人，所使用的漢字為大陸認定形體較繁複，會阻礙識字掃盲的正體字，卻是文盲只有不及 8%的高文化水準、教育普及、經濟發達、政

---

[23] 參見《漢字漢語學術研討會論文集》上冊 p292。

治民主的已開發地區，而大陸使用認為可以幫助識字掃盲的簡化字，竟然文盲高達 20%，為世界文盲最多的地區之一，實在不得不讓人仔細反省識字掃盲、文化水準，究竟是漢字的繁簡問題呢？還是教育、政治問題呢？再者，漢字的簡化對中國固有文化的傳承有沒有影響呢？回想中共推動簡化字之初，也有不少人提出質疑，而吳玉章在〈關於漢字簡化問題〉的報告上卻說：

> 現在的大學畢業生，能讀懂古書的並不多。可見不改革漢字，未必就能繼承文化遺產，改革了漢字，仍然能夠繼承文化遺產，文字改革和繼承文化遺產之間是沒有矛盾的。[24]

但事實上其所謂的文字改革才推行了第一步——〈漢字簡化方案〉，就已經發生了文化斷層現象，年輕的大學生從前讀古書還只是有些讀不懂，現在就別說幾百年前的古書讀不懂，恐怕就連一九五六年以前的文獻材料上的文字都

---

[24] 同註 2，p5。

不認得，這是中國文化的危機、中華民族的危機，回想二千多年前，漢字曾因書寫工具的演進、筆勢的改變，導致了筆畫與結構的演變，這種演變，文字學史上稱為隸變，它使得漢字由隨體詰屈而勻圓的古文字，轉變成形體方折點挑而方塊的今文字，它在漢字字形史上是一次重大變革，它在漢代經學上造成了一次重大的學術爭論——今古文之爭，但當時文字的變革是自然發生的，是時勢所趨的。而今日漢字因為簡化的推動，再度面臨一次重大的變革，文化危機的浮現，卻是導因於人為因素與意識形態。時值海峽兩岸交流日趨頻繁，統一遠景呈現眼前之際，文字的統一問題，顯然是兩岸主政者所必須面對、正視的重大課題，值得雙方三思。

參考引用書目

大通書局編輯部　1989，《歷代書法字彙》，大通書局。

王利器　1982，《顏氏家訓集解》，明文書局。

王忠林　1991，〈中共簡體字的分析研究〉，第二屆中國文字學國際學術研討會。

王　顯　1955，〈略談漢字的簡化方法和簡化歷史〉，《中國語文》4，p21～23。

中國文字改革委員會　1955，〈漢字簡化方案草案說明〉，《中國語文》2，p1～3。

1964，〈漢字簡化總表〉，1986，收於《漢字簡化拼音手冊》，香港三聯書店。

左松超　1989，〈中共簡體字混亂古音聲母系統說〉，第七屆全國聲韻學研討會。

北大中文系編　1989，《漢語方音字匯》第二版，文字改革出版社。

丘　雍、陳彭年等編　1008，《大宋重修廣韻》，1980，聯貫出版社影澤存堂版。

吳玉章　1955，〈關於漢字簡化問題—在政協全國委員會報告會上的報告〉，《中國語文》4，p3～5。

汪學文　1977，《中共簡化漢字之研究》，政大國際關係研究中心。

林　尹　1970，《文字學概說》，正中書局。

索緒爾著、巴利・薛施藹編　1916，《普通語言學教程》，1985，弘文館出版社。

許　慎著、段玉裁注　1807，《說文解字注》，1982，學海出版社影印經韻樓藏版。

陳新雄　1989，〈中共簡體字混亂古音韻母系統說〉，第七屆全國聲韻學研討會。

裘錫圭　1988，《文字學概要》，北京商務印書館。

詹緒佐、朱良志　1987，〈漢字的文化通觀〉，《安徽師大學報》社哲版3。

劉　復、李家瑞　1930，《宋元以來俗字譜》，1978，文海出版社。

滕　純　1991，〈關於小學識字教學的幾個問題〉，

《漢字漢語學術研討會論文集》
p284～296，吉林教育出版社。
錢惠英 1991，〈從信息的傳遞看漢字的優勢〉，
《漢字漢語學術研討會論文集》
p142～148，吉林教育出版社。
顏元孫 712～721？，《干祿字書》，藝文印書館百部叢書集成影夷門廣牘本。

原刊載於《大陸情勢與兩岸關係學術研討會論文集》，p1～25，1992年

論郷陵君三器的幾個問題

一、前　言

一九七三年底，江蘇無錫出土三件帶有「郷陵君」銘文的青銅器，其中一件為鑑，兩件為豆。一九八〇年底，李零、劉雨兩先生發表〈楚郷陵君三器〉（以下簡稱〈三器〉），李學勤先生發表〈從新出青銅器看長江下游文化的發展〉（以下簡稱〈發展〉），[1] 二文均同時嘗試為這三器的銘文作初步的考論，此後如：何琳儀、何浩、李家浩等先生，陸續撰文討論，[2] 但是十幾年來，學者們的

---

[1] 二文均發表於《文物》1980：8。

[2] 參見何琳儀先生〈楚郷陵君三器考辨〉，《江漢考古》1984：1，p103～104；何浩先生〈郷陵君與春申君〉，《江漢考古》1985：2，p75～78；李家浩先生〈關於郷陵君銅器銘文的幾點意見〉，《江漢考古》1986：4，p83～86。

意見頗不一致，有不少問題還沒有獲得明確的解決，不過，「真理是愈辯愈明」，其中的問題也有逐漸趨於明朗的態勢，值得再作論證，因此本文不惴翦陋，僅就銘文中的時代、地望、器名及器主部分，試作討論，期能有所助益於對這三器的認識。

二、三器的時代、器主與地望的討論

關於「𨜒陵君」三器的時代，學者們從：（一）銅鑑器形介於河南信陽長臺關楚墓圜底陶鑑，與漢代無圜底銅鑑之間。[3]（二）銘文字體、辭例酷似壽縣朱家集大墓所出楚幽王銅器銘文。[4]（三）從豆器底部銘文有「郢郛賫」，認定此器為楚國監造銅器的官府，而「圣朱」則是楚國的

---

[3] 參見劉彬徽先生〈楚國有銘銅器編年概述〉，《古文字研究》第九輯 p345。

[4] 參見同註 1，李、劉兩先生〈三器〉p33；李學勤先生〈發展〉p40。

幣名。[5] 等等證據，都肯定這三器的時代，最早不超過戰國中期楚滅越（306BC）以後，最遲則不晚於戰國末年，楚滅（223BC）以前的這八十四年間，且多傾向於楚考烈王元年以後的時代。至於確切的年代，則諸家看法略有出入：

1、李、劉兩先生〈三器〉主張在 306BC～223BC 間，但傾向靠後在楚徙都壽春後的十八年間。

2、李學勤先生〈發展〉主張在春申君黃歇被李園刺殺，即 237BC 以後。

3、何琳儀先生〈楚鄦陵君三器考辨〉（以下簡稱〈考辨〉）主張在考烈王元年至十五年間，即 262BC～248BC 間。

4、何浩先生〈鄦陵君與春申君〉（以下簡稱

[5] 參見李、劉兩先生〈三器〉p33。

〈春申君〉）主張在楚幽王二年至十年間，即西元 236BC～228BC 間。

之所以會有這些差異，除了李、劉兩先生〈三器〉是依出土地與壽縣朱家集所出楚考烈王、幽王青銅器綜合判斷而得以外，其餘三說則從器主與地望考證而來，因此個人在做時代的考定之前，當然也得討論器主與地望。

由於在三器的銘文裡，都有「郳陵君王子申」一語，因此可以確知器主的身分為王子，名字為「申」，被封為「郳陵君」，「郳陵」應該就是這位王子的封地。李學勤先生〈發展〉文中以為「郳陵」地名文獻無徵，但諸器從組合看像是墓葬隨葬品，今王子申墓在無錫，則「郳陵」必在附近，考春申君於考烈王十五年（248BC），請封江東，城故吳墟，所以蘇州、無錫一帶為黃歇封地，不能再分封一個王族，因此王子申只能封在黃歇被李園刺殺（237BC）以後，而這個王子申可能是楚幽王之子或他的弟弟。李先生的說法，何浩先生在〈春申君〉一文裡，以為從史實言，這種可能性是不存在的，原因是據《史記·楚世家》載幽王即位年僅三歲，十年而卒，所以幽王不可能有子，而幽王確實有「同母弟猶」，但在幽王死後，繼位為楚哀王，年紀也不過十一歲左右，因此在即位之前的幼年時期，是否就享有封邑封號，值得考慮，因為史料並未見到有類似的先例，所以按理這「郷陵君」也不會是幽王的弟弟。何浩先生所提出的論證，個人以為合理，器主既然不是幽王的子、弟，那麼年代的假設顯然必須另作考慮。其次，何琳儀先生〈考辨〉一文，則論證王子申就是春申君黃歇，其名歇字申，歇申義訓相通，名字相應。而據《韓非子》載，春申君為頃襄王之弟，據《說苑》越人歌，楚人也稱公子為王子，因此春申君具王子的身分便吻合了。再者春申君初封於淮北十二縣，其地正是徐國城廢縣的「鄰」，地名加「陵」字為典籍習見，所以春申君初封為「郷陵君」，到考烈王十五年改封江東，所以封號為春申君，至今江南猶然有不少以「春申」命名的地理稱謂，便可證明。至於《史記・春申君列傳》載：「考烈王元年，以黃歇為相，封為春申君，賜淮北地十二縣。」則是「史家追敘之辭」，今三器係黃歇封於淮北的十五年間所造，改封後攜至江東，所以在無錫出土。何琳儀先生的一番論點，隨後何浩先生於〈春申君〉一文裡提出數項辯證：**(1)**

依《儀禮》、《穀梁傳》說明周朝禮制甚嚴，身分稱謂有明確的區分。且屈、景、昭三家皆為楚王族後裔，但未見可稱為王子，而昊（司馬子反）、午（司馬子庚）、申（令尹子西）於銘文中所以稱王子，則因他們是楚穆王、楚莊王、楚平王之子。再者楚人因行嫡長繼承制，稱王子、公子、王孫的規範很清楚，不會混用，所以《韓非子》所載純屬謬誤。春申君實非王子，郙陵君王子申非春申君。**(2)**《史記·春申君列傳》明載其於考烈王元年封為春申君，未見有「郙陵君」的封號，倘封號有變，《史記》不會不載。至於「春申君」乃雅號，不是以封地之名為號，今留存以「春申」為名的地理稱謂，都是後世以其封號命名，並非原有。**(3)**戰國楚之「徐」，《楚世家》等文獻都稱為「徐州」，銘文則作「郐」，並無文獻證明戰國的「徐」稱作「鄬（郙）陵」。諸如這些反證，個人以為相當紮實，有說服力，儘管何琳儀先生將「歇」、「申」的意義，訓詁得頗為貼切，但《史記》記載的事實，是不容忽視的。且「郙」、「鄬」二字，從上古聲韻來看，雖然可通，但「鄬」既然已為「徐子國廢縣」，廢縣之後，於戰國時期是否仍稱為「鄬」，也確實值得懷疑。因此何琳儀先生所推斷三器時代，則有再商榷的餘地。

至於何浩先生自己則接受李、劉兩先生〈三器〉與李學勤先生〈發展〉的部分看法，主張「𨚵陵」應該就是在出土地不遠的宜興縣（古名義興縣）東的義山。又𨚵陵君的封地既在無錫、宜興一帶，這裡又曾為黃歇的封地，而三器銘文酷似壽縣出土楚幽王器的銘文，因此認為「王子申受封時間，就只會在黃歇被殺後的幽王之時。」至於幽王時的𨚵陵君，根據《史記·楚世家》：「哀王立二月餘，哀王庶兄負芻之徒，襲殺哀王而立負芻為王。」推論「考烈王的嫡妻未曾生子，但考烈王在二十三年之前，卻早已有了庶子。」且在哀王時的負芻，早已成年，擁有徒眾，具備弒王奪位的實力。因此認定「𨚵陵君有可能就是奪位前的負芻。幽王幼年繼位，封其已成年之庶兄為封君，這也是情理中事。」最後由此考定造此三器的時代為幽王二年至十年間。

個人認為何浩先生的考定，頗能掌握時、地的要件，即出土地與𨚵陵地望的關係，與以壽縣出土幽王器為標準的比較斷代，不過，個人認為其中仍有部分論證，可再斟酌討論：

（1）**掷陵不是宜興縣東的義山**。雖然宜興縣東的義山距離無錫不過百里，而「義」、「掷」二字在上古聲韻上也相通，不過除此而外，實在看不出有什麼關聯。何浩先生同何琳儀先生一樣，對地名似乎只講「掷」字的關係，「陵」字則可有可無，個人以為地名有其習慣性與完整性，「陵」字是否可以不論，恐怕得再斟酌。而再考清光緒《宜興荊谿縣志·疆土》載宜興縣內的山：「東南為義山」，註：「東臨太湖，西抵垂腳嶺，有義鄉故城，遺址猶在。」[6] 這個「義山」下，原來有「義鄉故城」，我們再根據《宜興荊谿縣志》的記載，「義鄉故城」是三國孫權所築，而設置吳興郡，但晉以後便廢了，[7] 可見得義山、義鄉在戰國時期並無城邑。至於宜興是否有可能因緊鄰義山而被稱為掷陵呢？這也沒有證據，《宜興荊谿縣志》描

[6] 參見《中國方志叢書·華中地方》第一五六冊 p147，臺灣成文出版社。

[7] 參見同註 6，p120～121。

述該縣建置沿革曾說：

> 宜興古荊谿地也，谿受金陵宣歙之水，東南亙百里以入于震澤，唐虞時地屬揚州，塗泥下溼之墟，榛莽彌望，以荊名谿，因而謚邑，越楚仍吳不改。[8]

可見戰國時期「宜興」稱為「荊谿」，跟「義山」、「郪陵」沒有關聯，而惠帝時雖改名「義興」，則是為了旌表周玘三興義兵討賊，與「義山」也沒有關係，因此，個人以為「郪陵」應非在宜興縣東的義山。

（2）**負芻並非幽王庶兄**。何浩先生依據《史記》認為器主郪陵君是幽王庶兄負芻的封號，但這樣的說法，則與豆、鑒上的銘文內容有矛盾衝突的現象。豆、鑒銘文大致相同，我們就取銅鑒銘文來說，銘文云：「攸（脩）立（莅）戢（歲）棠（嘗），㠯祀皇祖，㠯會父佳（兄）。」顯然諸器的鑄造，是王子申為了在秋嘗祭祀祖先，也同時祭祀父兄，這裡的「會」與「祀」相對應，應該就是「禬」

---

[8] 參見同註 6，p119。

的假借，《說文 · 示部》：「禬，會福祭也。」[9]《周禮 · 女祝》：「掌以時招梗禬禳之事，以除疾殃。」鄭玄注：「除災害曰禬。」[10] 晉張揖《廣雅 · 釋天》：「禬，祭也。」[11] 由此可知王子申的父兄已死，而按理都是具有享祀資格的楚王。如果照何先生負芻為幽王庶兄的說法，則與銘文內容不合，因為負芻沒有做楚王的兄長。雖然如此，器主王子申是不是負芻，其實還有討論的餘地。因為《史記》所載可能有誤，據劉向《列女傳 · 孽嬖傳》則說負芻是「考烈王弟」，[12] 到底負芻是「幽王庶兄」呢？抑是「考烈王弟」呢？清梁玉繩《史記志疑》不能判定，只說個「今不可詳矣」，[13] 而羅運環先生《楚國八百年》則考證負芻是頃襄王的庶子，也就是「考烈王弟」，理由是《史記 · 春申君列傳》、《戰國策》、《漢書 · 王商傳》都載明考烈

---

[9] 參見段玉裁《說文解字注》p7，臺灣藝文印書館。

[10] 參見《周禮注疏》p122，臺灣藝文印書館印《十三經注疏》本。

[11] 參見徐復先生《廣雅詁林》p743，上海古籍出版社。

[12] 參見《列女傳》卷七 p11，臺灣中華書局《四部備要》本。

[13] 參見《史記志疑》卷三〇p1215，中華書局印《叢書集成》本。

王無子的事實，之所以發生「哀王庶兄」的說法，實在「是因為哀與襄、兄與子古字形體相近而致誤，如繼魏惠王之後的魏國國君，《世本》作『襄王』，《史記》的〈魏世家〉及〈六國年表〉則分別把襄王誤作『襄王』與『哀王』兩個人。」[14] 羅先生的論證，個人十分同意，因為考烈王無子的事實十分清楚，例如《史記·春申君列傳》云：「春申君相二十二年……楚考烈王無子，春申君患之，求婦人宜子者進之，甚眾，卒無子。」[15] 何浩先生曾在文中指出考烈王無子是「嫡配無子」，這是不正確的，因為「求婦人宜子者進之，甚眾」顯然不在求嫡配，此時只不過在求子，倘有個庶子，想來春申君就不會「患之」了。而〈春申君列傳〉又云：「趙人李園持其女弟欲進之楚王，聞其不宜子，恐久毋寵。」[16] 顯然無子的原因是考烈王「不宜子」，不能生育。但約在這個時候不久，《史記》也曾述及考烈王仍有兄弟的事實，《春申君列傳》在載錄李園妹

---

[14] 參見羅運環先生《楚國八百年》p386～387，武漢大學出版社。

[15] 參見《史記》p965，臺灣藝文印書館印武英殿本《二十五史》。

[16] 參見同註 15。

妹遊說春申君的一段話裡就說到：

> 楚王之貴幸君，雖兄弟不如也。今君相楚二十餘年，而王無子，即百歲後，將更立兄弟，則楚更立君，後亦各貴其故所親，君安得長有寵乎？非徒然也，君貴用事久，多失禮於王兄弟，兄弟誠立，禍且及身，何以保相印江東之封乎？[17]

文中的「兄弟」應該就包括了負芻在裡面，以他的時代與身分，確實合於三器與壽縣朱家集幽王銅器銘文字形、辭例酷似的時代，也合於三器銘文「掷陵君王子申」、「以祀皇祖，以會父兄」的內容。

再者，「掷陵」的地望，個人也贊成應有出土地與封地相去不遠的考慮，因此認為可能就是在無錫北方不遠的「延陵」，也就是今天的武進，理由是：

（1）**延陵自春秋以來就是著名的封邑**。春秋時，吳

[17] 參見同註 15。

公子季札曾封於此，《史記・吳太伯世家》載季札封於延陵，始封的時間，從司馬遷的敘述看，應在諸樊在位年間，[18] 又《公羊傳・襄公二十九年》載闔廬弒吳王僚，季子前往祭僚之後，便「去之延陵，終身不入吳國。」[19] 因此「延陵」一直是季札的封地，而《漢書・地理志》則稱「毗陵」，屬會稽郡，顏師古注稱：「季札所居」，[20] 清顧祖禹《讀史方輿紀要・江南常州府》云：「武進縣，附郭，本吳之延陵邑，季札所居。」[21]

（2）**延陵與郲陵地名相近**。這兩個地名不僅都有「陵」字，且從上古音來看，「郲」字上古韻部屬陳新雄先生古韻三十二部的歌部 *-ai，「延」字則屬元部 *-an，[22] 二

---

[18] 參見同註 15，p573～574。

[19] 參見《公羊傳注疏》p267，臺灣藝文印書館印《十三經注疏》本。

[20] 參見《漢書》p759，臺灣藝文印書館印武英殿本《二十五史》。

[21] 參見清顧祖禹《讀史方輿紀要》卷二五 p1154，洪氏出版社。

[22] 本文的上古音系，係採本師陳新雄先生《古音學發微》與〈黃季剛先生及其古音學〉，前者出版於臺灣文史哲出版社，後者刊載於《中國學術年刊》14，p399～438。

者主要元音相同，韻尾不同，是具有陰陽對轉的關係。

至於造器的時間，個人與何浩先生的看法相同，以為在春申君被殺以後的幽王時期，即幽王二年（236BC）至幽王十年（228BC）。但負芻為王子的時間頗長，卻為何晚至幽王時才封為「郪陵君」呢？這點我們可以有兩種推斷：**(1)**《史記・春申君列傳》載李園妹妹對春申君說的話裡，曾說到：「楚王之貴幸君，雖兄弟不如也。」從這裡來推斷是否考烈王封了春申君，卻未封負芻。**(2)**也許負芻在考烈王時是有封地的，可能較靠近楚地的西境，但楚國末年，國勢日益衰微，戰場上節節敗退，疆土日益被西方的強秦所併吞，迫使考烈王於二十二年從陳城徙都壽春，負芻因此喪失了原有的封地。但考烈王無子，負芻本也有在考烈王死後，繼任王位的機會，後因李園的陰謀，使考烈王晚年得子，並由這幼弱的幽王繼位，李園為了安撫負芻，於是把春申君吳邑封地附近的郪陵封給了負芻。

三、豆形器「鈇盍」名稱試論

兩件豆形器的銘文都自銘作：「」豆之一，「」豆之二，李、劉〈三器〉最早辨釋出後一字為「盍」，並說：「盤口銘文所記器名『盍』，前所未聞。盍是豆的異名或是相近的另一種器名，待考，此處姑仍稱豆。『盍』上一字在兩件豆上字形稍異，似應以豆之二為正。這個字可能是形容金屬質地、色澤的，或連『盍』字為讀，解釋為器名。」接著又說：「過去我們籠統稱之為豆的銅器，器形有多種，器名有豆、�（匿、鋪、甫）、鐙諸稱，現在『盍』可以說是已發現的第四種名稱。」[23] 其後李家浩先生〈關於郟陵君銅器銘文的幾點意見〉一文，再進一步考釋，根據戰國文字習慣把豎畫以勾勒法寫出，而認為「」、「」就是「鈇」，再依據學者們的見解以淺盤平底豆形器的匿、�即是簠，又河南信陽楚簡裡的「笑」即是

[23] 參見同註 5，p31、p33。

「簠」、「医」，因此「鈇」从「夫」得聲，器也作豆形，所以「鈇」就是「匩、笛、笑、簠」。至於「鈇盇」一詞，李家浩先生則認為「很顯然『鈇盇』應當讀為『簠盒』。『盇』、『盒』古通。至於銘文為什麼要去『簠』後綴以『盒』字，還有待進一步研究。」[24] 這兩篇文章已把文字考釋出來，尤其李家浩先生釋作「鈇」即「匩、笛、笑、簠」，頗見功夫，我們認為這個考釋是可信的，因為在《包山楚簡》第 254 號簡有「一鎊盇」，據〈包山二號楚墓簡牘釋文與考釋〉釋「鎊」說：「讀如籩，《說文》『竹豆也』。簡文字從金，當指銅豆。」[25] 可證「鎊盇」就是「鈇盇」。不過隨著「鈇盇」、「鎊盇」的確定，李、劉兩先生〈三器〉懷疑「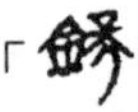」為「盇」的形容詞的說法，自然就不存在了，而應該是其所指「連讀的器名」，但李家浩先生釋「盇」為「盒」，以為後綴詞，而〈包山二號楚墓簡牘釋文與考釋〉的考釋則釋為「合」說：「借作合，鎊

[24] 參見李家浩先生該文 p84～85。

[25] 參見湖北省荊沙鐵路考古隊《包山楚簡》p59 與圖版 110，文物出版社。

合，似指蓋豆。」究竟怎麼樣來解釋比較合理呢？其實個人以為「鈇盍」、「鐈盍」都是一個由兩個意義相近的詞所組合成的複合名詞，這種不用單字詞的情形，事實上也見於楚的其他出土文獻裡，例如：春秋時期的楚器〈王子申盞盂〉，它的銘文作：「王子申乍嘉嬭（芈）盞盂」，[26] 也是自銘「盞盂」，但是我們一般是將盞、盂視為兩種不同的器物，揚雄《方言．五》載：「自關而東，趙魏之間曰槭，或曰盞。……桮，其通語也。」[27] 可見得「盞」是「桮」的一種，容庚先生《商周彝器通考》解釋「桮」是酒器的一種，外形「橢圓如面，兩旁長耳可持。」但不僅可以盛酒，而且可以盛羹盛水。[28] 而容庚先生又釋「盂」為一種水器，形狀比較多樣，如作「長方附耳」、或「有圓腹侈口，圈足附耳者」、或「有廣脣圈足而無耳者」、或「有廣脣兩耳而無足者」。[29] 看來「盞」、「盂」是不

---

[26] 參見馬承源先生主編《商周青銅器銘文選》第四冊 p425～426。

[27] 參見周祖謨先生《方言校箋》p32，中華書局。

[28] 參見容庚先生《商周彝器通考》p22、p455，臺灣文史哲出版社。

[29] 參見同註 28，p472。

同的器物，但有耳又可以飲食，則有些相近，於是楚令尹子西——王子申在造銅器時，把通常稱作「盆」或「盂」的那個器，稱之為「盞盂」。又如《信陽楚墓》中的竹簡，編號 2-012 有「甌埘」，「埘」字〈信陽楚簡釋文與考釋〉以為即「瓶」，[30]「甌」《說文》釋云：「小盆也」，可知它屬水器，而「瓶」，《說文》云：「缾，甕也，瓶，缾或从瓦。」[31] 容庚先生從文獻證知，缾可兼盛酒汲水兩用，其形狀有像壺、有似罍，[32] 所以「甌」、「埘」也應該是不同的器物，但可以盛水酒則類似，這也是以義近的複合名詞為器名。再如《信陽楚墓》竹簡，編號 2-020 有「杯豆三十」，[33]「杯」即「桮」，如前所述，它是水酒之器，至於「豆」，其形狀基本上有盤、校、鐙，為食用器，它雖然形狀、功用看似不同，但揚雄《方言·五》云：

---

[30] 參見《信陽楚墓》p129 圖版 122，文物出版社。

[31] 參見同註 9，p644、p227。

[32] 參見同註 28，p450～451。

[33] 參見同註 30，p129 圖版 125。

「陳楚宋衛之間謂之桮落，又謂之豆筥。」[34] 桮落是指盛杯的器籠，而筥也是竹編裝飯的容器，由此可見「杯」與「豆」有相當程度相近。因此「杯豆」是由義近的單字詞所複合成器名。因此個人以為「盍」字也如同上述，是個類似「鈇」或「鎊」的單字詞器名。那它是什麼器物呢？它應該就是可以盛「飯」這類食物的食器，就是「盍」字的本形本義。考「盍」字的字形並不是很古，目前所知是於東周時期，而它有兩種形體，依據高明先生《古文字類編》的載錄，有作「盇」者，如陶、香錄、五、三、簡、望山M2，但有更多的字例作「盍」者，如畬忎鼎、盟書、六七、簡、望山M2、信陽、印、尊集、故宮，[35] 但許慎《說文·血部》則只載錄「盇」字，並解釋云：「覆也，从血大聲。」但這樣的形音義說明，頗引起後世學者的討論，段玉裁曾注說：「此以形聲包會意，大徐刪聲，非也。……其形隸變作盍。」因為段玉裁認為許慎所載的「盇」

[34] 參見同註 27，p33。

[35] 參見高明先生《古文字類編》p314，臺灣大通書局。

是本形，而釋「盍」是由「盇」隸變而來，又遵從小徐的从「大聲」，所以把「盇」歸入他的古韻部十五脂部裡，但事實上有不少从盍得聲之字，如闔、謚、簦、嗑、欱、……等，中古時在如緝韻這類收 -p 雙脣音韻尾的韻裡，他則認為「今入七、八部為閉口音，非古也。」[36] 但朱駿聲的看法就顯然與段玉裁不同，他說：「按从皿从大，大者象覆蓋形，非會人意，从一，一者皿中物也，指事，今隸作盍，从去从皿，深得六書之意，疑篆从去皿，不从大皿也，鍇本作大聲，亦非，經傳皆以蓋為之。」[37] 從這裡看，似乎朱駿聲略勝一籌，因為從字形上看，「盍」字未必不古於「盇」，從上古聲韻來看，林義光〈文源〉以為在入聲葉韻的「盍」聲較古，而在泰韻的「蓋」聲則音變而來，[38] 與段說剛好相反，這是對的，事實上上古从盍得聲的

---

[36] 參見同註 9，p216。

[37] 參見《說文通訓定聲》p199，臺灣藝文印書館。另外王筠《說文釋例》的看法，大抵與朱駿聲相同。

[38] 參見丁福保原編、楊家駱新編《說文解字詁林正續合編》第四冊 p1438，臺灣鼎文書局。

字，我們可以認為它們是屬收 *-p 韻尾的入聲盍部，如先秦文獻裡「何不」假借為「盇」，也是其中的一個例證，因為「何」上古音屬匣紐、歌部，音值可擬作 *ɣai，「不」屬幫紐、之部，音值可擬作 *pə，「何不」急讀時，則取「何」的聲母與主要元音為「盇」的聲母與主要元音，取「不」的聲母 *p- 為「盇」的塞音韻尾，結合成上古聲母匣母、韻屬盇部的「盇」音，而讀成 *ɣap。[39] 但到了中古，除了从「盇」得聲的字，一部分仍保留收 -p 尾，一部分則演化成中古《廣韻》去聲如泰韻从「蓋」得聲字。因此「盇」必然不从「大聲」，則必為意符。既然為非形聲的表意字，按理「盇」為「盇」形近的異體字，「盇」又不一定晚於「盇」，則其本義可以再討論。今「盇」字从皿从去，「去」疑為「凵」，「笶」的假借，[40] 《說文·凵部》云：「凵，凵盧，飯器，以柳作之，象形。……笶，

[39] 參見拙作《類篇字義析論》p200，不過原採陳新雄先生較早的擬音，本文則採新的上古音系統。

[40] 商承祚先生《殷契佚存》以為「去」正是「凵」的本字，「笶」的異體字。

凵或从竹。」從這裡我們可以推知「盍」也是一種裝飯的食器，所以从皿从去會意，而《詩經・豳・七月》：「饁彼南畝」的「饁」應該就是從這裡取義，《說文・食部》云：「饁，餉田也，从食盍聲。」[41]《爾雅・釋詁》云：「饁，饋也。」[42]「饁」作動詞，指饋食於田邊，然在野外進食，自然是用飯器，因此，字形左邊偏旁从食」，右邊則从盍」這個飯器。雖然《說文》說「饁」是从「盍」得聲，但聲符兼義，「盍」於此正充分顯示「飯器」的本義，今「鈇」、「鐫」為如豆形的食器，而「盍」既也是盛飯的食器，自然可複合成「鈇盍」、「鐫盍」的器名。

至於《包山楚簡》第 254 號簡尚有「二膚盍」，它是不是也屬於這類複合詞形態呢？據〈包山二號楚墓簡牘釋文與考釋〉於「二牺白之膚」下解釋「膚」字說：「借作𣪊，《說文》：『盛觵卮也』。」檢段玉裁注《說文》以為「盛觵卮」的「盛」字衍文，並據《國語》、《周禮》

[41] 參見同註 9，p215、p223。

[42] 參見同註 25。

解釋說酒器小為卮，大為䡟，䡟之極大為觳。[43] 不過〈包山二號楚墓簡牘釋文與考釋〉在「二膚盍」下並沒有解釋，顯然是認定「膚」是「觳」、「盍」是「合」。個人以為，若根據前述諸例來看，應該也可以同樣看做是複合詞的形態，今既釋「膚」為酒器「觳」，則此處的「盍」疑該釋讀如「榼」，據近來學者的考證，「榼」是一種扁壺的酒器，[44] 二者器類相近，因義近則可以複合成「觳盍」這樣的器名。總之，這種複合名詞的器名，事實上正彰顯東周時期，器物形制種類複雜，名目繁亂，至於《商周青銅器銘文選》在「盞盂」考釋下說是「方言之又一稱謂」，[45] 也是有可能，值得再深入探究。

---

[43] 參見同註 9，p190。

[44] 金立〈江陵鳳凰山八號墓竹簡試釋〉釋「二斗橀一」，以為「橀」即「榼」，而出土正有扁壺一件，而疑「榼」即扁壺；另據李、劉兩先生〈三器〉稱述日人林巳奈夫《漢代の文物》亦證漢代「榼」為扁壺。

[45] 參見同註 26。

四、結　語

經由上文所列的論述，個人以為挪陵君三器的鑄造時代，應是楚國晚期的幽王二年至十年之間，也就是 236BC～228BC，器主挪陵君王子申為頃襄王的庶子、考烈王的弟弟－－負芻。「挪陵」的地望，疑是今日無錫北面不遠的武進，即春秋戰國時期的「延陵」。又三器中的兩件豆形器，自銘為「」就是「鈇盍」，也就是《包山楚簡》中的「鎷盍」，鈇、鎷、箭、簠等都是豆形器的異稱。而「盍」個人以為是盛飯的食器，「鈇盍」這樣的語詞，是楚國所常使用以義近的單字詞，複合成器名。總之，關於挪陵君三器的銘文，本文只討論其中的幾個基本問題，其他在銘文裡還有許多懸而未決的地方，容日後再論。

原發表於「紀念容庚先生百年誕辰暨中國古文字學學術研討會」，1994 年／刊載於《容庚先生百年誕辰紀念文集》，p533～546

楚掷陵君三器銘文試釋

一、前　言

一九七三年，江蘇無錫出土一批戰國晚期的楚青銅器，其中有銘文的三件——一鑒二鈇盉，以銘文中標示器主為「掷陵君」，學者因稱之為「掷陵君三器」。出土以來，已有不少學者撰文討論，[1] 包括其時代、地望、器名、器主、銘文釋讀等等問題，見解頗不一致。個人也於一九九四年八月發表〈論掷陵君三器的幾個問題〉（以下簡稱〈問題〉）一文，[2] 提出三器鑄造的時代，為楚國晚期的

[1] 如李零、劉雨〈楚掷陵君三器〉，《文物》1980：8；李學勤〈從新出青銅器看長江下游文化的發展〉，《文物》1980：8；何琳儀〈楚掷陵君三器考辨〉，《江漢考古》1984：1；何浩〈掷陵君與春申君〉，《江漢考古》1985：2；李家浩〈關於掷陵君銅器銘文的幾點意見〉，《江漢考古》1986：4 等等。

[2] 該文發表於 1994．8．21～24，廣州中山大學主辦「紀念容庚先生

幽王二年至十年間（336BC～228BC），器主「掷陵君王子申」為頃襄王的庶子、考烈王的弟弟負芻，「掷陵」的地望則疑是今日無錫北面不遠的武進，即春秋戰國的「延陵」，器名「鈇盍」即「籩盍」，為複合名詞，是豆形器的別稱。今本文則是以該文為基礎，繼續對三器銘文的釋讀，再作深入分析，冀望能澄清其中部分疑難不決的問題。

二、三器銘文通釋

鑑和鈇盍三器的銘文（參見附圖一、二、三），其中除了器名不同，文字有異體形構之外，其餘則相同。最早為三器銘文釋讀的是李零、劉雨〈楚掷陵君三器〉（以下簡稱〈三器〉）一文，此後學者進而論釋，但見解頗不一致，以下我們先引述該文的掷陵君鑑銘文釋文，以作為論釋的基礎。

百年誕辰暨中國古文字學學術研討會」上，後刊載於《容庚先生百年誕辰紀念文集》p533～546。

郪夌（陵）君王子申，攸（脩）孳（茲）散（造）金監（鑒），攸（脩）立（莅）戠（歲）棠（嘗）。吕祀皇祖，吕會父侳（兄）。羕（永）甬（用）之，官攸（脩）無疆。

（一） 郪夌（陵）君王子申：

儘管學者對「郪陵君王子申」為何人的看法頗不一致，但大多數學者認為「郪陵君」為楚國一名「申」的王子的封號，唯獨李家浩〈關於郪陵君銅器銘文的幾點意見〉（以下簡稱〈意見〉）一文，將銘文「攸」字上屬，以為「申」為名，「攸」為字，「申攸」是楚王子郪陵君在銘文中同時出現的名字，理由是從下文「攸莅歲嘗」、「攸無疆」這兩句話中，「攸」字的語法位置看，指的是「王子申攸」，而「攸」與「申」都有修長的意思，符合「古人的名和字有意義上的聯繫」。李氏所謂「古人的名和字有意義上的聯繫」，我們固然是不能否認，只不過值得注意的是：在金文中是否以名、字同時列舉為常例呢？在東周楚器的銘文裡，我們看到有姓、名並稱的，如「酓章」、

「酓肯」、「酓忎」、「卲鄝」等等，有國名和姓並稱的，如「楚嬴」，有只稱人名的，如「脽」、「啟」、「逆」，[3] 似乎很少把名和字同時並舉的。而且就其所謂「攸莅歲嘗」、「攸無疆」的語法關係來看，個人也以為作「申」之字也不適切，理由是楚金文中以人名自稱時，多用在「某人造器」的固定形式上，其他地方的第一人稱，則多稱「自」、「余」、「我」，如〈王孫遺者鐘〉云：「自乍龢鐘」，又云：「及我倗友」，又云：「余恁飼心」，並不把自己的名字放置在這類的句子裡。且「攸莅歲嘗」、「攸無疆」的「攸」字，在句法上，個人以為前者恐作介詞，後者作形容詞較佳。考一九三三年安徽壽縣朱家集出土戰國晚期的青銅器群，其中鼎、簠、盤的銘文有：「以共（供）戠（歲）棠（嘗）」一語，[4] 與「攸莅歲嘗」的

[3] 這些姓名或名，在銘文裡通常會冠上封號、官銜，即清俞樾《古書疑義舉例》所謂「以大名冠小名」，如「酓章」、「酓肯」、「酓忎」之前冠「楚王」；「卲鄝」之前冠「大司馬」；「脽」之前冠「大攻尹」；「啟」之前冠「鄂君」；「逆」之前冠「裁尹」等。

[4] 參見《商周青銅器銘文選》第三冊所著錄〈楚王酓肯鐈鼎〉、〈楚王酓肯釶鼎〉、〈楚王酓肯簠〉、〈楚王酓肯盤〉、〈楚王酓忎鼎〉、

語法十分相似，「歲嘗」正是《爾雅·釋天》所謂的「秋祭曰嘗」，「以供」則是「介詞＋動詞」的語法形式，而「攸莅」的「莅」指莅臨，作動詞，「攸」則如《尚書·洪範》：「四曰：攸好德」，《詩·大雅·皇矣》：「執訊連連，攸馘安安。」為無意義的語首助詞，所以「攸莅」為「助詞＋動詞」的語法形式。至於「攸無疆」，個人以為斷句也應如李、劉〈三器〉作「官攸（脩）無疆」較為妥當。「攸」為「倏」的假借，《說文·足部》：「倏，疾也，長也。」即攸長、長遠的意思，作形容詞，「官攸無疆」為器主期望官位爵祿綿長無盡。因此個人也是主張器主為「𨜒陵君王子申」，「攸」字下屬，而非上屬為「申」的字。

（二） 攸（脩）𢆶（茲）𢼸（造）金監（鑑）：

李、劉〈三器〉「造金鑒」的釋文，學者殆無異議，而「攸𢆶」的隸定大致也同意，不過以「攸」作「脩」、

〈楚王酓忎盤〉諸器銘文。

「𢦏」作「茲」，則不盡妥貼；李家浩〈意見〉由於以「攸」為「申」的字，因釋「𢦏」讀為「載」，作為語首助詞，如前所述，個人以為恐不可從；馬承源主編的《商周青銅器銘文選》（以下簡稱《銘文選》）則釋「𢦏」為「哉」，至於何琳儀〈楚鄒陵君三器考辨〉（以下簡稱〈考辨〉）更具體釋讀「攸」為「悠」，「𢦏」為「哉」，個人以為最是可從。大致說來，「攸」為「悠」的假借，「𢦏」從才得聲，讀為「哉」，「攸𢦏」即「悠哉」，於文獻上都可獲得充分證明：如〈中山王嚳鼎〉銘文：「於（嗚）虖（乎）攸𢦏（哉）」，又云：「於（嗚）虖（乎）！念之𢦏（哉）」，[5] 從這銘文對應的語法可以看出「攸𢦏」即是「悠哉」，指思念深而不止。《詩・周南・關雎》云：「悠哉悠哉！輾轉反側。」《毛傳》：「悠，思也。」[6] 又《左傳・昭公十二年》云：「恤恤乎！湫乎攸乎！」清俞樾《群經平議》云：「攸即悠之叚字。……悠，憂也。」

[5] 參見《商周青銅器銘文選》第四冊 p569。

[6] 參見《詩毛氏傳疏》p16。

[7] 所以「攸羿」應釋讀作「悠哉」。另外，在鈇盍的銘文，於此則作「攸羿散鈇盍」，「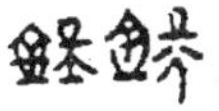」字學者原多不識，李家浩釋作「鈇」，個人於〈問題〉一文已證成其說，並以為「鈇盍」即「籩盍」，為郙陵君豆形器的複合名詞。

（三）　吕祀皇祖，吕會父佳（兄）：

「佳」字，鈇盍銘文又作「侃」，在兩周青銅器銘文，「兄」多作「」，如西周〈叔趯父卣〉作「」，[8] 而《淅川下寺春秋楚墓》乙組墓M１鈕鐘銘文作「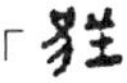、」，[9] 其較《說文》小篆「」多加聲符——「」，考「」上古聲紐屬匣母 *ɣ-，上古韻部屬陽部 *-aŋ，[10] 而「兄」字上古聲紐屬曉母 *X-，上古韻部屬陽部 *-aŋ，

---

[7] 參見《群經平議》卷二七 p4。

[8] 參見《商周青銅器銘文選》第一冊 p46。

[9] 參見《淅川下寺春秋楚墓》p82、p88。

[10] 本文上古音系，採本師陳新雄先生《古音學發微》與〈黃季剛先生及其古音學〉之系統。

二字韻部相同，聲母只是清濁的差異而已，上古音極為接近，所以鄦陵君器銘文「兄」字作「俔」，則是增加「人」的偏旁，作「佳」則是換了聲符，與「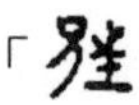」都是「兄」的異體字。李家浩〈意見〉以為「以會父兄」與「以祀皇祖」為對言，「祀」是對死人而言，「會」是對活人而言，「會」即「饋」，進饌的意思，指造器以用來饋食父兄。然個人於〈問題〉中已論證器主為負芻，負芻之父為「襄王」，兄為「考烈王」，在此時都已死去，所以「以會父兄」按理也是對死人而言，「會」為「禬」的假借，如晉張揖《廣雅·釋天》云：「禬，祭也」，「會」為與「祀」相對應的語詞。

（四）　羕（永）甬（用）之，官攸（脩）無疆：

〈三器〉釋「」為「羕」，讀為「永」，釋「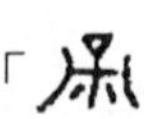」為「甬」，讀為「用」，學者均無異議。今考「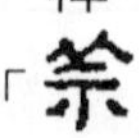」字，〈鄦子妝簠〉銘文作「羕永保之」，「羕」作「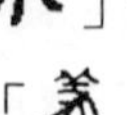」，

〈陳逆簠〉銘文作「羕令眉壽」，「羕」作「」，[11]《說文·永部》云：「羕，水長也，从永羊聲。《詩》曰：江之羕矣。」段玉裁注云：「《毛詩》作永，《韓詩》作羕。」可見得「」釋「羕」讀為「永」是正確的，只不過其形構較其他金文、小篆為簡省。而「」字，〈曾姬無卹壺〉的銘文「甬乍宗彝尊壺」中「甬」作「」，[12]《說文·𢎘部》云：「甬，艸木華甬甬然，从𢎘用聲。」「甬」、「用」二字上古音完全相同，所以「甬」為「用」的假借，也沒有問題。然而在上述二句，諸家釋讀及斷句則看法不一，何琳儀〈考辨〉大抵同於〈三器〉，而李家浩〈意見〉與馬承源主編《銘文選》則作「羕（永）甬（用）之官，攸無疆。」李家浩氏以「官」字屬上句，依楊樹達說讀「官」為「館」，並引〈戒鬲〉：「戒乍葬官明尊彝」，以為「葬官」猶「恭館」，即是宗廟，也供人居住的地方。[13]《銘

[11] 參見《商周青銅器銘文選》第二冊 p387、p595。

[12] 參見同註 11，p446。

[13] 參見《江漢考古》1986：4，p84。

文選》則以「官」為「同官」即「僚友」。[14] 個人以為「官」字上屬，從銘文慣用的語法看來，是較難圓融。考銘文中「其永用之」、「永寶用之」這類的句子，是很普遍的型式，其「用」字為動詞，「之」為指示代名詞的賓語，指所造用的青銅彝器，因此在「之」字後面，通常少有加名詞的情形，所以把「官」解釋為「館」或「同官」，似乎顯得突兀，且「官」字若下屬作「官攸無疆」，在解釋上會較順當，考銘文中經常有「萬壽無疆」、「眉壽無期」、「眉壽無疆」、「萬年無期」這類句子，雖然內容多祝福器主壽考，或其子孫綿延不絕，永用而無盡期，但句式與「官攸無疆」類似，「官攸無疆」是指祝福器主的官位爵祿綿長無盡期，這樣的祝福內容，正如同〈曾姬無卹壺〉銘文所作「遂（後）嗣甬（用）之，飌（職）才（在）王室」的用語，所以個人以為〈三器〉與〈考辨〉的釋文，較為可從。

[14] 參見同註 12。

三、「圣朱」考釋

另外，在一件鈇盉器的外底有兩行銘文，其中有「」二字，〈三器〉隸定作「圣朱」，以為記值文字，李學勤〈從新出土青銅器看長江下游文化的發展〉（以下簡稱〈發展〉）一文，則隸定作「圣桼」，並疑「圣」讀為「降」，「桼」讀為「率」，為記重文字。雖然這兩篇文章是同時發表於同一期的《文物》上，但看法不同。此後李家浩〈意見〉、馬承源主編《銘文選》，也都隸定作「圣朱」，而李家浩如〈發展〉的看法一樣，主為記重文字，《銘文選》則又讀「朱」為「銖」，主記值單位。可見得諸家對此二字的見解分歧。再考楚銅貝蟻鼻錢上的面文，也有作「」的，（參見附圖四）與此文字相同，雖然「」有學者釋作「資」一字，也有釋讀為「各六朱」三字，[15] 不過學者多釋面文作「圣朱」，「朱」字寫法與

[15] 前者參見朱活《蟻鼻新解》，該文發表於《中國考古學會第二次年會論文集》，1982 年，文物出版社。後者見汪本初〈安徽近年出土銅貝初探〉，該文載於安徽省文物考古研究所《文物研究》第

此同，「朱」字應讀為「銖」。又信陽長臺關楚墓遣策有「口益一朱」，字形亦作「」，「朱」即「銖」字，[16]又如丁福保《古錢大辭典》刀布類有「陽．十二朱」，「朱」作「」，也讀為「銖」，[17]另外《包山楚簡》中「株」、「邾」二字「朱」的聲符，也都作「、」，[18]因此個人以為銘文作「朱」讀為「銖」是正確的，應非「率」字。至於「𡍬」字，李學勤氏以為「降」，是從會意的結構去釋讀的，雖然不是全無道理，但是放在銘文、簡文、石鼓文中的「𡍬」或从「𡍬」部件的文字裡，則不容易通讀，依個人淺見，疑「𡍬」為「徐」的異體字，理由有三：

二期 p107～114。

[16] 參見郭若愚《戰國楚簡文字編》p86。

[17] 參見《古錢大辭典》上編 p48。

[18] 參見《包山楚簡》圖版部分第 108 號與 149 號簡。

（一） 從形體上言，「坔」與「徐」相通。

個人以為「坔」字形構，為从夊土聲的形聲，通常从土固然多作意符，可是《說文》裡，也有作聲符的，如「吐」、「徒」、「杜」等字都是。且「夊」為象人趾行來的樣子，為表意的偏旁，也表示行止的動作，在古文字裡，可放置於文字結構的上方，如「各」字，甲骨文作，金文〈秦公簋〉作，也可以放置於文字結構的下方，如「麥」字，甲骨文作，「復」字，甲骨文作，金文〈小臣謎簋〉作，表行止動作的「」應可與「彳」相通。而且「土」與「余」二字，於上古音讀音完全相同，上古聲母同屬定母 *d´-，韻部同屬魚部 *-a，所以從文字形構上來說，「坔」與「徐」是相通的。

（二） 從字義上言，「坔」與「徐」相通。

《說文·彳部》云：「徐，安行也，从彳余聲。」而《易·困卦·九四》云：「來徐徐。」說明「」字从夊土聲形構，正是「來徐徐」、「安行」的意思。且〈石鼓文〉有「為所斿𨑜」之語，「𨑜」字也从「坔」的偏旁，

郭沫若《石鼓文研究》引錢大昕說，以為「斿𩯭即游優」，[19] 這「𩯭」即「優」字，應是可信，《詩・小雅・采菽》即有：「優哉游哉」之語，《爾雅・釋訓》也云：「優優，和也。」若再深究，其實「優」、「𩯭」形義都是源自「憂」字，應為「憂」的後起字，《說文・夊部》：「憂，和之行也。」而這個「和之行也」正是「徐」字「安行」的意思。由此可證〈石鼓文〉「𩯭」字為一从「憂」从「夆」，由同義文字複合而成的字形。在古文字中，類似這樣的複合字形，並非僅見，例如前述〈郰陵君鑑〉銘文中的「𢆶才」字，也見於「中山王𠷎鼎」的銘文裡，而「𢆶才」讀為「哉」，也讀為「在」，「𢆶才」所从「𢆶」與「才」則同時為聲符，「𢆶」在甲骨文、金文中都是「玆」字，在上古聲母屬精母 *ts-，上古韻部屬之部 *-ə，而「才」字上古聲母則屬從母 *dz´-，上古韻部也屬之部 *-ə，二字韻部相同，聲母屬同部位的雙聲，讀音極為接近。因此從字義上來看，「夆」與「徐」相通。

[19] 參見《石鼓文研究》p74。

（三） 從楚銅貝及其他文獻言，「夅」即「徐」，指地名。

在春秋戰國時期，各國鑄幣的面文，除鑄幣值單位之外，往往亦鑄其國都或大都邑的名稱，如魏國鑄幣上有：「大梁」、「安邑」、「晉陽」、「蒲阪」、「共」、「虞」、「垣」、「平周」等等；趙國有：「甘丹（邯鄲）」、「藺」、「離石」等；韓國有：「平陽」、「高都」、「涅」、「屯留」等；齊有：「齊」、「即墨」、「安陽」；[20] 而楚國的黃金貨幣中有爰金，其上則鑄有「郢爰」、「陳爰」、「盧金」、「鄟爰」、「鄗爰」等文字，而「郢」、「陳」、「盧」、「鄟」、「鄗」都是地名，「郢」指楚都，「陳」為陳縣，楚三次滅陳而置縣；「盧」為盧縣，在今襄陽西南；「鄟」為鄟縣，其地望在山東兗州一帶，「鄗爰」則或疑即今河南中部禹縣，也就是《左傳·昭公四年》所載稱的「櫟縣」。[21] 又楚貝幣面文尚有作「巽」及「夅朱」。

---

[20] 參見楊寬《戰國史》p106～112 之敘述。

[21] 參見黃德馨《楚爰金研究》p71～77。

「坓朱」，就鄹陵君鈇盍器底的兩行銘文來看，應為比「朱」（銖）為小的記值單位，[22]「坓」理應如前面的論述，為記值單位上的地名，即「徐」，指徐縣。「徐」在春秋以來金文多作「郐」，為列國之一，春秋時居於江蘇洪澤湖西岸，《史記．秦本紀》裡，張守節《正義》引《括地志》說：「大徐城在泗州徐城縣北三十里，古徐國也。」[23]也就是今江蘇盱眙縣與安徽泗縣之間。徐國於周敬王八年（512BC）為吳所滅，而吳王夫差又於周元王四年（473BC）為句踐所敗而滅國。雖然徐地輾轉淪入越國的版圖，但越國在句踐死後，國力日衰，江淮以北的地區，漸無力控制，儘管依《史記．越世家》及今本《竹書記年》載，楚威王於周顯王三十六年（333BC）滅越，但實際上徐國舊地，早於周定王二十四年（445BC）時，即為楚國所侵併，《史記．楚世家》載云：「是時（楚惠王四十四年，即周定王二十四年），越已滅吳而不能正江淮北；楚東侵，廣地至

---

[22] 參見本文下一節的論述。

[23] 參見武英殿本二十五史《史記》卷五 p94。

泗上。」張守節《正義》云：「江淮北，謂廣陵縣，徐、泗等州。」[24] 所以楚發行「邻朱」，則恐在楚惠王四十四年以後。春秋戰國徐國青銅器銘文「徐」字均作「郐」，然史書典籍則作「徐」，今除楚銅貝面文作「邻」之外，且考《包山楚簡》第 83 號簡作：「訟羅之廡宼之邻者邑人邵女」，[25] 其中「邻者」應即是指「徐都」；又第 163 號簡作：「郐邑人鄴彼」，[26] 「郐」也是「徐」；又第 157 號簡作「竊司舟：斮，車轄邻斮」，[27] 「斮」《說文》說是「方銎斧」，「邻斮」恐是指徐城所造的方孔斧。另外在《楚文物展覽圖錄》裡載有湖南長沙出土鐵足銅鼎，其上刻劃有「石邻刀」三字，[28] 「邻刀」疑即指「邻」邑所鑄刀幣。總之，掷陵君鈇盍器上銘文作「邻朱」，正是楚銅貝上面文的「邻朱」，「邻」是「徐」字的異體，此

---

[24] 參見同註 23，p679。

[25] 參見同註 18，圖版三六。

[26] 參見同註 18，圖版七四。

[27] 參見同註 18，圖版七二。

[28] 參見該書 p34。

用指地名。「圣朱」是指徐縣所鑄銅貝幣，為楚國計值的貨幣之一。

四、鈇盍器底記值銘文試釋

在鈇盍器外底的兩行記值銘文，（參見附圖五）為便於討論，我們先引錄李、劉〈三器〉的釋文如下：

> 郢郤（？）賓（府）所告（造），睟十晉四晉圣朱（銖）；敓（？）襄，睟三朱三圣朱（銖）四口。

茲分四段逐一論釋：

（一）　郢郤（？）賓（府）所告（造）：

其中「郤賓」兩字形體已殘泐不全，「賓」字尚存「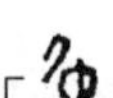」，不過楚國「府」字多从貝，且「郢某賓」為楚國銅器銘文中所習見，如一九七六年安徽鳳臺縣出土〈郢大賓銅量〉

便是很好的例子。[29] 所以這裡作「賓」字，應該是沒有疑義。不過戰國時期楚國的府庫名目繁多，在王室方面，如楚王製造器物或貯藏的府庫，便有大府、中府、行府、公府、造府等，[30] 在封君方面，如〈鄂君啟節〉裡，便載有「鄂君啟之賓」，[31] 然而從本器銘文作「郢郯（？）賓」看來，此器疑是楚王府庫所監造，但「郯（？）」字形體殘泐作「」，周曉陸於一九八七年發表〈𨛭陵君鑒補〉短文，依友人所見銅鑑手扣之處有「王郢姬之濫」五字，因判定此為「姬」字，以為應作「郢姬賓」，[32] 個人以為此器既是「𨛭陵君王子申」所造，卻又另有「王郢姬之濫」之語，而這五個字是在手扣之處，非盤底鑄刻銘文的主要部位，有可能是負芻繼位為楚王之後，賞賜王姬後刻上去的。因此能否據此推論作「郢姬賓」，恐得再斟酌。

---

[29] 該文參見《文物》1978：5，p96。

[30] 參見湯餘惠〈楚璽兩考〉一文，載於《江漢考古》1984：2，p50。

[31] 參見同註 5，p432。

[32] 參見《江漢考古》1987：1，p77。

（二） 賥十晉四晉朱（銖）：

「賥」字在數目字之前，在戰國銘文裡頗為普遍。李家浩於〈戰國時代的「冢」字〉與〈意見〉二文，[33] 都曾詳細論證其為「冢」字，並以為「冢」讀為「重」，指記重的意思。李學勤〈發展〉一文也主此說。但李、劉〈三器〉則不贊成，其理由是：

> （賥）疑是表示資費一類的字，以下所記似為造器所費之值而非器重。此器實測重二五〇九克，當秦衡制八斤之多，而銘文所記卻不過是一些比銖略大或略小的單位，因此不像是指器重。

李家浩與李學勤二氏釋為「冢」字是正確的，但如〈三器〉一文所指稱，銘文內容確是與資費相關，應該不是指器重，因為「圣朱」見於楚銅貝，為幣值是可確信的，而且從下文「三朱」一詞的論證，也可以證明「朱」也是楚幣

[33] 〈戰國時代的「冢」字〉一文發表於 1981 年《語言學論叢》第七輯 p113～122。

的一種，因此說這段銘文指為器重，「冢」讀為「重」的說法，恐怕說不通。且楚至戰國晚期，青銅器的鑄造，已不一定由國工來模鑄，如一九三三年安徽壽縣出土楚銅器群，其上銘文就有「鋻（鑄）客為王后六室為之」、「鋻（鑄）客為集脰為之」，[34]「鑄客」依劉節說：「鑄工而名曰客，非楚人可知。」劉氏又引徐中舒說：「韓器有句客之名，即鋻客。」[35]既然鑄工是請來的，自然鑄器便得付費，所以這裡的數目字，應是鑄造此器所需的費用。這裡的「冢」字既不讀「重」，應作何解呢？陳邦懷〈笨鼎跋〉一文釋「冢」讀為「總」，[36]考「冢」上古音聲母屬端母 *t-，韻部屬東部 *-auŋ，「總」字上古聲母屬精母 *ts-，韻部屬東部 *-auŋ，二字韻部相同，聲母不同，聲母雖然不同，但其發音方法相同，為所謂「位同」雙聲，因此古音頗為接近，因此「冢」讀為「總」，從上古音來

[34] 參見同註 5，p440、p443。

[35] 參見郭仁成《楚國經濟史新論》p92～93 所引《古史考存》中劉氏〈壽縣所出楚器考釋〉一文。

[36] 參見陳邦懷《嗣樸齋金文跋》一書 p15。

看，是說得通的。不過陳氏以「總」為「絲之量數名『總』」，取其本義，個人則以為此處指「總數」的意思，為引申義。事實上，銘文中記載該器的價值，並非僅見於戰國此器，如西周〈遽伯還簋〉云：「遽伯還作寶尊彝，用貝十朋又三朋。」[37] 便也是銘文記造器資費的例證。至於「十晉四晉」四字，由於下接楚貝幣面文「圣朱」，因此個人疑其係鑄器所需「圣朱」的數目，所以「晉」字或可釋為「百」字，指該器計值為一千四百圣朱。

（三） 㪉（？）襄：

〈三器〉、〈發展〉、《銘文選》於此二字隸定都相同，其中《銘文選》表示「其義未詳」，而〈三器〉由於主張這兩行銘文屬兩次記值的文字，所以認為「㪉襄」可能如「郢郊賨所造」，為某一官署所造的簡稱，兩次記值則可能是因一器在兩處分鑄，或器成後再經加工的緣故。至於〈發展〉則因主張兩行銘文都是記重的文字，而讀「㪉

[37] 參見吳大澂《愙齋集古錄》第八冊 p14。

襄」為「資鑲」，以為指鑄造青銅器用的內模。個人以為銘文並非記重文字，「攷襄」理應無關重量，不過李氏讀「攷」為「資」，可從。考「資」，《說文·貝部》云：「資，貨也。」而《戰國策·齊策三》云：「太子何不倍楚之割地而資齊。」[38] 此處「資」字意指以財貨與人的意思。而「襄」即是「襄事」，如《左傳·定公十五年》云：「不克襄事」杜預注：「襄，成也。」[39] 所以「資襄」可解釋為以資費予成事者，簡單地說，就是指鑄客鑄造此器的工資。

（四） 貯三朱三圣朱（銖）四口：

「貯」依前面所論，即「冢」字，讀為「總」。而「三朱」的「朱」，則應為比「圣朱」大的楚貨幣，據一九八二年湖北大冶縣金牛鎮出土古錢牌實物三件，為面文鑄有「良金四朱」銘文一整塊（參見附圖六），「良金一朱」

---

[38] 參見《戰國策》卷一〇p368。

[39] 參見《左傳》p986。

二殘塊。[40] 據大冶縣博物館〈大冶縣出土戰國窖藏青銅器〉一文，描述「良金四朱」的形制是：

> 呈長方板狀，正反兩面均飾有以卷龍紋為主，雲雷紋襯底圖案，面中央處有兩圈凸脊，內圈凸脊略高于外圈，中間一直橫凸脊，平分內圈，兩圈之間右旋轉鑄銘「良金四朱」四字，面背四周邊緣均有郭。通長一三、寬四、外圈凸脊直徑三·一、內圈凸脊直徑一·六、厚〇·三厘米，重量一一〇克。[41]

另外「良金一朱」形制與「良金四朱」同。由於該楚幣係出土於戰國楚地，距鄂王古城不遠，且有五枚楚銅貝同時出土，依該文的推測，此窖藏的年代為戰國晚期，所以我們從這裡可以確知「朱」為楚國貨幣的一種，且依其形制，則幣值必大於「圣朱」，而前面所曾論述有關「圣朱」與銘文為記值文字的問題，在這裡便可以獲致直接的證據

[40] 參見大冶縣博物館〈大冶縣出土戰國窖藏青銅器〉一文，載於《江漢考古》1989：3，p18～21。

[41] 同註 40，p18。

了。至於銘文「三𠫑朱」之後，尚有「四口」，由於殘泐不清，我們也就無法解讀了，或許是比「𠫑朱」單位還要小的幣值。

五、結　語

綜上所述，個人對𨛬陵君三器的銘文的釋讀，在三器銘文相似的部分，以𨛬陵君鑒為例，應釋讀作：

> 𨛬夌（陵）君王子申，攸（悠）孳（哉）！散（造）金監（鑒），攸立（莅）戠（歲）棠（嘗），㠯祀皇祖，㠯會（禬）父佳（兄）。羕（永）甬（用）之，官攸（攸）無疆。

而鈇盍器底的銘文，則以為可釋讀作：

> 郢郛（？）貸（府）所告（造），冡（總）十晉（百）四晉（百）𠫑（徐）朱（銖）；敓（資）襄，冡（總）三朱三𠫑（徐）朱（銖）四口。

其中，「坌朱」即楚銅貝面文的「」，「坌」字從「从夊土聲」的形構，及「來徐徐」、「安行」的字義，與「土」、「余」二字上古音完全相同等方面，推知其為「徐」的異體字，於此指「徐」城，原是古徐國，後為楚兼併，於該地所鑄造的楚銅貝，稱為「坌朱」。至於「三朱」的「朱」，今也證知為楚貨幣，所以鈇盍器底銘文為該器記值文字，殆無可疑。

參考引用書目

丁福保 1938，《古錢大辭典》，1982，中華書局，北京。

大冶縣博物館 1989，〈大冶縣出土戰國窖藏青銅器〉，《江漢考古》3，p18～21。

孔仲溫 1994，〈論挪陵君三器的幾個問題〉，紀念容庚先生百年誕辰暨中國古文字學學術研討會，刊載於《容庚先生百年誕辰紀念文集》p533～546。。

孔穎達 《春秋左傳正義》，1973，藝文印書館十三經注疏本，台北。

司馬遷 《史記》，藝文印書館廿五史武英殿本，台北。

安徽阜陽地區展覽館文博組 1978，〈郢大賔銅量〉，《文物》5，p96。

朱活 1982，〈蟻鼻新解〉，《中國考古學會第二次年會論文集》，文物出版社，北京。

何浩 1985，〈挪陵君與春申君〉，《江漢考古》2，

p75～78。

何琳儀　1984，〈楚鄝陵君三器考辨〉，《江漢考古》1，p103～104。

吳大澂　1896，《愙齋集古錄》，1976，台聯國風出版社，台北。

李家浩　1981，〈戰國時代的「冢」字〉，《語言學論叢》7，p113～122。

1986，〈關於鄝陵君銅器銘文的幾點意見〉，《江漢考古》4，p83～86。

李　零、劉　雨　1980，〈楚鄝陵君三器〉，《文物》8，p29～33。

李學勤　1980，〈從新出土青銅器看長江下游文化的發展〉，《文物》8，p35～40。

汪本初　1986，〈安徽近年出土楚銅貝初探〉，《文物研究》2，p107～110。

周曉陸　1987，〈鄝陵君鑒補〉，《江漢考古》1，p77。

河南省文物研究所等　1991，《淅川下寺春秋楚墓》，文物出版社，北京。

俞　樾　　《古書疑義舉例》，1974，世界書局，台北。
《群經平議》，1963，世界書局，台北。

段玉裁　　1807，《說文解字注》，1982，學海出版社影經韻樓藏版，台北。

馬承源主編　1990，《商周青銅器銘文選》，文物出版社，北京。

郭仁成　　1990，《楚國經濟史新論》，湖南教育出版社，湖南。

郭沫若　　1936，《石鼓文研究》，1982，科學出版社，北京。

郭若愚　　1994，《戰國楚簡文字編》，上海書畫出版社。

陳邦懷　　1993，《嗣樸齋金文跋》，香港吳多泰中國語文研究中心。

陳　奐　　1840，《詩毛氏傳疏》，1975，學生書局，台北。

陳新雄　　1971，《古音學發微》，文史哲出版社，台北。
1993，〈黃季剛先生及其古音學〉，《中國學術年刊》14，p399～438。

湖北省荊沙鐵路考古隊　1991，《包山楚簡》，文物出版社，北京。

湯餘惠　1984，〈楚璽兩考〉，《江漢考古》2，p50～51。

黃德馨　1991，《楚爰金研究》，光明日報出版社，北京。

楚文物展覽會　1954，《楚文物展覽圖錄》，北京歷史博物館，北京。

楊　寬　1991，《戰國史》，上海人民出版社。

劉　向集錄　《戰國策》，1978，九思出版公司印校點本，台北。

圖一：鈇盍之一銘文拓片及摹本

資料來源：〈楚鄒陵君三器〉

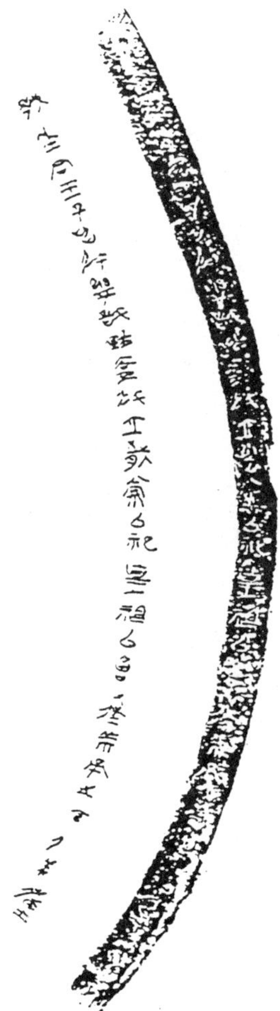

圖二：鈇盍之二外壁銘文拓片及摹本

資料來源：〈楚鄒陵君三器〉

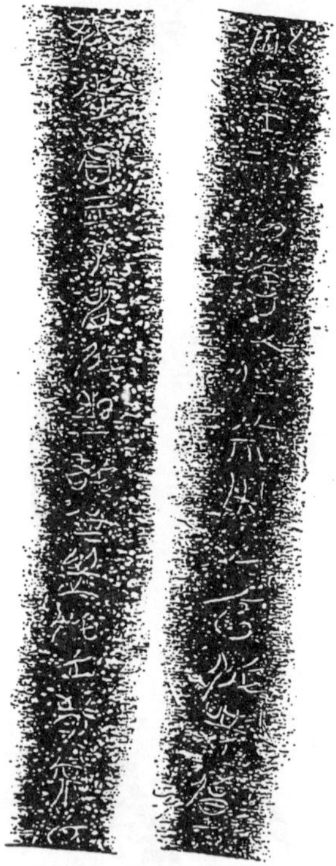

圖三：銅鑒銘文拓片

資料來源：〈楚𨚕陵君三器〉

圖四：楚銅貝上面文

資料來源：楊寬《戰國史》

圖五：鈇盍之二外底銘文拓片及摹本

資料來源：〈楚掷陵君三器〉

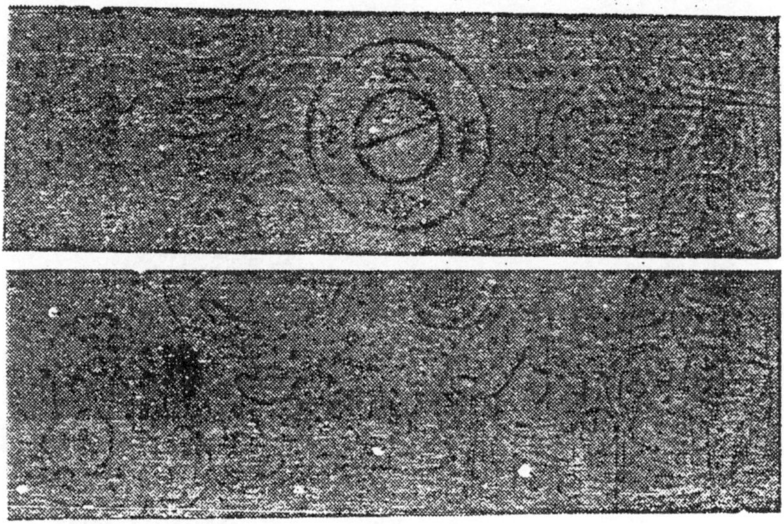

圖六：良金四朱。上，正面；下，背面。
資料來源：〈大冶縣出土戰國窖藏青銅器〉

原刊載於《第六屆中國文字學術研討會論文集》，p1～17，1995 年

從《黃季剛先生手寫日記》論黃先生治古文字學

一、前　言

黃季剛先生為民國以來，一位享譽海內外之國學大師。其不僅於經史子集各方面博學精通外，尤其在傳統的語言文字學方面，推陳出新，別成系統，卓有成就，影響深遠。黃先生於一九〇七年，二十二歲時在日本，即追隨章太炎先生問學。[1] 之後，其於學術上與章太炎先生齊名，而有所謂的「章黃之學」。黃先生的學說，固然多有步趨於章先生的地方，事實上在語言文字學方面，與章先生也有差異之處，特別在古文字學上，章先生早年作《國

[1] 黃先生於一九〇六年與章太炎先生交往論學，次年執贄為弟子。

故論衡·理惑論》，於甲骨金文，猶疑為偽作，[2] 而黃先生治文字學，卻極重視古文字學。關於黃季剛先生治古文字學的情形，許嘉璐先生於一九八五年發表〈黃侃先生的小學成就及治學精神〉一文裡，曾略有述及。[3] 此後，胡厚宣先生於一九九三年，中國海峽兩岸黃侃學術研討會上，以〈黃季剛先生與甲骨文字〉為題作專題演講。[4] 同時還有鐘瑛、李繼明合撰，於會上發表〈黃侃先生對甲骨文的重視與研究〉一文。[5] 本文則擬於諸位先生論述的基礎上，以潘師石禪於一九五五年所整理，一九七七年由台灣學生書局出版的《黃季剛先生手寫日記》一書所載為範圍，再深入綜述黃先生於古文字學上所下的深厚工夫，讓我們更清楚黃先生的治學方法與精神，而為我後學小子效法。《黃季剛先生手寫日記》內容與時間，依潘師跋尾所

---

[2] 參見《國故論衡》p57～60。

[3] 該文收錄於《黃侃紀念文集》p65～102。

[4] 該文收錄於《1993 中國海峽兩岸黃侃學術研討會論文集（2）》p1～3。

[5] 參見同註 4，p8～10。

載為：

1·〈六祝齋日記〉一冊：起於一九二二年壬戌正月初九日至二十一日。

2·〈閱嚴輯全文日記〉一冊：起於一九二八年戊辰三月二十九日至五月二十九日。

3·〈潘逡錄書眉日記〉一冊：起於一九二九年己巳九月二十三日至十二月初十日。

4·〈散葉日記〉五十三紙：一九三〇年庚午正月十四日至二月初四日六紙、一九三二年壬申十月二十六日至十一月二十六日六紙、一九三五年乙亥二月五日至三月八日九紙、三月二十五日至四月二十八日十紙、五月五日至七月十四日二十二紙。

至於本文所謂「古文字學」，係採廣義，即指研究秦隸以前文字的學術，包括考古所發現的古文字，及典籍所載錄的古文字，不過，許慎《說文》中所載的文字，雖然也屬於古文字的範疇，但以《說文》的研究，在文字學裡，已自成獨立的學門，而黃先生於《說文》的研究，也極有成就，不是本文所能盡述的，因此本文將略去《說文》的部分不論。

二、日記中所載有關古文字書籍

在黃先生的〈六祝齋日記〉、〈閱嚴輯全文日記〉、〈潘迻錄書眉日記〉、〈散葉日記〉裡，都曾提到購閱古文字書籍的情形。特別是潘師石禪所迻錄一九二九年九月二十三日到十二月初十日，這將近三個月時間的〈書眉日記〉，可以說是黃先生最熱衷購閱古文字書籍的時期，甚至連日記都寫在古文字書籍的書眉上，如當中有〈讀《古籀拾遺》日記〉是黃先 生於十一月二十四日至十二月三日讀孫詒讓《古籀拾遺》時，所誌日記，潘師於十一月二十五日日記末按注說：「重規案：以上記於《古籀拾遺》上冊」，又於十二月三日日記末按注說：「重規案：以上記於《古籀拾遺》下冊」。另外還有〈讀《古籀餘論》日記〉，為十二月四日至十日讀孫詒讓《古籀餘論》時所寫的日記，潘師也於十二月六日日記末按說：「重規案：以上記於《古籀餘論》上冊」，又於十日日記末按注說：「重規案：以上記於《古籀餘論》下冊」。而全書所載錄購閱的古文字書籍，計達六十七種之多，茲依甲骨文字、金石文字、陶瓦文字、貨幣文字、璽印文字、竹簡文字、其他等七類，依其先後載列如下：[6]

（一） 甲骨文字類

1·龜甲獸骨文字　　日本·林泰輔
2·殷虛文字待問編　　羅振玉
3·簠室殷契徵文　　王　襄
4·鐵雲藏龜拾遺　　葉玉森

---

[6] 黃先生日記所載書目，或僅有書名，沒有作者，或者為書名簡稱，本文則依原書名、作者載列。

5 · 鐵雲藏龜　劉　鶚
6 · 鐵雲藏龜之餘　羅振玉
7 · 殷虛書契　羅振玉
8 · 殷虛書契菁華　羅振玉
9 · 增訂殷虛書契考釋　羅振玉
10 · 殷虛卜辭　加拿大·明義士
11 · 契文舉例　孫詒讓
12 · 殷虛書契萃菁　王緒祖
13 · 新獲卜辭寫本　董作賓

（二）　金石文字類

1 · 石印石鼓文
2 · 金石萃編　王　昶
3 · 金石續編　陸耀遹
4 · 金石萃編補正　方履籛
5 · 古玉圖考　朱德潤
6 · 紹興內府古器評　張　掄
7 · 西清古鑑　梁詩正、蔣溥等
8 · 說文古籀補　吳大澂
9 · 古籀拾遺　孫詒讓

10·	恆軒所見所藏吉金錄	吳大澂
11·	夢郼草堂吉金圖	羅振玉
12·	歷代符牌圖錄	羅振玉
13·	雙王鉨齋金石圖錄	鄒　安
14·	夢坡室獲古叢編	鄒壽祺
15·	傳古別錄	羅君美
16·	愙齋集古錄	吳大澂
17·	清儀閣所藏古器物文	張廷濟
18·	金薤琳琅	都　穆
19·	金石文鈔	趙紹祖
20·	兩罍軒彝器圖釋	吳　雲
21·	金石索	馮雲鵬、馮雲鵾
22·	名原	孫詒讓
23·	古籀餘論	孫詒讓
24·	清儀閣金石文字	張廷濟
25·	秦金石刻辭	羅振玉
26·	古鏡圖錄	羅振玉
27·	雪堂所藏吉金文字	羅振玉
28·	簠齋吉金錄	鄧　實
29·	金石苑	劉喜海

30·金石圖　褚　峻
31·小蓬萊閣金石文字　黃　易
32·隨軒金石文字　徐渭仁
33·兩漢金石記　翁方綱
34·張叔未解元所藏金石文字　張廷濟
35·《西清續鑑》彝器拓本　容　庚
36·蒿里遺珍　羅振玉
37·攈古錄金文　吳式芬
38·寶蘊樓彝器圖錄　容　庚
39·寰宇貞石圖　楊守敬
40·綴遺齋彝器款識　方濬益
41·十二家吉金圖錄　商承祚

（三）　陶瓦文字

1·鐵雲藏陶　劉　鶚
2·秦漢瓦當文字　羅振玉

（四）　貨幣文字

1·錢錄　梁詩正、蔣　溥等

2·古泉滙　　李佐賢

3·續泉滙　　李佐賢、鮑　康

4·續泉滙補遺　　李佐賢

（五）璽印文字

1·周秦古鉩　　吳　隱

2·伏盧藏印　　陳漢第

3·十鐘山房印舉　　陳介祺

（六）竹簡文字

1·汗簡箋正　　鄭　珍

（七）其他

1·古文舊書考

2·簠齋尺牘　　陳介祺

3·劉鐵雲家書　　劉　鶚

在上列的七類六十七種圖書當中，金石文字類共有四十一種，約佔全部的百分之六十，這種情形與黃先生所處的時代有關，因為在古文字學中，金石文字學是發展比較早的，尤其清乾嘉以後，研究著錄的書籍很多，為古文字學的主流。至於甲骨文字方面，由於它是在光緒二十五年（1899AD）才正式被發現，在黃先生民國十八、九年的時代，發掘、著錄、研究都還屬於起步不久的階段，雖然，在《黃季剛先生手寫日記》裡，只載錄十三種甲骨文字的書籍，但事實上，依據〈潘迻錄書眉日記〉十月二十六日的記載，說：

> 在中央大學借得《殷虛書契前編》四冊，擬與石禪鈔此，並鈔劉鶚《藏龜》，則龜甲之書，于是乎全。

顯然地，黃先生於甲骨文字學方面的書籍，凡當時坊間能獲得的，差不多都有了，只欠《殷虛書契前編》、《鐵雲藏龜》而已。至於陶瓦文字、貨幣文字、璽印文字、竹簡文字及其他相關的古文字文獻材料，在日記裡也都載錄著，可見得黃先生治古文字學的眼界是寬闊的、全面的、正確的，他並不局限在某一兩類的狹隘範疇裡。

三、蒐購圖書的積極態度

黃先生為了研治古文字學，大力蒐購圖書，態度極為積極。在我們前面整理日記所載的六十七種古文字書籍裡，有五十四種在〈潘逐錄書眉日記〉所提到的，在短短地不到三個月的時間裡，所提到的這五十四種書籍，有很多都是載錄寫信託人購置的情形。日記中提到所託付蒐求的人氏，如：穎民（陸宗達先生）、石禪（潘師重規）、景伊（林尹先生）、耀先（黃焯先生）、藻蓀（童藻蓀先生）、行可（徐行可先生）、伯沆（王瀣先生）、張君宜、馮培基等等；往來書店，最是頻繁的有來青閣與富晉書社，其他如：西泠印社、商務印書館、文海山房、中國書店、天津博物院也都有往來，[1] 而購求的地方，遍及北京、湖北、上海、天津、杭州等地，總之，是全方位的盡力積極蒐求。

---

[1] 上述的部分人名與書店名，日記裡經常只是簡略地稱呼，如今時過境遷，不容易弄清楚，幸經潘師石禪明示，方得明白，謹此致謝。

有時為得一書，不憚其煩地一再函託，例如為求得《窓齋集古錄》、《清儀閣古器物文》二書，據一九二九年的〈潘逘錄書眉日記〉記載，在九月二十九日日記裡說：

> 商務送來《伏廬印藏》一函，云《窓齋》、《清儀閣》兩金石及《十鐘山房印舉》皆缺。

〈潘逘錄書眉日記〉是從九月二十三日開始的，而這兩本書在九月二十九日的記載是商務來函答覆說「缺」，可見得黃先生早在九月二十三日以前，就已去函商務購求了。商務沒有，黃先生第二天即轉託來青閣購求，十月一日的日記載說：

> 與來青片，令買《窓齋集古錄》、《清儀閣古器物文》。

十月十三日又載：

> 得來青閣十二日片，託石禪匯錢四十二元，買《窓齋集古錄》、《清儀閣古器物文》二書。

這大概是來青閣告知這兩種書的價錢，而黃先生請潘師石禪匯錢，可是錢寄了，書還是沒買到，在十月十六日則載說：

> 得來青兩片，告以《意齋集古錄》、《清儀閣古器物文》不可得。立覆一片，令將款別儲，徐求此書。

來青閣沒有買到，在日記裡並沒有記錄再託人購求的文字，不過到了第二年，一九三〇年正月，由富晉書社買到寄來，在黃先生〈散葉日記〉一九三〇年正月十五日裡則載說：

> 富晉寄來《寶蘊樓彝器圖錄》容庚輯甚精、《書契菁華》、《意齋集古錄》、《清儀閣古器物文》四種，值七十元。

所以黃先生為購求這兩種古文字的圖書，先後向商務、來青、富晉這幾家書店函購，花了約四個月的時間終於買到了書。類似這般四處購求的情形，在日記裡是十分常見的，尤其在購求甲骨文字方面的書籍，更顯得態度積極，一再地函詢。例如〈潘逘錄書眉日記〉九月二十六日載說：

> 與童藻蓀一片……並託其訪藏龜。……又致富晉片，仍屬求《藏龜》、《藏龜之餘》、《殷虛書契》及《書契精華》四書。

九月二十七日又載：

> 暮得藻蓀書，示以近作〈吳君墓表〉，為改竄之，即寄，並屬其求《鐵雲藏龜》、《殷虛書契》。

九月二十九日則載說：

> 與來青片，屬買《增訂殷虛書契考釋》、《鐵雲藏龜之餘》、《雙王鉨齋金石圖錄上》。

十月一日載說：

> 夜與行可書，求代購《鐵雲藏龜》、《藏匋》、《殷虛書契》、《書契菁華》及其他金石書。

十月九日又載：

得陸宗達書云富晉告以有人售《殷虛書契》，須十一月方還京再議。立致穎民及富晉書，堅囑其代為作成。

經這幾段日記的載錄，我們可以了解黃先生求購甲骨文字書籍的殷切，尤其是《鐵雲藏龜》、《殷虛書契》兩種。九日已寫了信給陸宗達先生及富晉書社，十五日又再去函，日記載說：

早起書致富晉及穎民，託求羅振玉《殷虛書契前編》、《殷虛書契菁華》、《鐵雲藏龜之餘》、《秦漢瓦當文字》、《秦金石刻辭》、《古鏡圖錄》、《雪堂所藏吉金文字》精拓本；王緒祖《殷虛書契萃菁》、劉鶚《鐵雲藏龜》、《藏匋》。

十月十九日又載：

下晡，復與來青片，託在蟫隱購新翻《書契菁華》、《書契考釋》、《鐵雲藏龜之餘》。

而這三種甲骨文字書籍，黃先生在十月二十二日的日記裡載說來青閣在申刻的時候寄到了，但是《殷虛書契》一直都沒有買到，所以在十一月二十七日再函詢富晉，〈潘逡錄書眉日記〉說：

> 與富晉書，託寄容庚所印《西清續鑑》中彝器，并詢《殷虛書契》得否。

在《黃季剛先生手寫日記》裡，一直沒有買到《殷虛書契》的記載，不過，鐵雲藏龜》終於在一九三〇年二月二日獲得，在〈散葉日記〉裡有如下的一段記載：

> 馮培基送來《鐵雲藏龜》、《藏匋》一部，諧價廿元。此書求之甚久，乃得之。

買到蒐求很久的書籍，實在高興，是值得記上一筆。

經黃先生的積極努力，有關古文字的圖書，蒐羅頗豐。在金石文字方面，黃先生〈潘逡錄書眉日記〉九月二十五日裡載說他當天起床後，「整理書籍，以金石書，別置一室。」可見得金石文字方面的藏書是十分可觀的。而甲骨文字方面呢？本文在前面第二小節裡曾引述〈潘逡錄書眉日記〉十月二十六日的記載，黃先生說除了《殷虛書契前編》、《鐵雲藏龜》之外，「則龜甲之書，于是乎全。」由此可知黃先生所蒐甲骨文字方面的書籍，也是相當完備。當然，我們剛剛在前面才說到黃先生後來買到了《鐵雲藏龜》。但積極地買書，這對以教書為業的黃先生而言，無疑是一項不小的經濟負擔，所以有時黃先生不免會有「血汗換來，衣食減去，買此陳編，祇供蟫蠹。」的感歎，[8] 而另外據黃焯先生在〈黃季剛先生年譜〉裡，也載有季剛先生於一九三〇年四月二十七日的日記，表述自己將兩年的奉金幾乎都用在甲骨金石文字的圖書上，而稱自己為「書癡」，內容是：

> 四月二十七日，竟日理書，知予所藏金石甲骨文字書，幾於備矣。兩年來辛苦所得奉金，自日用外，

[8] 參見〈潘逡錄書眉日記〉九月二十五日的記載。

悉以用之此中，亦可謂書癡矣！[9]

這段記載不僅可以用來跟前文參照，更可以作為本節段的結語。

四、繙鈔點校的研治方法

黃先生治學精勤而紮實，確切的下了他所謂「札硬寨，打死仗」的工夫，[10] 就以〈閱嚴輯全文日記〉五月十六日的記載來說，黃先生把每日必做的功課分五門，即繙書、鈔書、點書、校書、臨書。這繙、鈔、點、校、臨正是黃先生治學的基本功夫。他在古文字方面的研治，大抵也應是運用了這些方法，不過，在《黃季剛先生手寫日記》裡，沒提到臨摹古文字的情形，但有一段時間，黃先生很認真地臨摹比秦隸稍晚的漢簡，據一九二八年〈閱嚴輯全

[9] 參見《蘄春黃氏文存》p186。

[10] 參見《蘄春黃氏文存》中〈黃先生語錄〉，p217。

文日記〉四月二十八日的記載，當天黃先生繙《流沙墜簡》，覺得「漢晉書影甚有味」，於是從這天開始臨漢簡，此後四月三十日、五月的一日、六日、八日、十一日、十二日、十五日、十六日、十七日、十八日、十九日、二十一日、二十三日、二十四日、二十五日都臨摹漢簡一至二葉。在五月十六日的記載說：「臨漢簡一葉，趣有意理。」而十八日、十九日的日記，則已偶用漢簡上的字體筆畫書寫日記，甚至在十八日的日記還載說：「午陰，再臨漢簡年伏願子和少公二簡。此簡塙為西漢人書，尚有篆埶，耽玩无斁。」而黃先生認定這二簡「塙為西漢人書」的話，事實上是針對《流沙墜簡》中，羅振玉在〈簡牘遺文考釋〉論二簡說：

> 右簡中「近衣進御酒食」，「衣」字作[illegible]，「褚」字亦从衣，均用篆體，知此書出兩漢人手，其時隸法尚未備也。[11]

[11] 參見《流沙墜簡》p216。

而補述的。以下本文則依繙、鈔、點、校這樣的次序，分別敘述黃先生研治古文字學的情形。

（一）　繙書

黃先生在治學上，十分重視繙書，「繙」即「翻」，當然黃先生的「翻」不是隨便翻翻，而是閱讀。大概是不必圈點。〈閱嚴輯全文日記〉的五月十六日載述日課分五門，在「繙書」下小字注說：「隨意，然宜關於實學。」所以平日所繙之書，必須有關實的書，而在黃焯先生所整理季剛先生語錄裡，更詳述繙書的重要，〈黃先生語錄〉云：

> 繙書，不有根柢之學，而徒事繙書，此非治學之道。然真有根柢之學而不能繙書，亦不免有媕陋之譏。繙書有因所知以及所未知，其用有二：一、己所不知，繙之而得。二、己所不記，繙之而記。凡臨時

檢查而得之者，必其平時能繙之者也。[12]

根據《黃季剛先生手寫日記》，黃先生翻閱古文字書籍，在〈閱嚴輯全文日記〉四月二十二日翻閱王昶《金文萃編》，在〈潘迻錄書眉日記〉裡，則有九月二十三日翻閱朱德潤《古玉圖考》、十月六日翻閱孫詒讓《古籀拾遺》、《契文舉例》、《名原》、十月七日、十月九日、十月十五日翻閱張廷濟《清儀閣所藏古器物文》、十月十六日翻閱鄧實《簠齋吉金錄》，在這些翻閱的書籍裡，黃先生特別喜好《清儀閣古器物文》，如十月七日記載：

薄暮，坐東廂看《清儀閣古器物文》，甚適。

十月九日又載說：

閱《清儀閣古器物文》第一冊，竟殊快。

十月十五日又說：

[12] 參見同註 9，p224。

> 坐東廂繙《清儀閣所藏古器物文》一過，樂甚。

除了有進度的翻書之外，黃先生也有一些放置在坐側，隨時翻閱賞玩的古文字書籍，如汪刻本的都穆《金薤琳琅》即是這一類，在〈潘迻錄書眉日記〉十月三日便載說：

> 還至狀元境閱書……以十二元買得《金薤琳琅》一部。予去年買得趙紹祖《金石文鈔》，即思買都氏書，遍求未得，此尚是乾隆汪刻，無意遇之，其行款字數，皆與趙書同，置之坐側，洵可玩也。

（二）　鈔書

黃先生治學也重視鈔書，在《黃季剛先生手寫日記》裡提到鈔寫古文字書籍有三部，一部是《紹興內府古器評》，據〈潘迻錄書眉日記〉九月二十三日載：

> 鈔《古器評》，已得四分之一。

從文意看來，黃先生早在二十三日之前，已經開始鈔寫了，此後鈔寫進度依日記內容列舉如下：

> 九月二十四日：鈔《古器評》至卷上廿頁。
>
> 九月二十五日：鈔《古器評》二頁。
>
> 九月二十六日：鈔《古器評》十帋。
>
> 九月二十七日：課前鈔畢《古器評》卷上。又鈔《古器評》下一頁。
>
> 九月二十八日：鈔《古器評》至五葉。
>
> 九月二十九日：鈔《古器評》十一頁。
>
> 十月一日：鈔《古器評》至二十一頁，今日可訖工。
>
> 十月二日：《古器評》鈔訖。
>
> 十月三日：補《古器評》目錄五帋，以全書託石禪往裝釘之。
>
> 十月十五日：手鈔《紹興內府古器評》裝成。

另外兩部是羅振玉《殷虛書契前編》及劉鶚《鐵雲藏龜》，

見於〈潘迻錄書眉日記〉十月二十六日的記載，[13] 為了鈔寫這兩種甲骨文字書籍，黃先生特別在次日偕潘師石禪到榮寶齋購買文具，十月二十七日的日記便這樣載說：

> 暮偕石禪詣榮寶齋買玻璨、緜紙、水筆。世界書局買三足顯微鏡，為鈔甲文之用。

不過鈔寫的情形如何，並不見於這本日記的載錄。

（三）　點書

雖然在《黃季剛先生手寫日記》裡，不曾有黃先生圈點古文字書籍的記載，但是個人以為黃先生所稱的「讀」，應該就是批點閱讀。因為日記裡提到所「讀」的兩部古文字學書籍，為孫詒讓的《古籀拾遺》與《古籀餘論》。而〈潘迻錄書眉日記〉裡，十一月二十四日至十二月十日的日記，正是書寫在這兩部書的書眉上。[14] 其中在十二月四

[13] 參見本文第二小節所引日記原文，茲不贅。

[14] 參見本文第二小節所述。

日的日記裡載說當天地震，黃先生正讀到〈叔若敦〉條，而「投筆犇出室外」，可見得黃先生「讀」此書必然是以筆批點閱讀，而不是隨手繙閱。且黃建中先生〈黃季剛先生著作分類錄〉裡，也載有：「批點《古籀餘論》（殘存一冊），稿存湖北省圖書館」一條，[15] 也可以證明「讀」是批點閱讀。黃先生批點閱讀《古籀拾遺》與《古籀餘論》，自有其進度，循序而進，除了在十月二十日買到《古籀餘論》，而十月二十一日便「晨讀《古籀餘論》」，略作批點閱讀之外，自十一月二十四日起，便直接批點閱讀《古籀拾遺》，並記日記在其上，依〈潘迻錄書眉日記〉，其進度如下：

> 十一月二十四日：昨讀畢曹元忠集古注《司馬法》，今讀此書。……莫讀畢〈政和禮器考〉，手為之僵。夜讀至〈齊侯鎛鐘〉條。

---

[15] 該文收錄於《中國海峽兩岸黃侃學術研討會論文集（1）》p1～12。

十一月二十五日：午飯前讀畢上卷。……讀至〈叀鼎〉條。

十一月二十六日：夜讀訖中卷。

十二月二日：夜讀至〈韓侯白晨鼎〉條。

十二月三日：子初，讀畢。繼此讀《古籀餘論》。

其中十一月二十七日、二十八日、二十九日、十二月一日四天沒有批點閱讀，則是因為章太炎先生六十二歲生日，黃先生偕潘師石禪赴上海祝壽。黃先生在十二月三日讀畢《古籀拾遺》，接下來從四日開始讀《古籀餘論》，日記也是記錄在《古籀餘論》的書眉上，進度如下：

十二月四日：晨起讀此書，以《捃古錄》對看。……五時一刻，即十五分，地大震，余正讀至〈叔若敦〉條，投筆犇出室外……夕食前讀畢卷一。

十二月五日：讀至〈西宮敦〉條。

十二月六日：夕食前讀畢此冊（上冊）。……六夕，讀至〈師遽敦〉條。

十二月七日：讀至〈揚敦〉條。

十二月八日：讀至〈齊侯壺〉條。

十二月九日：讀至〈盂鼎〉條。

十二月十日：夜乃讀竟此冊（下冊）。

（四）　校書

黃先生讀古書十分重視校讎，在日記中經常可以看到黃先生以不同版本古書對看校讎。而在古文字學方面則比較少，依《黃季剛先生手寫日記》所載，則僅有一處。也就是在十二月四日讀孫詒讓《古籀餘論》時，與吳式芬《攈古錄金文》對看，對看則是有比較異同，校定是非的作用。

總之，黃先生於古文字學的書籍，不僅積極大力地蒐購，而購得之後，下大工夫去繙鈔點校，據黃焯先生〈黃季剛先生年譜〉的載述，指季剛先生於一九二九年十二月讀畢諸家金文，而一九三〇年間，閱龜甲書殆遍，[16] 可見黃先生研治古文字學是全方位地卯足全力紮深工夫，實在令人驚歎。

五、留意與古文字學相關的人事

從《黃季剛先生手寫日記》裡，我們還可以發現黃先生非常留意與古文字學相關的人事，其中頗大篇幅論述的，是在〈閱嚴輯全文日記〉的三處：（一）四月三十日載述王國維致死真因。（二）五月一日評論學者略經史而冀以考古獲新知。（三）五月十二日則評論時人競以考古得名利而壞人冢墓。茲分別略述如下：

（一） 載述王國維致死真因

黃先生在一九二八年四月三十日的日記載說：

[16] 參見同註 9，p186～187。

借得商務書館印《國學論叢·王靜安紀念號》及《文學周報·王國維追悼號》在車上覽之。……《周報》載史達一文，記國維致死真因，謂由羅振玉所為，予在都時，曾聞檢齋述楊樹達語亦如此，而不詳其事狀，覽達此文，迺憭然。

於是黃先生在日記裡，把史達所寫白話的文章，以文言譯錄下來。王國維與羅振玉都是我國近代學術史、古文字學史上，十分有貢獻而具有深遠影響的學者。王國維於一九二七年六月二日，自沈於北京頤和園昆明湖，他的死因，當時各方多所揣測，頗引人矚目，黃先生則將耳聞檢齋所述楊樹達語，來跟史達的文章相印證，而記述下來。

（二） 評論學者略經史而冀以考古獲新知

黃先生在載述王國維致死真因的次日，也就是五月一日的日記裡，則再評論王國維說《尚書·顧命》中的「廟」，非殯宮路寢，而為太廟，當時伯弢先生曾當面糾正其失，而王國維則說：「雖失而不欲改其專己」，黃先生於這件事頗有批評，以為近世固然有「西域出漢晉簡紙，鳴沙石室發得藏書，洹上掊獲龜甲有文字，清亡而內閣案散落于外」等等新的考古文獻，但是不能「以為忽得異境，可陵傲前人」，不能「經史正文忽略不講，而希冀發見新知」，所以認為考古文獻固然重要，傳說的經史正文注疏，尤其不可忽略。

（三） 評論時人競以考古得名利而壞人冢墓

黃先生於五月十二日的日記裡又論說：

> 近世碑誌之學大興，而端方輩以得原石相夸尚，予聞碑賈言，北芒古冢，無一不遭發掘。自鳴沙石室書出，羅振玉輩印之以得利，王國維輩考之以得名，於是發丘中郎，乘軺四出，人人冀幸得之，今之考古家，慮無不懷宋元之所懷者。夫漢之孔宅、淹中、河內，晉之汲郡，齊之襄陽，趙宋之陝右，清季之安西遺書，儻見誠亦有之，然必以發得為急務，至于壞人冢墓而不恤，嘻！亦甚矣！宋元與不

準，與使諸學土，顧為其後世者與！

在這段論說中，黃先生對當時所謂考古家，以為挖掘地下文物，可以獲致可觀的名利，而競相壞人的冢墓，不能稍加憐恤，因此直言批評。而這種情形，在今天並沒有因為考古學發達，科技昌明，保護文物的法律與觀念逐漸建立，而私人的盜採風氣因此稍有戢止，於是造成文物破壞與流散海外的現象，不禁令人扼腕歎息！

六、結　語

綜上所述，我們可以了解黃先生在古文字學方面，不論是書籍材料的蒐羅或研治，實在是下了很大的工夫，而且平素也十分留意相關的人事。雖然黃先生紮下了如此深厚的古文字學基礎，原有意於五十歲之年，開始著書立說，只可惜天不假年，竟在屆於五十歲之際，英年早殞，洵是我國學界莫大的損失。個人曾翻檢潘師石禪所整理編印的《黃季剛先生遺書》中，潘師所過錄黃先生的《批注說文》，從其中即發現黃先生批注《說文》時，經常引用《三體石經》的古文，及其他金文的資料。例如：在「子」字的邊欄下便寫有：「、、、」四字形，前兩個字形，正是《三體石經》的古文、小篆形體，而「」則是殷商〈子爵〉的銘文，「」則是西周晚期〈召伯簋〉銘文「子」的寫法。再如「寅」字下寫有「、、、」這幾個字形，「」是〈師奎父鼎〉的銘文，「」則與〈史懋壺〉的銘文相似，「」則見於戰國〈陳猷釜〉銘文，「」的形體應是與「」相似，據吳大澂《說文古籀補》以〈陳逆簠〉的「寅」字寫法作此。像這種情形，都顯示黃先生已經把古文字運用在《說文》的研究上，無怪乎胡厚宣先生於一九九三年，在武漢華中師範大學召開的「中國海峽兩岸黃侃學術研討會」的大會上，曾以〈黃季剛先生與甲骨文字〉為題演說，而有如下的看法：

> 如果季剛先生能夠活到八十、九十，能夠活到今天，不知將有多少發明創作，必將為甲骨文的研究工作，開一新的紀元。

然而就我們上述對黃先生在古文字學上所下的工夫而言，則將不僅是甲骨文的研究而已，恐怕是對整個古文字學、國學的研究，都會有極為鉅大而深遠的貢獻與影響。

參考引用書目

中國海峽兩岸黃侃學術研討會籌備委員會編	1993，《中國海峽兩岸黃侃學術研討會論文集》，華中師大出版社。
吳大澂	1883，《說文古籀補》，1990，中國書店。
呂振端	1981，《魏三體石經殘字集證》，學海出版社。
武漢老齡科學研究院、武漢成才大學	1989，《黃侃紀念文集》，湖北人民出版社。
容　庚	1985，《金文編》，1992，中華書局。
章炳麟	1917，《國故論衡》，1977，廣文書局。
黃　侃	1977，《黃季剛先生手寫日記》，臺灣學生書局。

1979，《黃季剛先生遺書》，石門圖書公司。

黃 侃、黃 焯 1993，《蘄春黃氏文存》，武漢大學出版社。

羅振玉、王國維 1916，《流沙墜簡》，1993，中華書局。

原發表於「1995 黃侃國際學術研討會」，1995 年／

刊載於《黃侃學術研究》，p45～67，武漢大學出版社，1997 年

一國兩字

一、前　言

香港地區即將在一九九七年結束英國的統治，重返中華民族的懷抱。在這重返民族懷抱的前夕，對於香港地區語文的未來發展，誠然是港、臺、大陸三地人民所共同關心注目的一個重要課題。

大陸地區自一九五六年起，一改中國長久以來一直使用形構較為繁複的字體，推動實施簡化字，施行至今，已達四十年。而香港、臺灣地區非中共所統治，從來就一直承襲沿用傳統的繁體字，繁體字與簡化字，在字形上是有某些程度上的差異，多年來，其施行作為上，也各有其所衍生的各類正面、反面的問題存在。如今香港地區即將合併於大陸地區，其未來文字的走向，誠為臺灣地區人民所深切關心的。究竟，在一九九七年以後，香港地區是依循以往使用繁體字呢？還是推動簡化字呢？這二者之間，應如何選擇，才能為香港與大陸取得政治、經濟、語文、文化等各方面的最大優勢呢？本文的淺見是：倘若中共能落實「一國兩制」的港澳政策，而施行「一國兩字」，讓香港地區仍然保留目前的文字現狀，相信這不僅能使香港繼續目前繁榮的景象，也能成就整個中華民族的大利益。反之，如果驟然推行簡化字，表面上達成了語文統一的目標，卻使香港進入長時期的語文調整與適應階段，相信必會推遲政經文化方面的發展，甚至於停滯、衰退，這種結果，將不是所有中國人所樂見的。以下本文將從：文字學理、文化承傳、兩岸文字現況、文字識讀、中文電腦傳輸、經濟發展、政治承諾等方面，鄭重剖析香港應繼續保留使用繁體字，實施「一國兩字」，其較優於實行簡化字的理由。

二、從文字學理論「一國兩字」

漢字從古隸、漢隸以來，便固定了「方塊字」的形體，兩千多年來，人們所使用的文字形體結構，大致上是變化不大的。在文字學上，我們把隸書以來的文字，稱為「今文字」，以有別於隸書之前，那隨體詰屈的「古文字」。[1] 這兩千多年來，我們所使用的文字，也就是傳統的繁體字，它是已經經歷了「隸變」的階段，因此有不少文字已失去古人原始的本形、本義，但大體說來，繁體字的形構，從文字的源流來看，其演化仍有跡可循。而大陸地區於一九五六年公布《漢字簡化方案》，一九六四年修訂《簡化字總表》，一九八六年重訂，調整簡化字的總數為 2,235 字。其簡化繁體字的筆畫結構，成為書寫簡單的文字，這可以說漢字從隸書形成以來，最大規模的一次文字改革。簡化文字的理由之一，就是為便書寫識讀，所採簡化的原則，據當時中共文字改革委員會主任吳玉章〈關於漢字簡化問題〉一文所稱，以「約定俗成」為原則，至於有部分沒有簡體而又常用的字，則採替代創新的辦法。[2] 也就是

---

[1] 參見林慶勳、竺家寧、孔仲溫合著《文字學》p71。

[2] 參見《中國語文》1955：4，p3～4。

說，簡化字除了「約定俗成」的部分外，也有「非約定俗成」的成分，純粹是「我輩數人，定則定矣」而來的。關於簡化字的簡化方法，王顯於〈略談漢字的簡化方法和簡化歷史〉一文，曾提出十種類型—— (1)用部分代替整體。(2)省併重覆。(3)符號代替。(4)草體楷化。(5)改換聲符。(6)改換形符。(7)形聲改成非形聲。(8)非形聲改成形聲。(9)同音代替。(10)恢復古體。[3] 雖然簡化字的改革，使得文字書寫變得較為簡便，但是也使得漢字再一次地經過劇烈變動，因此，距離古人造字時的形音義更加遙遠，有更多的文字不能符合文字學的理論，在這一方面，曾有許多文字學家撰文討論，個人於一九九二年撰〈中共簡化字「異形同構」現象析論〉一文，也針對簡化字裡原本在繁體字為不同形符或聲符的結構，經簡化之後，變成相同的形符或聲符，例如：襖→袄、躍→跃；壩→坝、貝→贝；gap→毙、畢→毕等等，這類「異形同構」的部分，加以整理分析，並指出這種簡化後的文字，造成在六書原理、形義系

[3] 參見《中國語文》1955：4，p21～23。

統、古今音讀、文字源流等四方面的混亂現象，破壞漢字原有嚴整而科學的形音義系統。[4]

因此從文字學理這方面來看，個人以為繁體字較簡化字要符合文字學的理論，所以香港地區應該繼續保留繁體字，與大陸地區的簡化字並行，呈現「一國兩字」的漢字系統。

三、從文化承傳論「一國兩字」

吾國歷史悠久，文化光華燦爛，在思想文化的承傳上，文字是極為重要的途徑，東漢許慎《說文·敘》不就明白地指出文字具有「前人所以垂後，後人所以識古」的功能。而隸變之後的繁體字，其使用已有兩千多年的歷史，文字形構意義，頗呈現出高度的穩定性，它不僅能使方言多而分歧、幅員廣大的中國在政治上統一，它也使我

[4] 參見《「大陸情勢與兩岸關係」學術研討會論文集》p369～388。

們古今思想文化的承傳毫無阻隔，所以近代著名的瑞典漢學家高本漢（Bernhard　Karlgren）在《中國語與中國文》一書裡，曾經對我們傳統的文字，有過崇高的讚美，他說：

> 中國人至今不願將其文字廢棄，並非其本保守，而事實上中國政治上之統一得歸功於文字，如果要用世界語，只有中國文字可達到。像《尚書》即使算是漢人偽造，至今二千餘年，仍可知其文意。除非中國人願為外國人所滅，否則他們不會放棄中國語文。

中國人在這兩千年以後仍然能讀懂《尚書》，根本上就是沒有文字的隔閡。但是大陸地區在推行簡化字之後，只學習了簡化字的人，就連辨識一九五六年以前的繁體字的文獻材料，恐怕都有困難，更遑論上古時期的《尚書》了。但吳玉章於〈關於漢字簡化問題〉一文裡，卻說：

> 現在的大學畢業生，能讀懂古書的並不多。可見不改革漢字，未必就能繼承文化遺產，改革了漢字，仍然能夠繼承文化遺產，文字改革和繼承文化遺產

之間是沒有矛盾的。[5]

其實認得繁體字後，不能讀懂古書的原因，是在國學的素養不足，對於因時代的差異，造成詞彙、意義、語法的不同，而不能辨別掌握，所以不能讀懂古書，而事實上，我們以為「讀懂古書」，本來就是一件很不容易的事，再好學養的學者，也不一定敢自信他自己能完全「讀懂古書」。至於文字簡化後，不能讀懂古書的情形還是一樣，但這是連基本文字的辨識，都有實際上的困難，距離能「讀懂古書」的境界，則越發地遙遠，這二者絕對是有程度上的差別的。且認得繁體字的人，將比只認得簡化字的人，有更多的機會去繼承我悠久光華的文化遺產，所以文字的繁簡跟文化遺產的繼承，是有必然的關係，而不是「沒有矛盾」的。

如今大陸地區實施簡化字已有四十年，期望再恢復繁體字，以全面地繼承先人文化遺產，這並不是一蹴可及的

[5] 同註2，p5。

事，而香港同胞，也是我中華民族的一分子，當然也有繼承傳統文化的責任，從這個立場來看，香港地區保留繁體字，而與大陸簡體字並行，達成「一國兩字」的目標，應是符合全中國人的大利益。

四、從兩岸文字現狀論「一國兩字」

大陸地區在推行簡化字之後，有鑑於古籍的出版與研究，書法藝術的傳統，也容許使用繁體字，儘管這類的情形，並非全面使用的狀態，但不可諱言，這就已經是「一國兩字」的局面。而中小學的教育，以簡化字為主，到了高等院校的文史哲科系裡，由於研究、閱讀古籍上的需要，學生得在古代漢語課程裡，再重頭學習繁體字，其實簡化字的目的，原是在簡省書寫筆畫，讓學習與書寫簡化方便，但實際上，為了研讀學習，得再學一套繁體字，這反而是「化簡為繁」，增加了學習上的負擔，這時反觀只使用一套傳統的繁體字，而不推行簡化字的台港地區，在學習上卻是一種相對的「簡化」。近年來，大陸地區在繁體字的使用範疇與社會的層面上，有逐漸擴大的跡象，商店招牌的設立，商店廣告及一般文書的處理，有很多使用繁體字的情形，也有不少文字學家提出「識繁寫簡」的看法，像這些趨勢，都值得作為訂定香港地區未來語文發展的重要參考。另外，台灣地區從一九八七年十一月二日開始開放赴大陸探親、旅遊，根據內政部入出境管理局最新官方的統計，至今年十一月三十日止計有 1,569,046 人次，但實際上據臺灣旅遊同業公會的統計，從一九八八年至今年九月止，申請臺胞證竟高達 7,960,400 人次。而大陸來臺人士據入出境管理局統計，自一九八七年十一月二日至今年十月三十一日止，共計有 123,948 人次，[6] 可見得兩岸人民交往頻繁而密切，但是經過彼此的交往，語文的交流，在文字方面，台灣地區雖然也受到一些簡化字的影響，但是影響不大，台灣地區的人民在書寫時，也會使用簡體字，但不是大陸施行的簡化字，（參見附表一）換句話說，台灣的簡體字是一種個人手寫的字體，它是很少

[6] 此數據係內政部警政署入出境管理局提供。

使用在正式的文書上，可見得繁體字是有其高度的穩定性。從這些現象裡，不由得不讓我們正視「一國兩字」的可行性。

五、從文字識讀論「一國兩字」

簡化字在文字形構筆畫上確實較繁體字要簡單，據鄭昭明、陳學志〈漢字的簡化對中文讀寫的影響〉一文的統計，簡化字其對應繁體字的平均筆畫數是 16.01 畫，簡化後平均筆畫數是 10.10 畫，大約是減少了六畫，[7] 從書寫的角度來論，簡化字的書寫速度較快，相對地，從文字形構來說，繁體字是比簡化字要複雜一些，但是根據語文心理學家的研究認為形構複雜的文字，反而較形構簡單的容易辨識，例如姜建邦在《識字心理》一書，就提出「繁字易學」的看法，他以為：(1)複雜的東西易引起人的注意，學習注意力較大，所以印象也較深，將來重認時，也自較

[7] 該文收入《中國文字的未來》，參見該書p96。

容易。(2)複雜的東西，所包含的細目既然較簡易的東西為多，學時在心理方面的「抓手」（Mental grasp，即心智領悟）亦多，所以印象較深，將來重認時，也比較容易。[8] 可見得從識字心理方面說，筆畫繁多未必不是好事。反觀簡化字雖然筆畫簡化了，但由於簡省的緣故，不免形成較多形體相似的字體，例如斤：斤、仑：仓、卢：戶、当：刍、韦：书、依：侬、到：到等等字對，還有从「氵（水）」的偏旁跟从「讠（言）」的偏旁，容易造成文字區辨上的困難，發生誤認的困擾，雖然，這種容易誤認與區辨困難的問題，在沒有嚴格時間的控制下，可以慢慢地透過「經驗」去克服，但顯然這已經增加語文學習者的負擔，因此從文字識讀容易的立場上看，香港地區在一九九七年以後實施「一國兩字」，而仍保留繁體字應該是可行的。

---

[8] 參見應裕康先生〈論中共簡體字〉一文所轉引，該文收錄於《中國文字的未來》，見該書p137～138。

六、從中文電腦傳輸論「一國兩字」

從一九七一年開始，台灣一直在發展中文電腦，整理電腦所使用的中文字表。一九八〇年首先發表《中文資訊交換碼》第一冊（CCCII，VOL.1），這是一個 4808 字的常用字集。一九八一年發表《中文資訊交換碼》第二冊（CCCII，VOL.2），所收漢字共 33,357 字，其中包括常用字 4,808 字（即 CCCII，VOL.1），次常用字 6,025 字，罕用字 1,107 字，異體字 11,517 字。在這個異體中，已經包括大陸地區於一九五六年公布《漢字簡化方案》裡的所有文字，顯然在中文電腦的漢字系統裡，不論繁體字或簡化字，都是一家人。而這些中文字表，台灣政府加以規範，於一九八六年，中央標準局公布《通用漢字標準交換碼》（CNS11643），共有 13,051 字，內容包括常用與次常用字。一九九二年又公布新修訂的 CNS11643，共有 48,027 字，除了常用、次常用字之外，另外繼續納編罕用及異體字。從這些資訊裡，我們了解中文電腦字表是包括所有的漢字，不論是繁體字、簡化字，都收錄在其中，它們彼此是相容的，是一家人，而且電腦的軟體程式，可以把繁體字轉換成簡體字，簡體字也可以轉換成繁體字，謝清俊在〈談中國文字在電腦中的表達〉一文裡，便描述繁、簡兩系字體，實際運用傳輸的情形，他說：

> 美國 1982 年採用了 CCCII 作為圖書界的標準之後，不只可在一電腦中同時處理正、簡兩種字形，連日韓用的漢字均可交互地輸入、輸出，或是做彼此間的轉換。例如，一個不懂中文的日本人可以用日文輸入法找簡體字的書目資料，並可將之用正體字印出來。[9]

文中的「正體字」就是指繁體字，由此可見繁體字與簡體字在中文電腦裡，可以充分地自由交換，沒有隔閡。香港長久以來就一直在使用繁體字，在中文電腦極為發達的今天，只要透過電腦便隨時可以把繁體字轉換為簡體字，更

---

[9] 該文收錄於《中國文字的未來》，參見該書p77～78。

何況中文電腦日新月異，未來的發展是不可限量的，繁、簡之間在未來趨勢必然更是一體不分的，所以在一九九七年以後，香港自可保留繁體字，不必推行簡化字，在中文電腦裡它們自然是大一統的局面。

七、從經濟發展論「一國兩字」

香港地區的貿易執世界之牛耳，是世界上一個極為重要的轉運商埠，因此保有一個安定的環境，當然可以帶給香港持續的榮景，香港的繁榮，則勢必帶給大陸地區雄厚的經濟力量，而助成大陸政經開放改革的成功。所以在「安定」優先的大前提下，我們以為保持香港現有的繁體字環境，也勢必是其中重要一個項目。否則簡化字的推動，必然會影響人們日常生活，文字不僅會進入長時期的混淆，人們學習、辨識的耗時費神，公務商業文書檔案亦需重新整理轉換，社會上因不識簡化字而產生新文盲，諸如種種，都將使安定的香港，產生相當程度的衝擊，尤其普通話的推行必然會優先推動，因此語文同時進行更換，將會增加香港同胞的負擔，而整個香港則變得必須長時間地去適應新的語文環境，人心的不安，會影響社會的活力及貿易市場上的競爭力，這樣就不是身為一個中國人所樂於見到的景況。所以，我們以為保留香港的繁體字，推行「一國兩字」的方針，有助於維繫香港的繁榮，創造中國人的大利多。

八、從政治承諾論「一國兩字」

中共在一九九七年收回香港，在處理香港的政策方針，係採「一國兩制」，承諾保存香港的資本主義制度，保有香港的一切現狀，因此，這個承諾的實踐，理應包括文字的現狀，也就是允許香港繼續使用繁體字，倘若香港能繼續使用繁體字，相信除了具有穩定香港人心之外，接下來澳門回歸中國的問題，必然也是依循這樣的模式，而這些模式，在未來海峽兩岸面臨統一問題的談判時，都將成為重要參考指標。所以，我們以為香港未來的語文前途，事實上也是關係著整個中華民族未來的語文前途，是必須慎重地面對與處理。

九、結　語

總之，面對香港一九九七年以後的語文問題，表面上看來，似乎只是香港一地的事，但事實上它更關涉到全中華民族未來語文的走向，我們以為大陸方面，實在應該仔細地斟酌考量，對於過去簡化字推行時所衍生種種的問題，及繁體字仍然保有其文化上的優勢，都必須做全面而深入地了解，必思考解決之道，以使得中華民族在不久的未來，於政治、經濟、文化、教育等等方面，都能有全面性地發展，而開創屬於中國人的廿一世紀新紀元。

參考引用書目

王　顯　1995，〈略談漢字的簡化方法和簡化歷史〉，《中國語文》，1955：4，p21～23。

孔仲溫　1992，〈中共簡化字「異形同構」現象析論〉，《「大陸情勢與兩岸關係」學術研討會論文集》p369～388，中山大學中山學術研究所，高雄。

林慶勳、竺家寧、孔仲溫　1995，《文字學》，國立空中大學，台北。

吳玉章　1955，〈關於漢字簡化問題〉，《中國語文》1955：4，p3～5。

鄭昭明、陳學志　1992，〈漢字的簡化對中文讀寫的影響〉，《中國文字的未來》p83～113，海峽交流基金會，臺北。

謝清俊　1992，〈談中國文字在電腦中的表達〉，《中國文字的未來》p67～81，海峽交流基金會，臺北。

應裕康　1992，〈論中共簡體字〉，收入《中國文字的未來》p125～139，海峽交流基金會，臺北。

附表一　兩岸不同的簡化

繁體字	簡體(大陸)	簡體(台灣)	繁體字	簡體(大陸)	簡體(台灣)
兒	儿	児	愛	爱	爱
齒	齿	歯	貳	贰	弍
邊	边	辺	將	将	将
爐	炉	炉	肅	肃	粛
賣	卖	売	寫	写	写
買	买	买	罵	骂	骂
鳥	鸟	鳥	鹽	盐	塩
釋	释	释	農	农	農
備	备	俻	韆	千	[illegible]
賤	贱	賎	廳	厅	庁
經	经	経	發	发	発
舉	举	挙	範	范	範
齊	齐	斉	圓	圆	圆
			園	园	

資料來源：〈漢字的簡化對中文讀寫的影響〉表三

原刊載於《1997與香港中國語文研討會論文集》，p308～314，1995年

望山卜筮祭禱簡文字初釋

一、前　言

一九六五年冬，大陸於江陵縣楚故都紀南城西北七公里處的望山一號墓，出土一批卜筮祭禱簡。這批卜筮祭禱簡文共約一千字左右，是目前所知三批先秦卜筮楚簡當中，出土最早的一批。[1] 雖然這是在三十年前出土的，可是遲至去年六月，北京中華書局出版《望山楚簡》（以下簡稱《望山》）一書，才正式公布簡文。這《望山》是由湖北省文物考古研究所與北大中文系負責編纂，簡文的釋

[1] 參見陳振裕〈望山一號墓的年代與墓主〉一文；另外兩批：據湖北省荊州地區博物館〈江陵天星觀一號楚墓〉一文載：一九七八年，於湖北省江陵縣觀音壋公社天星觀一號楚墓出土卜筮簡文約 2700 餘字；另外〈包山二號楚墓簡牘概述〉一文載：一九八七年，於湖北省荊門縣包山簡包山二號楚墓出土卜筮祭禱簡 54 枚，該文收錄於《包山楚簡》p3～15。

文與考釋由朱德熙、裘錫圭、李家浩三位先生負責。而在公布之前，廣州中山大學古文字學研究室，於一九七七年也曾經作整理拼合簡文的工作，並於其內部油印刊物《戰國楚簡研究（三）》發表〈江陵望山一號楚墓竹簡考釋〉（以下簡稱〈江陵〉），由於這兩篇望山卜筮祭禱簡文的釋讀，在很多地方，看法不同，而望山卜筮祭禱簡在內容、形式上，又多與包山二號墓的卜筮祭禱簡相似，頗可彼此參照討論，因此本文柬擇望山簡文中以為仍有疑義的幾個字，試作考論，以就教方家。

二、釋、

在《望山》編號第 17、37、38 號的三枚簡文裡，有作：、、字形的，[2] 依竹簡的上下文看，它們應該是同一個字，而且是指墓主悤固生前病重時，有關心病的病癥，我們先引《望山》的釋文來看，就可以明白：

[2] 本文的簡號是依照《望山楚簡》。

既心，吕（以）瘨，善欸。17簡

吕（以）不能飤（食），吕（以）心，吕（以）欸，肾（胸）月□ 疾。37簡

吕（以）心，不能飤（食），吕（以）聚欸，足骨疾。38簡

《望山》以為這三個字形與第 9 號簡文：「既痤，吕（以）心，不內（入）飤（食）」的為同一個字，而〈江陵〉也是持相同的看法，但是個人以為第 9 號簡的摹本作，恐怕不跟上面的三個字形同一個字，這個問題我們留待下一小節討論。這、、三個字形，《望山》析其形構部件，以為似「从心从子从亓」，、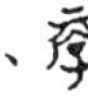似「从字从亓」，並引文獻論證指稱，「亓」與「其」古通，「其」字與「亥」字古音相近，所以「」和「」可能都是「孩」的異體，「孩」即是「咳」的古文，且據簡文文義，此字當與心疾有關，疑當讀為「駭」，《說文》：

「駭，驚也。」[3] 另外，較早發表的〈江陵〉在釋讀上的看法則較傾向釋作「孛」字，雖然該文在第 15 號簡（也就是《望山》第 17 號簡）[4] 下兼採二說云：

> 一說為季假為悸，心動亂也。一說為孛（悖），《長沙楚帛書》孛作，與此形近，亂也。[5]

但於第 39 簡（即《望山》第 37 簡）、第 89 簡（即《望山》第 38 簡）下則明確地釋為孛（悖），並指簡文的「心孛」、「心悖」意思是「心緒孛亂」、「心煩意亂」。[6] 個人以為《望山》釋「孩」讀為「駭」，〈江陵〉釋作「孛」恐怕都不太穩妥。《望山》在析解字的形構部件作「从心从子从亓」、字作「从字从亓」，應是可從，然而於字義的推求，卻顯得輾轉迂曲，頗令人生疑，釋「心」

---

[3] 參見《望山楚簡》p89～90。

[4] 《望山》、〈江陵〉的簡號，是不一致的，簡文的拼合也不相同。

[5] 參見《戰國楚簡研究（三）》p13。

[6] 同註 5，p21、p29。

為「心駭」，把《說文》「咳、孩」的本義作「小兒笑也」，反訓為「驚駭」的意思，總覺得缺乏強有力的證明。至於〈江陵〉釋為「孛（悖）」指心緒孛亂，從上下文例觀之，是可以說得通，但釋「孛（悖）」的證據則因與《長沙楚帛書》字形相近，個人以為猶有可商。楚帛書釋「孛」應是可從，但與、形體仍有不同，另外在包山楚簡中有字四見，形似、，〈包山二號楚墓簡牘釋文與考釋〉一文，以為其字形與《說文》「孛」字的小篆作近似，也釋為「孛」，但是包山楚簡的「」字，都是作人名，我們從上下文例，實在很難去推求其形義，而小篆作从偏旁的，在包山楚簡變作，考《說文》中其它从偏旁的字，如「南」字，甲骨文作《後》上三二、六、《粹》九〇七、金文作盂鼎、南彊鉦、戰國陶文蒦圖南里人紨、左南郭衢辛匋里或、戰國貨幣文作【六八】、【七四】、戰國簡文作包山楚簡 96、包山楚簡 153，就是沒有省變作亓，所以說與近似，也是可以商榷的。大體上，我們覺得〈江陵〉所載第一說釋作季（悸），在各方面來看，要比較適切些。從形音義方面觀察，字《望山》釋形作「从心从子从亓」，「亓」是聲符，所以屬形聲結構，

「亓」為「其」的古文，《廣韻》讀「渠之切」，考上古音屬群母之部，讀作＊ɣjə，[7]「悸」《廣韻》讀作「其季切」，上古音屬群母質部，讀作＊ɣjət，二者聲母相同，韻部屬陽入旁對轉，有相當程度的聲音關係，所以從「悸」與「亓」的聲音關係來看，是可以說得通。至於「悸」與「季」則是同聲符的假借。還有與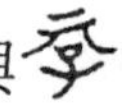是否為同一字呢？按理从字跟从子是意義相近可通的，「子」的本義是指襁褓的小兒，為名詞，「字」《說文》釋作「乳也」，也是生養作動詞，而《廣雅．釋詁》：「字，生也。」朱駿聲《說文通訓定聲》云：「人生子曰字」，[8]所以「子」與「字」，其義相通而詞性有別。另外，值得注意的是《龍龕手鏡》在上聲子部下有「孶，古文音季」，[9]該字形與、極為近似；而夏竦《古文四聲韻》在去聲至韻的

[7] 本文上古音系據陳師新雄《古音學發微》、〈黃季剛先生及其古音學〉二文。

[8] 參見《廣雅詁林》p72、《說文通訓定聲》p213。

[9] 參見《龍龕手鏡》p336。

「季」字下，引錄崔希裕《纂古》的古文作「」，[10] 雖然字形與「」略有不同，但是其中「吞」的部分與「」十分相似，且「」的部分，很可能就是「」輾轉傳寫訛變的，所以，從這些形構的例證裡，也直接支持我們的看法。因此，我們以為、為「季」的異體字，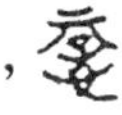為「悸」的異體字。「悸」字的意義，《說文》云：「心動也」，《黃帝內經・素問》云：「煩心躁悸，陰厥」，唐王冰注：「悸，心跳動也。」[11]《漢書・酷吏田延年傳》云：「至今病悸」，顏師古注：「悸，心動也，音揆。」王先謙補注云：「宋祁曰：韋昭曰心中喘息曰悸。」[12] 所以「心悸」意指墓主死前病況很差，心脈不穩，心跳紊亂。

[10] 參見《古文四聲韻》p211。

[11] 參見《中華雜經集成》卷三 p513。

[12] 參見王先謙《漢書補注》p1570。

三、釋、

在上一節曾經提到第 9 號簡文中有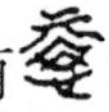字，《望山》隸定作，以為就是第 17、37、38 號簡的、，並釋形構說：

> 此簡寫法與後者（按：即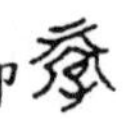、）略同，但在「子」之豎筆左側加一斜筆，似借「子」字下部兼充「心」旁。[13]

而〈江陵〉也視與、為同一字，但是此簡作「心」與第 15、39、89 號簡（即《望山》的 17、37、38 號簡）皆作「心（）」，在文法上不同，而懷疑這個「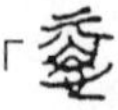心」「可能是筆誤」。[14] 本文以為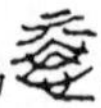與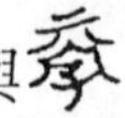、恐非同一個字，〈江陵〉已經注意到「心」與「心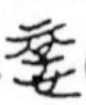（）」

[13] 同註 3，p89。

[14] 同註 5，p14。

不同，這是可喜的，卻判定這是出於書寫者的筆誤，實在可惜。其實不與、為一個字，前者是「惪」字，後者是悸（季）字，為何為「惪」呢？檢《望山》第73號簡：「咎少又（有）億（憂）於」的「億」作，除了多一個「人」的形符之外，其餘形構與完全相同，而「惪」同「惪」，「百」、「頁」本義都是指人首，「惪」《說文》云「愁也」，為今「憂」的古字，所以第9號簡的「心」與「心（）」看是相似，然而在病癥上是不相同的，前者指病人心理上的憂愁，後者是指生理上的心悸。

再者，《望山》第13號簡文：「既痤，㠯（以）心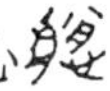肰（然），不可㠯（以）潼（動）思舉身。」[15] 其中的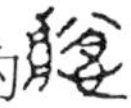，《望山》釋作「瘜」，以為所从的「肙」疑與「胷」為一字，故似可讀為「肙」，並據《方言》：「迹迹、屑屑，不安也」，而指簡文「心肙然」疑是心跳過速。[16] 另外，

[15] 同註3，p69。

[16] 同註3，p91。

〈江陵〉釋此字作「⿰爿賣」，以「⿰爿賣」讀為「阻」，梗阻的意思，而「心⿰爿賣」指心臟的心跳加速，節律不齊的症狀，即心悸。此二說，我們都以為仍有未安，應該不是指心臟方面的症狀，而是指心理上的病痛。我們先討論〈江陵〉的看法，〈江陵〉所釋的「⿰爿賣」其實是望山、包山簡中很常見的一個字，字形都是作，跟或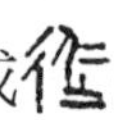組合成詞，作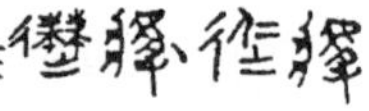，而沒有作「心⿰爿賣」一詞的，且近來學者多釋為「瘥」，[17] 因此〈江陵〉之說恐難確立。至於《望山》隸定作「⿸疒⿱肙心」，以為讀作「肩」，我們從摹寫的字形來看，恐應隸定作「⿸疒⿱⿱⺈月心」，部件「」即「⿱⺈月」，「⿱⺈月」為「肖」省形，而「⿸疒⿱⿱⺈月心」即「悄」，《說文》釋「悄」謂「𢝊也」，《毛詩 · 邶 · 柏舟》：「憂心悄悄」，毛傳：「悄悄，憂貌。」[18] 《荀子 · 宥坐》：「《詩》曰：憂心悄悄，慍于群小。小人成群，斯足憂矣！」楊倞注：「悄

[17] 參見周鳳五〈包山楚簡文字初考〉，載錄於《王叔岷先生八十壽慶論文集》p361～377。曾憲通〈包山卜筮簡考釋（七篇）〉，載錄於《第二屆國際中國古文字學術研討會論文集》p405～424。

[18] 參見《毛詩注疏》p75。

悄，憂貌。」[19]《楚辭・九章・悲回風》：「愁悄悄之常悲兮」王逸注：「憂心慘慘」。[20] 而「悄悄」即是此處的「悄然」，王通《文中子中說・魏相》有「悄然作色」之語，[21] 也是憂愁的樣子，簡文「心瘥然」是指墓主生前因病痛而憂心悄悄，通讀前引第 13 號簡文，是說卜者為墓主生前因病而占卜，說墓主在長了痤瘡之後，又以心神不安，憂愁不止，因此要他不要「達（動）思」－胡思亂想、「舉身」（舉即舉）－起身。

四、釋、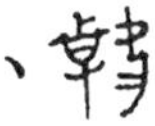

《望山》第 17 號簡：「既心吕（以）善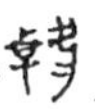」，字隸定作𤺺，並謂所从「賽」屢見於此墓簡而用於「禱」字之前，「賽禱」當即古書的「賽禱」，《漢印文字徵》

---

[19] 參見《荀子集解》p817。

[20] 參見《楚辭補注》p263。

[21] 參見《文中子中說》p40。

有「賽」作，並引《方言》疑「癢」當讀為「塞塞」之「塞」，為不安的意思。[22]〈江陵〉則隸定作「賸」，並釋云：「賸，从爿賽聲。賽塞同音，賸，殆為堵塞。」[23] 二者釋的「寶」為「賽」，從字形、文獻來論證，應該是無可懷疑了。考包山楚簡中，也多有「賽禱」一詞，「賽」或作，如第 104、105、106、149、150…號簡等，或有作、，如第 208、214、219…號簡等，[24]《說文》無「賽」字，但从「寒」的偏旁，篆文均作，顯然包山楚簡作，是較「玨」的部件減省，作、則是再省「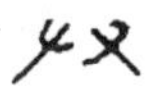」的部件。再如郭忠恕《汗簡》「塞」字作，夏竦《古文四聲韻》也有作〈古老子〉、王存乂〈切韻〉，雖然鄭珍箋正《汗簡》以為作是「省不成字」，[25] 但事實上這些省形，都如同包山楚簡、望山楚簡一般，

[22] 同註 3，p69、p91。

[23] 同註 5，p13。

[24] 可參見《包山楚簡》或《包山楚簡文字編》，字例甚多。

[25] 參見《古文四聲韻》p337、《汗簡箋正》p283。

屬於戰國文字的正常現象。因此，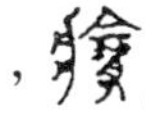即是「癢」，所从「賽」與「塞」聲符相同，可讀為「瘙」。「瘙」从「疒」的偏旁，以表示其病狀，《望山》訓為「塞塞」，不安的意思，〈江陵〉則訓為「堵塞」。依上下文，我們認為〈江陵〉恐較接近文意，「塞」字的古文作「寒」，《說文》云：「寒，窒也。」所以「瘙」疑是指氣窒，也就是墓主悡固生前因心悸而發生呼吸困難的情形。

其次，在第 17 號簡裡，還有「善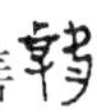」一詞，其「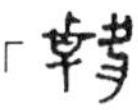」字又見於第 37、38、39 號簡中，作「吕（以）」、「吕（以）聚」、「聚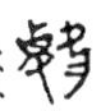」的詞組。《望山》隸定作「歖」，並據三體石經的「變」古文作，侯馬盟書「變」作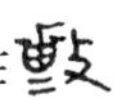、，曾侯乙墓編鐘銘文「變商」、「變徵」的「變」作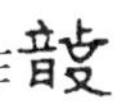，以為所从、即「弁」的古體，所以「歖」即「欯」，疑讀為「繖」，《說文》釋「繖」義為「欠貌」，因此引馬王堆漢墓帛書《陰陽十一脈灸經乙本》「陽明脈」下云：「……病寒，喜信（伸），數吹。」此「吹」讀為「欠」，

這個「數欠」正與簡文的「善繳」同意。[26] 另外，〈江陵〉釋「歖」為「歂」，於第 15 號簡（即《望山》17 號簡）下考釋說：

> ……左从専，右从欠，即歂。専與耑同音，當釋為歂，義同喘。[27]

以上的二說，《望山》釋三體石經、侯馬盟書、曾侯乙墓編鐘銘文所从的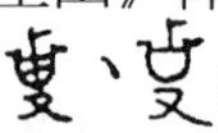諸字形為「弁」，皆有其理，然而釋「歖」為「歀」，讀作「繳」，看似可通，實際上仍有值得商榷之處。蓋「繳」的字義為「欠」，「善歖」與「聚歖」如其說都是「數欠」的意思，而從上下文來觀察，就恐怕不盡合理。因為隨葬的卜筮祭禱簡，按理是墓主瀕死病重的一段時間內，以占卜知禍福，以祭禱趨吉避凶的記錄，這些記錄在墓主病故之後，也就隨之下葬，顯然，

[26] 同註 3，p91～92。又一九七八年李家浩曾發表〈釋「弁」〉一文，載於《古文字研究》1，p391～395，《望山》的考釋係以該文為本。

[27] 同註 5，p13。

這些簡文所記載的病情，恐怕不會是輕微的病狀，我們且看第 39 號簡文的記載：

> □聚欶，足骨疾，尚毋死？占之亙（恆）貞吉，不死□。

內容是卜者為悥固貞問說，聚欶、足骨有疾，尚且不會死嗎？占卜的結果，不會死。這一枚簡是殘簡，可是對照其他簡文的內容，死者的病狀還包括有：瘁瘡、心悸、氣窒、憂慮、不進飲食、足骨疾，看來是病得頗為嚴重，所以這裡如果把「聚欶」、「善欶」考釋作「數欠」，就跟這些嚴重的病情不太符合。我們以為如〈江陵〉所說，釋為「專」即「耑」，讀為「歂」即「喘」，是比較合理。所从叀，雖然與李家浩所釋「弁」的形體相似，但是在戰國文字裡，一個相同或相似的部件，往往是會表示不同形構的。考「專」所从「叀」，在殷商甲骨文裡作《前》五、九二、《前》五、一二、一，至西周、春秋金文裡，作克鼎、虢叔鐘，而在戰國時期的楚簡帛文字裡，則衍變作，何以見得呢？首先，我們舉幾個在戰國楚簡帛文字裡，與同樣是从「」部件的文字如下：

楷書	陵	孛	妻	喿
小篆				
簡帛文字	 包山楚簡	 楚帛書	 楚帛書	 望山楚簡

其中除了「喿」字作，从「」的部件代表簡省作之外，其餘「」的部件都是比篆書「」這個部件要來得簡省些，所以推知「叀」簡省作从「」的部件，是自然不過的事了。其次「」的部件，也可以省變作、，例如中山王䀼方壺銘文「譐」作，「亶」作，三體石經〈無逸〉「惠」古文作，而郭忠恕《汗簡》「傳」作、「惠」作。另外值得注意的是《古文四聲韻》「惠」作（碧落文）、「蕙」作李商隱《字略》，其「叀」的部分正是作，諸如此類的證據都說明「」或「」釋為「専」、「歂」釋為「歂」應是說得通的。而「専」與「耑」上古音皆屬端母元部，讀作*tjan，古音相同，自然可以相假借，在古籍中多有「耑」、「専」相通假的例子，如《漢書·諸侯王表》：「顓作威福」，〈食貨志〉又云：「顓川澤之利」，顏師古注均言：「顓

與専同」，[28] 這就是「顓」从「耑」得聲，同音通假。有如遼僧行均《龍龕手鏡》在平聲刀部下將「剸剬」同列為一字，並注云：「二同旨兗反，細割也。」[29] 至於「歂」从「欠」，與从「口」的「喘」義符相通，《說文》云：「喘，疾息也」，所以簡文云：「善歂」就是「善喘」，指死者生前有氣喘或者病重之時，呼吸急促，喘息不止，《黃帝內經太素·五臟脈診》云：「因血在脇下，令人善喘。」又簡文云：「聚歂」，「聚」為「騶」的諧聲偏旁，可相假借，考《周禮·天官·獸醫》鄭玄注：「節，趨聚之節也。」[30] 陸德明《經典釋文》：「趨聚，本亦作騶，同仕救反。」[31]

---

[28] 同註 12，p160、p518。

[29] 同註 9，p98。

[30] 參見賈公彥《周禮正義》p76。

[31] 陸德明《經典釋文》p111。

五、釋 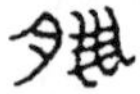

《望山》第 37 號簡：

> 目（以）不能飤（食），目（以）心，目（以）欬，脳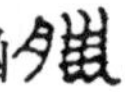疾，尚□。[32]

《望山》以字右半形辨認不清，所以釋文僅作「肕」，而〈江陵〉則以該字作「」，釋作「臘」，假借為「脅」。[33] 個人以為〈江陵〉把簡文中的「脳」釋為「胸脅」是正確的，但是「」應非「臘」字，「脅」也不是「臘」的假借，依摹本的寫法，就是「脇」字。考殷商甲骨文「劦」字作《鐵》六二、一、《前》六、六一、七、《甲》一三〇七、《後》一、三、一〇，周金文作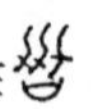緯慇，其他戰國文字作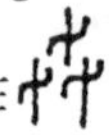戰國古璽、《古陶文彙編》3.837，我們可見「劦」字的

[32] 同註 3，p27。

[33] 同註 5，p21。

書寫方式，向左向右都有，跟小篆作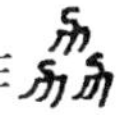或今日楷書固定向左不同。而且在甲骨文裡「力」字筆畫的短橫，彼此有連結的情形，因此今釋「」的右半形為从三力的「劦」。另外在夏竦《古文四聲韻》裡，有「協」字作義雲章的形體，雖然跟「」略有不同，但可以看出从力形符筆畫相聯結的情形。因此本文疑應釋為「脇」，即「脅」字。《說文》云：「脅，兩膀也。」《醫宗金鑒・正骨心法要旨》云：「其兩側自胸以下，至肋骨之盡處，統名曰脇。」簡文「脇」與「胸」構成「胸脇」一詞，此詞常見於典籍之中，如《管子・禁藏》云：「禁藏於胸脇之內，而禍避於萬里之外。」《說苑・君道》：「由身之有匈脇也。」[34]《黃帝內經素問・金匱真言論篇》：「病在心，俞在胸脇。」[35]胸脇是前胸和兩腋下肋骨部位的統稱，第37 號簡的內容是記載怸固不能進食、心悸、氣喘，所以接下來說「胸脇疾」，因此要占卜吉凶。

---

[34] 參見《管子》p103、《說苑》p11。

[35] 同註 11，p187。

六、結　語

經由上面的考釋，我們對 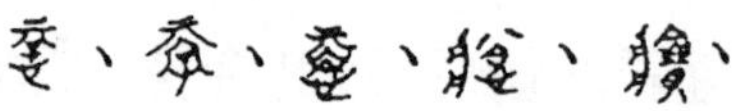
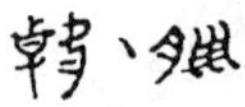七字的形義，或許可以有比較清楚地認識，其字義或指心悸，或為憂慮，或氣窒，或氣喘，或指兩脅，這都跟望山一號墓主𢠂固生前的健康狀況有關。戰國時期的楚國風俗，多藉巫覡以進行醫療除祟的活動，在古代的文獻裡，均有記載，如《呂氏春秋·勿躬》曾云：「巫彭作醫」，《廣雅·釋詁》亦云：「靈子、醫、龔、覡，巫也。」[36] 如今地下文物的出土，更可真切地說明其活動的情形。總之，卜筮祭禱簡文字的探研，除了可考明先秦古文字的形義之外，進而，我們也可以藉著文字的認識，更深一層地去了解當時卜筮祭禱的風俗習尚。

[36] 參見《呂氏春秋》p117、《廣雅詁林》p331。

參考引用書目

中國社會科學院考古研究所編 1965，《甲骨文編》，1989，中華書局第三次印刷，北京。

孔穎達 《毛詩正義》，1973，藝文印書館十三經注疏本，台北。

王先謙 1891，《荀子集解》，1973，藝文印書館，台北。

1900，《漢書補注》，藝文印書館影二十五史，台北。

王　通 《文中子中說》，1989，上海古籍出版社，上海。

朱駿聲 1833，《說文通訓定聲》，1975，藝文印書館影衙本，台北。

呂不韋 《呂氏春秋》，1979，商務印書館影四部叢刊本，台北。

呂振端　1981，《魏三體石經殘字集證》，學海出版社，台北。

李家浩　1978，〈釋「弁」〉，《古文字研究》1，p391～395，中華書局，北京。

周鳳五　〈包山楚簡文字初考〉，《王叔岷先生八十壽慶論文集》p361～377。

段玉裁　1807，《說文解字注》，1982，學海出版社影經韻樓版，台北。

洪興祖　《楚辭補注》，1973，藝文印書館影汲古閣本，台北。

夏　竦　1044，《古文四聲韻》，1978，學海出版社影碧琳瑯館叢書本，台北。

徐　復主編　1992，《廣雅詁林》，江蘇古籍出版社，江蘇。

馬承源主編 1990，《商周青銅器銘文選》，文物出版社，北京。

高　明 1980，《古文字類編》，中華書局，北京；1986，台灣大通書局，台北。

1990，《古陶文彙編》，中華書局，北京。

商承祚、王貴忱、譚棣華編 1983，《先秦貨幣文編》，書目文獻出版社，北京。

張光裕、袁國華合編 1992，《包山楚簡文字編》，藝文印書館，台北。

陳振裕 1979，〈望山一號墓的年代與墓主〉，《中國考古學會第一次年會論文集》p229～236，文物出版社，北京。

陳新雄 1971，《古音學發微》，文史哲出版社，台北。

1993，〈黃季剛先生及其古音學〉，《中國學術年刊》14：399～438，台北。

陸德明著，鄧仕樑、黃坤堯校訂索引 《新校索引經典釋文》，1988，學海出版社，台北。

曾憲通 1993，〈包山卜筮簡考釋(七篇)〉，《第二屆國際中國古文字學術研討會論文集》p405～424，香港中文大學，香港。

1993，《長沙楚帛書文字編》，中華書局，北京。

湖北省文物考古研究所、北京大學中文系 1995，《望山楚簡》，中華書局，北京。

湖北省荊州地區博物館 1982，〈江陵天星觀一號楚墓〉，《考古學報》1，p71～115，科學出版社，北京。

湖北省荊沙鐵路考古隊 1991，《包山楚簡》，文物出版社，北京。

管 仲 《管子》，1979，商務印書館影四部叢刊本，台北。

賈公彥 《周禮注疏》，1973，藝文印書館景十三經注疏本，台北。

廣州中山大學古文字學研究室 1977，〈江陵望山一號楚墓竹簡考釋〉，《戰國楚簡研究》3，p1～40，廣州中山大學油印本，廣州。

鄭 珍 1889，《汗簡箋正》，1974，廣文書局影廣雅書局本，台北。

劉 向 《說苑》，1979，商務印書館影四部叢刊本，台北。

釋行均 997，《龍龕手鏡》，1985，中華書局影高麗本，北京。

不 詳 《黃帝內經素問》，收錄於《中華雜經集成》3，p162～645，1994，中國社會科學出版社，北京。

原刊載於《第七屆中國文字學全國學術研討會論文集》，p 237～251，1996 年

釋　盍

一、前　言

一九九四年個人於廣州發表〈論郪陵君三器的幾個問題〉一文，[1] 嘗釋論「鈇盍」一詞，於「盍」字的形音義，做了初步的論述，本文則以該篇為基礎，再作深入地考論。

二、論「盍」本不作「盇」

許慎《說文》釋小篆「」字形構為「从血大聲」，[2] 而「盇」即「盍」字，清段玉裁以小篆「盇」為本形，

---

[1] 該文發表於 1994.9.21～24，廣州中山大學主辦「紀念容庚先生百年誕辰暨中國古文字學術研討會」上，p1～10。

[2] 此據小徐本《說文》，大徐本《說文》刪「聲」字。

「盍」則是「盇」的隸變，此說恐待商榷。從古文字形體觀之，「盍」應早於「盇」，「盇」反是由「盍」簡省而來，考殷商甲骨文字，尚無「盍」、「盇」字形，其出現的時間，大抵是在東周時期，如戰國中晚期金文「盍」作：

再如先秦楚秦竹簡則作：

其他又如侯馬盟書、古陶文、璽印則作：

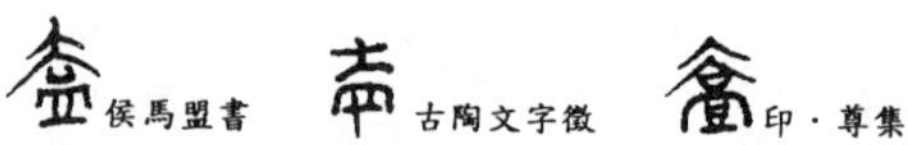

在這些字形裡，儘管形體互有異同，但是我們可以清楚地看到，沒有一個字是从「血」的偏旁，而从「大」的偏旁，也只有《古陶文字徵》所載錄先秦陶文的「」一字，[3] 這

[3] 高明《古陶文字徵》p167，北京，中華書局。

個陶文，高明先生《古陶文彙編》把它歸列在春秋戰國及秦時期的山東出土陶文一類，[4]「春秋戰國秦」，這是一個較大範圍的斷代，但是從上面的字形，我們可以推知東周時期「盉」字以从「、」的形體為主，作从「大」的形體疑是東周戰國晚期時，自「、」省形而來，何以見得？從睡虎地秦簡「蓋」字所从「盉」的聲符，就可以了解，睡虎地秦簡「蓋」字出現不少次，歸納其寫法大致有「、、、」這幾種形體，[5]而銀雀山漢簡「蓋」亦作「」，馬王堆漢簡作「」，[6]因此可以推知「盉」字形省變的步驟大致作：→→→，而許慎的「从血大聲」，則是將「」省變作「」的「」，下屬於「皿」而成「血」字，所以許書段注均不正確。

---

[4] 高明《古陶文彙編》p332：3．1304，北京，中華書局。

[5] 張守中《睡虎地秦簡文字編》p7，北京，文物出版社。

[6] 《銀雀山漢簡．孫子兵法》p19，NO.192，北京，文物出版社；《簡牘帛書字典》p708，上海，書畫出版社。

另外，小徐本《說文》釋「盇」形構作「大聲」，這也是一個值得留意的問題，雖然大徐本刪「聲」字，但是作「大聲」並非全無緣由，考《說文》中从「盇」偏旁的字有：榼、嗑、豔、饁、⿰盇阝、⿸疒盇、磕、闔、蓋，連同「盇」共 10 字，它們在中古《廣韻》裡，只收入於入聲韻部的有：盇胡臘切、榼苦盍切、嗑胡臘切又古盍切、饁筠輒切、⿸疒盇烏合切又安盍切、闔胡臘切六字，兩收於去聲與入聲韻部的有：⿰盇阝胡臘切又古盍切又苦蓋切、磕苦盍切又苦曷切又苦蓋切、蓋胡臘切又古盍切又古太切三字，另外有：豔以贍切只收入於去聲韻部，依百分比，只讀作入聲的佔 60%，兼讀去聲、入聲的佔 30%，只讀作去聲的佔 10%，依照上古的音韻現象，去聲與入聲一向關係密切，它們彼此經常相互通轉，尤其中古的去聲，有許多是源自於上古入聲，以及我們從上面《說文》从「盇」得聲的例字，是傾向於入聲韻部，因此可以看出「盇」字的本讀為入聲，而部分从「盇」得聲的字後來轉變為去聲，如「豔」字，《說文》釋形作「从豐盇聲」，上古原本應讀作*gjap，後來至中古音變去聲而讀作 i̯ɛm，[7] 聲調雖然變了，韻尾

[7] 本文上古音系據陳師新雄《古音學發微》，台北，文史哲出版社；

也由雙唇塞音變成雙唇鼻音，但很明顯的，仍然保留上古雙唇輔音的痕跡。至於「郃、磕、蓋」三字，雖然也轉變有去聲的讀音，但同時保留了上古入聲的讀法，形成一字多讀的情形，而轉為去聲韻部的，則都屬泰韻，形成形聲字的聲母與諧聲字有不和諧的情形，例如「蓋」，《說文》釋形為「从艸盇聲」，段玉裁以為「蓋」在其古音第十五脂部，而所从「盇聲」則在其古音第八談部，這樣的不和諧是「合音」現象，[8] 朱駿聲則把《說文》所釋形聲的結構，改作「从艸从盇，會意」，以解釋這種不和諧的現象。[9] 其實所从「盇」的聲符，所以會轉入去聲泰韻，我們以為極有可能就是「盇」字在戰國晚期以後，省形作「盇、盇」，後人不察，誤將所从「太、大」視為聲符所造成的。因此，假使小徐本釋「盇」从「大聲」，為《說文》原書

〈黃季剛先生及其古音學〉，《中國學術年刊》14：p399～438。中古音系則據陳師新雄〈《廣韻》二百零六韻擬音之我見〉，《語言研究》1994：2，p94～111。

[8] 段玉裁《說文解字注》p43，台北，黎明文化公司。

[9] 朱駿聲《說文通訓定聲》p687，台北，藝文印書館。

面目的話，那麼在東漢時期，从「盇」的字已有轉為去聲的情形。

三、論「盇」所从「去」即「合」

關於「盇」字的形義，個人曾參酌商承祚先生說以為「从皿从去」，懷疑「去」為「凵」、「笭」的假借，為盛飯的食器。[10] 但經個人更深入地多方考察「盇」字的形音義，認為所从的「去」，應該就是「合」，而其形音義就是「盇」的本形、本音、本義，「盇」是由「去（合）」加上形旁而形成「从皿去（合）聲」的形聲字，與「笭」屬同源的關係，都是指盛裝食物的容器，而非假借。本文所以重新提出這樣的看法，首先是我們認為在東周或更早時期的文獻典籍中，「盇」或从「盇」的字，其使用已經十分普遍，如：《周易・豫卦》：「象曰……朋盇簪」，《詩經・豳風・七月》：「饁彼南畝」，《莊子・天地》：

[10] 同註 1，p7。

「嗑然而笑」，《左傳·桓公元年》：「美而豔」，《管子·八觀》：「閭閈不可以毋闔」等等，[11] 但是較難理解的是，為什麼在殷商或西周時期的甲骨文與金文裡，卻不見這個先秦典籍使用相當普遍的「盇」或从「盇」偏旁的字，是不是「盇」有另一種寫法？其次，考甲骨文中「去」字作《甲》一、十、九、《前》二、十一、一，《說文》釋「去」本義作「人相違也」，徐中舒先生《甲骨文字典》疑甲骨文字形象人跨越坎陷，以會違離之意，[12] 我們以為其說可行，但是以「人相違」的「去」來解釋盛飯食器的「盇」字所从「去」，總覺得困難，視為「笶」的假借，是解決的辦法之一，然而還是不夠圓滿，而考「合」字的形音義，多與「盇」字相映合，以下則分形音義三方面逐一論述：

---

[11] 《周易注疏》p49，台北，藝文印書館；《詩經注疏》p280，台北，藝文印書館；郭慶藩《莊子集釋》p450，台北，河洛圖書出版社；《左傳注疏》p89，台北，藝文印書館；《管子》p28，台北，商務印書館。

[12] 徐中舒等《甲骨文字典》p549，四川辭書出版社。

（一）**在形體方面**：考商周甲骨文、金文，「合」字作《前》七、三六、一、《乙》一四二五、召伯簋、陳侯因資錞，《說文》釋「合」本義作「合口也」，而余永梁、朱芳圃、李孝定、張日昇諸先生以為「象器蓋相合之形」，[13] 個人雖也贊同這個看法，不過較傾向「合」的本義為名詞，作動詞是派生的結果，所以「合」是象器蓋相合的容器。「盍」字我們曾從「饋食」、「餉田」的「饁」，論證「盍」應是有蓋的盛飯食器，[14] 今「盍」字作，所从的「」與「」形體十分相似，「」正象容器，「」象器蓋，二者形義相通。且考甲骨文、金文「壺」字作《外》四四一、《乙》二九四四、頌壺、兮㚸壺，其中「壺」蓋的部件，可作「」或「」這樣的形體，因此可證「盍」所从的「」是可與「」相通的。

---

[13] 余永梁〈殷虛文字考〉《國學論叢》1：1；朱芳圃《殷周文字釋》p104；李孝定《甲骨文集釋》p1775，台北，中央研究院歷史語言研究所；周法高等《金文詁林》p926，台北，中文出版社。

[14] 同註 10。

（二）**在音讀方面**：「盍」字，《廣韻》作「胡臘切」，其上古音屬匣母盍部，讀作 ＊ɣap，而「合」字，《廣韻》作「侯閤切」，上古音屬匣母緝部，作 ＊ɣəp，二者聲母相同，韻部則主要元音相近、韻尾相同，其讀音是極為相近。

（三）**在字義方面**：不僅从「盍」聲符的字，多有相合之意，如「闔」字，《說文》釋本義為：「門扉也……一曰閉也。」且「盍」典籍文獻多有釋為「合」者，如《爾雅·釋詁》云：「盍，合也。」魏王弼注《周易·豫卦》「朋盍簪」也釋「盍，合也」。[15]

再者，從「㞎」字的形音義，也可以證明「盍」所从「去」即「合」字。「㞎」《說文》釋形義作「閉也，从戶劫省聲。」《說文》所釋形構，個人以為猶有可商，因為「㞎」實即「闔」，二者同字異形，考《禮記·雜記》云：「朝夕哭，不帷。」鄭玄注：「既出則施其㞎」，陸

---

[15] 郝懿行《爾雅義疏》p57，台北，河洛圖書出版社；《周易注疏》p49，台北，藝文印書館。

德明《經典釋文》云：「《字林》戶臘反，閉也，《纂文》云古闔字。」[16] 而「戾」與「闔」，偏旁一从「戶」、一从「門」，二者義通，而按理「去」即「盍」，二者應是同聲同義，故「去」應非「人相違」的「去」，而是與「盍」相通的「合」，考《廣韻》「戾」作「胡臘切」又「丘倨切」，其入聲讀音與「盍」相同，正是上古原來讀音的保留，作「丘倨切」則是將「去」誤讀作「人相違」的「去」，《說文》釋形作「从戶劫省聲」可證明「戾」在東漢仍然讀作入聲，但是由於从「去」形，許慎不明白其同「盍」、「合」，因此在音義上難以解釋，於是採「劫省聲」的形構來詮釋。

既然「盍」字所从的「去」即「合」，最初皆是指象器蓋相合的容器，其後除了有名詞變動詞的詞性演變之外，名詞意義後來也逐漸縮小範疇，專指容器相合的器蓋，在先秦「盍」字固然多有作「蓋」義的，如楚王酓忎鼎蓋銘云：「鑄匋鼎之盍」，如《望山楚簡》云：「六贖，

16 《禮記注疏》p725，台北，藝文印書館；陸德明《新校索引經典釋文》p199，台北，學海出版社。

又（有）盍；四䀇（䀇），又（有）盍；二卵缶，又（有）盍。」[17] 而「合」字其實也輾轉保留「蓋」義，如《儀禮·士虞禮》：「啟會卻于敦南」，鄭玄注：「會，合也，謂敦蓋也。」[18] 諸如此類，都可以證明「盍」、「合」義本相通的。

四、論「盍」與「盒」、「笿」的關係

既然我們已經明白「盍」所从的「去」為「合」，然而二者因寫法略有差別，後來發展遂形成分歧，尤其「合」字，多以作動詞「會合」為常用義，而「去」則累增「皿」的形旁而成「盍」，以作名詞「蓋」或假借成副詞「曷不」為常用義，形義漸趨分途。但是「合」字，後來也累增「皿」的形旁而成「盒」字，保留初始有器蓋相合的容器的本義，就形音義而言，與「盍」應無分別，是「盍」、「盒」為

[17] 《殷周金文集成》第五冊 p187，北京，中華書局；《望山楚簡》p60，NO.46，北京，中華書局。

[18] 《儀禮注疏》p495，台北，藝文印書館。

同字異形。最早發現「盇」、「盒」關係為朱駿聲，其《說文通訓定聲》以「盒」為「盇」的俗字，[19] 雖然未必全然正確，但能留意到「盒」、「盇」為同字異形，誠屬難能可貴。又〈包山二號楚墓簡牘釋文與考釋〉在「一鎊盇」下釋「盇」為「合」的假借，[20] 這固然也不完全中鵠，但也發現「盇」與「合」的關係。另外，李家浩先生〈關於𨛭陵君銅器銘文的幾點意見〉一文，則明確地指出「盇」與「盒」古通，這是正確的，可惜該文並未詳細論證「古通」的道理，[21] 是否另文論述，則不可知了。

至於「盇」與「笿」的關係，我門們懷疑二者同源，理由是形義相通，而《說文》釋「笿」為「凵」的異體字，義作「飯器」，而其所从「去」，自然非「人相違」的「去」，應是有器蓋的容器，「从竹」偏旁，則是表示所製飯器的質材，《說文》釋形構為「去聲」，顯示在東漢時可能已

---

[19] 同註 9，p199。

[20] 《包山楚簡》p59，北京，文物出版社。

[21] 《江漢考古》1986：4，p83～86。

經失落「去（合）」的入聲本讀，而誤讀為「人相違」的「去」聲了。

五、結 語

總之，本文認為「盍」字所从「去」，從各方面考察，它本都是「合」，意義為有蓋的容器。從「去」、「合」累增的「盍」、「盒」二字，原本也都是同字異形。「盍」字至戰國末期，形體已逐漸省變作「盇」，至東漢時，「盍」已有由入聲轉變為去聲的情形。而「盍」所从「去（合）」，由於與「人相違」的「去」形體相同，後人不察二者同形而異字，於是造成从「去」偏旁的文字，音義多混淆，尤其當「人相違」的「去」常用，音義因此保留，而作有蓋容器的「去」罕用，於是音義消失，造成从「盍」與从「去」的字，音義上有不和諧的現象，這種現象，正是黃侃（季剛）先生所提出上古「無聲字多音」的理論，[22] 值得我們注意。

原刊載於《于省吾先生百年誕辰紀念論文集》，p256～261，1996 年

[22] 參見陳師新雄〈無聲字多音說〉所引證，《鍥不舍齋論學集》p522～530，台北，學生書局。

再釋望山卜筮祭禱簡文字兼論其相關問題

一、前　言

個人在第七屆中國文字學全國學術研討會上，曾發表〈望山卜筮祭禱簡文字初釋〉一文，初步地考釋了望山一號墓中卜筮祭禱簡文中、、、、、、七字的形義。本文則再就簡文中其他有疑義的文字，繼續予以考釋論定，且由於《包山楚簡》、天星觀楚簡中也有關於卜筮祭禱的內容，與望山楚簡極為相近，可相互參證，因此本文也一併討論與釋文相關的一些問題。

二、釋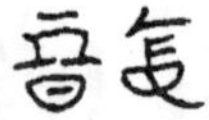

在湖北省文物考古研究所與北京大學中文系主編《望山楚簡》（以下簡稱《望山》）的望山一號墓竹簡裡，編號第 26 號簡文作：

> **占之吉，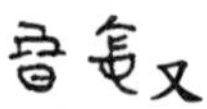又（有）憙於志。**

簡文中有「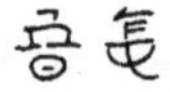」二字，[1] 此二字釋文隸定作「⿱几日宙（中）」，並考論說：

> **「几」、「季」古音極近，「⿱几日」當是季節之「季」**

---

[1] 《望山楚簡》為中華書局出版，其中簡文考釋由北大中文系朱德熙、裘錫圭、李家浩三位先生負責。近日文物出版社又出版湖北省文物考古研究所主編的《江陵望山沙塚楚墓》，在簡文部分，其圖版、編號、釋文、考釋均與《望山楚簡》相同，其不同者則是簡文圖版較為清晰，且少摹本，今本文的討論，仍以《望山楚簡》為本，並參酌《江陵望山沙塚楚墓》的圖版，為行文方便，以下僅稱《望山楚簡》，實舉一反二也。

的專字。「季中」指一季三個月的時間之內。一說「旮」為「𠷎」之訛體，當釋為「期」，「期中」指卜筮所問的時間之內。

其兼採二說，一作「季」，一作「期」，不過，目前從《包山楚簡》有類似卜筮祭禱的文例，如：

占之當吉，亘宔又憙。198

旮宔又憙。215

𡚾月亘宔尚毋又恙。221

此二字，《包山楚簡》釋文都釋作「期中」，另外，在天星觀一號楚墓竹簡，也有不少相似的卜筮祭禱的文例，如：

1、吕宔牆又志憙事。

2、吕宔牆大又憙事。

3、吕宙又志憙。

4、吕宔又憙。

5、吕宔牆遣去處不為友。

6、吕宔牆弁眾。

7、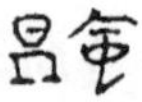少又偯於寡=。

8、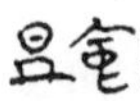牺又熹。[2]

也釋作「期中」，大抵可知所採二說，後說作「期」者為正確。考戰國楚簡「期」字，大致有：、、、、、、幾種寫法，除了最後一種是作「从日丌聲」的形構，而、、、諸形均是作「从日几聲」的形構，這幾個字形其唯从的几腳筆畫有連筆與不連筆、及上有添加贅飾橫畫的形體細微差別之外，其餘只是在其「日、几」這兩部件有上、中、下不同的排列組合而已。尤其在《包山楚簡》中，作「受期」、「期中」、「逃期」等多从「几」。作人名則多从「丌」，不免讓人有用法不同而部件不同的疑慮，但是我們從「秀期」這人

[2] 江陵天星觀一號楚墓，於一九七八年一月發掘出土，其中出土文物包括竹簡，據湖北省荊州地區博物館〈江陵天星觀一號楚墓〉一文，指整簡 70 餘枚，其餘殘斷，計約 4500 餘字，其中「卜筮記錄」的竹簡數量約計 2700 餘字，而天星觀簡文至今尚未發表，本文所據為滕壬生《楚系簡帛文字編》p583 所摹載，其中「3、宙又志熹」一條，由於「宙」字未載於文字編中，無法還原，暫從所載隸定之文例。

名的「期」字同時寫作84、146、119反 三種字形，就可以證明从「丌」、从「几」是當時相通的寫法。然而《說文》云：「期」字古文作「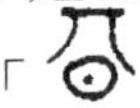」，从「丌」，與形體只在部件上下位置不同，但从「丌」的聲符何以能跟从「几」的聲符相通呢？其實還是因為二者形似音近的緣故。「几」《廣韻》音「居履切」，上古聲紐屬見紐 *k-，韻部屬脂部 *-ɐi，[3] 「丌」為「其」的異體字，《廣韻》音「渠之切」又音「居之切」，以後者而言，則上古聲紐亦屬見紐 *k-，韻部屬之部 *-ə，二者聲紐相同，韻部則同為主要元音相近的陰聲韻，所以聲韻關係頗為密切。二者意義上固然有「居几」、「薦物之具」的不同，但形體極為相似，因此「期」字从「几」从「丌」混用不別，就無足怪了。至於又寫作，則是省略「日」的偏旁而來。總之，从「丌」為正字，从「几」為當時形音近似的通行俗寫。

[3] 本文上古音系據陳師新雄《古音學發微》、〈黃季剛先生及其古音學〉二文。

而「」字隸定作「宙」，為「中」的異體字，此字的釋讀，近來學者已多無疑義。檢戰國簡帛文字，中字或作、、、、包山楚簡、仰天湖楚簡、、天星觀楚簡，或从宀作、、包山楚簡、、、天星觀楚簡、曾侯乙竹簡，[4] 我們追溯「中」字从宀的源頭，就所見較早見於春秋晚期的〈簷太史申鼎〉銘文中有作「」，[5] 郭沫若釋為「安」，作人名，[6] 容庚《金文編》置於宀部後指「《說文》所無」者，[7] 今就此觀之，應即是「宙」為「中」的異體。另外，在晉侯馬盟書裡也有「中」字頗類此字形，作156：25，[8] 此或即是「中」字異體从宀的原始面貌。此外在戰國陶文裡有燕國市印印文：「市王

[4] 參見滕壬生《楚系簡帛文字編》p49～51。

[5] 參見羅振玉《三代吉金文存》卷四．一五、郭沫若《兩周金文辭大系圖錄》p188。

[6] 參見郭沫若《兩周金文辭大系考釋》p174。

[7] 參見《金文編》p425。

[8] 參見山西省文物工作委員會編《侯馬盟書》p269。

」，[9] 裘錫圭先生〈戰國文字中的市〉一文曾考釋說：

> 此印第二字所从的，即「中」字，這是燕國文字的特殊寫法。∧即「宀」的簡體。从「宀」从「中」之字也見於筥太史申鼎等銅器。……某宙市可能是某宙地方的市，也可能是某地的中市，「宙」讀為「中」。[10]

裘先生所考，我們從前面的論述可以證明是正確的，不過，由此亦可以看出燕、晉、楚三系「宙」的寫法並不相同，而「宙」作為「中」的異體字，大約流行於春秋戰國時期。

由上可知「」即「期中」，當非「季中」，意指「在某一個時期之中」，通常在卜筮祭禱簡所指的「在某一個時期之中」，是會顯示在「期中」之前，例如前引《包山楚簡》第 221 號「貞月期中尚毋又恙」，在此「期

---

[9] 參見高明編著《古陶文彙編》p360，NO4.20。

[10] 該文收入裘錫圭《古文字論集》p454～468。

中」所指為「負月」，即楚曆的八月，[11] 也就是在經卜者卜筮之後，於楚八月的期中，墓主尚稱安好，而無有恙。不過，由於望山竹簡殘斷，我們無法看出該簡的「期中」，是指何時的期中了。

三、釋大𥘯

在《望山》的祭禱簡文之中，有一個神祇為大，或寫作𥘯，它經常跟后土、司命、大水等神祇一起祭禱，茲列舉如下：

> **趣禱大莆（佩）玉一環、侯（后）土、司命各一少（小）環，大水備（佩）玉一環。** 54
>
> **吉𥘯一䍧，句（后）土、司命各一羖，大水一環。** 55

---

[11] 參見曾憲通〈楚月名初探〉一文，該文收錄於《楚地出土文獻三種研究》p343～361。

遯禱於一環，句（后）土、司▨。56

於父，與新父，與不殆（辜）、與䋊禮，與□▨。78

▨與▨。79

從上面的文例裡，我們可以看出、、三個形體是同一個字，既然是與后土等神祇一起祭禱的神，自然可以加示的偏旁，而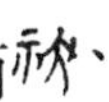、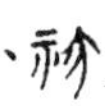二字，所从，其上的點畫有左右的差異，在古文字裡大體上不影響我們對它的辨認。除了望山的卜筮祭禱簡有祭禱一類的神祇，在《包山楚簡》之中，簡號210、213、215、218、227、237、243也都有同於《望山》的情形，其字形大抵作：、、、這幾種寫法。在這些祭禱神的諸多文例中，我們可以發現它們有一個共同的特點，就是神的祭禱是列於所有祭禱神祇的首位，而通常是以舉禱的儀式祭禱，偶而用賽禱，究竟是何方神祇，地位是如此尊貴呢？一九七七年廣州中山大學古文字研究室〈江陵望山一號楚墓竹簡考釋〉（以下簡稱〈江陵〉）一文，作

初步考釋時，即指不識，[12] 而《望山》、《包山楚簡》也未能釋出。照理天星觀楚簡的卜筮祭禱文字應該也有，可惜尚未公布，無法明確得知，不過滕壬生《楚系簡帛文字編》在引用天星觀資料時，也沒有把它辨識載列出來。但近來李零《土城讀書記（五則）》一文，根據《包山楚簡》釋為「太」，並指可理解為「太一」，其所持理由有三：

1．[illegible]神為首祭，祭祀地位在后土、司命、司禍之上。

2．古人經常釋道為「一」或「大」或「大一」，用之天象則指極星。

3．湖北荊門出土的「兵避太歲」戈和馬王堆帛書《避兵圖》，其圖中的「大（太）一」，皆以形如「大」字的人形表示。

因此認為「太一」可省稱為「大」或「太」。[13] 個人認為

---

[12] 該文發表於其內部油印本《戰國楚簡研究》3，p1～40。

[13] 該文發表於 1994.8.21～24，廣州中山大學主辦「紀念容庚先生百年誕辰暨中國古文字學學術研討會」上，p1～15。

李零的看法頗為可信，理由有三：

1·**楚俗尊崇太一：**楚人「信巫鬼，重淫祀」，《漢書·地理志》論楚地風俗時，即已明言。[14]《呂氏春秋·異寶》：「荊人畏鬼。」[15]《淮南子·人間》也說：「荊人鬼」，高誘注：「好事鬼也。」[16]所以楚人祭祀鬼神，形形色色，舉凡天地、山川、日月、風雨、先人、鬼魅無不祭祀，但以太一最為尊貴，相傳為宋玉所作〈高唐賦〉即言楚人故俗為「進純犧、禱璇室、醮諸神、禮太一。」[17]又《楚辭·九歌》下王逸章句云：

> **九歌者，屈原之所作也。昔楚國南郢之邑，沅湘之間，其俗信鬼而好祠，其祠必作歌樂鼓舞，以樂諸神。**

---

[14] 參見王先謙《漢書補注》p861。

[15] 參見陳奇猷《呂氏春秋校釋》p551。

[16] 參見《淮南鴻烈集解》卷一八 p3。

[17] 參見《昭明文選》p272。

而九歌所樂諸神，即以「東皇太一」為首，洪興祖於「東皇太一」題下注云：

> 五臣云：每篇之目皆楚之神名。……太一，星名，天之尊神，祠在楚東以配東帝，故云東皇。[18]

然「太一」為何星名呢？《史記 · 天官書》云：

> 中官天極星，其一明者，太一常居也。[19]

《淮南子 · 天文》又云：

> 太微者，太一之庭也；紫宮者，太一之居也。[20]

而洪興祖《楚辭補注》又引〈天文大象賦 · 注〉云：

> 天皇大帝，一星在紫微宮內，勾陳口中，其神曰：曜魄寶，主御群靈秉萬機神圖也，其星隱而不見，

---

[18] 與前文王逸章句均見《楚辭補注》，前者見 p98、後者見 p102。

[19] 參見《史記》p509。

[20] 同註 16，卷三 p9。

其占以見，則為災也。[21]

綜上述，可知太一星為天極星，為天上最尊貴的一顆星，是天帝所居，所以「太一」象徵天帝，因此在祭祀后土、司命、大水諸神之前，必須先祭祀天神太一。而太一星的顯晦，則徵事物的吉凶，所以在《包山楚簡》中有「鎰祆」一詞，如：

> **舉禱鎰祆一全豢；舉禱社一全豬；舉禱宮、禜一白犬、酉飤。**210

> **舉禱鎰夭一全豢；舉禱兇（兄）俤（弟）無遂（後）者邵良、邵輮、縣貉公各豻豕、酉飤，蒿之。**227[22]

文中「鎰祆」或「鎰夭」，「鎰」字，《包山楚簡》以為即「蝕」字，其考論說：

---

[21] 同註 17，p102。

[22]《包山楚簡》中釋文原作「豣豕」，袁國華《包山楚簡研究》以為「豣」應作「豻」，可从，參見該書 p364～366。

⿰鼠盒，⿰食缶，字亦作蝕，《史記・天官書》：「日月薄蝕」，《集解》：「虧毀為蝕」。[23]

「⿰鼠盒」釋作「蝕」應該可从，唯此處之「蝕」非日月，而是太一星，意指居紫微的太一星，有所虧毀而晦，故稱「⿰鼠盒祓」，另外，《包山楚簡》尚有「祓見琥」，如下：

又禜，祓見琥，以其古（故）禜之。壁（避）琥，睪良月良日逿（歸）之。218

文中「琥」字，《包山楚簡》未進一步考釋，本文以為其即「虎」指「白虎」。白虎或指星名，為西方七宿之一的參宿，《史記・天官書》云：「參為白虎」，[24] 或為天文四象的西官，位在西方的白虎，與東方蒼龍、南方朱雀、北方玄武相對應，而參宿為白虎的主要部分。大陸於一九七八年，在湖北省隨州市曾侯乙墓出土一件漆箱，漆箱上按星空方位列載二十八宿星名，在二十八宿中正有巨大

[23] 參見《包山楚簡》p55。

[24] 同註 19，p514。

「斗」字，所指為北斗，而二十八宿左右兩側分別畫著蒼龍、白虎。是知楚國天文之學十分發達，此簡則觀星象以見吉凶，在星象中，有失次相犯者，則有凶災，所以簡文「⿰示大見琥」，似指居紫微中宮的太一星，有白虎星相犯，此蓋有祟以致，是當除祟，避白虎星，並擇吉時祭禱使白虎歸位，以逢凶化吉。

2·太一神象人形：李零曾據馬王堆帛書《避兵圖》裡「大（太）一」以形如「大」字的人形表示。個人以為說頗有理。楚人祭祀神祇，繪畫其形貌，即使為怪神，也多如人形，例如楚帛書上所繪十二月神，就是如此。又如一九七三年湖南長沙馬王堆三號墓出土帛畫《社神圖》，圖的中部是一個頭戴鹿角的神祇，腋下墨書「社」字，學者認為這就是古代的社神，社神的下方，每邊還站著象人形的兩個怪神，[25] 所以，由這些文獻，我們可以推知天神太一，在楚人的神祇世界裡，理應是作人形，因此，李零說「太一」以形如「大」字的人形表示，就非常合理了。

---

[25] 參見《馬王堆漢墓文物》p35。

而《說文》釋「大」字本義云：「天大地大人亦大」，固然是由形以釋義，但是如果從先秦的祭祀、信仰習慣來看，似乎又更為貼切了。

3 · 太一為萬物之父：太一為天神，為宇宙間地位最尊貴者，它與地祇包孕萬物，天為萬物之父，地為萬物之母，所以《尚書・泰誓上》云：「惟天地，萬物父母。」孔穎達疏：「萬物皆天地生之，故謂天地為父母也。」[26] 又《周易・說卦》也說：「乾，天也，故稱乎父；坤，地也，故稱乎母。」又說：「乾為天、為圜、為君、為父。」[27]〈說卦〉於此固然在解釋乾坤二卦的德業法象，但它正表示天為君為父的精神。而在《望山》的第 78 號簡，有「於父」一語，「於」字之前，簡已殘斷，依文例推知應是「舉禱」或「賽禱」等祭禱的儀式，而「父」一詞，個人以為正是說明太一天神為孕生萬物之父的名詞。

[26] 參見《尚書正義》p152。

[27] 參見《周易正義》p185。

考「」字的形義，李零指從「大」字分化，形音十分相近，只是有刑具加於左手或左足的不同，而跟「蔡、釱」字同源，「蔡、釱」字作、、之形。尤其在〈中山王譽鼎〉銘有：「尔母（毋）大而，母（毋）富而喬（驕）」，李氏更從文例以為「」應讀為「泰」是驕泰的意思。李氏作如此推論，看似有理，但仍有一些值得斟酌的地方，其所引為重要證據的「蔡、釱」作，「釱」《說文》云：「鐵鉗也」，段注：「鐵，《御覽》作脛。〈平準書〉釱左趾，釱，踏腳鉗，狀如跟衣，箸足下，重六斤，以代刖。」[28] 既然「釱」是「脛鉗」，作的形體則是，然以刑具加於左手，是否仍可稱為「釱」而可通「太」，就恐怕比較難說得通了。

且我們從《望山》及《包山楚簡》中「太一」作、、、、等字形，可見所从有、、、幾種不同的寫法，它告訴我們那個「」上的點畫，位置不定，甚至可不寫而通「大」字，

---

[28] 參見《說文解字注》p714。

這就與李零所稱腳鉗的「鈦」有意義上的差別。況且〈中山王譻鼎〉銘文的「」是否可釋為「泰」，似乎學者們的意見還不一致，張政烺、馬承源兩先生釋作「悕」即「恞」，讀為「肆」的意思，[29] 趙誠先生釋作「憭」，[30] 所以的本義是不是可作為「鈦」，恐可再商榷。其實，就前面所論太一天神為宇宙間最尊貴，似人形，為萬物之父這幾點而言，個人以為「」上加點畫，正是有標記其為天神的作用，它或許正是「太一」的專字而讀作「太」，其形音近「大」，又與「大」通，所以《包山楚簡》又从「示」从「大」。而「」又通作「泰」，如《史記·武帝本紀》云：「天神貴者泰一」，《漢書·天文志》也載云：「中宮天極星，其一明者，泰一之常居也。」[31] 其所以相通，或許正因「泰」古文作「」，二者形體相近的緣故呢？考「泰」字的形義，《說文》云：「，

[29] 參見張政烺〈中山王譻壺及鼎銘考釋〉，《古文字研究》1，p230～231，馬承源主編《商周青銅器銘文選》第四冊 p573。

[30] 參見趙誠〈中山壺·中山鼎銘文試釋〉，《古文字研究》1，p259。

[31] 參見同註 19，p208、同註 14，p568。

滑也，从廾水，大聲。」朱駿聲《說文通訓定聲》疑「泰」與「太、汰、汱」同字，[32] 嚴一萍〈釋太〉更指「达」也是同字，[33] 但個人以為「」在戰國中期用指為太一天神，而「泰」字晚出，目前所見最早文獻為會稽刻石，許慎釋「泰」形義與「」大不相同，因此二者可能本為二字，然因「泰」古文「」與「」形音相近而相混用不別了。

四、釋 

《望山》卜筮祭禱簡中，編號 30、34 簡，為殘斷的簡，其簡文作：

□㠯集戠之剴□ 30

□集戠之□ 34

[32] 參見《說文通訓定聲》p674。

[33] 參見嚴一萍〈釋太〉、《中國文字》1：4，p319～327。

簡文中有字，《望山》並沒有隸定跟考釋，僅說：

> **鄂君啟節屢言「某地」，此字所從即字變體，其意當與節銘字同，似當作「至」或「經」解。[34]**

而〈江陵〉一文則釋作「⿺辵复」，並解釋說：

> **⿺辵复，即復，从彳與从辵同意，金文常互用，長沙出土的戰國楚帛書中，凡是復字皆作⿺辵复。[35]**

〈江陵〉釋「⿺辵复」為「復」是正確的，且在《包山楚簡》第 238 號簡確實有字，《包山楚簡》也釋作「⿺辶复」即是「復」，不過此處就〈江陵望山沙塚楚墓〉的圖版來看，[36] 可以知道《望山》摹作是正確的，所以〈江陵〉隸定作「⿺辵复」就必須再考慮了。又這兩枚斷簡的文例，我們

---

[34] 參見《望山楚簡》p93。

[35] 同註 12，p32。

[36] 參見該書圖版四七。

從《包山楚簡》中，找出類似的文例，共 12 枚，所載都比《望山》完整，茲依其內容列舉如下：

自型𡰥⿱之月=（之月）以型𡰥⿱之月=（之月）。197、199、201[37]

自題（夏）𡰥之月以⿱宀集（集）散（歲）之題（夏）𡰥之月。209、212、216

自型𡰥⿱之月=（之月）以集散（歲）之型𡰥⿱之月=（之月）。

226、228、230、232、234

自畬繹以武王。246

經由這些相類似的文例比對，我們可以確知《望山》的，就是《包山楚簡》中的，只是《望山》在字形上添增了「辵」的偏旁而已。《包山楚簡》釋作「庚」，並引《國語·晉語》：「姓利相更」，注：「續也」。《包山楚簡》釋作「庚」是正確，但解釋作「續」，容後再論。由此《望山》字可釋作「逮」字，即「庚」的異體字。

37　《包山楚簡》第 199 號簡文中「庚型」二字抄重。

論「庚」的字形，在《望山》第 70、132 號簡另有干支紀日的「庚」作，其寫法與此略異，而古陶文中「庚」字有作秦下表·72，[38] 戰國古璽又作1999，[39] 又一九九二年湖北江陵磚瓦廠三七〇號戰國楚墓也出土 6 枚（段）卜筮祭禱簡中，也有「庚」字，寫作磚 370.3，[40] 再如前《望山》所提及鄂君啟節字，今學者亦釋作「庚」，[41] 從這些字形，我們可以推知《望山》「逋」字所从「庚」的聲符作，是形變而來，我們或許可以看作是：→→→→→這樣的衍化過程。

論「逋」字的意義，《望山》以為「似當作『至』或『經』解」，大體說來，意思是很接近了。《包山楚簡》則據國語韋昭注，解釋作「續」，意思也蠻接近。其實「庚」

[38] 參見高明、葛英會合編《古陶文字徵》p92。

[39] 參見羅福頤《古璽彙編》p200。《古璽彙編》原釋作「康」，《古璽文編》則釋作「庚」，依形構應釋作「庚」。

[40] 同註 4，p1006。

[41] 參見馬承源《商周青銅器銘文選》第四冊 p432。

字確實有上述這些意思，不過清楚地說，在此解釋作「至」比較貼切，朱駿聲《說文通訓定聲》釋「庚」義謂：「又借為經，實為徑。」考「庚」、「徑」上古聲紐皆屬見紐 *k -，韻部則「庚」屬陽部 *-aŋ，「巠」屬耕部* -ɐŋ，二者聲同韻近，聲韻關係很密切，而「徑」即「直至」的意思，且「徑」又即「逕」，《字彙》云：「逕，與徑同，……至也。」[42] 所以《望山》、《包山楚簡》中「遨」、「庚」二字，為「徑」、「逕」的假借，「至」的意思。

由此我們進而通讀簡文，《望山》於第 30 號簡文「□吕遨集戠之翟□」下，曾考釋云：

> **參照 31 至 34 號諸簡，此二簡簡文的末一句，似可連讀為「自翟〔层〕以集歲之翟〔层〕」。**[43]

《望山》的補缺，我們從《包山楚簡》的文例來看，是正確的，但是《望山》跟《包山楚簡》對這段話的解說

[42] 參見梅膺祚《字彙》p488。

[43] 同註 34，p93。

並不相同，問題就在「集戠（歲）」一詞，《望山》以為「集歲」，就是「匝歲」、「周歲」的意思，其文曰：

> 「集歲」當讀為「匝歲」，猶言「周歲」。《淮南子·詮言》「以數雜之壽，憂天下之亂」，注：「雜，帀（匝）也。從子至亥為一帀（匝）。」「自𠛾𡱂以集歲之𠛾𡱂」，其意蓋皆謂自今年的𠛾𡱂之月一直到次年的𠛾𡱂之月。[44]

但《包山楚簡》的 209、212、216、226、228、230、232、234 這幾枚簡文，文例大致相同，作「自某之月以庚集歲之某之月」，由於 209、212、216 三簡「集」字作，所以《包山楚簡》考釋說：

> 集歲，集，簡文作，從亼，《說文》：「三合也……讀若集」。集歲即三歲，簡 209 有「三歲無咎」可證。[45]

---

[44] 同註 43。

[45] 參見《包山楚簡》中〈包山二號楚墓簡牘釋文與考釋〉p55。

這裏《包山楚簡》的說解，恐值得再商榷，固然「集」字有作之形，然所从「亼」多釋為「宀」，而非「亼」，其實該書皆隸定作「窾」，因此已有相矛盾的現象，且編號226、228、230、232、234諸簡及《望山》第30、34 號簡「集歲」的「集」字均不从「亼」，可見「集」做「窾」，如同「中」作「宙」，均是異體字，所以其從「三合」為「亼」取義，而稱「集歲即三歲」的說法，是較難成立的。再者，指「簡209有『三歲無咎』可證」，這也是可以再斟酌，因為「三歲無咎」並不在第209號簡，而是在第211號簡，第209號簡文是載錄五生以丞悳為左左尹舵貞卜之事，貞問說：「出內（入）時（侍）王，自頣（夏）层之月以庚窾（集）戠（歲）之頣（夏）层之月，聿（盡）窾（集）戠（歲），躳（躬）身尚毋咎。」[46] 貞卜的結果是「占之，死（恆）貞（貞）吉。」而「三歲無咎」則是載在這段貞卜文字之後，另外以舉禱、賽禱祭禱鹽、社、宮、𥜻等神祇，並占卜等儀式之後，所以「三

[46] 「躳身」以下載於第210號簡。

歲無咎」恐怕未必是指前卜「集歲」之事，因此不能就此認定「集歲」即「三歲」。而且值得注意的是貞問「䎣𡱝之月」至集歲的「䎣𡱝之月」、「題𡱝之月」至集歲的「題𡱝之月」的吉凶禍福，據曾憲通先生〈楚月名初探〉云「䎣𡱝之月」就是楚正月，「題𡱝之月」就是楚二月，[47] 且在《包山楚簡》197、199、201 三簡的文例：

> 自䎣𡱝=（之月）以䎣𡱝=（之月），出內（入）事王，𦘠（盡）𠦫𢧉（歲）窮=（躬身）愳毋又（有）咎。占之，亙（恆）卣（貞）吉。

我們可以看出這個文例不作「某月庚集歲某月」的形式，而是作「䎣𡱝之月庚䎣𡱝之月」，並將「集歲」改作「𠦫歲」，置於後面文句中。從文例類似的角度來推論「𠦫歲」有可能就是「集歲」，而《包山楚簡》考釋說：「𠦫，簡文作，疑為卒字異體。卒，《爾雅．釋詁》：『盡也』。卒歲，盡歲，指一年。」個人以為「𠦫歲」作「卒歲」指

---

[47] 同註 11。

終歲，其說可從，《望山》也釋「集」為「帀」，「集」《廣韻》音「秦入切」，上古聲紐屬從紐 *dz´-，韻部屬緝部 *-əp，「帀」《廣韻》音「子荅切」，上古聲紐屬精紐 *ts-，韻部亦屬緝部 *-əp，因此其聲韻關係是韻同聲近，頗為密切，更可進一步互證。所以「庚集歲」就是「至帀歲」。總之，第 30 號簡文作「□吕逮集戠之𦋃□」，當是指卜者為墓主貞卜關於從這一年的正月至下一年的正月，這一整年間的吉凶禍福。

五、結　語

經由上述，我們對於《望山》中、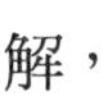、、、諸字形音義的來龍去脈有比較明確地了解，從《望山》所載的字形、文例，我們也一併參證《包山楚簡》、天星觀楚簡中相關的字形與文例，這樣比較全面性的討論，自然是較為理想，也比較清楚，值得以後繼續努力。

參考引用書目

山西省文物工作委員會　1976，《侯馬盟書》，文物出版社，北京。

孔仲溫　1996，〈望山卜筮祭禱簡文字初釋〉，《第七屆中國文字學全國學術研討會論文集》p237～251，私立東吳大學中文系所，台北。

孔穎達正義　《周易正義》，1973，藝文印書館印十三經注疏本，台北。

《尚書正義》，1973，藝文印書館印十三經注疏本，台北。

王先謙　1900，《漢書補注》，藝文印書館影武英殿本二十五史，台北。

丘　雍、陳彭年　1008，《大宋重修廣韻》，1975，聯貫出版社影澤存堂本，台北。

司馬遷　《史記》，藝文印書館印廿五史武英殿本，台北。

朱駿聲　1833，《說文通訓定聲》，1975，藝文印書館影衙本，台北。

李　零　1994，〈土城讀書記（五則）〉，紀念容庚先生百年誕辰暨中國古文字學學術研討會，p1～15，廣州中山大學，廣州。

段玉裁　1807，《說文解字注》，1982，學海出版社影經韻樓版，台北。

洪興祖　《楚辭補注》，1973，藝文印書館影汲古閣本，台北。

容　庚　1985，《金文編》，1992，中華書局，北京。

袁國華　1994，〈包山楚簡文字考釋三則〉，《中華學苑》44，p87～108，政治大學中文所，台北。

馬承源主編　1990，《商周青銅器銘文選》，文物出版社，北京。

高　明　1990，《古陶文彙編》，中華書局，北京。

高　明、葛英會　1991，《古陶文字徵》，中華書局，北京。

張光裕、袁國華合編　1992，《包山楚簡文字編》，藝文印書館，台北。

張政烺　1979，〈中山王𩰫壺及鼎銘考釋〉，《古文字研究》1，p208～232，中華書局，北京。

梅膺祚　1615，《字彙》，1991，上海辭書出版社影清康熙靈隱寺本，上海。

郭沫若　1931，《兩周金文辭大系考釋》又名《周代金文圖錄及釋文》，1971，大通書局，台北。

陳奇猷　1984，《呂氏春秋校釋》，學林出版社，上海。

陳新雄　1971，《古音學發微》，文史哲出版社，台北。

1993，〈黃季剛先生及其古音學〉，1994，《文字聲韻論叢》p1～46，東大圖書公司，台北。

曾憲通　1979，〈楚月名初探〉，1993，《楚地出土文獻三種研究》p343～361，中華書局，北京。

湖北省文物考古研究所　1996，《江陵望山沙塚楚墓》，文物出版社，北京。

湖北省文物考古研究所、北京大學中文系　1995，《望山楚簡》，中華書局，北京。

湖北省荊州地區博物館　1982，〈江陵天星觀一號楚墓〉，《考古學報》1，p71～115，科學出版社，北京。

湖北省荊沙鐵路考古隊　1991，《包山楚簡》，文物出版社，北京。

裘錫圭　1992，《古文字論集》，中華書局，北京。

趙　誠　1979，〈中山王譽壺、中山鼎銘文試釋〉，《古文字研究》1，p247～272，中華書局，北京。

劉文典　1921，《淮南鴻烈集釋》，1968，商務印書館，台北。

廣州中山大學古文字學研究室　1977，〈江陵望山一號楚墓竹簡考釋〉，《戰國楚簡研究》3，p1～40，廣州中山大學油印本，廣州。

滕壬生　1995，《楚系簡帛文字編》，湖北教育出版社，湖北。

蕭　統　《昭明文選》，1974，藝文印書館印胡克家重雕宋淳熙本，台北。

羅振玉　1936，《三代吉金文存》，1971，中文出版社，京都。

羅福頤 1981，《古璽滙編》，1994，文物出版社二次印刷，北京。

1981，《古璽文編》，1994，文物出版社二次印刷，北京。

嚴一萍 1961，〈釋太〉，《中國文字》1：4，p319～327。

原刊載於《第八屆中國文字學全國學術研討會論文集》，p37～56，1997年

望山卜筮祭禱簡「賽、𢶬」二字考釋

一、前　言

一九六五年，湖北江陵望山一號墓出土一批戰國楚簡，這批楚簡出土之後，湖北省文物考古研究所與北京大學中文系即進行整裡考釋，並編著《望山楚簡》（以下簡稱《望山》）與《江陵望山沙塚楚墓》二書。不過，這二書直到一九九五、一九九六年，才由北京中華書局、文物出版社出版，正式公布問世。另外，廣州中山大學古文字研究室也曾作整理考釋的工作，撰成〈江陵望山一號楚墓竹簡考釋〉（以下簡稱〈江陵〉）一文，一九七七年發表於其《戰國楚簡研究（三）》的內部油印刊物上。二者於整理、考釋上，各有貢獻與成績，值得重視。然而，由於其研究時間較早，且簡牘本身有殘斷、文字漫漶不清的情形，因此仍然留有不少可以討論的空間，尤其一九八六年發掘的包山二號楚墓，出土大批簡形完整，文字清楚的竹簡，並於一九九一年發表《包山楚墓》與《包山楚簡》二書。[1] 其中有許多內容與望山楚簡相類似，可以相互參證，因此，個人自一九九六年起，便專就望山楚簡，有關卜筮祭禱簡中，認為猶存有疑議的文字，再作考論，先後撰成〈望山卜筮祭禱簡文字初釋〉、〈再釋望山卜筮祭禱簡文字兼論其相關問題〉二文，發表於第七屆與第八屆中國文字學學術研討會上，本文則是踵繼前文，再柬擇「癀、[illegible]」二字考論。

二、釋　癀

在《望山》第 50、62、65 號簡文中有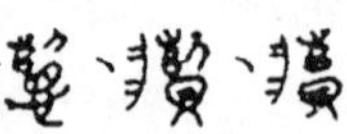三字，依字形跟文例看來，應該是同一個字，我們依《望山》的釋文載錄三簡的內容作：

[1] 二書均由湖北省荊沙鐵路考古隊主編，文物出版社出版。

〼又（有）見祱（祟），宜禱□〼50

〼又（有）、遲（遲）瘻（瘥）已（以）亓（其）古（故）敓之，舉〼62

〼瘻（瘥），又（有）〼65

考《包山楚簡》中也有類似的兩條文例，摘錄其相關部分如下：

疾𤸫，又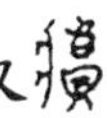，遞瘻，以其古（故）祭之。239、240

疠又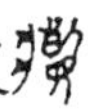，以其古（故）敓之。247、248

此外，從滕壬生《楚系簡帛文字編》於「瘨」字下也引錄了天星觀楚簡類似的文例：

無咎少又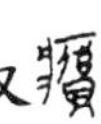。

疾又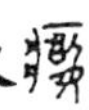。

夜中有。

從這些文例裡，我們可以看出望山簡的、，應與包

山、天星觀簡的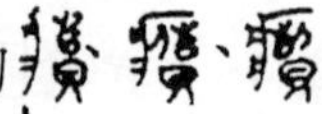為同字，只是偏旁有从「（疒）」、从「（爿）」、从「心」的不同，而从「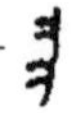」是从「」形體相近的俗寫。另外在「𠳋」的左右，或加上「人」的形符，或不加。此字並不見載於《說文》，但所从的聲符，見於西周昭王〈厚趠鼎〉銘文，[2] 字作，郭沫若《兩周金文辭大系考釋》隸定作「䞓」，並云：「䞓，疑饋字，从人从貝𠳋聲，𠳋乃𠂤之𢿢文，从山。」[3] 唐蘭先生十分贊成郭氏之說，以為「金文從追字往往從𠳋（余義鐘和陳肪簋）可證。」且云：

> 歸本從帚𠂤聲，歸遺聲同，（《釋名·釋言語》：「汝穎言貴聲如歸往之歸也」），所以貴的別構可以從𠳋聲。新出𢦏駿觥蓋銘說：「吳𢦏駿弟史𨗨（遺）馬弗十」，作𨗨即遺字可證。僓字在這裏讀如：饋、

[2] 〈厚趠鼎〉的斷代，係依據唐蘭〈論周昭王時代的青銅器銘刻〉一文，載於《古文字研究》2，p27～28。

[3] 參見郭沫若《兩周金文辭大系考釋》p29B。

> **饋、歸和遺，古書多通用。**[4]

唐蘭先生在郭氏的基礎上，進一步論證即是儥字的說法，以為〈𣐩騣簋〉蓋銘上的「𨘎」即「遺」字。因此《望山》的考釋，大抵就依從郭、唐二氏之說，並進而就簡文的內容訓釋說：

> **簡文𢣃與𤸫二字的意義，當與疾病有關，疑當讀為「㿉」或「𤹪」。《集韻》灰類引《倉頡篇》「㿉，陰病」。《一切經音義》卷十引《字林》「𤹪，重疾也」。**[5]

《包山楚簡》與曾憲通先生〈包山卜筮簡考釋（七篇）〉一文，於「𤴬」字的考釋，則不從郭、唐二氏之說，而直接分析該字的聲符从「旹」，《包山楚簡》釋讀為「孽」，以為「病也」，其文曰：

---

[4] 同註 2。

[5] 參見《望山楚簡》p96。

> 瘨，峕聲，讀如孽。《呂氏春秋》：「遇合聖賢之後反以孽民」，注：「病也」。[6]

又曾憲通先生則逕據聲符，依《說文》釋「峕」本義「危高也」，而以為「又瘨」引申指「病情危重，危殆之意」。[7]

有關「瘨」字形義的考釋，諸家的意見頗不一致，推究其問題的根本，就是「瘨」或「瘨」字，究竟所从「峕」的聲符，即以為「峕」聲，抑是以「峕」為「自」的繁體，二派對聲符的看法不同，導引出來的結果，自然也就不同。不過，個人從以下形音義諸方面的論證，以為後者以「峕」為聲符，不以「峕」為「自」的繁體，恐怕是比較合理。

1．簡文「瘨、𢡒、瘨」諸字形均从「峕」。

據唐蘭先生之說，金文中从「自」之字，偶有繁體作「峕」，

[6] 參見《包山楚簡》p58。

[7] 參見《第二屆國際中國古文字學術研討會論文集》p421～422。

但是我們必須了解，這種情形畢竟只是少數的字例，事實上古文字裡，从「𠂤」的字，均作或的字形，因此，我們是否就將「𧷸、擯、憖」，甚至「𧷢」字，其所从「𡴎」的形符，依唐蘭先生之說而釋从「𠂤」，而視諸字均从「𡴎」的字形若於無睹，恐是值得再斟酌。

2・上古从「𡴎」聲字自成諧聲系統。由於唐蘭先生釋「𡴎」為「𠂤」，因此推斷《說文》所釋形義有誤。但是我們如果從「𡴎」聲字自成諧聲系統上來思考，或許就不能遽然斷言許慎所釋有誤。在《說文》裡从「𡴎」聲的字，有：辥、薛、𩦹、𠟉、櫱、𩟧、蠥、孼等字，它們上古韻部均屬月部 *-at。[8] 尤其更值得注意的是這些字在上古韻文裡，都是跟入聲月部的字押韻，而且從來就不跟平聲韻的字押韻，例如下列 4 條韻例：

(1) 活、濊、發、揭、孼、朅。詩經・衛風・碩人四章

---

[8] 本文上古音系依據陳師新雄《古音學發微》、〈黃季剛先生及其古音學〉二文。

(2) 旆、鉞、烈、曷、蘖、達、截、伐、桀。詩經·商頌·長發六章

(3) 蠥、達。楚辭·天問

(4) 滅、蹶、孽。莊子·人間世[9]

由此我們可以看出从「㞢」聲的字，原本就是入聲，它不跟平聲「𠂤」有聲韻的關係，自然以「㞢」為「𠂤」的說法，得再考慮了。

3·春秋金文「辥」作「」，故「㞢」、「月」同音。王國維《觀堂集林》曾考論「辥」字，[10] 以為甲骨文中「辥」作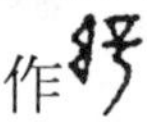前編·六·四·十一，从「𠂤」从「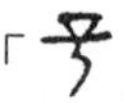」，「」即「辛」，與「辛」為二字，而「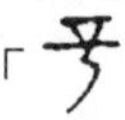」即「櫱」的本字。[11] 由王國維以「」為「辥」字聲義根源的看法，

9 參見陳師新雄〈毛詩韻譜·通韻譜·合韻譜〉及楊素姿《先秦楚方言韻系研究》附錄之〈楚方言韻譜〉之韻例。

10 參見《觀堂集林》所載〈釋辥〉一文，p279～282。

11 王國維《觀堂集林》以為「辥」金文「𠂤」或加从「止」，後變「止」為「中」，與小篆同，「中」是「止」的形訛。

可以推知他是主張从「辥」諸字均从「」聲。但是，到底「辛、辛」為不同的兩個字呢？還是一個字呢？有不少學者贊成羅振玉《殷虛書契》早期主張為一個字的說法，郭沫若《甲骨文字研究·釋干支》即反覆再三論之甚詳，[12] 個人以為不論「辛、辛」是否同為一字，則「辥」字从「辛」、「辛」得聲就不相映合了，蓋二者的上古韻部均屬元部 *-an，與「辥」字屬月部 *-at 不同。尤其讓我們注意的是甲骨文的「辥」作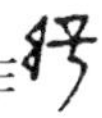，在春秋時期薛器銘文，「薛」字均作，[13] 此「薛」字从「月」，而「月」與「峕」的讀音，上古聲韻是完全相同的，它不僅告訴我們「薛」字所从的「峕」字為聲符外，而且也傳達了甲骨文中所从「」也就是「峕」的訊息。

經過上面的論證，我們認為唐蘭先生以「峕」為「𠂤」的繁體的說法，似可以再商榷。而「峕」與「𠂤」既為兩

---

[12] 參見徐灝《說文段注長箋》、郭沫若《甲骨文字研究·釋干支》、李孝定《甲骨文字集釋》等。

[13] 參見馬承源《商周青銅器銘文選》第三冊 NO.821～824 薛器銘文。

個形音義不同的字，因此郭沫若釋〈厚趠鼎〉銘文的「貸」為「饋」，或許可以另作解釋。「貸」既然从「𡴀」得聲，從聲符相同的字可相通假的角度看，〈厚趠鼎〉銘作：「有貸于溓公」，「貸」疑即「辥」，「辥」在兩周青銅器銘文中經常使用，而通作「嬖」，如〈大克鼎〉：「辥王家」、〈晉公𥂴𥂴〉：「保辥王國」、「整辥爾宏」，〈鄀𣪕鼎〉：「保辥鄀國」，[14] 此「辥」字通經書中的「乂」、「艾」，如《尚書．多士》：「保乂有殷」、《尚書．康王之誥》：「保乂王家」、《詩經．小雅．南山有臺》：「保艾爾後」，[15] 「辥」所从「𡴀」聲，與「乂」上古讀音也是完全相同，又「乂、艾」通「嬖」，《說文》：「嬖，治也，从辟乂聲。《虞書》曰：有能俾嬖」，由是可知〈厚趠鼎〉銘文：「有貸于溓公」即「有辥于溓公」、「有嬖于溓公」，「嬖」是「治理」的意思，引申為輔弼以正治之意，因此〈厚趠鼎〉銘文依此辭例，恐非如郭、唐二先生所指屬賞賜類銘

---

[14] 同註 13，NO.297，第四冊 NO.887、NO.913。

[15] 參見《尚書注疏》p237、289，《詩經注疏》p347。

文，而應屬紀功類的銘文。至於唐蘭先生所引〈𢦏驭觥〉蓋銘有「䢋」字，自所从𠂤，釋作「遺」，既然「𠂤」非「𠂤」，此字是否仍釋為「遺」也可以再斟酌。不過，此字上有「史」字，依銘文辭例，顯然此是指人名，如此則不易從上下文意判斷釋讀了。

總上所論，我們已經認定楚簡「𧷢、𢡺、𤶣」及金文「貴」諸字皆从「𠂤」聲，郭、唐二先生所釋可再商榷，而以其說為基礎的《望山》訓「𧷢、𢡺」讀為「𤺊、𤸃」，在根本上是已經動搖的。其實就是不從字形上去辨明，從其上下文意的訓釋，恐也未必穩妥。其進一步釋「𤺊、𤸃」字義作「陰病」、「重疾」，我們依據望山、包山、天星觀等卜筮祭禱簡文例觀之，即可明白，如釋作「𤺊」指「陰病」，所謂「陰病」，明張自烈《正字通》云「𤺊」通「㿗」，「㿗」下引《疝經》謂「丈夫陰器連少腹急痛也」，[16] 以此解釋諸簡文中「又𧷢」皆與陰器病有關，恐不適當。我們要考慮三個不同墓主是否都患了相同的病。至於釋作

[16] 參見張自烈《正字通》午集·中，p26。

「瘟」指「重疾」，若就包山簡文「疾𢀛，又𤹘」、「疠又𤻮」的文句言，「𢀛」，李家浩先生釋作「變」，[17]「疠」，周鳳五先生釋作「病」，[18]二說可從，因此「𤹘」倘釋「瘟」作「重疾」的意思，在文意上重複，是以《望山》之說，可再斟酌。

至於《包山楚簡》釋「𤹘」讀如「孽」，訓為「病也」，曾憲通先生訓「𤹘」為「病情危重、危殆之意」，個人以為各有所長，在字形上讀如「孽」可從，但訓為「病也」則如同《望山》所釋，有文意重複的缺點，「𡴀」、「孽」訓為「憂」，或較合於簡文，蓋「𤻮、𤹘」與「𢡃」為異體，从心或與心憂相關，且考《楚辭·天問》云：「啟代益作后，卒然離蠥。」王逸章句：「蠥，憂也。……蠥，一作孽、一作孽。」又洪興祖《楚辭補注》於此注下引《汲

17 參見李家浩〈釋弁〉一文，載於《古文字研究》1，p391～395。

18 參見周鳳五〈包山楚簡文字初考〉，載於《王叔岷先生八十壽慶論文集》p361～377。

家書》曰：「曷戚曷孽」，[19] 此「孽」與「戚」相對應，亦當是「憂」意。〈天問〉又云：「帝降夷羿，革孽夏民。」王逸章句又云：「孽，憂也。」[20] 是以個人以為望山、包山、天星觀諸簡文作「又（有）⿸疒賓」，「⿸疒賓」或作「⿱賓心、瘨」指墓主生前的病情沉重有憂，因此卜巫為之除祟祭禱。

三、釋　⿰羊每

在望山楚簡裏祭禱神祇所使用的犧牲，除有「牂」之外，尚有「」，「」字出現，計凡三次：

□吉祑一牂，句（后）土、司命各一，大水一環，迾禱於二王□ 55

□黷各一 123

[19] 參見洪興祖《楚辭補注》p165～166。

[20] 同註 19，p167～168。

　　☐㙷禱北宗一環，㙷禱逑一……125

第 55、123 號簡的字，从「羊」偏旁，略有殘損，不過看得出是从「羊」，此字《望山》疑其作「羚」而釋作「羯」，考釋云：

> 此字右旁與簡文「死」字所從之「歺」相似，疑為从「羊」「歺」聲之字。「歺」、「曷」古音相近，此字或即「羯」之異體。[21]

《望山》以為「」字右邊形體類似「死」字所從之「歺」，其實檢《望山》「死」字作、、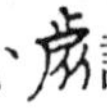諸形，與此不同，說恐可再斟酌。另外，〈江陵〉於此三簡「」字之釋讀，則作「羖」、「牂」。於第 47 號簡下（即《望山》第 123 號簡）釋作「羖」字，云：「羖，从羊从女，殆為牝羊。」第 94 號簡下（即《望山》第 125 號簡）釋作「羖」字，云：「羖，右旁从女，殆為牝羊名」，意與《玉篇・羊部》「羖，牝羊也」近似。第 120 號簡下（即《望山》

[21] 同註 5，p97。

第 55 號簡）釋作「𦍧」字，云：「𦍧，即羝。《說文》『羝，牡羊也』；《博雅》：『牡羊四歲曰羝』。」[22] 個人以為〈江陵〉釋作「羖」、「羖」，雖然仍未完全合於簡文，然已十分接近，唯釋作「𦍧」恐與簡文不合，未可遽從。大體而言，這三枚簡文字形均應作「」，作「、」則是殘損的緣故。由簡文內容上下判讀，「」字經常與另一祭禱犧牲「牂」字同列對應，推想「」字必是指一種用來祭禱的羊，所以儘管二家的考釋有別，但從祭禱羊類犧牲的方向去思考，方向是正確的。本文淺見，「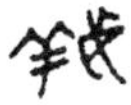」字疑即「羍」，為「羖」異體字，又作「羖」。從字形而言，「」所从「」疑為「每」，「每」字，考甲骨文作粹六六三、粹六六一、西周金文作大豐簋、侯馬盟書作200:58，[23] 在諸形中所作「、」的部件，在戰國簡帛文字裏，經常被簡省作「卜」的形體，例如「妻」字小篆作，字形也是从「」的部件，然

---

[22] 參見《戰國楚簡研究》3，p23、p31、p35。

[23] 參見《古文字類編》p44、《金文編》p27、《侯馬盟書》p308 所載。

「妻」字包山楚簡則作2.91、江陵秦家嘴九九號墓楚簡作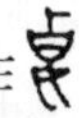、楚帛書作丙三·二，[24] 因此推考「、」即「每」，即「羚」字。《說文》無「羚」字，個人以為從包山、望山簡文文例相互參證，與二字的聲韻關係，推證「羚」即「羖」。蓋於包山楚簡中無「羚」字，其卜筮祭禱簡文，則以「羖」與「牂」相對應，例如：

> 舉禱太一牘，侯土、司命各一牂；舉禱大水一膚，二天子各一牂，佹山一羖；舉禱楚先老僮、祝融（融）、嬭酓各兩羖。237

> 舉禱袱一膚，侯土、司命各一牂；舉禱大水一膚，二天子各一牂，𡉚山一羖。243

其中包山楚簡祭禱簡文中的犧牲有牘、牂、羖，且祭禱祝融時用「羖」，這跟望山簡文牂、羚同為對應的犧牲，第123號簡為祭禱祝融用「羚」的情形相同，因此以為「羚」

[24] 參見滕壬生《楚系簡帛文字編》p858、曾憲通《長沙楚帛書文字編》p34。

即是「羖」。從聲韻關係來看，「羐」从「每」聲，上古韻部屬之部 *-ə，「羖」从「古」聲，上古韻部屬魚部 *-a，雖然不大相同，但皆屬陰聲開尾韻的韻部。且於《詩經》、《楚辭》、《老子》諸先秦韻文裡，魚之韻部多有合韻通轉的情形，如《詩經·鄘風·蝃蝀二章》「雨母」合韻，尤其西漢初年，在羅常培、周祖謨《漢魏晉南北朝韻部演變研究》所載〈易林韻譜〉，則有大量之魚合韻的情形，之部从「每」得聲之字，經常與魚部字合韻，[25] 由此可推知在戰國中期的望山楚簡，也是有之魚通轉的情形。總之，我們推證「羐」即「羖」。「羖」為「羖」的異體，《廣韻·姥部》讀二字為「公戶切」，以「羖」為「羖」的俗字，「羖」下注云：「羖攊羊，《說文》曰：夏羊牡曰羖。」而「牂」正與「羖」相對應，《說文》云：「牂，牝羊也。」「牂」、「羖」不僅有牝牡之別，亦有白黑之分，《爾雅·釋畜》云：「羊牡羒，牝牂；夏羊，牡羭，牝羖。」郭璞於「羊牡羒」下注：「吳羊白羝」，「夏羊」

[25] 參見該書 p270～272。

下注：「黑羖䍪」，於「牝羖」下注：「今人便以牂羖為白黑羊名」。於此言「牂、羖」為白黑羊名，然似又言「牂、羖」皆為牝，郝懿行考證以為「牡羭，牝羖」應是「牡羖牝羭」，《爾雅》之文，蓋於郭璞之前已誤倒。[26] 由此可知牂、羖（羖）的對應關係為：牝：牡、白：黑、白牝：黑牡，是以「羖」字可能是指黑羊、公羊、黑公羊了。

四、結　語

綜上所論望山卜筮祭禱簡中，「𤸫」及其異體「𢝊、𤸫」諸字，按理是均从「㠯」得聲，讀如「孽」，在簡文裡釋作「憂」義，指墓主生前病情沉重有憂。而「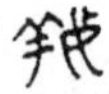」字可隸定作「羖」，疑為「羖、羖」的異體字，指黑羊、公羊、或者黑公羊，其與簡文裡的「牂」相對應，作為祭禱用的犧牲。

26 參見郝懿行《爾雅義疏》p1335～1336。

參考引用書目

山西省文物工作委員會 1976，《侯馬盟書》，文物出版社，北京。

孔仲溫 1996，〈望山卜筮祭禱簡文字初釋〉，《第七屆中國文字學全國學術研討會論文集》p237～251，東吳大學中文系所，台北。

1997，〈再釋望山卜筮祭禱簡文字兼論其相關問題〉，《第八屆中國文字學全國學術研討會論文集》p37～55，彰化師大國文系，彰化。

孔穎達 《尚書正義》，1973，藝文印書館景十三經注疏本，台北。

《毛詩正義》，1973，藝文印書館景十三經注疏本，台北。

王國維 1921，《觀堂集林》，1975，河洛圖書出版社，台北。

李孝定　1965，《甲骨文字集釋》，中央研究院史語所專刊之五十，台北。

李家浩　1978，《釋弁》，《古文字研究》1，p391～395，中華書局，北京。

周鳳五　1993，〈包山楚簡文字初考〉，《王叔岷先生八十壽慶論文集》p361～377。

段玉裁　1807，《說文解字注》，1982，藝文印書館景經韻樓版，台北。

洪興祖　《楚辭補注》，1973，藝文印書館景汲古閣本，台北。

唐　蘭　1981，〈論周昭王時代的青銅器銘刻〉，《古文字研究》2，p12～162。

容　庚　1985，《金文編》，1992，中華書局，北京。

郝懿行　《爾雅義疏》，1974，河洛圖書出版社景沛上重刊本，台北。

馬承源　1990，《商周青銅器銘文選》，文物出版社，北京。

高　明　1980，《古文字類編》，中華書局，北京；1986，台灣大通書局，台北。

張光裕、袁國華合編　1992，《包山楚簡文字編》，藝文印書館，台北。

張自烈　1678，《正字通》，潭陽成萬材本。

郭沫若　1931，《兩周金文辭大系考釋》，1971，又名《周代金文圖錄及釋文》，大通書局，台北。

1952，《甲骨文字研究》重印本，民文出版社，台北。

陳新雄　1971，《古音學發微》，文史哲出版社，台北。

1993，〈黃季剛先生及其古音學〉，1994，《文字聲韻論叢》p1～46，東大圖書公司，台北。

1989，〈毛詩韻譜·通韻譜·合韻譜〉，1994，《文字聲韻論叢》 p259～302，東大圖書公司，台北。

曾憲通　1993，《長沙楚帛書文字編》，中華書局，北京。

1993，〈包山卜筮簡考釋（七篇）〉，《第二屆國際中國古文字學術研討會論文集》p405～424，香港中文大學，香港。

湖北省文物考古研究所　1996，《江陵望山沙塚楚墓》，文物出版社，北京。

湖北省文物考古研究所、北京大學中文系　1995，《望山楚簡》，中華書局，北京。

湖北省荊沙鐵路考古隊　1991，《包山楚簡》，文物出版社，北京。

1991，《包山楚墓》，文物出版社，北京。

楊素姿　1996，《先秦楚方言韻系研究》，國立中山大學碩士論文，高雄。

廣州中山大學古文字研究室　1977，〈江陵望山一號楚墓竹簡考釋〉，《戰國楚簡研究》3，p1～40，廣州中山大學油印本，廣州。

滕壬生　1995，《楚系簡帛文字編》，湖北教育出版社，湖北。

羅常培、周祖謨　1958，《漢魏晉南北朝韻部演變研究》第一分冊。

原刊載於《第一屆國際暨第三屆全國訓詁學學術研討會論文集》，p 819～831，1997 年

楚簡中有關祭禱的幾個固定字詞試釋

一、前　言

在新近出土於包山、望山、天星觀、秦家嘴的幾批戰國楚墓竹簡裏，有些是載錄巫祝為墓主除殃祟祭禱於天神、地祇、山川、人鬼、祖先等的內容。對於這些簡文的考釋，由於學者們見解分歧，且早先可相互比對文獻較少，因此仍留有可以深入考論的空間，個人曾不揣淺陋，針對望山卜筮祭禱簡中的部分字詞，先後撰文考釋，[1] 然

[1] 參見拙作〈望山卜筮祭禱簡文字初釋〉，載於《第七屆中國文字學全國學術研討會論文集》（台北：東吳大學中文系，1996 年）p237～251；〈再釋望山卜筮祭禱簡文字兼論其相關問題〉，載於《第八屆中國文字學全國學術研討會論文集》（彰化師大國文系，1997 年）p37～56；〈望山卜筮祭禱簡「賽、𦏴」二字考釋〉，發表於高雄，

實有感於楚簡的祭禱形式、體例、語詞有其類同性，因此本文擬綜合上述幾批楚簡中，有關祭禱的䎽、孱、訇、祱、敓、禜等幾個固定字詞再作討論，希冀能提出一些淺見，以供學界參考。

二、釋　䎽

在楚簡中所載的幾種祭禱，有「䎽禱」一種，見於《包山楚簡》（湖北省荊沙鐵路考古隊：1991）第 200、203、205、206 號諸簡，《望山楚簡》（湖北省文物考古研究所、北京大學中文系：1995）第 112、119 號二簡及《楚系簡帛文字編》（滕壬生：1995）所載天星觀楚簡 7 條。[2]「䎽」字簡文作，諸家多隸定作「䎽」，[3] 而作「䎽」

國立中山大學中文系與訓詁學會主辦「第一屆國際暨第三屆全國訓詁學學術研討會」，載於《訓詁論叢》（台北：文史哲出版社，1997 年）第三輯 p819～831。

[2] 參見《楚系簡帛文字編》p306；又天星觀楚簡尚未公布，目前暫據滕氏所載。

者，各家進一步釋讀的看法不一，尤其「罷」字也同見於楚鄂君啟節，所見益是分歧，其中多分析「罷」字形構作「从羽能聲」，而如郭沫若（1958：4：4）、商承祚（1995：241）、馬承源等（1990：4：443）等，則逕釋作「能」；由於「能」字，《說文》釋形為「足似鹿，从肉㠯聲」，故亦有學者由「㠯」聲輾轉釋讀，如朱德熙（1995：192～194）、《望山楚簡》（1995：100～101）等釋作「翼」，《包山楚簡》（1991：53）釋作「嗣」。再者，如〈江陵望山一號楚墓竹簡考釋〉（廣州中山大學古文字研究室：1997：3：10）釋「罷」即「蘢」。此外不隸定作「罷」者，如羅長銘、殷滌非（1958：4：9～10）隸定作「𦝫」，釋讀作「罷」的繁文；又如于省吾（1963：8：444）隸定作「𣎆」，即「贏」、「嬴」，訓為「盈」。在上述紛紜的眾說裏，依據今所得楚簡的書寫形式觀之，個人以為隸定作「罷」，應該是可為確定的說法，「罷」字的形構，

3 諸如《包山楚簡》、《望山楚簡》、《楚系簡帛文字編》、廣州中山大學古文字學研究室：〈江陵望山一號楚墓竹簡考釋〉、商承祚《戰國楚竹簡匯編》等。

作「从羽能聲」大抵也可依採。不過，依據《說文》以「能」从「㠯」得聲而輾轉釋讀的說法，則猶可商榷，原因即在「能」字恐不从「㠯」得聲，徐鉉校訂《說文》，於「能」字下注云：「臣鉉等曰㠯非聲，疑㫺象形。」清代學者如段玉裁以鉉為非，[4] 其實從近代甲骨金文及文獻資料，均多可證明徐鉉之說，是可以相信的。如周代青銅器銘文「能」字作沈子簋、縣改簋、毛公鼎、番生簋諸形，由此可見西周早中期銘文如沈子簋、縣改簋「能」字並無从「㠯」聲的形構，至晚期毛公鼎、番生簋漸漸形變而似「㠯」。「能」既非形聲而為象形，所象者何？清徐灝《說文段注箋》以為「能」古「熊」字，[5] 今學者如饒宗頤（1968：1～2）、高鴻縉（1960：569）、林潔明（1974：1573）均證從此說，蓋古文字象熊之形，如殷墟甲骨有作《合集》19703，王襄（1920：10：46 上）、[6] 羅振玉（1914：中：

---

[4] 參見《說文解字注》p484。

[5] 參見廣文書局印《說文段注箋》p3414。

[6] 參見《甲骨文字詁林》p1387 所引。

30）均以為「熊」字，此字形與金文「能」字應同一字。且先秦典籍如《左傳》、《國語》「黃熊」均作「黃能」，《大戴記·夏小正》「熊羆」則作「能罷」，又饒宗頤（1993：230～232）亦考證戰國楚帛書「（大）䏻䨏䖒」即「大熊雹戲」，因此由文獻材料也足以深入證明「能」為「熊」的本字。今楚簡與鄂君啟節「𦐺」字「从羽能聲」論「能」即「熊」，雖然理意暢順，唯何以「从羽」呢？個人疑「从羽」為甲骨文「熊」字遺形，檢《小屯南地甲骨》有作2169，該片甲骨卜辭云：「其在亩熊羔」，于省吾、姚孝遂（1996：1837）以為該版卜辭皆記田獵之事，「熊」在此當用其本義為獸名。而此「熊」字之形，與「𦐺」字作字頗為近似，個人疑「𦐺」即「熊」字之繁形古體。總之，不論是釋「𦐺」為「从羽能聲」，或以「𦐺」即「熊」的繁形古體，個人以為「𦐺」應讀為「熊」。

「𦐺」既讀為「熊」，楚簡中的「𦐺禱」疑讀為「禜禱」，蓋「禜」為《周禮·春官》中太祝所掌「六祈」之一，《周禮》云：

> 太祝……掌六祈，以同鬼神示，一曰類、二曰造、

三曰禬、四曰禜、五曰攻、六曰說。

鄭玄注云：

祈，嗥也，謂本為有災變號呼，告于神以求福，天神、人鬼、地祇不和，則六癘作見，故以祈。[7]

依《周禮》與鄭玄之說，「六祈」是在天神、人鬼、地祇不和，而致災變癘疫，則以六祈，包括禜禱來祈禱除祟。另外，《後漢書·臧洪傳》也有「作列巫史，禜禱群神」之語。[8] 在楚簡中，「罷禱」或「遯禱」、「賽禱」等祭禱，大抵是巫祝為墓主祈求爵位，或身體康健無虞，通常是配合卜筮與攻、敓的儀式，如包山簡的「以其古（故）敓之」、「恖攻解於人愳」198，《包山楚簡》即以為「敓」即「說」與「攻」皆六祈之一，而祭禱的對象包括日月、星辰、山川、人鬼。但我們檢視望山與包山簡，罷禱的對象則多為祖先、親人或其相關的人鬼，如望山簡則罷禱先

[7] 參見《周禮注疏》p384。

[8] 參見王先謙《後漢書集解》卷五八 p673。

君東䣎公、王孫喿，包山簡𦉢禱卲王、文坪夜君、郚公子春、司馬子音、鄝公子豪、夫人等。

而「𦉢」借為「禜」，從聲韻角度，亦可說得通，「𦉢」讀為「熊」，考「熊」字上古音，若從《說文》「从熊炎省聲」的形構觀之，則如段玉裁所歸部當入第八覃部，然段氏注引王劭云：「古人讀雄與熊皆于陵反」，今《集韻》「熊」字亦有音「矣殊切」，是知「熊」上古韻部應屬蒸部 *-əŋ、上古聲紐屬匣母 *ɣ-，[9] 而「禜」字上古音屬匣母 *ɣ-、耕部 *-ɐŋ，二者的聲韻關係屬聲同韻近，頗為密切。

至於鄂君啟節「歲𦉢返」，「𦉢」讀為「熊」，「熊」與「羸」通，如《左傳·宣公八年》「敬羸」，《公羊傳》、《穀梁傳》均作「頃熊」，「羸」字上古音聲紐屬定母 *d´-，韻部屬耕部 *-ɐŋ，與「熊」字是韻部旁轉關係，看起來聲韻關係不如「禜」、「熊」那麼密切，但三傳異文的證

---

[9] 本文上古音系統據陳師新雄《古音學發微》、〈黃季剛先生及其古音學〉二文。

據，十分可信，而「𣎆」又與「盈」通，二者上古音完全相同，所以個人於「歲䨻返」之說，正與于省吾先生所稱「歲盈返」的看法一致，不過，于先生「」逕讀作「𣎆」，與本文的所讀不同。

三、釋⿸厂孖、訇

於《包山楚簡》第 207 號簡文，有作「」的祭禱字詞，該書隸定作「⿸厂孖」，並釋為「孨」的異體，以為《周禮・天官・庖人》：「備品物曰薦」的「薦」字假借。此字滕壬生亦收錄（1995：732），而隸定作「研」。大抵滕氏的隸定似可再斟酌，《包山楚簡》的隸定可從，但釋讀上或可再商榷。個人以為「⿸厂孖」疑為「字」的繁體，就先秦古文字，从厂與从宀的偏旁，經常相通。例如「安」字作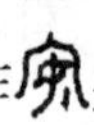睘卣，又作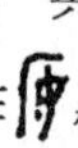格伯簋、《古璽彙編》2673；「宅」字作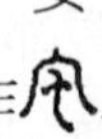秦公簋，又作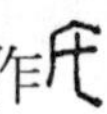《先秦貨幣文編》108、《包山楚簡》2.190、《魏三體石經殘字集證》229，又如「寓」字作寓卣，又作《汗簡箋正》4.19，而从「孖」為从「子」的繁寫，《說文》云：「字，乳也，

从子在宀下，子亦聲。」「字」的本義指孳乳繁衍的意思，「孖」《廣韻》讀作「子之切」，字義為「雙生子也」，因此，從詞義上來說，不論是从「子」或从「孖」，在「宀」下或「厂」下，都能合於孳乳繁衍的本義。而且就上古音言，从「子」聲或从「孖」聲，皆屬精紐 *ts-、之部 *-ə，讀音完全相同，因此，個人以為「孨」為「字」的繁體。

既然如此，「孨」在簡文中應作何解釋呢？則疑為「祠」的假借，而「祠」即是「賽禱」的同義詞。經常於經籍文獻中與「賽」組成同義複詞，如《周禮·天官·女祝》云：「凡內禱祠之事」，鄭玄注：「祠，報福。」《周禮·春官·小宗伯》云：「大裁及執事，禱祠于上下神示。」鄭玄注：「求福曰禱，得求曰祠。」又《周禮·春官·喪祝》：「以祭祀禱祠焉」，賈公彥疏云：「祈請求福曰禱，得福報賽曰祠。」《周禮·春官·大宗伯》云：「國有大故則旅上帝及四望」，賈公彥疏云：「謂祈請求福，得福乃祠賽之。」[10] 又《史記·封禪書》云：「冬賽禱祠」，司馬

10 參見同註 7，p122、p293、p397～398、p284～285。

貞索隱：「賽謂報神福也。」[11] 而就目前公布而簡文形式完整的包山卜筮祭禱簡裏，賽禱的進行，通常是先以遯禱或罷禱遍祭天神、山川、地祇、人鬼之後，有所得福，則儘快地再以賽禱逐一祭禱以酬報神福，玆舉《包山楚簡》二例以觀，如：

> 少夘又（有）恴，199 志事少遟（遲）得。以其古（故）敚之。罷禱於卲王戠牛，饋之；罷禱文坪夜君、部公子春、司馬子音、鄰（蔡）公子冡各戠豢、酉飤；罷禱於夫人戠豬。志事速得，皆速賽。200

又如：

> 少又（有）恴於窮（躬）身與宮室，虘外又不訓，[illegible][illegible]，以其古（故）敚之。舉禱螝社一全豢；舉禱社一全豬；舉禱宮、𧥄一白犬、酉飤。210

從這兩條文例來看有「㞷」字的這一簡，其簡文作：

---

[11] 參見藝文印書館武英殿本廿五史《史記》p542。

> **孱於埜墬（地）宔一豬，宮墬（地）宔一豬，**207
> **賽於行一臭（白犬）、酉飤。**208

由這裏我們可以清楚地看出「孱」應是一種祭禱，而與賽禱同時舉行的相同儀式，因此推知「孱」就是賽禱。而「孱」即「字」，從音義關係言，「字」於此就是「祠」的假借，蓋「字」與「祠」，雖上古聲紐不同，但是韻部同屬之部*-ə，聲韻關係尚稱密切。

另外，在《包山楚簡》第 219 號簡有「」字二見，該簡上下文的內容，大致作：

> **壁（避）琥，睪良月良日逯（歸）之。**218　**為戲為纓璛，遂之厭一豬於墬宔；賽禱宮一白犬。**219

「」字，《包山楚簡》未作隸定與考釋，個人以為，依上下的文例，可以推知此字應是一指祭禱的名稱，而能與賽禱同列、性質相同的，就是「祠」了。且此條祭禱的文例及對象，與有「孱」字的第 207、208 號簡文極為相似，因此，「」應讀為「祠」。「」大抵可隸定作「訇」，即「詞」字，而借為「祠」。考《汗簡》所載古

文「詞」作王子庶碑、魏石經古文作《魏三體石經殘字集證》211，而《古文四聲韻》則有作王存乂切韻、訇籀韻。今包山簡中作，其文字上端橫畫疑為綴飾，其下則為「詞」的省變形體，而「詞」與「祠」同音，自然可相通假。此字釋為「祠」，不僅可與「孖」字相互印證，而且就上下文意言，文從字順，毫不阻滯。

四、釋挩、敓、祭

包山、望山、天星觀、秦家嘴等地出土的楚簡，在卜筮祭禱一類的簡文裏，「挩、敓、祭」三字是極為普通常見的固定字詞。總計包山凡 32 見、望山凡 23 見、天星觀凡 35 見、秦家嘴凡 4 見。[12] 而它們彼此間經常互用，依本文的整理，歸納其所使用的情形，大致有八種文例，茲

---

[12] 此統計係取卜筮祭禱簡部分，包山、望山據《包山楚簡》、《望山楚簡》，天星觀、秦家嘴則據滕壬生《楚系簡帛文字編》統計，唯滕書依其「詞句重復，一墓數見者，一段僅錄一例」之體例。

以包山、望山為基礎，列出每種文例，各批簡文不同用字的情形，並統計字數如下表：

文例	包山	望山	天星觀	秦家嘴
1. 以其古(故)敓之。	敓 14、禜 4	敓 10、祱 1	敓 9、禜 5、祱 1	敓 2
2. 弄（舉）○○之禜。	禜 3、敓 1	祱 1		
3. 遞（迻）○○之祱。	祱 3		禜 2、敓 1	
4. 又(有)禜。又(有)禜見。又(有)見祱。	禜 4	祱 5、敓 4	禜 7、祱 4、敓 2	禜 1
5. 無咎無禜。	禜 1		祱 3、敓 1	敓 1
6. 同禜。[13]	禜 1	祱 1		
7. 由攻祱。	祱 1			
8. 敓非祭祀。		敓 1		

13 「尚」簡文作，《包山楚簡》、〈江陵望山一號楚墓竹簡考釋〉、《楚系簡帛文字編》釋作「同」，但未進一步說明；《望山楚簡》釋作「尚」，依楚簡文字「尚」多作，形與有別，是恐釋作「同」為合理。

對於這些文例，學者有著不同的解說，如〈江陵望山一號楚墓竹簡考釋〉（1997：3：15）、商承祚（1995：228～229、225）於 2、4 文例的「祱」釋作「祝」，以為祭的意思；1 例的「敓」字，為「奪」古字，作脫、解脫的意思。又《包山楚簡》（1991：53～56）以 1 例的「祭」讀如「說」，作解除的意思，2、3 例「祱、祭」讀如「祱」，作「祈」也；4 例「祭」讀如「祟」。曾憲通先生（1993：416～419）以 1 例的「敓」為「奪」古文，讀為「挩」，今通作「脫」；2、3 例「祭、敓、祱」以為即「祝」字，指祝辭；4、5 例讀如「祟」；7 例「攻祱」即《周禮》的「攻說」，作祈名。《望山楚簡》（1995：93～98）以 1 例讀為「說」，指「向鬼神陳說以求解脫」；4、6 例「祱」讀為「祟」。大抵諸家見解雖互有異同，但基本上距離的鵠猶多未遠，且皆能掌握如曾憲通先生（1993：416）所稱：

> 卜筮簡中从「兌」之字甚多，由於形音俱近，往往混用不別，或字同而義異，或字異而義同，當隨文讀之，方能暢達無礙。

這段話的釋讀要領。而本文的討論，也將依循曾先生所言的精神，就上述列舉的文例，隨文釋讀「敓、敚、祭」三字。

就個人的分析，以為八類文例中的「敓、敚、祭」三字，其實「敓」是本字，「敚、祭」則是由「敓」孳乳的後起字，而「敓」即「祟」字。何以見得呢？從聲韻關係來說，「敓」从示兌聲，上古音屬定紐 *d´-、月部 *-at，「祟」字，《說文》釋形構雖然作「从示出」，但是南唐徐鍇《說文繫傳·通釋》曾言為「出聲」，清代學者如段玉裁、鈕樹玉、王念孫等也都以為應增釋形構為「出亦聲」，[14] 而「出」字上古音屬透紐 *t´-、沒部 *-ət，二者聲紐僅是清濁不同，韻部為旁轉，聲韻關係頗佳。再者，於 4、5「又（有）祭」、「無祭」兩文例中，多數學者均已確認即是「有祟」、「無祟」，「祭」即是「祟」；又在《包山楚簡》第 236 號簡文有作「尚逮瘋、毋又（有）柰」，該書考釋說「柰，讀作祟」，「柰」釋作「祟」，

[14] 參見《說文解字詁林正續合編》卷二 p187～188。

此說正確，蓋「柰」上古韻部屬月部 *-at，與「兌」相同，而與「祟」相近。不僅「柰」與「祟」有聲韻關係，且二字形近互通，如《說文》釋「隸」為从隶柰聲，「隸」下有重文「𩐁」，並云：「篆文隸，从古文之體」，可見「隸」、「𩐁」互為古文、篆文的異體，而「柰」、「祟」互通。由此推知，「祱」即是「祟」，4、5 文例作「祭」或「敓」是異體。「祱」即「祟」，其為名詞的性質，指殃祟。

其次，我們再從 1 例「以其古（故）敓之」觀察，學者不論是作「說」、「脫」、「挩」諸字解釋，大抵都作動詞，有關解除殃祟的意思。個人以為「敓」的本字疑是「祭」，也就是由「祱」再增益「攴」這表示動作的偏旁。在古文字裏，有增加「又」或「攴」的偏旁，以表示動作的情形，例如「魚」，甲骨文作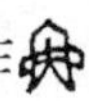《前》1.29.4，為具體的象魚之形，作名詞，另有作《前》5.45.4，為持竿取魚的「䲣」，作動詞，而《周禮·天官·冢宰》有「𩼈人」，即是指「掌管捕魚之官」，因此我們可以推知「祱」指「殃祟」，作名詞，「祭」指「除殃祟」，作動詞。再考《說文·又部》云：「𠭴，楚人謂卜問吉凶曰𠭴，从又持祟」，《說文》

「敹」字，其本義或即是指卜問吉凶以除殃祟的意思。「敓」既是「祟」，「敓」加「攴」的偏旁作「繁」，事實上，個人以為就是「敹」，从攴从又，在古文字裏是相通的。此應可作為上述另一證明。而 1 例「以其古（故）敓之」的「敓」，即是由「繁」省「示」而來，在此是作動詞，指「除殃祟」。

雖然，依形義推知「敓」作名詞，「繁、敓」作動詞，不過由於時空的推移，或書寫者的習慣，我們由形義的推論，容有些許轉變。就以上述 1、4、5 例中，「敓、繁、敓」三字，統計其使用的頻次為：

1：敓 35 次、繁 9 次、敓 2 次。

4：繁 12 次、敓 9 次、敓 6 次。

5：敓 3 次、敓 2 次、繁 1 次。

從這裏我們可以看出在 1 例中，作動詞除殃祟，以「敓」字為主要用法，4、5 例中，作名詞殃祟的意思，以「繁、敓」為主要用法，似乎顯示出楚簡以「敓」與「繁」為名詞，以「敚」為動詞，基本上「祱」、「敚」的詞性，跟前述是一致的，只是「祭」字的詞性，已由動詞移傾向名詞的用法。

依據前面的統計分析，我們再一步地隨文釋讀其餘2、3、6、7、8諸例的情形，或許就可以得到較為一致且合理的解說。就2、3兩例言之，「弄（擧）○○之祭」、「遙（迻）○○之祱」，文例中「○○」是表示如石被裳、郮會（會）、郲羕等巫祝之名，「弄」，《包山楚簡》釋作「擧」，作對舉之意，「遙」即「迻」字，於形義上，個人以為可從。通常2例的形式，是巫祝在進行一次的卜筮祭禱之後，即又隨著舉行以前所曾經進行過的卜筮祭禱事宜，之所以再次舉行，就簡文觀之，大致是由於那一次巫祝祭禱得吉納福，所以再對舉那一次祭禱事宜。因此，「弄（擧）○○之祭」的「祱」字，是指「所曾進行除殃崇的事宜」，在此是作名詞性質。而3例「遙（迻）○○之祱」，「迻」通「移」，或可解釋為移轉，《廣雅・釋詁四》：「移，轉也。」[15]《荀子・王制》：「使相歸移也。」楊倞注：「移，轉也。」[16]為何稱之為「移轉」？因為此文例也如同2例，在巫祝進行一次卜筮祭禱之後，即又隨著舉行以前所曾經進行過的卜筮祭禱事宜，不過，這個文例，都是進行賽禱以報神福，而文例中「敓」字，還是指「所曾進行除殃祟的事宜」。另外，6例「同祭」，由《望山楚簡》第88號簡文：「痼已（以）黃靁習之，同敓。聖王、悊王既賽禱☐」，可知即是同樣進行占卜除殃祟的事宜。

至於7例「由攻敓」，「攻敓」學者多採《周禮・春官・大祝》六祈的「攻說」以釋，應是可從。唯此「攻敓」，包山、天星觀卜筮祭禱簡或作「攻解」，也有一見作「攻敘」，個人以為逕據《周禮》固然可行，但「攻說」的「說」，或許為「敓」的假借字，蓋「敓」為「除殃祟」與「攻解」的「解」，意義相合，而「攻敘」的「敘」，與「敓」皆

[15] 參見徐復主編《廣雅詁林》p287。

[16] 參見王先謙《荀子集解》p320。

是从「攴」為偏旁，而「敘」上古音屬定紐*d´-，魚部 *-a，「敓」上古音屬定紐 *d´-，月部 *-at，二者上古聲紐相同，韻部則是陰陽對轉，聲韻關係十分緊密，可見「攻敘」就是「攻敓」，而簡文作「攻祱」，顯然是「祱」、「敓」互用。最後言及 8 例的「敓非祭祝」，由於這是殘簡，僅此四字，不見上下文，學者多未說解，不過倘依前述，或可推「敓」為除殃祟的意思。

五、結　語

總之，在楚簡中有關祭禱的罷、孱、𧮫、祱、敓、禜幾個固定字詞，就個人上文論證的淺見，以為「罷」字疑讀為「熊」字，楚簡中常見的「罷禱」，即是《周禮》六祈中的「禜禱」；「孱」字即「字」字，與「𧮫」字均為「祠」的假借，也就是得福報賽的「賽禱」；「祱」、「敓」、「禜」三字，則皆與殃祟有關，「祱」字即「祟」字，本義為「殃祟」，「敓」、「禜」二字本義為除殃祟，在楚簡中，雖然彼此互通混用，大抵「祱」、「禜」在簡文中作名詞，「敓」字作動詞。

參考引用書目

于省吾主編 1963，〈「鄂君啟節」考釋〉，載《考古》卷八 p442～447。

1996，《甲骨文字詁林》，北京：中華書局。

王先謙 1891，《荀子集解》，台北：藝文印書館，1973 年。

中國社會科學院考古研究所編 1983，《小屯南地甲骨》，北京：中華書局。

中國社會科學院歷史研究所編 1982，《甲骨文合集》，北京：中華書局。

司馬遷 《史記》，武英殿本廿五史，台北：藝文印書館。

丘雍、陳彭年 1008，《大宋重修廣韻》，影印澤存堂本，台北：聯貫出版社，1975 年。

朱德熙 1995，〈鄂君啟節考釋（八篇）〉，原載《紀念陳寅恪先生誕辰百年學術論文集》，收錄《朱德熙古文字論集》，北京：中華書局，p189～202。

呂振端 1981，《魏三體石經殘字集證》，台北：學海出版社。

周法高主編　1981，《金文詁林》，京都：中文出版社。

段玉裁　1807，《說文解字注》，影印經韻樓版，台北：學海出版社，1982 年。

高鴻縉　1960，《中國字例》，新繕正六版，台北：三民書局，1981 年。

夏　竦　1044，《古文四聲類》，影印碧琳瑯館叢書本，台北：學海出版社，1978 年。

徐　復主編　1992，《廣雅詁林》，江蘇古籍出版社。

馬承源主編　1990，《商周青銅器銘文選》，北京：文物出版社。

殷滌非、羅常銘　1958，〈壽縣出土的「鄂君啟金節」〉，載《文物參考資料》卷四 p8～11。

商承祚　1995，《戰國楚竹簡匯編》，山東：齊魯書社。

商承祚、王貴忱、譚棣華編　1983，《先秦貨幣文編》，北京：書目文獻出版社。

郭沫若　1958，〈關于鄂君啟節的研究〉，載《文物參考資料》卷四 p3～6。

張光裕、袁國華　1992，《包山楚簡文字編》，台北：藝文印書館。

陳新雄　1971，《古音學發微》，台北：文史哲出版社。
1993，〈黃季剛先生及其古音學〉，載《文字聲韻論叢》，台北：東大圖書公司，1994年，p1～46。

曾憲通　1993，〈包山竹筮簡考釋（七篇）〉，載《第二屆中國古文字學術研討會論文集》，香港中文大學，p405～424。

湖北省文物考古研究所　1996，《江陵望山沙塚楚墓》，北京：文物出版社。

湖北省文物考古研究所、北京大學中文系　1995，《望山楚簡》，北京：中華書局。

湖北省荊沙鐵路考古隊　1991，《包山楚簡》，北京：文物出版社。

廣州中山大學古文字學研究室　1997，〈江陵望山一號楚墓竹簡考釋〉，載《戰國楚簡研究》油印本，廣州中山大學，1977年，卷三，p1～40。

鄭　玄注、賈公彥疏　《周禮注疏》，十三經注疏本，台北：藝文印書館，1973年。

鄭　珍　1889，《汗簡箋正》，影印廣雅書局本，台北：廣文書局，1974年。

滕壬生　1995，《楚系簡帛文字編》，湖北教育出版社。

羅福頤　1981，《古璽匯編》，北京：文物出版社二次印刷，1994 年。

　　　　1981，《古璽文編》，北京：文物出版社二次印刷，1994 年。

饒宗頤、曾憲通　1993，《楚地出土文獻三種研究》，北京：中華書局。

饒宗頤　1968，〈楚繒書疏證〉，載《中央研究院歷史語言研究所集刊》40，p1～32。

原刊載於《第三屆國際中國古文字學研討會論文集》，　p579～598，1997 年

郭店緇衣簡字詞補釋

一、前　言

一九九三年，湖北省荊門市郭店一號楚墓，出土一批戰國中期偏晚的竹簡，計 804 枚，13000 餘字，竹簡大部分完好，文字工整清晰，尤其簡文內容豐富，包含以儒道兩家學說為主的古籍，洵為一批十分寶貴的先秦文獻。[1]一九九八年五月，《郭店楚墓竹簡》正式公布於世，[2]其內容包括：《老子》、〈太一生水〉、〈緇衣〉、〈魯穆公問子思〉、〈窮達以時〉、〈五行〉、〈唐虞之道〉、〈忠信之道〉、〈成之聞之〉、〈尊德義〉、〈性自命出〉、

---

[1] 參見湖北省荊門市博物館所撰〈荊門郭店一號楚墓〉一文，《文物》1997：7，p35～48。

[2] 該書由北京文物出版社出版。

〈六德〉、〈語叢〉，其中〈緇衣〉與今本儒家經典《禮記·緇衣》大體相合，頗可相互參校研究。荊門博物館能將該批竹簡於一九九三年底出土之後，迅速整理公布，用心可佩，畢竟 804 枚簡數量頗鉅，短時間內，考釋不易盡達於詳確，個人於喜獲該書之後，隨手翻閱，發現仍多有疑義，尚待深入考釋補充，因此，本文首先以〈緇衣〉篇為範圍，試略補釋，以供學界參考。

二、釋　㫉

《郭店楚墓竹簡》（以下簡稱《郭簡》）〈緇衣〉簡編號 1 號有釋文作：

> 好媺（美）女（如）好茲（緇）衣，亞（惡）亞（惡）女（如）亞（惡）遊（巷）白（伯），則民臧（臧）㫉（它？）而型（刑）不屯。

其中「㫉」原簡作「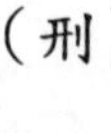」，《郭簡》考釋云：

> **㐌，疑為「它」字異體，亦屢見於包山簡。《禮記·檀弓》「或敢有他志」注：「謂私心」。**

此字的釋讀，裘錫圭先生在審閱該書之時，曾以為「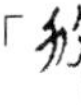」不作「㐌」，「似當釋『攰』」，個人以為裘氏之說是也。且考《包山楚簡》「㐌」字作218、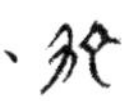221，从它的形體與从攴顯然有別，《郭簡》辨識偶疏。再就其上下文言之，簡文：「則民臧攰，而刑不屯。」「臧」《郭簡》以為「臧」的異體，讀作「藏」，「臧」為「臧」的異體，包山楚簡、楚帛書、先秦古璽都是常見的，所以沒有疑義，只是讀作「藏」，倘與「㐌」複合作「藏它」，譯釋作「隱藏私心」的意思，恐怕不十分貼切。儒家思想的精義，在於內在的感化服膺，而非隱藏私心，所以「臧」讀作「藏」也不可從。個人以為「臧攰」，「臧」釋為「善」，「攰」為「服」的假借。許慎《說文》：「臧，善也。」[3]《爾雅·釋詁》：「臧，善也。」[4] 又「攰」字形構擬作「从攴力聲」，「力」

---

[3] 參見段玉裁《說文解字注》p119，藝文印書館。

[4] 參見郝懿行《爾雅義疏》p24，河洛出版社。

上古音聲母屬來母 *l-，韻母屬職部 *-ək，「服」上古聲母屬並母 *b´-，韻部也屬職部 *-ək，二者聲母不同，韻部相同，屬疊韻假借。[5] 且「臧放」何以釋作「善服」，蓋今本《禮記・緇衣》作：「則爵不瀆而民作愿，刑不試而民咸服。」與〈緇衣〉簡略異，個人以為「民作愿」與「民咸服」正是〈緇衣〉簡的「民臧放（服）」。《說文》：「愿，謹也。」《廣雅・釋詁》：「愿，善也。」[6] 是以「民臧服」即「民善服」，意指百姓謹善而順服。

三、釋　巻

〈緇衣〉簡編號 8 號有字，釋文隸定「巻」，簡文作：

---

[5] 本文上古音系統依據陳師新雄《古音學發微》、〈黃季剛先生及其古音學〉二文。

[6] 前者參見同註 3，p508；後者參見徐復主編《廣雅詁林》p12。

《少（小）頙（雅）》員（云）：「非其止之共唯王巷。」

《郭簡》注云：「以上詩句今本為『匪其止共，惟王之卭』。見於《詩·小雅·巧言》。」該書指出簡文出處，是正確的，但存有部分問題未能深入。其一，簡文引〈小雅〉詩句，句式不同，文字有錯置的可能。今本「之」字在「王」、「卭」之間，《詩經》亦然，而《詩經》多屬四言詩，考〈巧言〉三章云：「君子屢盟，亂是用長；君子信道，亂是用暴；盜言孔甘，亂是用餤；匪其止共，維王之卭。」四言形式非常整齊，是疑簡文錯置。其次，「巷」字是否即今本的「卭」字呢？本文以為應非一字，蓋「巷」應是「恐」之異體。《說文》：「恐，懼也。从心巩聲。志，古文。」「巷」較「志」多「共」的形符，而在音義均能與「恐」相通。「恐」字从心巩聲，「巩」又从工聲。丮，《說文》云：「丮，持也，象手有所丮據也。」且考「共」字，《說文》固釋其形義為：「共，同也。从廿廾。」與「丮」義略遠，然近世學者從早期金文作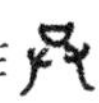，戰國金文作，以為實之變，故《說文》所釋本形本義為

非是。方濬益、郭沫若、商承祚等學者都認為字象兩手捧物之形。[7] 因此「巩」與「共」均有以手捧持物件的意思，其義相通。且「共」與「恐」上古同音，「共」，上古音屬見母 *k- 東部 *-auŋ ，「恐」追究其聲母「工」聲，上古音也是見母 *k- 東部 *-auŋ 。但是「忈」為「恐」的古文異體，「忈」从心工聲，為何「恭」亦从「共」聲也為「恐」的異體，「恭」字同時具有雙聲符，這種情形其實也見於戰國其他文字，例如包山楚簡：「兄」作[illegible]，「㞷」、「兄」兩者皆為聲符；又如中山王譽鼎銘文之「[illegible]」讀為「哉」，「[illegible]」所从「𢆶」與「才」同時為聲符，[8] 因此「恭」與「忈」均為「恐」的異體。簡文「恭」，今本〈緇衣〉與《詩經》均作「邛」，「邛」應為「恐」的假借。今簡文或可暫改作：「非其止共，唯王之恭（恐）」，其文意是指為惡的臣子，不能恭敬誠篤，這只會給君王帶

[7] 參見方濬益《綴遺齋鐘鼎彝器款識考釋》卷二六 p22、郭沫若《金文叢考》p219、商承祚《說文中之古文考》p20～21。

[8] 參見拙作〈楚郲陵君三器銘文試釋〉，《第六屆中國文字學全國學術研討會論文集》p217。

來憂懼。

四、釋　悁

〈緇衣〉簡編號 10 號有字，釋文隸定作「悁」，簡文作：

> 《君舀（牙）》員（云）：「日傛雨，少（小）民隹（惟）日悁；晉冬旨（耆）滄，少（小）民亦隹（惟）日悁。」

又編號 22 號亦有此字，內容作：

> 古（故）君不與少（小）悔（謀）大，則大臣不悁。

「悁」字《郭簡》未多深考，唯注引裘錫圭先生之看法云：「此字應從今本釋作『怨』，字形待考。」另外在《包山楚簡》編號 138 號反面，也有此字作，隸定作「悁」，

簡文作：「又惰不可詳（證）」，[9]《包山楚簡》並未考釋，不知何字。更值得注意的是，在《包山楚簡》與《望山楚簡》中有不少从或作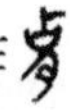的字，如《包山楚簡》「郋」字，見第 92 號簡：「郋陳午之里人藍」，又第 139 號簡反面：「左尹以王命告子郋公」等，[10]「郋」字多作人名或地名。又如望山二號楚墓的遣策中，常見「肙緻」或「絹緻」的詞組，[11]《望山楚簡》考釋說「緻」即「紬」，也就是後代所指稱的「綢」，而「絹」字則疑為从肉甾聲，以「絹」為「緇」，所以釋「肙緻」、「絹緻」為「緇紬」。[12] 此外，滕壬生主編《楚系簡帛文字編》將从「肙」字，均隸釋為「胄」字，所以「肙、絹、郋」三字隸釋作「胄、緭、郿」，個人以為釋「肙、絹」為「緇」，釋「肙」作「胄」均是不正確的看法，裘先生釋「惰」為「怨」，其

---

[9] 參見《包山楚簡》圖版六一。

[10] 同註 9，圖版四〇、圖版六二。

[11] 參見《望山楚簡》p51，第 2 號簡。

[12] 同註 11，p115。

說正確。今考「⿱⺊月」、「⿱⺊肙」實即「肙」字。「⿱⺊月」與「⿱⺊肙」相同，蓋楚系文字中常見从口形符，內加一橫畫的增飾，而又較「肙」增「⺊」的形符，也可視為無義的增飾，我們在包山楚簡或信陽楚簡中，可見「鼎」字作、之形，[13] 所以「⺊」應是增飾。「⿰忄⿱⺊月」既釋讀作「悁」，而「悁」與「怨」實音同義近，考《說文》：「悁，忿也，从心肙聲，一曰憂也。」又云：「怨，恚也，从心夗聲。」二者在意義上可通，且「悁」、「怨」二字上古音皆當屬影母 *ʔ- 元部 *-an ，再者簡文作「悁」、今本作「怨」正可證明二者關係極為密切。

從上面的結論，我們再反觀《包山楚簡》第 138 號反面：「又悁不可誁（證）。」這句話應該是說：「有怨隙的人，在審判時不可為證」，且與下文「同社、同里、同官、不可誁」相銜接，文從字順。而望山二號墓遣策的「⿱⺊月緅」、「絹緅」就是「絹紬（今綢字）」，《說文》云：

---

[13] 參見《包山楚簡》第 254 號簡，又河南省文物研究所《信陽楚墓》圖版一二三，竹簡 2-014 號。

「絹，繒如麥稍色。」段注：「自絹至緅廿三篆，皆言繒帛之色……稍者麥莖也，繒色如麥莖青色也。」[14] 因此「絹紬」意指麥莖青色的繒紬，且望山二號墓遣策文字中，尚有「丹緅」、「紅緅」正可與「絹緅」相對應。行文至此，則「悁」與從「絹、肙」之字，其形音義均可解釋了！

五、釋 

〈緇衣〉簡編號 12 號有字，其簡文作：

> 《寺（詩）》員（云）：「又（有）悳（德）行，四方𢍰（順）之。

《郭簡》於字未隸定，也未考釋，只是注說：「此字今本作『梏』」又說此簡文，也見於《詩・大雅・抑》：「有覺德行，四國順之。」《郭簡》雖已列舉其異文的情形，但未論證其所以然的道理，主要仍在字未能辨識。

---

[14] 參見同註 3，《說文解字注》p656。

個人以為，字應即「共」字，有關「共」字，本文於「釋巷」一節中已有論述，尤其在商周早期青銅器銘文，「共」作、、諸字形；另外，於甲骨文中也有「共」字作續五·五·三、京都四五九，雖然後來「共」已形變作或，其實在戰國璽印文字裡，仍有保存早期寫法的情形，如羅福頤《古璽文編》、《古璽彙編》第 2880 號璽印「共」就作，[15] 今簡文作，二者不同，只是把圓形或方形的部分填實，這在古文字中，是很普遍的情形。況且依上下文而言，「有共德行，四方順之。」可以說是文從字順，「共」此處即是「恭」的假借，這一句可以解釋作：「恭謹誠敬德行的君王，四方的人民都會順服於他。」又今本〈緇衣〉「共」作「梏」，《詩·大雅·抑》作「覺」，個人疑為「恭」的假借，蓋「梏」、「覺」、「恭」上古聲母皆屬見母 *k-，「梏」、「覺」上古韻部皆屬覺部 *-əuk，「恭」則屬東部 *-auŋ，二者是屬於旁對轉的關係，由此可知其聲韻關係頗為密切。

---

[15] 參見羅福頤《古璽文編》p61、及其《古璽彙編》p274。

六、釋　賰

〈緇衣〉簡編號 13 號有字，釋文隸定作賰，並以為讀作「賴」，簡文作：

一人又（有）慶，墧（萬）民賰（賴）之。

該簡文見於今本〈緇衣〉與《尚書・呂刑》，內容均作：「一人有慶，兆民賴之。」[16] 文中「兆」與「萬」雖文字有別，但是都是代表「眾多」含意，文意並無不同。而《郭簡》釋「賰」讀為「賴」，這也是正確無疑義，不過沒有解釋「賰」何以讀作「賴」的道理，今為之補述。考「賴」詞義，《說文》云：「賴，贏也，从貝剌聲。」而於此應作「恃賴」、「依恃」的意思。《廣雅・釋詁》即云：「賴，恃也。」[17] 《廣韻》亦云：「賴，恃也。」《說文》云：「恃，賴也。」所以這句話是說：君主一人有美德，千千

[16] 前者參見《禮記注疏》p928、後者參見《尚書注疏》p300。

[17] 參見徐復主編《廣雅詁林》p274。

萬萬的人民都得以恃賴他，得到他的恩惠。而「贎」字，《說文》云：「贎，貨也。从貝萬聲。」從詞義可知「贎」與「賴」無關聯，但從聲韻的關係考知，「贎」為「賴」的假借。「贎」上古聲母屬明母 *-m，韻部屬月部 *-at；「賴」上古聲母屬來母 *l-，韻部屬月部 *-at，二者上古韻部完全相同，聲母雖然不同，但從複聲母的學說來看，它們應該都是來自複聲母 *ml-，因此也可以視為聲母相同。況且《集韻》「贎」字讀音除了有「無販切」上古屬明母的切語外，尚有「落蓋切」上古屬來母的異讀，更可證明「贎」與「賴」上古複聲母相同。因此「贎」讀作「賴」應是同音通假的關係。

七、釋 ⿸虍京

〈緇衣〉簡編號 16 號有字，隸定作⿸虍京，釋讀作虩，簡文云：

> 《寺（詩）》員（云）：「⿸虍京（虩）⿸虍京（虩）帀（師）尹，民具尔贍（瞻）。」

有關「虗」字的考釋，《郭簡》云：

> **虗，簡文从「虍」从「虗」省，與「虩」一字。其所从之「㡿」與《汗簡》「隙」之㡿形似，僅省去上部之「小」。與簡文相同的字形亦見於包山楚簡第 180 號。「虩虩」，今本作「赫赫」。**

其考證頗為可信，且西周與春秋金文「虩」字作毛公鼎、秦公簋，字形亦可與簡文跟《汗簡》相映合。「虩虩」之意，《說文》云：「虩，《易·履》虎尾虩虩。虩虩，恐懼也。」而今本「虩虩」作「赫赫」，赫赫為顯盛貌，蓋指師尹之地位顯盛，故知簡文「虩虩」不是「恐懼」的意思。考「虩」與「赫」，二字上古音皆屬曉母 *X- 鐸部 *-ak，聲韻全同，是知「虩虩」為「赫赫」之假借，當亦作「顯盛」的意思。

八、釋　㦴

《郭簡》編號 19、43 號有㦴字，隸定作「㦴」，並以為假借作「仇」，第 19 號簡文作：

執我戟（仇）戟（仇），亦不我力。

第 43 號簡文作：

《寺（詩）》員（云）：「君子好戟（逑）」。

《郭簡》依據今本《詩經》，讀「戟」為「逑」，這個論證的方向，基本上是正確的，但是將戟釋為「考」，甚至將《包山楚簡》第 138 號反面簡文所作戟也釋為「考」則值得商榷。裘錫圭先生即懷疑此字「似不从『考』」。《包山楚簡》釋為「來」，個人以為《包山楚簡》所釋為是。就字形而言，裘氏懷疑它不从「考」是有道理的，主要是在「考」的寫法。《包山》、《郭簡》所以、的形符，其下面「十」的部件，跟戰國時期「丂」多作「、」，豎筆不出頭的寫法，顯然不同，這裡部件豎筆出了頭，就應該不是「丂」，字不从「丂」就不是「考」字。

且《包山楚簡》釋𢧵為「𢦒」，讀如來，[18] 從字形與上下文意都可以說得通。考天星觀卜筮祭禱簡文有：「從十月以至來戠之月」的「來」字作之形，[19] 我們可以看出、二者只是偏旁从戈从止的差異，餘相同的就是「來」的形體。至於从戈从止，這在楚簡中是常添增的偏旁，並不影響字義。又從《包山楚簡》138 號反面簡文：「由𡲇之𢦒敘於𡲇之所誁，與其𢦒，又悁（怨）不可誁。」的上下文意觀之，此處「𢦒」讀如「來」也能通達無滯。也就是由𡲇他來述說事情於𡲇的處所，以作為呈堂證詞。因此，我們認為「𢦒」可釋為「來」，而今本《詩經》「𢦒𢦒」作為「仇仇」，則為假借。「𢦒」上古聲母屬來母 *l-韻部屬之部 *-ə，「仇」上古聲母屬匣母 *ɣ-，韻部屬幽部 *-əu，聲母不同，但韻部屬主要元音相同韻尾不同的旁轉，聲韻仍可稱為相近。

---

[18] 同註 9，p49。

[19] 參見滕壬生主編《楚系簡帛文字編》p423。

九、釋 

《郭簡》編號 22 號有：「公之寡（顧）命」篇名，字並未隸定，也沒有考釋，但在注釋中並陳鄭玄「葉公之顧命」與孫希旦「祭公之顧命」二書，並未論斷，個人疑即「晉」字。考甲骨文「晉」字作拾一三·一、金文作周姬毀fa、春秋·晉公簋，晉侯馬盟書則作一五六：一、六七：四、一六：三，此外滕壬生《楚系簡帛文字編》指望山楚簡二號墓編號 23 號簡中之即「晉」字，從這些字形的演變，我們可以看出在侯馬盟書裡，這「晉」字形上部「至」的筆劃有拉直分書的情形，而望山簡的情形更為明顯，因此個人推斷為「晉」字。且簡文云：

> 晉公之寡（顧）命員（云）：「毋以少（小）悔（謀）敗大惰（作），毋以卑（嬖）育御息（塞）妝（莊）句（后），毋以卑（嬖）士息（塞）大夫、卿事（士）。

今《逸周書·祭公》的內容，與簡文相較，除了句子先後略異外，大致相同，其內容作：

汝與以嬖御固莊后，汝無以小謀敗大作，汝無以嬖御士疾大夫卿士。[20]

莊述祖《尚書記》以為本篇名為〈祭公〉，就是〈祭公之顧命〉。其要者是祭公謀父，為周公之孫，穆王時，祭公以老臣當國，告以懿德守位之道。而《禮記．緇衣》以為「葉公」，蓋字之誤。[21] 又「晉」字的上古音讀屬精母 *ts-，真部 *-ɐn，「祭」屬精母 *ts-，月部 *-at，二者是聲母相同，韻部為旁對轉的關係，因此「晉」應為「祭」的假借。總之，簡文「晉公之顧命」，如孫希旦《禮記集解》所說，就是《逸周書》裡「祭公之顧命」。

十、釋　𣏟

《郭簡》編號 26 號有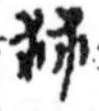字，隸定作𣏟，未有考釋，

---

[20] 參見黃懷信、張懋鎔、田旭東《逸周書彙校集注》p1000～1001。

[21] 同註 20，p985。

其簡文作：

> **《寺（詩）》員（云）：「虘（吾）大夫共戲贛，𣏟人不斂。」**

《郭簡》注稱此為逸詩，並引裘錫圭先生說，第一句疑當讀為「吾大夫共且儉」。考「𣏟」字，《說文》：「𣏟，葩之總名也。𣏟之為言微也，微纖為功，象形。」段注引《春秋說題辭》作「麻之為言微也」，而認為「𣏟麻古蓋同字」。[22] 總之，𣏟屬麻類，可以續治為麻縷。又《說文》云：「麻，枲也，从𣏟从广，𣏟人所治也，在屋下。」由此可知續治麻縷的人，即是「𣏟人」。又考《孟子·滕文公下》：「彼身織屨，妻辟纑以易之。」漢趙歧注云：「緝績其麻曰辟，練其麻曰纑。」[23] 朱駿聲《說文通訓定聲》認為「辟」是「𣏟」的假借。[24] 因此「𣏟人」是續治麻縷

---

[22] 同註 3，p339。

[23] 參見《孟子注疏》p119。

[24] 參見朱駿聲《說文通訓定聲》p567。

的人，又借作「辟人」。今簡文「秫人不斂」，承上文「吾大夫恭且儉」，應可解釋作：吾國大夫都能恭敬而且簡樸，則國家富盛，窮賤如績治麻縷的這般百姓，就可以不必賦斂，看來是可以通達文意。

十一、結　語

本文僅就郭沫若郭店緇衣簡裡，放、惎、情、、贎、虞、栽、、秫這九個字詞進行考釋，其或已釋讀但未言其故，或不夠詳盡者，則為之補釋。或僅隸定，未予考釋，或未隸定未考釋者，則為之論證音讀。由於〈緇衣〉篇見載於今本《禮記》，因此釋讀比較有迹可循，不過今本畢竟流傳久遠，輾轉傳抄，不免有疵，所以循迹論證之間，必須謹慎辨明。本文初取上述九字補釋，但仍有許多可以討論，猶待來日再逐一論述。

參考引用書目

丁　度　1039，《集韻》，1986，學海出版社影述古堂影宋鈔本，台北。

山西省文物工作委員會　1976，《侯馬盟書》，文物出版社，北京。

方濬益　《綴遺齋鐘鼎彝器款識考釋》，1935，商務印書館，上海。

孔仲溫　1995，〈楚𨜒陵君三器銘文試釋〉，《第六屆中國文字學全國學術研討會論文集》p213~226。

孔穎達正義　642，《尚書正義》，1973，藝文印書館十三注疏本，台北。

642，《禮記正義》，1973，藝文印書館十三注疏本，台北。

朱駿聲　1833，《說文通訓定聲》，1975，藝文印書館，台北。

周祖謨　1950，《方言校箋》，1993 再版，中華書局，北京。

河南省文物研究所 1986，《信陽楚墓》，文物出版社，北京。

段玉裁 1807，《說文解字注》，1974，藝文印書館影經韻樓藏板，台北。

孫　奭正義 《孟子正義》，1973，藝文印書館十三注疏本，台北。

容　庚 1985，《金文編》，1992，中華書局，北京。

徐　復主編 1992，《廣雅詁林》，江蘇古籍出版社，上海。

郝懿行 《爾雅義疏》，1974，河洛出版社影沛上重刊本，台北。

高　明 1980，《古文字類編》，1986，大通書局，台北。

陳新雄 1971，《古音學發微》，文史哲出版社，台北。

1972，〈黃季剛先生及其古音學〉，1994，《文字聲韻論叢》p1～46，東大圖書公司，台北。

郭沫若 1954，《金文叢考》，人民出版社，北京。

商承祚 1979，《說文中之古文考》，學海出版社，台北。

湖北省文物考古研究所、北京大學中文系 1995，《望山楚簡》，中華書局，北京。

湖北省荊沙鐵路考古隊 1991，《包山楚簡》，文物出版社，北京。

湖北荊門市博物館 1997，〈荊門郭店一號楚墓〉，《文物》7，p35～48。

1998，《郭店楚墓竹簡》，文物出版社，北京。

黃懷信、張懋鎔、田旭東 1995，《逸周書彙校集注》，上海古籍出版社，上海。

滕壬生 1995，《楚系簡帛文字編》，湖北教育出版社，武漢。

羅福頤 1981，《古璽文編》，1994 二版，文物出版社，北京。

1982，《古璽彙編》，1994 二版，文物出版社，北京。

＊本論文曾蒙許師錟輝指正，特此致謝！

原發表於「國立中山大學中文系學術討論會」，1998 年

／刊載於《徐文珊教授百歲冥誕紀念論文集》，p299～311，文史哲出版社，1999 年

大陸簡化字「同音代替」之商榷

大陸於一九六四年公布修訂版的《簡化字總表》，共有簡化字 2,238 字，及 14 個簡化偏旁。這簡化字依王顯〈略談漢字的簡化方法和簡化歷史〉一文分析，有十種簡化方法。[1] 其中「同音代替」是十分重要的一種。

所謂「同音代替」，王氏指出例如「乾」作「干」、「個」作「个」、「副」作「付」等，都是用跟原字同音的現在通用字來代替它們的。它也包括如「份」作「分」、「伙」作「火」的「同聲符代替」。個人以為「同音代替」固然可以涵蓋「同聲符代替」，但是「同聲符」跟「不同聲符」二者，畢竟仍有其差異，本文僅就王氏所指前者不

---

[1] 參見王顯〈略談漢字的簡化方法和簡化歷史〉，《中國語文》1955：4，p21～23。

同聲符的部分討論。

推溯「同音代替」，原即是文字學六書理論中的「假借」。假借的起源甚早，在殷商甲骨文裡，就十分普遍。假借其本始於「本無其字，依聲託事」。但隨時代環境的變遷，表音觀念的發展，既有本字，卻不寫本字，而透過聲音的關係，使用假借字，這種假借，又稱為「同音通假」，正是「同音代替」。同音代替的運用，在周朝是很常見的。例如《孟子·離婁下》云：「蚤起，施從良人之所之」的「蚤」，為「早」的假借，這「蚤」跟「早」完全沒有任何意義上的關聯，純粹是同音代替。又如近來出土的戰國郭店楚墓竹簡，其中〈緇衣〉篇裡，「詩云」則多作「寺員」，這「云」跟「員」也沒有意義的關聯，也是同音代替。不過，上述的例子，我們可以看出，這樣的同音代替，並不是為了簡化字形，因為，它們比本字的筆畫還要多一些。

但後世一些俗寫文字，使用同音代替的方式，則有簡化文字形體的目的，如宋元小說裡，「個」作「个」、「義」

作「乂」、「後」作「后」、「教」作「交」等。[2] 現今大陸推動同音代替的簡化字，可以說正是繼承這個俗簡的觀念而來的。

但是用同音代替的方式，所生成的簡化字，雖然有些已見用於前代民間，究竟適不適合遴取以為簡化字，這是值得商榷。個人以為「同音代替」實非理想的簡化方法，茲析論理由如下：

一、失去由形見義的漢字特質

漢字是以形聲結構為主的文字，形聲字約佔漢字的80% 以上，其餘的則屬象形、指事、會意的表意結構。表意結構自然可由形見義，而形聲呢？形聲字雖然是半主形、半主聲，我們姑且不論清儒所言「形聲多兼會意」的理論，其實形聲字的形符，也是同樣具有表意的功能。可

[2] 參見劉復、李家瑞《宋元以來俗字譜》所載，文海出版社，1978，台北。

是經「同音代替」之後，這表意的功能就消失了。例如「�」的本義是指通道，所謂「要衝」、「衝口」都是從本義而來。「衝」字从「行」，正是道路的意思，由形見義，但改以「沖」代「衝」，我們無法從「沖」的字形看出通道的意義，失去漢字由形見義的特質。又如「葉」的本義是指草木的葉子，从艸枼聲。但以代替方式作「叶」，實在看不出跟草木的葉子，有任何形義上的關聯。又如「鬥」字，其本形本義正象二人爭鬥之形，用「斗」來代替，又哪裡有爭鬥的痕跡呢？諸如此類，同音代替已完全失去漢字由形見義的基本特質。

二、增加同音字在詞義上的負擔

漢字是屬於單音節（monosyllabic）的字音結構，所以整個字音系統，大約是 1,300 組讀音，因此同音字特別多。今日大陸簡化字把很多原本已是常用字，用筆畫更簡單的常用字來同音代替，造成同音字在詞義辨別上的負擔沉重，也經常產生詞義辨識上的混淆。例如「后」既是「皇后」的常用字，又同音代替作為常用字「後面」的「後」字，論「後」的筆畫不過九畫，筆畫數不算多，也只比「后」字多三畫，但是簡化之後，容易造成混淆。例如倘若公車上的標語寫著：「酒后不開車」，那容易誤會成皇后的「后」，那「酒王」就可以開車了。還有如果行文作「康熙后」，究竟是指「康熙皇后」呢？還是「康熙以後」，這就是以常用字來同音代替容易混淆的緣故。也許說者會提出「后」借作「後」早見於先秦典籍《大學》裡，而宋元俗字裡也有「後」俗作「后」的情形，有歷史淵源。但是我們必須了解，在古代雖然偶爾代用，畢竟不曾認定為正字，換句話說，並非真正約定成俗的用法，因此，如今代用起來，就易生困擾。其他類此容易混淆的代用例子很多。如「薑」同音代替作「姜」，在台灣有一道冬令進補的佳餚叫「薑母鴨」，簡化作「姜母鴨」，那就不知如何來解釋這「姜母」這語詞了。其他如「醜」同音代替作「丑」，那「小醜鴨變美天鵝」的故事，簡化成「小丑」，又該如何來述說這故事的主人翁呢？又「穀」同音代替作「谷」，那「五穀豐登」跟「五谷豐登」又當如何區別是「穀子」不是「山谷」呢？又如「彆」同音代替作「別」，我們說彆氣「彆了好一陣子」，當簡化作「別了好一陣子」，實在也不容易辨別清楚，「別」是作「彆忍」呢？還是作「分別」呢？又如「鬥」的筆畫也不算多，也同音代替作「斗」，我們且說「爭鬥」，簡化成「爭斗」後，就混淆了「爭斗」、「爭鬥」的詞義。諸如此類，一個常用字去同音代替另外一個常用字，增加了這常用字的負擔，它同時肩負兩個常用字的詞義，極容易發生認知上的困擾。

三、簡化字不易對應繁體字

大陸實施簡化字之後，由於事實上的需要，在古籍、書法藝術等，仍然保留傳統的繁體字系統。其實多一套文字系統，本身就是繁化，而非簡化。尤其目前大陸文史科系學生於文字的識讀，是自幼先學簡化字，進大學之後，為了能面對古籍，再學繁體字，但是如前所述，同音代替的簡化字，詞義的負擔很重，當由簡化字反溯學習繁體字時，無法準確地對應，容易發生「歧路亡羊」的困境。我們且列同音代替繁體字與簡化字對應形式如下：

衝沖＞沖、　薑姜＞姜、　鬥斗＞斗、　後后＞后、

醜丑＞丑、　穀谷＞谷、　彆別＞別、　齣出＞出、

疊迭＞迭、　隻祇＞只、　蔔卜＞卜、　乾干＞干、

副付＞付、　韆千＞千、　個个＞个、　幾几＞几、

黴霉＞霉、　葉叶＞叶、　傑杰＞杰、　鬱郁＞郁、

纔才＞才。

像這樣兩字合併成一個字，反溯成繁體字時，不容易掌握對應的詞義。例如「七出」一詞，究竟是指「古禮七出之條」呢？還是「七齣戲劇」呢？實在很費斟酌，弄得

不對，古書上的意思全錯解了！又如「交付縣長」，是「交給副縣長」呢？還是「交付給縣長」呢？的確不容易辨別。

四、同音代替簡化字未必皆「同音」

前面小節裡所載列同音代替簡化字，從國語的讀音來看，大多符合「同音」的代替原則，但是也有不符合「同音」的情形。例如「鬥」讀作「ㄉㄡˋ」，「斗」讀作「ㄉㄡˇ」，有聲調四聲與三聲的不同；又如「蔔」讀作「ㄅㄛˊ」或輕聲作「ㄅㄛ˙」，而「卜」讀作「ㄅㄨˇ」，其韻與調都不相同；又如「葉」讀作「ㄧㄝˋ」，「叶」讀作「ㄒㄧㄝˊ」，聲母、聲調也不相同，顯然「同音代替」的例子裡，仍有不同音的情形，這樣語音上不完全同音，作為代替自然不能算是標準無疑了。

五、未考慮群眾的避忌心理

在同音代替中，「黴」簡化為「霉」，個人以為並不符合群眾避忌心理。雖說「黴」與「霉」在詞義上有些關聯，然今日「霉」多少有表示不好、不吉利的意思，像「發霉」、「倒霉」。而對於「黴」的詞義，則傾向跟生物、醫學有關，如「黴菌」、「黴素」，是屬較中性的名詞，甚至如「黴素」是具醫療功效，能治癒病症，有好的意涵。今以「黴」簡化作「霉」，顯然會犯了一般人心理上的忌諱。試想，人生病已經夠苦痛了，再給他用「霉素」來治療，感覺挺倒霉的，所以不符合群眾的避忌心理。

個人以為在簡化字的十種簡化方法裡，同音代替是最不理想的簡化方式。它忽略了漢字單音節的特質，因此極容易造成詞義辨識上的混淆。本文就《簡化字總表》裡少數幾個同音代替的簡化字例，就推求出它所衍生的各種缺點。而大陸於一九七七年又進一步公布《第二次漢字簡化方案（草案）》（以下簡稱《二簡》），更大量地採用同音字代替和異體字的方法，總共用此簡了 262 字，是《漢字簡化字方案》的 10 倍以上，《漢字簡化方案》的同音代替簡化字就有那麼多的問題，很難解決，如今《二簡》又增加如此地多，所要面對的問題必然更為艱難，無怪乎《二簡》在公布的第二年，便宣佈暫停使用。後來王力先生在檢討《二簡》的缺點時，就特別提出「不要濫用同音代替」，這是正確的看法。其實總結一個理由，還是不能違反漢字單音節的特質，否則會造成詞義系統的混淆。如今《漢字簡化方案》已實施多年，同音代替的簡化字問題仍然存在，未來實有必要再加以整理、刪汰才好。

原刊載於《第五屆國際漢字研討會論文集》， p249～255，1998 年

郭店緇衣簡字詞再補釋

一、前　言

一九九三年在湖北荊門出土郭店楚簡一批，這是近年地下出土先秦竹簡當中，極為重要的一批。去年五月《郭店楚墓竹簡》（以下簡稱《郭簡》）正式公布，[1] 個人於十月曾就此發表〈郭店緇衣簡字詞補釋〉一文，[2] 補釋《郭簡》〈緇衣〉篇中，其考釋猶有疑義者，有敓、巷、情、、賻、虘、戕、、林九字。然拙文仍未能盡釋存有疑義者，今踵繼前文，再撰補釋。

[1] 參見荊門市博物館《郭店楚墓竹簡》，1998，文物出版社，北京。

[2] 發表於中山大學第 73 次學術討論會。

二、釋　緡

〈緇衣〉第 29 號簡有字，釋文隸定作「紶」，簡文作：

> 子曰：王言女（如）絲，其出女（如）紶；王言女（如）索，其出女（如）緈（紼）。

《郭簡》未對釋文「紶」多所解釋，僅說是今本作「綸」，但其下引述裘錫圭先生的看法：

> 此字可能應釋作「緍」，即「緡」。「緡」與「綸」都可當釣魚的絲繩講，《緇衣》鄭注解「綸」為「綬」，似非。

個人以為簡文字形作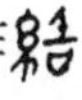，《郭簡》隸定作「紶」，看似可行的，不過，如果以其他的竹簡仔細比對，應以裘氏所釋為是。考《郭簡》〈老子〉丙本第 3 號簡有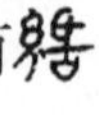，簡文作：

六新（親）不和，安有孝斈（慈）。邦豪（家）緍（昏）□䍃又（有）正臣。

又《郭簡》〈六德〉第 38 號簡有，簡文作：

其返（反），夫不夫，婦不婦，父不父，子不子，君不君，臣不臣，緍（昏）所繇（由）迮（作）也。

二字形構與〈緇衣〉是相契合的，只不過在、、這部件上，有點畫上的區別而已。且考「緍」字義，《說文・糸部》：「緍，釣魚繁也，从糸昏聲。」《爾雅・釋言》：「緍，綸也。」《詩經・召南・何彼襛矣》：「其釣維何？維絲伊緍。」《毛傳》：「緍，綸也。」又《類篇・糸部》：「緍」或作「緡」。由此可知，「緍」即是「緡」，為釣魚所用的綸繩，而今本《禮記・緇衣》云：「王言如絲，其出如綸。」正與「緍」義完全符合，因此裘氏之說，實可據信。所以個人「」可釋讀作「緍」，較能符合形義。

三、釋　流

〈緇衣〉第 30 號簡有字，《郭簡》釋文作「流」，其簡文原作：

> 古（故）大人不昌（倡）流。

今本《禮記 · 緇衣》作「故大人不倡游言」，「流」上古音屬來母 *l- 幽部 *-əu，「游」定母 *d´- 幽部 *-əu，二者音近而意義相通。唯簡文「流」下無「言」字，《郭簡》注云簡本脫「言」字。大體上《郭簡》所釋無誤，只是字右半的形符，頗似戰國文字「虫」的寫法，而何以釋讀作「流」，並未進一步說明。

檢視《郭簡》的其他篇章，多有作者，如〈成之聞之〉第 11、14 號簡，〈尊德義〉第 28、31 號簡，〈性自命出〉第 46 號簡，〈語叢（四）〉第 7 號簡，依上下文判讀，也都確定是「流」字，可見得是郭店竹簡裡

一個習慣的寫法。更有趣的是〈唐虞之道〉第 7、17 號簡，也有「流」字，形作，與上述諸簡寫法略有不同，但比較接近「流」字本有的寫法。

考「流」字最早見於《石鼓文·霝雨》，作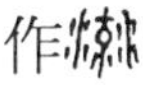，[3]《說文·林部》云：「，水行也。从林㐬，㐬，突忽也。，篆文从水。」石鼓文承襲籀文系統，形體繁重以从林，而的形符，應是時代最早的寫法。至戰國中期偏晚的中山胤嗣𧊒壺銘文裡，「流」字作，「㐬」的形體略變，即的形符之下，左右分增飾筆作，而下的也形變作，張政烺〈中山國胤嗣好𧊒壺釋文〉一文言該字「筆畫詭變，不能以六書繩之，然就文義看確是流字無疑。」[4] 而郭店竹簡的年代與中山胤嗣𧊒壺的年代差不多，而「㐬」字的寫法，也有部分相似的地方。另外在戰國陶文裡，「流」字作3.1334，[5] 這個字形就更接近郭店竹簡的

[3] 參見郭沫若《石鼓文研究》p182，附先鋒本拓本。

[4] 參見《古文字研究》第一輯 p244。

[5] 參見高明、葛英會編著《古陶文字徵》p142。

寫法了。再檢郭忠恕《汗簡》「流」字也有作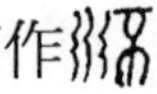，[6] 夏竦《古文四聲韻》引《古尚書》、王惟恭《黃庭經》則作，[7] 顯然二書所引古文，「㐬」字又略變似「不」字，所以清鄭珍《汗簡箋正》云：「隸變㐬作、、、、等形，與不字似，而非不也。」[8] 且考漢初馬王堆帛書老子，「流」字作甲四八、乙前九九上，[9] 漢代碑刻作祀三公山碑、韓勑碑，[10] 由此可見漢代「㐬」字的形符，仍有保留戰國古文的寫法，似「不」的形構，是從訛變而來。總之，郭店竹簡「流」作，應屬較早的寫法，作則是郭簡當代習慣的形變寫法，最後，我們把上述字形的衍變作如下表示：

[6] 參見《汗簡箋正》卷五 p418。

[7] 參見《古文四聲韻》卷二 p123。

[8] 同註 6。

[9] 參見漢語大字典字形組編《秦漢魏晉篆隸字形表》p818。

[10] 同註 9；又參見秦公、劉大新《廣碑別字》p149。

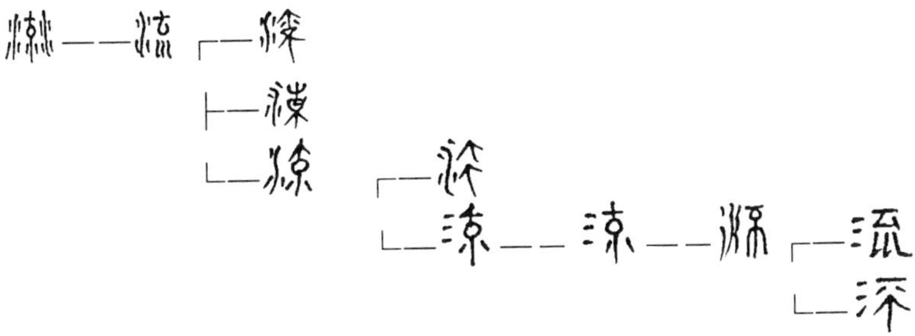

四、釋　巠

在〈緇衣〉第 26 號簡，有字，《郭簡》釋作「巠」，其簡文作：

> **《呂型（刑）》員（云）：「非甬（用）巠，折（制）以型（刑），隹（惟）乍（作）五𧇾（虐）之型（刑）曰法。」**

《郭簡》的釋讀是正確的，不過，在注文裡卻說：「本句今本引作『苗民匪用命』，《尚書‧呂刑》作『苗民弗用靈』。巠，此處不知用為何義。」雖然同樣的一句話，三種文獻有「命」、「靈」、「臸」不同的異文，如何去疏解，《郭簡》暫付厥如。考「臸」字，《說文·至部》：「臸，到也，从二至。」又云：「到，至也。」段玉裁於「臸」下注：「會意，至亦聲。」[11] 由此可推知「臸」、「至」音義相同。又周師湯父鼎銘文有「臸」作，孫詒讓《古籀餘論》曾疑為「晉」之省文，而假借為「箭」，[12] 郭沫若《兩周金文辭大系考釋》也從孫氏之說，[13] 然而商周「晉」字形體多作拾一三·一、姬簋、鄂君啟節、侯馬盟書一八五·七，與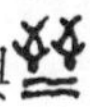實在有別，恐不宜逕視之為省文，陳夢家《西周銅器斷代·師湯父鼎》則釋作「臺」，以為通「遷、䮊」，而讀為「志」；[14] 日人白川靜《金文通釋》

---

[11] 參見《說文解字注》p591。

[12] 參見《古籀餘論》卷三 p9～10。

[13] 參見該書 p71，臺灣大通書局翻印該書，稱之為《周代金文圖錄及釋文》（第三冊）。

[14] 參見陳夢家《西周銅器斷代（六）》，原載《考古學報》第十四冊，後收入《金文論文選》第一輯。

進而引《爾雅·釋器》以為「志」即「骨鏃」，[15] 二者殆皆可從。另外《汗簡》與《古文四聲韻》皆有、，言出自《字略》，且釋作「日」，鄭珍《汗簡箋正》以為釋「日」非是，蓋「臸」讀「人質切」與「馹」同音，而借作「遷」。[16] 考「臸」《廣韻》有「人質切」、「止而切」二音，《集韻》有「人質切」、「竹力切」讀音，且《春秋元命苞》：「醜臸臸，言讕讕。」注：「臸，音臻，至也。」是以段玉裁以為「臸」字會意兼聲，是有根據的。因此郭店楚簡的「臸」即「至」，為形體重複的寫法。

既然「臸」為「至」，而「命」、「靈」、「臸」這三異文如何解釋呢？今本《禮記》作「苗民匪用命」鄭注：「匪，非也，命謂政令也。高辛氏之末，諸侯有三苗者作亂，其治民不用政令，專制御之以嚴刑，乃作五虐蚩尤之刑，以是為法。」孔疏：「言苗民匪用命者，命謂政令，

---

[15] 參見張世超《金文形義通釋》p2742～2743 所引。

[16] 同註 6，p440；同註 7，p294。

言苗氏為君，非用政令以教於下。」[17] 此釋「命」為「政令」，實有可商之處。而《尚書 · 呂刑》作「苗民弗用靈，制以刑，惟作五虐之刑曰法。」孔傳：「三苗之君，習蚩尤之惡，不用善化民，而制以重刑，惟為五虐之刑，自謂得法。」孔疏：「至於高辛氏之末，又有三苗之國君習蚩尤之惡，不肯用善化民，而更制重法，惟作五虐之刑，乃言曰此得法也。」[18] 此「靈」字，孔安國釋為「善」，指善政的意思，個人以為此說正確，孔穎達此亦從孔安國說而疏解；然相同的文句，孔穎達各從所注而異其疏，蓋注疏家「疏不破注」的原則，無可厚非。但何以「靈」釋為「善」則是？「命」釋為「政令」則非呢？其實郭店竹簡的「致」字，正可為我們解釋。蓋「致」即「至」，至，善也。《周禮 · 考工記 · 弓人》：「覆之而角至」注：「至，猶善也。」[19] 《管子 · 法法》：「夫至用民者」，注：「至，

[17] 參見《禮記注疏》p297～298。

[18] 參見《尚書注疏》p296～297。

[19] 參見《周禮注疏》p663。

善也。」[20] 尤其，《孔子家語·刑政》：「至政無所用刑，成康之世是也，信乎。」[21] 此句意與〈緇衣〉、〈呂刑〉正相映合，更可證明簡本「䢓」為「至」，指「善政」的意思。今本〈緇衣〉作「匪用命」其實並不難疏解，因為在古文字裡，「命」、「令」形音義本是相通，而此處「命」字不當從「政令」解釋，而應釋「令」為「善」的意思。《爾雅·釋詁》：「令，善也。」[22] 所以今本《禮記·緇衣》作「命」、《尚書·呂刑》作「靈」、簡本作「䢓」，其意義都釋為「善」，指善政的意思。

五、釋　褱

《郭簡》編號 41 號簡有字，釋文作臺。從字形上看，隸定作臺似乎沒錯，但是我們從簡文的上下文通讀來

---

[20] 參見《管子校正》p90。

[21] 參見《孔子家語》p505。

[22] 參見郝懿行《爾雅義疏》p24。

看，這個字是頗有問題的，簡文作：

> 子曰：厶（私）惠不壞悳（德），君子不自窗（留）女〈安（焉）〉。

在這裡作「壞」字，該如何解釋呢？實在不容易疏解，而《郭簡》也沒有片言隻字的說明，個人認為有深入討論的必要。

我們首先且分析「壞」字，「壞」應即「褭」，「土」的形符為增飾。在《郭簡》中，加「土」曾飾的情形相當普遍，例如「難」作「𡐦」老子甲·15、「隨」作「墮」老子甲·16、「播」作「𡊄」五行·32、「萬」作「𡑒」老子丙·13，因此，「壞」為「褭」增飾的異體，是可確定的。而考「褭」的詞義，《說文·衣部》：「褭，以組帶馬也。从衣从馬。」段注：「按於本義引申之，因以為馬名，要褭，古之駿馬也。」[23] 其本義、引申義都是跟馬相關，若從這點來通讀簡文，顯然是扞格難讀。又今本〈緇衣〉作：「子曰：私

[23] 同註 11，p401。

惠不歸德，君子不自留焉。」二文所不同者，僅在「褭」與「歸」這二異文上，其音義也是相去甚遠。其實個人認為簡文的「褭」是個訛誤字，蓋為「褱」字的形訛。竹簡為書手所寫，輾轉傳抄，儘管郭店楚簡的文字工整秀妍，但書寫之間，仍難免錯漏。例如前文〈釋流〉一節中，簡本「流」下，依今本觀之，脫漏「言」字，這就是一個很好的例證。而本文所以懷疑「褭」為「褱」的形訛，所持理由有二：

1·「褭、褱」形體相似，形近而訛。檢古文字「褭」字的寫法，除了郭店竹簡之外，在《包山楚簡》裡也有作2.72、2.119反；[24] 而「褱」字，周金文作牆盤、毛公鼎、裘鼎，[25] 戰國璽印作1654，[26] 尤其值得注意的是睡虎地秦簡中的「懷」字寫作五〇九三、日書、甲、七八四反，

[24] 參見《包山楚簡》圖版三二、五二，該書前者釋文作「被」，後者未釋；滕壬生《楚系簡帛文字編》釋成「褭」，依形體觀之，可從。

[25] 參見高明《古文字類編》p255。

[26] 參見羅福頤《古璽文編》p217。

[27]所从「褱」的聲符，特別是前一個字形，跟郭店竹簡、包山竹簡「褱」的寫法，更為形似，因此形近而訛，是極有可能的。

2·「褱」的詞義能順當地疏解簡本上下文，並與今本相合。「褱」《說文·衣部》：「褱，俠也，从衣眔聲。」段注：「俠，當作夾，轉寫之誤。〈亦部〉曰：『夾，盜竊褱物也，从亦有所持，俗謂蔽人俾夾是也。』腋有所持，褱藏之義也。在衣曰褱，在手曰握，今人用懷挾字，古作褱夾。」[28]由此可知，「褱」與「懷」為古今字，「褱」就是「懷藏」的意思。而依簡文的內容，此處「褱、懷」詞義當由懷藏引申作「安」的意思。《詩經·邶風·雄雉》：「我之懷矣。」鄭箋：「懷，安也。」[29]《周禮·天官·小宰》：「以懷賓客」，注：「懷，亦安也。」[30]又《論

[27] 參見袁仲一、劉鈺《秦文字類編》p178。

[28] 同註 11，p396。

[29] 參見《詩經注疏》p86。

[30] 同註 19，p43。

語‧里仁》：「子曰：『君子懷德，小人懷土；君子懷刑，小人懷惠。』」何晏《集解》：「孔曰『懷，安也。』」[31] 有關上述的文獻，特別是《論語》「君子懷德」、「小人懷惠」，頗能印證簡本〈緇衣〉的內容與儒家的思想。

至於今本〈緇衣〉異文作「歸」，考「懷」上古音屬匣母 *ɣ- 微部 *-əi，「歸」屬見母 *k- 微部 *-əi，兩者韻部相同，聲母不同，但發音部位相同，讀音十分相近。且「懷」、「歸」上古詞義多相通，《尚書‧大禹謨》：「黎民懷之。」孔傳：「懷，歸也。」[32]《詩經‧檜風‧匪風》：「懷之好音。」毛傳：「懷，歸也。」[33] 由此可見，今本〈緇衣〉異文作「歸」，從音義而言，是合情合理的，而如此也正可證明簡本應作「褱」，「褢」應該就是「褱」字的形訛。我們經過上文的校刊，簡文自然得以疏解，或可譯作：孔子說：「私自以恩惠加於人，而不安

[31] 參見《論語注疏》p37。

[32] 同註 18，p54。

[33] 同註 29，p265。

於道德，君子一定不會收留的。」

六、釋　𡐓

〈緇衣〉簡第 36 號簡有字，《郭簡》隸定作「𡐓」，又作「厠」，其簡文作：

> **《少（小）𩒨（雅）》員（云）：「𣌭（允）也君子，𡐓（厠）也大成。」**

《郭簡》隸定為「𡐓、厠」，基本上是正確的，因為在郭店楚簡中，「則」字有、、、幾種不同的寫法，有从刀的偏旁，也有不从刀的偏旁，皆為一字。而此字又有从土的增飾，我們在前一小節裏，也曾舉例說明這是楚文字裏頗為普遍的現象，所以《郭簡》的隸定是可靠的。不過《郭簡》把「厠」讀為「則」，引《爾雅·釋詁》：「則，法也。」我們不能說這樣直接從「則」字訓詁不可行，但似乎《郭簡》並未進一步疏解「則也大成」為何意義。且簡本〈緇衣〉所引《詩經·小雅·車攻》的

文句，並不見於今本〈緇衣〉篇中，而《詩經》此句作「展也大成」，「展」與「則」音義相去頗遠，從這異文來疏解，實際上仍有斟酌考量的必要，因此個人以為《郭簡》之說，仍待補強。再者，裘錫圭先生有鑑於《郭簡》疏解的不足，而推考「似當釋『廛』，『廛』、『展』音近可通。」[34] 裘先生固然顧及到異文的疏通，但的字形，依郭店楚簡的書寫習慣，恐怕釋作「廁」還是正確的。

既然仍釋「廁」，應如何來解釋呢？個人疑「廁」為「誠」的假借，考「廁」从則得聲，其上古音屬精母 *ts-職部 *-ək，「誠」从成得聲，上古音屬定母 *d´耕部 *-ɐŋ，二者聲母不同，但韻母為主要元音相近的旁對轉關係，仍有相當程度的聲韻條件。而「誠」與《詩經》異文「展」字音義相通，就聲韻方面，「展」上古音屬端母 *t-元部，二者聲母發音部位相同，發音方法不同。且《爾雅·釋詁》：

---

34 《郭簡》注九一引裘錫圭先生之說，「廛」原文作「㕓」，「㕓」應是訛字，蓋查無此字也。唯有「廛」形近而聲近韻同，方是裘先生所指「音近可通」。

「展，誠也。」[35]《詩經》：「展也大成」，鄭箋：「展，誠也。」又《詩經·邶風·雄雉》：「展矣君子。」毛傳：「展，誠也。」[36] 因此，個人疑「厠」為「誠」的假借，就音理而言，雖然不屬最佳的聲韻條件，但在簡本與《詩經》異文的訓詁上，則較為通達。

七、結　語

綜上所析，本文再補釋〈緇衣〉簡的結論如下：

（一）為「緡」，即「緡」字，指釣魚所用的綸繩。

（二）為「流」，字形自逐步省變衍化而來，為郭店楚簡當代習慣的寫法。

---

[35] 同註 22，p48。

[36] 同註 29，p369、p86。

（三）為「䜌」，即「至」的繁體，指「善政」的意思，與今本〈緇衣〉「命」、《尚書 · 呂刑》「靈」諸異文，意義相同。

（四）為「褱」的訛誤字，「褱、懷」古今字，指「安」的意思，並與今本〈緇衣〉異文「歸」字相合。

（五）為「㕔」，即「厠」字，依音義與異文的疏解，疑為「誠」的假借。

參考引用書目

山西省文物工作委員會　1976，《侯馬盟書》，文物出版社，北京。

王　肅注　《孔子家語》，1989，《孔子文化大全》，山東友誼書社。

孔仲溫　1998，〈郭店緇衣簡字詞補釋〉，《徐文珊教授百歲冥誕紀念論文集》，p299~311。

孔穎達正義　642，《尚書正義》，1973，藝文印書館十三經注疏本，台北。

642，《禮記正義》，1973，藝文印書館十三經注疏本，台北。

642，《詩經正義》，1973，藝文印書館十三經注疏本，台北。

丘　雍、陳彭年等　1008，《大宋重修廣韻》，1975，聯貫出版社影澤存堂本，台北。

邢　昺　999，《論語注疏》，1973，藝文印書館十三經注疏本，台北。

段玉裁　1807，《說文解字注》，1974，藝文印書館影經韻樓藏板，台北。

馬承源　1990，《商周青銅器銘文選》，文物出版社，北京。

容　庚　1985，《金文編》，1992，中華書局，北京。

夏　竦　1044，《古文四聲韻》，1978，學海出版社影印碧琳瑯館叢書本，台北。

秦　公、劉大新　1995，《廣碑別字》，國際文化出版公司，北京。

郝懿行　《爾雅義疏》，1974，河洛出版社影沛上重刊本，台北。

高　明　1980，《古文字類編》，1986，大通書局，台北。

高　明、葛英會　1991，《古陶文字徵》，中華書局，北京。

袁仲一、劉　鈺　1993，《秦文字類編》，陝西人民教育出版社，西安。

陳新雄　1971，《古音學發微》，文史哲出版社，台北。

1972，〈黃季剛先生及其古音學〉，1994，《文字聲韻論叢》p1～46，東大圖書公司，台北。

陳夢家 《西周銅器斷代》，原載《考古學報》14，收入《金文論文選》第一輯。

張政烺 1979，〈中山國胤嗣好蛮壺釋文〉，《古文字研究》1，p233～246，北京。

張世超等 1996，《金文形義通解》，中文出版社，京都。

張光裕主編、袁國華合編 1999，《郭店楚簡研究·第一卷·文字編》，藝文印書館，台北。

郭沫若 1931，《兩周金文辭大系考釋》，又名《周代金文圖錄及釋文》，1971，大通書局，台北。

1939，《石鼓文研究》，1982，收入《郭沫若全集》考古編第九卷，科學出版社，北京。

湖北省荊沙鐵路考古隊 1991，《包山楚簡》，文物出版社，北京。

湖北荊門市博物館 1998，《郭店楚墓竹簡》，文物出版社，北京。

滕壬生 1995，《楚系簡帛文字編》，湖北教育出版社，武漢。

鄭 珍 1889，《汗簡箋正》，1974，廣文書局影印廣雅書局本，台北。

戴 望 1873，《管子校正》，1973，世界書局，台北。

羅福頤 1981，《古璽文編》，1994 二版，文物出版社，北京。

原刊載於《第十屆中國文字學全國學術研討會論文集》，p 223～234，1999 年

大陸簡體字述評

一、前　言

大陸從民國四十五年開始，便一改傳統使用的正體字，而採用簡體字（大陸稱為「簡化字」），推行至今即將屆滿四十年的時間。而台澎金馬地區的我們，長久以來，一直保持傳統的正體字。近來隨著兩岸關係的逐漸趨於緩和，彼此間的交流頻繁，在這互通往來之際，此地的人們對大陸所推行的簡體字，總覺得陌生，有些隔閡存在，為使大家能對簡體字稍作了解，本文將略述其來去脈，並評論得失。

二、大陸實施簡體字的背景與經過

大陸在中共推行簡體字之前的國民政府時代，也曾經有過簡體字的提議及公布，如民國十一年，錢玄同、黎錦熙等人，就曾在國語統一籌備委員會裡，提出有關使用簡體字的議案。而在民國二十四年，教育部還正式公布了〈第一批簡體字〉，有 324 字，不過在公布之後，由於引起極大的反對聲浪，所以不久就收回成命了。

中共則在民國三十八年奪得政權之後，在其國際共產主義思想的指導下，擬使漢字逐步走上拼音的道路上去，因此推動漢字簡化方案，於是在民國四十四年召開「第一次全國文字改革會議」，確定漢字簡化整理的方針及推動的步驟。民國四十五年一月由中共國務院通過並公布《漢字簡化方案》，這是中共正式公布的第一批簡體字，又簡稱為《一簡方案》，其內容包括三個部分：第一部分是〈漢字簡化第一表〉，載錄簡化漢字 230 字；第二部分是〈漢字簡化第二表〉，載錄簡化漢字 285 字；第三部分是〈漢字偏旁簡化表〉，載錄簡化偏旁 54 字，其中「糸、言、金、食」這四個偏旁簡作「纟、讠、钅、饣」，僅作文字左邊偏旁使用，其餘的則不論在任何偏旁都可使用簡化偏旁。

民國五十三年，為了更明確地規範《一簡方案》的簡體字，中共文字改革委員會重新整理印製《簡化字總表》，內容包括三個字表：〈第一表〉所載是「不作簡化偏旁用的簡化字」，如碍〔礙〕、肮〔骯〕、袄〔襖〕、坝〔壩〕、板〔闆〕、办〔辦〕、帮〔幫〕、宝〔寶〕、报〔報〕、币〔幣〕等，計 350 字，這些字都是不得作為簡化偏旁使用的。〈第二表〉所載是「可作簡化偏旁用的簡化字和簡化偏旁」，可作為簡化偏旁用的簡化字有 132 字，如：爱〔愛〕、罢〔罷〕、备〔備〕、贝〔貝〕、笔〔筆〕、毕〔畢〕、边〔邊〕、宾〔賓〕等；簡化偏旁則有：讠〔言〕、饣〔食〕、𠃓〔昜〕、纟〔糸〕、収〔臤〕、𫇦〔𤇾〕、收〔臨〕、只〔戠〕、钅〔金〕、⺍〔𦥯〕、𠬤〔睪〕、圣〔巠〕、亦〔䜌〕、呙〔咼〕等，其中「讠、饣、纟、钅」四個還是只能用在文字的左偏旁。〈第三表〉則是載列「應用第二表所列簡化字和簡化偏旁得出來的簡化字」，例如：嗳〔噯〕、嫒〔嬡〕、瑷〔璦〕、暧〔曖〕、摆〔擺〕、罴〔羆〕、䆉〔穲〕、惫〔憊〕等，計 1753 字。

中共為了加快其所謂「文字改革」的步伐，於民國六十六年，文字改革委員會繼續公布試用《第二次漢字簡化方案（草案）》，也就是一般簡稱的〈二簡草案〉，《二簡草案》也分〈第一表〉、〈第二表〉，收簡化字和類推的簡化字，共計 853 字，但是由於文字形體簡得太過劇烈，又沒有規律，並大量地使用「同音代替」，忽略了漢語言文字的特質，造成更嚴重的文字混亂，所以在民國六十八年宣布停止試用。目前大陸官方正式公布使用的簡體字，僅是《一簡方案》的部分，以《簡化字總表》為規範。

三、簡體字簡化的原則與方法

在民國四十四年，中共文字改革委員會主任吳玉章，於〈關於漢字簡化問題〉一文裡，稱其制定《一簡方案》所採取的主要原則是「約定俗成」，也就是盡量選取群眾已經普遍流行的簡體字，而次要原則是少部分沒有通行簡體又常用的字，則自行創造，自行創造所採取簡化的方式有以下四種：(1)用古代原來筆畫比較簡單的字；(2)用同音字代替；(3)用筆畫簡單的聲旁代替原有的聲旁；(4)極個別的字是創新的。[1] 可見得大陸的簡體字固然大多數是「約定俗成」的，但也有部分是「非約定俗成」而自行創造的。

不過，不論是屬於那一種，簡體字簡化的方法究竟有那幾種方式呢？大陸學者王顯曾經把簡體字跟傳統以來一直使用的正體字做一比較，他在〈略談漢字的簡化方法和簡化歷史〉一文裡，歸納簡體字簡化的方法有十種類型：[2]

(1) **用部分代替整體**：就是取正體字的部分形構來作為簡體字的。例如：儿〔兒〕、务〔務〕、汇〔匯〕、恳〔懇〕、灭〔滅〕等字。

---

[1] 該文載於《中國語文》1955：4，p3～5。

[2] 該文載於《中國語文》1955：4，p21～23。

(2) **省併重複**：就是把正體字中部分的部件加以合併，或省去重複，而成簡體字。例如：栈〔棧〕、质〔質〕、齿〔齒〕等字。

(3) **符號代替**：也就是把正體字中部分的部件，以形音義並不相關的簡單符號代替。例如：伤〔傷〕、仅〔僅〕、侭〔儘〕、区〔區〕、刘〔劉〕、协〔協〕、搀〔攙〕、摄〔攝〕等字。

(4) **草體楷化**：就是簡體字的部分部件以楷化的草體代替，它跟符號代替不同，這種類型它是保留原字的輪廓或痕跡。例如：伟〔偉〕、伪〔偽〕、俭〔儉〕、涑〔涷〕、废〔廢〕、搂〔摟〕等等。

(5) **改換聲符**：也就是把正體字的聲符，改換成寫法較為簡單的同音字。例如：亿〔億〕、剧〔劇〕、让〔讓〕、痒〔癢〕、瘟〔癰〕等等。

(6) **改換形符**：就是把正體字的形符，改換成寫法較簡單的形符。例如：苐〔第〕、迹〔跡〕、刮〔颳〕等字。

(7) **形聲改成非形聲**：也就是把正體字原本作形聲結構的，改換成寫法比較簡單的會意結構。例如：岩〔巖〕、体〔體〕、灶〔竈〕、阴〔陰〕等字。

(8) **非形聲改成形聲**：也就是把正體字原本作會意結構的，改換成寫法比較簡單的形聲結構。例如：邮〔郵〕、态〔態〕等字。

(9) **同音代替**：就是用一個與正體字讀音相同，而寫法較為簡單的通用字來代替正體字的簡化方法。例如：干〔乾〕、个〔個〕、付〔副〕、别〔彆〕、谷〔穀〕、才〔纔〕、分〔份〕、火〔伙〕、布〔佈〕等字。

(10) **恢復古體**：就是恢復正體字在古代寫法較簡單的字體。例如：仓〔倉〕、礼〔禮〕、弃〔棄〕、浆〔漿〕。

王顯所分的十種簡化類型，大體上頗為細密，但就我們所知，大多數的簡體字是採上述十種簡化方法的其中一種簡化而來，但也有為數不少的簡體字，是同時採用兩種方法簡化而來的，個人曾撰〈中共簡化字「異形同構」現象析論〉一文，將只採一種方法的簡化，稱為「單型簡化」，採兩種方法的簡化，稱為「複型簡化」。[3] 複型簡化的字，例如：轰〔轟〕、观〔觀〕等字，是採王顯十類型中的(3)、(4)兩種方法簡化而成；証〔證〕、钟〔鐘〕、钥〔鑰〕、铁〔鐵〕等字是採(4)、(5)兩種方法簡化而成；硷〔鹼〕、写〔寫〕等字是採(4)、(6)兩種方法簡化而成；惊〔驚〕、响〔響〕、护〔護〕、脏〔髒〕、忧〔憂〕等字是採(5)、(6)兩種方法簡化而成的。

四、簡體字的評價

如果要我們說出簡體字的優勢，任誰都不可否認，它的筆畫較為簡單，書寫較為快速。根據鄭昭明、陳學志〈漢字的簡化對中文讀寫的影響〉一文的統計，與簡體字相對應的正體字，平均筆畫數是 16.01 畫，而簡化後平均的筆畫數是 10.10 畫，這大約是減少了六畫。[4] 可是這樣的優

---

[3] 該文載於《「大陸情勢與兩岸關係」學術研討會論文集》p369～388。

[4] 該文載於《中國文字的未來》p83～113。

勢，在當初大陸國民政府的時代，不是曾經公布、推動嗎？卻為什麼最後會演變成「收回成命」的結果呢？而中共在推行《一簡方案》時，也採用了國民政府公布的 324 個簡體字當中的 280 字，只有 44 字未採用，卻實施了四十年，這其中難道沒有問題嗎？沒有阻力嗎？事實上，簡體字的本身，是有不少內在的問題存在，而且中共推行的當時，也不乏有識之士反對，可是中共以強大的政治力量推動、實施，因此也就推行到現在了。可是一路推行下來，也確實發生了一些負面的影響，以下我們就從文字學理、文化承傳、識字原理三方面略作評論。

（一） 從文字學理言

個人在〈中共簡化字「異形同構」現象析論〉一文裡，曾就簡體字中「異形同構」部分分析其不符合文字學理有：(1)六書原理；(2)形義系統；(3)古今音讀；(4)文字源流等四項矛盾現象，雖然該文是針對「異形同構」的部分論述，也就是在正體字裡原本不同的形符或聲符、經簡化之後，變為相同的形符或聲符。例如：袄〔襖〕：跃〔躍〕，原來正體字的「奧」、「翟」聲符都變為「夭」聲；毙〔斃〕：毕〔畢〕則是把原來正體字「敝」的聲符、〔畢〕的部件，都變為「比」聲這種類型，但是該文所分析的四項矛盾現象，也可以說是整個簡體字在文字學理上所呈現的矛盾現象，以下則逐項舉例說明。

1. 在六書原理方面：例如：击〔擊〕，《說文·攴部》說：「擊，攴也，从手毄聲。」「擊」是形聲字，從聲符作「毄」仍可看出打擊的意思，可是簡化作「击」以後，不僅看不出打擊的意思，我們也無法用六書歸類。又如：卫〔衛〕，正體字是「从行韋聲」的形聲字，但簡化成〔卫〕之後，我們實在很難從形、音、義方面去解釋它。總之，簡體字類似這樣不符合六書原理的現象，是極為普遍的。

2. 在形義系統方面：漢字基本上是以形聲結構為主的文字，「由形表意」為其特質之一，但是經過簡化後的簡體字，每每造成形義關係的模糊，例如：赵〔趙〕、风〔風〕、冈〔岡〕、区〔區〕，一個「㐅」的符號，在這些字裡面代表著「肖」聲、「虫」符、「丷」符、「品」

字，「╳」形與意義間的關係，失去了聯繫，我們已經無法「由形見意」了。

3. 在古今音讀方面：由於簡體字經常使用「改換聲符」和「非形聲改成形聲」這兩種方法來簡化字形，因此每每造成古今音讀系統的混亂，例如：积「積」，把「責」簡化作「只」，可是今國語「積」字讀作「ㄐㄧ」，「只」字讀作「ㄓˇ」，聲韻調全部不同，不僅現代的國語讀音完全不同，就連中古時期讀音也不相同，「積」《廣韻》作「資昔切」，聲母屬精紐，韻部屬入聲昔韻，而簡體字作聲符的「只」則作「諸氏切」聲母屬照紐，韻部屬上聲紙韻，也是聲韻調都不相同。

4. 在文字源流方面：由於簡體字採「恢復古體」與「同音代替」的簡化方法，容易造成文字源流觀念混淆，正簡難辨的現象。例如：云〔雲〕、「云」固然是「雲」的古文，在甲骨文、金文裡，確實是作「云」，象天上浮雲的形貌。但在先秦以前就已經假借為「人云亦云」的「云」，與「曰」相通，作「說」的意思，而天上的雲，在小篆裡已經另加「雨」的偏旁，孳乳作「雲」字，以表示「雲騰致雨」的意思。二千多年來，「云」作「說」、「雲」作「浮雲」，相沿成習，如今恢復古體，再把「雲」簡化成「云」，容易混淆古今，違反文字的源流。

（二） 從文化承傳言

由於中國文字具有單音節、孤立性，為形聲雙衍的方塊字，所以儘管中國歷史悠久，方言分歧，可是在文化的承傳上，政治的統一上，均能憑藉著文字而綿延凝聚。無怪乎瑞典漢學家高本漢（Bernhard Karlgren）在《中國語與中國文》一書裡，曾給予極高的評價。可是當中共推行簡體字之後，這個優勢是不是還存在呢？至少在文化承傳方面，已經造成斷層的傷害。雖然在簡體字推動之初，吳玉章還認為「文字改革和繼承文化遺產之間是沒有矛盾的」，[5] 但事實上，連正體字都不能辨認，看不懂古書，就遑論繼承先人的文化遺產了，今天大陸上的中小學教育以簡體字為主，年青人已經不認得正體字，文化的承傳已

---

[5] 同註 1。

然發生了斷層的危機。如今大陸上繼承文化遺產的重責大任，落到大學院校的文史哲科系上，可是文史哲科學的大學生，為了能閱讀、研究古書，還得在簡體字之外，再重新學習一套繁體字（也就是正體字），這樣推動簡體字的結果，究竟是繁是簡？是得是失？實在值得深思。

（三）　從識字原理言

當初中共推動簡體字的理由之一，是認為簡體字比較簡單，可以加速掃除文盲的工作。但實際上簡體字雖然筆畫簡化了，卻造成了很多形體相似的字體。例如：斤：斤、仑：仓、卢：戶、当：刍、韦：书、依：侬、到：到等等字對，還有从「氵(水)」偏旁跟从「讠(言)」偏旁，都容易造成區辨上的困難。反而語文心理學家認為正體字的形體雖然較為複雜，但是它具有容易引人注意及心理方面的「抓手」（Mental grasp，即心智領悟）較多的特性，容易辨識。因此大陸多年來以簡體字教育、掃盲，其成績如何呢？根據大陸學者滕純〈關於小學識字教學的幾個問題〉一文說，大陸目前還是世界上文盲最多的國家之一，官方統計是 2.2 億，占總人口數的 20%，但是他承認實際上的數字，可能還要高一些。[6] 而台灣地區則是一直使用被認為較為繁複的正體字，但根據內政部七十九年的統計調查，台澎金馬地區 12 歲以上不識字人口占總人口的 7.34%，[7] 可見得掃盲的工作，不是靠文字的簡化，而是在整體政治、經濟、教育等等方面的穩定與發展。

五、結　語

近來兩岸的交流頻繁，彼此在語文方面都互有一些影響。在文字方面，大陸地區慢慢地有恢復正體字的趨勢，除了一般商店招牌、商業文書喜歡用正體字之外，也有不少學者提倡「識繁寫簡」，而台灣地區也有部分年青人，受到大陸簡體字的影響，書寫時也會用簡體字。我們相信在不久的將來，當兩岸逐步走向統一的時候，中國文字何

---

[6] 參見《漢字漢語學術研討會論文集》上冊 p292。

[7] 參見同註 3，p382。

去何從？究竟是繁還是簡？那當是雙方不可避免的課題，我們以為文字統一的問題，應該跳脫意識型態之爭，而從文字本身的問題、文化承傳的立場上去思考，這樣會更有益於我中華民族之後代子孫。

參考引用書目

孔仲溫　1992，〈中共簡化字異形同構現象析論〉，載於《「大陸情勢與兩岸關係」學術研討會論文集》p369～388，高雄。

1995，〈一國兩字〉，發表於《1997 與香港中國語文研討會》p1～8，香港。

王　顯　1955，〈略談漢字的簡化方法和簡化歷史〉，《中國語文》1955：4，p21～23，北京。

吳玉章　1955，〈關於漢字簡化問題〉，《中國語文》1955：4，p3～5，北京。

黑龍江語言文字工作委員會辦公室編　1991，《語言文字規範化工作手冊》，黑龍江教育出版社，黑龍江。

鄭昭明、陳學志　1992，〈漢字的簡化對中文讀寫的影響〉，《中國文字的未來》p83～113，海峽交流基金會，台北。

滕　純　1991，〈關於小學識字教育的幾個問題〉，《漢字漢語學術研討會論文集》p284～296，吉林教育出版社，吉林。

＊ *編者按：此篇為國立中山大學華語中心之漢字教學教材講義，特迻錄之。*

撰述時間不詳，依　孔師於參考引用書目已列舉2篇論文與整理論著目錄相關論文〈大陸簡化字「同音替代」之商榷〉（1998.11）來看，當為1996年至1998年間，

《韻鏡》的特質

《韻鏡》在源流上，是以傳統韻書為本質，以梵文拼音表為形式，於唐代中葉以後，逐漸蛻變而成格式整齊，內容完備，析音細密的等韻圖。這部原本在宋代以前就已經產生的早期等韻圖，傳到南宋初年，張麟之又依據當時的《廣韻》、《集韻》、《禮部韻略》、《玉篇》等韻書字書的音切，重新整理編次，遂使該書舊有的面貌，幾乎不存。如今我們也僅能從歸字中，偶爾發現一二早期取字析音的痕跡。

這部書固然因為張麟之的整理，而失去了早期韻圖的面貌，但是對於它的流傳，張麟之卻有很大的功勞，因為在張氏的一生中，他先後刊行此書共計三次，不過奇怪的是，從張氏死後，此書竟也隨後在國內消聲匿跡了，甚至連史志也不曾有過一鱗半爪的記載，然而它卻流傳風行於日本。根據日人的記載，[1]《韻鏡》約在南宋末期，由日僧明了房信範閱讀和點之後，[2]便逐漸為日本人所傳抄刊刻，到了日本寬永（1624AD～1643AD）初期以後，研究《韻鏡》蔚為風氣，形成一門專門的學問，可惜日本學者，因為語言、文化背景與我國不同，雖然致力於此書的研究，但成績並不很理想。這部書在日本流傳約有六百年之久，直到清黎庶昌駐節日本，與楊守敬購得日本永祿七年的刊本，影刊回國之後，《韻鏡》才又再度流傳於中國本土為近代學者所重視。綜觀此書於形式、內容、價值上計有以下六項特質：

---

[1] 如《韻鑑古義標注》、《指微韻鏡私抄略》、《韻鏡看拔集》等書。

[2] 明了房信範和點抄寫《韻鏡》，最晚應是日建長四年，也就是南宋理宗淳祐十二年（1252AD）。

一、等韻圖表型式的開創

等韻圖是分析反切的音表，我國在《韻鏡》之前，並沒有一部像《韻鏡》這般型式劃一，內容嚴整的等韻圖產生，即使是近來發現的敦煌唐守溫〈韻學殘卷〉（P2012）中的「四等重輕例」，也僅是四等與四聲形式的舉例，並不是完整的分欄分界、縱橫標目分析字音的圖表。再如沙門神珙的〈四聲五音九弄反紐圖〉，其實也不過是韻圖前身的反切圖，仍不算是形式完備的韻圖。因此我國有完整標列內外轉、開合、七音、清濁、韻目、四聲、四等諸形式，為規矩整齊的字音圖表，《韻鏡》應屬第一部，而後來韻圖的型式，莫不受它的影響。

二、析音以《切韻》一系韻書為基礎

《韻鏡》為一部取《切韻》一系韻書切語，經分析排列而成的等韻圖，今本《韻鏡》的內容，與《廣韻》的小紐十分相近，因此按理它也應秉承《切韻》「古今通塞、南北是非」的特性。由於它分析音理十分細密，以四十三圖，橫列七音三十六母，分辨清濁，縱析四等，巧置二百零六韻，因此要探尋《切韻》時代的中古音系，《韻鏡》是極重要的輔證韻圖。不過它以有限的圖式，範圍二百零六韻，有時自然不免會發生左支右絀，不夠圓通的缺點，但是比起那些後來併合韻表，參酌時人語音的其他韻圖，如《四聲等子》、《切韻指掌圖》、《經史正音切韻指南》等，仍是推測中古音值的最佳材料。

不僅在推擬中古音值時，可以《韻鏡》為基本材料，甚至在研究上古音方面，依然具有它的重要性。如黃季剛先生嘗有：

> 分等者大概以本韻之洪為一等，變韻之洪為二等，本韻之細為四等，變韻之細為三等。

古本音與今變音的說法，我們覈之於《韻鏡》，更能顯見此說的可靠性。另外王力《中國語言學史》也指出我們若要探解孫炎、徐邈、李軌、沈重、曹憲等人所注明較古的反切，都能夠根據如《韻鏡》這類早期的等韻圖，查驗以為可信。這正足以說明其他韻圖多已泯滅了二百零六韻的界限，不如《韻鏡》可以推尋古音的跡象。

三、張氏的序例為門法雛型

何謂門法？根據董同龢先生〈等韻門法通釋〉所說：

> 用現代的詞語來說，等韻門法就是韻圖的歸字說明，各條所講是某種字的反切與某韻圖位置的關係。

所以韻圖產生的同時，就有了解說韻圖形式內容的門法。今人推論門法的起源，大多以〈敦煌守溫韻學殘卷〉（P2012）所載錄的「定四等重輕兼辯聲韻不和無字可切門」與「兩字同一韻憑切定端的例」為門法的先聲。而董先生〈等韻門法通釋〉又進一步據《通志·藝文略》有「切韻內外轉鈐」與「內外轉歸字」各自成卷著錄的情形，認為門法創制之初，是與韻圖分立的，而懷疑《四聲等子》序中所謂的「智公」，是將門法與韻圖合載的第一人，此項推論固然不錯，但是《四聲等子》的時代，至目前仍然無法確定，所以要考究門法與韻圖合載的時間，南宋初張麟之所撰的《韻鏡·序例》，不妨暫時認作是一個開端。

張麟之的歸字例，大致可分為通例、變例、特例、變調、難字等五項，其中通例正是門法的音和門，而變例、特例、變調、難字等例，雖然不與類隔、振救、通廣等門法完全相同，但用來解說歸字時所產生的各種疑難現象的目的，則無二致，因此張麟之〈序例〉應該可視為韻圖門法的雛型。

四、韻攝的觀念具備內在規模

《韻鏡》全書共分四十三轉，每一轉圖都標明「內」或「外」，從表面上看，它似乎與後世合併轉圖的「攝」無關，但實質上，它早已具備「攝」的內涵。《四聲等子》、《切韻指掌圖》的「辨內外轉例」，是以二等韻的有無作為內外轉的根據，它們的內轉包含有通、止、遇、果、宕、流、深、曾八攝六十七韻，外轉包含有江、蟹、臻、山、效、假、咸、梗八攝一百三十九韻，而《韻鏡》二百零六韻內外轉分圖的現象，正與此相符，內八「攝」與外八「攝」排列的先後，也極有條理，可見韻攝的觀念，在《韻鏡》已是成熟完備，只是還沒有「攝」的名稱而已。張麟之在〈調韻指微〉中曾經引鄭樵《七音略·序》有「作內外十六轉圖」的話，所稱的「轉圖」，實際上就是「攝」的異名，所以《韻鏡》早就具備「攝」的內在規模，並且開啟後世韻圖併轉為攝的契機。

五、聲母的標示特立於宋元

如《韻鏡》的圖表中，三十六字母的標示，是作橫向的排列，但其標示，並非直接列舉三十六字母的名稱，而是利用七音與清濁的相配來說明，所以和宋元其他韻圖直接明白地標示字母，有些不同。這種利用七音和清濁相配的說明方式，實際上並不容易使檢查韻圖的人，收到一目瞭然的效果，因此張麟之為了彌補如此的缺憾，於是先在韻圖的前面補充了「字母括要圖」，總述聲母的排列，以便檢閱之時，能有所對照了解。而《韻鏡》這種特別以「七音」和「清濁」相配標示字母，在等韻學中，也是別具特殊的意義。

先就「七音」一點而言。於《韻鏡》之前，談聲韻的學者多用「五音」—宮、商、角、徵、羽來代表唇、舌、牙、齒、喉五個發音部位，如《玉篇》卷末載沙門神珙〈五音圖〉說：

> 宮，舌居中；商，開口張；角，舌縮卻；徵，舌柱齒；羽，撮口聚。

但是學者們多嫌其語意含混不清，所指有欠明確。入宋以後的等韻家，又繼而增加半徵、半商，以代表半舌音與半齒音，擴「五音」而成為「七音」，並明確地將三十六字母與七音相配，但是相配的結果，造成何者屬宮？何者屬商？諸家意見分歧不一。例如《七音略》的「羽」類是包含幫系與非系字母，但《四聲等子》與《韻會舉要》卻是以「宮」類來包含幫非兩系字母。然而《韻鏡》的「七音」比起上述韻圖，就顯得較為穩當，雖然張麟之在〈調韻指微〉中，受到《七音略》的影響，也把發音部位拿來和宮商相配，但在韻圖裡卻不曾有「宮、商、角、徵、羽、半徵、半商」這樣空洞的名稱，而是直接標示「唇、舌、牙、齒、喉、舌齒、齒舌」這七個發音部位，這種明確標示發音部位，不迷於「宮商」名稱的態度，正符合實證科學的精神，使得後世學者分析中古聲母時，都不得不承襲依據。

再就「清濁」一點而言。自魏晉至中唐之間的學者，論及「清濁」一詞，多還是指韻部，直到敦煌守溫〈韻學殘卷〉中述及三十字母時，才開始以清濁分析聲母，而《韻鏡》一書則更進一步地詳細剖析三十六字母的清濁。就現代語音學的觀點，清濁原本只是聲母的發音過程中，震動不震動聲帶的問題，但《韻鏡》則再兼合「發聲」、「送氣」、「收聲」的觀念，區分成清、次清、濁、清濁四類，像這般配合發聲時聲帶震動與氣流狀況的分類方式，在我國聲韻學史上尚屬首創，而比它稍晚的等韻圖，如《四聲等子》、《切韻指南》，雖然沒有韻圖中辨明聲母的清濁，但是即改在序例中敘述，並由序例中可以確知它們是深受《韻鏡》影響的。固然韻鏡圖中的「清濁」一詞，近來學者仍覺得不夠明確，而改稱作「次濁」，但是這種清濁的分類，已多為學者們認同遵循。

六、韻部的排列別具一格

《韻鏡》的韻部，計有二百零六韻，這二百零六韻分配在四十三圖轉之中，大致是按照韻書韻目的先後排列，如遇韻有開合分別之時，通常是作開口圖居前，合口圖居後的次序。而於韻次上，尤其特殊的，則是它與《七音略》同樣將蒸登及其相承的韻，放置於韻末，而與一般韻圖、韻書的排列現象，大不相同。雖然魏建功在〈唐宋兩系韻書體製之演變〉一文中，曾經認為這是依據他所謂的「五代刻本韻書」韻末有「蒸登」二韻而來，但是魏氏對於該韻書的考據頗有疏失，值得再商榷，[3] 所以究竟為

[3] 參見拙作《韻鏡研究．韻鏡溯源》一章的敘述。

何將蒸登排列在韻末，目前仍然無法了解。雖說《韻鏡》與《七音略》同樣具有蒸登二韻置於韻末的特殊現象，然而比較二韻圖的韻次，卻又不完全相同，如《七音略》將覃咸鹽添談銜嚴凡八韻，放置於陽唐之前，《韻鏡》則將這八韻置於侵韻之後，據羅常培〈通志七音略研究〉一文的看法，認為這是二韻圖所依據的韻書系統不同的緣故，《七音略》所據的是陸法言《切韻》一系的韻次，《韻鏡》所據的則是李舟《切韻》一系的韻次，因此在韻部次序的排列上，《韻鏡》自有其特殊的地方。

其次在四聲相承方面，目前所見的宋元等韻圖多是入聲兼配陰陽聲，而唯有《韻鏡》與《七音略》是與陽聲韻相配，但是如果再仔細的觀察分析，實際上《七音略》已肇啟兼配陰陽聲的跡象，不似《韻鏡》這般堅持李舟《切韻》、陳彭年《廣韻》的系統，純以入聲配陽聲韻，絲毫不曾有混淆兼承的現象。

至於《韻鏡》在每一圖首，都注明了「開」、「合」，這也可以說是後世分析韻部有「開口」、「合口」區別的開端。在《韻鏡》之前，如沙門神珙〈五音圖〉與《廣韻》

所附〈十四聲例法〉，雖然也曾經提到開合，但都是針對發音器官的部位、形狀而言，仍有些含糊，不像《韻鏡》專指韻部的介音。另外，與《韻鏡》同時的《七音略》，則將「開」、「合」改稱作「輕」、「重」，名稱雖異，在意義上並無不同，不過後世研究聲韻的學者，都採用《韻鏡》的名稱，故其受《韻鏡》的影響，是不言而喻的。

再者關於四等的劃分，我們從敦煌守溫〈韻學殘卷〉中載錄的「四等重輕例」，可知在中唐時期，四等的形式已是發展得十分完備，但真正以這個觀念來全面地分析字音的等韻圖，則是《韻鏡》及《七音略》，不過這個「等」的名目，張麟之則以「位」來稱呼它。

最後再談寄韻的問題。因為等韻圖的作者有濃縮所有字音在少數圖表中的目的，所以在安排韻部時，用所謂「寄韻」的變通方式，來減省篇幅。通常寄韻是以同攝為原則的，但是《韻鏡》最特殊的是把本屬於蟹攝的廢韻，寄放到止攝之中，而與微尾未三韻相承，它這種寄韻的現象，雖然違背了一般的原則，但推論起來，卻是十分合理，顯然不是隨意措置的，其原因有三：

1. 微尾未廢四韻都是三等韻。

2. 四韻都同時具備三等合口的條件，使得中古以後的重唇音分化為輕唇音。

3. 主要元音都是央元音，微尾未三韻的主要元音是中正央元音〔ə〕，廢韻的主要元音則是〔ɐ〕，二者僅是舌位的高低不同而已。

而我們也由這個外轉的蟹攝，寄韻到內轉的止攝這現象，進一步證明羅常培以元音的弇侈高低，來判定內外轉的不同，是有些欠穩之處。因此《韻鏡》廢韻的移寄現象，有助於解釋部分等韻學上疑難的問題，我們不可任意地輕忽它。

原刊載於《孔孟月刊》24：11，p 19～32，1986 年

〈敦煌守溫韻學殘卷〉析論

巴黎國家圖書館所藏 P2012 號的卷子，也就是眾所熟悉的「敦煌守溫韻學殘卷」。此卷從被發現以來，就為學者們重視，或抄錄校正、或研究分析，其成績頗為可觀。由於它的時代早，內容豐富又兼具關鍵性，所以帶給我國聲韻學界不小的震撼。

最早抄錄研究的學者，為江陰劉半農氏，他於民國十二年留學歐陸之際，首先抄錄，並據而撰寫〈守溫三十六字母排列法之研究〉一文，[1] 民國十四年，再將所抄錄的，列入《敦煌掇瑣》下集中。民國二十年，羅常培氏據《敦煌掇瑣》抄本撰〈敦煌寫本守溫韻學殘卷跋〉。[2] 民

[1] 該文發表於《北大國學季刊》三號。

[2] 該文發表於《史語所集刊》三本二分，後收入《羅常培語言學論文選集》中。

國二十六年趙蔭棠氏以殘卷影片為本，撰〈守溫韻學殘卷後記〉，[3] 繼諸人之後，周祖謨氏也撰〈讀守溫韻學殘卷後記〉一文。[4] 民國五十六年，潘師石禪以為劉氏的抄錄，於文字上的辨識，多有不清楚之處，於是往巴黎再度迻錄校正。[5]

綜觀諸篇，對於本卷的形式、作者、字母、門法等問題，多所考索探論，創獲之處，固然很多，但疏漏不足的地方，猶然不少，值得再作全面而深入地探討，因此不惴檮昧，敢取《敦煌寶藏》一書翻印的原卷，參斠劉半農氏《敦煌掇瑣》中的舊抄，與潘師石禪《瀛涯敦煌韻輯新編．別編》上的新抄，重新再作分析研究，冀望於聲韻之學，能有所增益補闕，以下則分成：一、時代與作者。二、等韻的形式。三、釋輕重清濁。四、聲母的分化。五、門

---

3 該文收錄於《等韻源流》一書中。

4 該文收錄於《問學集》一書中，撰述時間未詳。

5 潘師之抄錄與校記，今收錄於《瀛涯敦煌韻輯新編．別錄》一書中。

法的原型等五個節段來分別析論。

一、時代與作者

此卷，劉半農氏曾經根據紙色及字蹟，潘師石禪則依切音稱反，而斷為唐代的卷子。唯獨趙蔭棠氏猶然懷疑斷成三截中，字跡「頗見姿媚，卻極草率」的第二截「未必係唐季寫本」，認為它的時代可能晚至於宋，原因在該截文字間有「樓子」兩大字，趙氏於〈守溫韻學殘卷後記〉一文的註釋中，曾引《五燈會元》論述：

> 《五燈會元》卷六載云：「樓子和尚，不知何許人也，遺其名氏，一日偶經遊街間，於酒標下整襪帶次，聞上人唱曲云：『你既無心我也休』忽然大悟，因號為樓子焉」。殘卷第二截之文字間，上畫樓亭，並寫「樓子」兩大字，抑出此僧之手歟？果爾，則此截未必係唐季寫本，因樓子乃宋僧也。

可見趙氏之所以會懷疑第二截為宋抄，就是認定「樓子」

兩大字是僧人的名號，但這恐怕有再商榷的必要。因為就全卷觀察，在「樓子」兩大字的上方，實際上有一座三十餘層的樓塔，樓塔兩側各有飄逸流動，狀似彩帶的雲靄，於樓塔下左旁有「樓子上下各有鈴～芬雲」十字，據此就可證明塔下所寫「樓子」兩大字，正是指這三十餘層的樓塔；何況古人也有將「樓塔」稱作「樓子」的，如僧德祥橫塘寺詩云：「白髮老人知舊寺，繞塘樓子十三房。」所以第二截中的「樓子」絕非如其所指為僧人名號。而且倘若趙氏承認一三兩截為唐季卷子，唯獨第二截屬於宋代，三截同在一卷子中，卻時代前後不一，這絕不是事實。

既然此卷斷屬唐代，然其所屬的時期如何呢？羅常培氏於〈敦煌守溫韻學殘卷跋〉一文中，曾有一段與此有關的論述，內容是：

> 今案卷中〈四等重輕例〉所舉，「觀古桓反關刪勬宣涓先」及「滿莫伴反彎潸免選緬獮」二例，勬字《廣韻》屬仙韻合口，而此注為宣韻，免字屬獮韻合口，而此注為選韻；其宣、選二目與夏竦《古文四聲韻》所據唐《切韻》同。而徐鍇《說文解字篆韻譜》所據

> 《切韻》，徐鉉改定《篆韻譜》所據李舟《切韻》，尚皆有宣無選；陸詞、孫愐、王仁昫等書則並無之。據王國維〈書古文四聲韻後〉謂：「其獮韻中䪻字註人兗切，而部目中選字上註思兗切，二韻俱以兗字為切，蓋淺人見平聲仙、宣為二，故增選韻以配宣，而其反切則未及改。其本當在《唐韻》與小徐本所據《切韻》之後矣。」又《古文四聲韻》引用書目有祝尚丘《韻》、義雲《切韻》、王存義《切韻》及《唐韻》四種，則其所據韻目當不外乎祝尚丘、義雲、王存義所為。若就增選韻以配宣一點言，其成書尚在李舟《切韻》後。王國維〈李舟切韻考〉既據杜甫「送李校書二十六韻」斷定李舟在唐代宗乾元之初年二十許，《切韻》之作當在代、德二宗之世。則守溫、夏竦所據之《切韻》必不能在德宗以前。且半農先生亦嘗據其紙色及字蹟，斷為唐季寫本，故舊傳守溫為唐末沙門，殆可徵信。

羅氏雖然不曾直接說明卷子的時代，但由其論述〈四等重輕例〉所據的《切韻》與守溫的時代，及據劉氏之說以此卷為唐季寫本，就可間接地了解羅氏認定此卷應是德宗（779AD～804AD）至唐末（907AD）百年間的晚唐產物。而個人由〈四等重輕例〉中所載的切語、韻目，取與其前後時期的韻書作一比較，也證明羅氏的認定是可信的。在切語方面，先取得〈四等重輕例〉的切語，和姜亮夫《瀛涯敦煌韻輯》、潘師石禪《瀛涯敦煌韻輯新編》二書所抄錄的 S2071、P2011、P2014 等三《切韻》殘卷、[6] 及蔣本《唐韻》、《王三》、[7]《廣韻》、《說文解字篆韻譜》中小韻下的切語，作成〈四等重輕例〉與唐宋韻書切語比較表（參閱附表一），諸韻書中，除《廣韻》為完整，全王本《切韻》為大部分完整之外，其餘都已殘缺不全，至於大徐所改定的《說文解字篆韻譜》，也因為全書以《說文》為本體，收字範圍受到限制，所以導致在比較上，不容易達到全面觀察的程度，但是我們仍然可以肯定〈四等

---

[6] 二書所載錄卷子，僅此三卷有較多的切語可與〈四等重輕例〉相較，其餘如 S2683、P3693、J II DIa 三卷，則唯有一組，P4746 僅有二組切語，可相比較的切語太少，所以略而不取。

[7] 即故宮藏宋濂跋全本唐寫《王仁昫刊謬補闕切韻》。

重輕例〉所據的切語，應屬《切韻》一系，並且較接近《廣韻》。其次在切語比較中，尤其值得注意的，是〈四等重輕例〉中的侯韻「呣亡侯反」與翰韻「但徒旱反」兩組切語。「呣亡侯反」一組，檢閱上列的韻書，除《廣韻》有「呣亡侯切」及《唐韻》殘闕不明之外，其他如 S2071、P2011，《全王》等韻書的侯韻，都不載此字。「但徒旦反」一組，則 P2011 與《全王》在上聲旱韻有「但徒旱反」，去聲翰韻無「但」字；唐韻上聲殘闕不明，而於去聲翰韻「憚徒案反」下有「但」字；《廣韻》則除了上聲旱韻有「但徒旱切」之外，又見於翰韻「憚徒案切」下，由此可知「呣」、「但」二字同時增入侯韻、翰韻中，當在唐韻以後。在韻目方面，由〈四等重輕例〉中平聲「丹多寒反」、「觀古桓反」，上聲「蘚歌旱反」、「滿莫伴反」，去聲「旰古案反」、「岸五旰反」、「但徒旦反」、「半布判反」，可知寒桓韻相承的上去聲旱緩與翰換韻，已有明確開合分韻的情形。尤其在去聲「半布判反」下注有「緓」字，[8] 此字應是「緩」或「換」字的訛形，觀其字形，似

[8] 此字劉半農氏《敦煌掇瑣》抄作「綫」，就卷子觀之，其形體不

乎比較接近「緩」，但是「緩」韻是去聲「換」韻相承的上聲，此處屬去聲的地位，按理又應是「換」字的訛形，然無論是「緩」或「換」的訛形，都說明〈四等重輕例〉所據的韻書是寒桓分韻的。韻書的寒桓分韻是始於天寶本的《唐韻》，較早的陸法言《切韻》與王仁昫《刊謬補闕切韻》，寒桓仍然合併為一韻。

其次，再由〈四等重輕例〉中，平聲談咸鹽添、入聲陌麥昔錫職德諸韻四等相承的情形，可知其所依據的韻書中，諸韻的韻次，應當是先後聯屬的。林炯陽氏《廣韻音切探源》一書中，嘗分析隋唐宋韻書部次為三系，[9] 而由上述韻次，可推知其所依據的韻書應屬於與大徐改定《說文篆韻譜》、《廣韻》同系的第三系。《說文篆韻譜》一書，據大徐後序稱多依李舟《切韻》補益正疑，雖然大

似，而且〈四等重輕例〉中，「線」字都仍作「線」，並不簡寫作「綫」，所以此從潘師石禪所抄錄作「緩」。

9 參見林炯陽《廣韻音切探源》的第二章第一節〈魏晉南北朝隋唐宋韻書述要〉（台北：國立師範大學，1980 年），博士論文，p128。

徐改定《說文篆韻譜》的部次，未必就是李舟《切韻》的部次，[10] 但受李舟《切韻》的影響，應無可疑，因此與它同系的〈四等重輕例〉，自然也應在李舟《切韻》之後，而受它的影響，所以羅常培氏的見解可以依從。

至於羅常培氏據夏竦《古文四聲韻》推〈四等重輕例〉所據韻書，當不外是祝尚丘、義雲、王存義等人所為，個人則不以為然，因為夏竦《古文四聲韻》，據其序文及序末所列「古文所出書傳」可知該書的編纂，為承襲郭忠恕《汗簡》而來，內容材料主要以《汗簡》為本，而《汗簡》每每引義雲《切韻》與王存義《切韻》的古文，所以此二書理應不是夏竦據以次韻的韻書。另外由於《古文四聲韻》序末的「古文所出書傳」中有祝尚丘《韻》，因此

10 王國維〈李舟切韻考〉一文曾據大徐後序，以為《說文篆韻譜》的部次也就是李舟《切韻》的部次，而林炯陽氏則據 P2014 號殘卷以為李舟《切韻》陽入二聲的次序，本不相應，所以反駁了王國維的說法。個人頗贊成林氏的看法，因為大徐只是說明該書依李舟《切韻》補益正疑，並沒有說音韻完全依照李舟的，所以王國維的話不可盡信。

夏竦引祝尚丘《韻》的目的，也可能只在「古文」一項而已，且檢閱《古文四聲韻》中引祝尚丘書，在陽韻「羊」字下有「」字，注屬「祝尚丘碑」，在齊韻「詣」字下有「」字，注屬「祝尚丘韻」，都可以證明引祝尚丘《韻》的目的在「古文」，而不在「韻目」。何況夏竦在序文中曾說該書是「準《唐切韻》，分為四聲」，所以個人推測這《唐切韻》應該不是祝尚丘《韻》，否則為何明白地列舉書名在「古文所出書傳」的目錄與內容中，而序文裡卻又不稱列書名，可見得序文所說的「唐切韻」與「祝尚丘韻」，不同一書。但在序裡所稱的「唐切韻」究竟為何呢？是否為《廣韻》書首所列增字諸家，居於孫愐之後的嚴寶文、裴務齊、陳道固諸家的韻書，則已經無法詳考了。

論及本卷的作者，由卷首署「南梁漢比丘守溫述」八字，可知作者為「南梁」的守溫，是中國沙門，不是天竺沙門。「南梁」，羅常培氏已證實為地名，不是朝代名，但所指的究竟為何地呢？近有二說，一為趙蔭棠所考證的，指守溫為南梁州人：即今湖南寶慶縣地，而入梁山寺為僧，梁山寺則在湖南武陵縣。一為唐蘭氏據《太平廣記》卷一百九十溫造條，考證南梁當是興元，即今陝西南鄭縣，周祖謨氏則以為唐蘭氏的說法可信，[11] 然而孰是孰非，目前尚難斷定。至於守溫為晚唐人的說法，向來學者多無異議，唯有趙蔭棠仍別有意見，他說：

> 吾謂其生固在於唐末，而其死宜在於宋初；亦猶徐鉉輩可作兩朝人視之也。考緣觀之示寂，在宋咸平庚子(真宗三年，1000AD)；法嗣太陽警玄，示寂於仁宗天聖五年丁卯(1027AD)。另有梁山簡者，釋籍不載其卒年，然彼係雲峰義存之再傳弟子，義存入寂於後梁開平二年(908AD)，由此可推其卒年亦在宋初。守溫非緣觀及簡等之同輩，即其弟子，故有入宋方卒之可能。

但個人認為趙氏的說法，有兩點不盡理想的地方。第一，徐鉉生於五代後梁末年，卒於宋太宗淳化年間，稱

[11] 參見周祖謨《問學集·讀守溫韻學殘卷後記》一文 p501。

他為兩朝人是可以的，但如果說守溫生於唐末，經五代而卒於宋初，這也是兩朝人則不可以，如此至少應該稱以三朝，所以他舉徐鉉為例，並不貼切。第二，趙氏懷疑守溫為緣觀，梁山簡的同輩或弟子，並考證緣觀圓寂於宋咸平庚子（1000AD），現在我們先假設守溫與緣觀同輩，卒年相同，而再設定守溫是唐亡的那一年（907AD）生，則總計其前後有九十三年之久。更何況我們已經知道守溫在唐際已撰聲韻之書，並為僧徒抄錄在 P2012 的卷子上，由此我們作最保守的推測，這聲韻之書為守溫二十歲那一年撰寫的，且在唐亡之前，隨即為僧徒所抄錄，以此來統計，守溫活到咸平庚子年，就高達一百一十餘歲了，所以假定守溫為緣觀的同輩，推論所得的年齡，已超乎常人，更不用說假定守溫為緣觀的弟子了。因此，如果根據卷子的時代來推論，個人比較主張守溫為德宗以後的晚唐人，其卒年最遲應在五代，而不應該延伸進入宋朝。

二、等韻的形式

在卷子中〈四等重輕例〉所次列的四等字例，共計平聲八組、上聲四組、去聲四組、入聲十組（包含其中字跡殘損的一組），歷來論述等韻學起源的學者，都舉其中的部分例字，說明它嚴整的形式，是等韻形式的雛型。但個人以為〈四等重輕例〉所呈現的等韻形式，實在還有深入探究的必要，所以進一步取《韻鏡》圖表與它仔細地覈查比較，作成「〈四等重輕例〉與《韻鏡》比較表」（參閱附表二）以觀察，於是發現〈四等重輕例〉所顯示的等韻形式，是極為嚴整完密，並不是一般所謂「雛型」的形式。

就從它四等排列的情形來說，它四等的排列，與《韻鏡》是完全吻合的，例如豪、桓、侯、談、寒、旱、敢、緩、皓、翰、換、德排列在一等地位，屬一等韻；肴、刪、咸、山、產、檻、潸、巧、諫、襉、麥、陌、排列在二等地位，屬二等韻；宵、宣、尤、鹽、仙、獮、琰、選、小、願、線、職、陌排列在三等地位，屬三等韻；蕭、先、添、銑、篠、霰、錫、昔排列在四等地位，屬四等韻。其中除《韻鏡》無宣選二韻，其宣選二字都歸屬於仙獮韻，是由於二者所根據的韻書有別，而導致韻目不一以外，其餘甚至連陌韻有二三兩等的情形，也都相同。另外在平聲三等尤韻「流浮謀休」四字下的四等地位，有幽韻「鏐滮繆休」諸字，而當我們參照《韻鏡》圖中，尤幽二韻同屬三等韻，且在同居一圖的情況下，尤韻居三等地位，幽韻則借位置於四等的情形，可以知道在〈四等重輕例〉中，幽韻已有同於《韻鏡》的借位現象。再如近來學者所注意發生於支脂真諄祭仙宵侵鹽及其相承上去入聲諸韻唇牙喉音下的重紐現象，也見於〈四等重輕例〉的字例當中，例如上聲三等琰韻，除了三等地位有喉音影母「掩」字，另外有伸入四等地位的「黶」字。再如上聲獮韻也是三等韻，但它的唇音明母「緬」字卻伸入四等，而為與三等「免」字對立的重紐字。又《韻鏡》列圖，於舌音部位，一四等列舌頭音端系字，二三等列舌上音知系字，而〈四等重輕例〉中的舌音諸字例，如「擔鵮霑战」、「丹譠邅蹎」、「但綻纏殿」、「蟹搦匿溺」、「特宅直狄」、「忒坼勑惕」

等，都與《韻鏡》列圖相符，像這樣嚴密地以四等來分析切語聲韻的現象，假設仍認定它是等韻的「雛型」，恐怕是說不通的。

其次，如果再從它開合分配的情形來觀察，則就更能了解它等韻觀念與形式的成熟。在〈四等重輕例〉中，開口字與合口字是儼然分立，而不相混的。如平聲一等的高、樓、裒、擔、丹、晦、齁及其相配的二三四等字，無一字不是屬於開口，一等的觀及其相配的二三四等字，也都是屬於合口的。尤其在它相配的四等，和《韻鏡》有不同的時候，我們更能看出它開合觀念的嚴明。例如平聲的「丹寒譠山邅仙顛先」及上聲的「趲旱簡產蹇獮蠒銑」，《韻鏡》「單邅顛」和「笴蹇繭」均在二十三轉開口圖的一三四等，「譠」「簡」在二十一轉開口圖的二等，〈四等重輕例〉則將這些等第不同的開口字相配在一起。再如去聲的「旰翰諫諫建願見霰」，《韻鏡》「旰諫見」在二十三轉開口圖的一二四等，「建」在二十一轉開口圖的三等，〈四等重輕例〉也是將這些同開口的字，相配起來。還有，《韻鏡》列於四十二轉開口一等三等的職德韻字，及列於三十三、三十五兩轉開口二等四等的陌麥昔錫韻字，與三十三轉開口三等的「隙」字，〈四等重輕例〉都把這些開口字按四等的次序相配起來，所以它的開合觀念可以說是相當清晰的。至於其唇音字的開合，如上聲列有「滿緩矕潸免選緬獮」，去聲列有「半換扮襉變線遍霰」，如果按照它仙宣、獮選分韻及開合分明的觀念看來，似乎上列的唇音字，應屬於合口。但是由於唇音開合的問題，十分複雜，宋元等韻圖於韻字的開合，不盡一致，所以上面八字是否全屬合口，則不敢遽爾確定。

再者，關於十六攝與內外轉，從〈四等重輕例〉來看，好像仍屬於發展過程中的形態，所呈現的觀念猶然不十分完整明確。例如它的平上去三聲，外轉的山效咸三攝韻字，與內轉的流攝韻字，都界域分明，絕不相混。但是在入聲裡的情形，就不是這樣了，在宋元韻圖中職德二韻屬於內轉的曾攝，陌麥昔錫四韻則屬於外轉的梗攝，二攝韻圖是迥然分立，絕不相混的，而〈四等重輕例〉則將職德與陌麥昔錫同列。

總之，儘管〈四等重輕例〉僅有少少地二十五組四等字例，但從這裡我們可以了解在唐代中晚時期，已具備了等韻的基本觀念與完整形式，其無論是四等、開合均是如此地成熟，形式、歸字是如此地嚴謹不苟，除了後人併轉為攝與內外轉的畛域還不十分明晰之外，其餘可以說是與《韻鏡》、《七音略》無異，甚至在其字例中，有一些有聲無字而作「(無)」的情形，也不例外，真讓人懷疑〈四等重輕例〉的作者是否是根據當時完整的等韻圖摘錄舉例，以說明「四等重輕」的觀念。所以周祖謨氏曾有：

> 此卷〈四等重輕例〉所列各韻字的等第已經與宋代相傳的《韻鏡》完全相同，很像是根據一種已有的韻圖錄下來似的。

這樣的話，個人是十分贊同他的說法。另外趙蔭棠〈守溫韻學殘卷後記〉則謂：

> 又有可言者，即此卷殘至若何程度？換言之，即此之後是否附有韻圖？余以為此卷雖殘，但所缺無

> 多，卷後決無韻圖，『定四等輕重例』[12] 下，只言某字宜在某等，假有圖攝，必言某字宜居某攝某圖也。且於例文之後，舉平聲三十二，上聲去聲各十六，入聲四十；假有圖攝，何必多此一舉？然所舉者，按等分例，毫無紊亂，故謂為後日圖攝之雛形也可。是在讀者善知古人之用心耳。

其實韻學殘卷是否有附圖，本來就不可考，因為據潘師石禪〈P2012 號守溫韻學殘卷校後記〉云此卷本是「僧徒據守溫韻學完具之書，隨手摘抄數截於卷子之背，並未全錄原書，故僅有此片段遺文耳」，[13] 所以守溫韻學之書究竟有無韻圖實不可知，何況〈四等重輕例〉旨在說明四等的觀念，似乎也不必一定要言明出自某圖某攝。

綜論上述，個人以為由〈四等重輕例〉所呈現完備的等韻觀念與嚴整的四等形式，可知唐人已知分析韻書切

---

[12] 應作「定四等重輕例」，趙氏文中「重輕」二字已倒。

[13] 參見《瀛涯敦煌韻輯別錄》p83。

語的聲類以歸字，必然也會將韻書所有的切語作全面的分析，以產生等韻圖，所以在守溫的同時，照理應有完整地等韻圖問世才是，而由此似乎也可以印證《韻鏡》序作題下注「舊以翼祖諱敬，故為韻鑑，今遷祧廟，復從本名」一語，以為《韻鏡》於宋以前即已有之，當非虛語。

三、釋輕重清濁

研究聲韻學，詞語的詮釋，是十分重要的項目，因為古人分析音理，各憑已意，所以往往有名同實異，或實同名異的現象，因此我們對於《守溫韻學殘卷》中多次提列的「輕重」與「清濁」的意義，應先有一番認識與了解。

在《守溫韻學殘卷》中提到「輕」、「重」，先後有六次，但是如果我們想要了解它的意義，則必須從第三截「夫類隔切字有數般，須細辯輕重，方乃明之」條例中所舉的例子入手。其載錄「如方美切鄙　芳逼切塩　苻

（符）巾切貧　武悲切眉」一類的類隔切語，稱「此是切輕韻重隔」，而「如疋問切忿[14]　鋤里切士」一類的類隔切語，稱「此是切重韻輕隔」，而於所謂的「輕」、「重」，又是針對「切」、「韻」而言，然「切」、「韻」所指為何呢？周祖謨氏以為「所謂切輕韻重，切指聲母而言，韻則指被切字的字音而言」，[15] 然而周氏的說法，似乎值得商榷，在《守溫韻學殘卷》第一截「定四等重輕兼辯聲韻不和無字可切門」，就有如下的敘述：

> 高　此是喉中音濁，於四等中是第一字，與歸審穿禪照等字不和，若審穿禪照中字為切，將高字為韻，定無字可切，但是四等喉音第一字惣如高字例也。
>
> 交　此字是四等中第二字，與歸精清從心邪中字不

[14] 劉半農氏《敦煌掇瑣》原作「疋問切忿」，潘師石禪校「疋」作「父」，羅常培氏則作「匹」，按文例言之，恐當從劉抄，又「疋」乃「匹」之俗字。

[15] 參見周祖謨《問學集 · 讀守溫韻學殘卷後記》一文 p505。

> 和，若將精清從心邪中字為切，將交字為韻，定無字可切，但是四等第二字惣如交字例也。審高反、精交反是例諸字也。

由其語意及末尾「審高反」、「精交反」的例子，應可肯定「切」所指的是「反切上字」，「韻」所指的是「反切下字」。另外在卷中草書字大的第二截裡，舉「尊生反」「生尊反」為例，言「無字可切」，及第三截「兩字同一類憑切定端的例」，所及的「切韻」一詞，意義都是如此的。[16]「切」、「韻」的意義既然明確，繼而「輕」、「重」的意義為何呢？則恐與等韻圖中聲母韻母的分等有關。如「方美切鄙　芳逼切塥　苻（符）巾切貧　武悲切眉」諸類隔切語之所以被稱作「切輕韻重隔」，正是反切上字「方」、「芳」、「符」、「武」聲母都屬輕唇音非敷奉

16 以反切上字為切，反切下字為韻，在其他文獻裡也多如此說，如沈括《夢溪筆談》卷一五：「切韻之學，本出於西域。漢人訓字，止曰讀如某字，未用反切。……所謂切韻者，上字為切，下字為韻。」又四部叢刊續編本《切韻指掌圖》的〈檢例〉下一項云：「凡切字以上者為切，下者為韻。」

微，但是在等韻圖中，唯有東鍾微虞廢文元陽尤凡十韻及其相承的上去入聲在三等韻時，非敷奉微始歸入輕唇音，否則都得讀作重唇音，現在這些反切上字雖然都是輕唇音，但是它們的反切下字，「美」屬旨韻、「逼」屬職韻、「巾」屬真韻、「悲」屬脂韻，雖然都是三等韻，卻不屬上述讀輕唇音的諸韻，因此這些韻部的唇音字，都必須讀重唇音，所以「切輕韻重」就是指反切上字的聲母雖是輕唇，但反切下字所屬的韻母，其唇音字卻應該是重唇，所以這個「門法」就是告訴讀者，這種類隔現象，是不能依反切上字切音，須就其反切下字切音。也許有人會懷疑卷子的作者，如何確定上述諸韻要讀輕唇，其餘的韻部則屬重唇呢？則在此卷第三截末尾有一「辯聲母相似歸處不同」的門法，那正是上述諸韻讀輕唇音的例字，雖然聲母僅是非敷兩類，韻部也僅舉了平上二聲，但已足夠說明卷子作者對於那些韻讀輕唇屬「輕」，那些韻讀重唇屬「重」，早就瞭然於胸，絕不相混。

其次，「疋問切忿　鋤里切士」二切語之所以被稱為「切重韻輕隔」，則「疋問切忿」的切語上字「疋」屬重唇滂母，切語下字「問」屬讀輕唇音的問韻，正是「切重韻輕」的類隔現象，所以作者指明切音之際，當以韻母的輕唇音為歸。至於「鋤里切士」之稱為「切重韻輕隔」恐較不易曉悟，因為切語上字「鋤」屬牀母，「里」屬三等止韻，就等韻學言，莊系字是出現在二等韻與三等韻中的，現在止韻正是三等韻，由「鋤里」切出「士」字，按理是屬音和，而此處何以稱為類隔呢？個人以為莊系字在韻圖中恆居二等的位置，其屬三等韻時，三等地位已有照系字，莊系字則借位於二等，是假二等；屬二等韻時，二等是其本位，是真二等，今切語下字「里」屬三等韻，作者之意，以為不當在三等照母位置切得「士」字，而當在二等地位，這應該就是他所指的「類隔」，莊系字的發音部位為正齒近於齒頭，照系字為正齒近於舌上，所以由「切重韻輕」一詞觀之，莊系字為「重」，照系字為「輕」，輕重是由聲母的發音部位與韻母的等第配合而言的。另外周祖謨〈讀守溫韻學殘卷後記〉一文中，對於「鋤里切士」為「切重韻輕隔」的說法，與上面的敘述有很大的出入，他說：

至於「鋤里切士」一例，鋤士韻書同屬牀母二等，本非類隔， 此處指明為切重韻輕隔，則鋤士聲母讀音已不同。鋤為平聲字，士為上聲字，鋤今為塞擦音，士為擦音，守溫時可能已經如此。所以把「鋤里切士」也列為類隔。依此而推，去聲「事」字一定也與「鋤」字聲母不同。這是一條很寶貴的材料。

但是由於他對「切韻」一詞的解釋有所偏失，如果再據之論述輕重類隔現象的說法，則恐怕不容易成立了。

在此韻學殘卷中，提及「清」、「濁」的有兩處，而且都在第一截，一在卷首依發音部位分述的三十字母裡，內容作：

喉音　心邪曉是喉（誒）中音清，匣喻影亦是喉中音濁。

一在「定四等重輕兼辯聲韻不和無字可切門」下云：

高　此是喉中音濁，於四等中是第一字，……

這兩處的「清」、「濁」，在意義上恐怕是不相同的。因為前者是次列在依唇舌牙齒喉五發音部位分列的三十字母中，在喉音部位下，以心邪曉三母為清，以匣喻影為濁，按理此處的「清」「濁」是就聲母的性質而言的。但仍有些令人不免懷疑的是，在卷子的其他地方，「心邪」二母都是與「精清從」三母同列，因此喉音下的「心邪」，恐不該屬喉音，而應與「精清從」同列在齒頭音中，這種情形，或許是抄錄的僧徒無意間錯置的。其次匣喻影三母屬濁的排列，則又與《韻鏡》以「影曉」屬清，「喻匣」屬濁的排列不同，是否是因心邪的錯置，抄錄僧徒為求形式的整齊，而連帶影響其餘聲母的排列，則不可知了。但無論如何，喉音下分聲母為清濁兩類，應無疑問，此則較隋唐人以清濁來分析韻部，更接近後世聲母帶音（voiced）與不帶音（voiceless）的觀念。

而後者以「高」為「喉中音濁」，則恐怕是從韻母的角度而言的。因為近來學者多以為隋唐時期言清濁多指韻母，如龍宇純氏在〈李登聲類考〉一文即謂：

> 一時代有一時代的用語，以隋唐時代的資料互相比勘，顯示其時所謂清濁，原係一貫的用以說明韻母

音素的差異。[17]

又較早的唐蘭也曾分析唐末以前的清濁觀念，並提出「前元音算清，後元音算濁；開口算清，合口算濁」的結編。[18] 今知「高」字在《韻鏡》中屬開口一等豪韻，倘若根據高本漢的說法，[19] 假定它中古的韻值，擬作〔-ɑu〕，那麼它的主要元音為舌面後低元音，則以初步符合唐氏的說法，再者，豪韻雖為開口韻，但亦為收舌面後圓唇高元音韻尾〔-u〕的陰聲韻，韻部是帶著合口的色彩。且日僧了尊《悉曇輪略抄》卷一「弄紐事」引《元和新聲譜》謂：

籠唇，言音盡濁；開齒，則語氣俱輕。

---

[17] 本文收錄於《臺靜農先生八十壽慶論文集》中。

[18] 參見唐蘭〈論唐末以前的輕重和清濁〉一文，發表於《北大五十週年紀念論文集》中。

[19] 參見高本漢著，趙元任、李方桂合譯的《中國音韻學研究》一書，〈古代韻母的擬測〉一章 p484。

其以「籠唇」為「濁」，也都可以推知豪韻的「高」字，由韻部來分析清濁，應是屬於濁的一類。既然主要元音與韻尾都屬於較後的部位，發音時予人有接近喉音的意象，因此作者稱之為「喉中音濁」。

由於末尾的清濁，有從聲母來分析，有從韻母來辨別，可見得作者對清濁的觀念仍不十分成熟，但由此當可了解此時清濁的觀念，已逐漸由韻部音素的差異，轉變至聲母發音方法的不同。

四、聲母的分化

在本卷的卷首，有依唇舌牙齒喉五個發音部位次列的三十字母，其內容為：

唇音　不芳
　　　　並明
舌音　端透定泥是舌頭音

知徹澄日是舌上音

牙音　見（君）溪群來疑等字是也

齒音　精清從是齒頭音

審穿禪照是正齒音

喉音　心邪曉是喉（譺）中音清

匣喻影亦是喉中音濁

但這並不表示當時的聲母只有這三十類，我們如果仔細地去分析卷子裡的其他內容，就可以知道它所呈現的聲母，至少有四十類之多，其分化相當細密，甚至可能同於《廣韻》的四十一聲類。

先就唇音來談，在上列的三十字母中，唇音僅有「不芳並明」四母，而且沒有輕重唇的區分，但實際上卷子中所顯示的唇音是輕重唇迥然對立不同的。例如前面曾經引述第三截「夫類隔切字有數般須細辯輕重方乃明之」時所舉的例子：

如方美切鄙　芳逼切堛　苻（符）巾切貧　武悲切眉　此是切輕韻重隔

如疋問切忿 鋤里切士 此是切重韻輕隔

其中的方芳符武忿諸字，正是屬於輕唇音非敷奉微等聲母；鄙塩貧眉疋諸字，則屬於重唇音幫滂並明等聲母，這個條例是將聲韻不和，歸字時不能得其本字本音的切語，稱作類隔，正呈現出反切上字與所切之字，聲母為不同類。又卷尾「辯聲韻相似歸處不同」的條例中，所舉「不芳」兩母的例字，全屬東鍾微虞廢文元陽尤凡十韻及其相承上聲韻中的輕唇音，雖然它只舉「不芳」兩母和平上二聲，但可見當時輕唇音的分化已經完成，而與重唇音明顯地對立，不相混淆。

在齒音方面，三十字母中已有齒頭音精清從心邪與正齒音照穿審禪九母。事實上卷子中的正齒音四母可再細分成九類，何以見得呢？我們從「兩字同一類憑切定端的例」所載六組對比的字例，就可以明白，茲摘錄其字例並注明聲類如下：

諸章魚反（照） 辰常鄰反（禪）
葅側魚反（莊） 神食鄰反（神）

禪市連反（禪）	朱章俱反（照）
潺士連反（牀）	傷莊俱反（莊）
承署陵反（禪）	賞書兩反（審）
繩食陵反（神）	爽 疎兩反（疏）

顯而易見，其中的照與莊，禪與神牀，審與疏是有所區別的，因此卷子作者刻意地將這些韻同而聲類不同的字例排比，以說明在韻圖歸字時，要憑反切上字定位。此處雖然沒有提列穿與初，但依據莊照二系分立的情形推知，也應該是別為兩類的。所以，在中晚唐時期以前，莊照兩系的分化，應已完成。

至於舌音部分，三十字母中將舌音分為舌頭音與舌上音兩類，其中除了舌上音有日母之外，餘都與後世相同，其所以如此，大概是作者見於端透定與知澈澄，有部位上的對立關係，而泥母沒有，於是取發音部位、發音方法比較接近的日母來和它對立，當然這表示非古本聲的日母，在此以前已經分化了，而此時娘母是否也分化了呢？這就較難斷定了。因為在卷子中言及須細辯輕重以明類隔切字時，舉「如都教切罩　他孟切掌　徒幸切瑒　此是舌頭舌上隔」為例，其中辨明端知透徹定澄等字為類隔，是不及泥娘二母的，但是我們也不可就此否定此時有「娘」母分化的可能，其理由是〈四等重輕例〉的入聲部分，是由陌麥昔錫職德六韻相配而成四等形式，除分圖外，其形式與內容和《韻鏡》並無二致，而《韻鏡》泥娘二母的對立是十分清楚的，所以此時「娘」母的分化，是極有可能的。

最後關於「為」母的分化，由於卷子中不曾有「為」母的字例，所以無法觀察它的分化情形，但是根據羅常培氏的說法，[20]「為」母是在六世紀末，自匣母分化出來，而且在《韻鏡》中喻為兩母也是孑然對立的兩類，所以照理此時應該有分化了的「為」母。

既已了解聲母的分化現象，則當進而討論三十六母產生的問題，由此本卷卷首題有「南梁漢比丘守溫述」一

---

20 參見羅常培《語言學論文選集》中〈《經典釋文》和原本《玉篇》反切中的匣于兩紐〉一文。

語，後面接著排列了三十字母，羅常培氏因而以為守溫所發明者為三十字母，三十六字母則為宋人增益而成，並仍託諸守溫，傳統的說法，如明呂介孺《同文鐸》所述「大唐舍利刱字母三十，後溫首座益以孃牀幫滂微奉六母，是為三十六母」為不可信。[21] 羅氏之說，學者都以為不可信。如林景伊先生於《中國聲韻學》曾力闢其說，[22] 趙蔭棠氏〈守溫韻學殘卷後記〉一文，也主張守溫創三十六字母之說，以為與宋人著錄「守溫三十六字母圖一卷」相符，這是趙說有據之處，至於趙氏又認為殘卷所載三十字母係守溫初撰，三十六字母為守溫入宋後加以增益修正而成，在前文已曾論及守溫入宋之說，仍有未穩，所以趙氏的說法，也未必可信。另外，周祖謨在〈讀守溫韻學殘卷後記〉一文嘗以敦煌 S215 號卷子歸三十字母例與《守溫韻學殘卷》比較，以為二者雖然都列三十字母，但在分類、編排上，顯然是後者勝於前者，而前者的時代，理應早於後者，

[21] 參見羅氏〈敦煌寫本守溫韻學殘卷跋〉一文。

[22] 參見《中國聲韻學》，（黎明文化事業公司出版）p55～57。

因而推知三十字母的產生，當在守溫之前，這樣的說法，自然可作為守溫不創三十字母的旁證，所以個人以為守溫在韻學之書卷首寫下自己的郡望僧號而言「述」，實有其理，古人臨文用字，必是相當審慎，後人又何必非要誣以為「作」不可呢？何況就本卷聲母分化的情勢與等韻形式的成熟二因素觀察，守溫立於三十字母的基礎上，增益孃牀幫滂微奉六母，成為三十六字母，應屬合理之事，就唇音言，在當時的語音既已能辨別輕唇音與重唇音的不同，而等韻形式二類又孑然分立，但三十字母中，輕唇字母僅有「不芳」，重唇字母僅有「並明」，在這嚴整的等韻形式下，自然會很容易地發現輕重唇的字母，並不構成對立的情勢，因而字母家便在輕唇下增益「奉微」，重唇下增益「幫滂」等字母，以使形成對應的關係。就齒音言，在三十字母中齒頭音有精清從心邪五母，正齒音卻只有照穿審禪四母，而在等韻圖中，齒頭居一四等，正齒音居二三等，在齒頭音與正齒音對立的形式下，正齒音少了一個相應的字母，既然當時「禪」「牀」二類，語音上有所分別，因此字母家自會想到再添增「牀」母來與齒頭的「從」母相應。至於舌音方面，在論類隔時，已知端透定與知徹澄，音值有別，而三十字母裡端透定泥為舌頭音，知徹澄為舌上音，在等韻形式下，舌頭音居一四等，舌上音居二三等，顯然在舌上音裡，少了一個與「泥」母相對應的字母，字母家自然也會增益「娘」母，使舌音如同唇音、齒音一樣，字母得以分配整齊。因此傳統以守溫增益三十字母成為三十六字母的說法，應該是可以肯定的，可惜今已無法目睹完整守溫韻學之書，無從知道在守溫「述」三十字母的同時，是否已增添了娘牀幫滂微奉六母，但是個人以為此守溫韻學之書，即使尚無三十六字母，而在此書完成後的不久，守溫也當增益成三十六字母，不必入宋才產生。

五、門法的原型

論及等韻門法，本卷所摘錄的門法，應該是目前所見最早的。無論是「門」「例」的稱名，或「音和」、「類隔」的觀念，都為後來的等韻家所因襲。卷子上的門法，基本上是在強調音和的觀念與類隔切語的辨明。其於「定四等重輕兼辯聲韻不和無字可切門」後所舉的〈四等重輕例〉，則旨在說明四聲與四等，在聲韻輕重音和情形下的歸字現象，至於聲韻的輕重不和，則無法在等韻圖中「橫推直看」地切得相應的字音，所以在這門法下，舉審高反、精交反為例，言居二等的審母與居一等的豪韻，居一等的精母與居二等的肴韻，都是聲韻不和的切語，無法相配切音。另外卷子中草書字大的第二截中，也舉「生尊反」、「尊生反」為例言「無字可切」，及第三截中舉「切生」、「聖僧」、「床高」、「書堂」、「樹木」、「草鞋」、「仙客」等作為「聲韻不和切字不得例」的例切，都是作者反覆再三，不厭其煩地闡述切語上下字聲韻不和，是無法歸字拼切字音的，音和是歸字得音的根本條件。

「類隔」的現象，照道理也應該是屬於一種「聲韻不和」，但卷子作者似乎認為二者有所區別，那就是「類隔」切語仍可「傍韻切字」，「而聲韻不和」是根本「無字可切」。在本卷中言類隔切，有廣義與狹義的不同，其所謂「夫類隔切字有數般，須細辯輕重，方乃明之」的「數般」，就是指明類隔包含了數種情形，所以它後面舉了舌頭舌上、重唇輕唇、照二照三等情形的類隔例子，這是廣義的類隔，與後來《四聲等子》的「辨類隔切字例」以唇重唇輕、舌頭舌上、齒頭正齒的類隔，有些不同。至於狹義的類隔，因為作者在言廣義類隔之後，有「恐人只以端知透徹定澄等字為類隔，迷於此理，故舉例云更須子細子細」一語，可見時人也單獨將舌頭舌上的類隔切語稱為「類隔」，此為狹義的類隔，後來元劉鑑《經史正音切韻指南》的「門法玉鑰匙」的「類隔門」正是狹義的一類，可見得這狹義的說法，對後世有著相當地影響。

此後廣義類隔中的「重唇輕唇」一類，至元劉鑑的《門法玉鑰匙》則另別為「輕重交互門」，「照二照三」一類也別立「正音憑切門」。另外本卷的「兩字同一韻憑切定端的例」一項，旨在說明三等韻時的莊照兩系，須各憑聲類定位，這種歸字定位，對於居三等的照系則屬於音和，但對於莊系，則屬於前面照二照三的「切重韻輕隔」。

又卷末有舉東鍾微虞廢文元陽尤凡十韻及相承上聲韻的非敷兩母字例，以闡述「辯聲韻相似歸處不同」一例，這是較為特殊的「門法」，它仍屬於「音和」，但似乎純粹是針對實際語音狀況而言的。大致是當時的非敷二母，都是具有擦音性質的聲母，而二者又僅憑送氣與不送氣來區別，因此音值上極為相近，不容易分辨，致有合流的趨勢，於是作者便設立這「門法」，以關照學者在歸字切音之時，要辨析清楚，二者在等韻圖上是左右相鄰，不在一處。

最後在卷子第三截尚有「辯宮商徵羽角例」，其內容為：

欲知宮舌居中　　欲知商口開張　　欲知徵舌柱齒
欲知羽撮口聚　　欲知角舌縮卻

由此可知當時仍然以宮商徵羽角五音代替喉齒舌脣牙五個發音部位，而有別於《韻鏡》與《七音略》的七音。[23] 但是以「舌居中」、「口開張」、「舌柱齒」、「撮口聚」、「舌縮卻」等詞語來形容五種部位的發音方法，此種渾然意象式的解說，個人懷疑是單憑「宮商徵羽角」這五個字

[23] 由此可知五音代表五個發音部位，應該是屬三十字母時期，至三十六字的產生，則五音也擴而為七音。

的字音而敘述的，恐怕未必是描摹部中聲母發音狀況而得到的結果，而這個解說部位發音方法的條例，應該不能算是解說歸字切音的門法。

總之，本卷的門法是屬於一種觀念性、簡扼性的原始雛型，這種原型在《四聲等子》裡便逐漸分化，條例的特性愈來愈強。由例外切語所生的門法愈來愈多，而且隨著時代愈晚，內容也愈趨繁瑣複雜，元劉鑑《切韻指南》以《四聲等子》為宗，但它載錄的「門法玉鑰匙」已分至十三門之多，再及明釋真空的「直指玉鑰匙門法」更達二十門之譜，其內容已是撲朔迷離，眩神惑智，令人有治絲益棼的感覺，與本卷原型的門法，已有相當大的距離。

〈附表一〉：〈四等重輕例〉與唐宋韻書切語比較表

韻書／切語／韻目	四等重輕例	S2071	P2011	P2014	唐韻	全王	廣韻	說文篆韻譜
寒	丹多寒	單都寒	單都寒			單都寒	單都寒	單都寒
桓	觀古桓	官古丸	官古丸			官古丸	官古丸	官古丸
豪	高古豪	高古勞	高古勞	高古刀		高古勞	高古勞	高古牢
侯	樓落侯	樓落侯	樓落侯			樓落侯	樓落侯	樓洛侯
侯	裒薄侯					裒薄侯	裒薄侯	
侯	呣亡侯						呣亡侯	
侯	齁呼侯	齁呼侯	齁呼侯			齁呼侯	齁呼侯	
談	擔都甘❶					擔都甘	擔都甘	
旱	薛歌旱		笴各旱			笴各旱	笴古旱	稈古旱
緩	滿莫伴	滿莫旱	滿莫旱	滿莫卯		滿莫旱	滿莫旱	滿莫旱
皓	杲古老	暠古老	暠古老			暠古老	暠古老	杲古艸
敢	埯烏敢	埯央敢				埯安敢	埯烏敢	
翰	旰古案		旰古旦		旰古案	旰古旦	旰古案	旰古案
翰	岸五旰		岸吾旦		岸五旰	岸五旦	岸五旰	岸五幹
翰	但徒旦		憚徒旦		憚徒案	憚徒旦	憚徒案	憚徒案
換	半布判		半博漫		半博漫	半博漫	半博慢	半博縵
德	勒郎德			勒力得		勒蘆德	勒蘆則	勒盧得
德	刻苦德			刻口得	刻苦得❷	刻苦德	刻苦得	刻苦德
德	鸔奴德					鸔乃北	鸔奴勒	

韻書 切語 韻目	四等 重輕例	S2071	P2011	P2014	唐韻	全王	廣韻	說文 篆韻譜
德	特徒德			特大得		特徒德	特徒得	特徒得
德	北布德			北博墨	北博墨	北博墨	北博墨	北博墨
德	械古德			祴古得			祴古得	
德	忒他德			忒他得		忒他則	忒他德	忒它得
德	餩烏德					餩愛墨	餩愛黑	
德	墨莫德			墨亡得	墨莫北	墨莫北	墨莫北	墨莫北

備註：

❶：原卷作「檐」，《廣韻》「檐」屬三等鹽韻，作余廉切。故此「檐」應為「擔」之俗形，因唐俗書木扌不分。

❷：原卷刻音若得切，「若」當為「苦」之形訛，今正。

〈附表二〉：〈四等重輕例〉與《韻鏡》比較表

名稱	四等	四聲	平聲								上聲				去聲				入聲								
四等輕重例	1	歸字	高	觀	樓	裒	擔	丹	呣	齁	薢	埯	滿	杲	旰	岸	但	半	勒	刻	鞶	特	北	棫	忒	餕	墨
		韻目	豪	桓	侯	侯	談	寒	侯	侯	旱	敢	緩	皓	翰	翰	翰	換	德	德	德	德	德	德	德	德	德
	2	歸字	交	關	無	無	鵮	譠	無	無	簡	黤	膋	姣	諫	鴈	綻	扮	砉	緙	棡	宅	蘗	革	坼	餲	麥
		韻目	肴	刪			咸	山			產	檻	潸	巧	諫	諫	襇	襇	麥	麥	陌	陌	麥	麥	陌	陌	麥
	3	歸字	嬌	勬	流	浮	霑	邅	謀	休	蹇	掩	免	矯	建	彥	纏	變	力	隙	匿	直	逼	棘	勑	憶	齧
		韻目	宵	宣	尤	尤	鹽	仙	尤	尤	獮	琰	選	小	願	線	線	線	職	陌	職	職	職	職	職	職	職
	4	歸字	澆	涓	鏐	滮	戠	顛	繆	休	璽	魘	緬	皎	見	硯	殿	遍	歷	喫	溺	狄	壁	擊	惕	益	覓
		韻目	蕭	先	幽	幽	添	先	幽	幽	銑	琰	獮	篠	霰	霰	(霰	(霰	錫	錫	錫	錫	錫	錫	錫	昔	錫
韻鏡	1	歸字	高	官	樓	裒	擔	單	呣	齁	笴	埯	滿	暠	旰❷	岸	憚	半	勒	刻	鞶	特	北	祴	忒	餕	墨
		韻目	豪	桓	侯	侯	談	寒	侯	侯	旱	敢	緩	皓	翰	翰	翰	換	德	德	德	德	德	德	德	德	德
		轉次	25	24	37	37	40	23	37	37	23	40	24	25	23	23	23	24	42	42	42	42	42	42	42	42	42
		開合	開	合	開	開	開❶	開	開	開	開	開	合	開	開	開	開	合	開	開	開	開	開	開	開	開	開
	2	歸字	交	關	○	○	詀	譠	○	○	簡	黤	膋	絞	諫	鴈	袒	扮	礐❹	礊	踣	宅	檗	隔	坼❼	啞	麥
		韻目	肴	刪			咸	山			產	檻	潸	巧	諫	諫	襇	襇	麥	麥	陌	陌	麥	麥	陌	陌	麥
		轉次	25	24			39	21			21	40	24	25	23	23	21	21	35	35	33	33	35	35	33	33	35
		開合	開	合			開	開			開	開	合	開	開	開	開	開	開	開	開	開	開	開	開	開	開
	3	歸字	驕	勬	劉	浮	霑	邅	謀	休	蹇	埯	免	矯	建	彥	邅	變	力	隙	匿	直	逼	殛	敕	憶	齧
		韻目	宵	仙	尤	尤	鹽	仙	尤	尤	獮	儼	獮	小	願	線	線	線	職	陌	職	職	職	職	職	職	職

名稱	四等	四聲	平聲								上聲				去聲				入聲								
		轉次	25	24	37	37	39	23	37	37	23	40	23	25	21	23	23	24	42	33	42	42	42	42	42	42	42
		開合	開	合	開	開	開	開	開	開	開	開	開	開	開	開	開	合	開	開	開	開	開	開	開	開	開
	4	歸字	驍	涓	鏐	滮	髫	顛	繆	𧖾	繭	魘	緬	皎	見	硯	電	徧	靂	燩	愵❺	狄	壁❻	激	逖	益	覓
		韻目	蕭	先	幽	幽	添	先	幽	幽	銑	琰	獮	篠	霰	霰	霰	霰	錫	錫	錫	錫	錫	錫	錫	昔	錫
		轉次	25	24	37	37	39	23	37	37	23	40	21	25	23	23	23	23❸	35	35	35	35	35	35	35	35	35
		開合	開	合	開	開	開	開	開	開	開	開	開	開	開	開	開	開	開	開	開	開	開	開	開	開	開

備註：

❶四十圖原作「合」，龍宇純《韻鏡校注》、李新魁《韻鏡校證》以為當作「開」，茲據正。

❷「盱」原作「肝」誤，茲據《韻鏡校注》、《韻鏡校證》正。

❸「徧」《韻鏡》兩見，一在線韻一在霰韻，茲據《韻鏡校注》、《韻鏡校證》。

❹三十五圖原無「礐」字，茲據《韻鏡校注》、《韻鏡校證》補。

❺「愵」原作「惄」誤，茲據《韻鏡校注》、《韻鏡校證》正。

❻「壁」原作「璧」誤，茲據《韻鏡校注》、《韻鏡校證》正。

❼「坼」原作「拆」誤，茲據《韻鏡校注》、《韻鏡校證》正。

原刊載於《中華學苑》34，p9～30，1986 年

／《聲韻論叢》第一輯，p269～296，1994 年

《廣韻》祭泰夬廢四韻來源試探

在《廣韻》206 韻中，去聲祭泰夬廢四韻，算是相當特殊的韻部了。因為在 206 韻的排列次序中，除了少數韻部如冬韻上聲、臻韻上聲和去聲、痕韻入聲等，由於字少的緣故，合併於腫隱沒三韻之中，而呈現韻部相承關係上的漏洞之外，唯獨這四個韻無任何相承的關係。這種現象並非到宋修《廣韻》才有，早在隋陸法言的《切韻》就已經如此了，[1] 何以會有如此特殊不相承的現象發生呢？它的發生是否受到一些內在或外緣條件的影響呢？這四韻

[1] 二者在「泰」韻的位置略有差異。《廣韻》四韻的次序作「……未御遇暮霽祭泰卦夬隊代廢……」，故宮藏全本王仁昫《刊謬補闕切韻》與敦煌 P2017 號切韻殘卷則作「……未御遇暮泰霽祭卦怪夬隊代廢……」。

形成的過程又是如何呢？又倘若它有相承關係的話，那麼可能的情形又是如何呢？諸如此類的問題，都值得我們一一去追索深思，於此，個人則首次嘗試探討它由上古至中古的發展徑路，希望能尋得一些兒線索來。

一、上　古

談到祭泰夬廢四韻的上古來源，通常學者們都會聯想到它與入聲的關係，是的，它的確與入聲有極密切的關係，然而是不是密切到如王力《漢語史稿》裡所說的：

> 《切韻》的祭泰夬廢不和平聲韻相配，顯得它們本來是入聲。[2]

那種程度呢？要了解這個問題，首先我們得從這四韻的諧聲現象去觀察，茲依據陳師伯元《古音學發微》的〈古韻

[2] 參見《漢語史稿》第二章〈語音的發展〉p89。

三十二韻諧聲表〉，[3] 並參酌沈兼士的《廣韻聲系》，分析各韻所含的諧聲偏旁及其所屬上古韻部如下：

祭韻	入聲	*月部	折18 世15 蠆15 彗14 㡀10 制10 叕10 歺10 兌10 衛11 匃8 祭7 埶7 毳7 帶7 丯6 厥6 筮5 絕3 欮2 戉2 害2 殺3 大1 夬1 截1 彐1 贅1 砅1 憩1
		*質部	悉3 自3 丿1
		*沒部	內13 出4 率1 旡1
		*錫部	朿3
		*緝部	卒1
	陰聲	*歌部	彖1
		*脂部	齊1 矢4
		*支部	厂12
		*侯部	壴1
		*之部	不1
	陽聲	*諄部	凡1
		*元部	算3 睿2 干1 采1 萬1
		*添部	采1[4] 㐁1

[3] 參見《古音學發微》第五章〈結論〉p946。

[4] 㐁，《說文》為讀若沾與讀若誓兩讀，伯元師近以為兩讀的字，古韻都應該兩收，因此㐁除入添部外，也該入月部。

泰韻	入聲	*月部	會27 大20 杀13 剌10 兊10 匃10 最9 帶6 害6 戉6 貝6 乂5 蠆4 祭2 夅2 伐1 犮1 禼1 巜1 外1 介1 為1
		*沒部	未3 出2 旡2 卒1 頪1
	陰聲	*歌部	多1 羸1 𠂇1
		*脂部	示6
	陽聲	*元部	奐1 干1
夬韻	入聲	*月部	會6 貝5 丯3 夬3 匃2 蠆2 最2 𠯑2 帶1 毳1 叕1 𧶠1
		*沒部	卒1 未1 㕡1
		*職部	塞1
	陰聲	*脂部	示1
		*支部	此1
		*魚部	夏1
		*之部	亥2
	陽聲	*元部	萬3
廢韻	入聲	*月部	乂8 戉7 癶7 杀4 吠3 衛1 伐1
		*沒部	弗1
	陰聲	*歌部	彖4
	陽聲	*元部	奐1

上表中諧聲偏旁下的數目，是表示諧該聲符的字數，如果我們依陰陽入三聲把這些數目再加以統計，並標示其佔各

韻總字數的百分比，排列成下面的圖表：[5]

韻 目	總字數	入聲韻	百分比	陰聲韻	百分比	陽聲韻	百分比
祭	255 字	224 字	87.8%	20 字	7.8%	19 字	7.4%
泰	163 字	152 字	93.3%	9 字	5.5%	2 字	1.2%
夬	43 字	35 字	81.4%	5 字	11.6%	3 字	7%
廢	38 字	33 字	86.9%	4 字	10.5%	1 字	2.6%

則不難發現祭泰夬廢與上古入聲韻部的關係是極為密切，而遠超出與陰聲韻部及陽聲韻部的關係，若再就陰聲與陽聲來比較，則陰入的關係又要比陽入的關係近一些。

除此之外，代表周秦音的《詩經》，其押韻的現象，也是必須注意的重要依據，從其中韻部相押頻率的高低，可以觀察韻部間關係的遠近，茲再以伯元師《古音學發微》中的〈詩經韻讀〉為基礎，[6] 篩檢其中以《廣韻》祭泰夬廢四韻相叶的詩句，共得 60 條，分析它們的押韻現象，分成以下數類，依序排列：

---

5 在這些統計數字中，祭韻的簭斴二字，泰韻的稾薗莌三字，由於不能從諧聲歸其韻部，暫不列入。

6 參見《古音學發微》第五章〈結論〉p890。

(一)　祭韻單獨押韻

厲揭邶風匏有苦葉一章　說說衛風氓三章　世世大雅文王二章　蹶泄大雅板二章

(二)　泰韻單獨押韻

祋芾曹風候人一章　翽藹大雅卷阿七章八章同

(三)　祭泰夬廢四韻互押

敗憩召南甘棠二章　逝害邶風二子乘舟二章　厲帶衛風有狐二章　艾歲王風采葛三章　外泄逝魏風十畝之間二章　逝邁外蹶唐風蟋蟀二章　逝邁陳風東門之枌三章　肺晢陳風東門之楊二章　噲噦小雅斯干五章　艾敗小雅小旻五章　厲蠆邁小雅都人士四章　外邁小雅白華五章　愒泄厲敗大大雅民勞四章　茷噦大邁魯頌泮水一章　大艾歲害魯頌閟宮五章

(四)　與其他入聲韻通押

蕨惙說召南草蟲二章　脫悅吠召南野有死麕三章　闊說邶風擊鼓四章　舝邁衛害邶風泉水三章　活濊發揭孽朅衛風碩人四章　月佸桀括渴王風君子于役二章　發偈怛檜風匪風一章　閱雪說曹風蜉蝣三章

發烈褐歲豳風七月一章　艾晣噦小雅庭燎一章　結厲滅威小雅正月八章　烈發害小雅蓼莪五章　舌揭小雅大東七章　烈發害小雅四月三章　秣艾小雅鴛鴦三章　舝逝渴括小雅車舝一章　撮髮說小雅都人士二章　拔兌駾喙大雅緜八章　拔兌大雅皇矣三章　月達害大雅生民二章　軷烈歲大雅生民七章　揭害撥世大雅蕩八章　舌逝大雅抑六章　舌外發大雅烝民三章　奪說大雅瞻卬二章　竭竭害大雅召旻六章　旆鉞烈曷蘖達截伐桀商頌長發六章

（五）　與去聲韻通押

拜說召南甘棠三章　薈慰曹風候人四章　旆瘁小雅出車二章　滅戾勩小雅雨無正二章　邁寐小雅小宛四章　穉穧小雅大田三章　愒瘵邁小雅菀柳二章　翳栵大雅皇矣二章　旆穟大雅生民四章　惠厲瘵大雅瞻卬一章　渙難周頌訪落

我們再將上面的五類作個統計，並列其所佔的百分比，可得到：

（一）類 **4** 條，佔 **6.7%**　（二）類 **3** 條，佔 **5%**
（三）類 **15** 條，佔 **25%**　（四）類 **27** 條，佔 **45%**
（五）類 **11** 條，佔 **18.3%**

這樣的數據，因而發現祭泰夬廢四韻與入聲押韻，是與去聲押韻的兩倍半，進一步說明它們和《廣韻》入聲字的關係，要遠比跟去聲字的關係，還來得密切，這當然也顯示前面王力所說「它們本來是入聲字」的話，是可以相信的。

另外，在現代的方言裡，也有可以提供作為我們剛才論述參考的。一般學者們擬測中古音系的入聲韻尾有-p、-t、-k 三類，陰聲韻尾則為高元音-i、-u 及開尾韻，今方言裡祭泰夬廢四韻多作開尾韻及韻尾-i 的陰聲韻，唯獨南昌一地方言，其祭韻中的「蔽」字，則仍然讀作 $p'it_{ɔ}$，這是相當值得注意的現象，因為它很可能就是上古祭韻為入聲的遺留，所以清代以來的古音學家，多將這四個韻與月曷末黠鎋屑薛合為一部，實在是有它的道理。

另外我們還要注意上面所列《詩經》韻讀當中，其四韻彼此互相押韻的一類，雖說百分之二十五的比例，不算太高，但這可以表示在《詩經》的時代，它們的音值與其他入聲韻比較起來，或許已經有些不同了。至於祭泰二韻單獨押韻的百分比更低，然而它也顯示出後來分韻的徵兆了。

二、兩　漢

進入兩漢之後，四韻與入聲的關係逐步地疏遠，與去聲的關係，則逐漸地加強，茲以羅常培、周祖謨合著《漢魏晉南北朝韻部演變研究》第一分冊為基礎，抽繹其詩文韻譜中以《廣韻》祭泰夬廢四韻之字押韻計有 125 條，分類排列如下：

（一）　祭韻單獨押韻

1.【前漢】世逝項羽 垓下 歌詩貳 一上[7]　逝世東方朔 文貳伍 三上　裔世韋玄成 自劾詩 詩貳 七下　厲逝劉向 離世 三下　祭筮揚雄 太常箴 七上　厲逝劉歆 遂初賦 文肆拾 二下

2.【後漢】厲逝班彪 覽海賦 文貳叁　厲誓班彪 冀州箴賦　說制班固 東都賦 文貳肆 六上　筮裔張衡 司空陳公誄 文伍伍 三下　說說蔡邕 釋誨 文柒叁　際礪世無名氏 獻帝初童謠 詩伍 九上

---

[7] 體例請參照《漢魏晉南北朝韻部演變研究．韻譜總說》第一分冊 p115。

（二）　泰韻單獨押韻

1.【前漢】沛外武帝劉徹 瓠子歌 詩 一下　蔡蓋司馬相如 子虛賦 文貳堂 二上　蔡害劉勝 聞樂對 文拾貳 六下　磕[8] 沛劉向 九歎逢紛 文參伍 二下　蓋溘闕名 赤蛟 八下

2.【後漢】蓋大崔駰 四皓墟頌 七上　會害李尤 門銘 六上　害大李尤 鎧銘 九下　外害帶沛大張衡 東京賦 文伍參 一下　泰外無名氏 淮南王篇 漢詩肆 九下

（三）　祭泰夬廢四韻互押

1.【前漢】帶厲裔高帝劉邦 封爵誓 漢文壹 七上　帶礪世高帝劉邦 丹書鐵卷 七上　大敗世賈誼 鵩鳥賦 文拾伍 二下　廢外枚乘 七發 文貳壹 四下　礚裔同上 七上　邁歲孔臧 諫格虎賦 文拾參 四上　蔽滯敗東方朔 七諫怨世 文貳伍 三上　沛逝礚瀨蓋蔡裔王褒 九懷尊嘉 四上　礚厲沛世揚雄 甘泉賦 文伍壹 五下　邁瀨揚雄 反離騷 文伍貳 五下　大敗揚雄 豫州箴 文伍肆 三上　際外揚雄 交州箴 四上　外衛揚雄 光祿勳箴 五下　沛裔闕名 郊祀歌練時日 詩壹 五下　大逝無名氏

---

8 《廣韻》無「磕」字，今依《集韻》歸部，下同。

鐃歌巫山高 詩壹 九下 外歲無名氏 上陵 十上 世吠無名氏 武帝太初中謠 詩伍 五上

2.【後漢】敗外光武帝劉秀 報臧官馬武詔 後漢文貳二 裔大馮衍 顯志賦文貳拾 三下 害帶滯敗杜篤 論都賦 文貳捌 三下 制外班固 東都賦文貳肆 八下 制勢敗班固 奕旨 八下 厲蔡崔駰 遠旨 文肆肆 四下外穢李尤 辟雍銘 文伍拾 四下 沛敗李尤 鞍銘 十上 乂帶李尤 樽銘十二上 敗外廢崔琦 外戚箴 癘穢張衡 溫泉賦 文伍貳 一下 裔厲外藹張衡 思玄賦 五下 帶會厲蓋裔艾張衡 東京賦 文伍參 三下世賴邁張衡 鮑德誄 三下 會大外世崔寔 答譏 文肆伍 九下 外衛張超 尼父頌 文捌肆 十上 溢會蔡邕 漢律賦 文陸玖 一下 害敗蔡邕釋誨 文柒參 六下 邁會敗外艾蓋吠肺逝大賴厲廢歲蔡琰悲憤詩 漢詩參 四上 大會逝闕名 樊敏碑 文壹零伍 七上

(四) 與入聲韻通押

1.【前漢】竭敝司馬談 論六家要旨 漢文貳陸 四下 瀨世勢絕司馬相如 哀秦二世賦 文貳壹 六下 沫逝司馬相如 同上 七上 害割殺泰敗謁揚雄 廷尉箴 文伍肆 六下 世洫室卒揚雄 將作大匠箴 七下 轄礚岋外揚雄 羽獵賦 文伍壹 八上 際答司馬相如 封禪文 文貳貳 八上血廢劉向 九歎惜賢 文參伍 五下 折蔽劉向 九難遠遊 文參伍 八下

殺廢闕名 郊祀歌西顥 漢詩壹 六上

2.【後漢】孽缺制哲班固 典引 文貳陸 陸下 闔闕發沛滯崔駰 達旨 文肆肆 三下 制設滅崔駰 同上 四上 發旆轄鶡殺钀鉞張衡 東京賦 文伍參 三上 茢製臬弊裔張衡 同上 五上 律會帶張衡 七辯 文伍伍一下 噬世晣張衡 思玄賦 三下 發外桓麟 七說 文貳柒 十一上 厲際濊邁乂碣世闕名 衰良碑 文玖捌 四下 世滅闕名 柳敏碑 文壹零壹 八下 結逝闕名 辛通達李仲曾造橋碑 文壹百 四下 雪月絕會無名氏 暟如山上雪 漢詩肆 八下

（五） 與其他去聲韻通押

1.【前漢】衛墜韋孟 諷諫詩 漢詩貳 一下 枻蓋貝籟喝沸會磕外燧隊裔司馬相如 子虛賦 漢文貳壹 二下 界外芥司馬相如 同上 三上 位大司馬相如 子虛賦 文貳壹 二上 厲濞逝司馬相如 大人賦 八上 慨濞碎墜戾潰逝穢熠憒害淚惠遂位氣敗賈誼 旱雲賦 文拾伍 一上 醉歲鄒陽 酒賦 文拾玖 七下 憒害東方朔 旱頌 文貳伍 十一下 喟傺劉向 九歎愍命 文參伍 七上 韲賴揚雄 反離騷 文伍貳五下 內外揚雄 羽獵賦 文伍壹 七下 會藹綴外內揚雄 同上 八下 戾沛揚雄 雍州箴 文伍肆 三下 內敗揚雄 衛尉箴 六上 世噬崇揚雄 少府箴 七上 內外蓋揚雄 城門校尉箴 八上 替弊揚雄 冀州箴 文

伍肆 一上

2.【後漢】歲悴傅毅 七激 文肆叁 四下　昧氣鷙厲馬融 廣成頌 文拾捌 十一上　毅厲介戾氣制察說惠馬融 長笛賦 文拾捌 三上　乂惠額墜氣愛蓋邁逮碎代蔡邕 胡碩碑 文柒伍 九下　厲翳瀨裔最逝害蔡邕 述行賦 文陸玖 一下　內外裔杜篤 論都賦 後漢文 貳捌四上　說氣世班固 東都賦 文貳肆 八上　外內歲世班固 答賓戲 文貳伍 四下　會勢貴額世賴班固 同上 五上　昧契綴班固 典引 文貳陸 六下　穢勢逝計謂害胡廣 弔夷齊文 文伍陸 八下　邁帶外退皇甫規 女師箴 文陸壹 七下　藹霸壽王延 魯靈光殿賦 文伍捌 三上　大殺艾際崔駰 太尉箴 文肆肆　大夜蓋觱歲闕名 吳仲山碑 文壹零貳 七下　藝契崔瑗 張子平碑 文肆伍 六上　慧勢王逸 荔支賦 文伍柒 二上　大裔世制外愛祭沛賴蔽歲闕名 成陽靈臺碑 文壹零貳 五上　裔世惠勢至闕名 郭輔碑 文壹零陸 五下

（六）　與去聲入聲通押

逝沬晣內司馬相如 封禪文 文貳貳 七上　潰汨澌折冽瀣盭瀨沛墜磕淈沸沬疾司馬相如 上林賦 文貳壹 三下　製麗晣班倢伃 擣素賦 文拾壹 七下　厲竄穢暨折噬殺班固 西都賦 文貳肆 五上　裔外界暍世班固 封燕然山銘 文貳陸 三下　榭獲裔藉胙班固 西都賦 文貳肆 五上

墜殪轊倅瞥蹟隊計馬融 廣成頌 十一下

（七） 與平聲通押

儀濿劉向 九歎遠逝 文參伍 四下

其中祭泰二韻單獨押韻的，共 22 條，佔全部 17.6% ；這四韻互相押韻的，共計 37 條，佔全部 29.6% ；四韻與入聲通押的，有 22 條，佔全部 17.6% ；與去聲通押的共計 36 條，佔全部 28.8% ；又同時與入聲、去聲押韻的，有 7 條，佔 5.6% 。由這個統計數字來分析四韻在這時期的演化趨勢，可以看得出它們與去聲關係密切的程度，已經超過與入聲密切的程度，可是它們和去聲密切的關係，又不及後面的時期，因此我們可以認定此四韻在這個階段，正在由上古的入聲韻遞變為去聲韻的途徑當中，而且這四個韻也逐漸由入聲月部獨立出來，甚至連祭泰二韻的界限也趨於明朗。

三、魏　晉

轉至魏晉時期，這四韻去聲的性質，已告確定，而它們跟入聲的關係，比起兩漢時期又更遠了。此外，廢韻在這段時間內，也繼祭泰之後而形成，以下則據丁邦新先生《魏晉音韻研究》書中〈魏晉詩文韻譜的韻腳〉，[9] 並參考林炯陽先生〈魏晉詩韻考〉，[10] 分析四韻的押韻現象，分類排列如下：

（一）　祭韻單獨押韻

厲噬王粲 七釋之五 後漢文 91.1　逝厲王粲 西狩賦 後漢文 42.2　裔逝際曹丕 濟川賦 魏文 4.1　逝裔衛曹植 洛神賦 魏文 13.3　裔厲曹

9 參見丁先生《魏晉音韻研究》第三章〈魏晉音韻〉部分。

10 參見《師範大學研究所集刊》十六號下冊〈魏晉詩韻考·二、魏晉詩歌韻譜〉。

植 九詠 魏文 14.7　逝滯裔歲嵇康 酒會之一 魏詩 207　世藝嵇康 琴賦 魏文 47.4　裔逝際制誓阮籍 詠懷之四十三 魏詩 220　勢制阮籍 東平賦 魏文 44.6　稅制閔鴻親 蠶賦 魏文 74.9　制滯逝厲世衛成公綏 嘯賦 晉文 59.5　蓺制世成公綏 琵琶賦 晉文 59.5　裔憩衛成公綏 鴻雁賦 晉文 59.7　祭世傅玄 明堂饗神歌 晉詩 24.2　誓祭制傅玄 仲春振旅 晉詩 263　逝厲世傅玄 擬四愁詩之一 晉詩 301　逝歲傅玄 大寒賦 晉文 45.2　世制傅玄 鷹兔賦 晉文 46.1　說勢皇甫謐 釋勸論 晉文 71.7　猘厲際泄夏侯湛 獵兔賦 晉文 68.3　際裔逝斃世張華 鷦鷯賦 晉文 58.3　厲稅澨澨世歲潘岳 秋興賦 晉文 90.2　制厲世左九嬪 周宣王姜后贊 晉文 13.3　裔世制曳贊虞 思游賦 晉文 76.1　㚈噬厲郭璞 山海經圖長蛇贊 晉文 122.9　蓺蓺世滯郭璞 山海經圖鬼草贊 晉文 123.1　際彗郭璞 山海經圖三珠樹贊 晉文 123.5　世勵李興 諸葛丞相故宅碣表 晉文 70.12　逝際澨跇憩盧諶 燕賦　滯際孫綽 太平山銘 晉文 62.5　勢際湛方生 遊園詠 晉文 140.4　礪衛蹶曹植 寶刀銘 魏文 19.2　蓺制逝裔世滯誓郤正 釋譏 晉文 70.9

（二）　泰韻單獨押韻

害大應瑒 奕勢 後漢文 42.6　帶敗曹丕 煌煌京洛行 魏詩 126　旆邁沫

蓋外曹植 七啟之三 魏文16.10 外泰曹植 七啟之七 魏文16.11 沛外夏侯玄 皇胤賦 魏文 21.2 蓋噦傅嘏 皇初頌 魏文 35.5 害沛大楊戲 贊馮休元等 魏文 62.10 外帶會害賴阮籍 詠懷之六 魏詩 215-6 瀨外阮籍 詠懷之三十八 魏詩 205 帶賴害大阮籍 同上 大蓋外成公綏 天地賦 晉文 59.2 會蓋外夏侯湛 禊賦 晉文 68.2 藹蓋外夏侯湛 愍相賦 晉文 68.5 賴會奈汏帶孫楚 井賦 晉文 60.1 泰外張華 晉冬至初歲小會歌 晉詩 257 藹外蓋瀨會泰張華 歸田賦 晉文 58.1 大會蓋旆潘岳 武皇帝誄 晉文 92.6 旆蓋瀨潘岳 哀永逝文 晉文 93.7 藹大泰束皙 崇丘 晉詩 319 會外最束皙 餅賦 晉文 87.3 泰會藹帶陸雲 大將軍宴會 會藹左思 蜀都賦 會蓋藹泰帶潘尼 東武館賦 蓋會潘尼 芙蓉賦 晉文 94.5 會蓋摯虞 答杜育 晉詩 316 狽帶摯虞 疾愈賦 晉文 76.3 帶藹會郭璞 巫咸山賦 晉文 120.1 外帶會郭璞 南郊賦 晉文 120.5 帶外會郭璞 爾雅圖水賦 晉文 121.7 大害帶郭璞 山海經圖天狗贊 晉文 122.7 害會大郭璞 山海經圖狙如贊 晉文 123.4 帶外會郭璞 山海經圖大江贊 晉文 123.12 外瀨帶庾闡 三月三日 晉詩 445 磕外庾闡 海賦 晉文 38.1 薈瀨會沛庾闡 揚都賦 晉文 38.2 藹帶害外張載 敘行賦 晉文 85.2 泰外帶蔡藹大張協 七命之七 晉文 85.11 大外會泰支遁 善多菩薩贊 晉文 157.14 泰會帶藹外瀨王胡之 贈庾翼 晉詩 430 蔡會沛泰袁宏 三國名臣序贊 晉文 57.5 帶瀨藹孫綽 太平山銘 晉文 62.5

（三） 廢韻單獨押韻

穢廢傅玄 澡盤銘 晉文 46.11

（四） 祭泰夬廢四韻互押

穢世乂衛孫楚 尼父頌 晉文 60.7 際穢滯稅李暠 述志賦 晉文 155.2 厲逝大裔世王粲 行辭新福歌 魏詩 176 外世裔逝誓阮籍 詠懷之五十八 魏詩 222 肺害衛郭璞 山海經圖珠鱉魚贊 晉文 122.11 害厲逝郭璞 山海經圖蜚贊 晉文 122.13 大際裔陶侃 相風賦 晉文 111.1 邁艾沛害嵇康 贈秀才入軍之六 魏詩 205 乂敗沛會郤正 釋譏 晉文 70.7 瀨邁孫楚 蓮華賦 晉文 60.3 蔡泰邁孫楚 尼父頌 晉文 60.7 穢會孫楚 反金人銘 晉文 60.9 邁會賴蓋傅咸 答樂弘 晉詩 309 藹邁陸機 上留田行 晉詩 332 沛會敗大陸機 豪士賦 晉文 96.5 乂泰陸機 七徵之七 晉文 98.3 旆邁藹蓋陸雲 太尉王公 晉詩 352 薈會乂泰陸雲 大安二年 晉詩 353 邁蓋旆藹陸雲 九愍紆思 晉文 101.2 大藹蓋邁陸雲 陸公誄 晉文 104.5 會瀨邁礚外沛左思 吳都賦 晉文 74.5 大帶廢賴摯虞 贈褚武 藹邁蓋摯虞 思游賦 晉文 76.3 沛柰快帶張載 江南郡蔗 晉詩 392 邁會庾友 蘭亭 晉詩 442 靄礚敗沛外顧愷之 雷電賦 晉文 135.2 邁會蓋泰郭元祖 嚊父贊 晉文 139.3 邁蓋孫承 嘉遯賦 晉文 143.1 蓋

會會滯曹丕 雜詩之二 魏詩 133　邁裔曹丕 述征賦 魏文 4.2　蓋櫛會韋誕 景福殿賦 魏文 32.10　邁歲穢會程曉又贈傅休奕 晉詩 305　大外乂會邁衛世傅玄 文皇統百揆 晉詩 261　會翽際外邁傅玄 玄雲 晉詩 264　會外賴世逝孫楚 胡母哀辭 晉文 60.11　泰蓋外帶旆藹逝陸機 挽歌之二 晉詩 325　邁裔外大帶旆陸機 贈顧交阯 晉詩 341-2　裔會帶靄陸機 行思賦 晉文 96.6　邁外裔沛陸雲 答兄平原 晉詩 359　藹裔蓋際泰世陸雲 逸民頌 晉文 100.6　蓋旆邁藹裔陸雲 南征賦 晉文 100.7　衛邁害郭璞 山海經圖精衛贊 晉文 122.11　帶曳張載 鞞舞賦 晉文 85.2　會際孫瓊 悼艱賦 晉文 144.12　裔藹會楊乂 雲賦 晉文 89.3

(五)　與入聲通押

逝七董京 答孫楚詩 晉詩 400　世烈別制弊應瑒 文質論 後漢文 42.5　世別蔽曹植 遷都賦 魏文 13.4　藝際世蜺曹植 七啟之六 魏文 16.11　裔世察月曹植 帝嚳贊 魏文 17.5　厲弊制越逝曹植 王仲宣誄 魏文 19.3　制臬何晏 景福殿賦 魏文 39.7　制列掣節成公綏 隸書體 晉文 59.10　袂設張華 晉宴會歌 晉詩 258　制滅祭束晳 弔衛巨山文 晉文 87.8　礪制列裔伐際曹攄 圍棋賦 晉文 107.6　際列憩拔八勢曳夏侯淳 彈棋賦 晉文 69.10　穢薈發斃夏侯湛 獵兔賦 晉文 68.3　世

乂害伐傅咸 喜雨賦 晉文 51.1　北廢世藝大傅玄 窮武篇 晉詩 269　哲袂列際穢滯銳傑出發李蔿 述志賦 晉文 155.2　蓋縩艾兌會旆藹礚外潘岳 藉田賦 晉文 91.4　大劣曹丕 煌煌京洛行 晉文 126　達帶會大左思 魏都賦 魏文 74.14　沛怛藹會左思 同上 74.16　會渴無名氏 七日夜女郎歌之四 晉詩 535　大蔽結應瑒 文質論 後漢文 42.5　乂闔帶蓋藹曹植 王仲宣誄 魏文 19.3　篤裔楊戲 贊輔元弼等 魏文 62.9　骨突窟洩曹植 死牛詩 魏詩 172　伐制徐幹 西征賦 後漢文 93.6　列絕滅勢應禓 奕勢 後漢文 42.6　列蓺發曹植 潛志賦 魏文 13.9　傑藝烈晣霓乂曹植 學宮頌 魏文 17.1　哲滅制列曹植 黃帝贊 魏文 17.5　發制越曹植 魏德論 魏文 17.8　滅絕咽斃穴滯誓曹植 文帝誄 魏文 19.5　歲滅晣曹植 懿公主誄 魏文 19.8　越厲劉劭 趙都賦 魏文 32.1　泄傑裔哲烈世成公綏 正旦大會行禮歌之十一 晉詩 257　烈世截哲成公綏 正旦大會行禮歌之十三 晉詩 257　哲節世月晣絕左九嬪 元皇后誄 晉文 13.6　制設熱殺束皙 近遊賦 晉文 87.2　際熱設束皙 餅賦 晉文 87.2　厲結發裂烈左思 蜀都賦 晉文 74.3　發節厲裔罰月左思 同上 74.4　衛滅轍烈左思 吳都賦 晉文 74.5　傑裔世轍設噎左思 吳都賦 晉文 74.7　世烈發業楊戲 贊關雲長等 魏文 62.7　汯鏨渫勢木華 海賦 晉文 105.7　出哲蓺疾列察曹植 卞太后誄 魏文 19.8　節厲烈疾孫楚 茱萸賦 晉文 60.3　忽夕歲越邁

結怛郭遐叔 贈嵇康之四 魏詩 212.3 蔱[11]末藹傅巽 槐樹賦 魏文 35.1 沫蓋曹植 應詔詩 魏詩 165 喝敗無名氏 京口謠 晉詩 569 軋鷃喝蓋曹植 孟冬篇 魏詩 156 際厲穴逝曹植 七啟之七 魏文 16.11 蹶蔕左思 魏都賦 晉文 74.11 列伐制銳月左思 魏都賦 晉文 74.14 傑闕設晰裔髮左思 同上 晉文 74.14

(六) 與其他去聲通押

逝寐欷鬀至丁廙妻 寡婦賦 後漢文 96.10 淚瘁憩穢陸雲 醉行吟 晉文 101.3 肆位帥噬陸雲 陸公誄 晉文 104.5 貴大董京 管孫楚晉詩 400 遂墜昧銳第類蔚簣陸雲 登臺賦 晉文 100.4-5 鬀愛外皇甫謐 釋勸論 晉文 71.7 器蔚綴類殺最陸機 鼓吹賦 晉文 97.3 氣歲會陸機 演連珠之一 晉文 99.3 大渭懿器慨世陸雲 答兄平原 晉詩 359 衛碎潰應瑒 馳射賦 後漢文 42.3 內制傅玄 衣銘 晉文 46.12 湃邁曹丕 滄海賦 魏文 4.2 退厲愛萃陸機 七徵之五 晉文 98.3 逝澨濟藝王粲 浮淮賦 後漢文 90.2 嘒逝曹植 蟬賦 魏文 14.6 裔世系制曹植 少昊 魏文 17.5 殺滯杜摯 笳賦 魏文 41.1 契厲逝孫該 琵琶賦 魏文 40.3

---

[11] 《廣韻》無「蔱」字，《集韻》在黠韻，今依據。

廢翳郤正 釋譏 晉文 70.8 計世穢郤正 同上 晉文 70.8 厲計世傅玄 因時運 晉詩 261 逝勢遞夏侯湛 觀飛鳥賦 晉文 68.6 惠世傅咸 桑樹賦 晉文 51.9 銳逝厲計潘岳 關中詩 晉詩 371 逝厲翳歲制祭潘岳 悼亡之三 晉詩 376 惠戾世說潘岳 西征賦 晉文 90.4 逝掣屆木華 海賦 晉文 105.7 槥翳惠誓獘逝陸機 大暮賦 晉文 96.9 穗稅陸機 七徵之一 晉文 98.2 世契噬脆陸機 漢高祖功臣頌 晉文 98.5 制誓蓺替陸雲 盛德頌 晉文 103.13 世繼嵇含 寒食散賦 晉文 65.5 制惠潘尼 火賦 晉文 94.3 逝蔕蓺郭璞 遊仙之十三 晉詩 425 契蓺世郭璞 爾雅圖筆贊 晉文 121.5 契厲逝郭璞 山海經圖遺蛇贊 晉文 122.4 獘翳厲郭璞 山海經圖女丑尸贊 晉文 123.7 廢替世厲李充 學箴 晉文 53.8 惠世廢契盧諶 贈劉琨 晉詩 418 勢際契憩袁宏 從征行 晉詩 449 世替銳戾袁宏 三國名臣序贊 晉文 57.6 世翳袁宏 桓溫碑 晉文 57.8 裔世戾惠袁宏 祭牙文 晉文 57.8 世滯翳契逝際戴逵 尚長贊 晉文 137.3 世際翳契滯惠戴逵 閑遊賦 晉文 137.4 蔕勢支曇諦 廬山賦 晉文 165.16 際勢滯世契歲慧遠 報羅什謁 晉詩 506 世廢惠蔽計歲說界濟袂陶潛 感士不遇賦 晉文 111.4 刈濟界逝脆世陶潛 祭從弟敬遠文 晉文 112.9 惠世周祇 執友箴 晉文 142.2 勢惠獘逝郭元祖 師門贊 晉文 139.3 契逝世惠郭元祖 呼子先贊 晉文 139.8 制計王劭之 春花賦 晉文 144.11 替衛契無名氏 成帝哀策文 晉文 146.5 代瘵際裔

木華 海賦 晉文 105.7　替弊戾惠代郭璞 與王使君 晉詩 422　契誓署世阮籍 東平賦 魏文 44.8　憩隸地郭璞 山海經圖青鳥贊 晉文 122.7　際器惠陸機 演連珠之八 晉文 99.4　厲燧墜世陸雲 夏府君誄 晉文 104.10　逝厲遺斃裔潘尼 火賦 晉文 94.3　屆隊計芥裔王粲 浮淮賦 後漢文 90.2　惠對世楊戲 贊張君嗣　裔槩逝陸雲 夏府君誄 晉文 104.9　概愛介惠世厲藝陶潛 祭從弟敬遠文　晉文 112.9　敗世計卻正 釋譏 晉文 70.8　系制會傅玄 元日朝會賦 晉文 45.2　契會陸機 演連珠之三十六 晉文 99.6　世逝廢憩藝稅吠製詣厲歲慧界蔽外契陶潛 桃花源詩 晉詩 485　衛世歲制界會外無名氏 大晉篇 晉詩 272　翳厲逝代憩愛鄭豐 蘭林 晉詩 368　乂懿昧世墜陸需 陸府君誄 晉文 104.7　泰介曹植 魏德論 魏文 17.9　帶害竄外大泰潘岳 西征賦 晉文 90.5　瀨會芥外摯虞 贈李叔龍 晉詩 316　澮會沛外介郭璞 江賦 晉文 120.1　芥會外郭璞 山海經圖磁石贊 晉文 122.9　沛蓋介賴帶泰棗腆 答石崇 晉詩 409　藹邁乂薈會帶愾陸雲 鳴鶴 晉詩 361　離太會害外賴戴逵 申三復贊 晉文 137.3　味外賴張翰 杖賦 晉文 107.11　繪綷潘岳射雉賦 晉文 92.2　大泰邁旆蓋藹愛陸雲 陸公誄 晉文 104.6　裔外竄艾會邁世曹植 大饗碑 魏文 19.1-2　竄廢歲薈張協 七命 晉文 85.8　邁霈外氣戾陸機 浮雲賦 晉文 96.1　害歲帝敗泰外傅玄 喜霽賦 晉文 45.1

（七）　與去聲入聲通押

乂器位黻陸雲 盛德頌 晉文 103.13　卒對繢戾左思 吳都賦 晉文 74.9　厲裔逝憩勢際臬洩屆　游海賦 後漢文 90.1　世月契曹植 七啟之七 魏文 16.11　濊察月惠曹植 魏德論 魏文 17.9　洌慧滯逝嵇康琴賦 魏文 47.3　裔戾髮襼翳世蓺厲制潘岳 藉田賦 晉文 91.4　裔惠析潘岳 笙賦 晉文 91.7　穴鼈咽穢翳癘噬裂脆耋髮歲藝綴勢制衛絕轍左思　魏都賦 晉文 74.16　裔殺節誓曹攄 答趙景猷晉詩 407　戾計穴曳斃潘尼 悉道賦 晉文 94.1　哲世厲忮張華 烈文先生誄 晉文 58.9　霓泄滯屆晣何晏　景福殿賦 魏文 39.5　結節制翳左九嬪 萬年公主誄 晉文 13.7　列翳悅世左思 魏都賦 晉文 74.13　哲傑列裔衛結契曹嘉 贈石崇 晉 404　列別劣衛齧傑契計結噬竊戾厲蔑轍制斃設絕黠齘袂仲長敖 覈性賦 晉文 80.12　列轍逝翳血無名氏 簡文帝京策文 晉文 146.7

（八）　與去聲上聲通押

氣黯翠偉傅玄 瓜賦 晉文 5.8,9　致係緯揥媚翠偉陸機 文賦 晉文 97.2

將上列現象再做進一步的統計，可知祭泰廢三韻單獨押韻的，計有 74 條，佔全部 26.5% ，四韻互押的情形，計有 45 條，佔全部的 16.1%，而四韻與去聲押韻的，則有 87 條，佔全部的 31.2% ，與入聲押韻的有 52 條，佔全部的 18.6% ，又同時與去聲入聲押韻的有 19 條，佔全部 6.8% 。從這些數據裡，我們不難看出四韻互押與單獨押韻的比例已是相當高，換句話說，在這個時期裡，這四個韻已具備了它特有的音韻性質，其異於其他韻部的事實已是不容置疑的。而且其與去聲押韻的百分比已超出和入聲押韻很多，更加地肯定了它為去聲的韻部。尤其此期單獨押韻 26.5% 的比例，比起兩漢時期 17.7% 的比例要高，也說明了祭泰分韻的演變趨勢。至於廢韻，個人前面曾說它必須獨立為一韻，可是上列廢韻單獨押韻的例子卻僅有一條，為何例子這麼少，仍然可以獨立為一韻呢？其實例子少的理由，是緣於廢韻字本來就很少，尤其要在仍然「韻緩」的魏晉時期，要求嚴格地押「廢」韻，這恐怕是不容易的，而且廢韻在當時的一部分方言裡，仍與別的韻不分，至於分韻主要在今所見《全本王仁昫刊謬補闕切韻》「廢」韻韻目下有一行小注：

廿廢　方肺反，無平上，夏侯與隊同，呂別，今依呂。

我們知道全王韻目下的小注，應該就是原本陸法言《切韻》韻目下的小注，他的目的，特別是在說明他的韻書是具備「南北是非，古今通塞」的性質，他的書是「遂取諸家音韻，古今字書，以前所記者」而成的。他這裡所提到的「呂」、「夏侯」，應該就是〈切韻序〉裡所提到的呂靜與夏侯詠。陸法言指出梁夏侯詠的《韻略》是「廢」、「隊」合韻的，而晉呂靜的《韻集》則是分成兩韻，根據他「从分不从合」的原則，所以「依呂」而獨立了廢韻。據《魏書・江式傳》載，呂靜為山東任城人，即今山東濟寧縣，其《韻集》的音韻基礎，應即是以山東濟寧一帶的方言為主，所以當時其他方言廢、隊不分，而呂靜《韻集》則獨依其方言分韻，可知在晉朝應有廢韻的獨立。至於前述廢韻單獨押韻的例子是出現在傅玄的〈澡盤銘〉裡，傅玄為三國至晉的北地泥陽人，即今陝西省耀南縣一帶，他單獨押了廢韻兩字，也許這是巧合，但不可否認的，這也可能是他當時的方言，倘若是的話，廢韻的分韻可再提早一些時候。另外在祭韻方面也有要注意的，即是它與霽韻通押的頻率非常高，凡出現祭韻字同時也出現霽字的，就有 57 條之多，可見得霽與祭二韻的音值在當時大部分的方言是不分別的，但是二者分立仍設有太大的困難，是因為當時有些地方的方言，仍然可以辨別的，如全本王仁昫《刊謬補闕切韻》在「霽」韻韻目下的小注載著：

十三霽　子許反，李與杜與祭同，呂別，今依呂。

這樣的話，可知在呂靜《韻集》裡，二者是有區別。

四、南北朝

在南北朝時期，祭泰夬廢四韻是完全獨立在去聲的韻部裡，而且彼此之間的界限，似乎比前面幾個時期還要清楚，茲先根據何大安君《南北朝韻部演變研究》中的〈韻譜〉，[12] 蒐羅其中涉及這四韻押韻的例子，分類於下，以

[12] 參見臺大中研所 70 年博士論文，《南北朝韻部演變研究》一文第

便利進一步地討論。

（一）　祭韻單獨押韻

弊世滯逝謝靈運 山居賦 宋文 31.1　銳蔽謝惠連 前緩聲歌 宋詩 658　礪裔袁淑 雞九錫文 宋文 44.5　枻澨憩謝莊 山夜憂 宋詩 625　汭蔽銳沈約 漢東流 梁詩 985　際袂滯歲江淹 去故鄉賦 梁文 33.7 上　澨裔丘遲 還林賦 梁文 56.5 上　睿歲蓺虞世基 元德太子哀冊文 隋文 14.4 上　制滯例世皇甫毗 玉泉寺碑 隋文 28.9 上　世裔闕名 綦永墓誌 墓 492　世裔闕名 官人馮氏墓誌 墓 721

（二）　泰韻單獨押韻

泰帶籟害謝靈運 答謝諮議 宋詩 635　瀨藹謝莊 月賦 宋文 34.6　大藹謝超宗 昭夏樂 齊詩 757　會蓋泰謝超宗 隸幽樂 齊詩 758　外藹謝超宗 凱容樂 齊詩 769　外藹會竟陵王子良 遊後園 齊詩 753　外艾竟陵王子良 行宅 齊詩 753　大外靄泰王儉 高德宣烈樂 齊詩 756　蓋外謝朓 送神

三章。

齊詩764 外籟會帶艾謝朓 答王世子 齊詩807 帶外蓋旆謝朓 後齋迴望 齊詩 825 大蓋帶蔡貝陸厥 南郡歌 齊詩 840 外磕張融 海賦 齊文15.2上 外帶瀨張融 同上 15.3上 軑蓋旆薈瀨泰會沈約 侍林光殿 梁詩 1001 帶蓋瀨會外沈約 餞謝文學離夜 梁詩 1013 蓋帶沈約會圃臨春風 梁詩1026 藹大蓋帶江淹 山中楚辭之一 梁詩34.8上 藹蓋旆外江淹 齊太祖誄 梁文 395 上 沛藹旆蓋帶江淹 同上 397 下 藹旆帶會最大王僧孺 豫州墓誌 梁文 52.3 下 蓋會艾害到洽 答張率 梁文1275 膾艾吳均 食移 梁文60.4上 帶外會何遜 日夕望江山 梁詩1143 靄瀨蓋帶王筠 苦暑 梁詩 1186 籟靄汰會王筠 望夕齋 梁詩 1188 靄外帶王訓 度關山 梁詩 1179 磕外簡文帝 海賦 梁文 8.2 上 會外大兌泰蓋最簡文帝 招真館碑 梁文 14.3 上 大會靄帶梁元帝 玄覽賦梁文 15.3上 會帶軑梁元帝 同上 15.3下 蓋旆帶梁元帝 同上 15.4下 藹酹大賴張纘 南征賦 梁文 64.6 下 會帶張纘 懷音賦 梁文 64.8 上 大外帶泰徐陵 陳文帝哀冊文 陳文 10.13上 泰會旆害帶沈炯 歸魂賦陳文 14.1下 外旆江總 貞女峽賦 隋文 10.1下 泰會帶賴高閭 至德頌後魏文 30.9 會外元宏懸瓠聯句 北魏詩 1467 會外無名氏 慕容垂歌之二梁詩 1328 藹旆蓋最闕名 郭顯墓誌 墓 290 蓋帶會大闕名 李超墓誌墓 292 沛蓋會壒闕名 李憲墓誌 墓 371 會外大賴陸卬 武德樂 北齊詩 1496 大外會帶籟藹陸卬 文舞辭 北齊詩 1506 外帶犬蓋闕名

韓裔墓誌 文 1975.4.64　大外泰薈旆蓋盧思道 祭漅湖文 隋文 16.15 上　泰大會賴牛弘 武舞 隋詩 1631　會蓋牛弘 昭夏 隋詩 1634　賴大外牛弘 武舞 隋詩 1643　蓋帶辛德源 東飛伯勞歌 隋詩 1670　帶外孫萬壽 寄京邑親友 隋詩 1685　艾蓋無名氏 長安謠 隋詩 1734

（三）　夬韻單獨押韻

話敗蠆邁劉勰 文心雕龍檄移篇贊

（四）　祭泰夬廢四韻互押

泰外帶濊大王韶之 食舉歌之六 宋詩 600　艾蔡袁淑 弔古文 宋文 44.5

（五）　與入聲韻通押

曳晰謝莊 瑞雪詠 宋詩 626　蔽滯晰范曄 贊 後漢書 59.26 下　世祭缺輟范曄 贊 後漢書 35.17 上　外末太泰會達大張融 海賦 齊文 15.3 下　外脫瀨 北山移文 齊文 19.7 下　裔晰繐衛釋慧琳 武丘法綱法師誄 宋文 63.9

（六） 與其他去聲通押

廢內對碎謝靈運 撰征賦 宋文 30.5 對廢穢退曖范曄 贊 後漢書 53.11下 外載高允 酒訓 後魏文28.11 載愛碎刈庾信 傷心賦 北周文 9.1下 對愛帶丁六娘 十索之一 隋詩1726 會碎配闕名 張儉暨妻胡氏墓誌 墓537 塞對稅礙庾信 哀江南賦 北周文8.8上 逝憩厲滋蕙脆傅亮 登凌囂館賦 宋文 26.2 際厲勢契斃范泰 鸞鳥 宋詩 712 斃逝世惠顏延之 陶徵士誄 宋文 38.3 逝薊汭契謝靈運 撰征賦 宋文 30.5 惠稅袂歲謝靈運 撰征賦 宋文 30.9 歲滯惠誓袁淑 詠冬至 宋詩 718 歲例蔕蕙沈勃 秋羈賦 宋文 41.10 翳哲蔽制逝厲慧謝鎮之 重與顧歡書 宋文 56.13 祭厲契鄭鮮之 祭牙文 宋文 25.8 滯替惠翳際藝歲劉駿 祈晴文 宋文 6.11 睿惠孔稚珪 祭外兄張長史文 齊文 19.9上 麗滯蔕憓王寂 第五兄揖到太傅 齊詩 778 歲計濟世釋慧琳 釋玄運法師誄 齊文 26.14 帝祭衛際裔沈約 梁宗廟登歌之六 梁詩 976 厲枻祭袂逝娣劉孝威 公無渡河 梁詩 1213 閉袂繫堨蕭綱 採桑 梁詩 880 藝制滯誓細蕭綱 和贈逸民 梁詩 899 袂堨蕭綱 詠獨舞 梁詩 937 世惠蓺叡濟憩逝翳張纘 南征賦 梁文 64.1下 濟惠枻誓祭裔張纘 同上 64.4下 繼潎世濟麗替張纘 南征賦 梁文 646上 制袂堨張纘 妒婦賦 梁文64.8上 蔽蔕際計張纘 瓜賦 梁文 64.8下 蔽際

厲濟張綰 龍樓寺碑銘 梁文64.125　麗替世惠裴子野 湘東王善政碑 梁文52.23上　際睇閉細虞騫 登鍾山 梁詩1260　麗蕙蔕[13]　桂際褚澐詠柰 梁詩1281　制濟蕭詧 圍棊賦 梁文68.5上　世細麗闕名 七召之三 梁文69.6下　制勢細徐陵 麈尾銘 陳文10.11下　蕙繼曳制世濟陳叔寶 法朗墓誌 陳文4.8下　裔系汭計沈炯 始興昭烈王碑 陳文14.11下　契歲際繼段承根 贈李寶 北魏詩1474　際契世慧張淵 觀象賦 後魏文22.6　汭世帝藝制惠裔桂逝闕名 元演墓誌 墓197　契慧世濟弊翳闕名 奚真墓誌 墓286　叡歲制潎桂闕名 元尚之墓誌 墓758　帝際睿世闕名 元暐墓誌 墓163　噬旨衛斃闕名 元融墓誌 墓762　翳逝惠闕名 穆彥墓誌 墓547　裔世蹐際慧闕名 元文墓誌 墓222　世諦滯際闕名 嵩陽寺碑 後魏文58.9下　系世麗替闕名 公孫略墓誌 墓778　慧計細歲闕名 李挺墓誌 墓780　惠諦桂麗濟裔闕名 李清進報德象碑 續2.29下　澨[14]　蔽麗際闕名 定國寺塔銘八 20.25下　契世藝濟闕名 唐邕寫經銘八 22.22下　荔衛齊祭庾信 昭夏 北周詩1537-8　屜世剃庾信 鏡賦 北周文9.5上　惠衛世隸際庾信 柳遐墓

---

13 《廣韻》、《集韻》無此字，《康熙字典》云：「與蔕同。」

14 《廣韻》、《集韻》無此字，《龍龕手鑑》云：「澨與遰同，遰即是遞的俗字。」

誌 北周文 17.45 筮世閉衛逝庾信 慕容公碑 北周文 15.5 下 世濟契厲王褒 于謹碑 北周文 7.8 下 慧計翳濟滯釋慧命 詳玄賦 北周文 22.2 上 蓺獘麗制獘泥釋亡名 寶人銘 北周文 22.6 下 逝濟釋靜藹 列偈題石壁 北周文 24.9 上 滯遞壻薛道衡 豫章行 隋詩 1663 世帝替獘薛道衡 隋文皇帝頌 隋文 19.5 上 替世楊廣 隋秦孝王誄 隋文 6.14 弟替歲閉滯筮睿蓺惠世楊廣 同上 隋文 6.14 下 滯逮惠蕭皇后 述志賦 隋文 8.2 下 際惠牛弘 昭夏 隋詩 1631 契際甜澨遞桂計曳蔽柳䛒 智者禪師碑頌 隋文 12.18 上 勢制計虞世基 姚恭公墓誌 隋文 14.6 下 世蔕蔽裔闕名 李和墓誌 文 1966.1.27 世帝闕名 ☐靜墓誌 墓 471 惠世諦誓闕名 比丘尼脩梵石室誌 墓 511 帝世契闕名 賀若誼碑 隋文 30.6 上 遰蔽祭筮闕名 馮夫人盧旋芷墓誌 墓 543 帝裔蕙替濟世闕名 宮人劉氏墓誌甲 墓 716 系帝麗世替闕名 陳叔榮墓誌 墓 606 帝世裔逝闕名 姜明墓誌 墓 613 裔滯世閇闕名 宮人姜氏墓誌 墓 743 世逝替帝闕名 董夫人衛美墓誌 墓 676 曳砌闕名 宮人楊氏墓誌 墓 749 瑞世桂麗闕名 穆彥妻元洛神墓誌 墓 349 逝滯潎賜高允 答宗欽 北魏詩 1472 裔世被制稅叡義寄高允 鹿苑賦 後魏文 28.1 筮衛裔地世翳蔕謝莊 孝武帝哀策文 宋文 35.10 薙翳敗戾元宏 弔比干文 後魏文 7.11 澨麗界逝釋慧琳 釋玄運法師誄 齊文 26.15 上 世衛界歲王中 頭陁寺碑文 梁文 54.9 旆竄帶沛外泰廢謝靈運 撰征賦 宋文 30.9

泰味大害謝靈運 慧遠法師誄 宋文 33.8　軷蓋昧江淹 車耕呪文 梁文 39.10 上　外昧闕名 劉碑造像銘 北齊文 9.5 上　外會昧蓋闕名 郭寵墓誌 墓 625　外蓋拜庾信 鄭偉墓誌 北周文 16.2 上　會外蓋大帶旆最賴界 隋秦孝王誄 隋文 6.15 上　大最誡蔡蓋賴徐孝克 智顗禪師放生碑 隋文12.7上　薈蔡艾佩王微 茯苓贊 宋文19.7　逮外張融 海賦齊文 15.3 上　肺菜繪綷蕭綱 七勵之三 梁文 11.10 上

（七）　與去聲入聲通押

晰裔憩綴世翳釋慧琳 武丘法綱法師誄 宋文 63.10　濟蕙歲裔晰李騫 釋情賦 後魏文 33.7 上　世逝堨涕闕名 程諧暨妻石氏墓誌 墓 671

（八）　與上聲通押

制侈蕭統 香爐賦 梁文 19.1 下　曖態背閔賴蕭綱 傷離新體 梁詩 941
靄瀨會蓋鱠海愛郃顧野王 餞友之餘安 陳詩 1431　世起史始闕名李元暨妻鄧氏墓誌 墓 682

就上列韻例再予統計，可知其單獨押韻的，計有 65 條，佔 36.3% ；四韻互相押韻的，則僅有 2 條，佔 1.1% ；其與去聲押韻的，共有 99 條，佔 55.3% ；與入聲押韻的，凡有 6 條，佔 3.4% ；同時與去聲入聲押韻的有 3 條，佔 1.7% 。由這兒我們可以了解此時期祭泰夬廢四韻，與入聲的關係已是相當地遠，比起上古、兩漢時期，已不可同日而語。

在四韻當中，夬韻的獨立最遲，也就是在這個時間產生的。它的獨立，可以兩項證據說明：第一，在上列的韻例裡，有一個夬韻單獨押韻的例子，即劉勰《文心雕龍》檄移篇贊，以「話敗蠆邁」四字押韻。劉勰的文學理論是十分重視聲律的，在《文心雕龍》書中甚至有聲律篇專門闡述這個問題，他曾說「異音相從謂之和，同聲相應謂之韻」，[15] 在此以「話敗蠆邁」四字押韻，也就是他強調「同聲相應謂之韻」的標準例子，據此可證在當時押韻的韻部中有夬韻。第二，在《全本王仁昫刊謬補闕切韻》「夬韻」韻目下的小注云：

---

[15] 參見《文心雕龍·聲律》篇。

十七夬　古邁反，無平上，李與怪同，呂別与會同，夏侯別，今依夏。

於此說明在北齊李季節的《音譜》裡，夬韻與怪韻不分別，晉呂靜《韻集》則夬泰不分韻，但是梁夏侯詠的《韻略》則獨立為一韻，不與其他韻部相合，據此，夬韻獨立於這個時期，應該是可以相信的。

另外還有一些特別的押韻現象的，即祭泰夬廢在上古時期同屬月部，後來雖然與時推移，不斷地分化，但彼此的關係猶然很密切，但奇怪的是在這個時期裡，四韻彼此押韻的例子居然很少，這雖然表示了它們的音值各具特色，不容混淆外，其實也間接說明這個時期的文學作品，是多麼講求聲律，用韻的規矩比以前任何一個朝代都來得嚴格。還有祭霽二韻的合流現象，也是值得注意的。這種合流現象在魏晉時期就已經為數不少，到南北朝就更是如此，甚至可以說在當時的實際語言是不能分別的。在前面魏晉時期所列單獨押韻的 74 條韻例裡，除了廢韻只有一例外，其餘祭韻有 32 例，泰韻有 41 例；而至南北朝時期，在單獨押韻的 65 條韻例裡，除夬韻只有 1 例外，其餘泰韻佔了 53 例，祭韻只有 11 條，可見得在此期裡，祭韻單獨押韻的情形減少了很多，而大部分都與霽韻押，例如在此四韻與去聲押韻的 99 條韻例裡，先是祭韻與霽韻押的例子，就有 73 條之多，由此可証祭霽合流的態勢，遠超乎魏晉時期。無怪乎在後來的《廣韻》去聲韻目下要注明祭霽同用，廢韻獨用了。

最後再談與入聲通押、及與上聲通押的現象。這四韻與入聲的關係，可以說是源遠流長，在此，雖然它們與入聲的關係遠了，可是偶而還會與同攝入聲押韻，或許這是受到歷史傳統的影響，但音值有某些程度上的相近，恐怕才是主要的原因。近來學者假定中古韻值，蟹攝韻平上去三聲的韻尾多作 -i，入聲則作 -t，〔i〕雖然是元音，但它的響度本來就小，而〔t〕為清塞音，二者都同樣具有其低沉短促的性質，並且〔i〕的發音部位在舌面前，〔t〕的發音部位在舌尖中，也是十分相近，所以偶而會通押是自然的現象。至於與上聲通押的情形，在魏晉時期就有兩個韻例，都是押「偉」字，在此時期則有四個韻例，這也顯示去聲音值與上聲也有相近的地方。

明顧炎武《音論》曾謂：

> 今考江左之文，自梁天監以前，多以去入二聲同用，以後則若有界限，絕不相通；是知四聲之論，起於永明，而定于梁陳之間也。

綜合我們上面的一些論述，可知祭泰夬廢四韻自上古以來，逐漸演變成去聲，它與入聲的關係由密而疏，由近而遠，不過在魏晉時期，與入聲相押的情形，仍然不乏其例，但一進入南北朝，這種通押的現象，就形成銳減的局面，在南北朝 197 條的韻例當中，僅有 9 條涉及入聲，可見得顧氏以梁天監作為去入聲同用的界限，雖然言辭稍嫌肯定，但就以這四韻演變的現象看來，則確實有這樣的趨勢，所以顧炎武的說法，應該是有其值得相信的地方。

有關祭泰夬廢的來源，在這兒個人只做了一個粗疏的描述，個中仍然存在許多的問題，有待以後再陸續討論。

原刊載於《臺灣師大國文學報》16，p137～154，1987 年
／《聲韻論叢》第一輯，p249～268，1994 年

論《韻鏡》序例的「題下注」「歸納助紐字」及其相關問題

一、前　言

在《韻鏡》的卷首，載有張麟之於南宋高宗紹興三十一年（1161AD）、寧宗嘉泰三年（1203AD）的兩篇〈序〉，及〈調韻指微〉、〈三十六字母括要圖〉、〈歸字例〉、〈橫呼韻〉、〈上聲去音字〉、〈五音清濁〉、〈四聲定位〉、〈列圍〉等門例，據個人觀察，除了〈調韻指微〉與嘉泰三年的序是張氏第三次刊刻增入的，其餘都是在第一次刊行時就有的。[1]

[1] 由於張麟之在紹興三十一年的序中曾有「因撰字母括要圖，復解數例，以為沿流求源者之端」之語，並且從嘉泰三年的序中得知張氏

在序例當中，倍受學者矚目的便是「題下注」，因它關涉著《韻鏡》，甚至整個等韻圖的撰作時代及來源，個人於八年前撰碩論《韻鏡研究》一文，雖曾做過一番論述，[2] 但由於近年來，學者於相關問題的討論，頗為熱烈，每有新說，有些問題，個人以為可再予說明、補充。再者，列於〈字母括要圖〉下方的〈歸納助紐字〉，原本只是古人說明字母的例字而已，向來學者並不十分注意，然而它卻有助於我們了解重紐的一些問題。

是在第一次刊行以後，才看見莆陽鄭樵《七音略》，而張氏在〈調韻指微〉裡，引用〈七音序〉以論「七音之義」，所以〈調韻指微〉是在第三次刊刻時增入，其餘的門例在第一次刊行時就有了。

2 參見《韻鏡研究》（1987，學生）p25～42。

二、「題下注」及其相關問題

（一） 羅常培首先據「題下注」確定《韻鏡》的時代

張麟之嘉泰三年序首「韻鏡序作」的標題下，有一行重要的注語，作：

> 舊以翼祖諱敬，故為《韻鑑》，今遷祧廟，復從本名。

它深受學者們的重視與討論，最早，羅常培即據以肯定《韻鏡》是撰成於宋朝之前，他在〈《通志·七音略》研究〉一文中論說：

> 張麟之《韻鏡序作》題下註云……。案翼祖為宋太祖追封其祖之尊號，如《韻鏡》作于宋人，則宜自始避諱，何須復從本名？儻有本名，必當出于前

代。[3]

這個論點影響相當深遠，後來如董同龢先生、張世祿、葛毅卿、周法高先生、陳師新雄等學者，多從其說。[4]

（二） 羅說的反響

但也有部分學者不贊同羅常培的看法，如趙蔭棠便認為避諱並不完全可以作準的，他在《等韻源流》中說：

> 說不贊成的話，鄭樵曾說過《韻鏡》得之於胡僧，胡僧也許不避大宋先祖之諱，若遼僧吧，遼僧行均固稱其書為《龍龕手鏡》矣！[5]

---

[3] 參見《羅常培語言學論文選集》p105。

[4] 參見董同龢《漢語音韻學》、張世祿《中國音韻學史》、葛毅卿〈《韻鏡》音所代表的時間和區域〉、周法高〈讀《韻鏡》研究〉、陳師新雄《等韻述要》。

[5] 參見《等韻源流》p60。

近來李新魁撰〈《韻鏡》研究〉一文，[6] 更是一反羅說，從根本上懷疑這個注語的可靠性，甚至以為它不應該出自張麟之的手，可能是「自作聰明」的人，出於「想當然」的想法加上去的，因此認為根據避諱來推斷《韻鏡》作於宋代之前，是相當危險的，他否定「題下注」的推斷，分以下三個層次：

1·張氏在紹興三十一年作第一篇序，當時翼祖尚未除諱，而序中已把書名寫作《指微韻鏡》，這個「鏡」字是後人改的，決不是張氏自己，因為與這篇序同時作的門例中仍用《韻鑑》一名，假使序中的「鏡」字是張氏自改，門例理應一起改，而張氏還不致疏略如此；既是序文「鏡」是別人改的，故題下注也可能是別人加的。

2·卷首序中「指微韻鏡一編」句下注有「微字避聖祖名上一字」一語，以為宋時避聖祖諱只避「玄朗」及讀音相涉的字，不曾避「微」字，而此注不確，可見本書注

[6] 李文載於《語言研究》新 1，p125～166，1981 年。

文是否可靠，仍有問題，[7] 而「指微韻鏡」的「鏡」字確屬避諱，倒不加注，「微」字非避聖祖諱，反加注文，可見作注者非真知名諱避改之人。

3．設使注文是張氏自己所加，但是否精確可靠，仍難擔保，因為張氏自己說「自是研究，今五十載，竟莫知原于誰」，時代既然經歷了這麼久遠，這樣並不能保證序者確知其原名《韻鏡》，而不是《韻鑑》，且宋時避翼祖諱是事實，但歷史上因誤認避諱出錯的事不是沒有。

（三） 趙、李之說各有缺失

對於趙、李二家的說法，個人並不以為然。趙氏所說「鄭樵曾說過《韻鏡》得之於胡僧，胡僧也許不避大宋先祖之諱」的話，這可能是出於誤解，鄭樵在〈七音序〉中雖然曾說：

> **臣初得《七音韻鑑》，一唱而三嘆，胡僧有此妙義，**

---

[7] 李新魁在其《韻鏡校證》p117 也說「未見有避微字者」。

而儒者未之聞，……又述內外轉圖，所以明胡僧立韻得經緯之全·

但這裡鄭樵所以要「一唱三嘆」的，並不是胡僧創作了《七音韻鑑》，而是在慨歎七音的道理及韻圖的形式是源自於胡僧，何以見得呢？看鄭樵在序文中這段話之前，還有以下的一段論述：

四聲為經，七音為緯，江左之儒，知縱有平、上、去、入為四聲；而不知衡有宮、商、角、徵、羽、半徵、半商為七音，縱成經、衡成緯，經緯不交，所以失立韻之源。七音之韻，起自西域，流入諸夏，梵僧欲以其教傳之天下，故為此書，雖重百譯之遠，一字不通之處，而音義可傳，華僧從而定之，以三十六為之母，重輕清濁，不失其倫，天地萬物之音，備於此矣！

文中說明字母與等韻形式的來源，是由梵僧傳來，華僧續而制定三十六字母，再以四聲為經，包含三十六字母的七音為緯，經緯錯綜而形成等韻圖。倘若《七音韻鑑》是胡僧所作，而《七音韻鑑》據鄭樵序知為《七音略》的底本，今《七音略》圖中已排列有完整的三十六字母，如此一來，鄭樵就不會有「華僧從而定之，以三十六為之母」的話了。更何況《七音韻鑑》是否為《韻鏡》的底本，而後來將名稱簡稱作《韻鏡》，這恐怕仍然需要審慎地考慮。

至於李氏的觀點，的確有驚人之處，由於《韻鏡》序例「鏡」、「鑑」二字避改頗不一致，因而引起李氏的懷疑，但李文立論的重點，是在「指微韻鏡一編」下的注文「微字避聖祖名上一字」一語，認為有誤，事實上，這是李氏的誤解，黃耀堃、周法高二先生曾撰文指陳其中的疏失，尤其黃氏的〈讀《韻鏡校證》小記〉一文，[8] 文字雖短，卻一針見血，黃文說：

> 要是「微」是諱字，就不可能出現在這裡，因此這是以「微」代替諱字。而「玄朗」二字，「玄」與「微」意最相近，因此指《指微韻鏡》本或作《指

[8] 黃文載於香港中文大學《中國語文研究》5，p74，1984 年。

玄韻鏡》也說不定。

黃氏的說法十分正確，不僅跟注文完全吻合，而我們從宋代載錄的目錄之中，如晁公武《郡齋讀書志》載有王宗道《切韻指玄論》三卷，鄭樵《通志》〈藝文略〉載有僧鑑言《切韻指玄疏》五卷，都是以「指玄」二字作為書名，也可以得到旁證。

由此，甚至個人懷疑這部王宗道所「論」，僧鑑言所「疏」的《切韻指玄》，與張麟之序裡指《韻鏡》的底本，是友人所授的《指微（玄）韻鏡》，有某種程度的關聯。因為此處的「切韻」，依唐宋人的觀念，可以指為切語上下字，而不一定是指陸法言的《切韻》，如敦煌 P2012 號《守溫韻學殘卷》中的第三截裡，有「切輕韻重」、「切重韻輕」等名詞，它正是指切語上下字而言。[9] 宋沈括在《夢溪筆談》也說：

所謂切韻者，上字為切，下字為韻，切韻須歸本母，

---

[9] 參見拙著〈敦煌守溫韻學殘卷析論〉p20～21。

韻須歸本等。[10]

這段話更是符合了切語上字與下字，在等韻圖裡縱橫交錯拼合的觀念。另外，金韓道昭的《五音集韻》序也說：

夫切韻者，蓋以上切下韻，合而翻之。[11]

因此，我們推測《切韻指玄》是一部聲經韻緯的等韻圖，但這個假定，仍有待進一步證實。

至於李新魁《漢語等韻學》曾懷疑《宋史》〈藝文志〉著錄釋元沖的《五音韻鑑》可能就是《韻鏡》的原型，但《宋史》〈藝文志〉是作《五音韻鏡》，[12] 而非《五音韻鑑》，李氏將「鏡」避改作「鑑」，頗有為符合其以《韻鑑》為本名的說法，而擅自改易的嫌疑。且《五音韻鏡》

---

[10] 參見《夢溪筆談》卷一五，藝文二。

[11] 檢中央圖書館藏明刊黑口大字本《五音集韻》序無此語，茲暫錄李于平〈陸法言的《切韻》〉一文所引。

[12] 商務百衲本《宋史》、藝文武英殿本《宋史》等〈藝文志〉都是作《五音韻鏡》。

究竟撰成於何時呢？是否就如李氏所說，它就是《七音韻鑑》、《指微韻鏡》呢？凡此種種，恐怕都有待考定了。

（四） 史載翼祖先後祧廟兩次

「韻鏡序作」題下注說：「舊以翼祖諱敬……」，文中的「舊」字，其所指究竟為何時？實在是語意含混，無法確知，尋考宋代史籍關於翼祖入廟避諱、祧廟除諱之記載，發現在當時並非單純事件，可以說是「一波兩折」。

翼祖首次立廟始諱，是在太祖建隆元年（960AD）三月，宋李燾《續資治通鑑長編》載其事說：

> 壬戌，追尊……皇祖涿州刺史敬曰簡恭，廟號翼祖，陵曰定陵。[13]

翼祖既已立廟，此後其名依禮必須避諱，這個規矩共計施行了一百二十六年，直到元祐元年（1086AD），神宗崩，

[13] 參見《續資治通鑑長編》卷一 p8。

哲宗繼位，翼祖在七世之外，神主祧藏於宗廟的夾室中，從此便依禮不諱不忌，李燾《續資治通鑑長編》也載錄此事：

> 春正月……辛丑……禮部言翼祖皇帝，簡穆皇后神主奉藏夾室，所有翼祖皇帝忌及諱，簡穆皇后忌，伏請依禮不諱不忌。詔恭作。[14]

這是翼祖的第一次避諱、除諱，但事隔了十八年，到了徽宗崇寧三年（1104AD），蔡京當權，建言請立九廟，於是在十月下詔將原先已祧的翼祖再復還入廟，以湊足九世之數，並重頒廟諱，此事宋王稱《東都事略》有記載：

> 九月……癸巳，建九廟。冬十月……己巳，詔已祧翼祖、宣祖廟並復。[15]

這一次的復廟避諱，就要等到宋室南渡後，宋高宗紹興三

[14] 參見《續資治通鑑長編》卷三六四 p10。

[15] 參見商務《四庫全書》本《東都事略》p83。

十二年（1162AD），也就是張麟之首次刊刻《韻鏡》的第二年，才又遷祧除諱，《宋史》的〈禮志〉載其事說：

> 三十二年正月，禮部太常寺言：欽宗祔廟，翼祖當遷。於正月九日，告遷翼祖皇帝，簡穆皇后神主，奉藏夾室，所有以後翼祖皇帝諱，依禮不諱。詔恭作。[16]

但張麟之在寧宗慶元三年（1197AD）重刊時，並沒有因已除諱，而恢復本名，可能是為維持初刊的版面形式，直到第三次刊刻，加了〈調韻指微〉與第二篇序，才恢復《韻鏡》之名，並在標題下作注語以說明。從注語裡，我們是很難去判斷《韻鏡》是在宋初或是徽宗時，因為避諱而改名為《韻鑑》，但是從敦煌 P2012 號《守溫韻學殘卷》這個唐代的卷子裡，其〈四等重輕例〉已具備成熟、完整的等韻形式、觀念的發展大勢看來，[17]《韻鏡》撰成於宋以

---

[16] 參見藝文武英殿本《宋史》卷一〇八 p18。

[17] 參見拙著〈敦煌守溫韻學殘卷析論〉一文。

前的說法，應該是可以成立的。[18] 更何況張麟之在序中曾說過「自是研究今五十載，竟莫知原於誰。」的話，又引鄭樵〈七音序〉說：

> **此書（《七音韻鑑》）其用也博，其來也遠，不可得指名其人。**

《韻鏡》和《七音略》按理是有同源的關係，《七音略》和《七音韻鑑》既是「其來也遠」，連作者是誰都無法知道，同理，如果我們假定《韻鏡》的撰作，是在哲宗元祐初年（1086AD）至徽宗崇寧三年（1104AD）的十八年間，其撰成之後，再避翼祖諱改名，這麼短的時間距離，恐怕還不足以讓張麟之發出「自是研究今五十載，竟莫知原於誰」的感歎了，因此，個人以為題下注所說的「舊」字，應該是指宋初第一次避諱的事。

---

[18] 但張麟之所刊的《韻鏡》，必經宋人增刪改益，與宋以前的面目不盡相同。

三、從歸納助紐字論重紐聲母說

（一）〈歸納助紐字〉的作用

《韻鏡》序例中的〈字母括要圖〉〈參見附圖一〉，張麟之在紹興三十一年的序文裡，曾說明是他撰作的，[19] 這個圖的功用，在明確地說明《韻鏡》圖表裡，唇、舌、牙、齒、喉、舌齒、齒舌等發音部位，與全清、次清、濁、清濁相配，其所指名的三十六字母。在〈字母括要圖〉的下半部，排列了七十二個字——〈歸納助紐字〉，也就是將三十六字母，每個字母各列舉了兩個例字，作用在讓讀者反覆拼讀，從中體悟出各字母所代表的實際音值。這種傳統「口誦心惟」的認知方式，張麟之說可使得「以為沿流求源者，庶幾一遇知音」。

[19] 參見註 1。

（二）〈歸納助紐字〉的源流

《韻鏡》這種用例字直接拼讀，來辨識字母音值的方式，其實並非源自於張氏，早在唐朝仍在使用三十字母的時代，就已經有了。今所見敦煌 S512 號卷子的〈歸三十字母例〉，[20]（參見附圖二）性質正與〈歸納助紐字〉相同，僅僅在名稱上有別而已。它在每個字母下，各列舉了四個例字，[21] 在卷子背面有「三十字母敲韻」一行文字，文中的「敲韻」，就是轉讀、唸誦的意思，要讀者反覆地拼讀，以從中了悟各字母的聲值。而這類以例字說明字母的辦法，在中古時期，是相當普遍，如《大廣益會玉篇》卷首載有〈切字要法〉、〈三十六字母切韻法〉，《四聲等子》有〈七音綱目〉，《切韻指掌圖》有〈三十六字母

---

[20] 姜亮夫《瀛涯敦煌韻輯》曾考證此卷的時代，以為「不出唐代之末，三十六母既興之前。」（鼎文書局）p422。

[21] 「不芳並明」四母下的例字為：「邊逋賓夫、偏鋪繽敷、便蒲頻符、綿模民無」，每個字母的前三個例字，均是重唇音，末尾一個例字，均為輕唇音，觀此排列整齊的情形，可推知此卷輕唇音的分化，已經十分明顯了。

圖〉，其內容大同小異。由於這些例字具有說明聲母實際音值的特點，有助於我們對中古音的探討，甚至從這裡，還可以讓我們了解中古音重紐的問題，恐怕不在聲母音值的差異。

（三） 重紐聲母說

一般所謂重紐，是指在中古的韻書或等韻圖中，屬於三等韻的支、脂、真、諄、祭、仙、宵、侵、鹽諸韻，其一部分唇、牙、喉音字，由三等伸入四等，與一般的借位不同。這種現象，從陳澧撰《切韻考》時，就已經發現，但學者們對它的解釋，看法頗為分歧，其中有一派的學者主張重紐列於三等與四等，是由於聲母有音值上的差異，[22] 近來國內主張此說最力的學者，為周法高先生。周先生於一九八六年香港中文大學發表〈Papers in Chinese

[22] 最早提出聲母說的學者是日本的三根谷徹，於一九五三年發表〈韻鏡の三四等について〉，其次，國內的林英津，於一九七九年發表《《廣韻》重紐問題之檢討》（東海碩論），近來周法高先生也一反他過去所主張的元音說，倡言重紐的區別在聲母。

Linguistics and Epigraphy〉一文，同年十二月，於第二屆國際漢學會議發表〈隋唐五代宋初重紐反切研究〉一文，均採日本學者三根谷徹的說法，假定重紐四等（即周先生所指的 A 類）是具顎化〔j〕的聲母，重紐三等（即周先生所指的 B 類）則否，本文於此將不作細節的討論，僅是以〈歸納助紐字〉為起點，來說明重紐問題恐怕無關於聲值的差別。

（四）〈歸納助紐字〉中 AB 兩類聲值相同

重紐現象既是出現在三等韻的唇、牙、喉三個發音部位下，根據這個範圍，我們將〈歸納助紐字〉的唇、牙、喉音字，[23] 依照《廣韻》、《韻鏡》，列出其切語、轉圖、開合、韻部、等第或重紐類別，[24] 列表如下：

---

[23] 喉音的部位僅列影、曉、匣三母，在《韻鏡》圖中，喻三與喻四分別佔三四等，通常並不視為重紐，故不列。

[24] 凡屬於重紐的，一定是三等韻，為了討論方便，仍採用周法高先生的重紐類別代號，重紐四等稱為 A 類，重紐三等稱為 B 類，其餘不屬於重紐的，但稱其等第。

唇音	幫	賓 必鄰切	外轉十七開 真韻 A 類	邊 布玄切	外轉二十三開 先韻四等[25]
	滂	繽 匹賓切	外轉十七開 真韻 A 類	篇 芳連切	外轉二十一開 仙韻 A 類
	並	頻 符真切	外轉十七開 真韻 A 類	蠙 部田切	外轉二十三開 先韻四等
	明	民 彌鄰切	外轉十七開 真韻 A 類	眠 莫賢切	外轉二十三開 先韻四等
牙音	見	經 古靈切	外轉三十五開 青韻四等	堅 古賢切	外轉二十三開 先韻四等
	溪	輕 去盈切	外轉三十三開 清韻 A 類	牽 苦賢切	外轉二十三開 先韻四等
	群	勤 巨斤切	外轉十九開 欣韻三等	虔 渠焉切	外轉二十三開 仙韻 B 類
	疑	銀 語巾切	外轉十七開 真韻 B 類	言 語軒切	外轉二十一開 元韻三等
喉	影	殷 於巾切	外轉十九開 欣韻三等	焉 於乾切	外轉二十三開 仙韻 B 類

---

25 《韻鏡》「邊」字兩見，一在二十三轉開口，一在二十四轉合口，檢〈歸納助紐字〉所取盡是開口，故此亦當取開口。且龍宇純《韻鏡校注》p182 據《七音略》云二十四轉合口「邊」字當刪，正是，唯所云「此與二十二轉重出」的「二十二」當是「二十三」的筆誤。

音	曉	馨 呼刑切	外轉三十五開 青韻四等	祆 呼煙切	外轉二十三開 先韻四等
	匣	礥 下珍切	外轉十七開 真韻A類	賢 胡田切	外轉二十五開 先韻四等

從其中，我們不難發現，除了見母與曉母下的例字，盡屬普通四等字以外，其餘每個字母下，都至少有一個重紐例字，而且很有規律的，A 類字與 A 類字並列，或 A 類字與普通四等字並列，或 B 類字與普通三等字並列，這種情形，我們自然可以解釋作 A 類字與普通四等字聲值相同，B 類字與普通三等字聲值相同，但這樣並不能說明 A 類字與 B 類字聲值是相同的，而須要更進一步去考索，考清陳澧在《切韻考》中曾說：

> 切語之法，以二字為一字之音，上字與所切之字雙聲，下字與所切之字疊韻……[26]

據陳氏的論點，切語上字與所切之字，其聲值理應相同，我們固然知道所切之字有它的韻部、等第，同樣地，反切

---

[26] 參見陳澧《切韻考》卷一〈條例〉。

上字也有它所屬的韻部、等第，如是一來，我們可以觀察的層面就加深了。茲將上列〈歸納助紐字〉唇、牙、喉音例字，先除去其中無重紐字的「見」、「曉」二母，再檢列反切上字所屬《廣韻》、《韻鏡》的韻部、等第，而成下表：

脣音	幫	賓 必鄰切 真韻A類 (必 質韻A類)	邊 布玄切 先韻四等 (布 暮韻一等)
	滂	繽 匹賓切 真韻A類 (匹 質韻A類)	篇 芳連切 仙韻A類 (芳 陽韻三等)
	並	頻 符真切 真韻A類 (符 虞韻三等)	蠙 部田切 先韻四等 (部 厚韻一等)
	明	民 彌鄰切 真韻A類 (彌 支韻A類)	眠 莫賢切 先韻四等 (莫 鐸韻一等)
牙音	溪	輕 去盈切 清韻A類 (去 御韻三等)	牽 苦賢切 先韻四等 (苦 姥韻一等)
	群	勤 巨斤切 欣韻三等 (巨 語韻三等)	虔 渠焉切 仙韻B類 (渠 魚韻三等)
	疑	銀 語巾切 真韻B類 (語 語韻三等)	言 語軒切 元韻三等 (語 語韻三等)
喉音	影	殷 於巾切 欣韻三等 (於 魚韻三等)	焉 於乾切 仙韻B類 (於 魚韻三等)
	匣	礥 下珍切 真韻A類 (下 馬韻三等)	賢 胡田切 先韻四等 (胡 模韻一等)

其中除了滂母下的「篇、芳連切」、「頻、符真切」為輕唇切重唇的類隔切，我們不討論以外，其餘的，我們可以看到幫母、明母下的 A 類重紐字與一等、四等韻字，聲值相同相通；溪母下的 A 類重紐字與一等、普通三等、四等韻字，聲值相同相通；匣母下的 A 類重紐字與一等、三等、四等韻字，聲值相同相通；而群母、疑母、影母下的 B 類重紐字與普通三等韻字，聲值相同相通。尤其要注意的是溪母下的「輕、去盈切」是清韻 A 類，反切上字「去」字是御韻，為普通三等韻，而群母、疑母、影母下與 B 類同聲相通的，為六個與御韻韻部相承的平聲魚韻、上聲語韻的反切上字，也是屬普通三等韻，AB 兩類所相通的韻部，竟然只是聲調不同，所以要說 A 類與 B 類的對立，是由於聲母音值不同的說法，恐怕是不容易成立的。

（五）〈三十六字母切韻法〉中 AB 兩類聲值相同

在《大廣益會玉篇》的卷首，所載列的〈三十六字母切韻法〉，在形式、內容上，與〈歸納助紐字〉極其相近，從它排列的例字裡，我們更可以藉著它了解，重紐 AB 兩類的聲值，不應有異，茲先列舉其唇、牙、喉音字如下，以便於討論。[27]

唇音	〔幫〕博博賓邊旁	〔滂〕普普繽偏郎	〔並〕部部頻蠙迥	〔明〕眉眉民綿兵
牙音	〔見〕經經經堅電	〔溪〕牽牽輕牽奚	〔群〕衢衢勤虔云	〔疑〕魚魚銀言其
喉音	〔影〕於於殷焉境	〔曉〕馨馨馨祆烏	〔匣〕轄轄礥賢甲	

上表中，每個字母下的排列次序，是首列該字母的音切，再列舉三個例字，但第一個例字，正是字母音切的上一字，其餘的兩個例字，則與〈歸納助紐字〉唇牙喉音諸母下的例字，幾乎相同，僅僅〈三十六字母切韻法〉滂母下的「偏」字、明母下的「綿」字，〈歸納助紐字〉是作「篇」、「綿」二字而已。而〈三十六字母切韻法〉用三個字來練

---

27 《大廣益會玉篇》的〈三十六字母切韻法〉，每個字母下的例字原是如「博旁博邊賓（幫）」的形式，為了方便說明「博旁」是「幫」的音切，將「幫」字移置於「博旁」之前。

習字母的拼讀，第一個字正是切語的上一字，這種拼讀字母方式，也就是張麟之在紹興三十一年序裡所說的「用切母及助紐字歸納，凡三折總歸一律」，也同樣是《大廣益會玉篇》卷首〈切字要法〉中所述及的切字要訣：

上字喉聲，下二字即以喉聲應之。如歌字居何切　居經堅歌

上字唇音，下二字即以唇音應之。如邦字悲江切　悲賓邊邦

從以上所說的拼讀方式，即明白地告訴我們，在同一個字母下，所列的例字，其聲母的音值必然相同。在上表〈三十六字母切韻法〉唇牙喉音的例字中，尤其值得注意的是明母下的「眉、民、綿」三字，因為「眉」是屬脂韻 B 類，「民」是真韻 A 類，「綿」為仙韻 A 類，當然這已顯示同屬於明母的 A 類或 B 類，它的聲母音值並無不同。

（六）　〈切字要法〉中 AB 兩類聲值相同

另外在《大廣益會玉篇》卷首有〈切字要法〉，其中列舉了三十字母切音的例字，但沒有字母的名稱。而這三十類的字母，與敦煌 P2012 號〈守溫韻學殘卷〉的三十字

母，不盡相同，[28] 據此，董同龢先生《漢語音韻學》曾懷疑它的時代，「或許更在守溫之前」。[29] 就從其依聲母列舉的字例中，也可觀察出 AB 兩類音值相同，以下將所列載的唇、牙、喉音例字，據《廣韻》、《韻鏡》標注其切語、所屬字母、韻部、等第、重紐類別，列表以便討論。

唇音	幫	賓 必鄰切 真韻 A 類	邊 布玄切 先韻四等
	滂	娉 匹正切 勁韻 A 類	偏 芳連切 仙韻 A 類
	並	平 符兵切 庚韻三等	便 房連切 仙韻 A 類
	明	民 彌鄰切 真韻 A 類	眠 莫賢切 先韻四等
牙音	見	經 古靈切 青韻四等	堅 古賢切 先韻四等
	溪	輕 去盈切 清韻 A 類	牽 苦賢切 先韻四等

[28] 敦煌 P2012 號〈守溫韻學殘卷〉的三十字母較三十六字母少「娘、床、幫、滂、微、奉」，而〈切字要法〉的三十字母則少了「娘、床、知、徹、敷、奉」六母。

[29] 參見董同龢先生《漢語音韻學》p115。

	群	擎 渠京切 庚韻三等	虔 渠焉切 仙韻B類
	疑	迎 語京切 庚韻三等	妍 五堅切 先韻四等[30]
喉音	影	因 於真切 真韻A類	煙 烏前切 先韻四等
	曉	興 虛陵切 蒸韻三等	掀 虛言切 元韻三等
	匣	刑 戶經切 青韻四等	賢 胡田切 先韻四等

從中可以看出，在同一字母下，A 類字與 A 類字並列，或A類字與普通四等字並列，A類字與普通三等字並列，B類字也與普通三等字並列，普通三等字則與普通四等字並列，這些跡象都顯示 A 類字與 B 類字聲值同類相通。倘若如周法高先生《隋唐五代宋初重紐反切研究》中所說的，「還有清韻和庚韻三等兩韻合成一組 A、B 類」，[31] 視庚韻三等為重紐B類，則並母下的「平」字是B類，「便」字是A類，其聲值豈能無異，又疑母的「迎」字是B類，「妍」字是與A類經常相通的普通四等字，同樣是疑母，

---

[30] 享祿本《韻鏡》「妍」在外轉二十三開仙韻三等位置，考《廣韻》「妍」在先韻，應在四等，且《七音略》「妍」字也是列於先韻四等，今據改正。

[31] 請參見該文 p2。

聲值也理應相同，由此可知，AB 類的區別，恐怕不在聲值的差異。

（七）　現代漢語方言中同字母的 AB 兩類聲值相同

在上述的各類字例中，同在一個字母下而為 AB 兩類的，為〈三十六字母切韻法〉明母下的「眉民綿」三字，此外，倘若連同周法高先生把庚韻三等，也看作重紐 B 類的話，則〈切字要法〉下「平便」二字，也算是同母下的 AB 類。我們檢諸《漢語方音字匯》所蒐錄諸字的方言資料，也看不出這些 AB 類的聲母，有何差異，茲摘錄諸字的方言資料如下：

漢字／中古音／方音／方言點	平	便便宜	眉	民	綿
中古音	梗開三 平庚並	山開三 平仙並	止開三 平脂明	臻開三 平真明	山開三 平仙明
北京	꜁pʻiŋ	꜁pʻian	꜁mei	꜁min	꜁mian
濟南	꜁pʻiŋ	꜁pʻiã	꜁mei	꜁miẽ	꜁miã
西安	꜁pʻiŋ	꜁pʻiã	꜁mi	꜁miẽ	꜁miã

漢字 中古音 方音 方言點	平 梗開三 平庚並	便便宜 山開三 平仙並	眉 止開三 平脂明	民 臻開三 平真明	綿 山開三 平仙明
太原	꜀p´iŋ	꜀p´iɛ	꜀mei	꜀miŋ	꜀miɛ
漢口	꜁p´in	꜁p´ian	꜁mei	꜁min	꜁mian
成都	꜁p´in	꜁p´ian	꜁mi	꜁min	꜁mian
揚州	꜁p´ĩ	꜁pĩ	꜁məi	꜁mĩ	꜁mĩ
蘇州	꜁bin	꜁bi	꜁mE	꜁min	꜁mi
溫州	꜁beŋ	꜁bi	꜁mai	meŋ	꜁mi
長沙	꜁pin	꜁piẽ	꜁mei	꜁min	꜁miẽ
雙峰	꜁bin ꜁biõ	꜁bĩ	꜁mi	꜁min	꜁mĩ
南昌	꜁p´in ꜁p´iaŋ	꜁p´iɛn	məi꜄	min꜄	miɛn꜄
梅縣	꜁p´in	꜁p´iɛn	꜁mi	꜁min	꜁miɛn
廣州	꜁p´iŋ	꜁p´in	꜁mei	꜁man	꜁min
廈門	꜁piŋ ꜁pĩ ꜁piã	꜁pian ꜁pan	꜁mi ꜁mai	꜁min	꜁bian ꜁mĩ
潮州	꜁p´eŋ	꜁p´ieŋ	꜁bai	꜁miŋ	꜁mieŋ
福州	꜁p´iŋ	꜁peiŋ	꜁mi	꜁miŋ	꜁mieŋ

從其中可以看出「平、便」二字，在各地的方言裡，都是作雙唇送氣、不送氣的的清塞音〔p-〕、〔p´-〕，或是不送氣的濁塞音〔b-〕；至於「眉、民、綿」三字，除了

廈門「綿」字的讀書音與潮州「眉」字的方言，聲母是作雙唇不送氣的濁塞音〔b-〕以外，其餘各地的方言，聲母都是作雙唇鼻音〔m-〕。其實〔m-〕與〔b-〕的語音十分接近，發音部位與具有濁音性質並無不同，只是發音方法有塞音與鼻音的差別，因而二者間是很容易互變的，何況其中不作雙唇鼻音〔m-〕的，也僅有這兩個而已，並不能充分顯示重紐 AB 類為聲母音值有差異的現象。所以從現代漢語方言來觀察重紐，AB 兩類的區別，理應不在聲母音值的不同。

四、結　語

個人在第二節中，雖就近人的意見，及發現的一些文獻，對《韻鏡》「題下注」作了一番地論述，畢竟時代久遠，文獻仍嫌不足，很多問題仍難論斷，例如學者們從序例或內容、形式上，都可以推知《韻鏡》與《七音略》有同源的關係，但目前個人也僅能說《韻鏡》與《七音略》，在最早應是有一個共同原始的底本，後來因多歷人手，各自有增刪補益，所以內容、形式，小有差別，這個差別恐怕不在張麟之刊《韻鏡》、鄭樵述《七音略》時才有，應該在《七音韻鑑》與《指微韻鏡》的時代就發生了，至於它們共同的原始底本，是不是文中所提及的《切韻指玄》呢？尚有待以後再深究。

至於〈歸納助紐字〉的來源，早在唐代就有了，它顯示在同一字母下，實際的聲值相同，這對我們在中古音的研究上，能夠有多方的啟發，值得重視，因此，這類「助紐字」的來龍去脈，應可以再進一步作系統地探討。

參考引用書目

(一) 專著

《切韻指掌圖》 藝文印書館等韻五種本

《四聲等子》 藝文印書館等韻五種本

王 稱 《東都事略》 商務印書館景文淵閣四庫全書本

孔仲溫 《韻鏡研究》 學生書局

北大中文系編 《漢語方音字匯》 文字改革出版社

李 燾 《續資治通鑑長編》 世界書局

李新魁 《漢語等韻學》 中華書局

《韻鏡校證》 中華書局

林英津 《廣韻重紐問題之檢討》 1979 東海大學中文碩論

姜亮夫 《瀛涯敦煌韻輯》 鼎文書局

晁公武 《郡齋讀書志》 商務印書館

馬淵和夫　《廣韻索引》　巖南堂書店
《韻鏡校本》　巖南堂書店
張麟之刊刻　《韻鏡》　藝文印書館等韻五種本
脫脫等　《宋史》　商務印書館景廿四史百衲本
《宋史》　藝文印書館景二十五史武英殿本
陳　澧　《切韻考》　學生書局
陳彭年等　《宋本廣韻》　黎明文化事業公司
《大廣益會玉篇》　國字整理小組影元刊本
陳新雄　《等韻述要》　藝文印書館
黃永武主編　《敦煌寶藏》　新文豐出版社
董同龢　《漢語音韻學》　學生書局
趙蔭棠　《等韻源流》　文史哲出版社
鄭　樵　《七音略》　藝文印書館等韻五種本
《通志略》　國立中央圖書館藏明嘉靖庚戌陳宗夔刊本
龍宇純　《韻鏡校注》　藝文印書館
韓道昭　《五音集韻》　國立中央圖書館藏明黑口大字本
羅常培　《羅常培語言學論文選集》　九思出版社

（二） 期刊論文

孔仲溫 1986，〈敦煌守溫韻學殘卷析論〉，《中華學苑》34，p9～30。

李于平 1957，〈陸法言的切韻〉，《中國語文》2月號。

李新魁 1981，〈韻鏡研究〉，《語言研究》新1，p125～166。

周法高 1984，〈讀韻鏡研究〉，《大陸雜誌》69：3，p99～102。

1986，〈隋唐五代宋初重紐反切研究〉，《第二屆國際漢學會議》。

黃耀堃 1984，〈讀韻鏡研究小記〉，《中國語文研究》5，p74。

葛毅卿 1957，〈韻鏡音所代表的時間和區域〉，《學術月刊》8月號 p79～91。

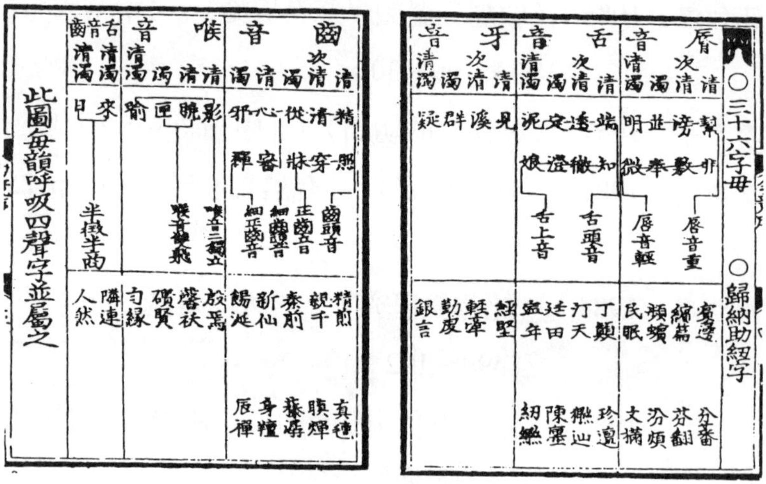
○三十六字母　○歸納助紐字
脣音
清 次清 濁 清濁
幫 滂 並 明
非 敷 奉 微
脣音重
脣音輕
舌音
清 次清 濁 清濁
端 透 定 泥
知 徹 澄 娘
舌頭音
舌上音
牙音
清 次清 濁 清濁
見 溪 群 疑
賓邊 繽篇 頻蠙 民眠
丁顛 汀天 廷田 寍年
經堅 輕牽 勤虔 銀言
分蕃 芬翻 汾煩 文構
珍邅 縝㢡 陳廛 紉𦆭
齒音
清 次清 濁 清 濁
精 清 從 心 邪
照 穿 牀 審 禪
齒頭音
正齒音
喉音
清 清 濁 清濁
影 曉 匣 喻
舌齒音
清濁 清濁
來 日
半徵半商
精煎 親千 秦前 新仙 錫涎
真氈 瞋燀 蓁潺 身羶 辰禪
殷焉 馨祆 礥賢 勻緣
隣連 人然
此圖每韻呼吸四聲字並屬之

附圖一　字母括要圖

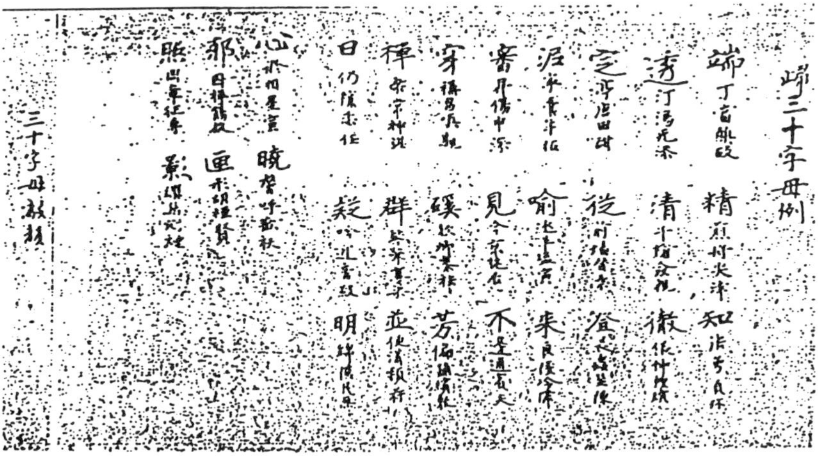
歸三十字母例

端 精 知
透 清 徹
定 從 澄
泥 喻 來
審 見 不
穿 溪 芳
禪 群 並
日 疑 明
心 曉
邪 匣
照 影

三十字母敲韻

附圖二　歸三十字母例

原發表於「第七屆全國聲韻學學術研討會」，1989 年

／刊載於《聲韻論叢》第二輯，p321～344，1994 年

〈辯四聲輕清重濁法〉的音韻現象

一、前　言

〈辯四聲輕清重濁法〉（以下簡稱〈辯法〉）是附於宋本《廣韻》後的一則門法，全篇並無敘述性文字的說明，僅僅列舉了 189 個例字，按平聲上、平聲下、上聲、去聲、入聲等四聲五部分，再依輕清、重濁而列舉，其中除了入聲的輕清列舉 14 例字，重濁 7 個例字外，其餘各部分的輕清、重濁均為 21 個例字。[1] 每個例字下再列舉其音切與字義。（參見附錄一）

這個門法雖然旨在辨明「輕清」跟「重濁」這兩個對

---

[1] 澤存堂本《廣韻》平聲上的重濁中「生」字下缺音義，而平聲下墨釘處缺一例字，據黎庶昌古逸叢書本《廣韻》校勘，知「生」為「朱」之形訛，音義作「之余反，朱赤也」，墨釘處則為「紬，直流反，紬布也」，茲據以補正。

立的名詞，但從其字例的排列與音切裏，卻顯示出一些特殊的音韻現象，又儘管它是附錄在《廣韻》書後的一篇門法，就其內容探析，卻與《廣韻》沒有直接的關聯，推考其時代也應在《廣韻》之前，為宋以前的作品。然而如此時代既早，又具有特殊音韻現象，值得探論的一篇音韻史的語料，可惜的是，就所知除了日本學者真武直於一九五四年發表〈辯四聲輕清重濁法の音韻組織〉一文之外，[2] 未見有其他的論述，而真武直氏所論，於方法、觀點上仍多有不足之處，[3] 所以有必要再重新作一全面性的探討，以窺究竟。

---

[2] 本文發表於廣島支那學會出版的《支那學研究》特輯十一號 p99～108。

[3] 例如以未曾校讎的澤存堂本研究，以致歸納聲韻不盡精確，如以「生」入疏母，卻不知「生」為「朱」之訛，又以「引，於軫反」入影母，卻不知「於」為「余」之訛，當歸入喻母。又全文以輕清重濁為聲母的清濁，是以後人的觀念範圍古人，未能探得〈辯法〉作者的原意等等。

二、所據為宋以前的韻書系統

從〈辯法〉的切語與韻次分析，我們應該可以確定它的撰作時代，是在《廣韻》之前，為依據宋以前韻書系統分析音韻的門法，之所以如此主張，有下列幾項理由：

（一） 切語稱「反」而不稱「切」

潘師重規於《瀛涯敦煌韻輯新編》之中，嘗有一段以切音稱「反」、「切」斷代的論述，說：

> **凡文字切音，皆稱為反，此在唐人寫本韻書莫不皆然，唐以後則否。**[4]

潘師之說頗為可信，只是唐宋之間的五代時期，恐怕是「切」、「反」並稱的時代，例如郭忠恕與徐鍇都是五代時人，而郭著《汗簡》切音稱「切」，徐鍇作《說文繫傳》

---

[4] 參見《瀛涯敦煌韻輯新編》中〈瀛涯敦煌韻輯別錄〉p83。

引用同時朱翺的反切則稱「反」，至於趙宋以後，則是易「反」為「切」，如大徐校定《說文》，所依據的切語雖然是孫愐《唐韻》，而《唐韻》切音稱「反」，大徐則改為「切」。今〈辯法〉例字下的音切，幾乎都是稱作「反」，只有在去聲重濁裏的「眷」字下作「几倦切」為例外，個人以為這恐怕是宋人收錄於《廣韻》之後，一時失察而易「反」為「切」的結果，並不影響其撰成於宋以前的推論。

（二） 切語較近《王仁昫刊謬補闕切韻》

切語是韻書的內涵，要辨明〈辯法〉的韻書系統，以其切語與早期的韻書比對，應該是一個重要的途徑。而《廣韻》以前的韻書，目前較完整的是臺北故宮博物院藏的《唐寫全本王仁昫刊謬補闕切韻》（以下簡稱《宋跋本王韻》），以下就取〈辯法〉的切語與《宋跋本王韻》、《廣韻》的切語比對觀察，茲先列舉其與《廣韻》相同的例字有：

【平聲上】 輕清：璡、珍、龜、員、鄰、從、峯、江、降、妃、微、家、施、民。

重濁：同、洪、諄、殷、倫、分、眉、無、傍。

【平聲下】 輕清：清、仙、砧、孃、幽、箋、慽、衫、[5]名、并、輕、傾、徼、翹、羌。

重濁：青、先、昭、詳、坊、氈、鉛、三、嬌、餳、匡。

【上聲】 輕清：丈、鄙、邇、敢、梗、皿、起、美、緊、杏、旨。

重濁：鼠、尾、謹、卷、晚、耿、幸、猛、始、止、柿。

【去聲】 輕清：快、臂、惠、浚、宋、怪、替、甑、濟。

重濁：味、瑞、誓、舜、送、態、再、伺、刵。

【入聲】 輕清：角、嶽、邈、疋、必、穴、莢、籍、悉。

重濁：博、鄂、鶴、訖、出。

---

5 「衫」澤存堂本《廣韻》作「所從切」，按「從」在鍾韻，而唐宋韻書「衫」均在銜韻，《十韻彙編》中《切三》、《王一》、《項跋本王韻》、《廣韻》、《宋跋本王韻》均作「所銜反」，是「從」應是「銜」的形訛，今據正， 下同。

共有 103 字，佔全部的 54.5% ，若再取與《宋跋本王韻》比較，則其跟《廣韻》相同的洪、諄、倫、清、并、翹、羌、坊、鼠、耿、猛、舜、必、穴、出等 15 字的切語，與《宋跋本王韻》並不相同之外，其餘 88 個例字均相同。另外還有 23 個例字的切語與《宋跋本王韻》的切語相同，而跟《廣韻》不同，即：

【平聲上】輕清：禋。	重濁：飛、夫、衣、文。
【平聲下】輕清：朝。	重濁：泉。
【上　聲】輕清：豕、昳。	重濁：甫、汝、雨、傚。
【去　聲】輕清：魅、避、譬、赴。	重濁：蒯、賦、膾、寺。
【入　聲】輕清：格、學。	

總計〈辯法〉例字切語，與《宋跋本王韻》相同的，有 111 字，佔全部的 59% ，可見其所依據的韻書系統，似乎較接近唐季的《宋跋本王韻》。其實，個人以為〈辯法〉的切語可能更接近故宮藏《唐寫本刊謬補闕切韻》（以下簡稱《項跋本王韻》），因為〈辯法〉有不少的切語與其他各韻書不同，反而跟《項跋本王韻》相同的情形，例如：

1. 平聲上「松，詳容反」，《切二》作「羊容反」，[6]《廣韻》作「祥容切」，《項跋本王韻》正作「詳容反」。

2. 平聲下「瓤，汝羊反」，《切三》、《王一》作「如羊反」，《宋跋本王韻》、《廣韻》作「汝陽反」，[7]而《項跋本王韻》又讀作「汝羊反」。[8]

3. 平聲下「詶，市州反」，《切三》、《王一》、《宋跋本王韻》均作「市流反」，[9]而《項跋本王韻》正是作「市州反」。

4. 上聲「昶，敕兩反」，《切三》、《宋跋本王韻》、《廣韻》作「丑兩反」，而《項跋本王韻》作「敕兩反」。

---

6 《十韻彙編》簡稱王國維跋敦煌《切韻》三種為《切一》、《切二》、《切三》，又將敦煌 P2011 號《王仁昫刊謬補缺切韻》簡稱為《王一》。

7 《廣韻》原都稱作「切」而沒有作「反」的，在此由於不是討論斷代問題，為免行文累贅，若《廣韻》切語有同於其他韻書的，一併敘列，不重覆。

8 按《項跋本王韻》陽韻殘闕不全，此字音切僅見又讀。

9 《切三》原作「布流反」，按「布」為「市」的形訛。

5. 去聲「縣，玄絢反」，《王一》、《宋跋本王韻》、《唐韻》、《廣韻》均作「黃練反」，[10] 而《項跋本王韻》則作「玄絢反」。
6. 入聲「閣，古洛反」，《宋跋本王韻》、《唐韻》、《廣韻》均作「古落反」，而《項跋本王韻》正作「古洛反」。

可惜《項跋本王韻》今已殘闕得厲害，無法全面比對，否則結果將會更為明確。

（三）　韻次接近《項跋本王韻》

韻部次序的比對，也是觀察韻書系統的一個重要方法。但是由於〈辯法〉按四聲排列的例字與音切，並未按照韻部的先後次序排列，使得我們無法進行全面性的觀察。所幸它的平聲是分上下兩部分，因此由例字所屬的上平聲或下平聲，似乎也可以得到一些韻書系統的訊息。茲先將例字依上平聲、下平聲與輕清、重濁，按《廣韻》韻

[10] 《廣韻》原作「莫練反」，「莫」應為「黃」的形訛。

目排列如下：[11]

【平聲上】輕清：同東、從峯鍾、江降江、施支、龜伊脂、妃微微、孚虞、璡珍陳禋鄰民真、椿諄、員仙、家麻、弘登。

【平聲上】重濁：洪風東、松鍾、眉脂、之其之、飛衣微、朱夫無虞、真辰真、春諄倫諄、分文文、殷欣、杭傍唐。

【平聲下】輕清：箋先、仙綿僊璿仙、徼蕭、朝翹宵、孃牆羌陽、清名并輕傾晴清、紬尤、幽幽、砧侵、衫銜。

【平聲下】重濁：先眠先、川氈鉛泉仙、昭嬌宵、瓤詳坊匡陽、明兵卿庚、餳清、青青、訓憂尤、針侵、三談。

在上列中與《廣韻》韻次牴牾的是平聲上的輕清有「員」、「家」、「弘」與重濁有「杭」、「傍」5字。這5字在《廣韻》中原屬於平聲下的仙、麻、登、唐諸韻。當中屬

---

11 若例字與其切語下字在《廣韻》中有韻部不同的情形，則以例字為定。

仙韻的「員」字置於平聲上是較為特別，但並非無據，因為在中唐以後，仙元二韻有合流的趨勢，王力先生於《漢語語音史》中歸納晚唐五代的韻部，就是將仙元合為一部，[12] 而元韻正是在平聲上。其餘的 4 字，則與《項跋本王韻》韻部的排列有相同之處。王國維在〈書內府所藏王仁昫切韻後〉一文中，曾論述《項跋本王韻》平聲的韻目說：

> 其次第，則平聲升陽唐於鍾江之次，登於文欣之次，寒於魂痕之前，侵蒸於尤侯之前，又降元於先仙之後，佳於歌麻之間，鹽添覃談於侯幽之後。[13]

今〈辯法〉的弘、杭、傍三字列在平聲上中，正顯示所據的韻書登、唐二韻正如《項跋本王韻》也在上平聲中。不過〈辯法〉的陽韻諸字仍然列置於平聲下裏，這一點就不像《項跋本王韻》將陽唐一同移置於上平聲了。另外〈辯

[12] 參見《漢語語音史》p304～305。

[13] 參見王氏《觀堂集林》卷八 p358～361，又王氏所謂「內府所藏王仁昫切韻」，正是《項跋本王韻》。

法〉移置麻韻的「家」字於平聲上中，這也跟《項跋本王韻》不同，但《項跋本王韻》移上平聲的佳韻至下平聲的歌麻之間，林炯陽先生於《廣韻音切探源》一書中，曾論述這種移置現象是因為唐代佳麻二韻混用的結果。[14] 因此我們可以推知麻韻之所以置於上平聲，是受到佳麻混用的影響。《項跋本王韻》韻部的排列，在唐宋諸韻書中算是特別的，而今〈辯法〉上平聲、下平聲例字所屬的韻部，又與其特殊的列置，有某些程度的相同，所以說〈辯法〉所根據的韻書系統與《項跋本王韻》十分地接近。

三、表現實際語音的混切現象

〈辯法〉的例字切語雖然才不過189個，但它的一些聲韻混切現象，卻頗能表現出當時的實際語音狀況，而為我國語音史的研究，提供一些可貴的材料，茲依聲母、韻部兩部分論述。

---

[14] 參見林炯陽先生《《廣韻》音切探源》p103～104。

（一） 聲母的混切現象

在〈辯法〉中，聲母混切者，計有 11 個例字，其中除了去聲輕清的「絹，去面反」，是因切語上字的「去」字為「古」字的形訛之外，[15] 其餘 10 個例字，其混切的情形如下：

1. 幫非混切

并，府盈反 平聲下・輕清
鄙，方美反 上聲・輕清

2. 明微混切

眉，武悲反 平聲上・重濁
名，武并反 平聲下・輕清

---

[15] 按澤存堂本、古逸叢書本「絹」均作「去面反」，然考《項跋本王韻》作「古掾反」。《唐韻》作「古緣反」、《宋跋本王韻》作「吉掾反」、《廣韻》作「吉掾切」，因此可知「絹」屬見母，今切語上字屬溪母的「去」應是「古」字的形訛。另外澤存堂本《廣韻》「引」作「於軫反」，「引」屬喻母字，而「於」屬影母字，這也不是混切，據古逸叢書本「引」作「余軫反」，周祖謨《廣韻校勘記》以為作「余」是也。

明，武兵反 平聲下·重濁

皿，武永反 上聲·輕清

美，無鄙反 上聲·輕清

免，無兗反 上聲·輕清

3. 神禪混切

辰，食鄰反 平聲上·重濁

4. 穿初混切

燭，昌狹反 上聲·輕清

其中幫非的混切有 2 例，在〈辯法〉的 17 個幫母非母中，佔 12% ，這個比例不重，並不影響幫非分立的大勢，但是似乎顯示二母仍存有一些隋唐早期輕重脣不分的現象。其次明微二母的混切，則有 6 例，佔 20 個明微例字的 30% ，這麼高的比例，似乎告訴我們當時明微仍是不分的，據王力先生《漢語史稿》說明母分化微母，是在唐末宋初，[16] 今就〈辯法〉的現象而言，它仍然是處在未分

[16] 參見王力《漢語史稿》p131。

化的時代裏。至於神禪二母的混切現象，早在《經典釋文》裏面就已經存在了，[17] 今〈辯法〉中神禪的例字共有 6 個，除了上列有混切 1 例之外，其餘都是分立的。雖然在隋唐早期的語音系統，神禪分立的情形十分明顯，[18] 但是到了五代朱翺的反切裏，不僅神禪不分，甚至連床母也都合流了，[19] 今〈辯法〉切語中床母的分立很清楚，而神禪已有混切的情形，我們可視之為五代神禪床三母合流之前的跡象。再者，〈辯法〉中莊照兩系的例字是顯然分立的，因此上列以穿切初的現象，是較為特殊的。其實不僅在此為特殊現象，就整個隋唐音系而言，也屬特別。因為隋唐莊系與精系混切是有的，但罕有莊照兩系混切的情形，即使到了五代朱翺的反切裏，穿初二母分立仍然是明顯的，不過這時已有「鬻，齒治反」以穿切初混切現象，到宋朝則

[17] 參見王力《龍蟲並雕齋文集》中〈經典釋文反切考〉一文所論。

[18] 李榮《切韻音系》、邵榮芬《切韻研究》、王力《漢語語音史》均以為神禪分立。

[19] 參見王力《龍蟲並雕齋文集》中〈朱翺反切考〉，與張世祿《朱翺反切考》所論。

穿初合流了。[20] 因此，〈辯法〉中穿初的混切，實已開啟後代合流的先兆。

（二） 韻部的混切現象

〈辯法〉中，韻部混切的切語計有 17 個例字，其情形如下：

1. 以之切脂

伊，於之反 平聲上·輕清

2. 以魚切虞

朱，之余反 平聲上·重濁

3. 以清切庚

兵，補縈反 平聲下·重濁

---

[20] 參見王力《漢語語音史》p320～325。

4. 以旨切紙

䟗，神旨反　上聲・重濁

5. 以止切紙

氏，匙止反　上聲・輕清

6. 以止切旨

比，卑里反　上聲・重濁
姊，將己反　上聲・重濁

7. 以耿切梗

猛，莫幸反　上聲・重濁

8. 以梗切迥

炅，久永反　上聲・輕清

9. 以迥切靜

餅，必茗反　上聲・輕清

10. 以至切志

志，之利反 去聲·重濁

字，疾四反 去聲·輕清

11. 以霽切祭

弊，毗計反 去聲·輕清

12. 以祭切廢

廢，方袂反 去聲·重濁

13. 以隊切廢

肺，芳昧反 去聲·輕清

14. 以質切迄

訖，居乙反 入聲·重濁

15. 以陌切昔

擲，雉戟反 入聲·輕清

這些混切的例字，有將近三分之二的部分，與唐代韻書韻部「同用」的情形相吻合。這種「同用」的標注，雖然唐封演《聞見記》說是「以其韻窄，奏合而用之」，[21] 但今學者如王力、周法高等先生都認為應該還是依據實際語音標注的，[22] 王力先生甚至以為今《廣韻》每卷目錄下注明的「獨用」、「同用」正是許敬宗的原注。既然如此，我們就參照《廣韻》注明的「獨用」、「同用」篩檢出相合的有：伊、兵、䀹、氏、比、姊、猛、志、字、弊、擲等 11 個例字，由此證知在〈辯法〉的當時，脂之、庚清、紙旨止、梗耿、至志、霽祭、陌昔諸韻部，已經合流而不分了。其餘至如以魚切虞的混切，考察較早的隋及初唐時期，虞模的關係較為密切，詩多通押，而魚韻獨用，正如《廣韻》韻目下所注虞模「同用」，魚「獨用」，可是自盛唐以來，詩韻中魚虞模三韻已有合流通押的趨勢，至中唐時期，除了近體詩合用情形較少之外，古體詩、樂府詩

[21] 參見王力《漢語音韻》p58 所引。

[22] 參見王力《漢語音韻》p58，與周法高先生《中國語言學論文集》中〈切韻魚虞之音讀及其流變〉一文 p73。

則已幾乎不能分別了，[23] 顯見魚虞的混切，正是魚虞合流的實際語音現象。而以梗切迥、以迥切靜的混切現象，在《廣韻》中是看不出迥跟梗靜的合流，因為《廣韻》韻目下注迥韻「獨用」，梗耿靜韻「同用」，可是從盛唐以來的詩人用韻裏，可以發現梗耿靜迥諸韻已經合流通押了，[24] 就在五代朱翱的反切中，也有以梗切迥「省，息永反」、以迥切靜「高，去挺反」這等混切的例子，[25] 與〈辯法〉的情形相同，因此此處梗迥、迥靜的混切，應是當時實際語音的自然表現。再者，以祭切廢、以隊切廢的混切現象，從《廣韻》祭霽「同用」、隊代「同用」、廢韻「獨用」，也沒有廢祭隊合流的跡象，但是若從初唐以來的詩文用韻裏，是可以發現其合流的趨勢。據鮑明煒〈初唐詩文的韻系〉一文指出祭廢在當時有通押的現象，[26] 到了中唐，元結的〈遊石溪示學者〉詩中有祭隊廢相押，而白居易的〈村

[23] 參見耿志堅〈中唐詩人用韻考〉p4。

[24] 參見耿志堅〈盛唐詩用韻考〉一文 p143～148。

[25] 參見王力〈朱翱反切考〉，《龍蟲並雕齋文集》p228～229 舉例。

[26] 參見中國音韻學研究會編《音韻學研究》第二輯 p99。

居臥病二首之二〉也有祭廢的通押，[27] 這種合流現象，王力先生在《漢語語音史》隋至中唐音系部分，就將祭廢合而為祭部，[28] 而在晚唐五代音系部分，則根據所撰的〈朱翱反切考〉，將廢韻脫離祭部，而與隊韻歸入灰堆部，[29] 然而個人自王先生的〈朱翱反切考〉中，實在找不出廢韻與隊泰韻混切的實例，王先生只是用灰咍的分立推論，而實際上從唐詩的用韻與〈辯法〉祭廢、隊廢混切的情形看來，祭隊廢三韻合流的趨勢，恐怕是必須注意的，至於以質切迄「訖，居乙反」的混切現象，《廣韻》迄韻「訖」字，也是作「居乙切」，周祖謨《廣韻校勘記》以為質韻的「乙」為迄韻「乞」的形訛，[30] 在《廣韻》裏，由於分韻嚴明，這也許可以說是它的訛誤，但事實上這也正說明質迄二韻合流不分的實際語音現象。因為隋唐以來質迄合流混切的

---

[27] 參見耿志堅《中唐詩人用韻考》p14、p101。

[28] 參見王力《漢語語音史》p240。

[29] 參見王力《漢語語音史》p300。

[30] 周祖謨《廣韻校勘記》p516 迄韻「訖，居乙切」下云：「居乙切，案乙在質韻，不得切訖字。《切三》及《故宮王韻》、《唐韻》作居乞反，是也，當據正。」

情形十分普遍，除了《宋跋本王韻》「訖」也作「居乙反」外，陸德明《經典釋文》有「迄，許乙反」、「肸，許乙、許密反」、「汔，許一反」。[31]

四、論「輕清」「重濁」的名義

從〈辯四聲輕清重濁法〉這個標題，我們可以理解本篇撰作的目的，是為了區別四聲中的「輕清」和「重濁」，可是全篇並沒有詳細地說明，只是列舉 189 個例字及切語，因此欲窺其究竟，就必須從這些切語去做全面性的觀察與比對。在探論之前，我們須要確定的是，本篇的原意是以「輕清」、「重濁」為對立名詞？還是如一般聲韻學中所提到的「輕重」、「清濁」兩組名詞呢？個人以為作者既然把例字依四聲分「輕清」、「重濁」兩類，理當遵從，若以「輕重」、「清濁」的觀念來面對〈辯法〉的話，那將會治絲益棼，難得條理。

---

31 參見王力〈《經典釋文》反切考〉，《龍蟲並雕齋文集》p171。

（一）「輕清」「重濁」不專指聲母、韻母、或聲調的不同

日本真武直氏的〈辯四聲輕清重濁法の音韻組織〉一文，似乎也是主張「輕清」、「重濁」為兩個對立的名詞，可是全文卻是圍繞著聲母的「清」、「濁」比較論述，這恐怕會與事實真相相去甚遠，因為從聲母、韻母、聲調等方面做全面地比較觀察，都無法得到合理的解釋。就聲母方面說：若以黃季剛先生中古四十一聲紐而言，〈辯法〉除了奉、端、泥、莊、曉五紐沒有例字出現之外，其餘的聲紐的發音部位、清濁、送氣與不送氣，並不因輕清或重濁而有所不同，茲舉牙音見溪群疑四母的例字及切語，列如下表：

輕清重濁／聲紐	輕清	重濁
見	龜居追、江古雙、炅久永	嬌舉喬、卷居轉、耿古幸
溪	愆去乾、起墟里、快苦夬	卿去京、眷几倦、豈氣幾、蒯苦壞
群	翹渠遙	其巨之
疑	嶽五角	鄂五各

從表中例字的切語上字如見母的居古、溪母的去苦、疑母的五，同時切輕清、重濁的例字可知，輕清、重濁實無關於聲母的發音部位、清濁、送氣與不送氣的不同。就韻母方面說：例字相同的切語下字，同時在輕清、重濁中切音的情形，也是屢見不鮮，例如下表所列：[32]

韻部	等第	開合	輕清	重濁
之韻	三等	開口	伊於之	其巨之
止韻	三等	開口	起墟里	比卑里
真韻	三等	開口	珍陟鄰	辰食鄰
先韻	四等	開口	箋則前	先蘇前
諄韻	三等	合口	椿鳌倫	諄章倫
怪韻	二等	合口	怪古壞	蒯苦壞

從上列既然可知輕清、重濁的反切下字相同，可見得輕清、重濁無關於韻部、等第、開合、陰陽。再就聲調方面說，雖然目前有不少學者主張中古有四聲八調之說，[33] 但

[32] 等第、開合悉以《韻鏡》為本。

[33] 如杜其容〈論中古聲調〉、周祖謨〈關於唐代方言中四聲讀法的一些資料〉，另外據丁邦新先生〈漢語聲調的演變〉一文述及王

是我們以平聲清聲母變為陰平，濁聲母變為陽平，全濁上聲變為去聲這種聲調演變規律觀察，則同樣可以發現輕清、重濁也無關於四聲八調，茲舉數例列於下表：

聲 調	清 濁	輕 清	重 濁
平聲	全清	珍陟鄰、江古雙	之職而、真只人
平聲	全濁	陳直鄰、降下江	其巨之、辰食鄰
上聲	全清	梗古杏	耿古幸
上聲	全濁	杏何梗	幸何耿

其中平聲的全清與全濁聲母的例字，它同時出現在輕清與重濁之下，而顯示輕清、重濁並不因為平聲之有陰陽調而不同，上聲的情形也是如此，因此四聲八調之說也不能解釋其所以分輕清、重濁的理由。

（二） 「輕清」「重濁」為音韻不同的相對名詞

究竟本篇的「輕清」、「重濁」所指為何呢？個人以為它只是指兩個字音韻不同的相對名詞，而不是絕對名

士元（A Note on Tone Development ）也有如此主張。

詞，它代表當時語音已經混而不別或極為相近的兩字，在聲韻嚴格分析下，為聲韻不同的兩字，而以「輕清」「重濁」作概念上的區分，這種以相對名詞作概念區分的情形，在陸法言〈切韻序〉中便有，陸氏說：

欲廣文路，自可清濁皆通，若賞知音，即須輕重有異。

只是在〈辯法〉中稱為「輕清」、「重濁」，此處則稱為「清濁」、「輕重」。又周振鶴、游汝杰合著《方言與中國文化》中曾指出許多方志直接記述土語間的異同，用輕、重、勁、急、遲、簡、煩等詞來對比兩地的語音差異。[34] 例如明正德《松江府志》和正德《華亭縣志》論及方言均載：

府城視上海為輕，視嘉興為重。[35]

這也是說明「輕重」只是語音不同的概念區分。既然如此，

[34] 參見周振鶴、游汝杰《方言與中國文化》p105。

[35] 參見周振鶴、游汝杰《方言與中國文化》p106 引。

〈辯法〉中是否有這種概念區分的徵兆呢？當然有，而且為數不少。從其中發現有一部分例字的字次作有規律對立的排列，而其於現代方言與中古聲韻比對，都可知道這規律對立「輕清」「重濁」的例字，顯現其語音相同或相近，其聲韻有別。另外有一部分例字，雖然無規律對立的情形，然一樣由現代方言與中古聲韻的比對，也可以顯見其概念區分的現象，以下則分別舉證論述。

1．字次有規律對立者

這裏所謂的字次，是指例字在四聲的輕清重濁中排列的次序。茲將規律對立的例字列舉如下：

平聲上	輕清	2珍 3陳 4椿 5弘 8禋 11從 20氏
	重濁	2真 3辰 4春 5洪 8殷 11松 20文
平聲下	輕清	1清 2先 3砧 4孃 5緜 6朝 7紬 9牆 19璿 20晴 21羌
	重濁	1青 2仙 3針 4瓤 5眠 6昭 7詶 9詳 19泉 20餳 21匡
上聲	輕清	13皿
	重濁	13猛
去聲	輕清	1魅 2快 6赴 7惠 9肺 10浚 11絹 12宋 13壞 14怪 15替

	重濁	1味 2蒴 6賦 7衛 9廢 10舜 11眷 12送 13會 14膾 15態
入　聲	輕清	2角 3嶽 4邈 5學
	重濁	2閣 3鄂 4莫 5鶴

這種音韻相同或相近而呈現規律對立的例字，計有 34 組 68 字，它應是作者有意藉著這種對立現象，說明當時語音相混，但實際上聲韻不同的情形，只是語音隨著時空的變化移轉，後人確實不易辨識，但我們從現代方言觀察，與中古聲韻的分析，仍可了解當時語音相同或相近的情形。

（1）　從現代方言觀察

茲取《漢語方音字匯》所載錄的方言例字，[36] 按〈辯法〉蒐尋其對立的例字，依四聲與輕清重濁，製成〈四聲輕清重濁現代方音字表一〉（參見附錄二）。在表中的 15 組字例裏，[37] 我們可以清楚地看出其於現代方言中，

---

[36] 本文所據為一九六二年第一版《漢語方音字匯》，雖然一九八九第二版是重新校訂過，方言點也比較多，然而印刷不甚理想，陰陽調號難以辨別，以致未敢遽用，甚感可惜。

[37] 若按第二版《漢語方音字匯》蒐尋，則可得 20 組例字。

讀音大量相同的情形。尤其在記錄的 17 個方言點中，「弘，洪」有雙峰、廣州、潮州、福州四地，[38]「絹，眷」有成都、梅縣、潮州、福州四地，「清，青」有梅縣、潮州二地，「綿，眠」有梅縣、潮州二地，「朝，昭」有廈門、福州二地、「先，仙」、「宋，送」則都僅有潮州一地，「肺，廢」僅有廈門一地方音不同，其餘方言點的讀法都是相同的。倘若我們承認方言具有保存古音的性質，則這般大量方音相同的現象，似乎告訴我們——它們在〈辯法〉的時代，其語音極可能已經混合不別，或者是極為接近。

（2） 從中古聲韻分析

若將規律對立的例字，按照其注列的切語，追索所屬聲母及其清濁、發音部位，所屬韻部及其等第、開合，從這裏面，我們可以明白這些例字語音混合或相近的現象，茲分成以下四類說明：

---

[38] 這完全是一對一的比對，如果其中有一字為兩讀，則僅取其一，如果兩字都是兩讀，則二者一起比對。下同。

(a) 韻母全同而聲母略異

這一類計有「從·松」、「牆·詳」、「璿·泉」、「晴·餳」、「珍·真」、「砧·針」、「朝·昭」、「椿·春」、「紬·訓」、「陳·辰」、「孃·瓤」、「赴·賦」、「肺·廢」、「浚·舜」等 14 組對立的例字。各組輕清與重濁例字的韻母，其韻部、開合、等第都是相同的。其中「從·松」至「晴·餳」4 組例字，都是只在聲母從邪二母的對立，從邪二母的發音部位都是屬齒頭音，又是濁聲母，若就學者們中古的擬音來看，則只是在發音方法上為塞擦音與擦音的不同。[39] 當然，若從審音的立場而言，此對立的例字聲韻極為接近，卻不相同，但是若從陸德明《經典釋文》至五代朱翱反切裏所顯現從邪二母的合流現象，則不難想見當時這些對立的例字，其實際語音不能區別的情況。又「珍·真」至「陳·辰」等 6 組例字，則都是只在照系與知系聲母的不同，就其歷史分化的角度而

[39] 高本漢《中國音韻學研究》p386、董同龢先生《漢語音韻學》p145、陳師新雄〈《廣韻》四十一聲紐聲值的擬測〉一文，《鍥不舍齋論學集》p257，都是將中古從邪二母擬作 dz´、z。

言，知照兩系從上古以來，關係就十分密切，現代方言又多合流，因此我們可以想見它們在聲母十分相近，韻母相同的情形之下，語音則易於混淆。又「赴 · 賦」、「肺 · 廢」2 組字，從切語分析，僅是聲母非敷——即全清、次清的不同。據王力先生《漢語語音史》言非敷二母於中唐之後漸趨合流，至五代的朱翱反切裏已然不別，[40] 據此，似乎這二組例字，在〈辯法〉時代的實際語言裏，並不能區別。「孃 · 瓤」這組例字，則只是聲母娘日的不同，娘日二母的關係類似前述的知照二系，從上古以來，關係就十分密切，其同屬鼻音，音值十分接近，語音自然容易混淆。「浚 · 舜」為聲母心審二母的不同，也就是除了聲母的發音部位有齒頭、正齒的差異之外，其餘發音方法與韻母都相同，語音十分相近，恐怕也容易混而不別。

(b) 聲母全同而韻母略異

這一類計有「仙 · 先」、「緜 · 眠」、「快 · 蒯」、「角 · 閣」、「嶽 · 鄂」、「邈 · 莫」、「學 · 鶴」、「壞 ·

---

[40] 參見王力《漢語語音史》p281～284。

會」、「怪·膾」、「皿·猛」、[41]「羌·匡」、「禋·殷」、「清·青」、「弘·洪」、「宋·送」、「替·態」等16組對立的例字。各組輕清重濁的例字，其聲母都是相同的，而「仙·先」、「緜·眠」2組，只是在先仙二韻的差異，考察先仙二韻在中古時期實際語音應已合流難分，因為《廣韻》韻目下注「同用」，故而這兩組字音是難以區別的。「快·蒯」這組的情形，跟上2組類似，只是韻部是屬「同用」的夬怪二韻。又「角·閣」至「學·鶴」4組例字，都是在二等覺韻與一等鐸韻的對立，除韻部等第不同之外，開合相同。考察唐代李舟《切韻》與《項跋本王韻》裏，已有覺鐸的合流現象，而在杜甫的詩裏，也有通押現象，中唐以後通押的情形更為普遍，[42]由此顯見這四組例字在當時語音是混淆難辨。「壞·會」、「怪·膾」2組例字，則為二等怪韻與一等泰韻的對立，也是韻部等第不同而開合相同，但從中唐白居易詩怪泰通押現象

---

[41] 「猛」，〈辯法〉作「莫幸反」，《廣韻》「猛」在梗韻，幸在耿韻，這種混切現象，如前所述，而分類時則按例字歸類，下同。

[42] 參見耿志堅〈盛唐詩人用韻考〉，《教育學院學報》p143，與《中唐詩人用韻考》p5、p46。

看來，[43] 它們的語音應該頗為接近。而「皿・猛」、「羌・匡」2 組的韻部是相同的，只是「皿・猛」有三等與二等的差別，「羌・匡」為開合的不同，可知它們對立的各組音值極為接近。至於「禋・殷」、「清・青」、「宋・送」3 組，為真欣、清青、宋送諸韻的不同，但真欣二韻在陸德明《經典釋文》中已有混切現象，清青與宋送，則在中唐以後也趨於合流，[44] 所以這些輕清重濁的例字，顯然語音是相近而易於混淆。至如「弘・洪」1 組，「弘」在登韻，「洪」在東韻，但如本文二（三）節所述，〈辯法〉如同《項跋本王韻》列「弘」於上平聲裏，這帶來通攝與曾攝合流的訊息，也說明了「弘」、「洪」的音值相近。

(c) 聲母與韻母均略異

這一類有「民・文」、「魅・味」、「惠・衛」3 組。「民・文」二字，「民」屬明母真韻，「文」屬微母文韻，

---

[43] 白居易〈高僕射〉詩中泰韻的泰外蓋帶與怪韻戒押，〈卯時酒〉詩中泰韻大帶蓋蛻外會泰與怪韻怪押，〈村居臥病二首之二〉泰韻大與怪韻瘵押。

[44] 參見王力《漢語語音史》p259、291、301。

如本文三（一）節所述，明微不分為〈辯法〉所顯示的實際語音現象，而真文韻的相通，早在初唐詩人用韻就有通押的情形，中唐以後更見合流，所以從切語分析「民·文」聲韻不同，但實際上語音可能不別。「魅·味」的聲母也是明微，只是「魅」屬至韻，「味」屬未韻，然中唐之後，未至二韻合流不分，所以語音理應相同不別。[45]「惠·衛」二字，「惠」屬匣母霽韻，「衛」屬為母祭韻，但從朱翺反切裏為匣二母混切的情形看來，中唐以後匣為趨於合流。[46]又據《廣韻》「霽」韻韻目下注「祭同用」知惠衛二字的韻部是合流不分的，因此這兩字在當時的讀音是相同的。

(d) 聲母與韻母均相同

這一類比較特殊，而只有「絹·眷」這一組，「絹·眷」聲母都是溪母，韻母都屬線韻三等合口，但是它們所以分輕清、重濁也是有跡可循的，因為在《韻鏡》圖中，

---

45 參見王力《漢語語音史》p310～312。

46 參見王力《漢語語音史》p286。

「絹」屬重紐四等字，「眷」屬重紐三等字，至於重紐三、四等如何區分，這問題十分複雜，諸說紛紜，今暫不討論。

2·字次無規律對立者

我們由現代方言與其切語所顯示中古聲韻的比對，也可以尋繹出字次無規律，但輕清重濁為對立的例字，茲列舉例字如下表：

平聲上	輕清	1 璡　9 孚　10 鄰 12 峯 14 降 15 妃 16 伊 17 微
	重濁	6 諄　13 夫　9 倫　10 風 16 杭 12 飛 17 衣 18 眉
平聲下	輕清	8 幽　10 籛 11 愢 12 衫 13 名 14 并 15 輕 17 微
	重濁	11 憂 12 氈　8 川　14 三 15 明 16 兵 17 卿 18 嬌
上聲	輕清	8 豕　9 鄙　12 梗 14 起 15 美 16 緊 17 眣 19 杏 20 氏 21 旨
	重濁	15 始　5 比　11 耿 16 豈　4 尾　6 謹　8 卷　12 幸 14 舔 18 止
去聲	輕清	16 至 20 字 21 四
	重濁	4 志　19 寺 20 伺

表中的 29 組例字，雖然字次作不規則相對，甚至有的輕清、重濁的例字，序數相去很遠，如去聲中輕清的「16 至」對重濁的「4 志」，但也有不少序數相近的情形，如

上平聲「10 鄰·9 倫」、「16 伊·17 衣」、「17 微·18 眉」，下平聲「17 徼·18 嬌」，上聲「12 梗·11 耿」，去聲「20 字·19 寺」、「21 四·20 伺」等，其序數都只差一，像〈辯法〉這種有有規律的對立，有無規律的對立，而無規律的對立字例中，又有不少序數相去甚微，不免讓人懷疑〈辯法〉原本所舉的例字，恐怕都是成對立規律排列的，但經後人輾轉傳鈔而錯亂，尤其在版刻尚未大盛的五代以前，所鈔書卷多無界欄，因而分析例字失去對立的規律次序。以下則從現代方言觀察與中古聲韻分析，以了解當時語音相同或者相近的情形。

（1） 從現代方言觀察

茲如前節，再取《漢語方音字匯》所載的方言例字，以〈辯法〉例字蒐尋輕清重濁同時都有方音記錄的，列成〈四聲輕清重濁現代方音字表二〉（參見附錄三）。在表中的 14 組字例裏，[47] 顯示各組輕清重濁的例字，其方音大量相同的情形。在記錄的 17 個方言點中，像「名·明」

[47] 若以第二版《漢語方音字匯》蒐尋，則可得 18 組例字。

有梅縣、廈門、潮州三地，「杏・幸」有蘇州、溫州、雙峯三地，「衫・三」有北京、濟南兩地等少數方言點的方音略有不同，其餘各地的方音都是相同的。又如「峯・風」、「起・豈」則僅有潮州一地，「至・志」僅有西安一地的方音不同，其餘各個方言點的讀法是相同的。至如「旨・止」則是所有的方音都是相同。

（2） 從中古聲韻分析

若再分析上列無規律對立例字的切語，比對其聲母與韻部，則可了解其語音混同或相近的情形，玆分成以下四類論述：

(a) 韻母全同而聲母略異

這一類有「孚・夫」、「妃・飛」、「氏・舓」、「字・寺」4 組例字，其韻部、開合、等第都是相同的，而「孚・夫」與「妃・非」都只是聲母為非敷二母的不同，「氏・舓」為聲母神禪的不同，「字・寺」僅是從邪二母的差別，非敷、神禪、從邪諸母在當時已趨合流，因此這 4 組例字，在當時的語音應是難以區別的。

(b) 聲母全同而韻母略異

這一類有「豕·始」、「旨·止」、「至·志」、「四·伺」、「鄰·倫」、「畎·卷」、「徼·嬌」、「幽·憂」、「梗·耿」、「杏·幸」、「伊·衣」、「起·豈」、「降·杭」、「緊·謹」等 14 組例字。其中由「豕·始」至「杏·幸」的 10 組，其韻部雖然為紙止、旨止、至志、真諄、銑獮、蕭宵、尤幽、梗耿等的不同，然而這些對立例字的韻部，在《廣韻》裏，都是注明為「同用」的韻部，由此可知它們的實際語音應是難以區別的。又「伊·衣」、「起·豈」2 組例字切語的等第、開合都是全然相同，只是韻部脂微、止尾的差異，但在中唐以後，支脂之微已經合流不別了，[48] 所以這 2 組例字在當時的實際語音，應是不易辨別。又「降·杭」二例字的開合是相同的，但「降」屬二等江韻，「杭」屬一等唐韻，唐韻在唐宋韻書多屬下平聲，今〈辯法〉與《項跋本王韻》相同，都是列置在上平聲，這正顯見唐江二韻的合流現象，且在中唐詩人用韻裏，已

[48] 參見王力《漢語語音史》p310～312。

有唐江合韻的例子，[49] 可見得「降·杭」二字，在當時的讀音即使不同，理應是十分接近了。再如「緊·謹」二字的等第、開合也都相同，唯「緊」屬軫韻，「謹」屬隱韻，考隋唐至五代期間，在陸德明《經典釋文》、玄應《一切經音義》、朱翺反切裏，軫隱已經合流了，[50] 所以「緊·謹」二字在〈辯法〉的當時，其語音應是不能區別。

(c) 聲母與韻母均略異

這一類有「峯·風」、「微·眉」、「美·尾」、「璡·諄」、「籛·氈」、「衫·三」、「惙·川」7 組例字，其中「峯·風」、「微·眉」、「美·尾」3 組例字，其所屬的韻部為東鍾、脂微、旨尾、脂微、旨尾的合流，已於前面四（二）2（2）（b）小節中討論過了，而東鍾的合流，從初唐詩人的用韻裏，就可以發現這種趨勢，到

[49] 如韓愈〈鄆州谿詩〉邦堂合押，張籍〈寄遠曲〉則江瓓合押。

[50] 參見王力〈《經典釋文》反切考〉、〈玄應《一切經音義》反切考〉、〈朱翺反切考〉三文，在《龍蟲並雕齋文集》p170、129、221。

了盛唐時期，合韻的情形更是普遍了，[51] 至中唐以後恐怕是不能區別，所以王力先生析晚唐五代韻部，將東鍾合為一部。[52] 至於所屬的聲母—非敷與明微，在當時也已是合流而不別，[53] 既然聲韻都已合流，其音讀自然不能區別。又「璡·諄」、「箋·氈」的韻部為真諄、先仙，屬於《廣韻》的同用韻，而聲母則都是屬於精照二母，其發音方法相同，僅是發音部位為正齒與齒頭的差異，可見其語音極為接近。又「衫·三」的聲母為心疏二母，如同「璡·諄」、「箋·氈」的情形，只是正齒與齒頭的部位不同，但「衫」屬銜韻，「三」屬談韻，都是收 -m 韻尾的陽聲韻，所以在語音上仍是十分相近。又「愆·川」二字，「愆」字聲母屬溪母，韻母屬開口三等仙韻，「川」字屬穿母，為合口三等仙韻，在韻部只有開合之別，在聲母則都屬次清聲母，只是發音部位為牙音與齒音的不同，在語音上也是相

[51] 參見耿志堅〈初唐詩人用韻考〉，《教育學院語文教育研究集刊》6，p23；又〈盛唐詩人用韻考〉，《教育學院學報》14，p129。

[52] 參見王《漢語語音史》p290。

[53] 非敷二母的合流現象，參閱本文四（二）1（2）(a)，明微的合流則參閱三（一）節。

近的。

(d) 聲母與韻母均相同

這一類也僅有「鄙 · 比」1 組例字，聲母都是幫母，韻部都是開口三等旨韻，如同四（二）1（2）（d）小節中「絹 · 眷」的情況，也是重紐，「鄙」為重紐三等字，「比」為重紐四等字。

總計上列字次規律對立與無規律對立的例字，共有 63 組 126 個例字，佔〈辯法〉例字全部的三分之二，這種大量音讀相同或相近的例字，正是〈辯法〉作者所刻意列舉以期辨明的，所以「輕清」、「重濁」並非聲韻學上絕對的名詞，而是相對名詞，為「若賞知音，即須輕重有異」這概念下的產物。因此《廣韻》作者附錄該篇於《廣韻》之後，以使學者辨清語音混淆而聲韻實異的例字，而達到「知音」的目的，這就猶如《玉篇》末附錄〈分毫字樣〉，以期辨別形近易訛的文字，道理是一樣的。

五、結　語

總上所述，個人以為〈辯法〉應是中唐以後宋代之前，一篇以 189 個例字辨析字音的門法，它與《項跋本王韻》的韻書系統接近，其韻次與混切的現象，頗能呈現當時實際語音系統。而「輕清」、「重濁」純然只是說明語音相混而聲韻有異的抽象概念，不應視為聲韻學上的專有名詞。而篇中所呈現的種種音韻現象，與隋唐五代的語音現象多有相合之處，應是研究中古語音系統，值得注意的語料。

參考引用書目

丁邦新　〈漢語聲調的演變〉　《中央研究院第二屆國際漢學會議論文集》

王　力　《漢語史稿》

《漢語音韻》　弘道文化事業公司

《漢語語音史》（王力文集第十卷）　山東教育出版社

《龍蟲並雕齋文集》　中華書局

王仁昫　《唐寫本王仁昫刊謬補缺切韻》　廣文書局影印

王國維　《觀堂集林》　河洛出版社

丘　雍等　《玉篇》　張士俊澤存堂本

北大中文系語言學教研室編　《漢語方音字匯》（第一版、第二版）　文字改革出版社

李　榮　《切韻音系》　鼎文書局

杜其容　〈論中古聲調〉　《中華文化復興月刊》9卷3期

周法高　《中國語言學論文集》　聯經出版公司
周振鶴、游汝杰　《方言與中國文化》　南天書局
周祖謨　《問學集》　河洛出版社
《廣韻校勘記》　世界書局
林炯陽　《廣韻音切探源》　國立師範大學博士論文（民國六十八年）
邵榮芬　《切韻研究》　中國社會科學出版社
姜亮夫　《瀛涯敦煌韻輯》　鼎文書局
耿志堅　〈初唐詩人用韻考〉　《教育學院語文教育研究所集刊》6
《中唐詩人用韻考》　東府出版社
〈盛唐詩人用韻考〉　《教育學院學報》14
(日)真武直　〈辯四聲輕清重濁法の音韻組織〉　《支那學研究特輯》11
張麟之刊　《韻鏡》　藝文印書館影等韻五種之一
許慎撰、徐鉉校定　《校定本說文》　華世出版社
許慎撰、徐鍇傳　《說文繫傳》　華文書局
郭忠恕撰、鄭珍箋正　《汗簡箋正》　廣文書局
宋陳彭年等　《廣韻》　藝文印書館影澤存堂本

　　　　《廣韻》　中央研究院傅斯年圖書館藏古逸叢書本
陳新雄　《鍥不舍齋論學集》　學生書局
劉復、魏建功等　《十韻彙編》　學生書局
潘重規　《瀛涯敦煌韻輯新編》　文史哲出版社
蔣一安　《蔣本唐韻刊謬補闕》　廣文書局
鮑明煒　〈初唐詩文的韻系〉　《音韻學研究》第二輯

附錄一

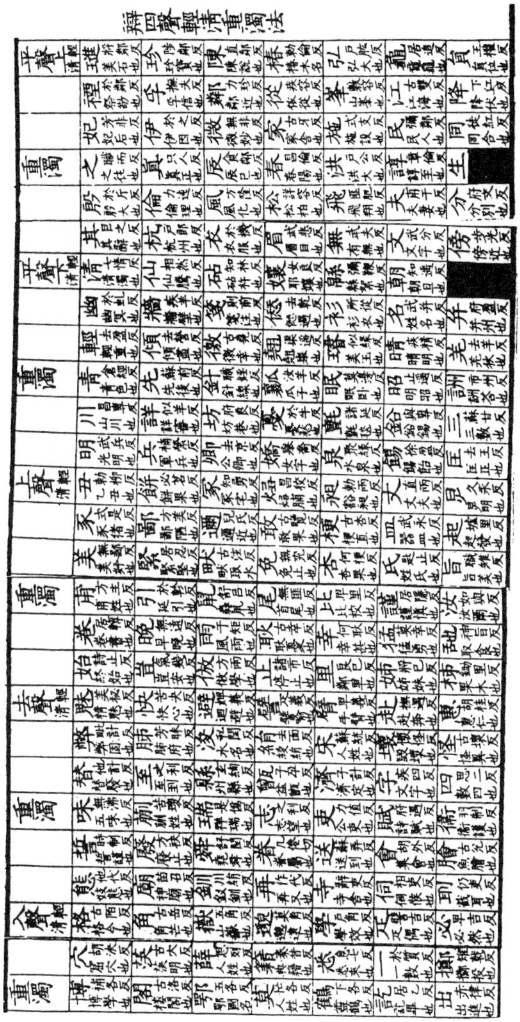
辯四聲輕清重濁法

附錄二

四聲輕清重濁現代方音字表一

【說明】1、本表多依《漢語方音字匯》形式，但將中古音欄內的聲調移置而另外加入聲母。

2、為求本文書寫體例一致，本表以正體字書寫。

3、第一版《漢語方音字匯》以「＝」「－」作為文白讀的區分，今從第二版改旁注「文」「白」二字。

聲調	平	聲			上		平	聲 下
輕重清濁	輕清.重濁		輕清.重濁		輕清.重濁		輕清.重濁	
字次	5	5	11	11	20	20	1	1
字目	弘	洪	從	松	民	文	清	青
方音中古音／方言點	曾合一 登匣濁	通合一 東匣濁	通合三 鍾從濁	通合三 鍾邪濁	臻開三 真明濁	臻合三 文微濁	梗開三 清清清	梗開四 青清清
北京	꜁xuŋ	꜁xuŋ	꜁ts'uŋ	꜀suŋ	꜁min	꜀uən	꜀tɕ'iŋ	꜀tɕ'iŋ
濟南	꜁xuŋ	꜁xuŋ	꜁ts'uŋ	꜀suŋ	꜁miẽ	꜀uẽ	꜀tɕ'iŋ	꜀tɕ'iŋ
西安	꜁xoŋ	꜁xoŋ	꜁ts'uŋ	꜀soŋ	꜁miẽ	꜀vẽ	꜀tɕ'iŋ	꜀tɕ'iŋ
太原	꜁xuŋ	꜁xuŋ	꜀ts'uŋ	꜀suŋ	miŋ	꜀vuŋ	꜀tɕ'iŋ	꜀tɕ'iŋ
漢口	꜁xoŋ	꜁xoŋ	꜁ts'oŋ	꜀soŋ	꜁min	꜀uən	꜀tɕ'in	꜀tɕ'in
成都	꜁xoŋ	꜁xoŋ	꜁ts'oŋ	꜀soŋ	꜁min	꜁uən	꜀tɕ'in	꜀tɕ'in
揚州	꜁xɔuŋ	꜁xɔuŋ	꜁ts'ɔuŋ	꜀sɔuŋ	꜁mĩ	꜁uən	꜀tɕ'ĩ	꜀tɕ'ĩ
蘇州	꜁ɦoŋ	꜁ɦoŋ	꜁zoŋ	꜀soŋ	꜁min	꜁vən	꜀ts'in	꜀ts'in

聲調	平　聲　上						平　聲　下	
輕重清濁	輕清.重濁		輕清.重濁		輕清重濁		輕清.重濁	
字次	5	5	11	11	20	20	1	1
字目	弘	洪	從	松	民	文	清	青
方音 中古音 方言點	曾合一 登匣濁	通合一 東匣濁	通合三 鍾從濁	通合三 鍾邪濁	臻開三 真明濁	臻合三 文微濁	梗開三 清清清	梗開四 青清清
溫州	꜁ɦoŋ	꜁ɦoŋ	꜁ɦyɔ	꜀soŋ	꜁meŋ	꜁vaŋ	꜀ts'eŋ	꜀ts'eŋ
長沙	꜁xoŋ	꜁xoŋ	꜁tsoŋ	꜀soŋ	꜁min	꜁uən	꜀ts'in	꜀ts'in
雙峯	꜁ɣuən	꜁ɤaŋ ꜁ɤən	꜁dzaŋ ꜁dzən	꜀saŋ ꜀sən	꜁min	꜁uən	꜀tɕ'in文 ꜀tɕ'iõ白	꜀tɕ'in文 ꜀tɕ'iõ白
南昌	ɸuŋᵓ	ɸuŋᵓ	꜁ts'uŋ	꜀suŋ	minᵓ	unᵓ	tɕ'in	꜀tɕ'in文 ꜀tɕ'iaŋ白
梅縣	꜁fuŋ	꜁fuŋ	꜁ts'iuŋ	꜁ts'iuŋ	꜁min	꜁vun	꜀ts'in	꜀ts'iaŋ
廣州	꜁waŋ	꜁huŋ	꜁tʃ'ʊŋ	꜁ts'ʊŋ	꜁man	꜁man	꜀tʃ'ɪŋ	꜀tʃ'ɪŋ
廈門	꜁hɔŋ	꜁hɔŋ	꜁ts'iɔŋ	꜀siɔŋ	꜁min	꜁bun	꜀ts'ɪŋ	꜀ts'ɪŋ文 ꜀ts'ĩ白
潮州	꜁hoŋ	꜁aŋ	ts'oŋ	꜁soŋ	꜁miŋ	꜁buŋ	꜀ts'eŋ	꜀ts'ẽ
福州	꜁heiŋ	꜀χuŋ	꜁tsyŋ	꜁syŋ	꜁miŋ	꜁uŋ	꜀ts'iŋ	꜀ts'ɪŋ文 ꜀ts'iaŋ白

聲調	平聲下							
輕重清濁	輕清．重濁		輕清．重濁		輕清．重濁		輕清．重濁	
字次	2	2	5	5	6	6	9	9
字目	先	仙	緜	眠	朝 朝夕	昭	牆	詳
中古音	山開四 先心清	山開三 仙心清	山開三 仙明濁	山開四 先明濁	效開三 宵知清	效開三 宵照清	宕開三 陽從濁	宕開三 陽邪濁
方言點 \ 方音								
北京	꜀ɕian	꜀ɕian	꜀ mian	꜀ mian	꜀tʂau	꜀tʂau	꜁tɕ′iaŋ	꜁ɕiaŋ
濟南	꜀ɕiã	꜀ ɕiã	꜁miã	꜁miã	꜀tʂɔ	꜀tʂɔ	꜁tɕ′iaŋ	꜁ɕiaŋ
西安	꜀ɕiã	꜀ ɕiã	꜀ miã	꜀ miã	꜀tʂau	꜀tʂau	꜁tɕ′iaŋ	꜁ɕiaŋ
太原	꜀ɕiɛ	꜀ɕiɛ	꜀ miɛ	꜀ miɛ	꜀tsau	꜀tsau	꜁tɕ′iɒ̃	꜀ ɕiɒ̃
漢口	꜀ɕian	꜀ ɕian	꜁mian	꜁mian	꜀tsau	꜀tsau	꜁tɕ′iaŋ	꜁ɕiaŋ
成都	꜀ɕian	꜀ ɕian	꜁mian	꜁mian	꜀tsau	꜀tsau	꜁tɕ′iaŋ	꜁ɕiaŋ
揚州	꜀ɕĩ	꜀ ɕĩ	꜁mĩ	꜁mĩ	꜀tsɔ	꜀tsɔ	꜁tɕ′iɑŋ	꜁ɕiɑŋ
蘇州	꜀sɪ	꜀ sɪ	꜁mɪ	꜁mɪ	꜀tsæ	꜀tsæ	꜁ziaŋ	꜁ziaŋ
溫州	꜀ɕi	꜀ ɕi	꜁mi	꜁mi	꜀tɕiɛ	꜀tɕiɛ	꜁ɦi	꜁ɦi
長沙	꜀siẽ	꜀ siẽ	꜁miẽ	꜁miẽ	꜀tʂau	꜀tʂau	꜁tsian	꜁tsian
雙峯	꜀ɕĩ	꜀ ɕĩ	꜁mĩ	꜁mĩ	꜀tɕiə	꜀tɕiə	꜁dʐiaŋ	꜁dʐiaŋ
南昌	꜀ɕiɛn	꜀ ɕiɛn	miɛn꜄	miɛn꜄	꜀tsɛu	꜀tsɛu	꜁ts′iɔŋ	꜁ɕiɔŋ
梅縣	꜀siɛn	꜀ siɛn	꜁miɛn	꜁min	꜀ tsau	꜀tsau	꜁ts′iɔŋ	꜁siɔŋ
廣州	꜀ʃin	꜀ ʃin	꜁min	꜁min	꜀ tʃiu	꜀tʃiu	꜁tʃ′œŋ	꜁tʃ′œŋ
廈門	꜀sian (文) ꜀sin (白)	꜀ sian	꜁bian (文) ꜁mĩ (白)	꜁bian	꜀ tiau	꜀tsiau	꜁ts′iɔŋ (文) ꜁tsiũ (白)	꜁sɪɔŋ
潮州	꜀sõĩ	꜀ sieŋ	꜁mieŋ	꜀miŋ	꜀ tsiəu	꜀tsiəu	꜁ts′iẽ	꜁siaŋ
福州	꜀ sieŋ	꜀sieŋ	꜁mieŋ	꜁mieŋ	꜀tieu	꜀tsieu	꜁ts′uɔŋ	꜁suɔŋ

聲調	去				聲			
輕重清濁	輕清.重濁		輕清.重濁		輕清.重濁		輕清.重濁	
字次	7	7	9	9	11	11	12	12
字目	惠	衛	肺	廢	絹	眷	宋	送
方音 中古音 方言點	蟹合四 霽匣濁	蟹合三 祭為濁	蟹合三 廢敷清	蟹合三 廢非清	山合三 線見清	山合三 線見清	通合一 宋心清	通合一 送心清
北京	χueiᵓ	ueiᵓ	feiᵓ	feiᵓ	tɕyanᵓ	tɕyanᵓ	suŋᵓ	suŋᵓ
濟南	χueiᵓ	ueiᵓ	feiᵓ	feiᵓ	tɕyãᵓ	tɕyãᵓ	suŋᵓ	suŋᵓ
西安	χueiᵓ	ueiᵓ	feiᵓ	feiᵓ	tɕyãᵓ	tɕyãᵓ	soŋᵓ	soŋᵓ
太原	χueiᵓ	veiᵓ	feiᵓ	feiᵓ	tɕyɛᵓ	tɕyɛᵓ	suŋᵓ	suŋᵓ
漢口	χueiᵓ	ueiᵓ	feiᵓ	feiᵓ	꜀tsuan	tsuanᵓ	soŋᵓ	soŋᵓ
成都	χueiᵓ	ueiᵓ	feiᵓ	feiᵓ	꜀tɕyan	tɕyanᵓ	soŋᵓ	soŋᵓ
揚州	χueiᵓ	uəiᵓ	fəiᵓ	fəiᵓ	tɕyĩᵓ	tɕyĩᵓ	sɔuŋᵓ	sɔuŋᵓ
蘇州	ɦuEᵓ̱	ɦuEᵓ̱	fiᵓ	fiᵓ	tɕiøᵓ	tɕiøᵓ	soŋᵓ	soŋᵓ
溫州	vuᵓ̱	vuᵓ̱	feiᵓ	feiᵓ	tɕyᵓ	tɕyᵓ	soŋᵓ	soŋᵓ
長沙	feiᵓ̱	ueiᵓ	feiᵓ	feiᵓ	tɕyẽᵓ	tɕyẽᵓ	soŋᵓ	soŋᵓ
雙峯	ɣuiᵓ̱	uiᵓ	χuiᵓ	χuiᵓ	tuĩᵓ	tuĩᵓ	saŋᵓ sənᵓ	saŋᵓ sənᵓ
南昌	huiᵓ̱	uiᵓ̱	ɸuiᵓ	ɸuiᵓ	tɕyɔnᵓ	tɕyɔnᵓ	suŋᵓ	suŋᵓ
梅縣	fiᵓ̱	viᵓ	fiᵓ	fiᵓ	ᶜkian	ᶜk´ian	suŋᵓ	suŋᵓ
廣州	waiᵓ̱	waiᵓ̱	faiᵓ	faiᵓ	kynᵓ	kynᵓ	suŋᵓ	suŋᵓ
廈門	huiᵓ̱	ueᵓ̱	huiᵓ 文 hiᵓ 白	hueᵓ	kuanᵓ	kuanᵓ	sɔŋᵓ	sɔŋᵓ 文 saŋᵓ 白
潮州	ᶜ̱hui	ᶜ̱ue	huiᵓ	huiᵓ	kieŋ	kueŋᵓ	soŋᵓ	saŋᵓ
福州	χieᵓ̱	ueiᵓ̱	χieᵓ	χieᵓ	kyɔŋᵓ	kuɔŋᵓ	souŋᵓ	souŋᵓ 文 sɤyŋᵓ 白

聲調	去聲				入聲	
輕重清濁	輕清	重濁	輕清	重濁	輕清	重濁
字次	13	13	15	15	2	2
字目	壞	會 開會	替	態	角	閣
中古音 / 方言點	蟹合二怪匣濁	蟹合一泰匣濁	蟹開四霽透清	蟹開一代透清	江開二覺見清	宕開一鐸見清
北京	χuai꜄	χuei꜄	t'i꜄	t'ai꜄	꜂tɕiau	꜀kɤ
濟南	χuɛ꜄	χuei꜄	t'i꜄	꜀t'ɛ	꜀tɕye	꜂kə
西安	χuɛ꜄	χuei꜄	t'i꜄	t'ɛ꜄	꜀tɕyo	꜀kɤ
太原	χuai꜄	χuei꜄	t'i꜄	t'ai꜄	tɕyəʔ꜆	kəʔ꜆ kaʔ꜆
漢口	χuai꜄	χuei꜄	t'i꜄	t'ai꜄	꜁tɕio	꜁ko
成都	χuai꜄	χuei꜄	t'i꜄	t'ai꜄	꜁tɕyo文 ꜁ko白	꜁ko
揚州	χuɛ꜄	χuəi꜄	t'i꜄	t'ɛ꜄	kɑʔ꜆	kɑʔ꜆
蘇州	ɦuE꜅文 ɦuɒ꜅白	ɦuE꜅	t'i꜄	t'E꜄	tɕioʔ꜆文 koʔ꜆白	koʔ꜆
溫州	va꜅	vai꜅	t'ei꜄	t'E꜄	ku꜆	ko꜆
長沙	fai꜅	fei꜅文 fei꜅白	t'i꜄	t'ai꜄	tɕio꜆ ko꜆	ko꜆
雙峯	ɣua꜅	ɣue꜅	t'i꜄	t'a꜄	꜁ku	꜁ku
南昌	ɸuai꜅	ɸui꜅	꜂t'i	꜂t'ai	kɔk꜆	kɔk꜆
梅縣	fai꜄	fi꜄	t'i꜄	t'ai꜄	kɔk꜆	kɔk꜆
廣州	wai꜅	wui꜅	t'ai꜄	t'a:i꜄	kɔk꜆	kɔk꜆
廈門	huai꜅	hue꜅文 he꜅白 ue꜅白 e꜅白	t'e꜄文 t'i꜄文 t'ue꜄白	t'ai꜄	kak꜆	kap꜆文 koʔ꜆白
潮州	꜃huai	꜃hue	t'i꜄	t'ai꜄	kak꜆	koʔ꜆
福州	χuai꜅	χuei꜅	t'a꜄	t'ai꜄	kɤyʔ꜆	kɔʔ꜆

附錄三

四聲輕清重濁現代方音字表二

聲調	平聲上					
輕重清濁	輕清.重濁		輕清.重濁		輕清.重濁	
字次	10	9	12	10	14	16
字目	鄰	倫	峯	風	降投降	杭
方音 中古音 方言點	臻開三真來濁	臻合三諄來濁	通合三鍾敷清	通合三東非清	江開二江匣濁	宕開一唐匣濁
北京	꜁lin	꜁luən	꜀fəŋ	꜀fəŋ	꜁ɕiaŋ	꜁χaŋ
濟南	꜁liẽ	꜁luẽ	꜀fəŋ	꜀fəŋ	꜁ɕiaŋ	꜁χaŋ
西安	꜁liẽ	꜁lyẽ	꜀fəŋ	꜀fəŋ	꜁ɕiaŋ	꜁χaŋ
太原	꜀liŋ	꜀luŋ	꜀fəŋ	꜀fəŋ	꜀ɕiɒ̃	꜀χɒ̃
漢口	꜁nin	꜁nən	꜀foŋ	꜀foŋ	꜁ɕiaŋ	꜁χaŋ
成都	꜁nin	꜁nən	꜀foŋ	꜀foŋ	꜁ɕiaŋ	꜁χaŋ
揚州	꜁lĩ	꜁lən	꜀fɔuŋ	꜀fɔuŋ	꜁ɕiɑŋ	꜁χɑŋ
蘇州	꜁lin	꜁lən	꜀foŋ	꜀foŋ	꜁ɦɒŋ	꜁ɦɒŋ
溫州	꜁leŋ	꜁laŋ	꜀χoŋ	꜀χoŋ	꜁ɦi	꜁ɦuɔ
長沙	꜁nin	꜁nən	꜀χoŋ	꜀χoŋ	꜁ɕian	꜁χan
雙峯	꜁nin	꜁nuən	꜀χaŋ ꜀χən	꜀χaŋ ꜀χən	꜁ɣiaŋ	꜁ɣɑŋ
南昌	linᵓ	lənᵓ	꜀ɸuŋ	꜀ɸuŋ	꜁hɔŋ	꜁hɔŋ
梅縣	꜁lin	꜁lun	꜀fuŋ	꜀fuŋ	꜁hɔŋ	꜁hɔŋ
廣州	꜁lœn	꜁lœn	꜀fuŋ	꜀fuŋ	꜁hɔŋ	꜁hɔŋ
廈門	꜁lin	꜁lun	꜀hɔŋ	꜀hɔŋ	꜁haŋ	꜁hɔŋ文 ꜁haŋ白
潮州	꜁liŋ	꜁luŋ	꜀hoŋ	꜀huaŋ	꜁haŋ	꜁haŋ
福州	꜁liŋ	꜁luŋ	꜀χuŋ	꜀χuŋ	꜁χouŋ	꜁χouŋ

聲調	平聲下							
輕重清濁	輕清.重濁		輕清.重濁		輕清.重濁		輕清.重濁	
字次	17	18	10	12	12	14	13	15
字目	微	眉	箋	氈	衫	三	名	明
方言點 方音 中古音	止合三 微微濁	止開三 脂明濁	山開四 先精清	山開三 仙照清	咸開二 銜疏清	咸開一 談心清	梗開三 清明濁	梗開三 庚明濁
北京	꜀uei ꜁uei	꜁mei	꜀tɕian	꜀tʂan	꜀ʂan	꜀san	꜁miŋ	꜁miŋ
濟南	꜂uei	꜁mei	꜀tɕ'iã	꜀tʂã	꜀ʂã	꜀sã	꜁miŋ	꜁miŋ
西安	꜁vei	꜁mi	꜀tɕ'iã	꜀tʂã	꜀sã	꜀sã	꜁miŋ	꜁miŋ
太原	꜀vei	꜁mei	꜀tɕiɛ	꜀tsæ̃	꜀sæ̃	꜀sæ̃	꜁miŋ	꜁miŋ
漢口	꜁uei	꜁mei	꜀tɕian	꜀tsan	꜀san	꜀san	꜁min	꜁min
成都	꜁uei	꜁mi	꜀tɕ'ian	꜀tsan	꜀san	꜀san	꜁min	꜁min
揚州	꜁uəi	꜁məi	꜀tɕ'ɪ̃	꜀tsɪ̃	꜀sɛ̃	꜀sɛ̃	꜁mɪ̃	꜁mɪ̃
蘇州	꜁vi	꜁mE	꜀tsɪ	꜀tsø	꜀sE	꜀sE	꜁min	꜁min
溫州	꜁vei	꜁mai	꜀tɕi	꜀tɕi	꜀sa	꜀sa	꜁meŋ	꜁meŋ
長沙	꜁uei	꜁mei	꜀ts'iẽ	꜀tʂɤn	꜀san	꜀san	꜁min	꜁min
雙峯	꜁ui	꜁mi	꜀tɕ'ɪ̃	꜀tɕɪ̃	꜀sã	꜀sã	꜁min文 ꜁miõ白	꜁min文 ꜁miõ白
南昌	ui꜄	məi꜄	꜀tɕiɛn	꜀tsɛn	꜀san	꜀san	min꜄文 miaŋ꜄白	min꜄文 miaŋ꜄白
梅縣	꜁mi	꜁mi	꜀tsiɛn	꜀tsan	꜀sam	꜀sam	꜁miaŋ	꜁min
廣州	꜁mei	꜁mei	꜀tʃin	꜀tʃin	꜀ʃaːm	꜀ʃaːm	꜁mɪŋ	꜁mɪŋ
廈門	꜁bi	꜁mi文 ꜁mai白	꜀tsian	꜀tsian	꜀sam文 ꜀sã白	꜀sam文 ꜀sã白	꜁bɪŋ文 ꜁miã白	꜁bɪŋ文 ꜁mĩ白
潮州	꜁mui	꜁bai	꜀tsieŋ	꜀tsĩ	꜀sã	꜀sã	꜁mĩã	꜁meŋ
福州	꜁mi	꜁mi	꜀tsieŋ	꜀tsieŋ	꜀saŋ	꜀saŋ	꜁miŋ文 ꜁miaŋ白	꜁miŋ

聲調	上聲							
清濁	輕清.重濁		輕清.重濁		輕清.重濁		輕清.重濁	
字次	9	5	14	16	15	4	19	12
字目	鄙	比	起	豈	美	尾	杏	幸
方音 中古音 方言點	止開三 旨幫清	止開三 旨幫清	止開三 止溪清	止開三 尾溪清	止開三 旨明濁	止合三 尾微濁	梗開二 梗匣濁	梗開二 耿匣濁
北京	ᶜpi	ᶜpi	ᶜtɕ'i	ᶜtɕ'i	ᶜmei	ᶜuei	ɕiŋᵓ	ɕiŋᵓ
濟南	piᵓ	ᶜpi	ᶜtɕ'i	ᶜtɕ'i	ᶜmei	ᶜuei	ɕiŋᵓ	ɕiŋᵓ
西安	ᶜp'i	ᶜpi	ᶜtɕ'i	ᶜtɕ'i	ᶜmei	ᶜvei	ɕiŋᵓ	ɕiŋᵓ
太原	ᶜpi	ᶜpi	ᶜtɕ'i	ᶜtɕ'i	ᶜmei	ᶜvei	ɕiŋᵓ	ɕiŋᵓ
漢口	ᶜp'i	ᶜpi	ᶜtɕ'i	ᶜtɕ'i	ᶜmei	ᶜuei	ɕinᵓ	ɕinᵓ
成都	ᶜp'i	ᶜpi	ᶜ̲tɕ'i	ᶜtɕ'i	ᶜmei	ᶜuei	ɕinᵓ	ɕinᵓ
揚州	piᵓ	ᶜpi	ᶜtɕ'i	ᶜtɕ'i	ᶜməi	ᶜuəi	ɕĩᵓ	ɕĩᵓ
蘇州	ᶜpi	ᶜpi	ᶜtɕ'i	ᶜtɕ'i	ᶜmE	viᵓ̲ 文 ȵiᵓ̲ 白	꜀̲ɦaŋ	inᵓ̲
溫州	peiᵓ	ᶜpei	ᶜts'ɿ	ᶜts'ɿ	ᶜ̲mei	ᶜ̲mei	ᶜɛ	ᶜ̲ɦɛ
長沙	ᶜpei	ᶜpi	ᶜtɕ'i	ᶜtɕ'i	ᶜmei	ᶜuei	ɕinᵓ	ɕinᵓ
雙峯	ᶜp'i	ᶜpi	ᶜtɕ'i	ᶜtɕ'i	ᶜmi	ᶜui	ɣiɛ̃ᵓ̲	ɣinᵓ̲
南昌	ᶜp'i	ᶜpi	ᶜtɕ'i	ᶜtɕ'i	ᶜməi	ᶜui	ɕinᵓ̲	ɕinᵓ̲
梅縣	ᶜp'i	ᶜpi	ᶜk'i	ᶜk'i	꜀mi	꜀mi	hɛnᵓ	hɛnᵓ
廣州	ᶜp'ei	ᶜpei	꜀hei	꜀hei	ᶜ̲mei	ᶜ̲mei	haŋᵓ̲	haŋᵓ̲
廈門	ᶜp'i	ᶜpi piᵓ̲	ᶜk'i	ᶜk'i	ᶜbi	ᶜbi 文 ᶜbe 白	hɪŋᵓ̲	hɪŋᵓ̲
潮州	ᶜp'i	ᶜpi	ᶜk'i	ᶜk'a	ᶜmui	ᶜbue	ᶜ̲heŋ	ᶜ̲heŋ
福州	ᶜp'i	ᶜpi	ᶜk'i	ᶜk'i	ᶜmi	ᶜmuei	χaiŋᵓ̲	χaiŋᵓ̲

聲調	上 聲		去	聲		
輕重清濁	輕清.重濁		輕清.重濁		輕清.重濁	
字次	21	18	16	4	20	19
字目	旨	止	至	志	字	寺
方音 \ 中古音 / 方言點	止開三 旨照清	止開三 止照清	止開三 至照清	止開三 志照清	止開三 志從濁	止開三 志邪濁
北京	ᶜtʂʅ	ᶜtʂʅ	tʂʅᵓ	tʂʅᵓ	tsɿᵓ	sɿᵓ
濟南	ᶜtʂʅ	ᶜtʂʅ	tʂʅᵓ	tʂʅᵓ	tsɿᵓ	sɿᵓ
西安	ᶜtsɿ	ᶜtsɿ	tsɿᵓ	tsɿᵓ	tsɿᵓ	sɿᵓ
太原	ᶜtsɿ	ᶜtsɿ	tsɿᵓ	tsɿᵓ	tsɿᵓ	sɿᵓ
漢口	ᶜtsɿ	ᶜtsɿ	tsɿᵓ	tsɿᵓ	tsɿᵓ	sɿᵓ
成都	ᶜtsɿ	ᶜtsɿ	tsɿᵓ	tsɿᵓ	tsɿᵓ	sɿᵓ
揚州	ᶜtsɿ	ᶜtsɿ	tsɿᵓ	tsɿᵓ	tsɿᵓ	sɿᵓ
蘇州	ᶜtsɥ	ᶜtsɥ	tsɥᵓ	tsɥᵓ	zɿᵓ̱	zɿᵓ̱
溫州	ᶜtsɿ	ᶜtsɿ	tsɿᵓ	tsɿᵓ	ziᵓ̱	ziᵓ̱
長沙	ᶜtʂʅ	ᶜtʂʅ	tʂʅᵓ	tʂʅᵓ	tsɿᵓ̱	tsɿᵓ̱
雙峯	ᶜtʂʅ	ᶜtʂʅ	tʂʅᵓ	tʂʅᵓ	dzɿᵓ̱	dzɿᵓ̱
南昌	ᶜtsɿ	ᶜtsɿ	tsɿᵓ	tsɿᵓ	ts'ɿᵓ̱	sɿᵓ
梅縣	ᶜtsɿ	ᶜtsɿ	tsɿᵓ	tsɿᵓ	ts'ɿᵓ	ts'ɿᵓ
廣州	ᶜtʃi	ᶜtʃi	tʃiᵓ	tʃiᵓ	tʃiᵓ̱	tʃiᵓ̱
廈門	ᶜtsi	ᶜtsi	tsiᵓ	tsiᵓ	dziᵓ̱	siᵓ̱
潮州	ᶜtsi	ᶜtsi	tsiᵓ	tsiᵓ	ziᵓ̱	ziᵓ̱
福州	ᶜtsi	ᶜtsi	tseiᵓ	tseiᵓ	tseiᵓ̱	tseiᵓ̱

原刊載於《孔孟學報》62，p313～343，1990年

殷商甲骨諧聲字之音韻現象初探
——聲母部分

一、前　言

自宋代鄭庠分古韻為六部以來，古音學的研究逐漸興盛，至清季已經建立了嚴密的音韻系統，在今日更因語言學的輔翼，上古音系的研究更趨精密，但是學者們論述上古音，向來是以周秦時期為主要範圍，而不及於商代，其原因自然是由於周朝時代晚於商代，典籍完備，文獻豐富，而商代則是資料貧乏，文獻不足，學者要了解商代的概括面貌，尚且不易，更遑論當時音韻系統的探討了。但這個「文獻不足徵」的窘況，自從一八九九年（或是再更早些），殷墟甲骨的發現，便逐步地改觀了，它不僅豐富了殷商的史料，也提供了我國最早而最有系統的語文研究材料。甲骨片上的文字，由於時代的久遠，很難辨認，因此早期語文的研究，多著重在文字形體的判辨與考釋上，經過幾十年的努力，如今文字已逐步被認定了，據一九六五年孫海波主編的《甲骨文編》載錄，已有 4672 個單字，但這並不表示當時便有這麼多字，主要還在當中有很多一字數形的情形，根據李孝定先生於《甲骨文字集釋》卷首的統計：

> 右甲骨文字集釋目錄正編十四卷，補遺一卷，總計正文一〇六二，重文七五，說文所無字五六七，又存疑十四卷，總計一三六字。[1]

其中所謂《說文》所無者，李先生解釋是「偏旁可識」而「音義不可確知者」，[2] 換句話說，真正認得的字約是 1137 字，而李孝定先生在《漢字史話》中說這個數目只能作個參考，並非是絕對值。雖然說僅有一千餘字，但是由於當中有不少形聲字、假借字，甚至是同源詞，自然它們便成為研究殷商時期音韻系統的重要語料了。而且這些

---

[1] 參見李孝定《甲骨文字集釋》p141。

[2] 參見《甲骨文字集釋》p26。

文字所代表的是官方書面語言系統，時間限定在盤庚遷殷至帝辛殷亡的一段時間裡，即董作賓先生年曆總譜所列1384～1112 BC 的 273 年間，[3] 地域則限於今河南省安陽縣一帶，既屬官方書面語言，則方言的成分理應較少了。

在甲骨文字逐步被確認的今天，殷商時期音韻系統的研究，自可陸續展開，近來已有趙誠於一九八〇年首先提出〈商代音系探索〉一文，[4] 但個人以為趙氏於該文中留下了太多的問題，就連「商代」一詞，也未必能跟他文中大量引用「殷商」的甲骨文字相映合，不過開創之功，仍然是值得肯定的。如前所述，甲骨文字音系可從形聲字、假借字、同源詞等方面著手探論，然範圍甚大，一時之間，難以克竟全功，即單以諧聲現象來說，將其聲調做一全面研究，就非容易之事，因此本文僅先從形聲字的確立及聲母系統的部分問題著手，做一初步地探論。

---

[3] 參見董作賓《甲骨學六十年》p14～45。

[4] 參見《音韻學研究》第一輯 p259～265。

二、殷商甲骨的諧聲字例

在可識的 1137 個甲骨文字中，究竟有多少是形聲字呢？李孝定先生於〈從六書的觀點看甲骨文字〉一文中，曾明確地列舉 334 個形聲字，並統計該類文字佔全部的 27.27%，[5] 另外吳浩坤、潘悠合著《中國甲骨學史》則稱「據不完全統計約佔 20%左右」，[6] 顯然李先生所考定的比例較高，但由於古文字中的合體字，其形符究竟是屬聲符？抑是意符？有時不易辨識，因此學者們的意見，往往不一致，且《甲骨文字集釋》成書早在一九六五年，近二十年來，學者們又陸續考定部分形構，近日有徐中舒重新整理，而一九八八年出版《甲骨文字典》，因此本文在李、徐二書的基礎，參考諸家見解，再細作形聲字的判定，儘量擇取爭議較少，而見於《說文》的部分，最後總共檢得 221 字。個人相信殷商甲骨的形聲字當不僅止於此數，只

---

5 該文原發表於《南洋大學學報》第二期，1968 年，後收錄於《漢字的起源與演變論叢》p1～42，又其於《漢字史話》p39 統計的百分比微有出入，為 27.24%。

6 參見《中國甲骨學史》p118～119。

是本文冀望藉比較保守之態度，能得到較穩當而可信的結論。

以下將這221個字例及其諧聲的聲符，依中古四十一聲類及其發音部位列舉出來，每字之下並檢列《廣韻》音切，若學者考定的諧聲與《說文》有異，則隨文注明，又若《廣韻》無音切時，則依《集韻》載列。

（一） 脣 音

1. 幫：幫　㶷（柄）陂病切：丙兵永切
2. 幫：幫　邲兵媚切：必卑吉切
3. 幫：並　臬（柏）博陌切：白傍陌切
4. 幫：敷　峀（邦）博江切：丰敷容切
5. 幫：匣　駮北角切：爻胡茅切
6. 滂：幫　浿普蓋切[7]：貝博蓋切
7. 並：並　敝毗祭切：㡀毗祭切

[7] 按「浿」，《廣韻》有「普蓋」、「普拜」二切，反切上字相同，聲母亦同，茲取其一，下同，但以下若有聲母不同情形，則取其與諧聲聲符能相映合的切語。

8. 並：並 倗步崩切：朋步崩切

9. 並：幫 牝毗忍切：匕卑履切

10. 並：幫 僻（避）毗義切：辟必益切又房益切（奉）

11. 並：幫 䪐（馝）毗必切：必卑吉切

12. 並：幫 駜毗必切：必卑吉切

13. 並：非 㫄（旁）步光切：方府良切

14. 並：非 𡝩（婢）便俾切：卑府移切

15. 並：知 亳（亳）傍各切：乇陟格切

16. 並：來 龐薄江切：龍力鍾切

17. 明：幫 监彌畢切：必卑吉切

18. 明：幫 宓彌畢切：必卑吉切

19. 明：微 敏眉殞切：每武罪切

20. 明：微 妹莫佩切：未無沸切[8]

---

[8] 《說文》〈女部〉云：「妹，女弟也，从女未聲。」段注據《釋名》以為當从未，隨後又據《白虎通》云似从末。今考甲骨文、金文，「妹」字皆从未，如高明《古文字類編》所載錄一期，乙一七五〇、五期，前、二、四〇、七、周早盂鼎，又如徐中舒《漢語古文字字形表》所錄羕伯受簠。至於「末」字在古文字的出現，似乎較晚，目前所見較早的為春秋時期的蔡侯鐘作。可見未、末形體有別，本不相混。又考其周秦古韻，妹字从未得聲，屬陳師伯元《古音學發微》古韻三十二部的沒部，而末字則屬月部，二者於周秦古韻不同部，

21. 明：微　媚美秘切：眉武悲切

22. 明：牀　牡莫厚切：士鉏里切[9]

23. 明：來　霾莫皆切：貍里之切

24. 非：非　斧方矩切：父方矩切

25. 非：奉　輹（腹）方六切：复房六切

26. 非：奉　福方六切：畐房六切

27. 奉：非　刜符弗切又敷勿切（敷）：弗分勿切

28. 奉：非　韠（陴）符支切：卑符移切

29. 奉：並　黃（㚐）符逼切：葡平祕切

30. 奉：照　㛸（婦）房久切：帚之九切[10]

是故推知「妹」从未而不从末了。

9 甲骨文「牡」字作前一、二九、五　、乙、二三七三等形，而《說文》〈牛部〉釋小篆「牡」形構為「从牛土聲」，然段玉裁注此字，則謂：「按土聲求之，疊韻、雙聲皆非是，……或曰土當作士，士者夫也，之韻、尤韻，合音最近，从士則為會意兼形聲。」可見得，段氏就古韻言，已疑从土為从士的訛誤。其後羅振玉《增訂殷虛書契考釋》、王國維《觀堂集林》考釋甲骨文「牡」字，也從古韻部與「牡牝」語詞的對稱，猶如「士女」的對稱觀點論定以來，从士之說已為多數學者所接受，而本文也從此說。

10 《說文》原作「从女持帚」會意，然唐蘭《殷虛文字記》與李孝定《甲骨文字集釋》均以為應作「从女帚聲」之形聲字，「蓋婦如非

31. 微：微　柔亡運切：文無分切

32. 微：微　盥武兵切：皿武兵切

33. 微：微　杧（杗）武方切又莫郎切（明）：亡武方切

34. 微：微　湄武悲切：眉武悲切

35. 微：明　問亡運切：門莫奔切

（二）　舌　音

36. 端：端　得（㝵）多則切：㝵多則切

37. 端：澄　貯丁呂切：宁直呂切

38. 透：透　㸰（拕）託何切又徒可切（定）：它託何切

39. 透：透　䡄（聽）他丁切：聽他丁切

40. 透：喻　迵（通）他紅切：用余頌切

41. 定：定　杕特計切：大徒蓋切

42. 定：定　狄（狄）徒歷切：大徒蓋切[11]

从帚得聲，則帚不得假為婦矣」。茲從其說。

[11] 據屈萬里《殷虛文字甲編考釋》、李孝定《甲骨文字集釋》云小篆「狄」，《說文》釋其形構為「从犬亦省聲」，非是，蓋甲骨文作甲、一二六九、甲、一一七三，从大，而至篆體與火形近而訛

43. 定：端　戰（撣）徒干切又市連切（禪）：單都寒切又市連切（禪）

44. 定：端　鼉徒河切：單都寒切又市連切（禪）

45. 定：透　走（徒）同都切：土他魯切

46. 定：見　唐（唐）徒郎切：庚古行切

47. 定：照　定（定）徒徑切：正之盛切

48. 定：照　隹徒猥切：隹職追切

49. 定：照　耋徒結切：至脂利切

50. 定：照　姪徒結切：至脂利切

51. 定：匣　圉（盭）徒協切：幸胡耿切

52. 定：喻　涂同都切：余以諸切

53. 泥：泥　寍（寧）奴丁切：寍奴丁切

54. 泥：泥　濘（濘）乃定切：寧奴丁切

55. 泥：娘　伲（泥）奴計切：尼女夷切

56. 知：徹　涿竹角切：豖丑玉切

57. 知：端　追（追）陟隹切：𠂤都回切

58. 知：日　遷陟栗切：臸人質切又止而切（照）

也。

59. 徹：照　祉敕里切：止諸市切

60. 澄：知　宅場伯切：乇陟格切

61. 澄：知　沖直弓切：中陟弓切

62. 澄：照　傳直戀切：專職緣切

63. 澄：審　雉直几切：矢式視切

（三）　牙　音

64. 見：見　㓻（鋼）古郎切：剛古郎切

65. 見：見　𢔎（遘）古候切：冓古候切

66. 見：見　句古侯切：丩居求切

67. 見：見　膏（膏）古勞切：高古勞切

68. 見：見　桷古岳切：角古岳切

69. 見：見　家古牙切：豭古牙切[12]

70. 見：見　妿（妿）[13]古俄切又烏何切（影）：加古牙切

---

12 《說文》釋「家」為「从宀豭省聲」，古今學者頗多爭議，然據唐蘭《天壤閣甲骨文存考釋》云：「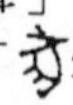字卜辭習見，當為豭之本字，《說文》：『，豕也，從，下象其足，讀若瑕。』朱駿聲云：『當為豭之古文。』其說極允。」因此「家」下的「豕」形，實原即，即古豭字。

13 妿，據郭沫若《殷契粹編考釋》云妿乃架，省讀為嘉，李孝定先生

71. 見：見　寇（宄）居洧切：九舉有切

72. 見：見　覞（監）古銜切：見古電切

73. 見：見　䴕古賢切：幵古賢切

74. 見：溪　麇居筠切：囷去倫切[14]

75. 見：群　彶居立切：及其立切

76. 見：幫　㪅（更）古行切：丙兵永切

77. 見：端　歸（歸）舉韋切：𠂤都回切

78. 見：定　姬（姬）居之切：𦣞與之切

79. 見：曉　雚古玩切：吅況袁切又似用切（邪）

80. 見：匣　雞古奚切：奚胡雞切

81. 見：喻　姜居良切：羊與章切

82. 見：來　龔九容切：龍力鍾切

83. 溪：溪　殻苦角切：㱿苦角切

84. 溪：溪　呿（去）丘倨切：凵丘於切[15]

《甲骨文字集釋》以為其說是也，茲從之。

[14] 唐蘭《殷虛文字說》云：「監字本從皿從見，以象意聲化例推之，當是從皿見聲。」其說可從，茲從之。

[15] 《說文》〈鹿部〉云：「麇，麞也，从鹿囷省聲。」李孝定先生《甲骨文字集釋》以為契文與篆文同，是皆从囷省聲。

85. 溪：見　杏（杞）墟里切：己居理切

86. 溪：群　𡗜口己切[16]：其渠之切

87. 群：見　𧺝（跽）暨几切：己居理切

88. 群：群　舊巨救切：臼其九切

89. 群：群　狴（狂）巨王切：㞷巨王切

90. 群：見　﨏（雂）巨金切：今居吟切

91. 群：見　倞渠敬切：京舉卿切

92. 群：從　洎其冀切：自疾二切

93. 群：為　㞷巨王切：王雨方切

94. 疑：疑　禦（禦）魚巨切：御牛倨切

95. 疑：疑　逆宜戟切：逆宜戟切

96. 疑：疑　御牛倨切：午疑古切

97. 疑：疑　䄉（硪）五何切：我五可切

98. 疑：疑　娥五何切：我五可切

[16] 《廣韻》無「凵」字，茲據《集韻》。

（四） 齒 音

1·齒頭音

99. 精：精　郰（掫）子侯切：取倉苟切

100.精：從　䢜（䢜）作代切：才昨哉切

101.精：從　𢦏祖才切：才昨哉切

102.精：牀　𤖨（牂）即良切：爿士莊切[17]

103.精：喻　畯（晙）子峻切：允余準切

104.精：喻　酒子酉切：酉與久切

105.清：清　㝲（寑）七稔切[18]：侵七林切

106.清：清　霋七稽切：妻七稽切

107.清：清　娶七句切：取倉苟切

108.清：從　𣶒七余切：虘昨何切

109.從：從　彸（從）疾容切又七恭切（清）：从疾容切

110.從：精　姘疾郢切：井子郢切

111.從：牀　牆（牆）在良切：爿士莊切

---

[17] 《廣韻》無「𤖨」字，茲據《集韻》。

[18] 《廣韻》、《集韻》均無「爿」字，但「爿」即「牀」的初文，茲取「牀」音。

112.從：牀　戕在良切：爿士莊切

113.心：心　桑（喪）息郎切[19]：桑息郎切

114.心：心　新息鄰切：辛息鄰切[20]

115.心：心　宣須緣切：亘荀緣切[21]

116.心：邪　㝁思尹切：旬詳遵切

117.心：徹　羞（羞）息流切：丑敕久切

118.心：疏　曐（星）桑經切：生所庚切

119.心：疏　姓息正切：生所庚切

120.心：喻　獗息茲切：𦣞與之切

121.心：為　歲相銳切：戉王伐切[22]

122.心：為　雪相絕切：彗于歲切又徐醉切（邪）

123.邪：邪　侚辭閏切：旬詳遵切

---

19 《甲骨文字集釋》以寑為从宀侵省聲，茲從之。

20 李孝定先生《甲骨文字集釋》以為「桑」即是「喪」，从吅桑聲，茲從之。

21 《說文》「新」作从斤亲聲，李孝定先生據甲骨文𣂔以為當作从斤从木辛聲，茲從之。

22 《廣韻》「亘」音「古鄧切」，應該不是「宣」字所從的聲符，《廣韻》的「亘」應是「亙」的俗寫，今考《集韻》仙韻「亘」作「荀緣切」，茲從之。

124.邪：邪　汜詳里切：巳詳里切

125.邪：邪　祀詳里切：巳詳里切

126.邪：精　䂸（嗣）祥吏切：子即里切[23]

127.邪：審　𧰨徐醉切：豕施是切

2·正齒音

128.照：照　征諸盈切：正之盛切

129.照：照　沚諸市切：止諸市切

130.照：禪　專職緣切：叀時釧切

131.照：禪　㖘（踬）章刃切：辰植鄰切

132.照：匣　執之入切：幸胡耿切

133.穿：端　燀尺延切又旨善切（照）：單都寒切

134.穿：端　姼尺氏切又承氏切（禪）：多得何切

135.穿：知　萅（春）昌脣切：屯陟綸切又徒渾切（定）

136.穿：喻　醜昌九切：酉與久切

137.審：審　眹式任切：矢式視切

138.審：照　商式羊切：章諸良切

---

23 歲，《說文》作从步戌聲，李孝定《甲骨文字集釋》、徐中舒《甲骨文字典》等以為甲骨文作𢦏，乃从步戉聲，茲從之。

139.審：照　室式質切：至脂利切

140.審：禪　娠失人切：辰植鄰切

141.審：溪　罄（聲）書盈切：殸苦定切

142.審：喻　盖（鬺）尸羊切[24]：羊與章切

143.審：喻　釁（瞚）舒閏切：寅翼真切

144.禪：禪　（晨）植鄰切又食鄰切（神）：辰植鄰切

145.禪：禪　祏常隻切：石常隻切

146.禪：端　（紹）市沼切：刀都牢切

147.莊：清　（責）側革切：朿七賜切

148.莊：從　莊加切[25]：虘昨何切

149.初：精　（楚）創舉切：足即玉切

150.牀：莊　灂士角切：爵側略切

151.牀：初　妓（媰）仕于切又側鳩切（莊）：芻測隅切

152.牀：初　雛仕于切：芻測隅切

153.疏：疏　牲所庚切：生所庚切

154.疏：疏　眚（省）所景切又息井切（心）[26]：生所庚切

---

[24] 魯實先《殷契新詮》以甲骨文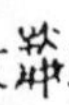即嗣，徐中舒、李孝定二家從其說，則作從冊從大子，子亦聲。

[25] 《廣韻》無「鬺」字，茲據《集韻》。

155.疏：疏 翜（翟）所甲切：㲹色立切[27]

（五） 喉 音

156.影：影 智於袁切：夗於阮切

157.影：影 依於希切：衣於希切

158.影：影 浥於汲切：邑於汲切

159.影：溪 妸烏何切：可枯我切

160.影：從 橐（麢）烏玄切：泉疾緣切

161.曉：曉 化呼霸切：匕呼霸切

162.曉：知 壴（熹）許其切：壴中句切[28]

163.曉：見 蒿（蒿）呼毛切：高古勞切

164.曉：見 斷（昕）許斤切：斤舉欣切[29]

---

26 《廣韻》無「戱」字，玆據《集韻》。

27 《說文》「省」作从眉省从屮，李孝定先生以為眚省古為一字，徐中舒則謂「省」應从目生省聲，玆從之。

28 「翟」从「㱖」，徐中舒《甲骨文字典》以為「㱖」同「翜」，李孝定先生以為作从羽翜聲。

29 徐中舒《甲骨文字典》據唐蘭《殷虛文字記·釋壴》云：「古從壴之字，後世多從喜。」而以為「壴」即「熹」字。

165.曉：為 禕許歸切：韋雨非切

166.匣：匣 迨侯閤切：合侯閤切

167.匣：匣 龢（龢）戶戈切：禾戶戈切

168.匣：匣 扈侯古切又古暮切（見）：戶侯古切

169.匣：匣 洚下江切：夅下江切

170.匣：匣 降下江切又見古巷切（見）：夅下江切

171.匣：匣 潢胡光切：黃胡光切

172.匣：匣 涵胡男切：函胡男切

173.匣：曉 俿（虢）乎刀切[30]：虎呼古切

174.匣：微 犷（狐）戶吳切：亡武方切

175.匣：見 效胡教切：交古肴切

176.匣：見 瑝戶公切：工古紅切

177.匣：溪 河胡歌切：可枯我切

178.匣：心 洹胡官切：亘宣緣切[31]

179.匣：照 淮戶乖切：隹職追切

180.匣：照 韄（鑊）胡郭切：隻之石切

---

[30] 《廣韻》無「虢」字，茲據《集韻》。

[31] 參見註 22。

181.喻：喻　梌（楡）羊朱切：余以諸切

182.喻：喻　猷（猶）以周切：酉與久切

183.喻：喻　演以淺切：寅翼真切

184.喻：為　昱（昱）余六切：羽王矩切[32]

185.喻：照　唯以追切：隹職追切

186.喻：來　翊與職切：立力入切

187.為：為　祐（祐）于救切：又于救切

188.為：為　盂羽俱切：于羽俱切

189.為：為　韋雨非切：□雨非切

190.為：為　韡雨非切：韋雨非切

191.為：為　鼎（員）王權切：□雨非切

192.為：為　汉（洧）榮美切：又于救切

193.為：為　雩羽俱切又況于切（曉）：于羽俱切

194.為：心　洹（超）雨袁切：亘宣緣切[33]

---

32 李孝定、徐中舒二先生均以為「昱」從日羽聲。

33 同註 22。

（六） 舌齒音

195.來：來 歷（歷）郎擊切：秝郎擊切

196.來：來 寮落蕭切：尞力照切

197.來：來 龓（礲）盧紅切：龍力鍾切

198.來：來 菉（麓）盧谷切：彔盧谷切

199.來：來 鸝（驪）呂支切：利力至切

200.來：來 媽（鴷）良薛切：劣良薛切

201.來：來 𥩟（戾）郎計切：立力入切

202.來：來 狼魯當切：良呂張切

203.來：來 濼盧谷切：樂盧谷切

204.來：來 瀧盧紅切：龍力鍾切

205.來：來 霖力尋切：林力尋切

206.來：來 婪盧含切：林力尋切

207.來：來 綠力玉切：彔盧谷切

208.來：來 陸（陸）力竹切：坴力竹切

209.來：明 桺（柳）力久切：卯莫飽切[34]

210.來：微 慶（麐）力珍切：文無分切

---

[34] 《說文》「柳」从木丣聲，李孝定、徐中舒等先生以甲骨文作「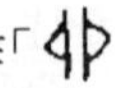」，而以為「卯」聲。

211.來：微　吝良刃切：文無分切

212.來：見　洛盧各切：各古落切

213.來：見　零盧各切：各古落切

214.來：疑　屵良薛切：歺五割切

215.日：日　蓐（蓐）而蜀切：辱而蜀切

216.日：日　任如林切：壬如林切

217.日：日　妊汝鴆切：壬如林切

218.日：泥　艿（艿）如乘切：乃奴亥切

219.日：泥　扔（扔）如乘切：乃奴亥切

220.日：徹　沑人九切又女六切（娘）：丑敕久切

221.日：娘　汝人諸切：女尼呂切

三、聲母現象試論

從上一節所列舉的221條諧聲字例中，再做進一步而全面性的觀察，我們對於殷商甲骨諧聲字，在聲母部分，初步地大致可以獲得以下三項看法。

（一） 清濁有分途的趨勢

趙誠在〈商代音系探索〉一文中，曾經根據假借現象、諧聲現象，對於商代的聲母，提出「清聲和濁聲在甲骨文裏不分」的說法，[35] 但是本文在諧聲字全面地分析下，所得的結果，則與這個說法有些出入，茲再將上節中的 221 個字例，其形聲字與聲符所屬的中古聲母，對照《韻鏡》圖中的清、濁，依其發音部位與清濁通轉的情形，列如下表：

形聲字：聲符	脣音	舌音	牙音	齒頭	正齒	喉音	舌齒音	共計
清：清	5	5	17	10	14	8	0	59
濁：濁	14	7	9	6	2	20	24	82
清：濁	4	4	6	10	8	2	0	34
濁：清	12	12	3	3	4	9	3	46
共　計	35	28	35	29	28	39	27	221

從中我們可以發現形聲字及其聲符間，清：清、濁：濁的字例計有 141 個，佔全部的 64%，而清：濁、濁：清通轉的例字有 80 個，佔全部的 36%，換句話說，清濁分

[35] 參見《音韻學研究》第一輯 p260。

明與清濁通轉的比例約是 2：1，這樣的比例，恐怕就不能如趙氏所說「清聲和濁聲在甲骨文裏不分」了。不過趙氏的說法仍然有值得參考的地方，因為如果是依照發音部位來個別觀察的話，有些發音部位的諧聲字，其清濁分途的情形頗為明確，例如牙音，其清濁分明與清濁通轉的比數是 26：9，喉音是 28：11，其分途的比例，顯然較高，至如舌齒音，則以 24：3，更表現出清濁分途的穩定現象，但是像脣音的 19：16、齒頭音的 16：13、正齒音的 16：12，則呈現比數接近的局面，再如舌音 12：16 的比數，讓我們了解清濁通轉劇烈的程度了。但大體說來，本文是認為殷商時期的聲母系統，其清濁有分途的趨勢。至於趙氏對於原本清濁不分，其後分別，認為「其產生完全是為了區別意義的需要」，就這一點個人也以為有待商榷之處。例如「福」字，甲骨文作、戩一期·四一·九，李孝定先生《甲骨文字集釋》以為其音義應作：「佑也，从示从畐，畐亦聲。」[36] 而其聲符，也是初文則作一期·佚七七五，徐中舒《甲骨文字典》以為「」象有流的酒器，灌酒於

---

[36] 參見《甲骨文字集釋》p28。

神前之形。[37] 二形於卜辭中都是作祭名，以祈神福佑的意思，但「福」屬清聲母、「畐」為濁聲母意義卻相同。再如杞（杞）與卺（跽），都是从己得聲，但杞、己都屬清聲母，而卺：己為濁：清，若依趙說清濁之分別，是因意義的區別，如此一來，杞、卺的清濁不同，是在於跟「己」的意義相同，或不同，那麼試問杞與己的意義又何以相同呢？這樣的例子不勝枚舉，趙氏恐得再作考慮。

（二） 聲母通轉頻繁

在列舉的 221 個字例中，形聲字及其聲符的聲母，大致是包括了中古的 41 聲類，不過其中的禪母，本文並未載錄於本讀之中，只見於 145 晨：辰的又讀裏。若仔細地去追查 221 個字例的形聲字與聲符間的中古聲母關係，我們可以找出 91 個字例，它們的聲母是相同的。如果再從中古聲母往上推到周秦時期的上古聲母，我們依據清儒以來的考證，如錢大昕《十駕齋養新錄》的「古無輕脣音」、「舌音類隔之說不可信」，章太炎先生《國故論衡》的「古

[37] 參見《甲骨文字典》p16。

音娘日二紐歸泥說」，夏燮《述韻》的正齒音一與舌頭舌上合，一與齒頭合，黃季剛先生《音略》的古聲十九紐，以及黃季剛先生之後提出修正的曾運乾〈喻母古讀考〉、錢玄同的〈古音無邪紐證〉、戴君仁的〈古音無邪紐補證〉、陳師伯元的〈群母古讀考〉，[38] 重新加以觀察，則可再獲致 13 個字例，現在我們便將所有形聲字及其聲符，其中古聲母通轉的例數，列如附表（參見附表）。

表中由左上角一直連列右下角的斜線上數字，就是代表形聲字與聲符，其聲母相同的例數，其餘零碎的斜線則表示以清儒以來所考證周秦時期的古聲十九紐，而所得的例數。這 91（聲母相同數）＋13（以古聲十九紐所得數）＝104 的字例，雖然接近全部字例的半數，但也由此顯示殷商甲骨諧聲字所呈現出的聲母系統，比周秦古音有更趨寬緩的跡象。因此我們再給這些字例更大的範圍，以古聲十九紐所屬的各部位為範圍，也就是圖表中以淡色粗線匡

---

[38] 以上錢、章等先生說法，可參見陳師伯元《古音學發微》第三章〈古聲紐說〉，又陳師伯元「群母古歸匣」之說亦見於《古音學發微》，然於民國七十年中央研究院第一屆國際漢學會議提出〈群母古讀考〉一文，再作補證。

畫起來的部分，來觀察它們通轉情形，如此便可發現在這個範圍裏通轉的字例高達 164 例，佔全部的 74%，因此我們可以了解殷商時期的形聲字其與聲符間，作同部位的通轉是普遍而頻繁的，但是不屬這個通轉範圍的例字還有 57 個，佔全部的 26%。在這 57 個字例中，我們可以看出 41 個中古聲母裏，除了前述神母見於又讀不論外，其餘不與同部位以外聲母相通轉，而呈現穩定狀態的聲母有非、敷、泥、清、禪、莊、初、牀、疏。而與部位以外的其他聲母通轉頻率較高的聲母，則有審母 5 次、喻母 8 次、來母 10 次、見母 13 次，其中見母、來母，與其他聲母接觸最為頻繁，這是一個值得注意的現象。若再從發音部位而言，喉音與舌齒音是最容易發生通轉的部位，它們與其他部位通轉的字例，竟有 44 個之多，佔 57 個字例的 77%，這樣的情形，以傳統古聲紐的理論是不容易說明的，恐怕只得從複聲母方面去尋求解釋了，儘管唐蘭並不贊成，而提出「來母古讀如泥」的說法，[39] 但至少在本文的 221 個字例中，卻找不出來泥通轉的字例來。

[39] 唐說見其〈論古無複輔音凡來母字古讀如泥母〉一文，載於《清華學報》12：2，p297～307，1937。

（三） 複聲母可解釋部分通轉現象

自從一百年前英國漢學家 Joseph Edkins 發現複聲母的說法，而一九三三年林語堂正式提出〈古有複輔音說〉一文以來，[40] 就有不少學者從此觀點討論上古聲母，尤其在與林氏同時的高本漢（Bernhard Karlgren）發表《Word Families in Chinese》（《漢語詞類》），[41] 建立複聲母擬音系統，此後論複聲母的學者，無不受其影響，雖然也有部分學者不贊成，但是若就甲骨諧聲字中那些難以解釋的通轉現象，從複聲母的角度去看，確實可以得到一些說明，於此就舉那有 10 個字例跟其他聲母通轉的來母為例，這 10 個字例如下：

[40] Edkins 之說見於 1876，Introduction to the Study of the Chinese Characters, London, Forrest R.A.D.，而林文《晨報六週年紀念增刊》，今收錄於其《語言學論叢》p1～15。

[41] 該文發表於 Bulletin of the Museum of Far Eastern Aniquities (BMFEA), No.5, p9～120，台灣聯貫出版社印有張世祿譯本，作「漢語詞類」。

1.來：明 柳：卯

2.來：微 慶：文、吝：文

3.來：見 洛：各、露：各

4.來：疑 㫃：卢

5.並：來 龐：龍

6.明：來 霾：貍

7.見：來 龔：龍

8.喻：來 翊：立

的確，來母同時跟脣、牙、喉音的聲母通轉，看來似乎很特別，但這類複聲母的形成，竺家寧兄於其《古漢語複聲母研究》一書中，曾據馬伯樂說，以為在很早以前，可能有一種類似「詞嵌」（infix）的辨義作用，後來失去辨義作用而轉成語音成分，[42] 現在甲骨諧字的來母通轉，我們就暫時以丁邦新先生〈論上古音中帶 l 的複聲母〉一文的擬音，[43] 依前述的次序擬定如下：

---

[42] 竺文為 1981 年文化大學中國文學研究所博士論文，參見該文 p435。

[43] 丁先生該文發表於 1978 年，《屈萬里先生七秩榮慶論文集》p601～617。

1. l-：mr-
2. bl-：ml-
3. gl-：kl-
4. gl-：ŋl
5. br-：b-
6. mr-：l-
7. kl-：l-
8. gr-：l-

雖然丁先生擬定的上古音是以周秦為主，不過個人以為殷商甲骨文裏為數不少的形聲字，可使得諧聲時代向上推入這個時期，因此，就上面的字例而言應該可以參用。不過誠如李新魁《漢語音韻學》裏所說複聲母的擬構，必須慎重對待，不能單憑諧聲，[44] 所以我們也不可以把一些不同部的通轉現象，統統交給複聲母去解決，而違背語言的基本結構，那就與求真相去愈遠了。

至如趙誠也認為複聲母不能解決所有諧聲通轉的問題，而主張往多音節的方向去考量，這個問題則觸動漢語特質的大問題，恐怕是需要再三斟酌的了。

[44] 參見李新魁《漢語音韻學》p408～413。

四、結　語

以上的說明與討論，只是整個殷商甲骨諧聲現象，在聲母部分做了一個基本的觸及，可以說只是整個問題的開始，實在不能說是解決問題，很多的問題是必須留待以後再一一地深入探討。

（本文發表時，承蒙　伯元師與柯淑齡學長的指正，今已據其意見稍作修改，於此特誌感謝。）

參考引用書目

丁邦新 1978，〈論上古音中帶 l 的複聲母〉，《屈萬里先生七秩榮慶論文集》，pp601～617，聯經出版公司。

丁度等 1067，《集韻》，學海出版社影宋鈔本，1986。

李孝定 1965，《甲骨文字集釋》，中央研究院歷史語言研究所專刊之五十，1974，三版。

1968，〈從六書的觀點看甲骨文字〉，發表於《南洋大學學報》2，1968，收入《漢字的起源與演變論叢》，聯經出版公司，1986。

1977，《漢字史話》，聯經出版公司。

李新魁 1986，《漢語音韻學》，北京出版社。

吳浩坤、潘悠 1985，《中國甲骨學史》，上海人民出版社。

林語堂 1933，〈古有複輔音說〉，發表於《晨報六週年紀念增刊》，收錄於其《語言學論叢》，民文出版社。

竺家寧　1981，《古漢語複聲母研究》，文化大學博士論文。

段玉裁　1807，《說文解字注》，臺灣藝文印書館。

徐中舒　1980，《漢語古文字字形表》，四川人民出版社，1981，香港中華書局再版。

1988，《甲骨文字典》，四川辭書出版社。

高　明　1980，《古文字類編》，中華書局，1986，臺灣大通書局再印。

徐鉉等　986，《校定本說文解字》，華世出版社。

唐　蘭　1937，〈論古無複輔音凡來母字古讀如泥母〉，《清華學報》 12：2，p297～307。

孫海波等　1965，《甲骨文編》，北京中華書局。

陳彭年等　1013，《廣韻》，聯貫出版社影澤存堂本。

陳新雄　1969，《古音學發微》，嘉新水泥公司文化基金會贊助出版，1971。

1981，〈群母古讀考〉，發表於中央研究院第一屆國際漢學會議，收錄於《鍥不舍齋論學集》，學生書局，1984。

張麟之刊　1203，《韻鏡》，1974，臺灣藝文印書館影古逸叢書本。

董作賓 1965，《甲骨學六十年》，藝文印書館。

趙 誠 1984，〈商代音系探索〉，《音韻學研究》第一輯 p259～265。

Karlgren Bernhard 1933，《Word Families in Chinese》, Balletin of the Museum of FarEastern Antiquities, BMFEA, No.5, p9～120，張世祿譯作《漢語詞類》，聯貫出版社。

原發表於「第九屆全國聲韻學學術研討會」，1991 年

／刊載於《聲韻論叢》第四輯，p15～42，1992 年

附表

切語 \ 被切	幫	滂	並	明	非	敷	奉	微	端	透	定	泥	知	徹	澄	娘	見	溪	群	疑	精	清	從	心	邪	照	穿	神	審	禪	莊	初	牀	疏	影	曉	匣	喻	為	來	日
幫	2	1	4	2													1																								
滂																																									
並	1		2				1																																		
明								1																																1	
非			2		1		2																																		
敷	1																																								
奉					2																																				
微				3				4																													1			2	
端									1		2		1				1										2			1											
透										2	1																														
定											2						1																								
泥												2																													2
知			1												2												1									1					
徹													1											1																	1
澄									1																																
娘												1																													1
見											1						10	1	3																	2	2			2	
溪																	1	2											1						1		1				
群																	1	1	2																						
疑																				5																				2	
精																							1		1							1									
清																					1	3									1										
從																			1		2	1	1								1				1						
心																								3													1		1		
邪																								1	3																
照							1				4			1	1											2			2								2	1			
穿																																									
神																																									
審															1										1				1												
禪																										2			1	2											
莊																																	1								
初																																	2								
牀			1																		1		2																		
疏																								1										3							
影																																			3						
曉																	1																			1	1				
匣	1										1						1									1											7				
喻										1	1						1				2			1			1		2									3			
為																			1					2												1		1	7		
來				1													1																					1		14	
日													1																												3

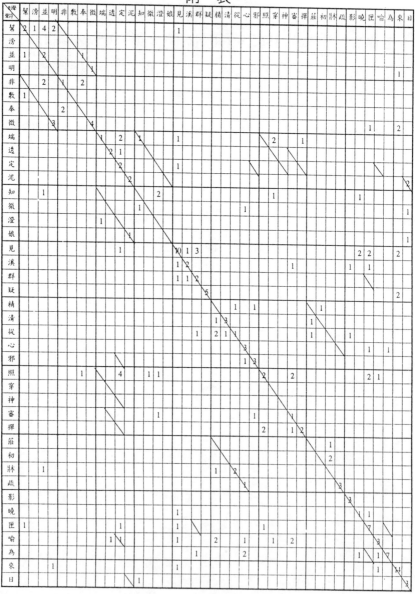

論上古祭月同部及其去入之相配

一、前 言

《廣韻》祭泰夬廢這四個跟入聲關係密切，又無相承韻的韻部，個人曾於一九八七年四月發表〈《廣韻》祭泰夬廢四韻來源試探〉一文（以下簡稱〈試探〉），做過初步地探討，[1] 內容主要是在陳師伯元、羅常培、周祖謨、丁邦新、何大安等諸位先生之研究基礎上，嘗試以統計法觀察、分析四韻從上古、兩漢、魏晉、南北朝諸時期，由入聲遞變為去聲之情形。由於當時只是做基礎地統計分析，有許多問題，猶待進一步討論，且此後先後看到了李毅夫的〈上古韻祭月是一個還是兩個韻部〉，[2] 張清常先

---

1 發表於第五屆全國聲韻學研討會上，並刊載於《師大國文學報》16，p137～154。

2 該文收錄於中華書局《音韻學研究》第一輯 p286～295。

生的〈祭泰夬廢只有去聲的原因〉，[3] 與馮蒸先生的〈切韻祭泰夬廢四韻帶輔音韻尾說〉諸文，[4] 其於四韻之來源與所以產生特殊的音韻現象，分別從材料、觀念、方法上做了不同角度的探論，提出他們的見解，尤其在上古祭月的分部、祭月的相配問題上，個人的看法，與諸位先生有某種程度上的不同，因此本文擬以〈試探〉為基礎，針對這兩個問題，再進一步地深入分析、討論。

二、祭泰夬廢與月曷末黠鎋薛於上古音中同部

自清初以來，即有較多的學者主張祭泰夬廢與月曷末黠鎋薛是在同一上古韻部中，早自顧炎武、江永，以至段玉裁、王念孫、江有誥、章太炎、黃季剛先生、王力、董同龢、李方桂等學者，當中顧、江、段諸氏的分部較為寬緩，所分的韻部，除祭泰夬廢月曷末黠鎋薛十韻之外，還

---

3 參見天津人民出版社《語言研究論叢》第三輯 p72～87。

4 參見 1989 年《湖南師大社會科學學報》6，p90～97。該文末尾注明為 1986 年 1 月初稿，1989 年 7 月定稿。

包括了其他韻，例如段玉裁則將脂微齊皆灰及其相承之上去聲與術物迄沒諸韻合併為十五部脂部，真正將此十韻分出而獨立為祭部者，則始於王念孫，此後祭部獨立之說，大致確立。然另有部分學者主張去聲的祭泰夬廢與入聲的月曷末黠鎋薛分成陰入兩部，最早提出此說的學者為戴震，其《聲類表》析祭泰夬廢為陰聲韻靄部，月曷末黠鎋薛為入聲韻遏部，而與陽聲韻安部相配，但是戴氏的說法，在清代並不被認同，甚至他的弟子王念孫，以及江有誥的主張也與之背道而馳，但近代如高本漢、羅常培、周祖謨、周法高等學者，[5] 卻採戴氏祭月分部之說。值得我們注意的是為什麼戴氏的主張，連他的弟子都不贊同呢？這是否意味著弟子們秉持著「吾愛吾師，吾更愛真理」的

[5] 高本漢（Karlgren Bernhard）說見其 Compendium of Phonetics in Ancient and Archaic Chinese, Reprinted from the Museum of Far Eastern Antiquities, Bulletin 22, Stockholm, 1954，又見張洪年中譯本，書名《中國聲韻學大綱》，台灣中華叢書編審委員會出版，p110～117。羅常培說見於與周祖謨合撰之《漢魏晉南北朝韻部演變研究》p11，周祖謨說又見其《兩漢韻部略說》，收錄於《問學集》p30～31。周法高說見其〈論上古音〉，該文收錄於其《中國音韻學論文集》p30～31。亦參見張日昇、林潔明合編《周法高上古音韻表》p136～163。

態度從事學問呢？而且分祭月為二部的諸家，卻猶然得承認二部之間其諧聲互通，《詩經》韻腳相互交叶的現象？其實個人從諧聲現象、《詩經》韻腳與《廣韻》一字多音等方面分析觀察，以為祭泰夬廢與月曷末黠鎋薛在上古音中，本來就很難區隔，也就是說它們本來就是一部。

（一） 諧聲現象的觀察與分析

個人於〈試探〉中，曾就《廣韻》這四韻的諧聲現象加以觀察、統計，而得致各韻於上古入聲、陰聲、陽聲諸韻部中所佔比例如下表：[6]

韻目	總字數	入聲韻	百分比	陰聲韻	百分比	陽聲韻	百分比
祭	255 字	224 字	87.8%	20 字	7.8%	19 字	7.4%
泰	163 字	152 字	93.3%	9 字	5.5%	2 字	1.2%
夬	43 字	35 字	81.4%	5 字	11.6%	3 字	7%
廢	38 字	33 字	86.9%	4 字	10.5%	1 字	2.6%

6 參見《國文學報》16，〈試探〉p139。

從表中可見得諸韻與入聲韻部之關係極為密切，不過，這樣還不足以充分證明如王力先生所說：「它們本來是入聲」，而且是與月曷末黠鎋薛是密不可分的同部。因此，再將《廣韻》月曷末黠鎋薛諸韻，分析其諧聲偏旁及所屬上古韻部，並依據陳師伯元《古音學發微》古韻三十二部諧聲表，亦參酌沈兼士《廣韻聲系》，將各韻分列如下：

月韻：

入聲	*月部	欮 28 匃 18 𠄌 18 月 9 犮 8 伐 7 蔑 4 兀 3 罰 2 巿 2 癶 2 粵 1 曰 1 彗 1 乇 1 亅 1 戉 1 曷 1
	*沒部	出 2
陰聲	*脂部	矢 1
	*魚部	於 1
	*宵部	了 1
陽聲	*元部	夗 3 干 2 獻 1

曷韻：

入聲	*月部	匃 38 剌 15 㞢 4 祭 4 丯 3 殺 3 大 2 歺 2 介 1 怛 1 制 1 圠 1 薑 1 犮 1 截 1
	*錫部	冊 1

	*藥部	樂$_{1}$
	*緝部	羍$_{10}$
陰聲	*脂部	示$_{2}$ 不$_{1}$
	*微部	卉$_{2}$
	*魚部	於$_{2}$

末韻：

入聲	*月部	𠯑$_{33}$ 犮$_{26}$ 末$_{21}$ 癶$_{17}$ 兌$_{11}$ 巿$_{8}$ 叕$_{6}$ 寽$_{5}$ 歺$_{4}$ 會$_{4}$ 最$_{4}$ 蔑$_{3}$ 戉$_{3}$ 戌$_{3}$ 奪$_{2}$ 丯$_{2}$ 取$_{2}$ 苜$_{1}$ 月$_{1}$ 伐$_{1}$ 截$_{1}$
	*沒部	出$_{2}$ 弗$_{1}$ 勿$_{1}$
陰聲	*侯部	几$_{1}$
陽聲	*元部	夗$_{3}$ 贊$_{1}$ 㫃$_{1}$ 官$_{1}$ 算$_{1}$
	*諄部	本$_{1}$

黠韻：

入聲	*月部	丯$_{10}$ 祭$_{7}$ 殺$_{6}$ 介$_{5}$ 乙$_{5}$ 叕$_{4}$ 犮$_{3}$ 別$_{3}$ 𠯑$_{2}$ 蔑$_{2}$ 戛$_{2}$ 匄$_{1}$ 截$_{1}$ 臬$_{1}$
	*質部	吉$_{15}$ 八$_{9}$ 乙$_{6}$ 必$_{2}$ 穴$_{1}$ 惠$_{1}$
	*沒部	骨$_{11}$ 出$_{4}$ 㕯$_{3}$ 內$_{2}$ 隶$_{1}$ 乀$_{1}$
	*鐸部	若$_{1}$

	*職部	革 2 黑 1
陰聲	*脂部	皆 1 匕 1 示 1 癸 1
陽聲	*元部	晏 2 閒 1 官 1 戔 1
	*諄部	盈 1

鎋韻：

入聲	*月部	丯 14 乇 12 匃 8 蘖 4 月 4 叕 3 殺 2 兌 2 蔑 2 別 2 折 2 介 1 叡 1 乙 1 剌 1 刷 1 末 1 峕 1 戛 1
	*質部	吉 3 乙 1 失 1
	*沒部	出 2 圅 1 內 1
	*錫部	責 1
	*鐸部	白 1
	*職部	北 1
陽聲	*元部	算 3 旦 1 獻 1

薛韻：

入聲	*月部	歹 20 叕 20 折 16 匃 13 世 11 寽 11 㡀 10 峕 9 兌 9 桀 6 別 6 埶 5 絕 5 戌 4 夬 4 截 4 刷 3 彗 3 禼 2 祭 2 丯 2 孑 2 毳 2 乇 1 舌 1 臬 1 劣 1 戉 1 殺 1 屮 1 聅 1 制 1
	*質部	徹 8 吉 3 悉 1 八 1

	*沒部	出7 ㇏4 內3 旡1 㕯1 耒1 率1 朮1
陰聲	*歌部	多1
	*脂部	尒2
	*微部	隹1
	*侯部	几2
陽聲	*元部	獻4 旦2 算2 肙2 幵1 耎1 干1 戔1 全1

我們再將上列其諧聲屬於*月部的 635 個字，[1] 與祭泰夬廢之諧聲也同屬於*月部的 397 字作一比較，玆依其諧聲相同與不同，列其諧聲字及其字數如下表：

諧	祭泰夬廢 / 月曷末黠鎋薛	折	18/18	世	15/11	蠆	18/1	彗	14/4	佾	10/10	制	10/2	叕	11/33	丐	10/26	兌	20/22
聲	祭泰夬廢 / 月曷末黠鎋薛	匃	20/78	祭	9/13	埶	7/5	毳	8/2	丯	15/31	絕	3/5	欮	2/28	戌	15/8	殺	3/12
相	祭泰夬廢 / 月曷末黠鎋薛	大	21/2	夬	4/4	截	1/7	會	35/4	巿	17/10	剌	10/16	最	11/4	寽	2/16	伐	2/8
同	祭泰夬廢 / 月曷末黠鎋薛	犮	1/38	禼	1/2	介	1/7	氒	2/49	叡	1/1	乂	7/19	總計：	324字 / 496字				

---

[1] 在上列之中黠韻的[illegible]傄[illegible]三字，薛韻的杰[illegible]二字，難以從諧聲歸部，今暫不列入。

諧聲不同	祭泰夬廢	衛	12	帶	14	厥	6	筮	5	害	2	彐	1	贅	1	砅	1	憩	1
		貝	11	乂	13	巜	1	外	1	為	1	吠	3	總計： 73 字					
	月曷末黠鎋薛	㇄	22	月	14	蔑	9	兀	3	罰	2	粵	1	曰	1	亅	1	叏	1
		旹	14	屮	1	怛	1	末	22	奪	2	叕	2	苜	1	乙	6	別	1 1
		臬	2	戛	3	桀	6	刷	4	孑	2	舌	1	劣	1	中	1	联	1
		辥	4	總計： 139 字															

從中可以發現二者諧聲偏旁相同的，月曷末黠鎋薛諸韻共有 496 字，佔所有屬*月部字的 78%，而祭泰夬廢則有 324 字，佔所屬*月部字的 82%，像這樣高的百分比，而我們要說祭泰夬廢與月曷末黠鎋薛，在上古是不同韻部，實在不合理。

（二）《詩經》韻腳的觀察與分析

若從《詩經》用韻的情形，觀察祭泰夬廢與月曷末黠鎋薛之關係，也是極為密切的。個人於〈試探〉文中，曾以《古音學發微》之《詩經》韻讀為基礎，篩檢《廣韻》祭泰夬廢四韻相叶之詩句 59 條，[8] 並分之為五類，各類

[8] 原文統計為 60 條，然其中與其他入聲韻通押的「月佸桀括渴王風·

數目與所佔百分比為：

(1)	祭韻單獨押韻	4 條	7%
(2)	泰韻單獨押韻	3 條	5%
(3)	祭泰夬廢四韻互押	15 條	25%
(4)	與其他入聲韻通押	26 條	44%
(5)	與去聲韻通押	11 條	19%

其中所謂「與其他入聲韻通押」者，就是指跟月曷末黠鎋薛諸韻互押。由上面的數據中，我們可以發現祭泰夬廢與月曷末黠鎋薛互押的部分，佔了 44%，比祭泰夬廢各韻的單獨押韻或互押的總和 37%的百分比還要高，這顯示它們互通的頻率很高，混用的色彩遠較獨立用韻的色彩為濃，不過祭泰夬廢也有 19%與其他去聲韻通押的情形，它除了襯托祭月諸韻無畛域以外，其實也隱約透露祭泰夬廢有轉通為去聲的訊息，只是處在萌芽的階段，還沒到可以明顯分部的地步。

君子于役二章」為誤植，應屬入聲韻單獨押韻者，今修正，因此在下文的百分比理應略有調整，但不影響結論。

除了從祭泰夬廢來觀察分析上古祭月同部之外，換從月曷末黠鎋薛諸韻其於《詩經》用韻之情形，也可以得知。從《古音學發微》所載的《詩經》韻讀，我們得到祭月等押韻的 26 條韻例，已如上文，茲再篩檢押及月曷末黠鎋薛諸韻的 15 條韻例，依其情形分為如下五類載列：

(1) 末韻單獨押韻：

掇捋周南·芣苢二章、闊活邶風·擊鼓五章。

(2) 薛韻單獨押韻：

朅桀衛風·伯兮一章。

(3) 月曷末黠鎋薛六韻互押：

代茇召南·甘棠一章、月佸桀括渴王風·君子于役二章、葛月王風·采葛一章、達闕月鄭風·子衿三章、月闥闥發齊風·東方之日二章、桀怛齊風·甫田二章、烈渴小雅·采薇二章、伐絕大雅·皇矣八章、治達傑周頌·載芟、撥達達越發烈截商頌·長發二章。

(4) 薛霽祭合韻：

滅戾勩小雅·雨無正二章。

(5) 曷屑質合韻：

葛節日邶風·旄丘一章。

總計押月曷末黠鎋薛諸韻共有 41 條，而(1)(2)(3)單獨押韻或彼此互押的有 13 條，佔全部的 32%，但 26 條的祭月通押加上薛霽祭合韻 1 條，共 27 條，佔全部的 66%，站在月曷末黠鎋薛的立場看其與祭泰夬廢的押韻的比例，竟然高達全部的三分之二，要我們如何認同它們在上古音中是與祭泰夬廢分部的呢？

然而李毅夫〈上古韻祭月是一個還是兩個韻部〉一文，雖然也是採統計方法，而其力主上古祭月分部。他將西周以至南北朝詩文之祭月韻部，依其用韻情形，分成陰聲韻段、入聲韻段、陰入通協韻段來統計觀察，而以為祭部和月部各自獨用韻段較通協的韻段，佔絕對優勢，所以上古祭月應該是兩個韻部。並以為向來主張祭月為一部的說法，基本上是採系聯和推理所得的結果，因此他反覆去討論推理不能成立的理由，個人於此不擬節外生枝，對該文多做討論，只是本文與〈試探〉都用了統計法，而結果竟與李文所得，相去甚遠，為此個人僅就其上古音中所分析《詩經》用韻的部分，提出四點疑義：

(1) 據《廣韻》以考察《詩經》祭月用韻，有不少與《廣韻》矛盾。李文云：「首先考察《詩》中的祭月用韻，陰入在本文都是根據《廣韻》。」[9] 但事實上例如其陰聲韻段中：〈野有死麕〉三章：脫帨吠。〈鴛鴦〉三章：秣艾。據《廣韻》可知「脫」字雖為兩讀，但均在末韻作徒活切、他括切；「秣」字在末韻作莫撥切，均屬入聲韻，換言之，這二條詩句用韻，應屬於其陰入通協韻段。又如其入聲韻段中有：〈蓼莪〉五章：烈發害。〈四月〉三章：烈發害。〈生民〉二章：月達害。〈召旻〉六章：竭竭害。據《廣韻》可知「害」字在泰韻，作胡蓋切，按理此四條都應該屬於陰入通協韻段。

(2) 《廣韻》中一字兩讀之情形，為何僅取對其有利於趨向獨用韻段的一讀？例如在陰聲韻段中：〈庭燎〉二章：艾晣噦。據《廣韻》「晣」字又作「晢」，其有兩讀，一在祭韻作征例切，一則在薛韻作旨熱切，「噦」字則有

9 參見《音韻學研究》第一輯 p287。

三讀，一在泰韻作呼會切，一在月韻作於月切，又在薛韻作乙劣切。又例如在入聲韻段中，〈草蟲〉二章：蕨惙說。〈擊鼓〉四章：闊說。〈氓〉三章：說說。〈蜉蝣〉三章：閱雪說。〈都人士〉二章：撮髮說。〈瞻卬〉二章：奪說。「說」字，《廣韻》有三讀，一在祭韻作舒芮切，二在薛韻作弋雪切、失爇切。又如〈匪風〉一章：發偈怛。「偈」字，《廣韻》有兩讀，一在祭韻作其憩切，一在薛韻作渠列切。似此李文均將「晰」、「噦」視之為陰聲韻字，不視作入聲韻字；而「說」、「偈」視為入聲韻字，不視為陰聲韻字，否則陰入通協的韻段得至少再增加 7 條，[10] 如此一來，其所謂絕對優勢豈不逐漸消退？

(3) 部分合韻之字，其實並不屬於其所分的祭部或月部，嚴格說來，在統計之時，似應剔除。例如陰聲韻段中，〈出車〉二章：旆瘁。〈生民〉四章：旆穟。「瘁」、「穟」均屬於《廣韻》至韻，古韻屬陳師伯元至韻押屬古合韻；又，與「旆」如入聲韻段中，〈良耜〉：穀活。「穀」屬屋韻，與「活」押韻，也是合韻，像這些合，可說明其具

---

[10] 〈氓〉三章：說說，照理不在入聲韻段，便會在陰聲韻段。

有陰聲韻或入聲韻之趨向，似乎不適於直接作為祭月分合統計上韻的韻例的依據。

(4) 在統計方法上，其將所得陰聲韻段的 41.43%，及入聲韻段的 40%的總和，與陰入通協韻段的 18.57%作比較，[11] 而得獨用韻段佔全部 81.43%的絕對優勢的結論，這似乎也是不公平的統計法，照理祭月的用韻現象應如下圖：

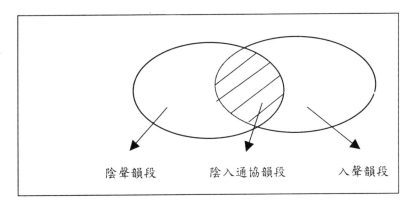

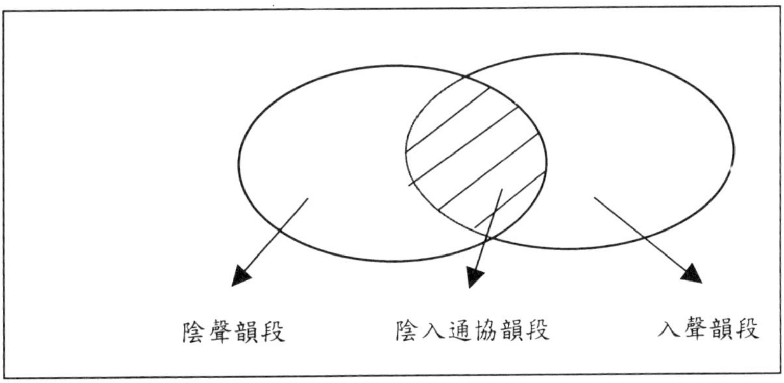

也就是應該以整個有關陰聲韻例為範圍，考察其獨用與通

[11] 這個百分比若根據上文的討論，勢必重新統計。

協的比例如何？同理再以入聲韻例為範圍，統計其獨用與通協的比例，否則勢將低估了陰入通協韻段，而造成統計上的不公現象。

以上僅是就《詩經》用韻部分提出說明，至於該文不考慮從諧聲現象與《廣韻》一字多音的現象統計、討論，更使祭月分部的立論，顯得薄弱了。

（三）　《廣韻》一字多音的觀察與分析

《廣韻》一字多音的情形甚為普遍，[12] 儘管其形成的原因很多，然應以古今音的變遷、南北方音的歧異、破音別義的運用幾項為最重要。個人討論上古祭泰夬廢與月曷末黠鎋薛的關係，以為從其一字多音現象，觀察韻部的變轉，亦足以得到相當程度的證明。本文茲據金周生兄《廣韻一字多音現象初探》一文所附〈廣韻多音字彙編〉中，載錄祭泰夬廢四韻之多音字，及其所屬之韻部、音切，重

[12] 據金周生《廣韻一字多音現象初探》一文之統計，凡 4800 餘字。參見該文 p1。

新歸納分類如下：

1、祭韻

(1) 去：入

【祭：薛】

蜹 而銳 以芮：如劣	啐 山芮：所劣	龝 此芮：七絕	蒄 以芮：弋雪
綴 陟衛：陟劣	醊 陟衛：陟劣	畷 陟衛：陟劣	啜 陟衛 嘗芮：昌悅 陟劣 殊雪
餟 陟衛：陟劣	腏 陟衛：陟劣	輟 陟衛：陟劣	說 舒芮：弋雪 失爇
蜕 舒芮：弋雪	箾 楚稅：廁列	鷩 必袂：并列	鷩 必袂：并列
蹶 蹷 居衛：紀劣	幓 所例：私列 相絕	掣 尺制：昌列	晢 征例：旨熱
靳 征例：旨熱	泄 餘制：私列	抴 餘制：羊列	鴷 力制：良薛
栵 力制：良薛	栵 力制：良薛 渠列	浰 力制：良薛	愒 去例：丘竭
揭 去例：丘竭 居列	訐 居例：居列	艞 丑例：丑列	蕝 子芮：子悅
撍 子芮：相絕	瀓 匹蔽：芳滅		

【祭：月】

璏　于歲 直例：王伐	彗　于歲：王伐	鱖　居衛：居月	蹶 蹷　居衛：居月 其月
揭　去例：居竭 其謁	訐　居例：居竭		

【祭：曷】

餲　於罽：胡葛 烏葛	糲　力制：盧達	藒　去例：予割

【祭：末】

腏　陟衛：丁括	祱　舒芮：他括

【祭：黠】

鎩　所例：所八	蔱　所例：所八

【祭：鎋】

錣　陟衛：丁刮	剶　楚稅：初刮

【祭：屑】

丿　餘制：普蔑

【祭：物】

劂　居衛：九勿

【祭：緝】

暳	祥歲：似入

(2) 去：去

【祭：泰】

[illegible]	山芮 此芮 子芮：祖外	銳	以芮：杜外	祱	舒芮：他外	蛻	舒芮：他外
餀	舒芮：郎外	忕	時制：他蓋 徒蓋	藹	於罽：於蓋	蹛	直例：當蓋
糲	力制：落蓋	犡	力制：落蓋	愒	去例：苦蓋	[illegible]	竹例：當蓋

【祭：怪】

祭	子例：側界	鎩	所例：所拜	褹	魚祭：女介

【祭：廢】

衞	于歲：渠穢	喙	呼吠：許穢

【祭：線】

竁	此芮 楚稅：尺絹	[illegible]	此芮：息絹

【祭：夬】

餲	於罽：於犗	

【祭：霰】

凡	陟衛：息晉

【祭：過】

蜕	舒芮：湯臥

【祭：禡】

貰	舒制：神夜

2、泰韻

(1) 去：入

【泰：末】

怖　普蓋：北末	檜　古外：古活	鬠　古外：戶括	劊　古外：古活
濊　呼會 烏外：呼括	祋　丁外：丁括	獪　烏外：烏括	襊　麤最：倉括
軷　蒲蓋：蒲撥	眛　莫貝：莫撥	沬　莫貝：莫撥	

【泰：曷】

匃 古太：古達	靄 於蓋：烏葛	汏 徒蓋：他達	磕 苦蓋：苦曷
鶡 苦蓋：苦曷	癩 落蓋：盧達	藾 落蓋：盧達	鯠 落蓋：他達
鶡 呼艾：許葛	餲 呼艾：許葛		

【泰：月】

茷 博蓋：房越	怖 普蓋：拂伐	噦 呼會：於月

【泰：薛】

噦 呼會：乙劣	毟 郎外：力輟	娧 他外：弋雪

【泰：盍】

蓋 古太：胡臘 古盍	磕 苦蓋：苦盍	郃 苦蓋：胡臘 古盍

【泰：鎋】

轄 苦蓋：胡瞎

【泰：合】

溘 苦盍：口荅

(2) 去：去

【泰：夬】

獪　古外：古賣	稽　苦會：苦夬	懀　烏外：烏快	䵷　烏外：烏快
黵　烏外：烏快			

【泰：廢】

艾　五蓋：魚肺	鴱　五蓋：魚肺	茷　博蓋：符廢	怖　普蓋：芳廢
濊　呼會 烏外：於廢			

【泰：隊】

瞖　古外：古對	倅　祖外：子對	酹　郎外：盧對

【泰：箇】

奈　奴帶：奴箇	大　徒蓋：唐佐	跢　當蓋：丁佐

【泰：過】

殧　郎外：魯過	毻　他外：湯臥

【泰：代】

曖　於蓋：烏代

【泰：怪】

湢	普蓋：普拜

【泰：翰】

鶡	苦蓋：苦旰

【泰：換】

渙	呼會：火貫

【泰：霰】

瀍	黃外：胡甸

3、夬韻

(1) 去：入

【夬：曷】

喝	於犗：許葛	㗰	所犗：桑割

【夬：屑】

駃	苦夬：古穴

【夬：術】

啐　倉夬：子聿

【夬：德】

寨　犲夫：蘇則

(2) 去：去

【夬：代】

欬　於犗：苦愛	[illegible]　何犗：古代

【夬：禡】

嗄　於犗：所嫁

【夬：隊】

啐　倉夫：七內 蘇內

4、廢韻

(1) 去：入

【廢：月】

橃 方肺：房越	昢 芳廢：房越

【廢：末】

䉼 方肺：蒲撥

【廢：物】

祓 方肺：敷勿

根據上列，我們將祭泰夬廢四韻中，去：入、去：去一字多音通轉的字數統計如下：

韻部＼字數＼通轉	去：入	去：去
祭韻	52	23
泰韻	32	23
夬韻	5	4

韻部＼字數＼通轉	去：入	去：去
廢韻	4	0
共計	93	50

從中可以發現祭韻於去：入的多音通轉，佔其韻部通轉之一字多音的 65%，泰韻之去：入通轉佔 58%，夬韻之去：入通轉佔 56%，至於廢韻則為 100%。就四韻全部而言，其去：入多音通轉佔 65%，去：去則佔了 35%，由這些百分比數據，可以讓我們清楚地了解去入之間的關係極為密切。再進一層來觀察祭泰夬廢與月曷末黠鎋薛諸韻間的關係，除了夬韻在 5 字去：入通轉的多音字例中，只有 2 字與月曷末等韻通轉，只佔 40%，屬於比例較低者，其餘廢韻 3 字則佔 75%，泰韻凡 28 字，佔去：入通轉全部的 88%，至如祭韻則有 49 條，佔去：入通轉竟達 94%。由此可見祭月諸韻之關係極為密切，因此論諸韻於上古時期同為一部，應屬合理。

三、論江有誥祭泰夬廢與入聲相配之說

（一） 張氏論江有誥相配之說

論及上古祭泰夬廢與月曷末黠鎋薛等入聲相配之關係，清江有誥曾有論述，而張清常先生則以為不可信，其於〈祭泰夬廢只有去聲的原因〉一文中，曾引王念孫、江有誥之說，而評江氏之說為「任意分配」，張氏云：

> 王氏說祭泰夬廢四韻「有去入而無平上」，則其入聲是什麼，他雖然沒有明說，當系指月曷末黠鎋薛。可是去聲韻只有四個，入聲韻卻有六個，如何相配？江有誥說：「蓋月者廢之入，曷末者泰之入，夬者鎋之入，祭者薛之入。」不惟任意分配，而且改夬祭兩韻為入聲之理由也沒有說明。[13]

[13] 參見《語言研究論叢》第三輯 p74～75。

其實江氏有沒有「任意分配」呢？個人以為沒有，而張先生之所以有此主張，除了他認定 *-d、*-t、*-p 的關係之外，恐怕也是源出於他所引江氏「夬者銽之入，祭者薛之入」這段話，以為江氏是「改夬祭兩韻為入聲」，的確，初讀這段文字，不免懷疑江有誥的說法，但進一步去採究，則發現這是因版本的訛誤，所造成的誤會，在今本如廣文書局所據辛未渭南嚴氏本影印的《江氏音學敘錄》載壬申三月〈寄段茂堂先生原書〉，[14] 其文字內容正如張先生所引，但再考藝文印書館所據倉聖明智大學刊本影印的學術叢編本，其文字內容則作「銽者夬之入，薛者祭之入」，[15] 所以所謂「改夬祭兩韻為入聲」，顯非事實。我們除了可以從版本上論證之外，在江氏的其他論著中，也經常提及他這個看法，如其於《入聲表》中說：

> 月為廢通祭泰之入……曷為泰開口之入，末為泰合口之入。……黠部當分為二……又半為祭泰通用之

[14] 參見廣文書局《音韻學叢書》，《江氏音學五書》p5。

[15] 參見藝文印書館叢書集成三編，學術叢編第四函《江氏音學敘錄》p2。

入……鎋為泰夬之入……薛為祭通泰夬之入。……[16]

不過，在內容上〈寄段茂堂先生原書〉是就其大要而言，而《入聲表》所論則較為瑣細。論證江有誥相配說的文字之後，至其內容則是依據《詩經》用韻，一字兩讀與諧聲偏旁而得，個人甚至懷疑他還參考中古等韻圖，大致上是言之有據，足資徵信，今個人則再據〈試探〉與二（三）節之字例，從諧聲偏旁、一字多音與中古等韻圖形式，逐一再深入分析江氏說之可信。[17]

（二）　江有誥相配之說大抵可信

1、月者廢之入

分析廢韻與月韻之諧聲偏旁，其相同者凡 19 字，佔

---

[16] 參見藝文印書館叢書集成三編，學術叢編第四函，《入聲表》p6～7。

[17] 於《詩經》之韻腳，以中古祭月等諸韻分析，其相配的情形並不十分明顯，因此不擬採用。

廢韻全部 37 字的 51%，而在廢韻其一字多音的字例中，屬廢月兩讀的有 2 字，而佔廢韻去：入兩讀的二分之一，像這些比例，都微顯出廢與月的關係密切，作為上古相配的韻部是言之有據的。若再從中古等韻圖來觀察，廢月都屬於兼有開合的外轉三等韻，甚至在《四聲等子》中為去入相承的韻部，誠如王力先生所謂「韻圖所反映的四等韻，只是歷史的陳迹了。」且據黃季剛先生的古本韻、今變韻之說，它們應都屬於變韻細音，因此推論廢月上古的相配關係，由此可得到進一步地證明。

2、曷末者泰之入

曷末為開合對立之兩韻，江有誥《入聲韻》云：「曷為泰開口之入，末為泰合口之入」，今從諧聲偏旁分析，則泰韻中諧聲偏旁與曷末韻相同的，一共有 128 字，佔該韻部全部 166 字的 77%，這麼高的百分比，可見得江有誥「曷末者泰之入」的說法，極為可信，如果再從一字多音的情形來看，泰韻與入聲的通轉共有 32 字，但其中僅泰與曷末通轉的多音字就有 21 字，佔了去入通轉的 66%，這也都證明「曷末者泰之入」的事實。而從中古等韻圖來說，泰與曷末均屬於外轉一等韻，《四聲等子》與《經史正音切韻指南》均以之為相承韻部，[18] 因此江氏之說，實為可信。

3、鎋者夬之入

至於「鎋者夬之入」的說法，較之其他諸韻，說服力顯得薄弱，因為從夬韻的諧聲偏旁分析，它與鎋韻相同的只有 8 字，僅佔全韻 43 字的 19%，而從一字多音方面觀察，在 5 個去入兩讀的字例中，竟然沒有夬鎋通轉的文字，可見得鎋夬的關係並不密切，而猶有可說的，即在等韻圖中鎋夬都是外轉兼具開合的二等韻，又《經史正音切韻指南》中，屬《廣韻》夬韻字者，則與鎋韻相承。[19] 另外江有誥在《入聲表》中指鎋不僅為夬之入，也是泰之入，並舉證說：

> 鎋為泰夬之入，鎋轄從害，話從舌，舌，《說文》作昏，〈泉水〉二章以舝與邁衛害韻，〈車舝〉首

---

[18] 參見《四聲等子》與《經史正音切韻指南》之蟹攝外三，開口呼。

[19] 《經史正音切韻指南》已併夬韻於怪韻之中。

章以韋與逝韻。[20]

其實如果從泰韻的諧聲偏旁分析，其與鎋相同的也只是佔全部的 23%，在一字多音的情況下，鎋泰則佔去入通轉的 40%，雖然看來比鎋夬的關係來得密切，但從中古等韻圖言之，則鎋屬二等韻、泰屬一等韻，也無相承關係，顯然又要比鎋夬為遠。總之，鎋夬的相配關係未如江有誥所說那樣密切，是值得注意，因此其說可否盡信，當再進一步論證。

4、薛者祭之入

薛韻於上古韻中，當可視為與祭相配之入聲，就從諧聲偏旁而言，祭韻中其諧聲偏旁與薛韻相同者，共有 164 字，佔其全韻 257 字之 64%，再從一字多音的情形觀察，在祭韻 52 個去入兩讀的字例中，祭薛通轉的部分即有 34 個字，也佔了全部的 65%，從這些數據中，我們是可以確知祭薛密切之關係，江氏「薛者祭之入」是可信的。再者若從等韻圖方面言之，祭薛均為兼具開合的外轉三等韻，

[20] 參見藝文印書館叢書集成三編，學術叢編第四函，《入聲表》p7。

《四聲等子》也以薛韻與祭韻相承。[21]

總之，張清常先生以為江有誥的入聲分配，屬任意而為，不可相信，但是我們透過諧聲偏旁與一字多音的統計分析，及中古等韻的觀察，可以了解除了「鎋者夬之入」恐不可盡信之外，其餘應無疑義，所以江永之說「大抵可信」。

四、結　語

總之，清儒於考據之工夫，用力極深，聲韻之學於清代正屬考據之重要環節，凡所論證均見其嚴謹，是故王念孫、江有誥提出祭部獨立的說法，大致已成定論，今雖然有部分學者主張祭月分部，然個人由以上之統計與分析，以為王、江之說應屬可信，而不可移易。且江有誥祭泰夬廢與月曷末黠鎋薛的相配說，雖不免受戴震陰陽入三分之影響，然而就諧聲偏旁與一字兩讀之統計分析，暨等韻圖

21 參見《四聲等子》蟹攝外二，開口呼一圖。

排列之觀察，江氏之說大抵可信，且諸韻去入之間通轉往來頻繁，正說明其關係之密切，也可進一步地證明諸韻上古當為同部。

參考引用書目

孔仲溫　1987，〈廣韻祭泰夬廢四韻來源試探〉，《師大國文學報》16，p137～154。

江有誥　1812，〈寄段茂堂先生原書〉，收於《江氏音學敘錄》，台北，廣文書局音韻學叢書影辛未渭南嚴氏本；又藝文印書館叢書集成三編，學術叢編影倉聖明智大學本。

1814，《入聲表》，藝文印書館叢書集成三編，學術叢編影倉聖明智大學本。

沈兼士　1944，《廣韻聲系》，台北，大化書局，1977年印。

李毅夫　1984，〈上古韻祭月是一個還是兩個韻部〉，《音韻學研究》第一輯 p286～295。

金周生　1967，《廣韻一字多音現象初探》，輔大碩論。

周法高　1969，〈論上古音〉，《中國文化研究所學報》2：1，p109～178，1984；又收入其《中國音韻學論文集》，香港中文大學出版社。

周祖謨 1938，《廣韻校勘記》，1967，台北，世界書局影印。

1940，《兩漢韻部略說》，《問學集》p20～31，1979 年，台北，河洛出版社影印。

高本漢（Karlgren Bernhard Johannes）著，張洪年譯

1954，Compendium of Phonetics in Ancient and Archaic Chinese（《中國聲韻學大綱》）Reprinted from the Museum of Far Eastern Antiquities, Bulletin 22, Stockholm,1954。1972 張洪年譯，台北，中華叢書編審委員會。

張日昇、林潔明合編 1973，《周法高上古音韻表》，台北，三民書局。

張清常 1987，〈祭泰夬廢只有去聲的原因〉，《語言研究論叢》3，p72～87，天津人民出版社。

陳彭年等編 1008，《廣韻》，台北，藝文印書館影澤存堂本。

陳新雄 1971，《古音學發微》，台北，文史哲出版社。

馮 蒸 1989，〈切韻祭泰夬廢四韻帶輔音韻尾說〉，《湖南師大社會科學學報》6，p90～97。

劉 鑑 1336，《經史正音切韻指南》，1973，台北，藝文印書館等韻五種本。

羅常培、周祖謨 1958，《漢魏晉南北朝韻部演變研究》第一分冊，北京，科學出版社。

撰人不詳，張麟之刊 1203，《韻鏡》，1973，台北，藝文印書館等韻五種本。

撰人不詳 《四聲等子》，1973，台北，藝文印書館等韻五種本。

原刊載於《第二屆國際暨第十屆全國聲韻學學術研討會論文集》，p 375～392，1992 年

論「重紐字」上古時期的音韻現象

一、前　言

「重紐」現象是中國聲韻學史上，一個十分重要的問題，它關係到整個中古音系的構建，甚至會影響到上古音系，因此，自民國三十三年，周法高先生撰成〈廣韻重紐的研究〉、董同龢先生撰成〈廣韻重紐試釋〉二文以來，[1] 這個問題一直討論得很熱烈，而諸家的見解，也頗為分歧。由於「重紐」現象明顯地存在於中古時期的切韻系韻

[1] 周文收錄於其《中國語言學論文集》p1～69，董文則收錄於《董同龢先生語言學選集》p13～32。周文篇末註明該文是「民國三十年初稿於昆明，三十三年重訂付印於李莊。」又周、董二文係同年發表。

書、等韻圖、音義書、字書的音系裡，因此，學者們的討論多集中在中古時期的論證，個人在撰論《韻鏡研究》、《類篇研究》、〈論《韻鏡》序例的「題下注」「歸納助紐字」及其相關問題〉諸文裡，[2] 也曾提出一點淺見，但總以為問題並沒有獲得圓滿的解決，而且也以為這種現象，應是源自上古時期，因此，本文嘗試把「重紐字」從中古時期，向上推溯到上古時期，觀察它們在上古時期的用韻現象與諧聲分布情形，期望能對「重紐」問題，提供一些線索。

二、「重紐字」的範圍

我們要把「重紐字」，從中古時期推溯到上古時期去觀察，首先需對中古時期「重紐字」的範圍，做一個確定。

---

[2] 《韻鏡研究》、《類篇研究》係個人碩、博士論文，於一九八七年，由台灣學生書局出版；〈論《韻鏡》序例的「題下注」「歸納助紐字」及其相關問題〉一文，則發表於「第七屆全國聲韻學學術研討會」上，已收入台灣學生書局《聲韻論叢》第一輯 p321～344。

但在這裡，得先說明本文所謂的「重紐」，是指發生在中古三等韻裡，有支、脂、真、諄、祭、仙、宵、侵、鹽，及其相承的上、去、入聲諸韻，其韻裡屬於脣、牙、喉音部位的切語，同時有兩組切語並存的現象。依《切韻》一書的體例，按理是「同音之字，不分兩切語」，可是為何在《切韻》系的韻書裡，都同時有兩組切語的情形發生呢？這種情形在等韻圖裡則更明顯，同屬一個韻類的字，在同一聲紐下，竟然三等有字排列，四等也有字排列，有時甚至三等有空不排，而排入四等，這種現象，是我們所稱的「重紐」。而所謂「重紐字」，則是指屬於這對立兩組切語下的所有字，包括紐字及其同音字。通常學者們討論「重紐」，多以《廣韻》為基礎，但是我們如果取隋唐、五代韻書與《廣韻》比對的話，可發現《廣韻》有一些重紐，是因為後來增加新的切語而形成的，例如：支韻「鈹，敷羈切：帔，匹支切」這一組重紐，查《十韻彙編》中的《王二》，則無「帔，匹支切」，而作「㨏，匹卑切」，其下並注說：「新加」，且「㩻，匹支切」與「㸬，匹卑切」也不見於其他唐代韻書裡，[3] 可見得《廣韻》、《王二》的這個切語，是後來增加的，以致形成「重紐」現象，我們在推溯「重紐字」時，對於這些後來增加形成的「重紐」，就不列入討論的範圍。其次，在《廣韻》重紐的切語下，列有很多的同音「重紐字」，《廣韻》裡的「重紐字」也有很多是在陸法言《切韻》以後，不斷增字加入的，為了尋求「重紐」上古的源頭，本文將以《廣韻》為基礎，參覈隋唐、五代韻書，[4] 儘量採取較早時期的「重紐字」，以作為析論的基礎。另外，為了能夠透過對比以觀察「重紐」現象，本文所取的「重紐字」，僅是以同韻類、同聲紐有兩組切語並列的為範圍，至於等韻圖中，其三等有空不排而排入四等的部分，則暫不列入。茲將中古時期的「重

[3] 如《十韻彙編》的《切二》、《切三》及故宮《全王》。

[4] 本文所據隋唐五代韻書係劉復、羅常培等主編《十韻彙編》、潘師重規《瀛涯敦煌韻輯新編》中的韻書殘卷，及廣文書局印故宮藏《唐寫本王仁昫刊謬補缺切韻》。

紐字」，依《韻鏡》開合、部位、等第，及中古的聲紐，表列如下：

1·支韻：

開合	部位	聲紐	三等反切	三等重紐字	四等反切	四等重紐字
開口	脣音	幫	彼為切	陂、詖、諀、羆	府移切	卑、鵯、椑、箄、裨、鞞　、顊、錍
		並	符羈切	皮、疲、郫、犤、罷	符支切	陴、脾、雞、埤、蜱、紕
		明	靡為切	糜、縻、縻、蘼	武移切	彌、鸍、璽、獼、簺、瀰、麛、罙、镾、瓕
	牙音	群	渠羈切	奇、琦、騎、鵸、敧、碕	巨支切	祇、衹、岐、歧、郊、鼓、疷、跂、敊、軝、伎
	喉音	曉	許羈切	犧、羲、吹、桸、巇、羛、瀸、曦	香支切	詑
合口	牙音	見	居為切	嬀	居隋切	槻、規、鬹、雉
		溪	去為切	虧	去隨切	闚
	喉音	曉	許為切	麾、撝	許規切	隳、眭、鑴、睢

2・紙韻：

開合	部位	聲紐	三等 反切	三等 重紐字	四等 反切	四等 重紐字
開口	脣音	幫	甫委切	彼、髀	并弭切	俾、鞞、箄、錍、髀、崥
		滂	匹靡切	破	匹婢切	諀、庀、疕
		並	皮彼切	被、罷	便俾切	婢、庳
		明	文彼切	靡	綿婢切	渳、弭、瀰、芈、敉
合口	牙音	溪	去委切	跪、䞈	丘弭切	跬

3・寘韻：

開合	部位	聲紐	三等 反切	三等 重紐字	四等 反切	四等 重紐字
開口	脣音	幫	彼義切	賁、佊、詖、藣	卑義切	臂
		滂	披義切	帔	匹賜切	譬、檗
		並	平義切	髲、被、鞁、玻	毗義切	避
	牙音	見	居義切	寄	居企切	馶
	喉音	影	於義切	倚	於賜切	縊
合口	喉音	影	於偽切	餧、矮	於避切	恚

4·脂韻：

開合	部位	聲紐	三等		四等	
			反切	重紐字	反切	重紐字
開口	脣音	滂	敷悲切	丕、伾、秠、碩、駓	匹夷切	紕
		並	符悲切	邳、岯、魾	房脂切	毗、比、琵、㮰、沘、芘、貔、膍、蚍、枇、仳、阰、舭
合口	牙音	群	渠追切	逵、夔、馗、戣、騤	渠隹切	葵、鄈、楑、鍨[5]

5·旨韻：

開合	部位	聲紐	三等		四等	
			反切	重紐字	反切	重紐字
開口	脣音	幫	方美切	鄙	卑履切	匕、妣、秕、比、社、沘
		並	符鄙切	否、痞、圮、仳、殍	扶履切	牝

5 「葵，渠隹切」，《廣韻》原作「渠追切」，與「逵，渠追切」同切語，照說同韻之下不會有兩組相同的切語，考《切二》、《切三》、《王二》、《全王》「葵」字均讀「渠隹切」，今據正。

開合	部位	聲紐	三等 反切	三等 重紐字	四等 反切	四等 重紐字
合口	牙音	見	居洧切	軌、簋、晷、厬、宄、匭	居誄切	癸

6．至韻：

開合	部位	聲紐	三等 反切	三等 重紐字	四等 反切	四等 重紐字
開口	脣音	幫	兵媚切	祕、毖、閟、轡、鉍、泌、鄪、䏐、粊、柴	必至切	痹、畀、庇、萆、𥘵
		滂	匹備切	濞、嚊、𤺌、渒	匹寐切	屁
		並	平祕切	備、俻、葡、奰、𦢊、糒、犕、鞴、𪖐、贔、補	毗至切	鼻、比、枇、痺、𩑛
		明	明祕切	郿、媚、魅、篃、蝞、鎇	彌二切	寐
	牙音	溪	去冀切	器	詰利切	棄、弃、𧲝、屓
合口	牙音	見	俱位切	媿、愧、聭、謉、騩	居悸切	季
		群	求位切	匱、蕢、饋、繢、樻、鞼	其季切	悸、痵、㾟
	喉音	曉	許位切	豷、燹	香季切 火季切	瞲、婎、睢 侐

7·真韻：（含諄韻）

開合	部位	聲紐	三等 反切	重紐字	四等 反切	重紐字
開口	脣音	幫	府巾切	彬、斌、份、玢、豳、汃、𣅀、攽、虨	必鄰切	賓、濱、檳
		並	符巾切	貧	符真切	頻、蘋、嬪、𥙉、玭、蠙、獱、顰、嚬
		明	武巾切	珉、岷、罠、閩、緡、頣、笢、旻、旼、痻、捪、忞、𥄕、鴖、鈱	彌鄰切	民、閺、泯
	喉音	影	於巾切	替	於真切	因、禋、闉、駰、湮、烟、氤、垔、諲
合口	牙音	見	居筠切	麏、麕、頵、汮	居勻切	均、鈞、袀

8·軫韻：

開合	部位	聲紐	三等 反切	重紐字	四等 反切	重紐字
開口	脣音	明	眉殞切	愍、憫、閔、敏	武盡切	泯、䟭、僶、笢、黽

9．質韻：

開合	部位	聲紐	三等		四等	
			反切	重紐字	反切	重紐字
開口	脣音	幫	鄙密切	筆、潷	卑吉切	必、畢、蓽、韠、蹕、滭、鷝、觱、珌、罼
		並	房密切	弼、𥝩	毗必切	邲、比、柲、馝、𩋘、佖、鮩、駜、怭[6]
		明	美畢切	密、峚、蔤	彌畢切	蜜、謐、䤉、榓
	喉音	影	於筆切	乙、鳦	於急切	一、壹

10．祭韻：

開合	部位	聲紐	三等		四等	
			反切	重紐字	反切	重紐字
開口	牙音	疑	牛例切	劓	魚祭切	藝、萟、寱、槸、褹

---

6 「怭」字見於《廣韻》，但不見於諸本《切韻》，今以《詩經》韻讀中有「怭」字，故據《廣韻》載列。

11·仙韻：

開合	部位	聲紐	三等		四等	
			反切	重紐字	反切	重紐字
合口	喉音	影	於權切	嬽	於緣切	娟、嬛、悁

12·獮韻：

開合	部位	聲紐	三等		四等	
			反切	重紐字	反切	重紐字
開口	脣音	幫	方免切	辡	方緬切	褊
		並	符蹇切	辯	符善切	楩
		明	亡辨切	免、娩、勉、俛、鮸、挽、冕	彌兗切	緬、沔、湎、愐、黽、勔
合口	牙音	群	渠篆切	圈	狂兗切	蜎

13·線韻：

開合	部位	聲紐	三等		四等	
			反切	重紐字	反切	重紐字
開口	脣音	並	皮變切	卞、拚、抃、弁、覍、汴、⿰犭番、閞、昪、⿰弁頁	婢面切	便
合口	牙音	見	居倦切	眷、睠、捲、卷、桊、帣、弮、韏	吉掾切	絹、狷、鄄

14·薛韻：

開合	部位	聲紐	三	等	四	等
			反切	重紐字	反切	重紐字
開口	脣音	幫	方別切	䇷	并列切	鷩、鼈、虌

15·宵韻：

開合	部位	聲紐	三	等	四	等
			反切	重紐字	反切	重紐字
開	脣	幫	甫嬌切	鑣、儦、瀌、穮	甫遙切	飆、標、猋、杓、瘭、幖、熛
	音	明	武瀌切	苗、貓	彌遙切	蜱、⿰虫少、篻、薸
	牙音	群	巨嬌切	喬、橋、僑、趫、鐈	渠遙切	翹、荍
口	喉音	影	於喬切	妖、祅、訞、夭	於宵切	要、腰、葽、喓、⿰虫要、褄、邀

16·小韻：

開合	部位	聲紐	三	等	四	等
			反切	重紐字	反切	重紐字
開	脣	幫	陂矯切	表	方小切	褾
口	音	並	平表切	藨、蔦、莩	符少切	摽、鰾

17·笑韻：

開合	部位	聲紐	三等		四等	
			反切	重紐字	反切	重紐字
開口	脣音	明	眉召切	廟	彌笑切	妙
	牙音	群	渠廟切	嶠	巨要切	翹

18·侵韻：

開合	部位	聲紐	三等		四等	
			反切	重紐字	反切	重紐字
開口	喉音	影	於金切	音、陰、瘖、霒、喑、醅	挹淫切	愔、窨

19·緝韻：

開合	部位	聲紐	三等		四等	
			反切	重紐字	反切	重紐字
開口	喉音	影	於汲切	邑、悒、裛、浥、菖、餛	伊入切	揖、挹

20·鹽韻：

開合	部位	聲紐	三等		四等	
			反切	重紐字	反切	重紐字
開口	喉音	影	央炎切	淹、菴、崦	一鹽切	懕、猒、嬮

21·琰韻：

開合	部位	聲紐	三等		四等	
			反切	重紐字	反切	重紐字
開口	喉音	影	衣儉切	奄、罨、郂、閹、掩	於琰切	黶、[illegible]、檿

22·葉韻：

開合	部位	聲紐	三等		四等	
			反切	重紐字	反切	重紐字
開口	喉音	影	於輒切	[illegible]、裛	於葉切	魘

三、「重紐字」於上古韻文裡的音韻現象

在確定「重紐字」的範圍之後，為求能進一步觀察在上古時期的音韻現象，我們得先整理這些字在上古韻文裡的用韻情形，茲就《詩經》、《楚辭》、先秦金石銘文中，凡關涉「重紐字」的韻讀，摘舉以示。

（一） 關於「重紐字」的上古韻文韻譜

本文《詩經》部分，係根據　本師陳新雄先生的〈《毛詩》韻譜·通韻譜·合韻譜〉一文，《楚辭》部分則採王力先生〈《楚辭》韻讀〉一文，至於金石銘文部分則依王國維的〈兩周金石文韻讀〉、陳世輝〈金文韻讀續輯〉、陳邦懷〈兩周金文韻讀輯遺〉諸文。[7]

[7] 陳師新雄文收錄於其所著《文字聲韻論叢》p259～302；王力先生文收錄於《王力文集》卷六 p478～565；王國維文載於姬佛陀《學

1、支韻：（按加 * 號者為重紐字）

（1）皮*、紽、蛇。召南・羔羊

（2）皮*、儀、儀、為。鄘・相鼠

（3）支、觿*、觿*、知。衛・芄蘭

（4）陂*、荷、何、為、沱。陳・澤陂

（5）錡*、吪、嘉。豳・破斧

（6）何、羆*、蛇。小雅・斯干

（7）卑*、疧*。小雅・白華

（8）皮*、羆*。大雅・韓奕

（9）幃、祇*。離騷

（10）羅、歌、荷、酡、波、奇*、離。招魂

2、紙韻：

（11）泚、瀰*、鮮。邶・新臺

術叢編》p1～11；陳世輝文載於《古文字研究》第五輯 p169～190；陳邦懷文載於《古文字研究》第九輯 p445～462。

3、脂韻：

(12) 紕*、四、畀*。鄘·干旄

(13) 騤*、依、腓。大雅·采薇

(14) 師、氐、維、毗*、迷、師。小雅·節南山

(15) 維、葵*、膍*、戾。小雅·采菽

(16) 懠、毗*、迷、尸、屎、葵*、資、師。大雅·板

(17) 騤*、喈、齊、歸。大雅·烝民

(18) 駓*、騏、伾*、期、才。魯頌·駉

(19) �、駓*、牛、災。招魂

4、旨韻：

(20) 子、否*、否*、友。邶·匏有苦葉

(21) 比*、佽。唐、杕杜

(22) 止、否*、謀。小雅·小旻

(23) 匕*、砥、履、視、涕。小雅·大車

(24) 止、子、畝、喜、右、否*、畝、有、敏*。小雅·甫田

(25) 否*、史、耻、怠。小雅·賓之初筵

(26) 類、比*。大雅·皇矣

(27) 秭、醴、妣*、禮、皆。周頌·豐年

(28) 濟、秭、醴、妣*、禮。周頌·載芟

(29) 鄙*、改。九章·懷沙

(30) 時、疑、娭、治、之、否*、欺、思、之、尤、之。九章·惜往日

(31) 至、比*。九章、悲回風

5、至韻：

(32) 嘒、淠*、屆、寐。小雅·小弁

(33) 淠*、嘒、駟、屆。小雅·采菽

(34) 載、葡*、異、再、識。九章·橘頌

(35) 怪、葡*、代。招魂

(36) 子、備*、嗣、肆。兩周金文韻讀輯遺·齊侯壺

6、眞韻：

(37) 緡*、孫。召南·何彼穠矣

(38) 人、姻*、信、命。鄘·蝃蝀

(39) 玄、矜、民*。小雅·何草不黃

(40) 甸、民*、填、天、矜。大雅·桑柔

(41) 翩、泯*、燼、頻*。大雅·桑柔

(42) 典、禋*。周頌·維清

(43) 民*、嬪*。天問

(44) 貧*、門。九章·惜誦

(45) 令、天、民*、令、天。兩周金文韻讀輯遺·叔尊

7、軫韻：

(46) 勤、閔*。豳·鴟鴞

8、質韻：

(47) 韠*、結、一*。檜·素冠

(48) 七、一*、一*、結。曹·鳲鳩

(49) 珌*、室。小雅·瞻彼洛矣

(50) 怭*、秩。小雅·賓之初筵

(51) 密*、即。大雅·公劉

9、獮韻：

(52) 沔*、淵。兩周金石文韻讀·石鼓文乙

10、線韻：

（53）轉、卷*、選。邶・柏舟
（54）孌、丱、見、弁*。齊・甫田
（55）蕑、卷*、悁*。陳・澤陂
（56）婳、娟*、便*。大招

11、宵韻：

（57）夭*、勞。邶・凱風
（58）敖、郊、驕、鑣*、朝、勞。衛・碩人
（59）苗*、搖。王・黍離
（60）消、麃、喬*、遙。鄭・清人
（61）儦*、敖。齊・載驅
（62）苗*、勞、郊、號。魏・碩鼠
（63）鑣*、驕。秦・駟鐵
（64）翹*、搖、嘵。豳・鴟鴞
（65）苗*、囂、旄、敖。小雅・車攻
（66）苗*、朝、遙。小雅・白駒
（67）瀌*、消、驕。小雅・角弓
（68）苗*、膏、勞。小雅・黍苗

（69）苗*、麃。周頌·載芟

（70）喬*、囂。金文韻讀續輯·中山王鼎

12、小韻：

（71）悄、小、少、摽*。邶·柏舟

13、侵韻：

（72）音*、心。邶·凱風

（73）音*、心。邶·雄雉

（74）衿、心、音*。鄭·子衿

（75）弓、縢、興、音*。秦·小戎

（76）鬵、音*。檜·匪風

（77）音*、心。小雅·白駒

（78）欽、琴、音*、南、僭。小雅·鼓鐘

（79）心、音*。大雅·皇矣

（80）南、音*。大雅·卷阿

（81）林、黮、音*、琛、金。魯頌·泮水

14、緝韻：

（82）驂、合、軜、邑*。秦·小戎
（83）悒*、急。天問

（二）「重紐字」於上古韻文中的音韻現象

我們以上一小節所列舉的 83 條韻例為基礎，再深入考查其中所呈現的各種音韻現象，歸納起來，大致有以下幾種情形：

1．「重紐字」互押界限明顯

在列舉的 83 條韻例裡，我們不難發現當中的（3）、（7）、（8）、（12）、（15）、（16）、（18）、（20）、（24）、（41）、（43）、（47）、（48）、（55）、（56）等 15 條韻例，屬同一條韻例裡，同時有兩個「重紐字」押韻的情形。不過，扣除（3）、（20）、（48）是屬同一字，押韻兩次的韻例外，其餘的 12 條均為不同的兩個

「重紐字」押韻。現在再把這 12 條的「重紐字」，按中古等韻圖《韻鏡》的等第排列出來，作：

（7）卑$_{四}$：疷$_{四}$　（8）皮$_{三}$：羆$_{三}$　（9）紕$_{四}$：畀$_{四}$

（15）葵$_{四}$：膍$_{四}$（16）毗$_{四}$：葵$_{四}$（18）駓$_{三}$：伾$_{三}$

（24）否$_{三}$：敏$_{三}$（41）泯$_{四}$：頻$_{四}$（43）民$_{四}$：嬪$_{四}$

（47）韠$_{四}$：一$_{四}$（55）卷$_{三}$：悁$_{四}$（56）娟$_{四}$：便$_{四}$

我們可以很清楚地發現，其中除了「（55）卷：悁」這一條是不同等第「重紐字」的押韻之外，其餘的 11 條，則都屬於同等第「重紐字」的押韻，這個現象十分值得注意。

2·「重紐字」與其押韻諸字大抵有用韻的界限

其次，我們把這 83 條韻例，依據陳師新雄〈《毛詩》韻三十部諧聲表〉及《古音學發微》中的古韻分部，並採同字相通而系聯的方式，循「重紐字」的等第，將「重紐字」及與之押韻的其他諸字所屬《廣韻》切語、韻部，《韻鏡》開合，及其排列的位置，繪製成本文〈附錄一〉的圖表。（請參閱）從這個圖表裡，我們可以發現與「重紐字」

押韻的其他諸字，它們所屬的上古韻部，有不少是固定與「重紐」三等字相通，或與「重紐」四等字相通的情形，有條不紊，如有界限，例如：圖表中屬歌、之、職、諄、侵諸部的字，則只跟三等「重紐字」押韻；支、真兩部的字，則只跟四等「重紐字」押韻；另外，脂、質兩部的字，雖然同時與三、四等「重紐字」通押，但在比重上，仍多偏重在四等。較難區別輕重的，則是元、宵兩部的字，似乎三、四等的「重紐字」都通押，但再仔細的分析，我們則不難看出，與「重紐字」押韻的諸字裡，除了「搖」字同時與三等「苗」、四等「翹」的「重紐字」押韻外，其餘都不曾重覆。換句話說，這些字應還是有三、四等的分野。總之，在先秦韻文裡，「重紐字」跟其他通押的諸字，大體上是各有其用韻的界限。

3·「重紐字」與其押韻諸字有等第的區分

再從〈附錄一〉的圖表裡，觀察「重紐字」與其押韻的其他諸字，在中古等韻圖排列的情形，我們可以發現，「重紐」三等字，絕大多數都是跟一、二、三等韻的字通押，我們在圖表中也可以看到重紐三等字跟四等字通押的情形，但必須說明的是其中多數是三等韻，而借位到四等的精系或喻母字，或者像至韻下「寐，彌二切」是屬本文未列的「重紐」現象，也是屬三等韻伸入四等位置的。此外，則只有「嘒，呼惠切」、「見，古電切」、「僭，子念切」3 字，屬於真正四等韻的霽、霰、㮇三韻。而反觀「重紐」四等字，則與大多數的四等韻相通押，例如脂韻的「毗、膍、葵」與「迷、戾、懠」通押，而「迷，莫兮切」、「戾，郎計切」、「懠，在詣切」等，都屬於四等字齊、霽韻；再如旨韻的「匕、比、妣」與「涕、醴、禮、濟」通押，而「涕，他禮切」、「醴、禮，盧啟切」、「濟，子禮切」，都屬於四等薺韻；又如真韻的「民、泯、頻」與「玄、填、天」通押，而「玄，胡涓切」、「填，徒年切」、「天，他前切」都屬四等先韻；又如質韻的「韠、一」與「結」通押，而「結，古屑切」則屬四等屑韻；如獮韻的「沔」與「淵」通押，而「淵，烏玄切」屬四等先韻；又宵韻「翹」與「嘵」通押，而「嘵，許幺切」屬四等蕭韻。可見得「重紐」四等字與四等韻的關係，遠比「重紐」三等字與四等韻的關係，要來得密切多了。而且，「重紐」四等字與三等韻，就如同「重紐」三等字與三等韻一樣地關係密切，但其與一、二等韻，則絕少往來，在圖表中除了部分三等韻莊系字借位至二等外，只有旨韻的「皆，古諧切」屬二等皆韻，與「重紐」四等字通押，這與「重紐」三等字跟一、二等韻往來密切的情形不同。

總之，上述的這些音韻現象，是得自客觀的分析，雖然是借重中古的《廣韻》、《韻鏡》以分析上古的韻文，但是這樣明顯的現象，實在不由得我們不相信，上古的重紐三等與四等字，是有區別的，界域十分清楚，可見得中古的「重紐」現象，是「其來有自」的。

四、「重紐字」於上古諧聲的音韻現象

觀察「重紐字」於上古時期的音韻現象，除了上一節的韻文用韻分析之外，諧聲偏旁的觀察，也是重要途徑。本節的諧聲偏旁係以許慎《說文》為基礎，凡《說文》載錄的「重紐字」，本文才取以觀察。現在我們將整理的《說

文》所載「重紐字」，依序按等第列舉如〈附錄二〉。（請參閱）

（一）　「重紐字」的上古諧聲偏旁

以下我們便將〈附錄二〉的重紐字，依《說文》的形構，參酌陳師新雄《古音學發微》中的〈古韻三十二部諧聲表〉，按本文重紐韻的次序及其等第，將諧聲偏旁的數目、所屬古韻三十二部列如下表：

韻目	支																		韻
等第	三									等	四								等
重紐字之諧聲	麻	皮	義	卑	奇	為	罷	支	吹	虧	卑	支	規	爾	氏	它	隋	巂	佳
次數	4	4	3	2	2	2	1	1	1	1	1	5	3	2	1	1	1	1	1
古韻32部	歌	歌	歌	支	歌	歌	歌	支	歌	歌	支	支	支	脂	歌	歌	歌	支	微

韻目	紙												韻
等第	三					等	四						等
重紐字之諧聲	皮	卑	罷	麻	危		卑	弭	匕	爾	米	芈	
次數	2	1	1	1	1		7	2	1	1	1	1	
古韻32部	歌	支	歌	歌	微		支	支	脂	脂	脂	支	

韻目	寘								韻
等第	三				等	四			等
重紐字之諧聲	皮	奇	委	罷	卉	辟	支	益	圭
次數	5	2	2	1	1	3	1	1	1
古韻32部	歌	歌	微	歌	微	錫	支	錫	支

韻目	脂						韻
等第	三				等	四	等
重紐字之諧聲	丕	癸	逵	夔	馗	比	癸
次數	7	2	1	1	1	8	2
古韻32部	之	微	幽	幽	幽	脂	微

韻目	旨									韻
等第	三						等	四		等
重紐字之諧聲	九	咎	否	啚	己	比	簋	比	匕	癸
次數	3	2	2	1	1	1	1	4	2	1
古韻32部	幽	幽	之	之	之	脂	幽	脂	脂	微

韻目	至																					韻
等第	三											等	四									等
重紐字之諧聲	必	莆	鬼	貴	畀	奰	眉	轡	比	器	壹	豙	比	畀	季	隹	棄	畢	未	匕	水	血
次數	5	4	3	3	2	2	2	1	1	1	1	1	4	3	3	2	2	1	1	1	1	1
古韻32部	質	職	微	微	質	質	脂	月	脂	沒	質	諄	脂	質	質	微	質	質	沒	脂	微	質

韻目	真韻																		
等第	三等											四等							
重紐字之諧聲	分	民	昏	文	彬	豩	八	非	門	困	君	垔	賓	頻	因	勻	比	民	門
次數	3	3	3	2	2	1	1	1	1	1	1	4	3	2	2	2	1	1	1
古韻32部	諄	真	諄	諄	諄	諄	質	微	諄	諄	諄	真	真	真	真	真	脂	真	諄

韻目	軫韻				
等第	三等			四等	
重紐字之諧聲	民	文	母	民	黽
次數	1	1	1	1	1
古韻32部	真	諄	之	真	耕

韻目	質韻								
等第	三等				四等				
重紐字之諧聲	必	乙	筆	丙	必	畢	比	一	壹
次數	2	2	1	1	1	2	1	1	1
古韻32部	質	質	沒	月	質	質	比	質	壹

韻目	祭韻	
等第	三等	四等
重紐字之諧聲	臬	埶
次數	1	2
古韻32部	月	月

韻目	仙								韻
等第	三			等	四				等
重紐字之諧聲	[illegible]				睘	肙			
次數	1				1	1			
古韻32部	元				元	元			
韻目	獮								韻
等第	三			等	四				等
重紐字之諧聲	免	辡	龹		面	丏	扁	黽	肙
次數	6	2	1		3	1	1	1	1
古韻32部	元	元	元		元	真	元	耕	元
韻目	線								韻
等第	三			等	四				等
重紐字之諧聲	龹	弁	覍	番	便	肙	垔		
次數	6	4	1	1	1	1	1		
古韻32部	元	元	元	元	元	元	元		
韻目	薛								韻
等第	三			等	四				等
重紐字之諧聲					敝				
次數					2				
古韻32部					月				

韻目	宵									韻
等第	三			等	四					等
重紐字之諧聲	喬	麃	夭	苗	票	要	猋	勺	堯	收
次數	6	4	3	1	3	2	1	1	1	1
古韻32部	宵	宵	宵	宵	宵	宵	宵	藥	宵	幽

韻目	小									韻
等第	三			等	四					等
重紐字之諧聲	表	麃	孚		票					
次數	1	1	1		1					
古韻32部	宵	宵	幽		宵					

韻目	笑									韻
等第	三			等	四					等
重紐字之諧聲	朝				堯					
次數	1				1					
古韻32部	宵				宵					

韻目	侵									韻
等第	三			等	四					等
重紐字之諧聲	音	今			音					
次數	3	2			1					
古韻32部	侵	侵			侵					

韻目	緝韻		
等第	三等	四等	
重紐字之諧聲	邑	咠	邑
次數	4	1	1
古韻32部	緝	緝	緝

韻目	鹽韻	
等第	三等	四等
重紐字之諧聲	奄	猒
次數	1	3
古韻32部	添	談

韻目	琰韻	
等第	三等	四等
重紐字之諧聲	奄	猒
次數	4	2
古韻32部	添	談

韻目	葉韻	
等第	三等	四等
重紐字之諧聲	邑	
次數	1	
古韻32部	緝	

（二） 「重紐字」上古諧聲的音韻現象

經由上述的表列，我們從中可以看出「重紐字」的諧聲偏旁，如同上古韻文的用韻情形一樣，它們在三、四等之間，是有相當程度區隔的音韻現象，以下則分兩項來說明。

1．三等與四等的諧聲有區隔

於中古時期置於三、四等的重紐字，從上古的諧聲偏旁來看，它們是有些不同，有所區隔的，因為那些諧聲偏旁出現在三等，那些則在四等，似乎頗有規律，就以支、紙、寘三類來說，從「麻、皮、義、奇、為、罷、吹、虧、危、委、卉」這些諧聲偏旁的字，只見於三等，而不見於四等，尤其像從「皮、罷」這兩個諧聲偏旁的字，支、紙、寘三韻都有，而且都是出現在三等。另外，如從「規、爾、氏、它、隋、巂、佳、弭、匕、米、芈、辟、益、圭」等諧聲偏旁的字，則都是出現於四等，甚至像當中從「佳」諧聲偏旁的字，在支韻為四等字，而在至韻裡也同樣是四等字，類似這樣的例子很多。雖然有一部分諧聲偏旁的字，同時見三等與四等，如「卑、支」，但是我們統計一下，從「卑」諧聲偏旁的字，在三等裡有 3 字，而見四等則有 18 字；從「支」諧聲偏旁的字，在三等裡計有 1 字，而見於四等則有 6 字，可見得這種諧聲偏旁雖是同時見於三、四等，但輕重有別，顯然它們是傾向於四等性質的。

再如鹽、琰二韻裡的諧聲偏旁，界限更是明顯，凡從「奄」諧聲的字都在三等，從「猒」諧聲的字都在四等，沒有例外。

再如祭、仙、獮、線諸韻，從其中的諧聲偏旁所屬上古韻部看，除了獮韻的「丏」屬真部外，祭韻諧聲偏旁三四等都屬月部，仙、獮、線韻則都屬元部，古韻部固然相同，但列於三等與四等的諧聲偏旁並不相同，其三等有：「臬、虔、免、辡、𢍏、弁、覍、番」諸諧聲，四等有：「埶、睘、肙、面、扁、黽、便、垔」諸諧聲，其中從「肙」諧聲的字，盡在仙、獮、線三韻的四等，從「𢍏」諧聲的字則在獮、線二韻的三等，從「黽」諧聲的字除了獮韻四等外，又見於軫韻四等。

再如宵、小、笑三韻中的諧聲偏旁，除了「勺、收、孚」3字屬藥、幽兩部以外，其餘都屬於宵部字，雖然如此，但三、四等的諧聲偏旁，各有定位，十分規則，例如三等有從「喬、麃、夭、苗、表、朝」等諧聲偏旁的字，四等有從「票、要、猋、堯」等諧聲偏旁的字，從「麃」諧聲的字既見於宵韻三等，也見於小韻三等，從「票」、「堯」諧聲的字，既見於宵韻四等，也見於小韻、笑韻四等，諸如此類，都顯示重紐字在上古諧聲裡，三、四等是有其區隔的。

2·《說文》中的「重紐字」異讀有規律

我們從〈附錄二〉所載《說文》中的「重紐字」裡，還可以發現一個值得留意的現象，也就是遇「重紐字」有異讀時，其列位的等第也大都相同，現在我們就把「重紐字」異讀的韻目和等第，列舉如下表：

重紐字	箄		馶		睢		比			
韻目	支韻	紙韻	支韻	寘韻	支韻	至韻	脂韻	旨韻	至韻	質韻
等第	四	四	四	四	四	四	四	四	四	四
重紐字	枇		𥙊		黾		翹		褭	
韻目	脂韻	至韻	旨韻	至韻	獮韻	軫韻	宵韻	笑韻	緝韻	葉韻
等第	四	四	四	四	四	四	四	四	三	三
重紐字	笢									
韻目	真韻	軫韻								
等第	三	四								

其中的「箄、馶、睢、比、枇、𥙊、黽、翹、褭」諸「重紐字」的異讀，不論是三等或四等，異讀的等第是一致的，唯獨「笢」字例外，不過像如此大多數的字例，具有規律的現象，實在不容許我們輕忽三、四等是有其界限的存在。

五、結　語

綜上所述，個人以為「重紐」問題，固然是在中古的韻書、等韻圖的音韻系統中，被呈現出來，可是它並非單純的一個中古時期的音韻現象，透過本文對「重紐字」於上古韻文及諧聲現象的分析以後，我們以為欲探「重紐」為何？對上古源頭的探索，恐怕也是很重要的。雖然，本文的目的，並不是在解釋「重紐」究竟是什麼？而只是在儘量客觀地呈現「重紐字」在上古源頭上的各種音韻現象，但對於未來想解釋「『重紐』是什麼」？這個論題的人，應該是有些幫助。不過，個人從上古韻文用韻的現象看來，認為「重紐」很可能是在「韻」的音讀結構上，有某種程度上的差異，它這種差異，也能顯示在三、四等諧聲分布的不同上。然而，諧聲分布的不同，一直延續到中古時期的韻書、等韻圖、音義書、字書裡，可是「韻」的音讀結構差異，是否還延續到中古時期呢？這就得留待以後分析、論證了。

附錄一

說　明：

一、《廣韻》切語，一字兩讀時，採用與重紐字音近者。

二、本表等第、開合係據《韻鏡》實際排列等位與開合。

三、（　）係採本師陳新雄先生古韻三十二部。

1・支韻：

韻文	重紐字		其他押韻諸字
詩經	三等	皮符羈切・支開(歌) 陂・羆彼為切・支開(歌)	紽・沱徒何切・歌開一(歌)、蛇詑何切・歌開一(歌)、儀魚羈切・支開三(歌)、荷・何胡歌切・歌開一(歌)。
		錡渠羈切・支開（歌）	吪五禾切・戈合一（歌）、嘉古禾切・麻開二（歌）。
	四等	卑府移切・支開（支） 疷巨支切・支開（支）	
		觿許規切・支合（支）	支章移切・支開三（支）。
楚辭	三等	奇渠羈切・支開(歌)	羅魯何切・歌開一（歌）、歌古俄切・歌開一（歌）、荷胡歌切・歌開一（歌）、酡徒何切・歌開一（歌）、波博禾切・戈合一（歌）、離呂支切・支開三（歌）。
	四等	疷巨支切・支開(支)	幃兩非切・微合三(微)。

2·紙韻：

韻文		重紐字	其他押韻諸字
詩經	四等	瀰綿婢切·紙開(脂)	泚雌氏切·紙開四(脂)、鮮息淺切·獮開四(元)。

3·脂韻：

韻文		重紐字	其他押韻諸字
詩經	三等	駓·伾敷悲切·脂開(之)	騏·期渠之切·之開三（之）、才昨哉切·哈開四（之）。
		騤渠追切·脂（微）	依於希切·微開三(微)、腓符非切·微合三(微)、喈古諧切·皆開三(脂)、齊祖奚切·齊開四(脂)、歸舉韋切·微合三（微）。
	四等	紕匹夷切·脂開（脂） 畀必至切·至開（質）	四息利切·至開四（質）。
		毗·膍房脂切·脂開(脂) 葵渠追切·脂合（微）	師疏夷切·脂開二(脂)、氐丁尼切. 脂開三(脂)、維以追切. 脂合四(微)、迷莫兮切. 齊開四(脂)、戾郎計切. 霽開四(脂)、懠在諸切. 霽開四(脂)、尸式脂切·脂開三（脂）、❶ 屎式視切·旨開三（脂）、資即夷切·脂開四（脂）。
楚辭	三等	駓敷悲切·（之）	鸃語其切·之開三(之)、牛語求切·尤開三(之)、灾祖才切·哈開一（之）。

4·旨韻：

韻文	等	重紐字	其他押韻諸字
詩經	三等	否符鄙切·旨開(之) 敏眉殞切·軫開(之)	子即里切·止開四（之）、友·有·右云九切·有開三（之）、止諸市切·止開三（之）、謀莫浮切·尤開三（之）、畝莫厚切·厚開一（之）、喜虛里切·止開三（之）、史疎士切·止開二（之）、恥敕里切·止開三（之）、怠徒亥切·海開一（之）。
	四等	匕·比·妣卑履切·旨開(脂)	佽七四切·至開四（脂）、砥職雉切·旨開三（脂）、矢式視切·旨開三（脂）、履力几切·旨開三（脂）、視承矢切·旨開三（脂）、涕他禮切·薺開四（脂）、類力遂切·至合三（沒）、秭將几切·旨開四（脂）、醴·禮盧啟切·薺開四(脂)、皆古諧切·皆開二(脂)、濟子禮切·薺開四（脂）。
楚辭	三等	鄙方美切·旨開(之)	改古亥切·海開一（之）。
		否符鄙切·旨開(之)	時市之切·之開三（之）、疑語其切·之開三（之）、娭許其切·之開三（之）、治直之切·之開三（之）、之止而切·之開三（之）、斯息移切·支開四（之）、思息茲切·之開四（之）、尤羽求切·尤開三（之）。
	四等	比卑履切·旨開(脂)	至脂利切·至開三（質）。

5·至韻：

韻文	重紐字		其他押韻諸字
詩經	三等	淠匹備切·至開（質）	嘒呼惠切·霽合四（質）、屆古拜切·怪開二（質）、寐彌二切·至開四（沒）、駟息利切·至開四（質）。
楚辭	三等	葥平祕切·至開（職）	載·再作代切·代開一（之）、異羊吏切·志開四（職）、識職吏切·志開三（職）、怪古壞切·怪合二（職）、代徒耐切·代開一（職）。
金石文	三等	備平備切·至開（職）	子即里切·止開四（之）、嗣似茲切·之開四（之）、❷ 銉餘律切·術合四（沒）。

6·真韻：

韻文	重紐字		其他押韻諸字
詩經	三等	緡武巾切·真開（諄）	孫思魂切·魂合一（諄）。
	四等	民·泯彌鄰切·真開（真） 頻符真切·真開（真）	玄胡涓切·先合四（真）、矜居陵切·蒸開三（真）、旬詳遵切·諄合四（真）、填徒年切·先開四（真）、天他前切·先開四（真）、翩芳連切·仙開四（真）、燼徐刃切·震開四（真）。
		姻於真切·真開（真） 禋於真切·真開（真）	人如鄰切·真開三（真）、信息晉切·震開四（真）、典多殄切·銑開四（真）、命眉病切·映開三（真）。
楚	三等	貧符巾切·真開（諄）	門莫奔切·魂合一（諄）。

韻文	重紐字		其他押韻諸字
辭	四等	民彌鄰切·真開（真） 嬪符真切·真開（真）	
金石文	四等	民彌鄰切·真開（真）	令力延切·仙開三（真）、天他前切·先開四（真）。

7・軫韻

韻文	重紐字		其他押韻諸字
詩經	三等	閔眉殞切·軫開（諄）	勤巨斤切·欣開三（諄）。

8・質韻

韻文	重紐字		其他押韻諸字
詩經	三等	密美畢切·質開（質）	即子力切·職開四（質）。
	四等	韠卑吉切·質開（質） 一於悉切·質開（質）	結古屑切·屑開四（質）、七親吉切·質開四（質）。
		珌卑吉切·質開（質）	室式質切·質開三（質）。
		怭毗必切·質開（質）	秩直一切·質開三（質）。

9·獮韻：

韻文	重紐字		其他押韻諸字
金石文	四等	沔彌兗切·獮開（真）	淵烏玄切·先合四（真）。

10·線韻：

韻文	重紐字		其他押韻諸字
詩經	三等	弁皮變切·線開（線）	孌力卷切·線合三（元）、丱古患切·諫合二（元）、見古電切·霰開四（元）。
		卷居倦切·線合（元） 悁於緣切·仙合四（元）[3]	轉陟兗切·獮合三（元）、選思兗切·獮合四（元）、菅古間切·山開二（元）。
楚辭	四等	便婢面切·線開（元） 娟於緣切·仙合四（元）	婳彌延切·線開四（元）。[4]

11·宵韻：

韻文	重紐字		其他押韻諸字
詩經	三等	鑣·儦·瀌甫嬌切·宵開（宵） 夭於喬切·宵開三（宵） 苗武瀌切·宵開三（宵） 喬巨嬌切·宵開三（宵）	敖五勞切·豪開一（宵）、郊古肴切·肴開二（宵）、驕舉喬切·宵開三（宵）、朝直遙切·宵開三（宵）、勞魯刀切·豪開一（宵）、消相遙切·宵開四（宵）、號胡刀切·豪開一（宵）、囂許嬌切·宵開三（宵）、旄莫袍切·豪開一（宵）、遙·搖餘招切·宵開四（宵）、膏古勞切·豪開一（宵）、麃滂表切·小開三（宵）。

韻文	重紐字		其他押韻諸字
	四等	翹渠遙切·宵開（宵）	搖餘招切·宵開四（宵）、曉許么切·蕭開四（宵）。
金石文	三等	喬巨嬌切·宵開（宵）	囂許嬌切·宵開三（宵）。

12・小韻：

韻文	重紐字		其他押韻諸字
詩經	四等	摽符少切·小開（宵）	悄親小切·小開四（宵）、小私小切·小開四（宵）、少書沼切·小開三（宵）。

13・侵韻：

韻文	重紐字		其他押韻諸字
詩經	三等	音於金切·侵開（侵）	心息林切·侵開四（侵）、金·衿居吟切·侵開三（侵）、弓居戎切·東開三（蒸）、縢徒登切·登開一（蒸）、興虛陵切·蒸開三（蒸）、鬵徐林切·侵開四（侵）、欽去金切·侵開三（侵）、琴巨金切·侵開三（侵）、南那含切·覃開一（侵）、僭子念切·侵開四（侵）、林力尋切·侵開三（侵）、黮徒感切·感開一（侵）、琛丑林切·侵開三（侵）。

14·緝韻：

韻文	重紐字		其他押韻諸字
詩經	三等	邑於汲切·緝開（緝）	驂倉含切·覃開一（侵）、合胡男切·覃開一（緝）、軜奴答切·合開一（緝）。
楚辭	三等	悒於汲切·緝開（緝）	急居立切·緝開三（緝）。

❶：「式脂切」，《廣韻》原誤作「式之切」，今據周祖謨《廣韻校勘記》正。

❷：《廣韻》無「辭」字，《說文》云：「辭」為「辭」的異體字，今《廣韻》，「辭」讀「似茲切」，此據之。

❸：「悁」與「卷」押韻，二字均為重紐字，不過「悁」屬四等，情形屬例外。

❹：「婳」，《廣韻》無，今據《集韻》。

附錄二：《說文》所載「重紐字」

1．支韻：

三等：陂、詖、碑、羆、皮、疲、郫、糜、縻、靡、麋、奇、騎、䰎、犧、羲、㕧、羛、嬀、虧、撝。

四等：卑、稗、箄、裨、鞞、顊、錍、陴、脾、埤、隳、蜱、㼖、檷、祇、岐、郊、鼓、䟭、汥、詑、規、鬹、闚、觿、眭。

2．紙韻：

三等：彼、髀、被、罷、靡、跪。

四等：俾、鞞、箄、貏、髀、疕、婢、庳、濔、弭、瀰、芈、敉。

3·寘韻：

三等：賁、詖、藣、帔、髲、被、鞁、寄、倚、餧、
䍴。

四等：臂、譬、避、馶、縊、恚。

4·脂韻：

三等：丕、伾、秠、𩒐、駓、邳、魾、逵、夔、馗、
戣、騤。

四等：紕、毗、比、䙄、芘、貔、膍、枇、葵、鄈。

5·旨韻：

三等：鄙、否、痞、圮、仳、軌、簋、晷、厬、宄、
匭。

四等：匕、妣、秕、比、𥘵、牝、癸。

6．至韻：

三等：祕、毖、閟、轡、泌、贔、柒、濞、瓕、淠、
備、葡、㷶、糒、犕、郿、媢、器、媿、愧、
騩、匱、饋、韇、䕻、豷。

四等：痹、畀、庇、祉、鼻、比、枇、痺、痳、棄、
弃、眉、季、悸、癳、衄、婎、睢。

7．真韻：

三等：彬、份、豳、汃、昔、攽、彪、貧、韜、罠、
閩、緡、筤、旻、搢、忞、鷊、鏖、䫉。

四等：賓、頻、嬪、檳、玭、蠙、民、闅、因、禋、
闉、駰、湮、堙、均、鈞。

8 軫韻：

三等：愍、閔、敏。

四等：筤、黽。

9·質韻

三等：筆、弼、密、蔤、乙、鳦。

四等：必、畢、縪、珌、邲、叱、柲、鞸、佖、駜、
　　　蜜、謐、醯、一、壹。

10·祭韻：

三等：藙。

四等：槸、褹。

11·仙韻：

三等：嬛。

四等：嬛、悁。

12·獮韻：

三等：辡、辯、免、勉、俛、鮸、浼、冕、圈。

四等：褊、緬、沔、湎、愐、黽、蜎。

13．線韻：

三等：拚、弁、覍、獖、閞、昪、眷、捲、卷、桊、帣、韏。

四等：便、絹、鄄。

14．薛韻：

四等：鷩、鼈。

15．宵韻：

三等：鑣、儦、瀌、穮、苗、喬、橋、趫、僑、鐈、鷮、妖、祅、夭。

四等：標、猋、杓、幖、熛、翹、茷、要、葽。

16．小韻：

三等：表、藨、莩。

四等：摽。

17·笑韻：

三等：廟。

四等：翹。

18·侵韻：

三等：音、陰、瘖、霠、喑。

四等：窨。

19·緝韻：

三等：邑、悒、裛、浥。

四等：揖、挹。

20·鹽韻：

三等：淹。

四等：厭、猒、㱘。

21．琰韻：

三等：奄、郁、罨、掩。

四等：黶、頗。

22．葉韻：

三等：裛。

發表於「第四屆國際暨第十三屆全國聲韻學學術研討會」，1995 年／

刊載於《聲韻論叢》第六輯，p245～284，1997 年

論江永古韻入聲八部的獨立與相配

一、前　言

在清代主流派的古韻學家裡，江永是一位有創見，並且對後世深具影響力的學者。[1] 他在古韻學上的重要成就，有古韻平上去三聲分十三部的主張，及入聲八部的獨立。在古韻分十三部的主張上，比起顧炎武的十部，多出了真元分部、侵談分部、尤部獨立。其中真元分部、侵談分部的說法，已為學者所承認，而尤部獨立，則大抵是把顧氏第三部魚部分出侯與分虞，[2] 顧氏第五部蕭部分出尤

---

[1] 參見陳師新雄〈清代古韻學之主流與旁支〉一文的分派論述。

[2] 所謂「分虞」即陳師新雄《古音學發微》中所稱「虞之半」，本文所採「分某韻」形式，係依據江永《古韻標準》的體例，江氏在〈例

幽二韻，而合併成為獨立的十一部尤部，這個抽繹分出的見解，也是江氏古韻學上的發明，為學者所推崇，[3] 然而江氏又把這抽繹分出的韻部，合併成為尤部，則是他分部上的缺失，後來的段玉裁、江有誥都曾加以批評與修正。[4] 至於入聲八部的獨立方面，也是江氏古韻學上的創舉，在江氏之前，宋鄭庠分古韻為六部，將入聲依《唐韻》都配陽聲韻部，而顧炎武則一反舊說，把入聲都跟陰聲韻部相配。江永則在《四聲切韻表》裡，據中古韻書、等韻圖，「審其音呼，別其等第，察其字音之轉，偏旁之聲，古音之通。」[5] 提出中古音系「數韻同一入」的理論，並擴而分析上古韻部，在《古韻標準》一書裡，強調考古、審音並重，再別於鄭庠、顧炎武的入聲相配主張，提出入聲八部獨立，為後來戴震、黃侃（季剛）先生等審音派的理論，

言〉釋「分某韻」為「一韻歧分兩部者」。

[3] 參見王力《清代古音學》p61。

[4] 參見段玉裁《說文解字注》附《六書音均表 · 今韻古分十七部表》、江有誥《音學十書 · 古韻凡例》。

[5] 參見《四聲切韻表 · 凡例》p8。

奠定了良好的基礎。自來論述江永古韻入聲八部的學者不少，[6] 但較少學者去討論其內在的一些現象，而獨立與相配及其相關問題，學者的見解又多有歧異，因此本文擬對這些課題，試作探討，並向方家學者請教。

二、入聲分八部的一些現象

江永所分入聲八部，正如同他所分的平上去三聲各十三部一樣，是「疆界甚嚴」，其入聲八部，每部中所包含的中古韻部，依其《古韻標準》，載列如下：

第一部： 一屋、分二沃、三燭、分四覺、別收二十三錫、別收去聲五十候。

第二部： 五質、六術、七櫛、八物、九迄、十一沒、分十六屑、分十七薛、別收二十四職。

---

[6] 例如夏炘《詩古音表二十二部集說》、陳師新雄《古音學發微》、董忠司《江永聲韻學評述》、王力《清代古音學》等。

第三部： 十月、十二曷、十三末、十四黠、十五轄、分十六屑、十七薛。

第四部： 十八藥、十九鐸、分二沃、分四覺、分二十陌、分二十一麥、分二十二昔、分二十三錫、別收去聲九御、別收去聲四十禡。

第五部： 分二十一麥、分二十二昔、分二十三錫、別收三燭。

第六部： 分二十一麥、二十四職、二十五德、別收一屋、別收去聲七志、別收去聲十六怪、別收去聲十八隊、別收去聲十九代、別收平聲十六咍、別收二沃。

第七部： 二十六緝、分二十七合、分二十九葉、分三十二洽。

第八部： 分二十七合、二十八盍、分二十九葉、三十帖、三十一業、分三十二洽、三十三狎、三十四乏。

這入聲八部之分，陳師新雄以為較顧炎武精密，其大抵是第一、四、五、六部收 -k 韻尾，第二、三部收 -t 韻尾，

第七、八部收 -p 韻尾，分別井然。[7] 其分部的大勢固然很有條理，不過我們依《古韻標準 · 例言》裡所指「一韻歧分兩部者，曰分某韻，韻本不通而有字當入此部者，曰別收某韻」的體例來觀察上列各部所包含的中古韻部，則發現仍有一些未盡完密的情形，例如第四部「分二十陌」，陌韻只見於第四部，不見其他諸部，而屬之「分某韻」，似有違「一韻歧分兩部」的原則。又如第二部下有「分十七薛」，第三部有「十七薛」，既然江氏列十七薛韻屬之第三部，而查其第二部下「分十七薛」的詩韻，只有「設、徹」兩字，則作「分某韻」似有不宜，依其體例不妨作「別收某韻」較為適當。

另外，從上列各部下的韻目，我們可見韻次大抵依循《廣韻》，但是第四部把「十八藥、十九鐸」置於「分二沃、分四覺」之前，固然顯示了該部以藥鐸韻為主，然而跟其他各部都依《廣韻》韻次的形式不諧。再者，第八部裡：「三十一業、分三十二洽、三十三狎、三十四乏」的

[7] 參見《古音學發微》p176。

韻次，也跟《廣韻》的「三十一洽、三十二狎、三十三業、三十四乏」的韻次不同，不過此處江永則據《集韻》、《禮部韻略》及中古等韻圖。

其次，江永《古韻標準》各部下所列各韻的《詩經》韻字，其字次大致也是依照《廣韻》的次序，而每字下並有切語與同音字，例如入聲第一部：

【一屋】屋烏谷○讀徒谷獨○轂古祿穀谷○樕桑谷○祿盧谷鹿○族昨木○僕蒲木○卜博木○木莫卜沐霂○腹方六復覆○六力竹陸○軸直六蓫○菊居六鞠○淑殊六○俶昌六○育余六○祝之六○菽式竹○畜許六慉○蹙子六○燠於六奧薁○肅息逐夙宿○穆莫六

【分二沃】毒徒篤○篤冬毒○告古篤

【三燭】屬之欲○玉魚欲獄○蠋殊玉○辱而蜀○束書玉○欲余蜀○綠力玉○曲丘玉○局渠玉○足即玉○續似足藚○粟相玉

【分四覺】角古屋〇椓都木〇濁徒谷〇渥於谷

【別收二十三錫】迪徒六〇戚七六

【別收去聲五十候】奏倉木

其中的韻字大抵與《廣韻》相同，只有在燭韻下「局」字，依《廣韻》應置於「玉」之後，「蠋」之前，不過此處置於「曲」字之後、「足」字之前，則是依據《集韻》。在同音字部分，有的是依據《廣韻》、有的是依據《集韻》，也有這兩部韻書都不依據的情形，例如屋韻中的「祿、鹿」、「木、沐、霂」、「六、陸」、「軸、蓫」、「菊、鞠」、「畜、慉」等這些同音字是依循《廣韻》；「讀、獨」、「腹、復、覆」、「肅、夙、宿」為依《集韻》；至如「轂、穀、谷」、「燠、奧、薁」的同音字次，跟《廣韻》、《集韻》，甚至《禮部韻略》都不相同。

關於切語的情形，各部裡所專屬的主要韻目的韻字切語，大抵是依據《廣韻》切語，而偶爾有依據《集韻》或《禮部韻略》的情形。例如上列第一部裡，專屬的屋、燭兩主要韻部，其切語除了「畜，許六切」是據《禮部韻略》、

「蠋，殊玉切」是據《集韻》之外，其餘所據盡是《廣韻》切語。較值得注意的是那些非專屬某一部的「分某韻」與「別收某韻」的韻字切語，就比較少依據《廣韻》、《集韻》等韻書了。大多數的切語，江永已經根據所屬該部專屬主要韻部的切語下字而改為本音，例如第一部中「分四覺」、「別收二十三錫」、「別收去聲五十候」諸韻字切語下字為「木、谷、六」，則都同於「一屋」的切語下字。這種改切本音現象，就是江永在《古韻標準・例言》裡所謂的「分別凡引《詩》某句韻某字，悉以韻字代之。」[8] 另外，還值得一提的是，在「分四覺」的「椓，都木切」下論證說：「（椓）今音竹角切，此舌頭轉舌上。」而「濁」字《廣韻》原作「直角切」，江永也改切本音作「徒谷切」，由這裡可以了解江永似乎已經意識到中古知、澄二母，在上古《詩經》時代讀作端、定二母，舌上音古通於舌頭音，開啟錢大昕「舌音類隔之說不可信」的先聲。

另外在入聲八部中，有《詩經》韻字一字同入兩部的

[8] 參見《古韻標準》p6。

情形，例如十六屑韻下的「結、節」二字，同入第二部與第三部，而江氏在「入聲第二部」下論證說：

> 結，居質切，本證：我心蘊結，韻一；心如結兮，韻七、一；我心苑結，韻實、吉。……又見第三部。節，資悉切，何誕之節兮，韻葛、日，按節當在第三部，此章之韻相近，韻假借，又見第三部。[9]

江氏又在〈入聲第三部〉下論說：

> 結，古屑切，如或結之，韻厲、滅、威。又見第二部。……節，子結切。[10]

像這樣把「結、節」二字分屬兩部，在此部則讀此音，在彼部則讀彼音的情形，似乎形成《詩》無正音的現象，這是值得商榷的。段玉裁〈詩經韻分十七部表〉就歸「結、節」於十二真部。陳師新雄〈毛詩韻譜·通韻譜·合韻譜〉

[9] 參見同註 8，p150。

[10] 參見同註 8，p152。

也歸入「第五部質部」中。至於《詩經·小雅·正月》八章「結」與「厲、滅、威」的押韻，段、陳二家均以為合韻。[11] 由這裡可以推知江氏在處理《詩》韻中例外用韻的情形，還不夠成熟。同樣的情形，像「洽」字，在《詩經·大雅·板》二章是跟「輯」押韻，所以江氏第七部下有「分三十二洽」，並注「洽，侯合切」，但是第八部下的「分三十二洽」下，則又注「洽字見前」，顯然江氏也是把「洽」字分兩部。考段玉裁〈詩經韻分十七部表〉把洽韻歸屬於他的第八部覃部，但「洽」字與「輯」字的押韻，則歸入第七部侵部，而稱之為「古本音」。陳師新雄的〈毛詩韻譜·通韻譜·合韻譜〉則是把洽韻字都歸屬在第二十七部緝部，「洽」與「輯」押韻，是為本部韻。[12] 因此我們以為江氏如果必須考慮與《四聲切韻表》相應，無法把洽韻字都歸入第七部，而將洽韻分屬第七、第八兩部的話，那麼「洽、輯」押韻既然歸入第七部，而第八部已無韻例時，

[11] 段說參見《說文解字注》附〈詩經韻分十七部表〉p861、p865。陳師說參見《文字聲韻論叢》p262、p267。

[12] 同註 11，段說見 p855～856，陳師說見 p300。

則依《古韻標準》中《詩》韻的體例注明「詩未有韻」即可，實不必注說「洽字見前」。

三、入聲八部的獨立

清初顧炎武分古韻為十部，每部則包含所屬平、上、去、入四聲，換言之，顧炎武的入聲韻部是跟平上去三聲相合為古韻部，沒有獨立成部。稍後的江永，對古韻分部的主張，與顧氏不同，他是平上去三聲各分十三部，入聲分八部，我們從他的《古韻標準・例言》說：「今分平上去三聲，皆十三部，入聲八部，實欲彌縫顧氏之書。」[13]還有在該書的卷一到卷四裡，列舉平上去入四聲分部內容時，每部開頭也總是說：「某聲第某部」，可見得江氏的古韻分部，於四聲的觀念上是與顧氏有別。基本上他們兩位原都是主張上古是有平上去入四聲的。不過顧氏以為「四聲之論雖起于江左，然古人之《詩》已自有遲疾輕重

---

[13] 同註 8，p4。

之分，故平多韻平，仄多韻仄。」又說：「其重其疾，則為入為去為上；其輕其遲，則為平。」[14] 顧氏以為古人的語言裡是有四聲的，只是有意識的區別它，和理論的建立，則是在東晉以後，所以上古的人在觀念上及運用上，是四聲彼此相通轉，「四聲一貫」的，尤其四聲之中，入聲為閏聲，可以通轉為平上去三聲。而江氏對四聲的看法則是認為:

> 四聲雖起江左，按之實有其聲，不容增減，此後人補前人未備之一端，平自韻平，上去入自韻上去入者，恆也。[15]

他反對顧氏入聲通轉為平上去三聲的說法。他說：

> 韻雖通而入聲自如其本音，顧氏于入聲皆轉為平、為上、為去，大謬。[16]

---

[14] 參見《音學五書 · 音論 · 古人四聲一貫》p9～10。

[15] 同註 8，p5。

[16] 同註 8，p148。

這裡所謂「入聲自如其本音」，正是江氏所主張入聲獨立的見解，與顧氏的「入聲為閏聲」說不同。雖然「入聲自如其本音」，不過在先秦韻文裡，入聲確實也經常與平上去三聲通押，江氏解釋這種現象說：

> 亦有一章兩聲或三四聲者，隨其聲諷誦詠歌，亦自諧適，不必皆出一聲，如後人詩餘歌曲，正以雜用四聲為節奏，《詩》韻何獨不然。

可見得江氏認為四聲的通押，是自然的事情，它並不影響諷誦詠歌的諧適。既然入聲是獨立的，而仍有與平上去三聲相互押韻的情形，但是江氏認為與去聲的關係最為密切，他說：

> 入聲與去聲最近，《詩》多通為韻；與上聲韻者間有之；與平聲韻者少，以其遠而不諧也。[17]

我們今依《古韻標準·四聲通韻》所列舉的例子，統計入

[17] 同註 16。

聲與其他三聲通押的數目，列如下面的情形：

去入：36 例

上去： 7 例

平入： 1 例

平去入： 3 例

平上入： 3 例

上去入： 1 例

平上去入： 1 例

在上面的 52 個例子當中，凡涉及到去入相押的例子，就有 41 個例子，所佔的比例高達約 79%，而入聲單獨與去聲相押的例子，也有 34 個，佔全部入聲與其他三聲通押的 65%。從這些數據裡，都顯示入聲確與去聲關係最密切，至於與上聲則是偶爾通押，與平聲就很少有押韻的情形了。總之，江氏的入聲八部獨立的情勢，看來是很清楚的。

另外，江氏的古韻分部，是把平上去三聲各自分成十三部，入聲分八部，如《古韻標準．例言》所說：「平上去韻分十三部，入聲八部。」但是由於清顧炎武以來的古音學家，很少把四聲各自分部，像主張上古只有平上入三聲而無去聲的段玉裁，則分十七部，主張上古平上去入四聲俱備的江有誥則分二十一部，因此，學者為求研究上描述的方便，或者自有學說上的主張，而對江永古韻究竟分幾部，看法頗不一致，如張世祿《中國古音學》論述江氏之古音學說，就有專節稱作「江氏古韻十三部」，[18] 在十三部裡，便包含著平上去入四聲。再如王力、唐作藩則稱江氏的古韻為二十一部，王力在《清代古音學》論江氏入聲獨立則說：「其實江氏的古韻是二十一部。」唐作藩〈論江永的古韻入聲分部〉則說：「江永在顧氏的基礎上分古韻為十三部，其中陽聲韻八部和陰聲韻五部，實際上都僅限于舒聲平、上、去三聲。此外他還分出入聲韻八部，共計二十一部。」[19] 又如董忠司先生《江永聲韻學評述》依《古韻標準》的分部，四聲分部各自分別計算，主張江氏

---

[18] 參見張世祿《中國古音學》p46～47。

[19] 參見王力《清代古音學》p57，《語苑新論》p325。

古韻四十七部。[20] 而陳師新雄《古音學發微》則依《古韻標準》所述，稱「平上去三聲分古韻十三部，入聲八部。」在上述四種看法中，作古韻十三部的說法，固然較便於跟顧、段、王、江（有誥）等考古派學者作分部源流上的比較，但不能充分兼顧入聲八部獨立的特色，是有不合事實的缺點。至於分江氏古韻為四十七部，雖是分部上的事實，可是即使上古主張四聲的清代古音學家，是多不作四聲各別分部的情形，為了考鏡源流上的需要，作四十七部也有其不便之處。再如王、唐所主張的二十一部，其分部的基礎是視江氏為審音派的創始人。不過，個人以為把江氏歸入審音派，這個看法還是有討論的餘地，容後再論，在這裡，我們還是以為稱作平上去三聲分十三部，另立入聲八部的說法比較理想，因為這樣不僅可以照顧到江氏分部的事實，也考慮到江永兼具考古派與審音派的雙重性質。

20 參見董忠司《江永聲韻學評述》p3～4。

四、入聲八部的相配

在傳統的韻書裡，如《廣韻》、《集韻》等，入聲韻都是跟陽聲韻相配的，可是清初的顧炎武，在古韻部的研究上，以為上古音裡，入聲韻是恆與陰聲韻相押，所以在《古音表》中，除了歌戈麻三韻是舊無入聲，侵覃以下九韻是舊有入聲之外，其餘都以入聲韻來跟陰聲韻相配，與傳統韻書大不相同。到了江永撰《四聲切韻表》時，他不贊同顧氏的主張，而在〈凡例〉裡提出「數韻同一入」的理論，與傳統韻書及顧氏的相配，又不相同，他說他的「數韻同一入」是：

> 非強不類者，而混合之也，必審其音呼，別其等第，察其字音之轉，偏旁之聲，古音之通，而後定為此類之入，即同用一入。而表中所列之字，亦有不同，蓋各有脈絡，不容混紊，猶之江漢合流，而禹貢分為二水也。[21]

---

[21] 同註 5，p8～9。

但是江氏「數韻同一入」是在《四聲切韻表》裡，就中古音系統提出來的，這樣的理論是否也涵蓋他的上古韻部系統呢？還是如竺家寧兄所指：「『數韻同一入』不完全是依據上古語料所建構起來的。因此，在古韻學上沒有太大的價值。」呢？[22] 其實我們從江永提出「數韻同一入」的理論背景看來，應該也涵蓋、適用在他的上古韻部系統裡，在前面的引文裡，江氏不是說「數韻同一入」是運用「必審其音呼，別其等第，察其字音之轉，偏旁之聲，古音之通」等方法後，才確定「同用一入」的情形嗎？且江氏所以獨立入聲八部，我們認為也應該是從這個理論出發的。他在《古韻標準·例言》裡，還特別指出顧氏入聲分配未當，他說：

> 細考《音學五書》亦多滲漏，蓋過信「古人韻緩，不煩改字」之說，於天、田等字皆無音，《古音表》分十部，離合處尚有未精，其分配入聲多未當。此亦考古之功多，審音之功淺，每與東原嘆惜之，今

---

[22] 參見竺家寧《聲韻學》p529。

> **分平上去三聲皆十三部，入聲八部，實欲彌縫顧氏之書。**[23]

但是江氏上古入聲韻與平上去三聲，相配的情形如何呢？在《古韻標準》裡並沒有具體地載列，所以後世學者多為之考訂，最早把入聲八部和平上去三聲相配的是清夏炘，他在《詩古音表二十二部集說》裡，所載列相配的情形為：

一東[24]		七歌	
二支	五錫	八陽	
	六職	九耕	
三魚	四鐸	十蒸	
四真	二質	十一尤	一屋
五元	三月	十二侵	七緝
六蕭		十三談	八盍

23 同註 8，p3～4。

24 此舉平以賅上去，韻部名稱，非江氏所原有，本文韻部悉據陳師新雄《音略證補》所稱。

而張世祿《中國古音學》論江氏古韻十三部時，也完全根據夏氏之說，[25] 但是夏氏的相配，儘管我們從《四聲切韻表》或者《古韻標準》來觀察、分析，實在看不出所以如此相配的道理，無怪乎陳師新雄評論說：「炘之此表，亦不知何所據而云然也。」[26]

近代為江氏提出相配見解的有王力、陳師新雄、何九盈、唐作藩等學者，他們都是參酌《四聲切韻表》與《古韻標準》而得的，可是看法、結果也不一致。王力於《清代古音學》裡，以《古韻標準》中本證、旁證的入韻字，依《四聲切韻表》列成詳表，來觀察入聲與平上去三聲對應的情形，[27] 並且說：

> 江氏雖有異平同入之說，那是就等韻學而論，其實先秦古韻，除緝葉兩部與陽聲韻相配以外，其餘入

[25] 同註 18。

[26] 同註 7，p184。

[27] 參見《清代古音學》pp41～56。

聲各部都是與陰聲韻相配的。[28]

既然實際上入聲的字都是陰入相配，沒有陽入相配的，所以王力把陽聲韻下相配的入聲韻，用括號來標示。這種以韻字為主的相配方式，固然能夠看出上古實際相配的情形，但是不容易看出江氏「數韻同一入」的相配系統。至於陳師新雄《古音學發微》、《音略證補》、唐作藩〈論江永的古韻入聲分部〉、何九盈《古漢語音韻學述要》等，所列出相配的系統，大抵是大同小異，以下我們便依其舉平以賅上去的韻目，及平聲分陰聲韻、陽聲韻兩部分，列其相配表如下：

陳新雄			唐作藩			何九盈		
陽	入	陰	陽	入	陰	陽	入	陰
一東	一屋	十一幽	一東冬	一屋覺	十一侯幽			六宵
八陽	四鐸	三魚 六宵	四真文	二質物	二脂微	一東	一屋	十一侯(幽)

28 同註 27，p56。又王力這段話稱江永為「異平同入之說」不正確，「異平同入」為段玉裁的說法，江永稱「數韻同一入」。

陳新雄			唐作藩			何九盈		
陽	入	陰	陽	入	陰	陽	入	陰
五元	三月	七歌	五元	三月	七歌 二泰	四真	二質	二支（脂）
四真	二質	二支	八陽	四藥 鐸	三魚 六宵	五元	三月	二支 七歌
九耕	五錫		九耕	五錫	二支	八陽	四藥	三魚 七歌
十蒸	六職		十蒸	六職	二之	九耕	五錫	二支
十二侵	七緝		十二侵	七緝		十蒸	六職	二支（之）
十三談	八葉		十三談	八葉		十二侵	七緝	
						十三談	八盍	

這三家的相配，個人以為陳師新雄的相配，最為精審，為明其詳情，便於討論，以下也列舉個人以《四聲切韻表》參酌《古韻標準》所排列的入聲韻與平上去三聲相配八表。表列次第，依入聲八部次第。為求簡明，各韻部中「別收某韻」的韻目，不載錄表中，所列等第開合，悉依《四聲切韻表》，不過在此必須先作說明的是《四聲切韻表》的等第是按等韻圖實際四等排列的位置。

【一屋】

一 東	一 屋	十一幽
東董送一合 三合	屋一合 三合 四開	尤有宥三開 侯厚候一開 幽黝幼四開 蕭篠嘯四開[29]
冬 宋一合	分沃一合	豪晧號一開
鍾腫用三合	燭三合	虞麌遇三合[30]
江講絳二開	分覺二開	肴巧效二開

【二質】

四 真	二 質	二 支
真軫震三開 三合 先銑霰四開 四合	質三開 三合	脂旨至三開

[29] 《四聲切韻表》注云：「此類古通尤有宥韻中之通侯厚候者。」

[30] 《四聲切韻表》注云：「此類古通侯厚候、尤有宥。」

四　真	二　質	二　支
諄準稕三合	術三合	脂旨至三合
臻二開	櫛二開	
文吻問三合	物三合	微尾未三合
殷隱焮三開	迄三開	微尾未三開
魂混慁一合 痕很恨一開	沒一合	灰賄隊一合
先銑霰四開 四合	分屑四開 四合	齊薺霽四開 四合

【三月】

五　元	三　月	七　歌
元阮願三開 三合	月三開 三合	廢三合
寒旱翰一開	曷一開	歌哿箇一開 泰一開
桓緩換一合	末一合	戈果過一合 泰一合
刪潸諫二開 二合	黠二開 二合	皆駭怪二開 二合

五　元	三　月	七　歌
山產襇二開 二合	轄二開 二合	夬二開 二合
僊獮線三開 三合	薛三開 三合	祭三開 三合
先銑霰四開 四合	分屑四開 四合	
		支紙寘三開[31] 三合

【四藥】

八　陽	四　藥	三魚·六宵
陽養漾三開 三合	藥三開 三合	魚語御三開 虞麌遇三合 宵小笑三開
唐蕩宕一開 一合	鐸一開 一合	模姥暮一合 豪晧號一開

31 《四聲切韻表》以為三等開口一類古通歌哿箇，三等合口一類古通戈果過。

八　陽	四　藥	三魚 · 六宵
	分沃一合	
	分覺二開	肴巧效二開
庚梗敬二開 四開[32] 二合 三合	分陌二開 三開 二合	麻馬禡二開[33] 二合
耕耿諍四開 四合	分麥二開 二合	
清靜勁四開 四合	分昔四開 三開 四合	麻馬禡三開[34]
青迥徑四開 四合	分錫四開 四合	蕭篠嘯四開

---

32 《四聲切韻表》以為二開二合一類古通唐蕩宕鐸，三開三合一類，古通陽養漾藥。

33 《四聲切韻表》注云：「此類古通模姥暮。」

34 《四聲切韻表》注云：「此類古通魚語御藥。」

【五錫】

九　耕	五　錫	二　支
耕耿諍二開 二合	分麥二開 二合	麻馬禡二開 二合[35] 佳蟹卦二開 二合
清靜勁四開 四合	分昔四開 三開 四合 三合	支紙寘三開
青迥徑四開 四合	分錫四開 四合	蕭篠嘯四開

【六職】

十　蒸	六　職	二　支
蒸拯證三開 登等嶝一開 一合	職三開 德一開 一合 分麥二開 二合	之止志三開 咍海代一開

35 《四聲切韻表》以為二等開口一類古通歌哿箇，二等合口一類古通戈果過。

【七緝】

十二侵	七　緝
侵寢沁三開	緝三開
覃感勘一開	分合一開
鹽琰豔三開	分葉三開
咸豏陷二開	分洽二開

【八盍】

十三談	八　盍
談敢闞一開	盍一開
添忝㮇四開	帖四開
嚴儼釅三開	業三開
銜檻鑑二開	狎二開
凡范梵三開	乏三開
覃感勘一開	分合一開
鹽琰豔三開	分葉三開
咸豏陷二開	分洽二開

從上面八表的排列過程中，個人以為江永《四聲切韻表》與《古韻標準》雖然不能完全密合，但大多數的韻部是能

相應的。而依個人分析所得的結果，陳師新雄的相配表最為允當，而唐作藩的相配表雖與陳師近似，而實際上有看法上的差異，其相配表的韻目係根據王力古韻分部名稱，倘若一部而有二部名稱的，如一東冬、二真文，則是指合王力的兩部，相當於江永的一部。在相配表中唐氏入聲三月配陽聲五元與陰聲七歌二泰，二泰屬江氏二支韻部的一部份，唐氏載列則是另有韻部說明上的考量，但個人以為該相配的陰聲韻部，仍以七歌為主，本部含二支的一部分，可略而不書。再如陳師陽聲入聲的四真二質、九耕五錫、十蒸六職均列與陰聲的二支相配，唐氏則將這陰聲韻，依後世的分部，分別作二脂微、二支、二之，「二」是代表江永的第二部，脂微、支、之則是後世分部的名稱，唐氏借以顯示江氏「數韻同一入」的系統已啟後世分部的契機，唐氏說：

> 特別值得注意的是，江永古韻入聲八部中已分出了第二（質物）、第五（錫）、第六（職）三部。再從其所配陰聲韻的細目來看，實際上已將其舒聲第二部析為脂（微）、支、之、泰四部，也就是說，

後來段玉裁的支、脂、之三部分立，戴震、江有誥的祭部獨立，實已顯示在江永「數韻共一入」的系統之中了，這不能不令人驚歎不已。[36]

但是我們仍然必須了解一個事實，便是將二支再分成泰、支、脂、之四部，是後世的分部，不是江氏的原有分部，在江氏的眼光中它是不分析的二支部，因此我們還是認為以二支部與真質、耕錫、蒸職相配，雖然不見得合理，卻合於江永分部的事實。

至於何九盈的相配表與唐氏相似，也有如上的問題外，另外六宵獨立，而無相配的陽入韻部，及入聲的四藥與陽聲八陽、陰聲三魚七歌相配，我們以為可以再斟酌。宵部，依《古韻標準》其包括中古韻部的「分三蕭、四宵、分五肴、分六豪」，從《四聲切韻表》「數韻同一入」的情形看來，這些韻字大多與四藥部相配，因此不應獨立。而三魚七歌的與藥陽相配，我們也可以從《古韻標準》中

---

36 參見《語苑新論》p330。

知道，七歌部包括中古韻部的「七歌、八戈、分九麻、分五支」，大多數的韻字是跟三月五元相配，一部分韻字，從《四聲切韻表》「數韻同一入」看來，合二支而與五錫、九耕相配，因此我們以為七歌不與四藥、八陽相配。

五、從江永入聲的相配也論江永非審音派

由於江永首開以審音研究古音的先路，又獨立了入聲八部，他還是審音派戴震的老師，可是他的古韻分部又不同於戴震，沒有真正建立陰陽入三分的系統，所以王力在分析古韻分派時，對江氏的分派，前後看法不同，他在一九三七年發表〈古韻分部異同考〉一文，歸江永於審音派，[37] 後來在《清代古音學》裡又稱「江永考古、審音並重，不屬於任何一派。」[38] 究竟江永是屬審音派，抑是折中於

---

[37] 該文發表於一九三七年《語言與文學》雜誌第一期，後收入《龍蟲並雕齋文集》第一冊 p63～79。

[38] 同註 27，p134。

考古、審音之間，近兩年來，唐作藩與陳師新雄先後撰文討論。唐氏〈論清代古音學的審音派〉一文，從江氏入聲獨立及能運用等韻原理與今音學的知識分析古韻，並考察其配合的關係，因而認定江氏屬審音派。[39] 而陳師新雄〈怎樣才算是古音學上的審音派〉一文，則認為審音派的充分必要條件是：（一）須以等韻條理分析古音。（二）入聲獨立成部。（三）須古韻部陰陽入三分，入聲與陰陽兩聲能夠分庭抗禮，因此主張江永非審音派。[40] 兩位先生主張的癥結，就在陰陽入三分體系的建立上。個人十分贊同陳師的看法，雖然江永在《四聲切韻表》中，充分地運用等韻、古音、諧聲等考古、審音的方法，提出「數韻同一入」的主張，並且在《古韻標準》裡獨立了入聲八部，但是實際上江永並沒有提出陰陽入三分的觀念，我們所看到他的古韻分部，還是平聲十三部、上聲十三部、去聲十三部、入聲八部，這也就是為什麼我們在第三節裡提到不贊成把

---

[39] 該文載於《語言研究》1994 年增刊 p529～535。

[40] 參見《中國語文》1995：5，p345～352。

江永的古韻稱為二十一部的原因，因為江永並沒有這樣的想法。而在第四節裡，我們也可以看到後世結合《四聲切韻表》「數韻同一入」及《古韻標準》，為江永的古韻系統排列出相配表，從這裡，我們也很清楚地了解，即使按江永的系統，依後世陰陽入三分相配，結果並不是很理想、很有條理，例如入聲四藥與陽聲八陽、陰聲三魚六宵相配，一個入聲得與兩個陰聲相配，並不平衡。再如陰聲二支韻部它竟然得跟二質四真、五錫九耕、六職十蒸同時相配，甚至與三月、五元相配的七歌部裡，還有不少屬於二支韻部的字，這樣不均勻的相配，從音系上來說是很不合理的，所以，如果從陰陽入三分的條件上看，江永很難把他列為審音派。唐氏固然能觀察江氏入聲二質物、五錫、六職三部所區分陰聲韻細目，能將舒聲第二部析為脂（微）、支、之、泰四部而驚歎不已，但是我們仍須了解，江永的二支還是二支，並不能因為後人的觀察而可以分作四部，而可以認為陰陽入三分的系統完整，像這樣恐怕就會脫離江氏分部的原始面貌。假如江永有支脂之分三部的跡象，即使沒有完成，協同商定《古韻標準》的弟子戴震，應該會知道並且完成，但事實上並沒有，支脂之的分部是等到戴震的弟子段玉裁才考證出來，因此我們以為江永雖然是審音派戴震的老師，可是他不能算是真正的審音派，把他歸屬考古、審音折中派，是比較理想。

六、結　語

經由上面的論述，我們對江永入聲八部的內部、獨立及相配的一些問題，有了比較明晰地認識，從這裡我們肯定江永在入聲分部上有其超越前賢的貢獻。雖然江永在論證的過程與音系的建立上，仍不免有些瑕疵，為後世所批評，可是這對尚處在萌芽階段的清初晚期的古音學來說，不啻是開拓了新的思想領域，新的研究方向，他的古音學上的成就與地位，是崇高而穩固的。

參考引用書目

王　力　1937，〈古韻分部異同考〉，1980，《龍蟲並雕齋文集》第一冊 p63～79，北京中華書局。

江　永　《四聲切韻表》，1971，廣文書影渭南嚴氏本，台北。

《古韻標準》，1971，廣文書局影渭南嚴氏本，台北。

江有誥　《音學十書》，1993，北京中華書局影渭南嚴氏本。

何九盈　1988，《古漢語音韻學述要》，浙江古籍出版社。

竺家寧　1991，《聲韻學》，五南圖書公司，台北。

段玉裁　1807，《說文解字注》，1982，學海出版社影經韻樓藏版，台北。

唐作藩　1993，〈論江永的古韻入聲分部〉，《紀念張世祿先生學術論文集——語苑新論》p325～334，上海教育出版社。

1994，〈論清代古音學的審音派〉，《語言研究》

增刊 p529～535。

夏　炘　　《詩古音表二十二部集說》，1971，廣文書局影渭南嚴氏本，台北。

張世祿　1972，《中國古音學》，先知出版社，台北。

陳新雄　1971，《古音學發微》，文史哲出版社，台北。

1978，《音略證補》，文史哲出版社，1988 增訂十一版，台北。

1983，〈清代古韻學之主流與旁支〉，《第一屆國際清代學術研討會論文集》，中山大學中文系，高雄。

1989，〈毛詩韻譜・通韻譜・合韻譜〉，1994，《文字聲韻論叢》p259～302。

1995，〈怎樣才算是古音學上的審音派〉，《中國語文》，1995：5，p345～352，北京。

董忠司　1988，《江永聲韻學評述》，文史哲出版社，台北。

顧炎武　　《音學五書》，1971，廣文書局影渭南嚴氏本，台北。

原刊載於《第四屆清代學術研討會論文集》，p497～519，1995 年

論《龍龕手鑑》「香嚴」音之音韻現象

一、前　言

《龍龕手鑑》乃遼僧行均據佛藏寫本編成的字書。[1]據智光撰序的年代，可知該書應撰成於遼聖宗十五年（即宋太宗至道三年，997AD）。該書於每字之下，標示音義，讀音或採直音，或注反切，語料頗為豐富，時代又早於宋《廣韻》、《玉篇》，實為研究中古音之重要文獻。

然而僧智光於序中言行均上人所以編撰《龍龕手鑑》的動機，是由於當時一些流傳的音義書輾轉傳抄，時有訛

---

1 參見潘師重規《龍龕手鑑新編·引言》p1。

誤不精之處，序云：

> 祇園高士，探學海洪源，準的先儒，導引後進，揮以寶燭，啟以隨函。郭迻但顯於人名，香嚴唯標於寺號，流傳歲久，抄寫時訛，寡聞則莫曉是非，博古則徒懷惋歎，不逢敏達，孰為編修？有行均上人，字廣濟，俗姓于氏，派演青齊，雲飛燕晉，善於音韻，閑於字書；覩香嚴之不精，寓金河而載緝；九仞功績，五變炎涼，具辯宮商，細分喉齒。

文中《香嚴》的音義，顯然也是訛誤不精之屬，是以行均亟於整理，以為開悟釋理的基礎。有關《香嚴》的音義，考《龍龕手鑑》的稱引，共計 73 條之多。其對行均上人的撰述，有相當程度的影響。然早在行均的時代，已不知《香嚴》音義的撰者，也無以考求其書名形式，而著錄流傳的情形，更是無從理解。但智光於序中言「香嚴」唯標於「寺號」，故知《香嚴》音義跟香嚴寺有關。考香嚴寺草創於唐中宗至玄宗年間之一行與虎茵二法師。其所以稱寺為「香嚴」，傳說一行法師圓寂之後，山中突然飄香，經月餘不止，遂定寺名為香嚴寺，因此《香嚴》音義撰著之時代不得早於一行法師圓寂之前。而此寺至晚唐五代，已成為著名大禪刹，悟道禪師住寺弘法，不絕如縷，晚唐時期香嚴禪師是其中之一。據宋贊寧《宋高僧傳》云，智閑禪師（？～899AD）青州（今山東益都）人，悟溈山秘旨，因嗣其法，住鄧州香嚴寺，化法大行，淨侶千餘人，後世稱之為「香嚴禪師」。[2] 由此可知香嚴寺之全盛期，應是香嚴禪師住寺，化法大行，僧侶眾多的晚唐時代，《香嚴》音義的撰成，可能就在這個時候。而晚唐時期雖然已有雕版印刷，究竟尚未盛行，經籍的傳布，猶賴手抄。又自智閑法師至行均上人撰成《龍龕手鑑》，這先後也約有百年的光景，因此智光在序文裡有「流傳歲久，抄寫時訛」的話，也可作為「香嚴」音義時代推論的參考。

---

[2] 參見宋《高僧傳》卷一三 p784，大正《大藏經》第五〇冊，1973年，新文豐出版社。

二、《香嚴》音的類型

抽繹《龍龕手鑑》中所稱引《香嚴》音義，共計有73條，其中卷一心部：「愇，音韋，《香嚴》云恨也。」卷一矛部：「矝，《玉篇》音隰，《香嚴》又買反。」卷二土部：「坾，正，《玉篇》直呂反，器也；《香嚴》小土也。」這三條「愇」、「坾」只釋義而不及音讀，「矝」《香嚴》音「又買反」實未完足，難以分析，因此僅就其中明載直音或反切者70條，取與《龍龕手鑑》的主音比較，以歸納《香嚴》音的類型，分為四類型，逐一列表如下。

本文的體例

1.《龍龕手鑑》主音即其所列第一直音或音切。倘主音係據《玉篇》、《江西經》、《經音義》、《西川經》、《郭迻》（或稱《郭氏》）悉依之。

2.《龍龕手鑑》直音儘量檢求該音字反切，否則如《香嚴》直音，則依《廣韻》。
3. 聲紐與韻部系統，暫依《廣韻》四十一聲類與二〇六韻。
4. 文字有訛誤者，隨文校釋。
5.《香嚴》有一字二音者，則各依其聲韻分類。

(一) 《龍龕手鑑》以香嚴為主音者

編號	卷數	部首	字頭	直音或反切	聲紐	韻部	說明
1	一	人	儚	亡僧反	微	登	
2	一	言	諥	竹用反	知	用	
3	一	山	籔	同藪，蘇走反	心	厚	
4	一	刀	劉	音寮	來	蕭	《廣韻》無寮字，《集韻》寮，憐蕭切。
5	一	文	敼	巨記反	群	志	
6	一	尸	㕿	同㕿，烏兮反	影	齊	
7	三	見	覾	音審	審	寢	《廣韻》審，式任切。
8	四	目	睷	乾、健二音	見、群 群	寒、仙 願	《廣韻》乾，古寒切或渠焉切。 《廣韻》健，渠建切。
9	四	日	晛	音謁	影	月	《廣韻》謁，於歇切。
10	四	玉	玹	音祇	群	支	《廣韻》祇，巨支切。
11	四	玉	琙	音夜	喻	禡	《廣韻》夜，羊謝切。

（二）《龍龕手鑑》與香嚴聲同韻異者

編號	卷數	部首	字頭	龍龕手鑑 直音或反切	龍龕手鑑 聲紐	龍龕手鑑 韻部	香嚴 直音或反切	香嚴 聲紐	香嚴 韻部	說明
12	一	金	鋈 堽	《玉篇》乎鈞反	匣	諄	音熒	匣	青	《龍龕手鑑》以《玉篇》為首音，本文視為作者所採之主音。下同。《廣韻》熒，作戶迴切。
13	一	心	[illegible]	丘廉反	溪	鹽	丘咸反	溪	咸	《香嚴》「丘」原作「立」，應是「丘」之形訛。
14	一	心	懤	《玉篇》直又反	澄	宥	平聲	澄	尤	考《廣韻》懤，直由切。
15	一	心	懊	於六反	影	屋	音億	影	職	《廣韻》億，於力切。
16	一	心	[illegible]	音忽	曉	沒	許役反	曉	陌	《廣韻》忽，呼骨切。
17	一	牛	牄	七羊反	清	陽	七剛反	清	唐	
18	二	手	捘	七巡反	清	諄	麁丸反	清	桓	
19	二	火	煾	音恩	影	痕	烏高反	影	豪	《廣韻》煾同恩音，作烏痕切。
20	二	口	哶	迷爾反	明	紙	音迷 音罵	明 明	齊 梗	《廣韻》迷，莫兮切。 《廣韻》罵，莫下切。
21	二	酉	醾	音歷	來	錫	力底反	來	薺	《廣韻》歷，郎擊切。
22	三	竹	筄	羊笑反	喻	笑	音遙	喻	宵	《廣韻》遙，餘昭反。

（三）龍龕手鑑與香嚴聲異韻同者

編號	卷數	部首	字頭	龍龕手鑑			香嚴			說明
				直音或反切	聲紐	韻部	直音或反切	聲紐	韻部	
23	一	金	鈄	天口反	透	厚	音斗	端	厚	《廣韻》斗，當口切。
24	一	金	銛	古活反	見	末	音闊	溪	末	《廣韻》闊，苦栝切。
25	一	言	譠	陟山反	知	山	丑山反	徹	山	
26	一	口	圔	音柙	匣	狎	音押	影	狎	「柙」，《龍龕手鑑》原作「押」，與《香嚴》音同，非是，考其義「圔，穴也」，知為藏虎兕之檻，且魏晉以來俗字「木」、「扌」不分，因正「押」作「柙」。
27	二	虫	蚩	尺之反	穿	之	寺之反	邪	之	
28	二	口	唫	《玉篇》音欽	溪	侵	牛捡反	疑	侵	《廣韻》欽，去金切。
29	二	厂	厜	《玉篇》音堆，都回反。	端	灰	杜回反	定	灰	
30	二	缶	罐	音崔	從	灰	索回反	心	灰	《龍龕手鑑》崔，昨回反。
31	二	缶	缻	芳武反	敷	麌	子乳反	精	麌	
32	三	又	叡	之芮反	照	祭	音稅	審	祭	《廣韻》稅，舒芮切。
33	三	欠	欿	戶甘反	匣	談	呼甘反	曉	談	「戶甘」原作「尸甘」，《集韻》欿作「胡甘切」本文以為「尸」為「戶」之形訛。

編號	卷數	部首	字頭	龍龕手鑑			香嚴			說明
				直音或反切	聲紐	韻部	直音或反切	聲紐	韻部	
34	三	彐	⿱彐丂	直由反	澄	尤	竹鳩反 是由反	知 禪	尤 尤	「是由」涵芬樓本原作「是丑」，考卷四雜部「⿱亠⿱口⿱冖丂」字同「⿱彐丂」作「是由」，今據正。又「⿱亠⿱口⿱冖丂」下「竹鴇反」亦當「竹鳩反」之形訛，茲一併正之。
35	四	肉	⿰月縣	《玉篇》呼及反	曉	緝	音泣	溪	緝	《廣韻》泣，去急切。
36	四	目	⿰目含	《江西經》音含	匣	覃	呼含反	曉	覃	《廣韻》含，胡男切。
37	四	色	⿰危色	呼笑反	曉	齊	戶雞反	匣	齊	

（四）龍龕手鑑與香嚴聲韻皆異表

編號	卷數	部首	字頭	龍龕手鑑			香嚴			說明
				直音或反切	聲紐	韻部	直音或反切	聲紐	韻部	
38	一	金	鈄	天口反	透	厚	音邪	喻	麻	《廣韻》邪，以遮切。
39	一	心	怋	音門	明	魂	力廷反	來	青	《廣韻》怋，莫奔切。
40	一	心	㤅	音愛	影	代	音氣	溪	未	《廣韻》㤅，烏代切；氣，去既切。
41	一	心	[illegible]	音忽	曉	沒	蘇管反	心	緩	《廣韻》忽，呼骨切。

編號	卷數	部首	字頭	龍龕手鑑 直音或反切	龍龕手鑑 聲紐	龍龕手鑑 韻部	香嚴 直音或反切	香嚴 聲紐	香嚴 韻部	說明
42	一	心	**悳**	音道	定	皓	音卓	知	覺	《廣韻》道，徒皓切；卓，竹角切。
43	一	山	岀	《玉篇》之出反	照	術	莫卜反	明	屋	按：卷四雜部岀，亦有此條。
44	一	風	**飅**	音惟	喻	脂	杜回反	定	灰	《廣韻》惟，以追切。
45	一	隹	**雁**	五堅反	疑	先	客耕反	溪	耕	
46	二	水	**泍**	博昆反	幫	魂	烏虎反	影	姥	
47	二	水	**潽**	音普	滂	姥	蒲鑒反	並	鑑	《廣韻》普，滂古切。
48	二	水	**溍**	音晦	曉	隊	音泯	明	真	《廣韻》晦，荒內切；泯，彌鄰切。
49	二	火	**燘**	音賄	曉	賄	音憫	明	軫	《廣韻》賄，呼罪切；憫，眉殞切。
50	二	草	**藹**	丑芥反	徹	怪	他剌	透	曷	
51	二	口	**嘴**	《經音義》音墮	定	果	音隳 音隨	曉 邪	支 支	《廣韻》墮，徒果切；隳，許規切；隨，旬為切。
52	二	口	**喅**	音育	喻	屋	為立反	為	緝	《廣韻》育，余六切。
53	二	米	**粇**	《西川經》音𠫓	透	沒	於句反	影	遇	《廣韻》𠫓，他骨切。
54	二	米	**糲**	音曷	匣	曷	火丸反	曉	桓	《廣韻》曷，胡葛切。
55	二	酉	**醇**	皮美反	並	旨	許容反	曉	鍾	
56	二	酉	**醈**	覓	明	錫	於金反 於南反	影 影	侵 覃	《廣韻》覓，莫狄切。

編號	卷數	部首	字頭	龍龕手鑑			香嚴			說明
				直音或反切	聲紐	韻部	直音或反切	聲紐	韻部	
57	二	冈	買	郭氏音羈	見	支	音匱	群	至	《廣韻》羈，居宜切；匱，求位切。
58	二	爪	⿰爪弗	音弗	非	勿	田結反	定	屑	《廣韻》弗，分勿切。
59	二	九	尪	烏光反	影	唐	音注	照	遇	《廣韻》注，之戍切。
60	二	子	⿰子人	丑澄反	徹	澄	音孔	溪	董	《廣韻》孔，康董切。
61	二	小	⿱卑廾 ⿱白单	音卑	幫	支	音單	端	寒	《廣韻》卑，府移切；單，都寒切。
62	二	缶	⿰缶是	徒啟反	定	薺	音提	禪	支	《廣韻》提，是支切。
63	四	肉	脪	丑脂反	徹	脂	興賢反	曉	先	
64	四	石	⿰石付	音附	奉	遇	百孝反 匹貌	幫 滂	效 效	《廣韻》附，符遇切，按《龍龕手鑑》⿰石付下云：「香嚴又同下」同下指「砌」，茲取其二音。
65	四	疒	⿸疒皆	郭迻音皆	見	皆	音牽	溪	先	《廣韻》皆，古諧切；牽，苦堅切。
66	四	疒	⿸疒夾	失涉反	審	葉	苦叶反 呼牒反	溪 曉	怗 怗	按：「失涉反」原作「夫涉反」，「夫」應為「失」之形訛，茲正。
67	四	辵	這	音彥	疑	線	申隻反	審	昔	《廣韻》彥，魚變切。

編號	卷數	部首	字頭	龍龕手鑑			香嚴			說明
				直音或反切	聲紐	韻部	直音或反切	聲紐	韻部	
68	四	力	劦	音叶	匣	怗	音麗	來	霽	《廣韻》叶，胡頰切；麗，郎計切。
69	四	立	竚	音住	澄	遇	音主	照	麌	《廣韻》住，持遇切；主，之庾切。
70	四	冖	寉	胡沃反	匣	沃	空卓反	溪	覺	

在上列四類 70 條的《香嚴》音讀字例裡，其中「彐」、「帇」二字，或因同字異體，或因歸部兩見，形成音切重覆出現的現象。扣去重覆，《龍龕手鑑》引《香嚴》音，計凡 77 組音切或直音。這 77 組音讀中，《龍龕手鑑》作為主音者，有 12 組，即上表中的第一類，也就是說它們為行均上人所肯定而引用為正讀的。其餘的 65 組，則作為異讀。尤其這 65 組異讀中，《香嚴》與《龍龕手鑑》主音聲紐韻部完全不同的，有 37 組之多，十分特殊，然而吾人恐不得據此以論斷智光序裡所稱「《香嚴》不精」的是非，但是值得去分析探究其所以然的道理。

三、《香嚴》與《龍龕手鑑》同形異字的異音現象

在研究聲韻學的領域裡，一字異音的情形，大致不外由於古今音變、或方言俗語、或破音別義。但是在中古俗字流行的時期，尤其《龍龕手鑑》是中古佛藏寫本字體集大成的字書，俗字遍滿卷帙，而《香嚴》時代概屬晚唐，也是俗字滋盛的時期，二者於俗字的認定，或許因時空的不同，而略有差異，因此造成同一個字形，而所指的卻不是同一個字的「同形異字」情形，讀音也就隨之而不同，就個人的分析，至少有以下 7 個字例：[3]

17 犢：俗七羊反，正作搶；《香嚴》又七剛反，牛也。卷一．牛部

[3]「峀」字兩見，此處視為一例。

23 鈄：天口反，姓也；又《香嚴》作邪、斗二音。

卷一・金部

40 悉：正音愛，惠也；又《香嚴》俗音氣。卷一・心部

43 屮：《玉篇》之出反，草一屮；《香嚴》音莫卜反。卷一・山部；又見卷四・雜部

56 醭：正音覓，酪滓；《香嚴》又於金、於南二反，醉聲也。卷二・酉部

61 㪔䊏：二俗，音卑；《香嚴》又音單。卷二・小部

64 砎：音附，《玉篇》云：白石也。《香嚴》又同下。卷四・石部

在上列的字例裡，17 例「牄」《香嚴》从牛的偏旁，以言其音義，而《龍龕手鑑》作「搶」，考漢以來从手的偏旁，由於形近的關係，也有寫作从牛的，如漢簡《蒼頡篇》「扝」即作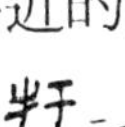二一，[4] 魏碑中「持」或作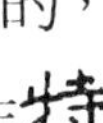魏高宗嬪耿氏墓誌。[5] 23

---

[4] 參見漢語大字典字形組編《秦漢魏晉篆隸字形表》p876。

[5] 參見秦公、劉大新《廣碑別字》p141。

例「斜」《香嚴》有音「邪」者，即《香嚴》有時視為「斜」字，考魏晉以來俗字，「余」字也有寫作「金」形者，如塗作魏閭伯昇墓誌、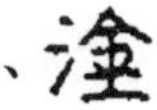隋翟突娑墓誌。[6] 40例「㤅」《龍龕手鑑》「正作愛」，《說文解字》以「炁」為本字，段玉裁注云後世「愛」行而「炁」廢。[7] 又「㤅」《廣韻》以為「氣」的異體，出於道書。中古以來，「心」字草體經常寫作「」，因而與「灬」相混，是以「㤅」《香嚴》又音「氣」。43例「𣎳」《香嚴》音「莫卜反」是作「木」字，應是依「木」字古文「」隸定成形。56例「醰」《香嚴》作於金、於南二反，就形構而言，切語似與聲符遠不和諧，考《廣韻》「醅」作於金、於南二切，指醉聲的意思，正與《香嚴》合，是知《香嚴》以「醰」為「醅」，與《龍龕手鑑》同形異字。61例「曅」《香嚴》作「單」，考劉復、李家瑞《宋元以來俗字譜》「單」字多作单，[8] 形

[6] 同註4，p383。

[7] 參見段玉裁《說文解字注》p510。

[8] 參見《宋元以來俗字譜》p10。

與《香嚴》近似。64 例「跗」《香嚴》云「同下」者，係指同此字下的「礟」字，音「百教、匹皃」二反，明張自烈《正字通》云「礟」為「礮」俗字，是知《香嚴》與《龍龕手鑑》同形異字。

四、《香嚴》音所呈現部分聲紐相混現象

將所整理的《香嚴》音，進一步地觀察其聲紐現象，經個人初步抽繹，以為《香嚴》音，也頗能呈現一些時代的語音現象。就其聲紐部分，我們小心地分析，大致可以發現有以下幾種聲紐的相混現象：

(1) 曉匣不分：

33 㰹：《香嚴》呼甘反，《龍龕手鑑》戶甘反，《集韻》胡甘切。

36 晗：《香嚴》呼含反，《江西經》音含，《廣韻》胡男切。

37 鷄：《香嚴》戶雞反，《龍龕手鑑》呼奚反，
《廣韻》呼雞切。

(2) 知澄不分：

34 咠：《香嚴》竹鳩反，《龍龕手鑑》直由反，
《廣韻》直由切。

(3) 穿邪不分：

27 蚩：《香嚴》寺之反，《龍龕手鑑》尺之反，
《廣韻》赤之切。

(4) 照審不分：

32 叡：《香嚴》音稅，《龍龕手鑑》之芮反，
《廣韻》之芮切。

(5) 從心不分：

30 鑵：《香嚴》素回反，《龍龕手鑑》音崔，
昨回反，《廣韻》昨回切。

(6) 端透不分：

23 斢：《香嚴》音斗，《龍龕手鑑》天口反，

《廣韻》斢，天口切。

(7) 見溪不分：

24 銛：《香嚴》音闊，《龍龕手鑑》古活反，

《廣韻》古活切。

(8) 知徹不分：

25 譠：《香嚴》丑山反，《龍龕手鑑》陟山反，

《廣韻》陟山切。

在上列的這些相混不分現象，曉匣相混的例字最多，這是唐五代時期，尤其是西北方音很普遍的語音現象，羅常培先生在《唐五代西北方音》裡，有詳細地論證。[9] 也就是在這個時期濁擦音匣母消失，且併入和它相對的清擦音曉

[9] 參見該書（二）〈從敦煌漢藏對音寫本中所窺見之唐五代西北方音〉一節 p15～30。

母了。《香嚴》的曉匣相混，不僅反映了時代的語音現象，似乎也透露它受西北方音的影響。至於（2）知澄不分、（5）從心不分的情形，也應是顯示濁塞音、濁塞擦音也在消失中，而跟清聲紐相混。邵榮芬先生〈敦煌俗文學中的別字異字和唐五代西北方音〉一文，曾指出敦煌文獻所呈現唐五代西北方音，有六類塞音或塞擦音清濁代用例，以為濁聲母消失。[10] 尤其濁塞擦音從紐清化為清擦音心紐，在羅常培先生《唐五代西北方音》中，敦煌漢藏對音 ts 組的《大乘中宗見解》，從紐的「聚」字，就是讀作 su，與心紐合流。[11] 不過，這樣的字例，實在不多。另外，（4）照審不分，這是清塞擦音與清擦音的合流，在《唐五代西北方音》裡的漢藏對音裡，c 組《千字文》的穿紐「俶」字聲紐作 ç，跟審紐字大多作 ç，聲紐是相同的，而照、穿二紐，只是在送氣與不送氣的區別，在漢藏對音裡，也

---

[10] 該文收入《邵榮芬音韻學論文集》，參見該書 p292～295。

[11] 參見羅常培《唐五代西北方音》p23。

有讀音相同的情形，如照紐紙作 tsi，穿紐稱作 tsoṅ。[12] 而且今成都方言如照紐的「囑」，不讀中古塞擦音的形式，而演變成清擦音 ꜀su，又潮州方言讀照紐「帚」字，也是作清擦音 ꜀siu，[13] 像這些都說明照審合流的可能。再者，（3）穿邪不分的情形，我們也可以依據照審不分的論述基礎來看，如同《唐五代西北方音》的濁擦聲邪紐，均已清化作 s-，則與穿紐合流相混，就沒有什麼問題了。

比較有意思的是在《香嚴》音裡，（6）端透不分、（7）見溪不分、（8）知徹不分，這幾組清塞音，其送氣與不送氣的聲紐相混的現象。在漢語音系裡，清塞音與塞擦音，一向是分為送氣與不送氣兩套，在唐五代的西北方言裡，清聲紐的送氣與不送氣相混，是有見於塞擦音的聲紐，比如精紐的「再」 ts´ai、「增」ts´in，清紐的「切」ts´ei，但是不見有清塞音聲紐，送氣與不送氣的相混。[14] 不

---

[12] 同註 10，p20。

[13] 參見北大中文系《漢語方音字匯》第二版 p116、p206。

[14] 同註 11，p23。

過，目前海南方言，則有明顯合流情形，雲惟利先生《海南方言》即指出海南方言的送氣音一律弱化了，雖然原本作 t、k 的聲紐，均弱化成 h，tɕ´轉成 ɕ，但是也有為數不少僅是送氣成份消失，與不送音合流的情形。如知紐「張」作 tɕ-、徹紐「偵」聲母也作 tɕ-；端紐「戴」與透紐「涕」也都讀其聲母作 t-；見紐「歌」與溪紐「枯」，也都讀其聲紐作 k-，字例很多，此處不再一一列舉。[15] 因此，《香嚴》音清塞音送氣與不送氣的相混，從海南方言來看，是有可能存在的，這也該是《香嚴》所呈現出特有的方言背景。

五、《香嚴》音所呈現部分韻部相混現象

至於韻部的情形，我們大致可以初步抽繹出幾組相混合流的字例：

---

[15] 參見雲惟利《海南方言》p32 及 p36～48。

(1) 蒸登相混：

1 儚：《香嚴》亡僧反，《集韻》亡冰切。

(2) 鹽咸相混

13 慊：《香嚴》丘咸反，《龍龕手鑑》丘廉反，《廣韻》丘廉切。

(3) 洽狹相混

26 圔：《香嚴》音押，《龍龕手鑑》音柙，《廣韻》烏洽切。

(4) 齊先相混

6 㴜：《香嚴》同咽，烏兮反，《集韻》咽，因蓮切。

於上列諸韻部相混的字例裡，《香嚴》音讀（1）蒸登相混是唐代五代韻部的實際狀況。考羅常培先生《唐五代西北方音》依漢藏對音與《開蒙要訓》分出登攝-en，即包含蒸登兩韻。[16] 周祖謨〈唐五代的北方語音〉一文，其陽聲韻部蒸部，也是包括蒸登兩韻，[17] 又王力先生〈朱翺反切考〉中有蒸登一韻，也指出五代南唐朱翺的反切中，蒸登混用。[18] 而（2）鹽咸相混。雖然鹽韻為開口三等，咸韻者開口二等，但在唐五代的西北方音也是合流的。《唐五代西北方音》鹽咸二韻均在覃攝-am 裡，例如漢藏對音《大乘中宗見解》「咸」字讀作 ham，鹽韻「染」字讀作 z´am，韻的讀音相同。[19] 而周祖謨〈唐五代的北方語音〉中的覃部，包括覃談鹽添咸銜嚴凡八韻，也是合鹽咸同部。[20] 不過，王力先生依據〈朱翺反切考〉鹽嚴部與咸銜部不混，將晚唐五代音系分為兩部，則與此合流現象不

---

[16] 同註 11，p56、p113。

[17] 該文收入周祖謨《語言文史論集》，參見該書 p260。

[18] 該文收入《龍蟲並雕齋文集》第三冊，參見該書 p229～230。

[19] 同註 11，p51。

[20] 同註 17。

同。[21] 又《香嚴》音（3）洽狎相混，也見於《唐五代西北方音》中《開蒙要訓》有以狎注洽的字例，是以羅常培先生合於合攝 -ap，周祖謨先生在〈唐五代的北方語音〉的分部上，也如羅常培先生作合部 -ap，王力先生〈朱翺反切考〉有洽狎部，包括洽狎乏三韻，並舉出洽狎混用的例字，所以，《香嚴》音的洽狎相混，也是所處時代的語音現象。至於（4）齊先混用，這是較為特殊的混用例，主要齊先二韻雖然都是四等韻，但是一屬陰聲蟹攝，一屬陽聲山攝，二者在唐詩用韻，從不合韻，但是如果從《唐五代西北方音》來觀察，就有些對應的音近條件，由漢藏譯音中，齊韻及四聲相承的開口四等韻如體 t´e、切 ts´e、細 se，而先韻及相承開口四等韻，如天 t´en、千 ts´en、先 sen，我們可以發現有陰陽對轉的聲韻關係，[22] 因此有可能是《香嚴》音的方音現象，十分特殊。

---

[21] 參見王力《漢語語音史》p299、p305。該書收入《王力文集》卷一○。

[22] 同註 11，p37、p52。

六、結　語

儘管沙門智光於《龍龕手鑑・序》中稱《香嚴》不精，就上述可見行均上人仍有以《香嚴》為主音者，且《香嚴》於聲紐、韻部，也都適切地反映出時代的語音現象，也保留了部分自己特有的方言系統。其實，智光序中所謂的「不精」，或許正是這些時代方言下的結果，若從反映實際語音的角度而言，後世反而應該會有正面的評價。甚且，個人認為《香嚴》所載的音義，有時比《龍龕手鑑》還要正確。例如（58）𤓰弗，《龍龕手鑑》音弗，《香嚴》又田結反，小瓜也。考《說文・瓜部》：「瓞，㼦也，从瓜失聲，《詩經》曰：綿綿瓜瓞。𤓰弗，瓞或从弗。」[23]「㼦」，就是小瓜，而「𤓰弗」為「瓞」的異體字，所以《香嚴》的音

[23] 同註 6，p340。

義是正確的。可惜《香嚴》一書早已不見，今僅能從《龍龕手鑑》所引，略曉其一鱗半爪，茲略為闡述，以就教於海內外方家。

參考引用書目

丁　度　1039，《集韻》，1986，學海出版社影述古堂影宋鈔本，台北。

王　力　1982，《龍蟲並雕齋文集》，中華書局，北京。

1985，《漢語語音史》，1987，收入《王力文集》10 卷，山東教育出版社，濟南。

丘　雍、陳彭年　1008，《大宋重修廣韻》，1975，聯貫出版社影澤存堂本，台北。

北京大學中國語言文學系　1989，《漢語方音字匯》第二版，文字改革出版社，北京。

行　均　997，《新修龍龕手鑑》，商務印書館影涵芬樓本，台北。

997，《龍龕手鏡》，1985，中華書局影高麗本，北京。

周祖謨　1992，《語言文史論集》，五南圖書出版公司，台北。

段玉裁　1807，《說文解字注》，1982，學海出版社影經韻樓藏版，台北。

秦　公、劉大新　1995，《廣碑別字》，國際文化出版公司，北京。

雲惟利　1987，《海南方言》，澳門東亞大學，澳門。

漢語大字典字形組編　1985，《秦漢魏晉篆隸字形表》，四川辭書出版社，成都。

潘重規主編　1980，《龍龕手鑑新編》，石門圖書公司，台北。

羅常培　1993，《唐五代西北方音》，國立中央研究院歷史語言研究所單刊甲種之十二，1991，景印臺一版，台北。

原刊載於《漢語音韻學第五屆國際學術研討會論文集》（臺灣部分），

p17～28，1998 年

《詩經·靜女》篇疏證

一、敘　論

《詩經》是吾國最古老的一部詩歌總集，本來純文學的作品，若抱以欣賞的態度去了解當時人的生活狀況與心理活動，則勢必是醇美而有趣的。如果將整個《詩經》作解剖又解剖，考證又考證的工作，則一定會失去原有存在的旨趣。但是，幾千年前的作品，前賢對它的解釋是否合乎常理？對於原作者的動機，是否能揣摩出一二？是否有的為了標奇，使大家對它的認識，一直是混淆不清呢？所以能不做考據的工作嗎？當然不能不做，而且是迫切的需要。否則，大家都無法從前人對它的種種解釋中，取得一個較正確的認識，但仍由於時代久遠，文獻不足，亦無法完全得到正解，或許只是較接近罷了。

在《詩經》三百零五篇中，有幾篇是問題較多，〈邶風〉的〈靜女〉即是其中之一。其本身自為毛傳鄭箋之後，大概有一段很長的時間，未曾有人對他們的解釋懷疑過，甚至唐朝，為經書作疏的孔穎達亦如是，即使偶有一些疑問，也早被此浩大的聲勢淹沒了。

直到宋朝學者，開始產生一種對傳統學術表示懷疑的風氣，但仍不能逾越儒家傳統的藩籬，此懷疑的風氣一進入清朝，立刻激起樸學的興盛，熾烈之新說遍立，新見解不時地為人所激賞，因此，整個問題複雜了，牽涉的範圍也廣泛了。

再至民國五四運動以後的一些學者，在反古疑古精神的震盪下，怪誕不經的論點，不時出現，甚而群起攻之。所以在此實質根本的被破壞與原有面目被撕毀之下，考據的整理工作，實在是十分重要的。以上雖似作一個整體問題的概述，事實上亦在說明《詩經．靜女》篇問題多的原因，以下將〈靜女〉篇所發生的問題，分成地理與時代、詩旨的辨說、彤管的考辨三部份，逐一地作個研討。未研討之前，吾人且將〈靜女〉詩抄錄於下：

靜女其姝，俟我于城隅。愛而不見，搔首踟躕。

靜女其孌，貽我彤管；彤管有煒，悅懌女美。

自牧歸荑，洵美且異。匪女之為美，美人之貽。

二、地理與時代

邶、周國名。鄭玄《詩譜》云：

邶鄘衛者，商紂畿內方千里之地，其封在禹貢冀州太行之東。北踰衡漳，東及兗州桑土之野，周武王伐紂，以其京師，封紂子武庚為殷後。庶殷頑民，被紂化日久，未可建諸侯，乃三分其地，置三監，使管叔、蔡叔、霍叔尹而教之，自紂城而北謂之邶，南謂之鄘，東謂之衛。

自此可略知邶國的建立，及其地理位置的狀態。《續漢書·郡國志》云：

朝歌北有邶國。

《說文解字》亦謂：

> 邶邑朝歌紂故鄉，邶，故商邑，河內朝歌以北是矣！

以上諸說所論之邶國，皆是在朝歌附近，近人王國維對邶的地理問題有了新的發現，他從直隸淶水縣張家窪出土的北伯器數種中，將所見的鼎、卣拓本加以考證，認為邶國在殷北，而非朝歌附近，其於〈古史新證〉一文中載：

> 鼎文云：「北伯做尊。」卣文云：「北伯敄作寶尊彝。」北即古之邶也。此北伯諸器，與易州所出祖父兄三戈，足徵敄易之間，尚為商邦畿之地；而其制度文物，全與商同，觀於周初箕子朝鮮之封，成王肅慎之命，知商之聲靈固遠及東北。則邶之為國，自當遠在殷北，不能予朝歌左右求之矣……邶鄘去殷雖稍遠，然皆殷之故地。

像這種經過古器物的實際證明與判斷，是可相信的，因此我們對於邶鄘衛的地理亦應有新的認識，而不再拘限於古人的論說之中。

鄭玄《詩譜》又云：

> 武王既喪……三監導武庚叛，成王既黜殷命，殺武庚，封康叔於衛，使為之長，後世子孫稍并彼二國，混而名之。

吾人知國風於詩的三種體裁中，其發展算是較晚，若依鄭玄所云，何以今本《詩經》中，仍存邶鄘衛三國的名目？豈是在尚未合并時，已有了《詩經》？這個理由應是較難成立的。且在吳國壽夢以前，未與中國通往，後季札至魯觀樂，孔子當時纔八歲，樂工所奏國風，季札一一評之，《左傳》記其事曰：

> 請觀於周樂，使工為之歌周南召南，曰美哉，始基之矣，猶未也，然勤而不怨矣，為之歌邶鄘衛。曰美哉！淵乎！憂而不困者也，吾聞衛康叔武公之德如是，是其衛風乎。為之歌王……歌鄭……歌齊……歌豳……自檜以下無譏焉。

可見在季札「聘於上國」之前，邶鄘衛已是連稱之詞，亦即謂三者本合而為一，可知邶鄘衛所屬諸詩，實即衛詩。

清人馬瑞辰之《毛詩傳箋通釋》，更進一步曰：

> 詩邶鄘衛，所詠皆衛事，不及邶鄘。漕邑，鄘地也，而邶詩曰土國城漕，泉水衛地也，而邶詩曰瑟彼泉水，又左傳衛北宮文子引邶詩威儀棣棣一句，而稱為衛詩，吳季札樂觀……則古蓋合邶鄘衛為一篇，至毛公以此詩之簡獨多，將分邶鄘衛為三，故漢志魯齊韓詩皆二十八卷，惟毛詩故訓傳分邶鄘衛為三卷，始為三十卷耳。

清錢澄之《田間詩學》中亦引劉公瑾《詩傳通釋》曰：

> 皆衛詩而分係三國者，意太師各從所得詩之地而係之也。

吾人雖未能肯定馬瑞辰之：衛詩至毛公始分為三者，或劉公瑾謂：太師所分者，此二說，孰是？孰非？然言三者概本為一，應該是正確的。

固然如此，但仍有許多學者提出不同的意見，如宋蘇轍《詩集傳》曰：

> 邶鄘衛皆自有詩，各以其地名之。

清胡承珙的《毛詩後箋》引姜氏《詩廣義》曰：

> 詩有作於衛而鄘人傳之者，亦有事在鄘地而邶人詠之者，況詩多擬作，必非自為。

《毛詩後箋》再引張遠之說：

> 古者陳詩以觀民風，審樂之知時政，凡有所作，采詩典樂者，不敢增損至其所得之地與，夫命地之名本諸詩人之言，史家不敢增損……邶鄘衛者係之邶鄘衛得之。

邶鄘衛諸詩既然即是衛詩，則〈邶風〉的〈靜女〉篇當然亦是衛詩，然而，前賢卻將十五國風分成正變二種，除了周、召二南外，餘皆為變風，如〈大序〉曰：

> 至於王道衰、禮義廢，政教失，國異政，家殊俗，而變風變雅作矣。

朱熹亦同此說，因此在其範圍內，〈靜女〉詩則成了變風的作品，其實這種說法是十分牽強而不合理的。

〈靜女〉篇本是一首表現男女間，因充沛情感所產生種種生動的活潑場面與可愛情節的戀愛詩，其產生之時代背景，絕非是貴族侵凌，戰爭苦痛，民不堪其憂的動盪時期，而應是在政治自由安樂，經濟生活穩定，人人無生存憂慮的太平時期，才能發展男女相悅的情思。試想在那種戰爭頻繁，貴族壓榨，民生困苦的環境裏，男人要出征、行役，女人需種田、採桑，因此男女交往的機會很少，即使談起變愛，多少會受環境苦痛的影響，絕對無法如詩中表現地那樣真切、愉快。所以，我們由此可以判斷，本詩的時代背景應是產生在一位賢明衛君統治下，人人有安定的生活與生命財產的保障，歌頌兒女之情的戀愛詩，也就因蘊而生。故此詩應作於衛武公時，犬戎之亂以前，《史記 · 衛康叔世家》有云：

武公即位，修康叔之政，百姓和集。

由此十餘字間，已說明了武公的勤政愛民，為百姓所愛戴，衛國在當時成為人人安居的樂土，《國語》中亦言武公為政勤懇，克自戒慎，其曰：

> 武公年九十有五，猶箴儆于國，曰：自卿以下至於師長士，苟在朝者，無謂我老耄而舍我，必恪恭於朝以交戒我。遂作懿戒之詩以自警。

所以〈靜女〉詩當是出於此時，而許多學者則主張為衛宣公時之詩，如漢鄭玄《詩譜》，清李迃仲、黃實夫合著的《毛詩李黃集解》，其實皆受到傳統觀念與詩序的影響。

三、詩旨的辨說

對於詩的主旨，應以詩本身的客觀因素來探討，而非用主觀的意識加以穿鑿附會，〈靜女〉詩的主旨，經後人之溯流尋源，結果並未解決，反而造成眾說云云。大致歸納起來，可分為五種：（一）刺時之詩。（二）淫奔之詩。（三）女子婉拒好色男子之詩。（四）婦人思君子之詩。（五）男女相戀期會之詩。吾人以下一一述之。

（一） 刺時之詩

主此說者，當以〈小序〉為代表，序曰：

> 靜女刺時也，衛君無道，夫人無道。

詩序本是主張詩正變、美刺之說，尤其漢時的經學家，喜歡把經典束縛於儒家傳統的思想之內，將整個詩的生命僵化了，所以鄭玄箋毛詩時，則成此說：

> 以君及夫人無道德，故陳靜女遺我以彤管之法德如是，可以易之為人君之配。

鄭玄並且於《詩譜》中，指出所刺者乃衛宣公，清李迺仲、黃實夫合著之《毛詩李黃集解》，所言更是詳細，其曰：

> 衛宣公之無道，上焉納於夷姜，下焉又納於宣姜，故國人化之而淫風盛行，詩序曰刺時也，以衛之風俗皆效宣公而為淫亂之事。

宋歐陽修則不贊成刺衛宣公之說，其於《詩本義》中以為：

> 據言靜女刺時也，衛君無道，夫人無德，謂宣公與二姜淫亂，國人化之，淫風大行，君臣上下舉國之人皆可刺而難於指名以偏舉。

清陳啟源作《毛詩稽古編》亦曰：

> 詩人說靜女之德，皆與宣姜相反……詩極稱女德，而序反言夫人之無德，所謂作詩之意，非詩之詞也……夫淫女而以靜名之，可乎哉？

（二）　淫奔之詩

主張為淫奔者，以宋歐陽修為最早，其於《詩本義》曰：

> 故曰刺時者謂時人皆可刺也，據此乃述衛風俗男女淫奔之詩爾，以此求詩本義得矣！

然這仍只是一種近於淫奔之說，而將刺時的範圍擴大罷了，真正指明為淫奔之詩，則是南宋朱熹之《詩集傳》，其曰：

此淫奔期會之詩也。

至元劉瑾之《詩傳通釋》，是完全繼承朱子之說，清王柏之《詩疑》亦曰：

〈青衿〉、〈靜女〉之為淫奔已曉然矣！

可見朱熹之後，朱說的勢力一直是很大，尤其元、明兩代是全盛時期。

（三） 婦人思君子之詩

南宋的王質，約與朱熹同時，其在傳統詩旨的瀰漫下，卓然獨標異幟，主張本詩是貞靜不移的婦人，思念離家行役已久的夫君，其於《詩總聞》中曰：

質曰：當是其夫出外為役，婦人思而候之，此是其夫辭。

又曰：

婦人思君子之深，出門亦非獲已，然猶不敢遠至城之外而潛處城之隅，足見其靜也。

（四）　女子婉拒好色男子之詩

主張此說的是清人錢澄之，認為〈靜女〉詩該是描寫一位真正地貞守節操，不為外誘的平民女子之詩，絕非刺時與淫詩，其於《田間詩學》中曰：

> 此好色男子偶于城隅見靜女愛之，因愛生痴，遂妄謂女有心俟我于此也，而靜女去不復見，其為守禮者可知，猶搔首踟躕，以冀其後見也。

又曰：

> 此女既拒非禮，絕不與通可也，不宜有所貽贈，然女在城隅必微族也，見女而慕者必力能致此女也，使人喻意于女，女不之答，貽二物以明己意，直令慕者廢然自止，豈非靜女。

（五） 男女相戀期會之詩

此說最晚出，甚至在民國以後，然而時間雖是較晚，如今卻為多數人所贊成，其原因並非大家都喜新厭舊，事實上是較合乎常情，能夠使人接受。想著非但如今的青年男女能自由地相戀，甚至年紀長的人，亦時有戀聞，難道在衛武公時，那樣安定自由的環境裏，就不該有著人性自然的流露嗎？所以當時戀詩的產生，是合乎常情的。

前面曾述及詩序之說，其本身即與詩的內容相違背，後人又強加附會，使其在漫長的時間內，湮沒了文學本有的優美生命。文學生命的永久價值，乃是客觀地存在著，而不是主觀地建樹，不是嗎？

其次，朱熹淫奔之說，也是名過其實，是否在當時戀愛是為道學家們鄙作大逆不赦的呢？大致是不該如此的，應該像王靜芝先生於《詩經通釋》中，批評謂：「淫奔一語亦過甚其詞」罷了。然而此「淫奔」的觀念，卻梏桎中國讀書人，有一段不算短的時間，若是站在倫理教化的立場言之則可，若處於文學欣賞的範圍，就要講真性情的表露了。假使將《詩經》三百零五篇，皆抱著禮教的嚴肅態度去欣賞，那勢必是枯燥無趣味，倒反不如研究三禮來得確切。

再者是王質與錢澄之的另外兩種說法，其特色即在主張詩旨應與內容的實質符合。此二說是十分新穎，然而皆為了吻合「靜女」二字的涵義，則不免彎彎曲曲地揑造丈夫出征，好色男子的故事。

國風本是當時民間歌謠的總集，在十五國風中，多少仍可看見其民歌的原始形態，它的基本精神是樸實的，所表現的感情是真實的，所以，說不定在當時，〈靜女〉篇正是為衛國民間流行傳誦的一首戀愛故事詩。現代人能作戀愛詩，相信古人亦是如此。假使盡說中國文學，皆須完全與傳統禮教相結合，那麼，就不該有魏、晉、南北朝時的吳歌、西曲那樣熱烈表現情感的民歌了，因為比起〈靜女〉篇來，實在大膽地太多了。

因為，〈靜女〉詩應是一首詩人描寫男女相戀期會之詩，如此說來，本詩才會充滿了生機，才會顯得中國人情感的豐富與個性的可愛。

四、彤管的考辨

於《詩經．靜女》篇中，全詩的問題，當以「彤管」為關鍵所在，若將它當作道學家們宣揚道的工具，全詩的主旨則應寓於道學家的精神內，但是若將它認作可愛的贈品，則詩旨又有了不同。許多年來，大家對〈靜女〉詩爭論的焦點，即放在此物之上，所以彤管的考辨是相當重要的。也因為如此，人人論之則皆各據己意，說法十分紊亂，至目前仍算是未定之論，故有前賢，談到此問題時，多抱慎重的態度「闕如也」，如歐陽修《詩本義》云：

> 古者鍼筆皆有管，樂器亦有管，不知。此彤管是何物也。

朱熹《詩集傳》曰：

> 彤管，未詳何物，蓋相贈以結慇懃之意耳。

杜元凱注《左傳》亦曰：

> **凱以為三章之詩，雖說美女美在彤管，則又以為美事，今闕之待知者。**

其餘討論彤管者，歸納其說，大致有以下五種：（一）女史之筆，（二）赤色之管，（三）鍼線之管，（四）茅荑，（五）樂器，吾人逐一地來討論它。

（一） 女史之筆

此當是最為傳統的一說，當時鄭玄箋注毛詩，毛詩得以流傳至今，然而其影響也最久，鄭先生所認定的彤管，即是女史赤管之筆，其曰：

> 古者后夫人必有女史彤管之法，史不記過，其罪殺之，后妃群妾以禮御於君所，女史書其日月，授之以環，以進退之，生子日辰，則以金環退之，當御者以銀環進之，著于左手，即御者著于右手，事無大小，記以成法，箋云彤管，筆赤管也。

唐孔穎達作《五經正義》，更是發揚其說，然宋歐陽修之《詩本義》，則認為以女史之筆為彤管，與〈靜女〉篇名，迥然背馳，不可取也，其曰：

如毛鄭之說……彤管是書典法之筆，故云遺以古人之法，何其迂也，據詩云靜女其孌，遺我彤管，所謂我者，意是靜女以彤管所貽之人也，若彤管是王宮史官之筆，靜女從何得以遺人？使靜女家自有彤管，用以遺人，則因彤管自媒，何名靜女？

歐陽修的反論，極是有理，可知鄭玄為了符合詩序刺時的主旨，不惜改變詩的本義，實在過於牽強。況且把管稱作筆，在西周末年時是否有之，仍是一個問題。

《爾雅・釋器》中有曰：

不律謂之筆。

《說文解字》亦曰：

筆，聿，所以書也，楚謂之聿，吳謂之不律，燕謂之弗，秦謂之筆。

並未提及筆稱作管者，且潘師重規於其《中國文字學》一書中，曾據金文、甲骨文推斷，聿乃本字，筆是後起字，而無有稱聿為管之說矣！是故鄭玄將管作筆來解，實在是有問題的。

（二） 赤色之管

這是一種比較保守，不敢直接肯定的論點，其乃見於眾說紛紜，莫衷一是，索性依字面解釋來得穩當些，雖然比較謹慎合理，但是仍不知此管為何物？甚至認為只要是紅色的管子，不要是太離譜的說法，它都可以說得通，這種小心的說法，就與「闕如也」相同。以此為說的，有宋嚴粲之《詩輯》，其曰：

> 靜女孌然而美，遺我赤色之管，以結慇懃。

近人顧頡剛亦作赤色之管。

（三）　鍼線之管

認為是鍼線之管的學者，皆是本於《禮記·內則》篇：「婦事舅姑如事父母……左佩紛帨刀礪小觿金燧，右佩箴管線纊施縏帙大觿木燧。」一語，鄭玄注以為箴管線纊應是四件東西，而非箴管、線纊。不過以上下文看，再參考「子事父母」一條，似乎鄭注較為不妥，所以許多學者認為鍼管應是一物，而以此證明彤管是鍼管，此說首先發難於歐陽修《詩本義》的「古者箴筆皆有管」一語，然而並不知彤管到底為何物，至清人姚際恆的《詩經通論》，則有彤管乃鍼管之說，其於彤管下注曰：

> 即內則「右佩箴管」之管，其色赤，故曰彤管。

其實如果女子為了表示其真情感，拿著身邊所佩帶的飾物，贈予男方作為信物，是無可厚非的。然而禮記所載「子事父母」、「婦事舅姑」必須佩帶許多飾物，才合乎禮，此應是指士大夫貴族階級，一般庶民豈可用之，古者「禮不下庶人」，即使富有，亦不能僭越階級應具備的禮，因為在古代封建制度下，階級的劃分是十分清楚。本篇是一首流行當時的戀愛詩，戀愛故事的產生亦在民間，所以一般庶民不一定要有箴管，即使有也不見得可以佩帶，因此鍼筆之說是牽強的。

（四） 茅 荑

此說之起是在民國以後，董作賓先生諸人亦在討論彤管，當時劉大白先主張彤管是茅荑的，其於〈靜女的異議〉一文中曰：

> 彤管就是紅色的管子，這個紅色的管子，就是第三章「自牧歸荑」的荑，《毛傳》說：「荑、茅之始生者」……《左傳》：「爾貢包茅不入，五祭不共，無以縮酒。」茅既可縮酒，可見是有管的……所以這彤管，我以為只是那位靜女從牧場採回來的一桿紅色的茅草兒。

這實在是一種標奇的說法，居然還能引經據典，董作賓先生更接著劉氏的說法，證明彤管就是白茅，其提到他小時候在南陽白水濱的家鄉時，買「茅草根兒」的故事，並說：

> 並且開封春季賣茅芽的也是很多，我想邶在現今河北衛輝，水經注：「河水逕東燕縣故城北。」東燕故城在今汲縣城東，可見邶地是古代黃河經流的地方，也和現在開封一樣，必多白茅的產生，就這看來，吃茅芽的習慣，敢保不是從古代遺傳下來的。

言及此，其更將茅的家族一一舉出，有白茅、菁茅、管茅、青茅、芭茅、黃茅、仙茅、焦茅等八種。

相信我們都十分敬佩一生從事古史研究，且為中國文化開拓新紀元的董先生，然而，論及此說，董先生則不免有臆測的嫌疑，本詩是以賦的筆法，平鋪直敘地記述戀愛的情形，所以彤管與荑應是兩次的贈品，無論是互贈或皆為女子所贈，絕非如董先生認定是一次贈送，而以此說明彤管即是荑。即使是女子兩次贈品與男子，彤管與荑亦應是二物，這心理古今中外都一樣，誰談戀愛每次都送一樣的禮物給同一個愛人呢？所以這只是不合理的異說，難令人信服。

（五） 樂器

宋歐陽修認為樂器亦有管，不知與鍼管、筆管如何作判斷，宋王質於《詩總聞》即明言：

> 彤管樂器之加飾者也。

宋嚴粲《詩輯》亦引曹氏曰：

> 彤漆之管，蓋樂器之屬。

可見以彤管為樂器之說者，由來久矣，民國以來，魏建功曾在其〈邶風靜女的討論〉一文中，考證彤管乃樂器，其曰：

> 「管」古時是指樂器中之吹竹的東西，樂器中之吹竹的東西，樂器上塗加紅彩也不希奇。

又曰：

> 若是說「管」既是樂器，為什麼恰用了「彤」字？就是女子真以樂器相送，何以見得管是紅的呢？我

> 有證據！這就是〈邶風〉的〈簡兮〉三章曰：「左手執籥，右手秉翟，赫如渥赭，公言錫爵。」不是樂器塗紅的憑證嗎？……籥塗紅色已經說過，籥是竹樂，竹樂統曰「管」，縱不能得明證，而「管」為樂器則不容懷疑！

在此不算長的數句中，將「彤管」的證明，做到「精闢入理」，然而其說是尚未能完備。

余嘗檢閱經籍，統計群經裏所見「管」字，除去「彤管」2 條不計外，凡有 56 條，將其使用方法與意思分析後，歸納起來可分為以下六種：

（甲） 姓氏…………25 條
（乙） 樂器…………18 條
（丙） 管理…………10 條
（丁） 箴管………… 1 條
（戊） 符節………… 1 條
（己） 叚借………… 1 條

其可證明「管」於群經中作樂器解，是十分尋常的，而且分布的情形也是很普遍，其情況大致如下：

（甲） 禮記…………11 條
（乙） 周禮………… 8 條
（丙） 詩經………… 2 條（尚不包括彤管）
（丁） 儀禮………… 2 條
（戊） 尚書………… 1 條
（己） 孟子………… 1 條
（庚） 爾雅………… 1 條

因此，「管」作樂器來解釋，其推論是正確，且能合乎詩中的情理。故在《詩經》中之「管」，除了〈大雅·板〉「靡聖管管」的管是「悹悹」的叚借字（據胡承珙之說）外，包括彤管，皆是指樂器。

事實上，於經書中，管多作樂器解。而且它的確是一種樂器的名稱，如《禮記》中有：

下管象舞大武。文王世子

列其琴瑟管磬鍾鼓。禮運

如《爾雅》中有：

大管謂之簥，其中謂之篞，小者謂之篎。

《詩經》中的：

鞉鼓淵淵，嘒嘒管聲，既和且平，依我磬聲。商頌·那

《尚書》中的：

下管鼗鼓。皐陶謨

皆是一種樂器之名，而非今「管絃樂」的「管」，當作所有管樂器統稱之詞。

何以知「管」是一種樂器？除了自以上聯稱獨稱詞上得知外，蔡邕的〈章句〉有曰：

管者形長一尺，圍寸有孔，無底，其器今亡。

以其器早亡，故人多不知，《風俗通》亦曰：

管，漆竹長一尺六孔，十二月之音，象物貫地而牙，

故謂之管。

《廣雅》還說它象「篪」。《太平御覽》亦引班固曰：

黃帝作律，以玉為管，長尺六孔為十二月音，至舜時，西王母獻白玉管，漢章十二年，零陵營道，舜祠下得笙，一白玉管，則古者又以玉為管矣！

這段話雖然帶著神話色彩，然而可推知「管」這樂器的起源極早，其狀像篪、長尺、六孔、無底，可發十二音，且不僅有竹做的管，尚有玉做的管，是故管之謎、當可解矣！而《風俗通》有「漆竹長一尺六孔」一語，可知管是有塗上顏料的，況紅色在上古時期即是很普遍的顏色，如彩陶的出土，紅色或稱彤色，則居很大的成份，甚至今出土漢墓裏的器皿、用具，要以紅色多於其他顏色，由此得知，彤管應是漆紅色的「管」樂器，千餘年來的問題，似應得到了進一步的解釋。

五、結　論

自以上不斷地考證和辨明的經驗中，我個人意識到〈靜女〉篇只是《詩經》三百零五篇中的一篇，而《詩經》乃我國豐富古典文學之一部份，因此，這〈靜女〉詩於茫然的文學瀚海裏，僅是「滄海一粟」，然就單這「一粟」，就有如此多的問題，與研究探討上的困難，所以考證的工作是在讓其「驗明正身」，恢復舊觀，而後才能進一步地推敲文學中的精髓，可是面臨這麼龐鉅的「正名」工作，與推敲發展的事業，則不得不賴於每個「文學上的尖兵」去奮鬥、努力了。

原刊載於《孔孟月刊》18：9，p12～15／18：10，p9～11，1980 年

《類篇》破音別義研析

破音別義在漢語、音義的研究上，是一個十分重要的問題，它是漢語的重要特徵之一。《類篇》為北宋一部蒐羅音義非常豐富的字書，書中可載錄的字義，有部分是源自陸德明的《經典釋文》，[1] 據周祖謨〈四聲別義釋例〉一文所稱，《經典釋文》為晉宋以來破音別義集大成的著作，[2] 因此《類篇》理應承錄不少破音別義的材料。再者仁宗時丁度等修撰的《集韻》，其音義的甄收，也參酌了同為《集韻》修撰的國子監直講賈昌朝所撰的《群經音辨》，據《群經音辨》卷首載錄仁宗寶元二年的牒文云：

---

1 參見拙作〈類篇字義探源〉一文所述，《靜宜人文學報》1，p136～137。

2 參見周祖謨《問學集》p91 所論。

> 翰林學士丁度等劄子奏：昨刊修《集韻》曾奏取賈昌朝所撰《群經音辨》七卷，參酌修入，備見該洽。……

而《群經音辨》為我國首先集結破音別義例字分類的第一部著作，又《類篇》為與《集韻》「相副施行」的字書，內容大抵相同，由此更可以推見《類篇》所含破音別義的資料豐富，頗值得深入分析探論。

一、破音別義的幾個基本問題

由於破音別義是一個重要的問題，因此自來頗受學者們的重視與討論。在我們探論《類篇》破音別義的種種現象之前，對於破音別義的幾個基本問題，個人以為有必要先做一番討論，以作為後面論述的基礎，以下則分名義與範圍，興起的時代兩方面逐一論述。

（一） 名義與範圍

1. 名義

所謂「破音別義」，指的是文字的意義，發生了某種程度的轉化，於是破讀字音，以為區別。而意義的轉化，有意義的引申，與文法上虛實動靜的變化等情形；至於破讀字音則是指字音改變了原來的本讀，這音讀的改變，通常多半是在聲調的變轉，特別是變讀為去聲，但也有少部分是在聲或韻方面的變化。這種「破音別義」的現象，它來源得很早，且至今猶然普遍存在著，例如國語裡的：縫（ㄈㄥˊ）合：衣縫（ㄈㄥˋ），為平聲：去聲的聲調變化，為動詞：名詞的轉化。降（ㄐㄧㄤˋ）落：降（ㄒㄧㄤˊ）伏，為舌面聲母塞擦音：擦音的變化，為意義的引申。善惡（ㄜˋ）：厭惡（ㄨˋ），為舌面後元音展脣半高：圓唇最高的變化，為形容詞：動詞的轉化。像這樣的例子非常多，不勝枚舉。不僅在國語裡如此，即使在其他方言裡也存在著這類現象。例如江蘇六合一地的人，「鋼」又有去聲一讀，如作「鋼刀」、「鋼一鋼刀口」，意思是「給用得不鋒利了的刀加上鋼，使之鋒利」；「養」也同樣有去聲一讀，如「養鬍子」，意思是「不把鬍子剃掉，表示進入老年。」[3] 這種破讀字音以區別意義的現象，是漢語的語文特質之一。[4] 然而學者們自來所賦與它的名稱頗為分歧，茲就已知的名稱，大致的歸納為以下兩大類：

(1) 著重音變者。如作「讀破」、「破讀」、「破音異讀」等名稱。採用這類名稱的學者諸如：王力《漢語史稿》、高名凱《漢語語法論》、洪心衡〈關于「讀破」的問題〉、殷煥先〈關於方言中讀破的現象〉等，採「讀破」或「破讀」的名稱。[5] 而呂冀平、陳欣向〈古籍中的「破音異讀」問題〉、任銘善〈「古籍中的『破音異讀』問題」

[3] 參見殷煥先〈關於方言中讀破的現象〉一文，發表於 1987 年《文史哲雜誌》1，p62～67。

[4] 除了漢語之外，我國西南地區在貴州省境內，屬於侗傣語族，侗水語支的水語，壯傣語支的佈依語，也有「破音別義」的現象。參見 1982 年《民族語文》6，p31～38，倪大白〈水語的聲調別義〉一文。

[5] 見王力《漢語史稿》p217、高名凱《漢語語法論》p45、洪心衡〈關于「讀破」的問題〉發表於 1965 年《中國語文》1，p37～43、殷煥先〈關於方言中讀破的現象〉一文參見註 3，且殷氏之說又見於〈上古去聲質疑〉，該文發表於《音韻學研究》第二輯 p52～62。

補義〉，則稱作「破音異讀」或「破讀」。[6]

(2) **強調音變義異者**。如作「四聲別義」、「變音別義」、「殊聲別義」、「歧音異義」、「異音別義」等名稱，採用這類名稱的學者如周祖謨〈四聲別義釋例〉、齊佩瑢《訓詁學概論》、胡楚生《訓詁學大綱》、梅祖麟〈四聲別義中的時間層次〉等，稱為「四聲別義」；[7] 呂叔湘〈說「勝」和「敗」〉則稱為「變音別義」；[8] 竺家寧〈論殊聲別義〉一文稱為「殊聲別義」；[9] 張正男〈國字今讀歧音異義釋例〉稱為「歧音異義」；[10] 吳傑儒《異音別義

[6] 呂冀平、陳欣向的〈古籍中的「破音異讀」問題〉一文發表於《中國語文》1964：5，任銘善〈「古籍中的『破音異讀』問題」補義〉一文，發表於《中國語文》1965：1，p44～48。

[7] 周文收錄於其《問學集》一書中 p81～119，齊氏之說見其《訓詁學概論》p79，胡氏則見其書中 p39～55，〈四聲別義簡說〉一章，梅氏之文則發表於《中國語文》1980：6，p427～443。

[8] 呂文收錄於其《語文近著》之中 p110～117。

[9] 竺文發表於《淡江學報》27，p195～206，又殷煥先〈關於方言中讀破的現象〉一文中，有時也稱「破讀」為「殊聲別義」。

[10] 張文發表於師大《國文學報》創刊號 p219～226。

之源起及其流變》一文則稱為「異音別義」。[11] 關於「讀破」、「破讀」或「破音異讀」這類的名稱，基本上它是有「本讀」或「如字」這個前題的，而且其著眼點在音的轉化，王力在《漢語史稿》中曾說：

> 凡是字用本義，按照本音讀出的，叫做「如字」，凡用轉化後的意義，按照變化後的聲調讀出的，叫做「讀破」。[12]

任銘善氏也說：

> 謂之「破讀」，就該有一個「本讀」，這個本義本讀在古代的音義家名曰「如字」。[13]

雖然名稱的著眼點在音不在義，其涵蓋性有不足的缺憾，卻頗能凸顯出古人在意義轉化之後，以音的變讀來辨識，

---

[11] 吳文為 1982 年師範大學國文研究所碩士論文。

[12] 見王力《漢語史稿》p217。

[13] 參見註 6。

而有別於音義的自然分化衍變，此為這類名稱的優點。至於強調音變義異這一類的名稱中，「四聲別義」與「殊聲別義」是特別著重這種特殊的語言現象，主要是以聲調的轉變來區別意義的不同，但它是比較不能兼顧到實際上意義的不同，也有因聲母、韻母的變化而區別的，周祖謨在〈四聲別義釋例〉中論析「四聲別義」語詞聲音的變轉，就分出：（a）聲調變讀，（b）變調兼變聲母，（c）變調兼變韻母，（d）調值不變僅變聲韻等四類，[14] 顯而易見，「四聲別義」或「殊聲別義」這樣的名詞，其涵蓋性，仍有不夠周延的地方。再如「變音別義」、「歧音異義」、「異音別義」諸名詞，它們的優點是較能照顧到以聲、韻、調等語音的轉變，來區別意義的轉化，但「變音」、「歧音」、「異音」這類的名詞，卻容易與語音字義自然地分化衍變這一類，產生混淆，而不如「破音」、「破讀」更能凸顯出這種特殊辨義的語音性格，因此在這些分歧的名稱之中，個人辨析其名義，取長去短，而別立「破音別義」這個名稱。

---

[14] 參見《問學集》p119。

2. 範圍

至於「破音別義」的範圍，據殷煥先〈上古去聲質疑〉一文的分法，有「同字破讀」與「異字破讀」兩類，[15] 基本上，古人講「如字」、「破讀」通常是指「同字破讀」，而近代學者如周祖謨、周法高、梅祖麟、高本漢（Bernhard Karlgren）、包擬古（Nicholas C. Bodman）、唐納（G. B. Downer）等先生，則是進而擴大「破讀」研究的範圍，從語言學同源詞的基礎去分析探論，而產生了「異字破讀」。[16] 今《類篇》是一部中古的字書，文字的音義均是

[15] 參見《音韻學研究》第二輯 p52。

[16] 周祖謨〈四聲別義釋例〉、梅祖麟〈四聲別義中的時間層次〉均已見上述，而周法高先生說見其《中國古代語法·構詞編》p5～96，與其《中國語法札記》中〈語音區別詞類說〉，（收錄於《中國語言學論文集》p349～364）。瑞典高本漢（Bernhard Karlgren）撰《Word Families in Chinese》，（張世祿有譯本，名為《漢語詞類》）BMFER，NO.5（1935）p9～120 及其《The Chinese Language》（《中國語言概論》）（1949）p89～95。包擬古（Nicholas C. Bodman）之說見其〈評《The Chinese Language》〉，Language，Vol.26.NO.2（1950） p345。英國唐納（G. B. Downer）〈Derivation by Tone Change in Classical Chinese〉（梅祖麟譯作「古代漢語中的四聲別

「據形系聯」的，因此要討論其「破音別義」，當以古人「破讀」──「同字破讀」的觀念來討論會比較方便。況且據殷煥先〈上古去聲質疑〉一文所論，從語言學觀點出發的「異字破讀」，很難確定它到底是聲訓的作用呢？還是破讀的字形分化成為兩個「字」呢？這實在是不容易弄清楚的事。[17]

（二） 興起的時代

1. 諸家見解簡述

論及破音別義興起的時代，首先有兩段重要的文獻必須交待，其一為顏之推於《顏氏家訓・音辭篇》中說：

> 夫物體自有精麤，精麤謂之好惡；人心有所去取，

義」，而周法高《中國古代語法・構詞篇》譯作「古代漢語中由於聲調變化所形成了『轉化』」），Bulletin of the School of Oriental and African Studies 22（1959）p258～290。

[17] 參見殷煥先〈上古去聲質疑〉一文，《音韻學研究》第二輯 p59。

> 去取謂之好惡。此音見於葛洪、徐邈。而河北學士讀《尚書》云好生惡殺，是為一論物體，一就人情，殊不通矣！[18]

又說：

> 江南學士讀《左傳》，口相傳述，自為凡例，軍自敗曰敗，打破人軍曰敗，諸紀傳未見補敗反，徐仙民讀《左傳》唯一處有此音，又不言自敗、敗人之別，此為穿鑿耳。[19]

其二為陸德明於《經典釋文·序》裡說：

> 夫質有精麤，謂之好惡（並如字），心有愛憎，稱為好惡（上呼報反，下烏路反）。當體即云名譽（音預），論情則曰毀譽（音餘）。及夫自敗（蒲邁反）敗他（補敗反）之殊，自壞（乎怪反）壞撤（音怪）

18 參見王利器《顏氏家訓集解》p498。

19 同註 18，p503。

> 之異，此等或近代始分，或古已為別，相仍積習，有自來矣，余承師說，皆辯析之。[20]

顏之推是最早把破音別義現象提出來的學者，在上面引述的文字裡，他指出當時河北、江南各地如徐邈、葛洪等學者，其破讀字音以區別字義的方式，是穿鑿而不通，而這種不贊成讀破的說法，對後世發生了一定程度的影響。而比顏氏稍後的陸德明，他的態度則不同於顏氏，他不僅不否定當時學者流行的讀破現象，甚至在《經典釋文》中加以廣輯辯析，以為這種破音別義不是「近代始分」，便是「古已為別」。如今漢語漢字中的破音別義現象，學者們已承認其為語文的重要特徵之一，然而這種特徵，它除了流行於顏之推、陸德明所指的魏晉南北朝時期之外，究竟興起於何時呢？陸氏曾指出有的是「古已為別」，而又是「古」到什麼時代呢？這是近代以來，學者所關心而頗有爭議的問題。歸納學者們的意見，大致可分為以下的幾種看法。

---

[20] 參見鄧仕樑、黃坤堯《新校索引經典釋文》p3。

(1) 主張起於魏晉南北朝時期——主此說者以顧炎武、錢大昕為代表，他們可以說都是受到顏之推的影響。顧氏於《音論》卷下〈先儒兩聲各義之說不盡然〉一文中，以「惡」為例，作愛惡之惡則去聲，為美惡之惡則入聲，據顏之推說惡分去入兩音是始於葛洪、徐邈，這類先儒所指的「兩音各義」的說法是不盡可信的，因為顧氏主張上古聲調是「四聲一貫」，四聲之論是起於永明，而定於梁陳之間，因此否定上古有破音別義，而這類讀破為晉宋學者所為。[21] 錢大昕《十駕齋養新錄》卷一於「觀」條下說：

> 古人訓詁，寓於聲音，字各有義，初無虛實動靜之分。好惡異義，起於葛洪《字苑》，漢以前無此別也。觀有平去兩音，亦是後人強分。

於卷四「長深高廣」條下又說：

> 長深高廣，俱有去聲。陸德明云：凡度長短曰長，直亮反。度深淺曰深，尸鴆反。度廣狹曰廣，光曠

---

[21] 參見顧炎武《音論》卷下 p2～4。

反。度高下曰高，古到反。相承用此音，或皆依字讀（見《周禮釋文》）。又《周禮》前期之前，徐音昨見反，是前亦有去聲也。此類皆出于六朝經師，強生分別，不合于古音。[22]

錢氏不僅指出興起時代是六朝，甚而指明為當時經師「強生分別」而產生的，另外如盧文弨、段玉裁亦同此說，[23] 又今人陳紹棠在〈讀破探源〉一文中以為「利用聲調不同以別義，在魏晉時去聲分化之後才產生的」，但是陳氏不同意錢大昕「六朝經師、強生分別」的說法，以為必須是在語言中先有利用聲調別義的現象，經師才能據之以推廣的。[24]

(2) 主張起於東漢時期——主此說者以周祖謨、王力為代表。周氏於〈四聲別義釋例〉一文中曾論述說：

---

[22] 「觀」條參見《皇清經解》卷四三九 p4，「長深高廣」條見同書卷四四一 p7。

[23] 盧氏說見所著《鍾山札記》卷一，段氏則見其《六書音均表》。

[24] 參見《中國語文研究》7，p131～132。

> 以余考之，一字兩讀，決非起於葛洪、徐邈，推其本源，蓋遠自後漢始。魏晉諸儒，第衍其緒餘，推而廣之耳，非自創也。惟反切未興之前，漢人言音只有讀若譬況之說，不若後世反語之明切，故不為學者所省察。清儒雖精究漢學，於此則漫未加意。閒嘗尋繹漢人音訓之條例，如鄭玄《三禮注》、高誘《呂覽》《淮南》注，與夫服虔、應劭《漢書音義》，其中一字兩音者至多，觸類而求，端在達者。[25]

隨後並舉 19 字例，一一加以說明，並以東漢初杜子春音《周禮》「儺讀為難問之難」一例為最早。而王力則在《漢語史稿》中推論說：

> 顧炎武等人否認上古有「讀破」。但是依《釋名》看來（傳，傳也；觀，觀也），也可能在東漢已經一字兩讀。[26]

25 參見《問學集》p83～91。

26 參見《漢語史稿》p217。

雖然王力與周祖謨之說都以為破音別義始於東漢，但王氏的語氣較不確定，為推測之辭，不若周氏肯定，所舉劉熙《釋名》為東漢晚期文獻，顯然所推論的時代較周氏為晚。主此說其後尚有胡楚生先生《訓詁學大綱》贊同周氏說。[27] 另外洪心衡〈關于「讀破」的問題〉一文，力主王氏之說，唯將破音別義興起的時代擴大為東漢至六朝這一段時間。[28]

(3) 主張起於上古時期——主此說者以高本漢（Bernhard Karlgren）、周法高、 唐納（G. B. Downer）、梅祖麟、殷煥先為代表。瑞典高本漢（Bernhard Karlgren）著《Word Families in Chinese》（《漢語詞類》）認為在中國的古文字中，常常有一字兩讀而表示詞類不同的情形。[29] 其後他在《The Chinese Language》（《中國語言概論》）中又提出這個問題：

---

[27] 參見所著《訓詁學大綱》p41。

[28] 參見《中國語文》1965：1，p27。

[29] 參見聯貫出版社印行張世祿譯本。

> 上古中國語是否具備一些詞，牠們經由特別的標記，一種特別的語法形式，特別指示牠們為動詞和別的形式上標記為名詞的詞相對比？換言之，我們能否找到一對不同但語音很相似的詞，二者明顯地屬於同一語幹（Word Stem），其一為名詞，和另一為動詞者相對？倘若我們能找到這些情形，我們便證明了上古中國語具備按照最嚴格的語法含義的詞類（Word Classes），形式上彼此區別。[30]

因此高本漢分成：(1)不送氣清聲母與送氣濁聲母的轉換，(2)介音與無介音之轉換，(3)清韻尾輔音與濁韻尾輔音之轉換三類，舉列一些音轉而詞類區別的例字，證明中國上古時期有以語音區別詞類的情形。周法高先生於《中國語法札記·語音區別詞類說》曾詳加舉證論述破音別義非後起的，它應該是上古就有而遺留下來的，該文的結論是：

> 根據記載上和現代語中所保留的用語音的差異(特

[30] 本段譯文是根據周法高先生《中國語法札記·語音區別詞類說》，參見所著《中國語言學論文集》p351。

> 別是聲調）來區別詞類或相近意義的現象，我們可以推知這種區別可能是自上古遺留下來的；不過好些讀音上的區別（尤其是漢以後書本上的讀音），卻是後來依據相似的規律而創造的。[31]

另外，英國的唐納（G. B. Downer）也是主張語音區別詞類是在上古時期，但是在上古晚期或是秦代，他在 Derivation by Tone-Change in Classical Chinese（《古代漢語中的四聲別義》）一文中第三節 the Date of Chiuhseng Derivation（〈去聲轉化的時代〉）曾論述說：

> 事實上，關於音變的時代有別的證據。這個證據被入聲字及其去聲轉化字的音韻上的關係所供給。在 pp271～90 的字表中，下列的基本形式為入聲的字出現了。（中略）幾乎在每一個例子中，上古漢語中基本形式和轉化形式間音韻上的關係適合上古的諧聲系統，上溯到秦代或更早的時代。著者本人

[31] 參見周法高先生《中國語言學論文集》p363～364。

> 的觀點是：雖然去聲轉化的出現不能精確地斷定時代。大概發生在上古晚期，或者是秦代。[32]

至於梅祖麟，他在〈四聲別義中的時間層次〉一文裡，也確認四聲別義為上古時期漢語構詞的一種方式，他甚至更進一步將其中的名詞與動詞互變，從去入的通轉及漢藏的比較兩方面，加以分析觀察，而得出名動互變兩型的時間層次，即：

> ……動變名型在上古漢語早期（《詩經》以前）已經存在，而名變動型到去入通轉衰退時期才興起，絕對年代大概在戰國跟東漢之間。[33]

可見得梅氏認為破音別義最早在《詩經》以前就已經有了，最後必須提及的就是殷煥先的看法，殷氏於〈上古去聲質疑〉一文中指出「破讀」是反映語言之自然，而讀破的現象，其以為早在殷商甲骨、西周金文中就有跡可循，

---

[32] 參見周法高先生《中國古代語法．構詞篇》p46～47 譯述。

[33] 參見《中國語文》1980：6，p429。

他說：

> 我們很難斷定「破讀」僅只是「魏晉經師」的「臆造」。因為西周金文供給我們聲調範圍內的「破讀」的跡象，殷商甲骨文也供給我們聲調範圍內的「破讀」的跡象，這都不容我們忽視。
>
> 我們的原始語言「尚矣」，難為乎其確鑿言之，但以有文字記載為證，我們似乎可以說，殷商甲骨文時代，我們的漢語就有了「破讀」的「苗頭」。[34]

在上述主張上古時期的諸家當中，高本漢與周法高則稱「上古」，所指的時間範圍較大，即一般概念中的周秦時期，而唐納所推斷的時代，則較晚一些，指為上古晚期或秦代，梅祖麟推測的時代較早，早到《詩經》以前，而殷煥先則以為早在殷商甲骨已見「苗頭」，所以，同樣是屬於上古時期，細分之下，仍有早晚的不同。

---

[34] 參見殷煥先〈上古去聲質疑〉，《音韻學研究》第二輯 p52。

2. 起於上古殷商時期的推論

在上述諸說當中，我們可以看出破音別義的研究趨勢，即從早期學者的發現，至清代學者不承認其為語音現象，以為純是魏晉學者「嚮壁虛造」，而發展到近代中外學者的肯定其為漢語特有的語文現象，且推論興起的時代，則有愈晚近而時代愈古，層次愈來愈細密的趨勢。究竟破音別義興起於何時呢？個人以為起於周朝時期應無問題。因為在西周康王時期的〈大盂鼎〉銘文中，[35] 已有如後代破音別義的現象，銘文中有「畏天畏」，第一個「畏」字作動詞，為敬畏的意思，第二個「畏」字作名詞，其義同于「威」，在古籍中有不少兩字互通的例子，例如《尚書·洪範》作「威用六極」，《史記·宋微子世家》作「畏用六極」，《尚書·呂刑》：「德威惟畏」，《墨子·尚賢下》作「德威惟威」。由此我們似乎可以推知「畏」為動詞時讀去聲，作名詞時，與「威」同音讀平聲。然而這

---

[35] 郭沫若於所著《兩周金文辭大系考釋》〈大盂鼎〉下說：「本鼎乃康王時器，下〈小盂鼎〉言『用牲啻禘周王、□王、成王』，其時代自明。」參見該書 p34。

個例子的成立，則有一個問題存在，就是我們必須承認在西周時，「畏」字作名詞與動詞時，它的讀音不同，甚至我們說它的聲調，有平去的不同，說到這裡，則又涉及語音史上另外一個重大而有爭議性的問題——上古的聲調。

論及上古的聲調，近來的學者，除了有少部分主張中古的平上去入四聲，是源自上古的韻尾不同，[36] 也就是說根本否定上古漢語為聲調的語言，不過，對這個說法，丁邦新先生曾撰〈漢語聲調源於韻尾說之檢討〉一文，已作

36 主張這個說法，最早有法國的歐第國（Haudricourt）〈Comment reconstraire le chinois archaiaue〉, Word 10, p351～364，馬學進曾翻譯成中文，篇名作〈怎樣擬測上古漢語〉，發表於《中國語言學論集》p198～226，其後尚有蒲立本（Pulley blank E.G.）於 1963、1973、1978 連續發表〈The consonantal system of old Chinese〉, Part 2, Asia Major 9. p205～265）；〈Some Further evidence regarding Old Chinese-s and its time of disappearance〉, Bulletin of the School of Oriental and African Studies, University of London, 36, Part 2, p368～373；〈The nature of the Middle Chinese tones and their development to Early Mandarin〉, Journal of Chinese Linguistics 6, 2.pp173～203。還有梅祖麟於 1970 年發表〈Tones and prosody in Middle Chinese and the Origin of the rising tone〉, HJRS 30, p86～110。

了有力的反駁。[37] 除此之外，學者們多主張上古有「四聲」的存在，只是上古的四聲與中古以後的四聲不盡相同。目前主張上古「四聲」的理論，大致可分成兩大派：一派為高本漢（Bernhard Karlgren）、董同龢、丁邦新所主張的「四聲三調說」。[38] 一派為王力、林景伊先生、陳師伯元等所主張的「舒促各分長短說」。[39] 我們暫且不去討論古人是以韻尾與聲調來區別四聲，還是韻尾與元音長短來區別四聲，畢竟調值易變，而上古時代又那麼邈遠，但是我們可以確定上古有四聲的「類」，在這四聲中，去聲是學者們討論的重點，因為它在《詩經》時代，有不少與平上

[37] 參見中央研究院《第一屆國際漢學會議論文集》p267～283。

[38] 參見高本漢（Bernhard Karlgren）1960〈Tones in Archaic Chinese〉（〈論中國上古聲調〉）BMFEA32. p121～127；董同龢《上古音韻表稿》或《漢語音韻學》p312～313；丁邦新〈漢語聲調源於韻尾說之檢討〉。

[39] 參見王力《漢語史稿》p64～65，或《漢語語音史》p89～99，林尹《中國聲韻學通論》p113。陳師新雄《古音學發微》p1257～1278。其中林、陳先生不稱「舒促」而稱為「平入」。

入三聲相通押，在張日昇〈試論上古四聲〉一文中，[40] 統計四聲同調獨用各佔其用韻的百分比，分別是平聲 85% 、上聲 76% 、去聲 54% 、入聲 85% ，當中的去聲，顯然其同調獨用的百分比較低，而去聲與其他三聲合用的情形則有 46% ，似乎這個百分比顯示去聲這一類的性質，不如其他三個聲調來得明確穩定，但是我們也可以由於去聲與平上入三聲互押的比例差不多，而凸顯出去聲這 54% 的獨用，已經足以證明去聲的存在了。《詩經》為周朝時期的詩歌總集，歸納分析它的用韻，自然代表著西周到東周間的語音現象。所以，上古西周時期四聲辨別的方式也許與中古時期的辨別不盡相同，但破音別義的存在應可以想見。尤其重要的，個人以為破音別義不僅存在於西周，其實更有可能存在於西周之前的殷商時期，因為按理聲調的變化與意義的轉換，也應該是存在於殷商時期。在聲調方面，董同龢先生在《漢語音韻學》中曾推論說：

自有漢語以來，我們非但已分聲調，而且聲調系統

[40] 參見香港中文大學《中國文化研究學報》1，p113～170。

已與中古的四聲相去不遠了！[41]

雖然趙誠在所撰〈商代音系探索〉一文中，[42] 曾分析殷商甲骨文字的諧聲字，而得到「四聲不分，無入聲韻」這樣的結論，個人對這個結論，認為仍需要採取保留的態度，畢竟分析四聲的界域，從韻文裡歸納分析其用韻現象，應該是較諧聲系統來得清楚，僅用諧聲恐未必能完全獲致事實真相。其次，周朝的四聲頗為明確，平入兩聲更是斷然有別，語言本是順遞而變，並非突變，倘若商代沒有入聲，則周朝入聲又從何而來呢？在意義轉換方面，值得我們注意的是，在我國目前現存最早的書面文獻，已具備完整體系的上古漢語紀錄——殷商甲骨刻辭裡，其字義的引申假借與文法詞性的轉變，已發展得相當成熟了。於文法詞性方面，陳夢家於所著《殷虛卜辭綜述》中，有文法專章論述，而分成卜雨之辭、名詞、單位詞、代詞、動詞、狀詞、數詞、指詞、關係詞、助動詞、句形、結語等十二個小節，

[41] 參見《漢語音韻學》p306。

[42] 參見《音韻學研究》第一輯 p265。

由此可見得，在卜辭裡，詞類已經發展到相當完備的階段。他在〈結語〉中歸納了 14 條文法上的結論，與王力《中國文法初探》中春秋文言資料裡的九項漢語詞序的規律比較，發現僅僅只有第八條不相合，因此陳氏以為：

> 我們說甲骨文字已經具備了後來漢文字結構的基本形式，同樣的卜辭文法也奠定了後來漢語法結構的基本形式。周秦的文字文法，都繼承了殷代文字文法而繼續一貫的發展下去，顯然不是和殷文殷語有著基本上的不同的。[43]

既然在殷商時代，詞類、語法形式已經發展得頗為成熟，然而在殷商的卜辭當中，是否已經發生與破音別義一樣的同形詞的語法轉化呢？答案是肯定的，而且有名詞與動詞的變化、內向動詞與外向動詞的變化等情形，茲分別列舉數例於下：

---

[43] 參見《殷虛卜辭綜述》p132～134。

（1） 名詞變動詞

a.目

（a）貞王其疒目。《合》一六五正[44]

（b）貞乎目邑方。《前》四、三二、六[45]

前者為本義，指人眼，名詞，後者為引申義，指偵伺或望見，作動詞。

b.黍

（a）甲子卜𣪘貞我受黍年。《續》二、二九、三[46]

（b）貞婦妌黍受年。《續》四、二五、三

（c）戊寅卜賓貞王往㠯眾黍于囧。《前》五、二〇、二

（d）庚辰卜夬貞黍于龏。《續》五、三四、五

（a）（b）中「黍」為本義，即《說文》：「黍，禾屬而

---

[44] 《合》為郭若愚等《殷虛文字掇合》簡稱，下同。

[45] 《前》為羅振玉《殷虛書契前編》簡稱，下同。

[46] 《續》為羅振玉《殷虛書契續編》簡稱，下同。

黏者也。」，名詞，(c)(d)中「黍」作動詞，即種黍也。

c.水

(a)癸丑卜貞今歲亡大水。《金》三七七[47]

(b)丙卜貞弓弓自在夂不水。《前》二、四、三

(c)壬子卜亡水。《南》輔九〇[48]

(a)中「水」為名詞，指水災，(b)(c)則轉變為動詞，指發大水的意思。

d.雨

(a)王固曰吉辛庚大雨。《乙》三三四四[49]

(b)甲申卜夬貞茲雨隹我禍。《乙》四七四二

(c)丁卯卜貞今夕雨之夕允雨。《續》四、一七、八

[47] 《金》為方法斂《金璋所藏甲骨卜辭》簡稱，下同。

[48] 《南》為胡厚宣《戰後南北所見甲骨錄》簡稱，下同。

[49] 《乙》為董作賓《小屯殷虛文字乙編》簡稱，下同。

（d）壬寅卜㱿貞自今至于丙午雨。《丙》一一二[50]

（a）（b）的「雨」為名詞，為本義風雨的雨，（c）（d）的「雨」為動詞，指下雨。

e.魚

（a）丙戌卜貞狩用魚。《庫》一二一二[51]

（b）戊寅……王狩京魚革。《前》一、二九、四

（c）貞今……其雨在甫魚。《合集》七八九六[52]

（d）貞其風十月在甫魚。《前》四、五五、六

（a）（b）的「魚」為本義「水蟲」，名詞，（c）（d）的「魚」為動詞，為捕魚的意思。

f.田

（a）大令眾人曰劦田其受年。《合集》一

---

[50] 《丙》為張秉權《小屯殷虛文字丙編》簡稱，下同。

[51] 《庫》為方法斂《庫方二氏藏甲骨卜辭》簡稱，下同。

[52] 《合集》為郭沫若等《甲骨文合集》簡稱，下同。

(b) 王其省田不冓大雨。《粹》一〇〇二[53]

(c) 壬子卜貞王其田向亡𢦏。《合集》三三五三〇

(d) 庚午卜出貞翌辛未王往田。《合集》二四四九六

(a)(b)的「田」為本義，指為農耕之田，名詞，(c)(d)的「田」為動詞，指田獵。[54]

g.官

(a) 戊戌卜侑伐父戊用牛于官。《乙》五三二一

(b) 貞帝官。《乙》四八三二

---

53 《粹》為郭沫若《殷契粹編》簡稱，下同。

54 自王國維《戩壽堂所藏殷虛文字》考「田」的本義為田獵，一反許慎《說文》以來，不乏信其說之學者，文中引到《合集》一中「劦田其受年」，該片卜辭，徐中舒《甲骨文字典》以為是殷商最早期，也就是第一期的甲骨片，這兒「田」指農田，而王氏以為「田」作田獵，動詞解，其義應在農田之先，個人以為從甲骨文字形構觀察，其反有「田野」之形，實無動詞「打獵」的意構，因此以為許說農田為田的本義為是。田獵則是從農田的詞義擴大轉變而來。

（c）辛未卜亘貞乎先官。《存》二、四八四[55]

（a）中的「官」為本義，據徐中舒《甲骨文字典》說即「館」的初文，[56] 館舍的意思，為名詞，而（b）（c）為動詞，指駐於館。

（2） 動詞變名詞

a.俘

（a）……昔甲辰方不俘人十有五人，五日戊申方亦俘人十有六人六月在。《菁》六[57]

（b）貞我用羅俘。《乙》六六九四

（c）克俘二人……又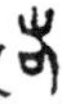女我王……《合》三五九

俘字，甲骨文作《菁》六、《乙》六六九四、《合》三五九從其

---

[55] 《存》為胡厚宣《甲骨續存》的簡稱，下同。

[56] 參見《甲骨文字典》p1502。

[57] 《菁》為羅振玉《殷虛書契菁華》簡稱，下同。

字形知其象驅逐或擄獲敵人的意思，而（a）中的「俘」正是作擄獲，動詞，而（b）（c）則為由動詞擄獲，引申變轉為名詞，被擄獲的人。

b.先

（a）丁巳卜夬貞勿乎眾人先于□。《京》一〇三〇[58]

（b）丁酉卜馬其先弗每。《南》明六八二

（c）癸卯王卜貞其祀多先祖余受又＝王𠕻曰弘吉隹……《佚》八六〇[59]

其（a）的「先」為《說文》的本義「前進」的意思，為動詞，（b）的「先」為引申義，作「為前驅」的意思，（c）「先」則再引申為先世祖先的意思，為名詞。[60]

---

58 《京》為胡厚宣《戰後京津新獲甲骨集》之簡稱，下同。

59 《佚》為商承祚《殷契佚存》簡稱，下同。

60 徐中舒《甲骨文字典》以為「先」字的本義為先世，《說文》的「前進」為後起意，個人以為古文字中凡加「」形符，多半有行動的意思，例如（之）指人足於地，有所往也。（各）指人由外而來於坎，（出）指人由內而出於坎，因此甲骨文象一立於人之前，應指某人舉足前進的意思，所以《說文》的

（3） 內向動詞變外向動詞

a.御

（a）貞钔帚好于高。《續》四、三〇、五

（b）岳钔才茲。《摭續》一九[61]

（c）其乎戍御羌方于義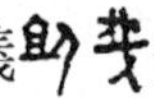羌方不喪眾。《人》二一四二[62]

其中（a）（b）「钔」字，據聞宥〈殷虛文字孳乳研究〉言甲骨文從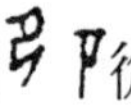從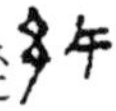，或增偏旁，指主客迎逆會晤，[63]所以為客由外迎於內的內向動詞，（c）「御」字則作抵禦，則為由內抵抗於外，為外向動詞。

說解應屬可信，而作祖先則為引申義。

[61] 《摭續》為李亞農《殷契摭佚續編》簡稱，下同。

[62] 《人》為貝塚茂樹《京都大學人文科學研究所藏甲骨文字》簡稱，下同。

[63] 聞文發表於《東方雜誌》25：3。

b.圉

（a）……圉二人。《京》一四〇二

（b）……五日丁未，在𦎫圉羌。《前》七、一九、二

（a）圉為囚禁的意思，甲骨文作、，象人囚禁於囹圄之中，為內向動詞，而（b）圉，據趙誠〈甲骨文行為動詞探索（一）〉則作抵禦的意思，[64] 為外向動詞。

（4） 外向動詞變內向動詞

a.受

（a）丙辰卜，爭貞，沚戠啟，王從帝受我又。《丙》四〇九

（b）甲午卜㞢貞王貞王伐𢀛方我受又。《續》三、七、五

（a）受即授，授予的意思，受的本義，《說文》云：「相付也」，正是授予的意思，為外向動詞，有了授予，則有

[64] 趙文發表於《古文字研究》17，p324～337。

領受，（b）受為領受的意思，為內向動詞。

b.次

（a）乙卯卜貞今泉來水次。《存》二、一五四

（b）洹不次。《存》二、一五三

（c）次王入。《明》七三三[65]

次的本義原是指人的口水外流，後引申如（a）（b）指水流泛濫，為外向動詞，再引申如（c），為由外而迎接入內的意思，轉為內向動詞。

c. 収

（a）貞勿乎収羊。《續》一、三五

（b）貞我収人伐𢀛方。《鐵》二五九、二[66]

（a）「収」為本義即拱手，貢納、奉獻的意思，為外向動詞，而（b）即由貢納引申為徵集、召致的意思，是內

---

[65] 《明》為明義士《殷虛卜辭》簡稱，下同。

[66] 《鐵》為劉鶚《鐵雲藏龜》簡稱。

向動詞。

d.𢍜

（a）丙子卜其𢍜黍于宗。《掇》四三八[67]

（b）辛巳卜貞𢍜婦好三千𢍜旅萬乎伐……《庫》三一〇

（a）「𢍜」為本義，該文字形構正象人兩手捧食器以進獻，所以這是外向動詞，而（b）「𢍜」與「収」作內向動詞的情形相同，為徵集的意義。

至於意義的引申、假借，在前述文法的舉例之中，已可以看到不少因詞性的轉化，而意義已跟著發生變化的情形，這種意義的變化，通常是引申義，至於假借，古人字少，多用假借，在殷商的甲骨文中，假借的情形是非常普遍的，隨手舉兩個例子，就可以了解：

a.鳳

（a）貞翌丙子其有鳳（風）。《前》四、四三、一

[67]《掇》為郭若愚《殷契拾掇》簡稱。

（b）其冓大鳳（風）。**《粹》九二六**

「鳳」本來是神鳥名，甲骨文作，象頭上有叢毛冠的鳥，殷人以為知時的神鳥，而卜辭中多借為「風」字。

b.亦

（a）旬壬寅雨甲辰亦雨。**《乙》二六九一**

（b）癸巳卜㱿貞……二邑邕方亦侵我西啚田。**《合集》六〇五七**

「亦」甲骨文作「」，《說文》言其本義為「人之臂亦也」，今則如（a）（b）假借作「又」、「再」的副詞。

在上面所舉的同形而詞性或意義變化的例子當中，有一些正是後世學者所舉典型破音別義的例子，如「受」、「魚」、「雨」，因此，個人愈信破音別義早在殷商時期就已經發生了。而梅祖麟於〈四聲別義中的時間層次〉一文中，曾將破音別義的名詞與動詞互變一類分成「動變名型」與「名變動型」兩型，在討論它們的時間層次，曾有這樣的結論：

> 根據以上所說，可見動變名型在上古漢語早期(《詩經》以前）已經存在，而名變動型到去入通轉衰退時期才興起，絕對年代大概在戰國跟東漢之間。[68]

然而，就個人自殷商卜辭中所蒐得的例子，不僅有其所謂《詩經》以前的動變名型，而且還有更多梅氏以為時代晚至戰國以後的名變動型，可見得梅氏所區分的類型層次，仍值得再商榷，不過其以為內向動詞變成外向動詞為極古老的一型，這在前述的例子中也可以得到驗證，但外向動詞變內向動詞一型，恐怕也是不容忽視它在上古存在的事實。

總之，個人以為破音別義起源的時代應該是很早的，早在上古的殷商時期就有了，不過論及它的流變，則周法高先生於〈語音區別詞類說〉說得很真切，他說：

> 根據記載上和現代語中保留的，用語音上的差異（特別是聲調）來區別詞類或相近意義的現象，我

---

[68] 參見《中國語文》1980：6，p429。

們推知這種區別可能是自上古遺留下來的；不過，好些讀音的區別（尤其是漢以後書本上的讀音），卻是後來依據相似的規律而創造的。[69]

是的，破音別義應該原本只是一種自然的語言現象，上古的人很自然地使用著，自漢代章句之學發展至極之後，開始有經師依據古人破讀字音以區別字義的規律，而加以類比，作人為刻意的區別，也因為有刻意為之的情形，所以有南北朝的顏之推、清季以來的顧炎武等學者反對，而以為穿鑿。然而，這種破音別義的現象既已形成漢語的特殊語徵，自然需要重視與研究了。

二、《類篇》破音別義的分類與舉例

（一） 甄錄與分類原則

《類篇》於文字字形之下，列舉所屬的諸多音義，在

---

[69] 參見周法高先生《中國語言學論文集》p363～364。

這些音義當中，含存著一些破音別義的現象。但這種現象，《類篇》的編者，並沒有刻意去凸顯它，因此若要探討《類篇》的破音別義，首先必須經過一番地甄別篩選的工夫，否則找到的只是一般多音多義的字例，而非破音別義。概念上，多音多義的範疇較寬，而破音別義僅是多音多義的一部分，二者的界域不是很明確的，經常容易混淆，因此在甄錄之際，有幾種音義的現象不得視為破音別義，一是由於通假所生成的多音多義，例如：

〈米部〉氣　許氣切，《說文》饋客芻米也，引《春秋傳》齊人來氣諸侯。……丘既切，雲气也。

〈雨部〉震　之刃切，《說文》劈歷振物者，引《春秋傳》震夷伯之廟。……升人切，女妊身動也。

〈手部〉括　古活切，《說文》絜也，一曰撿也，……苦活切，箭末曰括。

〈系部〉孫　思魂切，子之子曰孫，从系，系續也，又蘇困切，遁也。

在上列諸例中「氣」原是廩氣，而後假借為氣體之氣，音義不同；「震」原是震動之意而假借為女妊，音義不同；「括」原是絜束的意思，而假借為樀桰，音義不同；「孫」原是子孫的意思，而假借為遜，匿遁的意思，音義不同。像這類因假借而形成的多音多義，不得視為破音別義。二是作為姓氏、地名、國名、星宿等專有名詞而形成的多音多義，例如：

〈艸部〉葉　弋涉切，《說文》艸木之葉也，又失涉切，縣名。

〈貝部〉費　芳未切，《說文》散財用也，又父沸切，姓。

〈金部〉鉐　常隻切，鍮鉐以石藥冶銅，又作木切，姓也。

〈黽部〉黽　莫杏切，鼁黽也，……又眉耕切，地名，在秦。

〈本部〉皋　古勞切，气皋白之進也，……又攻乎切，橐皋，地名，在壽春。

〈土部〉壞　古壞切，毀也，……乎乖切，壞隤，地名。

〈氏部〉氏　承旨切，巴蜀山名岸脅之旁箸，欲落墒者曰氏，氏崩，聲聞數百里。……又章移切，月支，西域國名。

〈龜部〉龜　居逵切，舊，外骨內肉者也。……又袪尤切，龜兹，國名。

〈阜部〉降　古巷切，《說文》下也。……胡降切，星名，《爾雅》降婁，奎婁也。

在上列字例中，因姓氏、地名、星宿而變讀的，或許是因為相沿既久，約定俗成，或許是為一地方言，其來源渺遠，不容易考證。至於作「龜兹」、「月支」這類名稱所產生的變讀，則是西域國名的譯名對音，像這些也是多音多義，不算是破音別義。

於確定多音多義與破音別義的不同之後，本文則以周祖謨〈四聲別義釋例〉、周法高先生〈語音區別詞類說〉、王力《漢語史稿》、賈昌朝《群經音辨》等字例為基礎，經參證比較，抽繹出《類篇》152 條破音別義的字例，並加以分類條舉。但將如何來予分類呢？檢諸早期《群經音辨》，賈氏雖有辨字音清濁、辨彼此異音、辨字音疑混等分類方式，但其條例不清、界域含糊，不適於今日。周祖謨式的分類，以「別義」為經，以「四聲」為緯，「四聲」一詞，卻又不能完全賅括聲母、韻母的破音現象，不免仍有缺憾。而王力氏與周法高先生則以語音變化配合詞性轉換而分類，但是他們的分類，只重在語法的變化，而不討論意義的引申變轉，也不適合作為本文分類的依據。本文以為破音別義既然是古代以字音的破讀區別意義的轉化，「破音」與「別義」是構成這類語言現象，同時必須具備的兩項要件，而「破音」包括聲調、聲母、韻母的破讀，「別義」包括詞性與意義的區別，故此將這些條件，可作如下圖的交叉組合：

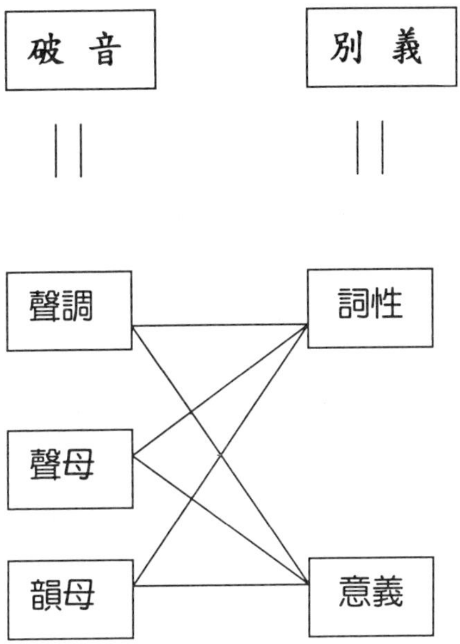

而再將抽繹《類篇》152 條破音別義字例，分成以下的 13 類，各類之中，再依據聲調的平上去入，聲母的清濁部位、韻母的陰陽洪細的破音方式，與詞性的名詞、動詞、形容詞、副詞、介詞、量詞、意義引申的擴大、縮小、轉移等別義情形，再作細目的分類，雖然不免於瑣碎，然於破音別義可進一步作微觀析論。

（二） 分類與舉例

1．聲調破讀而詞性轉變

（1）平聲破讀爲上聲而名詞用爲動詞

〈糸部〉**緵**　祖叢切（平東），《爾雅》緵罟謂之九罭。郭璞曰今百囊罟。（名）……祖動切（上董），束也。（動）

（2）平聲破讀爲上聲而名詞用爲形容詞

〈衣部〉袉　唐何切（平歌），裾也。（名）……佗可切（上哿），長皃。（形）《論語》：朝服袉紳。

（3）平聲破讀爲上聲而動詞用爲形容詞

〈辵部〉迃　邕俱切（平虞），《說文》避也。（動）……委羽切（上噳），曲皃。（形）

（4）平聲破讀爲上聲而形容詞用爲動詞

〈㫃部〉施　商支切（平支），《說文》旗皃。（形）……賞是切（上紙），捨也。（動）

（5）平聲破讀爲去聲而名詞用爲動詞

〈王部〉王　于方切（平陽），天下所歸往也。

（名）……于放切（去漾），興也。（動）

〈足部〉蹄　田黎切（平齊），《說文》足也。（名）……大計切（去霽），躗也。（動）

〈臼部〉要　伊消切（平宵），《說文》身中也。（名）……一笑切（去笑），約也。（動）[70]

〈木部〉棺　沽丸切（平桓），《說文》關也，所以掩尸。（名）……古玩切（去換），以棺斂曰棺。（動）

〈禾部〉稱　蚩承切（平蒸），《說文》銓也。（名）……昌孕切（去證），權衡也。（動）

〈冖部〉冠　古丸切（平桓），《說文》絭也，所以絭髮弁冕之總名也。（名）……古玩切（去換），男子二十加冠曰冠。（動）

〈衣部〉衣　於稀切（平微），依也，上曰衣下曰裳。（名）……於既切（去未），服

[70] 《說文》：「約，纏束也。」

之也。（動）

〈毛部〉麾　吁為切（平支），旗屬。（名）《周禮》建大麾以田。……況偽切（去寘），招也。（動）《春秋傳》周麾而呼。

〈文部〉文　無分切（平文），錯畫也，象交文。（名）……文運切（去問），飾也。（動）[71]

〈門部〉間　居閑切（平山），《說文》隙也。（名）[72]……居莧切（去襇），廁也。（動）

〈女部〉妻　千西切（平齊），《說文》婦與夫齊者也。（名）……七計切（去霽），以女嫁人。（動）

〈糸部〉紨　馮無切（平虞），《說文》布也。（名）……符遇切（去遇），縛繩。（動）

---

[71] 《類篇》「文」字「文運切」下原無字義，蓋其字義同於「眉貧切，飾也」今音義既在「眉貧切」之後而義與之同，依《類篇》書例，則省略不贅。

[72] 汲古閣影宋鈔本、文淵閣四庫全書本、姚刊三韻本等《類篇》「隙」均作「隟」，形訛，玆據徐鍇《說文繫傳》正。

(6) 平聲破讀爲去聲而名詞用爲形容詞

〈火部〉煆 虛加切(平麻),火氣。(名)……
虛訝切(去禡),《博雅》爇也。(形)

〈言部〉譊 郎刀切(平豪),聲也。(名)……
郎到切(去号),聲多也。(形)

〈車部〉輕 牽盈切(平清),《說文》輕車也。(名)……牽正切(去勁),疾也,《春秋傳》戎輕而不整。(形)[73]

〈穴部〉空 枯公切(平東),《說文》竅也。(名)……
苦貢切(去送),窮也,缺也。(形)

(7) 平聲破讀爲去聲而動詞用爲名詞

〈示部〉禁 居吟切(平侵),勝也,制也。(動)……
居廕切(去沁),《說文》吉凶之忌也。(名)

〈艸部〉藏 慈郎切(平唐),《說文》匿也。(動)……
才浪切(去宕),物所畜曰藏。(名)

[73] 汲古閣影宋鈔本、文淵閣四庫全書本、姚刊三韻本等《類篇》於「牽正切」下均漏「疾也」一義,而述古堂影宋鈔本《集韻》有之,茲據補。

〈行部〉行　戶庚切（平庚），人之步趨也。（動）……下孟切（去敬），言迹也。（名）

〈号部〉號　乎刀切（平豪），《說文》呼也。（動）……後到切（去号），教令也。（名）

〈毌部〉貫　沽丸切（平桓），穿也。《易》貫魚以宮人寵。（動）……古玩切（去換），《說文》錢貝之貫。（名）

〈重部〉量　呂張切（平陽），《說文》稱輕重也。（動）……力讓切（去漾），斗斛曰量。（名）

〈石部〉磨　眉波切（平戈），治石謂之磨。（動）……莫臥切（去過），石磑也。（名）

〈耳部〉聞　無分切（平文），《說文》知聞也。（動）……文運切（去問），聲所至也。（名）

〈手部〉操　倉刀切（平豪），《說文》把持也。（動）……七到切（去号），持念也。（名）

〈糸部〉縫　符容切（平鍾），《說文》以鍼紩衣也。（動）……房用切（去用），衣會也。《周官》有縫人。（名）

(8)平聲破讀爲去聲而內動詞用爲外動詞

〈先部〉先　蕭前切(平先),前進也。(內動)……先見切(去霰),相導前後曰先。(外動)

(9)平聲破讀爲去聲而動詞用爲形容詞

〈皿部〉盛　時征切(平清),《說文》黍稷在器中以祀者也。(動)……時正切(去勁),多也。(形)

(10)平聲破讀爲去聲而形容詞用爲名詞

〈女部〉媛　于元切(平元),……美皃。(形)……于願切(去願),美女。(名)

(11)平聲破讀爲去聲而形容詞用爲動詞

〈肉部〉膏　居勞切(平豪),《說文》肥也。(形)……居号切(去号),潤也。《詩》陰雨膏之。(動)

〈口部〉嘈　財勞切(平豪),《廣雅》嘈哢聲也。(形)……在到切(去号),喧也。(動)

〈高部〉高　古牢切(平豪),崇也。(形)……

居号切（去号），度高曰高。（動）

〈長部〉長　直良切（平陽），久遠也。（形）……

直亮切（去漾），度長短曰長。（動）[74]

〈水部〉深　式針切（平侵），……邃也。（形）……

式禁切（去沁），度深曰深。（動）

〈力部〉勞　魯刀切（平豪），《說文》劇也。（形）……

郎到切（去号），慰也。（動）

〈阜部〉陰　於金切（平侵），《說文》闇也。（形）……

於禁切（去沁），瘞藏也。《禮》陰為野土。（動）

（12）平聲破讀爲去聲而副詞用爲動詞

〈心部〉應　於陵切（平蒸），《說文》當也。（副）……

於證切（去證），荅也。（動）

（13）平聲破讀爲去聲而介詞用爲名詞

〈糸部〉緣　余專切（平僊），因也。（介）……

俞絹切（去綫），《說文》衣純也。

---

[74] 汲古閣影宋鈔本、文淵閣四庫全書本、姚刊三韻本等《類篇》原作「度長短曰丈」，考述古堂影宋鈔本、四部備要本等《集韻》「丈」皆作「長」，茲據正。

（名）

（14）平聲破讀爲去聲而數詞用爲量詞

〈三部〉三　蘇甘切（平談），天地人之道也。（數）……蘇暫切（去闞），《論語》三思而後行。（量）

（15）上聲破讀爲平聲而動詞用爲名詞

〈水部〉**溲**　所九切（上有），浸𣵀也。（動）……疎鳩切（平尤），溺謂之溲。（名）

（16）上聲破讀爲平聲而動詞用爲形容詞

〈門部〉**闡**　齒善切（上獮），《說文》開也。引《易》闡幽（動）……稱延切（平僊），明也。（形）

（17）上聲破讀爲去聲而名詞用爲動詞

〈舁部〉**與**　演女切（上語），《說文》黨與也。（名）……羊茹切（去御），及也。（動）

〈𠂇部〉左　子我切（上哿），𠂇手也。（名）[75] ……

[75] 汲古閣影宋鈔本、文淵閣四庫全書本、姚刊三韻本等《類篇》「左」

子賀切（去箇），《說文》手相左助也。（動）

〈禾部〉種 主勇切（上腫），類也。（名）……朱用切（去用），蓺也。（動）

〈米部〉粉 府吻切（上吻），《說文》傅面者也。（名）……方問切（去問），飾也。（動）

〈宀部〉守 始九切（上有），《說文》守官也。（名）……舒救切（去宥），諸侯為天子守土，故稱守。（動）

〈首部〉首 書九切（上有），同古文𦣻也，巛象髮謂之鬊。（名）……舒救切（去宥），嚮也。《禮》寢嘗車首。（動）

〈雨部〉雨 王矩切（上噳），水从雲下也。（名）……王遇切（去遇），自上而下曰雨。（動）

〈女部〉女 碾與切（上語），婦人也。（名）……尼據切（去御），以女妻人也。《書》女于時。（動）

下原缺「𠂇手也」一義，考述古堂影宋鈔本《集韻》有，茲據補。

〈水部〉瀋　昌枕切（上寑），汁也。引《春秋傳》猶拾瀋。（名）……䲷禁切（去沁），置水於器。（動）

（18）上聲破讀爲去聲而動詞用爲名詞

〈辵部〉遣　去演切（上獮），《說文》縱也。（動）……詰戰切（去綫），祖奠也。（名）

〈攴部〉數　爽主切（上噳），《說文》計也。（動）……雙遇切（去遇），枚也。（名）

〈木部〉采　倉宰切（上海），捋取也。（動）……倉代切（去代），臣食邑。（名）

〈言部〉詁　果五切（上姥），《說文》訓故言也。（動）……古慕切（去莫），通古今之言也。（名）

〈弓部〉引　以忍切（上軫），《說文》開弓也。（動）……羊進切（去震），牽車紼也。（名）

（19）上聲破讀爲去聲而內動詞用爲外動詞

〈又部〉叚　舉下切（上馬），《說文》借也。（內

動）[76]……居迓切（去禡），以物貸人。（外動）

（20）上聲破讀爲去聲而形容詞用爲動詞

〈丄部〉丅　亥雅切（上馬），底也。（形）……亥駕切（去禡），降也。（動）

〈辵部〉遠　雨阮切（上阮），《說文》遼也。（形）……於願切（去願），離也。（動）

〈人部〉假　舉下切（上馬），《說文》非真也。（形）……居訝切（去禡），以物貸人也。（動）

〈广部〉廣　古晃切（上蕩），闊也。（形）……古曠切（去宕），度廣曰廣。（動）

〈黑部〉點　多忝切（上忝），小黑也。（形）……都念切（去㮇），郭璞曰以筆滅字為點。（動）

〈女部〉好　許皓切（上晧），《說文》美也。（形）……

[76] 諸本《類篇》原作「偕也」，考大徐本《說文》、徐鍇《說文繫傳》均作「借也」，茲據正。

虛到切（去号），愛也。（動）[77]

(21) 去聲破讀爲平聲而形容詞用爲副詞

〈重部〉重　柱用切（去用），厚也。（形）……

傳容切（平鍾），複也。（副）

(22) 去聲破讀爲平聲而副詞用爲名詞

〈正部〉正　之盛切（去勁），是也。（副）……

諸盈切（平清），歲之首月。（名）

2·聲調破讀而意義引申

(1) 平聲破讀爲上聲而意義轉移

〈糸部〉編　卑眠切（平先），《說文》次簡也。……

補典切（上銑），絞也。

〈糸部〉䌪　余廉切（平鹽），續也。……以冉切（上琰），《方言》未續也。

(2) 平聲破讀爲去聲而意義擴大

〈攴部〉敲　丘交切（平爻），《說文》擴擿也。……

[77] 諸本《類篇》「好」下均脫「愛也」一義，考述古堂影宋鈔本、四部備要本《集韻》〈号韻〉「虛到切」「好」下有之，兹據補。

口教切（去效），擊也。

〈肉部〉胡　戶孤切（平模），牛顄垂也。……胡故切（去莫），頸也。《漢書》捽胡。

〈㫃部〉旋　旬宣切（平僊），《說文》周旋旌旗之指麾也。……隨戀切（去綫），遶也。

〈手部〉披　攀糜切（平支），《說文》從旁持曰披。……披義切（去寘），散也。

〈女部〉奴　農都切（平模），《說文》奴婢皆古之辠人。引《周禮》其奴男子入于罪隸女子入于舂藁……奴故切（去莫），賤稱。

〈弓部〉張　中良切（平陽），《說文》施弓弦也。……知亮切（去漾），陳設也。《周禮》邦之張事。

〈田部〉當　都郎切（平唐），《說文》田相值也。……丁浪切（去宕），……中也。

〈糸部〉緇　莊持切（平之），《說文》帛黑也。《周禮》七入為緇。……側吏切（去志），黑色。

(3)平聲破讀爲去聲而意義縮小

〈辵部〉迎　魚京切（平庚），《說文》逢也。……魚慶切（去映），迓也。

〈攴部〉收　尸周切（平尤），《說文》補也。……舒救切（去宥），穫也。

〈衣部〉祛　丘於切（平魚），《說文》衣袂也。……丘據切（去御），袂末也。

〈衣部〉袍　蒲褒切（平豪），《說文》襺也。引《論語》衣敝緼袍……薄報切（去号），衣前襟。

〈糸部〉緘　居咸切（平咸），《說文》所已束篋也。[78]……公陷切（去陷），棺旁所以繫者。

〈車部〉輜　莊持切（平之），《說文》輜軿，衣車也。軿車前衣也，車後為輜。[79]……側吏切（去志），車輻入牙曰輜。

---

[78] 《類篇》所據的大小徐本《說文》，「緘」字下作「束篋也」，段注《說文》以為應增益作「所已束篋也」，茲從之。

[79] 《類篇》諸本載《說文》原作「軿車前衣車後也」，考段注《說文》作「輜軿，衣車也，軿，車前衣也，車後為輜。」茲據正。

（4）平聲破讀為去聲而意義轉移

〈玉部〉**環**　胡關切（平刪），《說文》璧也，肉好若一謂之環。……胡慣切（去諫），《周官》有環人，劉昌宗讀。

〈辵部〉**遺**　夷佳切（平脂），《說文》亡也。……以醉切（去至），贈也。鄭康成讀。

〈言部〉**調**　田聊切（平蕭），《說文》和也。……徒弔切（去嘯），賦也。

〈爪部〉**為**　于嬀切（平支），……《爾雅》作造為也。……于偽切（去寘），助也。

〈目部〉**相**　思將切（平陽），《說文》省視也。……《詩》曰：相鼠有皮。……息將切（去漾），助也。

〈木部〉**檮**　徒刀切（平豪），《說文》斷木也。……大到切（去号），《博雅》棺也。

〈巾部〉**帊**　披巴切（平麻），殘帛。……普駕切（去禡），《博雅》帳也。

〈手部〉**揉**　而由切（平尤），以手挺也。……如又切（去宥），順也。《詩》云揉此萬邦。

〈力部〉**勝**　識蒸切（平蒸），《說文》任也。……

詩證切（去證），克也。

〈厶部〉疏　所葅切（平魚），通也。……所據切（去御），《博雅》條陳也。

(5) 上聲破讀爲去聲而意義擴大

〈攴部〉斂　力冉切（上琰），《說文》收也。……力驗切（去豔），聚也。

〈羴部〉羼　初限切（上產），羊相廁也。……初莧切（去襇），一曰傍入曰羼。

〈人部〉仵　阮古切（上姥），偶也。……五故切（去莫），同也。《莊子》觭偶不仵。

〈人部〉倒　都老切（上晧），仆也。……刀号切（去号），顛倒也。

(6) 上聲破讀爲去聲而意義縮小

〈人部〉佐　子我切（上哿），助也。……子賀切（去箇），手相左助也。

(7) 上聲破讀爲去聲而意義轉移

〈小部〉少　尸沼切（上小），不多也。……始曜切（去笑），幼也。

〈邑部〉邸　典禮切（上薺），《說文》屬國舍也。……丁計切（去霽），本也。《周禮》四圭有邸。

〈人部〉仰　語兩切（上養），《說文》舉也。……魚向切（去漾），《廣雅》恃也。

〈心部〉恐　丘勇切（上腫），《說文》懼也。……欺用切（去用），疑也。

〈乙部〉乳　而主切（上噳），人及鳥生子曰乳，獸曰產。……儒遇切（去遇），育也。

（8）去聲破讀爲平聲而意義轉移

〈辵部〉造　七到切（去号），《說文》就也。譚長說，造上士也。……倉刀切（平豪），進也。

〈言部〉詔　諸眶切（去笑），告也、教也、道也。……之遙切（平宵），言誘也。

〈教部〉教　居效切（去效），上所施下所效也。……居肴切（平爻），令也。

（9）去聲破讀爲上聲而意義轉移

〈辵部〉近　巨謹切（上隱），迫也。……巨靳切（去焮），《說文》附也。[80]

---

[80] 《類篇》諸本原缺意義，考述古堂影宋鈔本《集韻 · 焮韻》「近」

(10) 入聲破讀爲上聲而意義轉移

〈面部〉靨　益涉切（入葉），頰輔也。……於琰切（上琰），面上黑子。

3·聲母破讀而詞性轉變

(1) 清聲破讀爲濁聲而動詞用爲名詞

〈尾部〉屬　之欲切（照 tɕ-），[81] 連也。（動）……殊玉切（禪 ʑ-），……類也。（名）

〈糸部〉紬　丑鳩切（徹 ȶ´-），引絲緒也。（動）……陳留切（澄 ȡ´-），《說文》大絲繒也。

(2) 濁聲破讀爲清聲而名詞變爲形容詞

〈弓部〉弧　洪孤切（匣 ɣ-），《說文》木弓也。（名）……汪胡切（影 ʔ-），曲也。《周禮》無弧深，杜子春讀。（形）

(3) 濁聲破讀爲清聲而內動詞變爲外動詞

〈攴部〉敗　薄邁切（並 b´-），毀也。（內動）……

下有「《說文》附也。」一義，茲據補。

81 本文的擬音是依據拙作《類篇研究》。

北邁切（幫 p-），毀之也。陸德明曰：毀佗曰敗。（外動）

(4) 濁聲破讀爲清聲而動詞變爲形容詞

〈冎部〉別　皮列切（並 b´-），《說文》分解也。（動）……筆別切（幫 p-），異也。（形）

(5) 濁聲破讀爲清聲而形容詞變爲副詞

〈皿部〉盡　在忍切（從 dz´-），《說文》器中空也。（形）……子忍切（精 ts-），極也。（副）

(6) 塞音破讀爲擦音而名詞變爲動詞

〈田部〉畜　勅六切（徹 ȶ´-），《說文》田畜也。（名）……許六切（曉 x-），養也。（動）

4・聲母破讀而意義引申

(1) 清聲破讀爲濁聲而意義擴大

〈艸部〉著　陟略切（知 ȶ-），被服也。……直略切（澄 ȡ´-），附也。

〈比部〉比　必志切（幫 p-），密也。……毗志切

（並 b´-），近也。

（2）清聲破讀爲濁聲而意義縮小

〈刀部〉**剹**　將侯切（精 ts-），斷也。……徂侯切（從 dz´-），《字林》細斷也。

（3）清聲破讀爲濁聲而意義轉移

〈頁部〉**頠**　苦猥切（溪 k´-），《說文》頭不正也。……五賄切（疑 ŋ-），《廣雅》大皃。

〈角部〉**解**　舉蟹切（見 k-），《說文》判也。……下買切（匣 ɣ-），曉也，教也。

（4）濁聲破讀爲清聲而意義縮小

〈會部〉**會**　黃外切（匣 ɣ-），合也。……古外切（見 k-），總合也。

5·韻母破讀而詞性轉變

（1）四等破讀爲三等而名詞用爲動詞

〈糸部〉**繫**　吉詣切（霽開四，-iɛi），《說文》繫縋也。（名）……吉棄切（至開三，-ji），聯也。（動）

(2) -i 尾破讀爲開尾而形容詞用爲副詞

〈大部〉大　徒蓋切（太開一，-ai），天大地大人亦大。(形)……佗佐切(箇開一，-a)，太也。（副）

6．聲調聲母破讀而詞性轉變

〈口部〉嗌　希佳切（曉 x-，平佳），《廣雅》笑也。(動)……倚蟹切(影ʔ-，上蟹)，笑聲。（名）

7．聲調聲母破讀而意義引申

(1) 聲調聲母破讀而意義擴大

〈亝部〉齊　前西切（從 dz´-，平齊），禾麥吐穗上平也。……子計切(精 ts-，去霽)，和也。

(2) 聲調聲母破讀而意義縮小

〈口部〉嘽　他干切（透 t´-，平寒），《說文》喘息也。……黨旱切（端 t-，上旱），憏也。

〈人部〉償　辰羊切（禪 ʑ-，平陽），《說文》還也。……始兩切（審 ɕ-，上養），報也。《莊子》世俗之償。

〈人部〉傍　蒲光切（並 b´-，平唐），《說文》近也。……補朗切（幫 p-，上蕩），左右也。

8·聲調韻母破讀而詞性轉變

(1) 平聲韻破讀爲去聲韻而名詞用爲動詞

〈口部〉咽　因連切（平僊開三，-jɛn），《說文》嗌也，謂之咽喉也。……（名）……伊甸切（去霰開四，-iɛn），《博雅》呑也。（動）

〈禾部〉稷　謨還切（平刪合二，-uɑn），稻名。（名）……莫半切（去換合一，-uɑn），種也。（動）

〈水部〉波　逋禾切（平歌開一，-ɑ），《說文》水涌流也。（名）……彼義切（去寘開三，-ji），循水行也。《漢書》傍南山，北波河。（動）

(2) 平聲韻破讀爲去聲韻而主動詞用爲被動詞

〈走部〉趲　宗蘇切（平模合一，-u），走也。（主

動）……則幹切（去翰開一，-ɑn），逼使走。（被動）

（3）去聲韻破讀爲入聲韻而名詞用爲動詞

〈又部〉度　徒故切（去莫合一，-u），《說文》法制也。（名）……達各切（入鐸開一，-ɑk），謀也。（動）

〈亼部〉舍　式夜切（去禡開三，-jɑ），《說文》市居曰舍。（名）……施隻切（入昔開三，-jɐk），置也。（動）

（4）去聲韻破讀爲入聲韻而內動詞用爲外動詞

〈貝部〉貸　他代切（去代開一，-Ai），《說文》施也。（內動）……惕德切（入德開一，-ək），从人求物也。（外動）

（5）入聲韻破讀爲平聲韻而名詞變爲動詞

〈巾部〉幎　莫狄切（入錫開四，-iɛk），《說文》幔也。（名）……民堅切（平先開四，-iɛn），覆也。《儀禮・士喪》幎目用緇。（動）

(6) 入聲韻破讀爲去聲韻而名詞用爲動詞

〈厂部〉厝　倉各切（入鐸開一，-ɑk），《說文》厲石也。引《詩》他山之石、可以為厝。（名）……倉故切（去莫合一，-u），置也。（動）

〈心部〉惡　遏鄂切（入鐸開一，-ɑk），《說文》過也。（名）……烏故切（去莫合一，-u），恥也，憎也。（動）

(7) 入聲韻破讀爲去聲韻而動詞用爲名詞

〈宀部〉宿　息六切（入屋開三，-jok），《說文》止也。（動）……息救切（去宥開三，-jəu）。……舍也。（名）

(8) 入聲韻破讀爲去聲韻而動詞用爲副詞

〈彳部〉復　房六切（入屋開三，-jok），《說文》往來也。（動）……扶富切（去宥開三，-jəu），……又也。（副）

9·聲調韻母破讀而意義引申

(1) 平聲韻破讀爲去聲韻而意義轉移

〈人部〉偵　知盈切（平清開三，-jɐŋ），卜問也。……

豬孟切（去映開二，-ɐŋ），廉視也。

〈辵部〉遲 陳尼切（平脂開三，-ji），徐行也。引《詩》行道遲遲。……直吏切（去志開三，-ji），待也。

（2）入聲韻破讀爲去聲韻而意義縮小

〈糸部〉織 質力切（入職開三，-jək），《說文》作布帛之總名也。……脂利切（去至開三，-ji），織文也。

（3）入聲韻破讀爲去聲韻而意義轉移

〈肉部〉肉 如六切（入屋開三，-jɑk），胾肉。……如又切（去宥開三，-jəu），錢璧之體。

10·聲韻破讀而詞性轉變

（1）濁聲合口破讀爲清聲開口而名詞變爲動詞

〈木部〉柱 重主切（澄ȡ´-、上噳合三 -ju），《說文》楹也。（名）……展呂切（知ȶ-，上語開三 -jo），支也。（動）

（2）鼻音二等破讀爲邊音一等而名詞變爲動詞

〈木部〉樂 逆角切（疑 ŋ-，入覺開二 -ɔk），《說文》聲，八音總名。（名）……歷各

切（來 l -，入鐸開一 -ɑk），娛也。（動）

11·聲韻破讀而意義引申

〈虫部〉閩　眉貧切（明 m-，平真開三 -jen），《說文》東南越蛇種。……蒲官切（並 b´-，平桓合一 -uɑn），蠻別種。《周禮》七閩。

12·聲韻調破讀而詞性轉變

（1）濁聲通攝平聲破讀爲清聲江攝去聲而名詞變爲形容詞

〈目部〉瞳　徒東切（定 d´-，平東開一 -oŋ），目瞳子。（名）……丑降切（徹 ȶ´-，去絳開二 -ɔŋ），未有知皃。《莊子》瞳然如新生之犢。（形）

（2）濁聲脂韻平聲破讀爲清聲紙韻上聲而動詞變爲名詞

〈食部〉餈　才資切（從 dz´-，平脂開三 -ji），飫也。（動）……蔣氏切（精 ts-，上紙開三 -ji），惡食也。《管子》曰：餈食不肥。（名）

13．聲韻調破讀而意義引申

(1) 擦音曾攝入聲破讀爲塞擦音止攝去聲而意義擴大

〈食部〉食　乘力切（禪 ʑ-，入職開三 -jəŋ），一米也。[82] ……疾二切（從 dzʻ-，去至開三 -ji），糧也。

(2) 脣齒音通攝平聲破讀爲雙唇音曾攝去聲而意義轉移

〈土部〉封　方容切（非 pf-，平鍾合三 -juŋ），《說文》爵諸侯之土也。……逋鄧切（幫 p-，去隥開一 -əŋ），喪葬下土也。

三、《類篇》破音別義現象析論

如果將上節所列舉的 13 類 152 條字例，加以觀察分析，我們可以從中發現以下的四種破音別義的現象：

---

82 《類篇》諸本「食」下「一米」一義，是據大小徐《說文》，然段注《說文》以為「亼米」之誤，蓋「亼，集也，集眾米而成食也。」

（一） 破音以聲調爲主而兼及聲母韻母

論及破音別義其語音上的變轉，周祖謨〈四聲別義釋例〉一文歸納有：（a）聲調變讀；（b）聲調兼變聲母；（c）變調兼變韻母；（d）調值不變僅變聲韻四端，而周法高〈中國語法札記·語音區別詞類說〉則歸納有：（a）平上聲和去聲的差別；（b）入聲和去聲的差別，包括韻尾輔音的差別；（c）清聲母和濁聲母的差別三型。但顯然地，《類篇》破音的方式比二周所分析的，又較為複雜，它除了以聲調破音為主，而兼及聲母、韻母的破讀，甚至兼合聲韻調兩種以上，因此若分析《類篇》的破音方式，大致可分成單純式破音與兼合式破音兩大類，在 152 條字例中，單純式的破音佔絕對多數，而當中聲調的破音也是佔了大部分，茲配合詞性、引申等別義方式，列表如下〈表一〉、〈表二〉便可了解：

〈表一〉

單純破音 ＼ 例數 ＼ 別義	詞性	引申	小計
聲調	68	41	109
聲母	7	6	13
韻母	2	0	2
小計	77	47	124

〈表二〉

兼合破音 ＼ 例數 ＼ 別義	詞性	引申	小計
聲調聲母	1	4	5
聲調韻母	12	4	16
聲母韻母	**2**	**1**	**3**
聲韻調	**2**	**2**	**4**
小計	**17**	**11**	**28**

表中單純式的聲調讀破，高達 109 條之多，從這個現象，可以讓我們了解為什麼有不少學者稱破音別義為「四聲別義」的原因了，但是我們必須強調的是，大部分仍不等於全部。從《類篇》的音韻系統去分析聲調的破讀，有 109 條字例，可是如果再以《類篇》依承《集韻》通用韻，這類在實際語言中韻值相同的角度辨析，[83] 則可以將兼合式破音的「偵」、「咽」、「遲」三條例字，併入聲調破讀一類中，蓋：

偵　知盈切（平清）：豬孟切（去映）

咽　因連切（平僊）：伊甸切（去霰）

遲　陳尼切（平脂）：直吏切（去志）

映為庚韻相承的去聲韻，但庚清為通用韻，霰韻為先韻相承的去聲韻，但僊與先為通用韻，志韻為之韻相承的去聲

[83] 參見拙作《類篇研究》〈《類篇》字音研析〉所論。

韻，但脂與之為通用韻，這類通用韻在實際語言中，主要元音與韻尾相同的，換言之「偵」、「咽」、「遲」三字，可以不視為聲調兼合韻母的破讀。既然如此，在這 112 條聲調破音的範圍裡，其破音的方式有：平：上、平：去、上：平、上：去、去：平、去：上、入：上等，玆再將各式字例的數目列於〈表三〉：

〈表三〉

別義／數目／聲調	詞性	引申	小計
平：上	4	2	6
平：去	40	26	66
上：平	2	0	2
上：去	21	10	31
去：平	2	3	5
去：上	0	1	1
入：上	0	1	1
小計	69	43	總計 112

從表中，我們可以發現去聲與非去聲的破音，凡 103 條字例，因此不難想見去聲在聲調的破音裡，所處的重要地位，但是由表中顯示四聲破讀的現象裡，個人以為殷煥先於〈破讀的語言性質及其審音〉與〈上古去聲質疑〉二文中，[84] 所提出「離去無破」的主張，不盡可信。我們承認去聲與非去聲的破音，為聲調破音的主體，但殷氏對於平：上間的破音，以為：

> **這種聲調「破讀」是沒有的，如果有，那也是「絕無僅有」的。[85]**

這樣大膽的說法，在《類篇》中，我們至少可以舉出 8 個例字證明它「有」，而且不是「絕無僅有」的。至於上：入間的破音現象，殷氏也以為是不存在的，但至少本文還能舉出一例來，因此殷氏之說，不免稍嫌武斷了。

---

84 〈破讀的語言性質及其審音〉一文，見 1963 年《山東大學學報》；〈上古去聲質疑〉，參見註 5。

85 參見《音韻學研究》第二輯 p56～57。

（二）　別義則詞性變轉略多於意義引申

從上節〈表一〉、〈表二〉列舉詞性與引申兩類別義的例數，詞性的 94 例略多於引申的 58 例。在名詞、動詞、形容詞、副詞、介詞、數詞、量詞等詞性變轉的各種類型當中，名詞與動詞的互轉，是最為普遍的一種，茲列舉詞類互轉各類型的例數如〈表四〉：

〈表四〉

詞性變轉	例數	詞性變轉	例數
名詞：動詞	34	形容詞：名詞	1
名詞：形容詞	7	形容詞：動詞	14
動詞：名詞	21	形容詞：副詞	3
內動詞：外動	4	副詞：名詞	1
主動詞：被動	1	副詞：動詞	1
動詞：形容詞	4	介詞：名詞	1
動詞：副詞	1	數詞：量詞	1
總　　計	94		

表中的名詞、動詞互轉計有 55 例，佔了所有例字將近 60% ，

由此可見名詞變轉為動詞，或者動詞變轉為名詞，在破讀字音以區別詞性的情形裡，它是具有重要的地位。個人甚至認為動詞在詞性轉變的地位，正如去聲在破音中的地位，實在因為在 94 例字當中，與動詞相關的變轉就高達 80 個例字，這種偏重在動詞的現象，或許是因為動詞在語法上的運用、變轉，較其他詞類來得靈活的緣故，為了區別這種變轉，而發生了字音的破讀。總之，這個問題，在破音別義的研究上，是值得再進一步深究的。

再者，梅祖麟於〈四聲別義中的時間層次〉一文中，曾認為王力氏「就動詞來看，基本詞讀非去聲，轉化出來的派生詞讀去聲，……此外《說文》下定義一般是把基本義歸給非去聲的讀法。……」的論點是應該肯定的，因此以去入聲通轉的標準，論證「動變名型」早於「名變動型」，本文於一（二）節中，曾依據殷商甲骨證明其說仍值得商榷，而本節若就《類篇》去：入破音別義的例字看來，確實有不少例字可證成王力之說，但如「度」、「舍」二例，則為去聲破讀為入聲，名詞用為動詞，且歸《說文》的基本義於去聲，與前說恰巧不合，因此梅氏以此論證「動變名型」早於「名變動型」，至少從《類篇》破音別義的現象看來，也是有漏洞的。

至於以意義引申的別義方式，本文於二（二）節中曾據德國赫爾曼·保羅（Hermann Paul）的〈語言史原理〉（〈Prinzipien der Sprachgeschichte〉）一文析詞義的變遷為擴大、縮小、轉移三類舉例析述，茲再將意義引申這三類型的例數，例如〈表五〉：

〈表五〉

字義引申	例數
擴大	16
縮小	13
轉移	29
總計	58

在例字上字義引申是較少於詞性的變轉。

另外「別義」一名，本文區分成詞性變轉與意義引申兩類，若就當今語法學、詞匯學的立場而言，似乎二者是不能混為一談的，然而就古代漢語、漢字系統而言，這二者間的關係，往往又不能分割得那麼清楚，例如前面二（二）1節中所舉〈車部〉「輕」字一例，讀作平聲清韻「牽盈切」，作「輕車」一義，屬名詞，讀作去聲勁韻「牽正切」時，作「疾也」一義，屬動詞，事實上這破音別義的例字，它既區別詞性，也顯示其意義的轉移。更何況在中古時期，古人根本沒有如今的詞性概念與名義，這些詞性的差異，在字書中仍屬於意義的範疇。

另外還有一個值得注意的別義現象，即在意義引申一類中，有意義相反的情形，在前文二（二）2節中，〈糸部〉「綱」字，其讀平聲鹽韻「余廉切」，為「續也」一義，而讀上聲琰韻「以冉切」，則作「未續也」一義。這種情形，在訓詁學中，部分學者以為這是一種釋義的方式——「反訓」，不過，個人以為若站在意義演變的立場而言，則是心理學聯想的結果。基本上，意義的引申與心理的聯想，是有密切關聯的，杜學知在〈意義引申與聯想法則〉一文，[86] 曾提出「引申的作用，是根據於聯想的法則的」的說法，這是可以相信的，在思考心理學的發展史中，希臘的亞里斯多德（Aristotle）曾提出聯想的三原理：一為「接近律」（Principle of Contiguity），二為「類似律」（Principle of Similarity），三為「對比律」（Principle of Contrast），[87] 而「繝」字之所以產生相反的引申義，正是聯想的「對比律」，所謂「對比律」是指兩個觀念相互對立或相互對比時，則其中一個觀念產生時，容易聯想到另一個相對的觀念，如由白而想到黑，由大而想到小，由美而想到醜，由有而想到無，自然地，「繝」字的意義，可以由「續」而聯想引申到「未續」了，但是這種意義相反的引申，《類篇》卻以破音的方式加以區別，十分特殊，值得注意。

---

[86] 參見《大陸雜誌》20：12，p1～4。

[87] 參見董重新《心理學》p243 所述。

（三）《說文》本義多屬非去聲而派生義多屬去聲

論及破音與別義間的互動關係，王力氏於《漢語史稿》中曾就語法在動詞方面，以《說文》與《廣韻》參照，論述本義多讀非去聲，[88] 而轉化出來的派生義多讀去聲。[89] 王力的論點，我們在《類篇》破音別義的例字裡可以得到證實，甚至我們擴充別義的範圍，不僅是在動詞方面，舉凡其他詞性或意義的引申，也多呈現這樣的趨勢，也就是在「別義」上，《說文》的本義多屬於非去聲，而轉化的派生義多屬去聲。我們將二（二）節裡所列具單純式與兼合式的破音例字觀察，則去聲與非去聲破音的例字中，載及《說文》本義者，共有 99 條，其中袉、王、衣、文、行、先、媛、高、長、溲、首、雨、女、濇、采、丁、點、

---

[88] 此處的「本義」，王力於註文中指「能生出其他意義來的本來意義。」也就是一般所謂的「基本義」，本文言「本義」也同是這個意義。

[89] 參見《漢語史稿》p213～217。

重、正、胡、疏、靡、少、乳、教、齊、遲、肉、食等29字，雖未注明其本義載自《說文》，而經查檢而屬實，《類篇》則於載列音義之時，將《說文》本義大多數歸屬於非去聲，總計平聲有55例，上聲26例，入聲7例，共是88例字，而只有禁、貫、媛、緣、左、造、教、近、度、合、貸等11個例字，將《說文》本義歸屬於去聲。這種現象，王力氏曾就語法範疇指出，這是為區別本義與派生義，而從非去聲衍化出去聲來，形成對立現象以區別，而這也正是去聲形成較晚的原因。個人以為去聲的形成應當不會如此單純，中古的去聲，應該不完全是純粹因為破音別義而產生，依照本文一（二）節中，對上古四聲發展大勢的看法，先秦《詩經》的時代，就有去聲的產生，而破音別義的產生，個人也以為在商周時期，也可能已經發生，則誠如周法高先生所說，破音別義的現象原本應是自然的語音現象，因此應該有不少例字是上古遺留下來的，「不過，好些讀音的區別，卻是後來依據相似的規律而創造的。」[90] 所以造成漢、魏之後，有大量的破音別義

---

[90] 參見註69。

產生，於是在這類原本屬非去聲的本義，為了區別轉化的派生義，就產生了去聲一讀，因此這類一字兩讀的去聲，我們相信它發生的時代較晚，是為了別義而破音形成的，當然，並不是指所有的去聲，都是如此產生的。

(四) 引典籍爲例證有範圍文學語言的目的

《類篇》的編纂，據〈附記〉記載，固然是為了跟《集韻》「相副施行」，然而唐宋以來的字書、韻書的刊修，本來就有為科舉考試訂定音義標準的目的，而破讀字音以區別詞性的變轉或意義的引申，原本是不容易掌握的音義現象，因此《類篇》也時時於辨音析義之後，徵引典籍例證，以供學者參稽。在前文二（二）節中，我們可以看見「麾」下引《周禮》、《春秋傳》、「貫」下引《易》、「縫」下引《周官》、「膏」下引《詩》、「陰」下引《禮》、「三」下引《論語》、「女」下引《書》、「胡」下引《漢書》、「仵」下引《莊子》、「幎」下引《儀禮》、「鬢」下引《管子》……等，可見《類篇》編者其範圍文學語言的目的。這種文學語言的規範，除了有一部分可能是早期的自然語文現象，一部分為後來六朝學者依其規律創造，但是流傳既久，約定俗成，至北宋而為《類篇》所收錄，這些破音別義的現象，有的流傳的時空廣大，影響深遠，甚至到現今都仍然在使用，例如在二(二)節例字中的好、惡、冠、文、倒、與等諸字，在今日國語仍有美好（ㄏㄠˇ）：好（ㄏㄠˋ）惡、作惡（ㄜˋ）：厭惡（ㄨˋ）、衣冠（ㄍㄨㄢ）：冠（ㄍㄨㄢˋ）軍、文（ㄨㄣˊ）章：文（ㄨㄣˋ）飾、顛倒（ㄉㄠˇ）：倒（ㄉㄠˋ）頭、給與（ㄩˇ）：參與（ㄩˋ）等破音別義的情形，也有因時空的轉移，而逐步消失，或廢置不用，例如在《類篇》中〈貝部〉「貸」字以韻異調別而區分貸借、求貸這內動詞、外動詞的不同，今日則由於國語入聲韻的消失而不因詞性的變轉有讀音上的差異，再如〈糸部〉「紨」讀平聲虞韻「馮無切」為名詞「布也」，讀去聲遇韻「符遇切」為動詞「縛繩」，或〈火部〉「煆」讀平聲麻韻「虛加切」為名詞「火氣」，讀去聲禡韻「虛訝切」為動詞「爇也」等，這些則可能因文字的罕用而僵化棄置。又由於破音別義的形成，有摻入人為的因素，因此一字的破音別義，儘管時代相同，可是見解有別，定出規範文學語言的標準不同，例如《類篇》的內容大抵同於《集韻》，而《集韻》編者之一的賈昌朝撰《群經音辨》，而《類篇》的破音別義固然多有參稽於《群經音辨》，但如〈大部〉「大」字以去聲泰韻「徒蓋切」為「天大地大人亦大」，廣大的意義，以去聲箇韻「佗佐切」為「太也」的意思，而《群經音辨》〈辨字音清濁〉則云：「凡廣曰大，徒蓋切；其極曰大，土蓋切。」[91] 在《群經音辨》是聲母破音，在《類篇》則是韻母破音。又如〈角部〉「解」字，《類篇》以見母「舉蟹切」為「判也」，以匣母「下買切」為「曉也，教也」，其以清濁相變以別其意義的引申，而《群經音辨·辨字音清濁》云：「解，釋也，古買切；既釋曰解，胡買切」，[92] 則以清濁的破音區別動詞是否為完成式。總之，《類篇》的破音別義是有範圍當時代文學語言的目的，也作為科舉考試的標準，但這種範圍文學語言的標準，會因著時空轉變的差異，人為觀點的不同，而其內容與範圍也不同，這是一個必須注意的現象。

[91] 參見商務印書館縮景四部叢刊本《群經音辨》p60。

[92] 同註 91，p56。

綜上所論我們對於《類篇》破音別義的現象，大致可以獲得一些粗概的認識。然而由於《類篇》本身材料蕪雜，音義的來源多方，再加上編排體例上的限制，有時反而徵顯不出破音別義的現象。尤其有一些字典意義，僅僅是以一二文詞詮解，所幸尚能徵引典籍，作為例證，而有助於從其脈絡中判斷意義與詞性，但是多半是缺乏例證的，因此含義的廣狹，與詞性的變轉，總是不容易遽作判定，而產生甄別與研究上的困難，殊為可惜。雖然如此，我們仍然從《類篇》中紬繹部分破音別義的例字，作如上的分析，於字音、意義、文法等彼此相互連屬的關係，作一相當程度探論，以就教於方家學者。

原刊載於《漢語言學國際學術研討會論文集》（二）， p19～52，1991 年

汲古閣毛氏景鈔本《類篇》後記

一、前　言

個人於民國七十四年，在　伯元師的指導下，撰成博士論文《類篇研究》一書，於該書中曾論及所見《類篇》的版本，有明景鈔金大定重校本、清曹楝亭揚州詩局重刊本、清乾隆間寫文淵閣四庫全書本、清姚覲元覆刊曹楝亭揚州詩局本四種，[1] 此後，聽聞大陸於民國七十三年，上海古籍出版社影印出版汲古閣毛氏景鈔本《類篇》，線裝十冊，[2] 可惜無緣目睹。民國七十八年，　伯元師赴香港浸會學院講學，於當地書肆購得同為上海古籍出版社，於

[1] 參見拙作《類篇研究》p35～69。

[2] 今日得見該書，其版面約為原本的四分之三，也是縮景本。

民國七十七年出版縮印附索引的合訂精裝本，[3] 並託沈謙兄攜返台北贈貽，個人接奉此書，心中十分感動，四年來一直想為此書的版本、流傳做一概括的描寫，以補《類篇研究》不足之處，今欣逢　伯元師六秩華誕，因撰本文為吾　師祝嘏。

二、版本考述

據本書扉頁清徐乃昌的題記載有：「汲古閣毛氏精景寫宋本」一語，就可以知道這個版本的大致情形了。不過我們從書上鈐有毛晉的藏書印記，便可以得到進一步的證明。在卷首第一頁「類篇序」，與各卷「類篇卷第□上　卷之□」的題下，均各鈐有「毛晉之印」、「毛氏子晉」或「汲古主人」之陽文篆字方印，不過「毛晉之印」與「毛氏子晉」各有兩方，一方的行款是由右至左，一方是左至

[3] 這個縮印本比起原本就小得多了，約為原本的四分之一強，每頁縮印了原本的兩葉板。

右，其餘方印都是由右至左。由左至右的方印只出現在「類篇卷第一上　卷之一」題下，另外，「汲古主人」這方印，也只出現在「類篇卷第九中　卷之二十五」題下。這個「汲古主人」正是毛晉，考《同治蘇州府志》云：

> （毛晉）前後積至八萬四千冊，構汲古閣、目耕樓以庋之。

而在每卷首的欄外右上，也都鈐有「宋本」的橢圓形陽文印章，與「希世之珍」的陽文方印，據清葉德輝《書林清話》說：

> 毛氏於宋元刊本之精者，以「宋本」、「元本」橢圓式印別之，又以「甲」字鈐於首。[4]

至於「精景寫宋本」一事，明代藏書家以抄書擴充其藏書的情形頗為盛行，而毛晉的抄本，最為後人所稱善珍貴，有「毛抄」之稱，據葉德輝《書林清話》描述毛晉是「家

---

[4] 參見《書林清話》卷七 p193。

蓄奴婢二千指」，「入門僮僕盡鈔書」，[5] 而《天祿琳琅》也說：

> 毛晉藏宋本最多，其有世所罕見而藏諸他氏不能得者，則選善手以佳紙墨影鈔之，與刊本無異，名曰「影宋鈔」。[6]

因此這個本子是毛晉的抄本，應該沒有疑義。

至於毛氏鑑定其所抄為宋本，大體上不能說不可以，因為從宋蘇轍的〈《類篇》序〉裡，曾經三次提及「詔」字而另起一行平檯，以尊崇帝命，就可知道其刊刻應在宋朝。再者，從版式方面來看，該書版上下為寬單邊，左右為內細外寬的雙邊，書版框高二四〇毫米、半葉寬一八〇毫米，[7] 每行大字多為十六字，偶有十五或十七字的情形，小字則多為二十字。版心屬細黑口，無魚尾，上載有

---

[5] 參見《書林清話》卷七 p191～193。

[6] 參見葉昌熾《藏書紀事詩》卷三 p309 所引。

[7] 此數字係依據古籍出版社影印本扉頁所載。

書名、卷目、頁數、刻工姓名，這些形式，大抵與宋版的情形無異，[8] 雖然這些描寫都是根據毛晉的抄本來推斷它的底本，但是毛晉抄本一向以精景「與刊本無異」著稱，從版式推論，理論上應該可以成立。再者從避諱上也可以推知，全帙基本上是不避宋諱，但也有偶然避諱的情形，例如：卷一上「瓗」下有「玄圭切」作「𤣥圭切」，卷一下有「藷」作「藷」，卷二上「唇」字下「驚也」、「驚聲」作「驚也」、「驚聲」，卷二下「距」字下「距躟」作「跓躟」，這些缺筆諱字，是避宋太祖「玄朗」、宋太祖祖父「敬」、宋太祖「匡胤」、英宗「曙」諸名諱，底本既是宋本，但照理「宋人避諱之例最嚴」，[9] 而且《類篇》為官修字書，卻為何大多不避宋諱，而只有偶爾避諱呢？這是頗值得推敲的問題。除此之外，我們還可以發現本書有些字是很嚴整的缺筆避諱，如旼、旻、玟避作旼、旻、玟；珉、暋避作珉、暋；晟、盛避作晟、盛；乘避作

---

8 參見李清志《古書版本鑑定研究》p8。

9 參見陳垣《史諱舉例》p153。

乘；雍避作雍；雝、雝避作雝、雝；堯、垚避作𡍼、垚；顯然這些都是在避金主的名諱，金太祖名「旻」、金太宗名「晟」、金世宗名「雍」，而金世宗以下則不再避諱，既然毛晉斷為「宋本」，為何避金主的諱呢？其實毛抄本的底本跟個人於《類篇研究》裡所論述的明項元汴景鈔金大定重校本的底本是相同的，個人比對二者在版式、避諱與內容上，幾乎是完全相同，只不過它們不是在同一個時間裡，由同一個抄手所抄得的。個人曾在《類篇研究》中論及這項元汴景鈔的底本，雖原是北宋刊本，但它之所以會避金諱卻又偶避宋諱，是緣於：

> ……金於宋欽宗靖康年間，南下大掠汴京，取得此書書版，爾後印行時，見書中盡避宋諱，印之恐為世所譏，於是重校之，……將書版中之宋諱除去，代以金諱，卻又除之未淨，故於景鈔本中，猶見避宋諱者也。[10]

---

[10] 參見拙作《類篇研究》p42。

於是個人根據明楊士奇《文淵閣書目》與張萱《內閣藏書目錄》著錄作「大定重校類篇」，因此確定其底本為金世宗大定重校本《類篇》，而由此可以知道同一底本的毛抄本，它避諱所以不一的緣由了。雖然毛氏鑑定其底本為宋本，按理固無不可，然由於金人已據原版重新略作改易，其實稱為金本，恐更接近事實，不過藏書家向來以聚藏宋本為珍為傲，當然毛氏是不願意稱他所抄所藏為金本。今項抄本藏於臺北故宮博物院，毛抄本藏於上海圖書館，二者我們可以同稱之為「明景鈔金大定重校本」，不過基本上仍然有些歧異，在年代上，項抄本的時代較早，因為項元汴生於嘉靖四年（1525AD），卒於萬曆十八年（1590AD），毛晉則生於萬曆二十六年（1598AD），卒於清順治十六年（1659AD），且二者都抄得十分精善，應該都可以稱得上「與刊本無異」，不過內容仍各都小有訛誤，[11] 而在抄手的書寫風格上，項抄本筆畫較瘦，近柳體，毛抄本筆畫較稍肥，近顏體，所以我們稱項抄本為《明

[11] 參見本文第四小節的論述。

項氏景鈔金大定重校本類篇》，毛抄本為《明毛氏景鈔金大定重校本類篇》。

三、流傳初探

這本毛晉所景抄的《類篇》，在毛晉死後，家道中落的情況下，從汲古閣流出，其流傳的情形，本書扉頁徐乃昌題記有「怡府藏書，仲炤先生鑒藏秘籍」兩句簡略的說明。這裡的「怡府」指的是清宗室怡親王府，檢視本書卷首「類篇序」題下，確實有「怡府世寶」與「安樂堂藏書記」兩枚十分清晰的陽文印記，及一枚甚為模糊而須仔細推求才能辨識的「明善堂覽書畫印記」陰文圖記。葉昌熾於《藏書紀事詩》裡，即明白指出這些都是怡親王府的藏書印記，[12] 不過這個「怡親王」指的是誰呢？陸心源認為是清聖祖康熙皇帝的第十三子，怡賢親王允祥，他甚至在〈宋槧婺州九經跋〉裡，還詳述了怡府藏書蒐羅散落的情

[12] 參見同註 6，卷四 p334。

形，他說：

> ……王（怡賢親王）為聖祖仁皇帝之子。其藏書之所曰樂善堂，大樓九楹，積書皆滿。絳雲樓未火以前，其宋元精本大半為毛子晉、錢遵王所得。毛、錢兩家散出，半歸徐健庵、季滄葦。徐、季之書，由何義門介紹，歸於怡府，乾隆中，《四庫》館開，天下藏書家皆進呈，惟怡府之書未進，……怡府之書，藏之百餘年，至端華以狂悖誅，而其書始散落人間。聊城楊學士紹和，常熟翁叔平尚書，吳縣潘文勤，錢唐朱修伯宗丞得之為多。[13]

不過葉昌熾曾聽聞盛伯希的言語，而以為怡府藏書，應該是從怡賢親王的嗣子弘曉開始，陸心源存齋所說的，考證欠詳。[14] 這事雖還有待考證，但個人以為陸心源的說法也未必不可信。再者，耿覲光《明善堂集·序》也說怡親王府的藏書，「牙籤縹袟，充盈棟宇」，他說：

---

[13] 參見同註 6，卷四 p333 所引。

[14] 參見同註 6，卷四 p333。

> 及得游藏書所，牙籤縹袟，充盈棟宇，凡有關於世道人心及為諸經羽翼者，不下千百種，而文集、詩集尤為鉅觀。永叔云：「物聚於所好，好得於有力。」亶其然乎？[15]

總之，怡親王府在怡賢親王允祥或其子弘曉之時，藏書已是十分豐富，並輾轉得到毛晉流散的部分藏書，包括所景鈔《類篇》，而加以鈐印收藏這件事，應該是沒有疑問的。

若依陸心源的說法，此書在怡府庋藏了百餘年，至子孫端華以後散落，據《清史稿校註》記載，咸豐十一年，文宗崩，怡親王載垣受遺詔輔政，與「贊襄政務王大臣」鄭王端華因擅政，遭穆宗奪爵職，按治賜死，[16] 所以此書散落應在咸豐十一年（1861AD）以後。

咸豐十一年以後，此書的流傳，據潘景鄭先生的說法，應該曾經朱學勤收藏，他在〈影宋鈔本類篇跋〉說：

---

[15] 參見同註 6，卷四 p334～335 附今人王欣夫《補正》所引。

[16] 參見《清史稿校註》第十冊 p7837。

「上海圖書館藏有毛氏汲古閣影宋鈔本，經藏朱氏結一廬」，個人雖未見本書上有任何關於朱學勤的鈐印，但依前文所引陸心源〈宋槧婺州九經跋〉的敘述，說怡府藏書後來有一部分轉到「錢唐朱修伯宗丞」的手裡，朱修伯也就是朱學勤，咸豐癸未進士，曾官至宗人府丞，而丁申《武林藏書錄》也載說：

> **仁和朱學勤……怡邸散書之時，供職偶暇，日至廠肆，搜獲古籍，日增月盛，編有《結一廬書目》。**

因此，個人以為潘氏之說，頗可採信。不過朱家藏書，在他的長子朱澂過世之後，據繆荃孫《藝風堂藏書續記》說：「書亦盡歸張幼樵前輩」，然而此書是否也轉落到張幼樵手裡，則尚待考證。

再者，依據徐乃昌題記的說法，此書最後輾轉流落到「仲炤先生」的手裡，這位「仲炤先生」目前尚考不出其為何許人，不過由徐乃昌以「先生」稱之看來，他可能是晚清時人，而與徐氏同時。而徐氏為此書寫了題記，並在「類篇卷第一上　卷之一」那一葉的欄外鈐上一方「徐乃昌讀」的陽文印記，這不禁讓人聯想到，會不會徐乃昌也曾收藏過本書呢？個人以為沒有，因為從題記的行款作：

類篇四十五卷

　汲古閣毛氏精景寫宋本

　怡府藏

仲炤先生鑒藏秘籍

　　南陵徐乃昌題記

「仲炤先生」一行的行款，較「汲古閣」、「怡府」為高，而與《類篇》齊，這便透露出仲炤與本書關係的訊息，且徐氏的藏書印章很多，據《明清藏書家印鑒》與《近代藏書三十家・徐乃昌積學齋》的載錄，除了「徐乃昌讀」之外，尚有「積餘秘笈識者寶之」、「南陵徐乃昌刊誤鑑真記」、「積學齋」、「積學齋徐乃昌藏書」、「南陵徐氏」、「乃昌校讀」、「積學齋鎮庫」、「徐乃昌曝書記」、「南陵徐乃昌校勘經籍記」、「南陵徐乃昌審定善本」等十個藏書印，[17] 倘若這樣名家精鈔的珍貴善本，為徐氏這等近

[17] 參見林申清《明清藏書家印鑑》p204，蘇精《近代藏書三十家》p77

代的重要藏書家所得，相信不會用「徐乃昌讀」這樣的印章，一定會慎選藏書章以為標記。所以徐氏應該沒有收藏過本書，這個題記、印記很可能是為「仲炤先生」鑒定而寫而鈐的。

四、與所見其他版本異文示例

毛鈔本的精善，與項鈔本可以說是不相上下，均有如刊刻一般，但由於底本的模糊缺漏，或在抄寫時的不慎疏忽，二者仍不免偶生訛誤，個人於《類篇研究》中，曾取項鈔本的目錄及卷七，來和曹刻本、四庫本、姚刻本諸本互校，因見項鈔本「盡善未盡美」的情形，今本文則僅取卷七來和所見其他版本再一次互相校讎，並列如下表，以推見毛鈔本善美的情形。

◎　凡　例

1. 以毛鈔本為底本，其下作「＿＿」者，表示與他本有異。
2. 作「々」者，表示與毛鈔本相同。
3. 作「缺」者，表示無此字。
4. 經校刊無訛的，則在其旁標以「○」號，有訛失的，則在其旁標以「╳」號。

毛鈔本			項鈔本		曹刻本		四庫本		姚刻本		備註
頁數 正背面 行數	正文	正誤	正文	正誤	正文	正誤	正文	正誤	正文	正誤	
二·正·一	<u>昏亦舌</u>	○	昏亦作舌	○	々	○	昏亦作舌	○	々	○	
二·正·六	<u>踼</u>	╳	々	╳	踼	○	踼	○	踼	○	
二·正·六	从氏从是文<u>四</u>	○	々	○	一	╳	々	○	一	╳	
二·正·八	<u>踏</u>	╳	々	╳	踏	○	踏	○	踏	○	
三·正·五	<u>僒</u>	○	倦	○	々	○	々	○	々	○	按：僒與倦同
四·正·四	拘<u>樓</u>	╳	摟	○	々	╳	々	╳	々	╳	
四·背·六	<u>吉</u>西切	○	々	○	々	○	古	○	々	○	《集韻》作吉西切
四·背·七	重音<u>三</u>	○	々	○	二	╳	々	○	二	╳	

毛鈔本			項鈔本		曹刻本		四庫本		姚刻本		備註
頁數 正背面 行數	正文	正誤	正文	正誤	正文	正誤	正文	正誤	正文	正誤	
六・正・六	或不省文二	○	々	○	一	╳	一	╳	一	╳	
六・正・七	眾言文三	○	々	○	々	○	々	○	（缺）	╳	
六・背・二	慢訑㢮縱意	○	々	○	弛	○	弛	○	弛	○	《集韻》云㢮通弛
八・正・二	一曰譴也	○	々	○	讉	╳	讉	╳	讉	╳	
八・背・五	謰謱挐也	○	々	○	挐	○	挐	○	挐	○	按：挐為拏的俗字
九・正・二	文一重音二	○	々	○	一	╳	一	╳	一	╳	
九・正・四	或作謰諢文三	○	々	○	二	╳	々	○	二	╳	
九・背・六	又許巳切喜也又許訖切謫謫語也文一重音四	╳	々	╳	又許巳切喜也文一重音三	○	又許巳切喜也文一重音三	○	又許巳切喜也文一重音三	○	
九・背・七	（缺）	╳	々	╳	又許訖	○	又許訖	○	又許訖	○	

毛鈔本			項鈔本		曹刻本		四庫本		姚刻本		備註
頁數・正背面・行數	正文	正誤	正文	正誤	正文	正誤	正文	正誤	正文	正誤	
					切謕謕語也		切謕謕語也		切謕謕語也		
九・背・七	重音四	×	々	×	五	○	五	○	五	○	
十・正・四	重音三	○	々	○	々	○	々	○	二	×	
十・正・五	盧九切	×	丸	○	々	×	々	×	々	×	
十・正・八	巧讒善言	○	讒巧	×	々	○	々	○	々	○	《集韻》作巧讒
十一・正・二	言有所止	○	々	○	々	○	指	×	々	○	《集韻》作言有所止
十二・背・三	持人短	○	々	○	持人短也	○	持人短也	○	持人短也	○	
十二・背・四	重音三	○	々	○	一	×	々	○	一	×	
十三・正・一	重音二	×	々	×	二	○	々	×	々	×	
十三・背・四	說文訓也	×	々	×	詶	○	詶	○	詶	○	
十三・背・八	重音二	×	々	×	々	×	二	○	々	×	
十四・背・四	謰謱挐也	○	々	○	拏	○	拏	○	拏	○	
十四・背・五	重音五	×	々	×	々	×	六	○	々	×	
十五・正・一	不能諴于小民	×	々	×	丕	○	丕	○	丕	○	

毛鈔本			項鈔本		曹刻本		四庫本		姚刻本		備註
頁數 正背面 行數	正文	正誤	正文	正誤	正文	正誤	正文	正誤	正文	正誤	
十六·正·二	一曰褊也	×	々	×	々	×	褊	×	々	×	《集韻》作徧
十六·正·八	謑譔	×	譔	×	護	○	護	○	護	○	
十六·背·一	或从隽	×	隽	×	隻	○	隻	○	隻	○	
十六·背·六	去偃切言言	×	言言	×	言言	○	言言	○	言言	○	
十六·背·六	言語偃切言言	×	々	×	言言言	○	言言言	○	言言言	○	
十六·背·八	眼戾也又口很切	×	眼	×	很	○	佷	×	很	○	
十七·正·一	謓詪很皃	○	々	○	狠	○	狠	○	狠	○	
十七·正·六	魚列切文二	○	々	○	二	×	々	○	二	×	
十七·背·二	諂譅	×	謟譅	×	諂譅	○	諂譅	○	諂譅	○	
十七·背·三	仕下切	○	々	○	士	○	士	○	士	○	
十八·背·一	讇諂	×	々	×	讇	○	讇	○	讇	○	
十八·背·二	謥千弄切謥詷	○	々	○	謥	○	謥	○	謥	○	
十八·背·六	班糜切	○	々	○	々	○	縻	×	々	○	《集韻》

毛鈔本			項鈔本		曹刻本		四庫本		姚刻本		備註
頁數・正背面・行數	正文	正誤	正文	正誤	正文	正誤	正文	正誤	正文	正誤	
											作班縻切
十八・背・六	重音二	○	々	○	々	○	々	○	一	×	
十九・正・四	怨也文二	×	々	×	怨也或作懟文一	○	怨也或作懟文一	○	也或作懟文一	○	
十九・正・八	側吏切言入也	○	々	○	忘	×	々	○	々	○	《集韻》作言入也
十九・背・四	諭俞戌切	○	々	○	余	○	余	○	余	○	俞余同為喻母字
二十・背・一	大史切	×	々	×	大吏	×	大吏	×	大吏	×	《集韻》作火夬切
二十・背・三	謂之咜	○	々	○	詑	×	詑	×	詑	×	《集韻》云咜或作詑
二一・正・一	說文曉教也	○	說文頓曉教也	×	々	○	々	○	々	○	
二一・正・一	而振切說文也	×	々	×	而振切說文頓也	○	而振切說文頓也	○	而振切說文頓也	○	
二一・正・二	爾軫切	×	々	×	鈍	○	鈍	○	鈍	○	《玉篇》

毛鈔本			項鈔本		曹刻本		四庫本		姚刻本		備註
頁數 正背面 行數	正文	正誤	正文	正誤	正文	正誤	正文	正誤	正文	正誤	
	純也										云訒鈍也
二一·正·七	彥魚旰切	×	旴	○	々	×	々	×	々	×	彥同諺《集韻》諺，魚旰切
二一·背·七	論弋笑切	○	々	○	々	○	戈	×	々	○	
二一·背·七	譤巴校切譤	×	々	×	譟	○	譟	○	譟	○	
二二·背·七	詺	×	々	×	詺	○	詺	○	詺	○	
二二·背·七	謖	○	謖	×	々	○	々	○	々	○	
二三·背·八	詸許六切譭詸	×	詸	×	詸	○	詸	○	詸	○	
二四·正·五	無倫脊也	○	々	○	々	○	々	○	昝	×	
二四·背·三	罪相告訐也	○	々	○	々	○	々	○	許	×	
二四·背·七	博雅怒也	○	傅	×	々	○	々	○	々	○	
二五·背·七	激磬切	×	々	×	々	×	磬激	○	々	×	
二六·正·一	吉歷切	○	々	○	々	○	古	○	々	○	
二六·正·六	章盍切	○	々	○	々	○	合	×	々	○	

毛鈔本			項鈔本		曹刻本		四庫本		姚刻本		備註
頁數 正背面 行數	正文	正誤	正文	正誤	正文	正誤	正文	正誤	正文	正誤	
二六・背・二	阿東有狐	╳	々	╳	々	╳	河	○	々	╳	《漢書地理志》上云：狐讘為河東郡二十四縣之一
二六・背・四	⿰口甄或从言	╳	⿰口甄	○	⿰口⿰垔耳	╳	⿰口甄	○	⿰口⿰垔耳	╳	《集韻》：⿰口甄，或从言

從上表裡面，我們可以清楚地看出，兩本明代的鈔本，大體上是一致的，而與清人的刻本或鈔本較不相同。就上表正誤的情形來看，似乎清刻、清鈔的版本反而較好些，不過手抄的四庫本與曹刻本與姚刻本相比較，應該是四庫本最好，尤其在數據上較正確，其次為曹刻本，最差的是姚刻本，至於兩本明鈔本，雖然大體相同，但小有差異，如毛鈔本其正誤有時同於清本而異於項鈔本的情形，例如表中「拘摟」、「盧九切」、「巧讒善言」、「說文曉教也」、「詹魚盰切」、「謏」、「博雅怒也」諸條就

是，而項鈔本的正誤很少有同於清本而異於毛鈔本的情形，由此看來，毛鈔本的正或訛，有時反而跟清本有一致性，這可能是毛鈔本保存了較多原刻本面貌的緣故，至於毛鈔或項鈔發生筆畫訛錯的情形，例如「謑謨」、「或从隻」、「去偃切言言」、「言，語偃切，言言」這幾條，毛鈔本、項鈔本「謨」訛作「謨」、「謨」；「隻」訛作「隻」「隻」；「言言」訛作「言言」「言言」，像這樣有可能是底本原本模糊不清，或筆畫繁複，遂鈔失確，再如明鈔本於「訢」字下云：「又許已切，喜也；又許訖切，謠謠，語也，文一重音四。」清本均作「又許已切，喜也，文一重音三。」而移「又許訖切，謠謠，語也」於「謠」字下，考「謠」《廣雅》卷六正作「謠謠，語也」，清本是而明鈔本非，再如在「訒」下「而振切，說文頓也」，明鈔本作「而振切，說文　也」缺「頓」字而清本不缺，諸如此類，都顯示明鈔本所據底本與清鈔、清刻的底本不同，而明鈔所據為金大定本，在當時可能已有訛誤或殘缺不全的情形，造成毛鈔本雖鈔得「與刊本無異」，卻如同項鈔本「盡善未盡美」，不免可惜，不過由上看來，個人以為毛鈔本可能還要比項鈔本稍好一些。

五、結　語

個人撰寫此文，由於是根據上海古籍出版社影印的本子，並沒有看見原書，且該書卷帙繁浩，無法從頭到尾校讎比對一遍，而初探版本的流傳，有些地方實在還有待深入考證，不過本文的論述，應該可以稍微補苴《類篇研究》論析版本不足的地方。

參考引用書目

孔仲溫　1987，《類篇研究》，學生書局，台北。

王念孫　1796，《廣雅疏證》，1978，香港中文大學，香港。

司馬光等主編　1066，《類篇》，1984，上海古籍出版社印明毛晉景鈔金大定重校本（線裝本），上海。1988，上海古籍出版社印明毛晉景鈔金大定重校本（精裝本），上海。故宮博物院藏明項元汴景鈔金大定重校本，台北。京都大學人文科學研究所藏清康熙楝亭音韻五種本（微卷），日本。1983，商務印書館印文淵閣四庫全書本，台北。1984，中華書局印清光緒姚刻三韻本，北京。

李清志　1986，《古書版本鑑定研究》，文史哲出版社，台北。

林申清　1989，《明清藏書家印鑑》，上海書店。

國史館　1988，《清史稿校證》，國史館，台北。

陳　垣　1974，《史諱舉例》，文史哲出版社，台北。

葉昌熾撰、王欣夫補正　1891，《藏書紀事詩·附補正》，1989，上海古籍出版社，上海。

葉德輝　1911，《書林清話》，1983，世界書局，台北。

蘇　精　1983，《近代藏書三十家》，傳記文學出版社，台北。

原刊載於《陳伯元先生六秩壽慶論文集》，p433～446，1994 年

從敦煌伯二五一〇號殘卷論《論語》鄭氏注的一些問題

一、前　言

鄭玄為東漢末年一位「經傳洽孰，稱為純儒」的大經學家，[1] 其嘗遍注《周易》、《尚書》、《毛詩》、《周禮》、《儀禮》、《禮記》、《孝經》、《尚書大傳》等經傳，也為《論語》一書作注，他的《論語注》在南北朝隋唐時期還頗為盛行，《隋書·經籍志》就記載說：

> 梁、陳之時，唯鄭玄、何晏立於國學，而鄭氏甚微。周、齊，鄭學獨立。至隋，何、鄭並行，鄭氏盛於人間。[2]

---

[1] 參見《後漢書》卷三五，〈張曹鄭列傳〉p436。

[2] 參見《隋書》卷三二，〈經籍志〉p482～483。

而隋之後的唐朝，《論語鄭玄注》（以下簡稱《鄭注》）還是十分流行，除了《舊唐書．經籍志》、《新唐書．藝文志》都還著錄有「《論語鄭玄注》十卷」以外，我們從近代敦煌、吐魯番出土不少鄭注殘卷，更可以瞭然盛行的事實。不過，五代以後，《鄭注》則逐漸湮滅不傳了。到《宋史．藝文志》裡，就再也沒有看見《鄭注》著錄的情形，由於宋代以後的學者，已不得目睹《鄭注》，所以從宋王應麟以來，便陸續有從事輯佚工夫的學者，如宋翔鳳、袁鈞、王謨、黃奭、馬國翰等等，希冀能略窺全貌。然而輯佚的本子，畢竟是零星雜湊，與《鄭注》原貌相去甚遠。迨及本世紀初，於敦煌、吐魯番文書中發現了唐寫本《鄭注》殘卷，引起中外學術界的矚目，諸如羅振玉、王國維、陳鐵凡、日本金谷治等先生均撰文討論。而近百年間，唐代《鄭注》殘卷還不斷地被發現，就目前所知至少有 31 件之多，[3] 而涵蓋《論語》篇卷的有半數，因此從這些新出土的唐寫本來了解《鄭注》之情形，顯然是直

---

[3] 據王素《唐寫本論語鄭氏注及其研究》上卷，〈唐寫本《論語鄭氏注》校錄〉所採底本凡 9 件，校本 22 件。

接而可靠了。在這多達 31 件的《論語鄭氏注》殘卷裡，絕大多數是短小的殘片，而篇幅較大，並且一直引起學者討論的，是敦煌伯二五一〇號（以下簡稱「敦煌本」）與吐魯番阿斯塔那三六三號 8/1（以下簡稱「吐魯番本」）這兩件殘卷。敦煌本殘存〈述而〉至〈鄉黨〉四篇，共計 221 全行，二殘行，〈述而〉篇卷首殘闕，文自「執鞭之士」開始，其餘〈太伯〉、〈子罕〉、〈鄉黨〉諸篇皆完整。卷末有書寫者載記抄寫年月，作「維龍紀二年二月燉煌縣」，故知為唐昭宗龍紀二年（890AD）的寫本。吐魯番本由於書寫者係「卜天壽」，學者又稱為「卜天壽寫本」，為一九六九年於吐魯番阿斯塔那三六三號墓出土。其殘存〈為政〉至〈公冶萇〉四篇，共計 178 行，而每篇均有殘損，卷末也記載有書寫年月與書寫者姓名，作「景龍四年三月一日私學生卜天壽」，可知為唐中宗景龍四年（710AD）的寫本。此二本相較，吐魯番本早於敦煌本 180 年，為目前所見最早的《論語鄭氏注》，彌足珍貴，而中國科學院考古研究所曾作詳細地整理校勘與研究。[4]

---

[4] 參見〈唐景龍四年寫本《論語鄭氏注》殘卷說明〉、〈唐景龍四年

但敦煌本則是篇帙較為完整，書法也較為佳美，也同樣是研究《論語鄭氏注》極重要的文獻，雖然學者們已有很多討論，但個人以為仍有一些問題可以再深入探討，因此本文將以敦煌本為基礎，探論有關《論語鄭氏注》的幾個相關問題，並提出一些淺見，以就教於海內外方家。

二、敦煌本鄭注與《論語集解》鄭注之比較

歷來注解《論語》的著作甚眾，而魏何晏《論語集解》（以下簡稱《集解》）是漢末《鄭注》以後、宋朱熹《論語集註》之前，一部流行甚廣，影響深遠的集大成著作。其採擷孔安國、包咸、周氏、馬融、鄭玄、陳群、王肅、周生烈諸家的優點，並注明諸家姓名，而不採諸家見解時，則下己意，由於大量保留、注明諸家之說，在諸家著作逐漸亡佚的後世，欲明白諸說面貌，《集解》便是極為

寫本《論語鄭氏注》校勘記〉二文，都載於《考古》1972：2，p51～53、p54～67。

重要的線索。然而在《鄭注》部份，究竟《集解》引錄了多少呢？據日本學者月洞讓〈關於《論語鄭氏注》〉一文曾依正平版《論語集解》統計，凡 111 條，[5] 其數頗為可觀。但《集解》所引錄《鄭注》與今所見新出土的《鄭注》原卷是否相同呢？以下我們則據敦煌本《鄭注》部分，與《集解》所載《鄭注》作一比較分析，雖然敦煌本是不足四篇的殘卷，但是從這裡我們相信仍可有助於了解《集解》、《鄭注》及其他相關的問題。本文所據敦煌本係黃永武先生新編《敦煌古籍敘錄新編》影印伯二五一〇號卷子及該卷摹本，《集解》則是採台灣藝文印書館印十三經注疏本，即嘉慶二十年江西南昌府學開雕之《重刊宋本論語注疏》本。經個人之比對，從〈述而〉篇「執鞭之士」至〈鄉黨〉篇末止，總計《集解》引《鄭注》凡 33 條，即：

〈述而〉：10 條　　〈泰伯〉：3 條

---

[5] 該文收錄於王素《唐寫本論語鄭氏注及其研究》p180～203。

〈子罕〉：6 條　　　　　〈鄉黨〉：14 條

其中有 31 條，在引《鄭注》時，皆書「鄭曰」，唯有〈述而〉：「得見君子者，斯可矣！」下注：「疾世無明君」，〈子罕〉：「子曰：吾未見好德如好色者也。」下注：「疾時人薄於德而厚於色，故發此言。」這兩條為《鄭注》，而《集解》未說明，此究屬偶疏，還是傳抄漏失，則不可知。不過，南朝宋裴駰《史記集解》在《史記·孔子世家》：「孔子曰：吾未見好德如好色者也」下注也跟《鄭注》相同，但逕稱「何晏曰」，可推知何晏《集解》於南朝時就無「鄭曰」二字。這 33 條中，除了「雖執鞭之士，吾亦為之」下，《集解》引述「鄭曰……」，而敦煌本注文殘闕不全，無從比對之外，其餘的 32 條跟敦煌本比較，便可以發現二者有同有異，歸納其現象，大致可分為四種類型：

（一）　二者全同或大略相同者

共計 22 條，即〈述而〉6 條、〈泰伯〉2 條、〈子罕〉2 條、〈鄉黨〉12 條，茲舉四條為例如下：

正文[6]	敦煌本	集解本
1、〈述而〉互鄉難與言，童子見，門人或。	互鄉，鄉名，其鄉人言語自專不達於時宜，而有童子來見，孔子門人怪孔子見之。	鄭曰：互鄉，鄉名也，其鄉人言語自專不達時宜，而有童子來見，孔子門人怪孔子見之。
2、〈太伯〉君子所貴乎道者三，動容貌，斯遠暴慢矣；正顏色，斯近信矣；出辭氣，斯遠鄙倍矣。[7]	此道謂禮也，動容貌，能濟濟鏘鏘，則人不敢暴慢輕蔑之；[8] 正顏色，能矜莊嚴慄，則人不敢欺詐之；出辭	鄭曰：此道謂禮也，動容貌，能濟濟蹌蹌，則人不敢暴慢之，正顏色，能矜莊嚴栗，則人不敢欺詐之，出辭

6 正文所據為敦煌本，以下凡敦煌本俗寫文字，本文均依正書，但假借字則依原卷。又若原卷正文有漏，本文則依原卷注文、或依他寫本、《集解》本等補正。

7 「出辭氣」，敦煌本原作「出辭辭氣」，然據吐魯番阿斯塔那二七號墓 28（a）、18/6 號殘卷，及敦煌本注文作「出辭氣」，知衍一「辭」字，今據正。

8 「輕蔑之」，原作「清薨之」，吐魯番阿斯塔那二七號墓 28（a）、18/6 號殘卷作「輕蔑之」，此「薨」係「蔑」字之形誤，今據正。

正文[6]	敦煌本	集解本
	氣，能順而說之，則無惡戾之言入於耳也。	氣，能順而說之，則無惡戾之言入於耳。
3、〈子罕〉牢曰：子云，吾不試，故藝。	牢，孔子弟子子牢，試，用也，藝，伎藝也，言我少不見用，故多伎藝也。	鄭曰：牢，弟子子牢也，試用也，言孔子自云我不見用，故多技藝。
4、〈鄉黨〉廄焚，子退朝曰：傷人乎？不問馬。	重人賤畜，退朝，自君之朝來歸。	鄭曰：重人賤畜，退朝，自君之朝來歸。

（二）《集解》刪略部分者

共計 5 條，即〈子罕〉2 條，其餘諸篇皆 1 條。舉之如下：

正文	敦煌本	集解本
1、〈述而〉出曰：夫子不為。	父子爭國，惡行。孔子以伯夷、叔齊為賢且仁，君子成人之美，不成人之惡，故	鄭曰：父子爭國，惡行，孔子以伯夷、叔齊為賢且仁，故知不助衛君

正文	敦煌本	集解本
	知不助衛君明矣也。	明矣。
2、〈太伯〉曾子有疾，召門弟子曰：啟予足，啟予手。	啟，開也。曾子以為孝，孝子受身體於其父母，當完全之，今有疾或恐死，故使諸弟子開衾而視之。	鄭曰：啟，開也。曾子以為受身體於父母，不敢毀傷，故使弟子開衾而視之也。
3、〈子罕〉達巷黨人曰：大哉孔子，博學而無所成名。	達巷者，黨名也，五百家為黨。此黨之仁，美孔子博學道藝，不成一名而已，言其無不明達也。	鄭曰：達巷者，黨名也，五百家為黨。此黨之人美孔子博學道藝，不成一名而已。
4、〈子罕〉子聞之曰謂弟子曰：吾何執？執御乎？執射乎？吾執御矣！	聞人美之，承之以謙，吾於所名當何所執乎？吾執御者，欲名六藝之藝事。	鄭曰：聞人美之，承之以謙，吾執御，欲名六藝之卑也。
5、〈鄉黨〉上如揖，不如授，勃如戰	上如揖，授玉宜敬也，下如授，不敢忘禮也。	鄭曰：上如揖，授玉宜敬，下如授，

正文	敦煌本	集解本
色，足踏踏如有循。[9]	勃如戰色，恐辱君命，足踏踏如有循，舉前曳踵圈豚而行。	不敢忘禮，戰色，敬也。足踏踏如有循，舉前曳踵行。

（三）　《集解》增益部分者

共計 2 條，即〈述而〉、〈鄉黨〉各 1 條，舉之如下：

正文	敦煌本	集解
1、〈述而〉詩書執禮，皆雅言。	讀先王典法，不可有所避諱，禮不誦，故言執也。	鄭曰：讀先王典法，必正言其音然後義全，故不可有所諱，禮不誦，故言執。
2、〈鄉黨〉其在宗廟朝廷，便便言，唯謹爾也。	便便，辯貌。	鄭曰：便便，辯也，雖辯而謹敬。

9 「如有循」敦煌本「循」下有「𠄌」重文符號，然從別本與敦煌本注文知此重文符號衍羨，今刪。

（四） 二者不同者

共計 3 條，〈述而〉1 條，〈子罕〉2 條，舉之如下：

正文	敦煌本	集解本
1、〈述而〉不義而富且貴，於我如浮雲。	浮雲無閏澤於萬物，人之欲富貴，道行以為名譽，不以其道得之，於我身有損，故不居。《禮記》曰：德潤身，富潤屋也。	鄭曰：富貴而不以義者，於我如浮雲，非己之有。
2、〈子罕〉子疾病，子路使門人為臣。	病謂病益困也。子路欲使諸弟子以臣禮葬大夫，君之禮葬孔子。	鄭曰：孔子嘗為大夫，故子路欲使弟子行其臣之禮。
3、〈子罕〉子曰：吾自衛返於魯，然後樂正，雅頌各得其所。	反魯，魯哀公十二年冬也，是時道衰樂廢，孔子來還，乃正之，故雅頌之聲，各應其節，不相奪倫。	鄭曰：反魯，哀公十一年冬，是時道衰樂廢，孔子來還，乃正之，故雅頌各得其所。

在上面所述的 32 條當中，全同與大略相同這類型佔大部分，總計有 22 條，佔全部 69% ，這顯示何晏《集解》在引錄《鄭注》時，仍多據原文。另外刪略部分、增益部分這兩類型，共有 7 條，佔全部 22% ，從這裡也可以看出何晏在摘引之際，覺得「有不安者」，則「頗為改易」。[10] 但是教人困惑的是其中有 3 條，雖同是鄭注，但二者較不相同，[11] 在這三條裡的第 3 條，有一處不同是敦煌本「魯哀公十二年冬也」的「二」字，《集解》作「一」，考《左傳》所載，言及孔子於魯哀公十一年冬，因「魯人以幣召之，乃歸。」[12] 此正是孔子「自衛返於魯」一事，故知敦煌本「二」為「一」的形訛，此外《集解》也將鄭注末尾作部分刪改，總的說來，文字比 1、2 兩條相同的較多。1、

---

[10] 參見《論語注疏》p4。

[11] 若據日人金谷治〈鄭玄與《論語》〉一文，則可再增 1 條，即〈述而〉篇「富而可求也，雖執鞭之士，吾亦為之」下注，敦煌本部分殘斷，然金谷治先生經與《集解》「鄭曰」比對，推論二者理應不同，不過本文仍以其殘斷，並未列入 32 條的比對之中。

[12] 參見《左傳注疏》p1019。

2 兩條在文字上則頗為歧異，這種情形是否如日人月洞讓所指：「鄭玄不可能二次撰寫《論語注》，祇可能是寫本以外的資料的錯誤。」[13] 而日人金谷治則以為視作錯誤，未必就解決了問題，他依據敦煌本、卜天壽本（即吐魯番本）、《集解》鄭注、陸德明《經典釋文》（以下簡稱《釋文》）所引鄭注等的比較，認為敦煌本的歧異，在卜天壽本裡並未見到，而《釋文》作為鄭本特殊經文，被改成通行經文的例子，不一定全是善本，所以提出混入他注與版本不同的看法，他推論說：

> 難道不能想像，從卜天壽本到敦煌本之間，《鄭玄注論語》不僅其數減少了，而且質量也下降了嗎？如果確是那樣，不能說《鄭氏注論語》混入了其他注的情況一點也不存在吧。還必須考慮，同一時代，《鄭玄注論語》應有幾種不同的本子吧！[14]

---

13 參見日人月洞讓〈關於《論語鄭氏注》〉一文，該文載於王素《唐寫本論語鄭氏注及其研究》p180～203。

14 參見金谷治〈鄭玄與《論語》〉pp240～241，該文收錄於《唐寫本論語鄭氏注及其研究》p204～243。

我們對於金谷治先生論點，大抵以為有此可能。本文也曾以敦煌本來跟陸德明《釋文》比對，發現從〈述而〉：「執鞭之士」至〈鄉黨〉篇末，陸氏提及《鄭注》本共有 28 條，即〈述而〉5 條、〈泰伯〉5 條、〈子罕〉11 條、〈鄉黨〉7 條。其中的分歧，除了有部分是陸氏引述《鄭注》的意思，而不直接摘引原文，所以詞句不盡相同，如敦煌本〈述而〉：「陳司敗問照公知禮乎」鄭注：「陳司敗，齊大夫，蓋名御寇。」而《釋文》：「陳司敗」下注：「鄭以司敗為人名，齊大夫。」又如敦煌本〈子罕〉：「太宰問於子貢」鄭注：「太宰，吳大夫，名嚭。」而《釋文》：「大宰」下注：「鄭玄是吳太宰嚭」。另外則有部分可能是版本或傳鈔上的分歧，例如敦煌本〈子罕〉：「我叩其兩端而竭焉。」[15] 鄭注：「兩端猶本末」，而《釋文》：「兩端」下注：「如字，孔云終始也，鄭云末也。」顯然《釋文》漏落「本」字。又如敦煌本〈子罕〉：「韞櫝而藏諸」鄭注：「縕，裹也，櫝，匣也。」而《釋文》：「匵

[15] 敦煌本原漏落「而竭」二字，今依其注文與《集解》本補苴。

下注：本又作櫝，徒木反，馬云匱也，鄭同。」此外，還有見於《釋文》而不見於敦煌本者，計有 11 條，今列之如下：

1. 〈述而〉「易」下注：「如字，魯讀易為亦，今從古。」
2. 〈述而〉「正唯」下注：「魯讀正為誠，今從古。」
3. 〈述而〉「蕩蕩」下注：「魯讀坦蕩為坦湯，今從古。」
4. 〈泰伯〉「則葸」下注：「鄭玄殼質貌。」
5. 〈泰伯〉「不易」下注：「鄭音以豉反。」
6. 〈子罕〉「也純」下注：「鄭作側基反，黑繒也。」
7. 〈子罕〉「縕」下注：「鄭云枲也。」
8. 〈鄉黨〉「下如」下注：「魯讀下為趨，今從古。」
9. 〈鄉黨〉「瓜祭」下注：「魯讀瓜為必，今從古。」
10. 〈鄉黨〉「賜生」下注：「魯讀生為牲，今從古。」
11. 〈鄉黨〉「車中不內顧」下注：「魯讀車中內顧，今從古也。」

從上述這些例子，我們可以推知陸氏當時所見的本子，與敦煌本是不同的，甚至可以進一步說，陸氏所依據的本子是較為完整，而接近鄭注原貌的本子。其實，就上列見於《釋文》而不見於敦煌本的 11 條例子，我們再仔細地觀察，除了 4、7 兩條是敦煌本所漏載釋義的例子，而 5、6 兩條是就音辨義的例子之外，其餘有 7 條是以古論校正魯論，關於古論校正魯論一事，陸德明於〈學而〉「傳不」下注云：

> 鄭云：魯讀傳為專，今從古。案鄭校周之本，以齊古讀正，凡五十事。鄭本或無此注者。然《皇覽》引魯讀六事，則無者非也。後皆放此。

所以鄭注原本有古論校讀魯論，共 50 條，但顯然在陸氏當時所見到的本子，有的本子已有不載校讀的注，所以《釋文》比敦煌本多了這 7 條，就不足為奇。另外陸氏《釋文》在〈子罕〉：「空空」下注云：「如字，鄭或作悾悾，同音空。」這也說明陸氏用到的鄭注版本，至少有兩種以上，像這樣的情形，如果拿吐魯番卜天壽本跟《釋文》比對，又是如何呢？我們以為二者有一些版本上的歧異，例如《釋文》在〈里仁〉「適」下注：「丁歷反，鄭本作敵。」可是吐魯番本仍作「適」，此外真正見於《釋文》而不見於吐魯番本則僅〈公冶萇〉「子」下注：「鄭注云：魯讀崔為高，今從古。」一條。因此日人金谷治認為吐魯番卜天壽的本子早於敦煌本180年，而質量較佳，敦煌本子所以跟《集解》鄭注有較大的差異，也有可能是混入其他注的情況。關於這一點我們不能完全否認這是有可能的情況，但這只是個間接地推斷，畢竟吐魯番本與敦煌本殘存的篇卷並無相同的部分，因此基本上是無法直接比較、直接證明的，但是我們相信吐魯番本與敦煌本都不是《鄭注》的原本。因此敦煌本與《集解》鄭注有上述兩條差別較大的例子，實在不能證明是否《鄭注》的原本還同時並包二者的內容呢？還是何晏「有不安者，頗為改易」而仍然稱為「鄭曰」者，所造成如此的現狀呢？目前一時之間，恐怕是無法明白地解釋的了！

三、論鄭注與孔包周馬諸注的關係及其相關問題

在比較敦煌本《鄭注》與《集解》的過程當中，我們

發現有不少《鄭注》與《集解》裡何晏稱作「孔曰」、「包曰」、「周曰」、「馬曰」等孔安國、包咸、周氏、馬融諸注完全相同或大略相同的情形，茲將這種現象依序列舉如下：

（一）　《鄭注》與《集解》孔注似同者

正文	敦煌本鄭注	集解本孔注
1、〈述而〉子所雅言。	雅者，正也。	孔曰：雅言，正言也。
2、〈述而〉子曰：與其進，不與其退，唯何甚。	教誨之道，與其進，不與其退，怪我見此童子，惡惡何一甚。	孔曰：教誨之道，與其進，不與其退，怪我見此童子，惡惡一何甚。
3、〈述而〉子曰：奢則不遜，儉則固，與其不遜，寧固。	俱失之，奢不如儉，奢則僭上，儉則不及禮。	孔曰：俱失之，奢不如儉，奢則僭上，儉不及禮，固陋也。
4、〈太伯〉詩云：戰戰兢兢，如臨深淵，如履薄冰。	言此詩者，喻己常戒慎恐有所毀傷。	孔曰：言此詩者，喻己常戒慎恐有所毀傷。
5、〈子罕〉子曰：鳳鳥不至，河不	有聖人受命，則鳳鳥至，河出圖，今	孔曰：聖人受命，則鳳鳥至，河出圖，今

正文	敦煌本鄭注	集解本孔注
出圖，吾已矣夫。	天無此瑞，吾已矣者，傷不得見用也。	天無此瑞，吾已矣夫者，傷不得見也。河圖，八卦是也。
6、〈子罕〉病閒，曰：久矣哉！由之行，詐也，無臣而為有臣。	閒，瘥也，久矣哉，言子路久有是心，非但今日，孔子昔時焉魯司寇，有臣，今追去，無臣之也。	孔曰：少差曰閒，言子路久有是心，非今日也。
7、〈子罕〉子曰：法語之言，能無從乎，改之為貴。[16]	人有過，行以正道告之，口無不順從之者，能必改，乃為貴。	孔曰：人有過，以正道告之，口無不順從之，能必自改之，乃為貴。
8、〈鄉黨〉吉月必朝服而朝。	吉月，月朔也，朝服，皮弁服。	孔曰：吉月月朔也，朝服，皮弁服。
9、〈鄉黨〉雖蔬菜羹，瓜祭必齋如也。	齋，莊敬貌也。三物雖薄，祭之必敬。《禮記》曰：瓜祭，上環也。	孔曰：齋，嚴敬貌。三物雖薄，祭之必敬。

[16] 「從」敦煌本原作「悅」，今依其注文與《集解》本校正。

正文	敦煌本鄭注	集解本孔注
10、〈鄉黨〉問人於他邦，再拜而送之。	拜送，使者敬也。	孔曰：拜送，使者敬也。
11、〈鄉黨〉君賜食，必正席，先嘗之。	敬君之惠，既嘗乃以班賜。	孔曰：敬君惠也，既嘗之，乃以班賜。
12、〈鄉黨〉朋友死，無所歸，曰：於我殯。	重朋友之恩，無所歸，無親昵。	孔曰：重朋友之恩，無所歸，言無親昵。
13、〈鄉黨〉居不容。	室家之道難久。	孔曰：為室家之敬難久。

（二）　鄭注與《集解》包注似同者

正文	敦煌本鄭注	集解本包注
1、〈述而〉子曰：二三子以我為隱子乎，吾無隱乎爾。	二三子者，謂諸弟子，聖人知道廣大，弟子學之不能及，以為有所懷俠要術，見於顏色，故解之，二三子以	包曰：二三子者，謂諸弟子，聖人知廣道深，弟子學之不能及，以為有所隱匿，故解之。

正文	敦煌本鄭注	集解本包注
	我有所隱於汝乎？我無所隱於汝也。	
2、〈述而〉子曰：仁遠乎哉？我欲仁斯仁至矣！	人道不遠，行時則造。	包曰：仁道不遠，行之即是。
3、〈太伯〉曾子曰：士不可以不弘毅，任重而道遠。[17]	弘，大也，毅，強而能斷也。士當寬大強斷，決以其所任者重，而行之又久遠。	包曰：弘，大也，毅，強而能斷也，士弘毅，然後能負重任致遠路。
4、〈太伯〉子曰：篤信好學，守死善道，危邦不入，亂邦不居，天下有道則見，無道則隱。	言篤信好學，守死善道，行當然也，危邦不入，始欲往也，亂邦不居，今欲去。	包曰：言行當常然，危邦不入，始欲往，亂邦不居，今欲去，亂謂臣弒君、子弒父，危者，將亂之兆。
5、〈太伯〉卑宮室而盡力乎溝洫。	方里為井，井間有溝，溝廣四尺深四	包曰：方里為井，井間有溝，溝廣深

[17] 敦煌本原作「士不可以弘毅」，而吐魯番阿斯塔那二七號墓28(a)、18/6號寫本仍作「士不可以不弘毅」，與《集解》本同，今據正。

正文	敦煌本鄭注	集解本包注
	尺，十里為城，城間有洫，洫廣八尺深八尺也。	四尺，十里為成，成間有洫，洫廣深八尺。

（三） 鄭注與《集解》周注似同者

正文	敦煌本鄭注	集解本周注
1、〈太伯〉而今而後，吾知勉夫，小子。	今日而後，我自知勉於患難矣！言小子者，呼之欲使聽識其言也。	周曰：乃今日後，我自知免於患難矣！小子，弟子也，呼之者，欲使聽識其言。
2、〈鄉黨〉祭於公，不宿肉。	助祭施君所得牲體，歸即班賜，不留神惠。	周曰：助祭於君，所得牲體，歸則班賜，不留神惠。

（四） 鄭注與《集解》馬注似同者

正文	敦煌本鄭注	集解本馬注
1、〈太伯〉菲飲食而致孝乎鬼神。	菲，薄也，致孝乎鬼神，祭祀豐潔。	馬曰：菲，薄也，致孝鬼神，祭祀豐絜。

正文	敦煌本鄭注	集解本馬注
2、〈太伯〉子欲居九夷，或曰：陋如之何！	九夷，東方之夷有九種。疾世，故發此言，欲往居之。	馬曰：九夷，東方之夷有九種。

像這樣有大量相同或相似的現象，羅振玉〈論語鄭注述而至鄉黨殘卷跋〉、陳鐵凡〈敦煌論語鄭注三本疏證〉則認為是何晏《集解》將鄭注誤以為他注造成的，[18] 這樣的說法是很難教人相信的，中國社會科學院考古所撰〈唐景龍四年寫本《論語鄭氏注》殘卷說明〉一文，（以下簡稱〈說明〉）從吐魯番本的校勘，也同樣指出這並非偶而錯誤的個別現象，認為作「偶然致誤的推斷是難以令人置信的。」[19] 但到底為什麼敦煌本、吐魯番本都有那麼多鄭注的內容與《集解》裡的孔、包、周、馬諸家注文相同呢？當然我們知道孔、包、周、馬諸家都是鄭玄之前的經學家，並嘗章句訓說《論語》，何晏《集解·敘》嘗詳述其《論語》

---

[18] 羅文載於《雪堂校刊群書敘錄》卷下 p11～14，陳文載於《大陸雜誌》20：10，p1～3。

[19] 參見《考古》1972：2，p52。

師承家數說：

> 安昌侯張禹本受魯論，兼講齊說，善者從之，號曰張侯論，為世所貴，包氏、周氏章句出焉。古論唯博士孔安國為之訓解，而世不傳，至順帝時南郡大守馬融，亦為之訓說，漢末大司農鄭玄，就魯論篇章考之齊古為之注。[20]

又陸德明《釋文·敘錄》也載說：

> 古論語者，出自孔氏壁中，……孔安國為傳，後漢馬融亦注之，安昌侯張禹受魯論于夏侯建，又從庸生王吉受齊論，擇善而從，號曰張侯論。最後而行於漢世，禹以論授成帝，後漢包咸、周氏並為章句，列于學官，鄭玄就魯論張、包、周之篇章，考之齊古，為之注焉。[21]

---

[20] 同註 10，p3～4。

[21] 參見《新校索引經典釋文》p15～16。

可見得《後漢書》本傳所稱「括囊大典，網羅眾家」的鄭玄，[22] 其所撰的《論語鄭氏注》是以兼存齊魯的《張侯論》為基礎，並以古論刪裁刊改以成其《論語》的新版本，在注文上則據張侯論的包咸、周氏章句，古論的孔安國、馬融訓解，兼融並治，以成一家之言。只是鄭玄在引包、周、孔、馬之說時，均未「記其姓名」，我們經由敦煌本與《集解》的比對，可以清楚地看出鄭氏對包、周、孔、馬諸家訓注，沿革損益的情形。而所引者如前所列，以孔安國的訓解最多，其次則是包咸，周、馬的說解則較少，這樣的現象，與中國科學院考古研究所以吐魯番卜天壽本比對《集解》的情形一致，由此也讓我們不得不推想，敦煌本、吐魯番本的每篇卷首標題，何以都有「孔氏本」、「鄭氏注」的緣由了。

關於《論語》孔安國注，《史記·儒林傳》、《漢書·藝文志》均未言及，敘述孔安國注《論語》的始末，則見於《孔子家語》，在〈後序〉中載說孔安國於武帝天漢年

---

[22] 同註 1，p437。

間，悉得魯恭王壞孔子故宅而出土的壁中詩書，並「考論古今文字，撰眾師之義，為《古文論語訓》十一篇。」撰成之後，巫蠱事起，於是廢而不行於世。其後，成帝詔劉向校書，「都記錄名古今文書，《論語》別錄。」安國孫衍為博士上書，以為「其典雅正實，與世所傳者，不同日而論也，倘如光祿大夫向以為其時所未施之故，尚書則不記於《別錄》，《論語》則不使名家。」則頗為可惜。而成帝稱許其所奏，但未及論定，不久崩逝，旋即劉向又以病亡，因此，《論語》孔注之事，遂不傳於世。[23] 然序中所稱「不行於世」或「其時所未施」，審其文意，恐即《集解・敘》所謂「而世不傳」，也就是孔氏古文《論語》未立學官，而僅流傳於民間。清代學者如陳鱣、沈濤、丁晏諸人，則不明白「不傳」指未立於學官的意思，而以為《集解・敘》既言「而世不傳」，卻多引孔注，若有矛盾，而認為孔注為後人所偽，[24] 沈濤甚至於《論語孔注辨偽・序》

---

[23] 參見《孔子家語》卷一〇p27。

[24] 參見陳鱣《論語古訓・敘》p6。沈濤《論語孔注辨偽》，該文收載於《皇清經解續編》第十七冊 p13221～13241。另外尚有丁晏《論

裡，直指為何晏所偽，他說：

> 鄭學盛行，平叔思有以難鄭，而恐人之不信之也，於是記於西京之博士，闕里之裔孫，以欺天下後世。[25]

而丁晏《論語孔注證偽》則指為魏王肅為難鄭而偽，[26] 個人以為孔注的真偽問題，雖然還有值得討論的地方，但是沈氏《論語孔注辨偽》的論述，總多有未盡合理之處，而流於主觀偏頗，直指何晏偽孔注以欺世，而丁晏所指王肅所偽，二者就今日所見鄭玄注以觀，則恐不免有誣。個人以為孔注非王肅、何晏所偽，其理由有三：其一，倘謂王肅、何晏偽造孔注以駁難鄭玄，則今所見鄭注，其與孔注相同或相近者，竟是諸家注中最多者，此與「難鄭」豈非矛盾？其二，今《集解》中所謂「孔曰」的孔安國注，既

語孔注證偽》，本文係據劉寶楠《論語正義》，即《皇清經解續編》第十七冊 p13657 所述。

25 參見《皇清經解續編》第十七冊 p13221。

26 同註 25，p13657。

然有很多是見於鄭玄注，可見得在東漢鄭玄之前早有孔注，而非晚至魏王肅、何晏才偽造孔注。其三，《集解》所載「孔曰」者，有見於《鄭玄注》，也有不見於《鄭玄注》的，依此情形看來，自東漢至魏朝間，應確實有單行的《論語》孔注本，因此鄭玄注《論語》而不稱其姓名地引述，何晏則校覈原書而「記其姓名」。單行之孔注至陸德明撰《釋文》時，恐已亡佚，不僅《隋書·經籍志》不載，陸氏《釋文》於〈里仁〉「父母之年不可不知也」下注云：「此章注，或云孔注，或云包氏，又作鄭玄注辭，未知孰是？」可見得陸氏見鄭注作「見其壽考則喜，見其衰老則懼」，而何晏《集解》作：「孔曰：見其壽考則喜，見其衰老則懼」，而另有別本則稱「包氏」，可見得陸氏已無孔注、包注可以校覈，所以只是慨嘆「未知孰是」了。總之，鄭注與孔注依其引述數量而言，其關係最為密切。

再者，鄭注引述前人注釋中，包咸注僅次於孔注，何晏《集解·敘》、陸德明《釋文·敘錄》言其為張侯論章句，考《後漢書·儒林傳》載包咸於「建武中，入授皇太子《論語》，又為其章句。」[27] 此《論語》應即是西漢成帝以來所流行的張侯論。蓋《漢書・匡張孔馬列傳》載安昌侯張禹精於《論語》而為成帝師，以致尊貴，當時諸儒流傳有「欲為論，念張文」之語，因此形成「學者多從張氏，餘家寖微」的局面，而包咸所授、所注應是張侯論。包氏所授業之太子，即位而為顯宗明帝，明帝賢德，待包咸以師傅恩，禮敬有加，且每「經傳有疑，輒遣小黃門就舍即問。」包咸之子包福，後也以《論語》入授和帝，其兩代為帝王之師而專講《論語》，由此可以推想在東漢明、和二帝之後，包氏之說必然有其影響，故而東漢末之鄭玄注《論語》，其多所轉引，應是理所當然。不過包注由何晏《集解》載引的情形看來，當時尚存，而至前述陸德明於〈里仁〉「父母之年不可不知也」下注「不知孰是」推知，包注應已亡佚了。

至於敦煌本《鄭注》同於《集解》裡「周曰」的，至少有 2 條。而《集解》裡的「周曰」，究竟所指為何人？

[27] 參見《後漢書・儒林傳下》p917。

向來頗有一些爭議，它有可能是指東漢與包咸並為張侯論章句的周氏，也有可能為魏博士周生烈。關於東漢周氏，《釋文·敘錄》說：「不詳何人」，其所以稱姓氏不稱名，宋邢昺疏說：「蓋為章句之時，義在謙退，不欲顯題其名，但欲傳之私族，故直云氏而已。」[28] 另外的周生烈，據《三國志·魏書·鍾繇華歆王朗傳》云：「燉煌周生烈……亦歷注經傳，頗傳於世。」裴松之注云：「此人姓周生，名烈。」[29] 今檢《集解》中「周曰」凡 14 條，[30] 清馬國翰《玉函山房輯佚書·論語周生氏義說》以為「周曰」皆指周生烈，而「周生」為複姓，為何單稱為「周」呢？馬氏云：

> 案：劉昺《敦煌實錄》：魏侍中周生烈，本姓唐，外養周氏，因為姓。然則周生之有氏，實自烈始。

[28] 同註 10，p3。

[29] 參見《三國志》p409。

[30] 馬國翰《玉函山房輯佚書·論語周生氏義說》載列為 14 條，日人月洞讓〈關於《論語鄭氏注》〉指為 13 條，馬氏是也。

> 複稱周生，單言周氏，無不可者，故邢昺修疏時，從省作「周曰」。[31]

其實「周曰」恐未必都是指周生烈，理由是從敦煌本《鄭注》有同於《集解》「周曰」來看，鄭玄的時代早於周生烈，按理說是不會引到周生烈的義說，且何晏《集解·敘》言其「集諸家之善」者，則包括了周氏與周生烈，但是為何今本《集解》都稱為「周曰」，而不分別作「周氏曰」、「周生烈曰」呢？事實上何晏原本是有分別的，諸家都「記其姓名」，但是自邢昺作疏以後，因省文造成混淆。此事《四庫全書總目·經部四書類·論語正義》下言之甚詳：

> 蓋咸平二年，詔昺改定舊疏，頒列學官，至今承用，而傳刻頗訛，《集解》所引十三家，今本各題曰某氏，皇侃《義疏》則均題其名，案奏進序中稱集諸家之善，記其姓名，侃疏亦曰何集注，皆呼人名，惟包獨言氏者，包名咸，何家諱咸，故不言也，與

---

31 參見《玉函山房輯佚書》第三冊 p1767。

> 序文合，知今本為後來刊版之省文，然周氏與周生烈遂不可分殊，不如皇本之有別。[32]

因此，馬國翰將《集解》中所載為「周曰」的，都指為周生烈，可能就是「不可分殊」的結果。而日人月洞讓〈關於《論語鄭氏注》〉一文也如同馬氏的情形，都指為周生烈，但他還存著一些懷疑，甚至說：「據梁皇侃《論語義疏·敘》，似乎此外另有《周氏注》，但是否與周生烈為一人，尚不清楚。」[33] 事實上東漢周氏與魏敦煌周生烈，從史料上來看，應該就是兩個不同時代，有不同著作的經學家，所以月洞讓的說法，似可以再斟酌。總之，今敦煌本《鄭注》有跟《集解》所載「周曰」相同的，我們認為鄭玄注《論語》，參考引用了時代比他早，而與包咸都注釋《張侯論》的《周氏注》，而不是魏博士周生烈的《義說》，至於「周氏」為何人？則恐難考證了。

---

[32] 參見《四庫全書總目》第二冊 p720。

[33] 同註 5，p181。

最後，敦煌本《鄭注》也有與《集解》「馬曰」相同的情形。「馬」是馬融，為東漢中葉以後的大經學家，為鄭玄的老師，《後漢書．馬融列傳》稱譽他「才高博洽，為世通儒」，著述極富，包括注《論語》。[34] 但所注《論語》，何晏《集解．敘》、宋邢昺疏以為是《古論》，而皇侃《論語義疏》、《隋書．經籍志》則以為《魯論》，見解不一，個人以為何晏時代與馬融相去不遠，且載引馬融注多達 113 條，[35] 應是親見馬融注的原書，其說法較可據信。鄭玄注《論語》，引用他老師馬融的看法，應該是十分自然的事，不過從敦煌本看來，他引馬融注並不及孔安國、包咸的注那麼多，這當中的問題，則頗值得玩味。馬融的《論語注》，在《隋書．經籍志》中，已不見載錄，可見得該書在隋唐之前就已經亡佚了。

---

34 《後漢書，馬融傳》卷六〇上 p700。

35 參見月洞讓總計，同註 5，p180。

四、結　語

綜上所述，我們從這不滿四篇的敦煌本《論語鄭氏注》殘卷裡，不僅認識這已亡佚很久，由「括囊大典，網羅眾家」的鄭玄所注《論語》的一些面貌，尤其透過與何晏《集解》的比對討論，對於《論語》的流傳，鄭玄的注與他之前的孔安國、包咸、周氏、馬融諸家注解的因革損益，及一些相關問題，有較為深入的了解。有關《論語鄭氏注》而可以再深入探討的課題還很多，例如鄭玄以禮學為中心的思想特色，注釋的用語形式，敦煌本與吐魯番卜天壽本的比較等，雖已有部分學者涉及，但都還值得大家來共同深入探討。

參考引用書目

王　素　1991，《唐寫本論語鄭氏注及其研究》，文物出版社，北京。

中國科學院考古研究所資料室　1972，〈唐景龍四年寫本《論語鄭氏注》殘卷說明〉，《考古》1972：2，p51～53。

1972，〈唐景龍四年寫本《論語鄭氏注》校勘記〉，《考古》1972：2，p54～67。

月洞讓　1973，〈關於《論語鄭氏注》〉，原載《漢文教室》106 號，李方譯節譯，載於《唐寫本論語鄭氏注及其研究》p180～203，文物出版社，北京。

王重民原編、黃永武新編　1986，《敦煌古籍敘錄新編》，新文豐出版公司，台北。

王國維　1921，《觀堂集林》，1975，河洛出版社，台北。

王　肅注　　　　　《孔子家語》，1985，臺灣中華書局影印宋蜀本，台北。

司馬遷著、張守節正義　736，《史記正義》，藝文印書館印《二十五史》，台北。

左丘明著、孔穎達疏　　《左傳注疏》，1973，藝文印書館《十三經注疏》本，台北。

何　晏注、邢　昺疏　　《論語注疏》，1973，藝文印書館《十三經注疏》本，台北。

沈　濤　　1821，《論語孔注辨偽》，漢京文化公司印《皇清經解續編》第十七冊，台北。

金谷治　　　　　〈鄭玄與《論語》〉，原載《唐抄本鄭氏注論語集成》，李方譯節譯，載於《唐寫本論語鄭氏注及其研究》p204～243，文物出版社，北京。

長孫無忌等　　　　《隋書》，藝文印書館印《二十五史》，台北。

皇　侃　　　　　《論語義疏》，1966，藝文印書館印《無求備齋論語集成》，台北。

紀　昀等　1782，《四庫全書總目》，1974，藝文印書館，台北。

范　曄著、王先謙集解　1915，《後漢書集解》，藝文印書館印《二十五史》，台北。

班　固著、王先謙補注　1915，《漢書補注》，藝文印書館《二十五史》，台北。

馬國翰　《玉函山房輯佚書》，1990，中文出版社，日本，京都。

陳　鱣　1794，《論語古訓》，1977，中國子學名著集成編印基金會，台北。

陳　壽著、盧　弼集解　1936，《三國志集解》，藝文印書館《二十五史》，台北。

陳鐵凡　1960，〈敦煌論語鄭注三本疏證〉，《大陸雜誌》20：10，p1～3。

陸德明著、鄧仕良、黄坤堯校訂索引　1988，《新校索引經典釋文》，學海出版社，台北。

劉寶楠　1866，《論語正義》，漢京文化公司印《皇清經解續編》第十七冊，台北。

羅振玉　《雪堂校刊群書敘錄》，1986，收

錄於《羅雪堂先生全集》初編，
大通書局，台北。

原發表於「雲南孔子學術研究會海峽兩岸第二次學術研討會」，1996 年
／刊載於《中山人文學報》5，p45～63，1997 年

《中文大辭典》巡禮

在臺灣編纂的辭典之中，《中文大辭典》應該算得上是最大部頭了。它的十六開豪華本，連兩冊的總索引，就達四十冊之鉅，即便是二十四開的普及本，也有十大厚冊，把它們擺列在書架上，說真的，還沒有查檢，光憑這架勢也夠嚇人的了。雖然它的部頭大，但在國內外頗具知名度（包括中國大陸），銷路一直不差。從民國五十一年十一月出版第一冊，到現在的二十五年間，僅僅普及本就已經賣了七版，除了文教機構、公私立圖書館購買典藏之外，連學者、教師、大學生及一般民眾，也都購置參考，那就是因為它有它的特色及價值，因此在一系列的辭典介紹裡，我們首先來談談它。

這部辭典是由文化大學的創辦人——張其昀先生監修，當今的國學碩儒——林尹、高明兩先生策劃、主纂，二先生率領著當時的文學博士、碩士及研究生前後計六十餘人所組成的編輯群，從民國五十一年開始工作，十一月出書，一直到五十七年八月全書告成，費時達七年之久，所投注的人力物力，十分可觀。當初，張先生的理想，是希望能以《中文大辭典》為起發點，作為以後編纂中華民國百科全書的基礎，因此在材料上的蒐羅，儘量求其廣博，舉凡《方言大辭典》、《圖書大辭典》、《人名大辭典》、《地名大辭典》等三十六種辭書，一併收入，熔鑄於一爐，這是造就《中文大辭典》在內容上具備「博」的特色的原因，在理論上是只要擁有一部《中文大辭典》，前述三十六種辭典是可以不必準備的。幾年前，曾有一位從事校證方面研究的友人告訴我，他的碩士論文幾乎是憑靠著一部《中文大辭典》完成，當我乍然聽到一篇學術論文的完成，竟然是憑藉著一部辭典，心理上總覺得這簡直是件不可思議的事，但從這裡，似乎可以讓我們體會到它的「博」，是具有學術性的價值。

除了廣博的內容外，在編排的形式上，也是規劃得十分有系統而且嚴密，並期望以基本、明確的文字學觀念，來導引檢索者認識、了解中國的文字。每個字的解說，原則上分單字解釋和辭彙說明兩大部分：

一、單字解釋：細分成形、音、義三小部分，依序排列說明。（一）字形方面——列舉各種不同的字體與寫法，上起甲骨文、金文，並及篆、隸、楷、草，按照時代的先後排列，可讓讀者充分地了解這個字，其形體演化的軌跡。（二）字音方面——先列舉古代的讀音，將宋代的《廣韻》、《集韻》，元代的《古今韻會舉要》、明代的《洪武正韻》等韻書的反切，依照時代先後排列，再注明該字所屬的平水韻（凡該字不見於平水韻的，不注。）及聲調，其後繼而注以國語注音及國語羅馬字，如此的安排，不僅可以使檢閱者明白從中古一直到現在的國語，讀音演變的情形，及方便外國學者的拼讀之外，同時也便利古典詩歌的創作者及研究者，查覈詩韻。（三）字義方面——依據讀音的不同，在反切之下，將《爾雅》、《說文》、《方言》、《釋名》等書中的訓解，及兩漢以來的傳注，以本義、引申義、假借義的次序，注釋該字所含括的意義，倘若有派生成兩個以上的引申義或假借義時，再細依名詞、動詞、形容詞、助詞等次序排列。這樣不但使得因讀書不識字而翻查辭典的檢索者，能順利地從「啞巴老師」這裡找到所想要明白的意義以外，也能使得他深刻地認識該字義分化演變的情形。

二、辭彙說明：在每一辭組之下，先作直接簡扼的詮釋，再列舉轉義及其運用的情形。詮釋意義時，都標示書名、篇名，交待它的出處，以便利檢索的人去覆查原書。

《中文大辭典》全書共計收錄四萬九千九百零五個單字，三萬七千一百二十三個辭組，為我國歷來收字最多、辭組最完備的大辭典。如此大量的單字和辭組，其串聯的方式是：單字採自明朝梅膺祚《字彙》和張自烈《正字通》以來，一直通行於世「始一終龠」的二百十四部首分類，部首之中以筆畫的多寡定其先後，遇到相同筆畫的字，則依點、橫、豎、撇的筆畫順序，依序排列。而辭組則是根據該辭首字以歸列於該單字之後，例如「江山」這辭組，則歸列於「江」字之後。（目前辭典中辭組的安排都是如此），同一單字下的眾辭組，先依組辭字數二字、三字、四字……等次序排列，而同為二字或三字或四字……組成的辭組，則按照第二字筆畫多寡排列，再有同筆畫的情形，當以點、橫、豎、撇的次序定其先後。所以《中文大辭典》的辭組雖然很多，但是由於編輯得很有條理，我們只要稍稍地了解它的體例，查檢起來並不困難。全書每冊都有部首及筆畫檢字表，翻查方便，而豪華本另有總索引兩冊，我們可以按筆畫索引與四角號碼索引檢閱，這對於多達三十八冊內容的豪華本大辭典而言，也還稱得上方便。

這部辭典雖然有高度的條理性、完備性、學術性，但仍然不免有些缺憾：例如「一部·世」字下列舉的字形中有「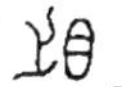」、「」二形，雖說它原本即錄自《說文古籀補》「世」字之下，但它為「百世」的合文，在列舉字形時，材料的篩選應可再審慎些，而把它們從「世」字中剔除。再如「丨部」的「丵」字，《說文》收有篆形但本書漏列；另「丿部·㡿」字下的「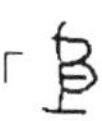」、「」、「」、「」等字形，其實應是「丿部·帠」字的古文字，也錯入「㡿」字之下，這些則是編輯上的疏失。再如「一部」的「丞」字，本書列了三讀音：1·《廣韻》的「署陵切」，國語讀作「ㄔㄥ」。2·《廣韻》的「常證切」。3·《集

韻》的「蒸之上聲」，國語讀作「ㄔㄥˋ」。我們以漢語語音演變的規則來看，第一個讀音「署陵切」，中古聲母屬全濁的「禪」母，演變至現在的國語應該是讀作第二聲「ㄔㄥˊ」才對，這大概是打字時遺漏了「第二聲」的調號。第二個讀音，國語注音漏列，依《廣韻》的「常證切」推知現在國語應讀作「ㄓㄥˋ」。第三個讀音就其中古聲母屬全清「照」母，推知現在國語應讀作「ㄓㄥˇ」，注音作「ㄔㄥˋ」也不對，像這些則是審音及編輯上的疏忽。畢竟這部辭典的篇幅浩大，內容豐博，參與編輯的人又多，想要不生疏訛，以達百分之百的完美，恐怕是不可能辦得到的，所以上述這些疏漏，是「瑕不掩瑜」的，它絕不能否定該辭典的價值。另外，《中文工具書指引》曾指全書體例缺少直音，對不懂注音的讀者有些不便，此言不假，不過，這種不便的現象，它會隨著時間的推移而逐漸地消失，因為中國人而不懂得注音符號的，將是愈來愈少，慢慢地標不標示直音，也沒有太大的關係，更何況直音的標音方式，先天上是有「音窮」的缺點。

該書出版至今，二十餘年來，雖然曾經稍作修訂，但只限於局部，作用不大，且近來文字的形音義及辭彙方面的材料，比起二十幾年前更加豐富，而教育部去年七月又正式公布修訂的「國語注音符號第二式」以代替舊有的「國語羅馬字」及「譯音符號」，似乎應該再度廣集專家學者，重新全面訂正補充，唯有如此，一方面才能趕得上日新又新的時代腳步，一方面以回饋廣大讀者的熱烈支持。

原刊載於《國文天地》3：5，p60～62，1987 年

《重編國語辭典》巡禮

我國整理文字的字典，大概可以分成兩大系統，一是按字形（部首）排列的系統，一是按字音（音韻）排列的系統；由於文學創作上的需要，在魏晉以後至明清之前，按字音編排的系統，使用得較為普遍，但是自從明朝梅膺祚編纂《字彙》、張自烈編纂《正字通》之後，按字形編排的系統，逐漸抬頭，至今它的普遍性遠超過字音編排的系統。所以民國以來，按字形編排的字典、辭典，比比皆是，而按字音編排的，則非常少見，尤其是依照現在通行的國語音讀，編輯成一部具有系統性、完備性與普及性的辭書，則只有《重編國語辭典》一部了。它是政府大力推行國語的過程中，唯一官方編修的辭典，也是目前中小學教師們，經常翻檢運用的重要工具書。

一、成書經過

早在民國二十年，教育部國語統一籌備委員會，為了順利推展國語，糾正大眾不正確的讀音，籌備一部《國音普通辭典》，這也就是《國語辭典》的前身，不料正逢一二八事變，經費來源不繼，無法完成，延至民國二十四年，國語統一籌備委員會改稱國語推行委員會，再籌措經費編校，終於民國二十五年出版了第一冊的《國語辭典》，這應是我國第一部以注音符號編輯的國音辭典，雖然這部辭典有它的價值與特色，但是由於當時編纂的條件差，人力物力艱難，內容不免蘊藏著不算少的錯誤，加上基本的目的在正音，辭目的詮釋常欠周詳，且前後經歷了四十年的漫長歲月，一部分當初視為流行、時髦的語彙，卻也已經不再適用於今日的社會環境裡，實有重編的必要，於是教育部在民國六十五年五月，成立「重編國語辭典編輯委員會」，負責進行重編的工作，由何容先生擔任總編輯，王熙元先生擔任副總編輯，並在二十二位編輯、編審，及二百八十位專科學術名詞編審的努力下，於民國七十年十一月，正式由商務印書館出版問世。

二、內容特色

全書計分六冊，內容部分達五七三六頁，總共收錄單字一一四一二字。詞條方面，一般語詞有七四四一六條，學術名詞有二五四三八條，人名、書名、地名，有一一六二三條。它是以原編為基礎，先將其中的生僻字、歧異音讀、一般慶詞、學術名詞等，加以篩檢刪併，做一番去蕪存菁的工夫，並修正形、音、義、年代、出處、引文等方面的錯誤，又為了矯正只偏重正音工作，而忽略釋義功能的缺失，進而詳為補例詮解，充實內容。全書增加了二萬餘條的新字詞，這一方面很是值得推崇的，因為它除了增加科學新字及古今人名、書名、國名、地名、日常生活、報章雜誌等多方面的新興詞彙外，還特別敦聘大學專家學者二百八十人，參與各科學術新詞的提供、撰述、審定工作，使得辭典的編纂走向專家化、科學化，這不但足以提高其內容的精密度，更保有它的新鮮度，賦予此書嶄新的時代意義。

三、編輯體例

全書字詞的編排，完全以國語注音的先後為次第，這是它最具代表性的特色。雖然這是眾所皆知的方式，但要強調的是，它是以民國二十年國語統一籌備委員會公布的「國音字母表」為其綱領的，也就是先聲母（ㄅㄆㄇ……）、後韻母（ㄚㄛㄜ……），ㄧㄨㄩ韻母則列於ㄦ之後的排列次序；其次再將同一聲母或韻母下的單字，按聲母、韻母拼合的先後次序編排；至於同音的文字，則先依文字聲符筆畫的多寡排列，再將同聲符中的文字，按照部首筆畫次序一一排比，所以全書文字編排的架構，算得上是相當嚴密的。至於附列於單字下的詞組，它排列的方式是，不論字數的多寡，全依第二字的國語注音先後排列。單字的字形是以楷書為準式，常用字形視為正體，異體字則附列於正體之後，並不獨立標示。在音讀方面，則無論字詞，均標明國語注音符號第一式、第二式與耶魯拼音，以便利中外人士拼出正確的音讀。除此之外，並以注音寫定詞形，入聲字、兩讀字、輕聲字、ㄦ化音等，也都經過仔細地標注，所以注音的詳贍，是本部辭典的特長，為其他辭典所不及的。如果在字義的解釋上，遇有一字數義的情形，就按名詞、代名詞、動詞、形容詞、副詞、介詞、連詞、助詞、歎詞等詞性先後排列，這也是極有條理的處理方式。

四、檢索與附錄

由於本書是依音排列，所以在檢索時，如果我們想要查檢的是常用而且常唸，也唸得正確的字詞，通常我們可以直接透過書後的音序檢字表，很快地查出我們所需要的。但是當我們檢查的是一個不熟悉字音的單字或詞組，單憑字音的檢查辦法，很可能會遇到阻礙，這時候可啟用書後的部首檢字表翻查尋找。再者，本書的體例有寫定詞形的目的，所以同義的異詞，在書中多已合併，因而我們遇見罕用的詞組時，可以選擇檢閱書後的同義異詞索引。以上三套索引，是檢索本書字詞的基本途徑，另外本書還附有西文譯名索引及歷代紀年表，它們更能讓讀者藉此對於書中的人、事、物，有更進一步地對照與認識。

五、需要稍作修正的缺點

本書編纂的體例，算是相當嚴密的，但是中國文字歷史悠久，形音義的演變分化，本來就呈現錯綜複雜的現象，所以要在人少事繁，又限期編定的情況下，要求辭典做到十全十美的地步，那是絕不可能的，因此本書仍然存留著一些小問題。就詞彙方面來看，本書雖然已經增刪改易了不少，但是仍有應收未收，應刪未刪的情形，例如「ㄕ」下有「升元音」，解釋作：「（語言）發音時舌體升至最高度，因舌愈上升，則口愈合，故亦稱合元音。」首先「升元音」這個名詞，現代的語言學者都很少使用，多半都稱作「上升複合元音」，它是指發由低舌位元音移向高舌位元音的複合元音，而且舌體也不必非升至最高度不可，只要後面的元音較前面的元音舌位高就可以了，因此「升元音」可刪改為「上升複合元音」，這不僅容易使讀者明白，也符合時代意義。另外有一些比「升元音」還要重要的基本語音學名詞如「高元音」、「低元音」、「前元音」、「後元音」本書反而未列，這就「應收未收，應刪未刪」了。

其次本書在詞義解釋方面，有含混、錯誤的情形。如「ㄉ」下的「等韻」解釋作「（語言）以一音分為開合，再各分一、二、三、四之四等，為宋以後講音韻學者所稱。」探討其中的敘述真是讓人難以明白究竟「等韻」為何物也，「一音」如何能分開合、分四等呢？再如「等韻圖」解釋作「（文字）（語言）古人以聲調為經，以韻母及聲母為緯，編成圖表……」其中將「等韻圖」也列入文字學的範圍，就學術的區分觀點來看，這種分法恐怕是不盡理想的，而且釋義的內容也應該修改為「以聲母為經，以韻母及聲調為緯」才正確。

再者，有部分引文出處，交待不夠清楚，例如「ㄅ」下的「敗盟」條引詩「寄語沙鷗莫敗盟」（陸游詩）；「ㄆ」下的「帊」字引詩「絳帊蒙頭談道書」（蘇軾詩）；光是指出「陸游詩」、「蘇軾詩」是不夠清楚的，應該同其他的例子一樣標明詩題。最後再談談讀音的問題，一字兩讀的情形，最是要慎重，例如「百」有「ㄅㄞˇ」、「ㄅㄛˊ」二音，一般辭典逕指此字兩讀就可以了事了。但是因為本書是以注音寫定詞形的辭典，所以每條詞組都標上注音，然而碰到這個「百」字，其統領的詞組，有的注明兩讀，有的卻不加注，如「百家姓」可兩讀，而「百八鐘」、「百八丸」其詞來源甚古，卻只能讀作「ㄅㄞˇ」，這實在是很難令人信服的，音讀本身原來就不容易有個一定的標準，所以一旦做了這種注明，就應該說明標示的原則，否則很容易混淆讀者的觀念。另外，去年七月一日重新修訂公布了國語注音符號第二式，其中與舊有的已少有不同，如「ㄦ」不作「erl」改作「er」；「ㄨㄥ」不作「ueng」改作「ung」；「ㄩㄥ」不作「iong」改作「iung」，相信本書於下次修訂之時，必會一一併予以更正，因為畢竟這是一部官方修訂足為準式的國語辭典呀！

原刊載於《國文天地》3：8，p81～83，1988 年

《辭源》巡禮

一、一部影響深遠的綜合性辭典

談到中國近代的辭典，大家都知道商務印書館出版的《辭源》是最早的一部了。在《辭源》還沒編纂之前，我國所流傳的都是「字書」、「字典」，以單字的形音義作為解釋的主要對象，至於由單字派生、複合出來的詞組，雖然從清康熙以來，有《佩文韻府》、《駢字類編》這類的工具書籍以供查檢，但是由於編纂的目的重在押韻對偶，選辭偏重於典雅，缺乏一般性，也沒有辭義的解釋，而其分類與編排，讓現代人檢索起來，又不十分便捷，所以說，按照詞組首字的部首筆畫排列，並一一地加以解釋引證的一般辭典，再也沒有一部比《辭源》更早的了。它從民國四年出版問世，到今天有七十二年的歷史了，據統計歷年累積印數達四百萬部，[1] 其流傳之廣遠，是不難想像的。更何況從有《辭源》以來，所有綜合性辭典的編纂，無論在內容上、形式上，都深受它的影響，可見得《辭源》在中國辭典史上佔有一席重要的地位。

二、前後多次的修纂

本書前後共經歷了四次的修纂，[2] 除了首次的《正編》是為辭典建立綱領體例，草創成書以外，其餘《續編》、《補編》、《增修》，均是專為《正編》作增刪改益的工夫，在目前所見辭典中，這算是修訂得比較勤快的一部。

談到這部辭典編纂的原始動機，根據《正編》主纂者陸爾奎《辭源說略》的敘述，說是在清德宗二十九、三十

---

[1] 據《中國文史工具資料書舉要》所述。

[2] 其中不包括大陸最近出版的《修訂本辭源》，該《修訂本》全書計分四冊，內容多達三六二〇頁，台灣有翻印的本子，書名改稱為《中文辭源》。

年（1903AD、1904AD）之交，受西學東漸的影響，社會的語辭，變化劇烈，在新學舊說，相互激盪，扞格難入的情境下，編者希望能夠藉著辭書在文詞語彙的詮釋，消除時人在學術上新舊詞彙的疑慮，因而在德宗末年（1908AD）春天決意編纂。經歷了八年彙集整理的艱苦時光，終於民國四年誕生了我國第一部綜合性的辭典。其中收錄的單字雖然才九九五二字，詞條也遠不及今天所增補的，但是它為近代辭典的編纂，奠定了一個基本的架構，它的影響是相當深遠的。

自《正編》行世以來，由於字詞不夠豐富，加上新辭的領域，日益擴大，為符時代的需要，接著由方毅繼續負責編纂，積十六年的蒐羅增補，就在民國二十年完成《續編》，計收單字五六六二字。但正續二編內容頗有重複，所以在民國二十八年再完成《正續編合訂本》，刪去重複，改正訛誤，並增添新字。計其單字約達一萬一千字，詞組九萬條。民國五十七年，再由趙伯平主持補編事宜，於五十九年一月竣事出版，除修訂一些過時不適用的詞條之外，另增補八千七百條詞組，這是修纂規模最小的一次。

至民國六十五年，王雲五先生有感於自己日漸衰老，將不久於人世，冀望能為商務印書館的未來，做些培本固原的工夫，以支持後繼者一臂之力，於是敦請政大王夢鷗教授主持第四次大規模的徹底增修。其增修除了把《補編》加入《正續二編》之外，並增添了成語、典故、術語的解釋，及人名、地名、各專門學科的常見名詞，再刪除不適時宜的舊有詞組，很快地，在六十七年的十月，便全部完工出版。全書分上下兩冊，連同附表索引，多達二七八〇頁。總計收了單字一一四九一字，詞組一二八〇七四條，所增詞條為增修前的百分之三十，相當可觀。全書的文字也都重新排打印刷，字體版式比起以往都要來得大，來得清楚，真是徹徹底底的增修了。

三、打破傳統的體例與內容

《辭源》能夠在中國近代辭典史上，成就其「開山祖師」的地位，就在它有勇於突破的精神。它能旁蒐遠紹古今中外文獻以豐富內容，並建立嚴整完備的體例便利查檢。傳統類書的內容，多半囿限於典雅的文章辭藻，但是這部辭典突破藩籬，擴大語彙收錄的範圍，除單字、詞彙、成語、典故、名物制度之外，還包括古今名人、名著、地名及社會學科、自然學科、工程技術等名詞術語，所以它適用的層面擴大了，不只是學文史的讀者可參考，連同研習社會、自然、工程等學科的讀者也需要參考了，它是因應了這個科學日益昌明的時代需要。在編排的體例上，單就《正續二編》來說，在形式的安排上也是創新的。它先以《康熙字典》二百十四個部首及筆畫，排列所有的單字，每個單字之下，都用反切注音，並標明所屬的詩韻韻目，然後再解釋一般的字義。詞組則依照它的第一個字（一般人稱這個字叫「詞頭」），附列在這個單字下。如「曹公」、「曹司」、「曹布」等詞組，附列於單字「曹」字之下，同一單字下的詞組，先按字數多寡排列，同字數者再憑著第二字的筆畫數分別先後。每一詞組，有的先解釋詞義，再徵引出處，有的則先引出處再行解釋意義。全書以子、丑、寅、卯、辰、巳、午、未、申、酉、戌、亥十二支的名目，分成十二部分，可按卷首的部首索引翻查，也可以用書末所附的四角號碼查索，都很方便。

四、囿限於舊貌的缺失

本書固然有其開風氣之先的地位與價值，但是在知識日新又新的今日，這部經過多次修訂的辭典，總覺得有些許的「美中不足」，仍待進一步地改良、補充。就以最新版的《增修本》來說，從體例上看：在每個字底下，猶然以反切注音，這便不符合時代的意義，因為現在能從反切拼讀出正確讀音的人，是少之又少的，雖然反切之下，又有直音輔助，但是直音的本身，就有「音窮」的缺點。

另外，本書雖然新增了注音符號，但是分排在四角號碼的索引單字下，這樣子表面上好像是以注音符號注了音，實際上卻仍存在著一些問題，那就是以部首檢字的人，是查看不到這些注音的，除非以四角號碼方式檢閱才能查到，但是現在能自如地運用四角號碼的人，恐怕也是有限的，所以其注音的效果，必然是大打折扣。再者書中凡兩個以上的音讀，不論其意義，悉混列而不別，這與中國文字往往以音來區別意義的情形是扞格不入的，中國文字什麼樣的讀音表示著什麼樣的意義，是有一定的規矩，所以這樣混合的排列方式，實在很難給讀者一個清楚的交代。

其次，現在的書籍，都是用新式的標點符號，像書中仍舊是以圈圈句讀文句是不夠的。而在詞組的排列方面，排錯的情形是在所難免，但是同筆畫的詞組，似乎也沒有固定的先後，其實可以採用一般通行的點橫豎撇做為先後的標準，否則依照王雲五先生四角號碼的先後排列，也是很理想的。從內容上看，單字的蒐羅僅一萬一千餘字，雖然王雲五先生說明辭典是有詞組的單字才收，但實在是少了一點，因為就語言學的觀點，單字也是隸屬於詞的範圍，而且多收單字，可以便利讀者的檢索，更何況近年來教育部公布了《國字標準字體表》，光是常用字與次常用字，便多達一萬二千七百餘字，所以單字的增加，實勢所必然的。至於詞組釋意的體例，也應講求統一，畢竟每一詞組之下，先解釋意義，再徵引出處是最理想的，部分詞條僅列明出處不加解釋的做法，是會帶給讀者運用上的不便。另外，《正續二編》最為學者們批評的，即在徵引出處時，僅列書名而未列篇名，這種缺憾至今也仍然存在，像這些問題，都顯見其深受原始體例的拘限，實在需要再度突破革新，否則無法重新注入新生命，賦予新時代的意義，至為可惜。

原刊載於《國文天地》3：10，p93～95，1988 年

《辭海》巡禮

說到內容豐博，徵引詳贍，編纂有條理，流傳普及且影響深遠，為多數讀者所信賴，幾幾乎乎是「家藏一部」的辭典，大家立刻就會想到中華書局出版的《辭海》。它是在新風貌、新內容的《辭源》問世風行之後，踵繼前式，加以改進，而「後出轉精」的一部辭典。從民國二十五年初出版，至民國五十一年《中文大辭典》誕生之前，它幾乎取代了商務《辭源》的領導地位，在這段時間之內，它真可說是縱橫學界，風光一時，甚至在民國四十一年哈佛燕京學社為迎合外國學者研讀中文的需要，也翻譯了《辭海》以為綜合性的漢英辭典；而海內外的學者，也撰文批評，指陳訛失。[1] 無論如何，這都顯示它是一部倍受矚目

[1] 例如：王伊同撰〈辭海勘誤〉《清華學報》2：1、曲守約撰〈辭海補正〉《幼獅學報》2：1、3：1、唐允撰〈評訂辭海〉《新時代》2：11。

的辭典。《辭海》問世至今，有五十二年之久，由於十一年前，還能及時增修，添增一些新內涵，改進部分的形貌，以適應這多變而嶄新的時代，所以在眾多辭典當中，尚能保有其「舉足輕重」的地位，依然是讀書人賴以參考查閱的重要工具書。

一、前後兩次大規模的編纂

這部辭典的誕生，根據陸費逵「編輯緣起」的描述，是始於民國四年秋天，中華書局出版的《中華大辭典》殺青之後，該書主編徐元誥倡議繼續編修大辭典，得到當時編輯所所長范源廉的贊同，於是規模計劃，共商體例，定名為《辭海》，並著手進行蒐羅、整理、編纂的工作。此後歷時二十年之久，終於民國二十五年出版問世。這部收錄一萬三千個單字，十萬條以上的辭彙，篇幅多達三千餘頁的綜合性大辭典，據說當時參與編輯工作的人員，多達百餘位，由其篇幅內容及費時費工的情形來看，這部辭典編撰的過程，應該是有其艱辛的一面。

出版不久，對日抗戰事興，來不及修訂，而遷台以後的二十幾年間，雖多次重印，偶爾修訂，但所重又在附表，正文、內容方面，少有增刪補苴的情形，實在令人感到遺憾。直到民國六十五年春，方再邀集學者專家「增修」，由熊鈍生先生領導編事，其所謂「增」者，即增補舊版不曾載列的一般性新名詞及注音符號；所謂「修」者，為修訂舊版中因時變易，不符合時代意義的各類名詞，經過三年多的努力，計增新辭三萬餘條，而於民國六十九年春出版了《最新增訂本辭海》，此後，過了五年，即民國七十四年，又再度出版七百餘頁的《辭海續編》，以補《增訂本》不足之處。

二、新舊相濟的內容

屬綜合性辭典的《辭海》，其編纂的對象是一般民眾，因此於辭彙的汲取收錄，頗費一番工夫，據說在編纂之初，辭彙還多是來自舊有典籍：而少有流行的新辭，後來發覺不妥，於是改弦更張，設法廣泛錄集新辭，蒐集的方式之一，便是由編輯人員遍讀新書新報而來，至於舊辭，也不是全然棄置不顧，視其用途的緩急、廣狹，而予限度的保留，即凡過於深奧冷僻，難以解釋的，刪而不錄，其書首「編輯大綱」所列辭彙擇取的準則，有以下八項：

1. 舊有典籍中常見的辭彙。
2. 歷史上重要的名物制度。
3. 流行較廣的新辭。
4. 常用的成語典故。
5. 各行各業的重要用語。
6. 常用的古今地名。
7. 重要的名人名著。
8. 科學藝文常用的術語。

由這兒可見其內容的編輯，是以新舊相濟，雅俗共賞為目標。當然，在舊版《辭海》中，當時視為新辭的，隨時代社會的變遷，漸漸地變成陳舊的辭彙，新版的修訂增補，確實仍然符合新時代新舊相濟的意義。

三、形成完整的體例

在形式體例上，《辭海》是參照較早出版的《辭海》，而又安排得更為嚴謹，以舊版《辭海》的形式來說，全書是以二百十四個部首，統攝一萬三千餘單字，再由單字統領十萬以上的詞組。單字之下，注明合於今音的反切、直音及詩韻，再依音的不同，以淺近文言舉證說明其意義。詞組是根據其第一字，而繫列於該單字之下，先排列兩個字的詞組，之後是三個字、四個字，依序而下。至於同為二字的詞組，則依照次字的筆畫，由少而多的順序排比，如果次字的筆畫相同，再根據二百十四部首的次序定其先後，因此詞組的排列很嚴密，很方便查閱。詞組的意義，也是以淺近的文言詮釋，尤其值得一提的是，全書都標注了新式的標點符號，如書名號、私名號、逗號、句號等，無不畫列清楚，十分便利讀者的閱讀與理解。前幾年出版的增訂本《辭海》，體例與舊版相同，唯一有差別的地方，即新版在單字下，新標注了國語注音符號，這可說是為《辭海》注入了新生命，賦予了新時代的意義。

四、具有特色的附錄

附錄的多樣化，也是本書具備開創性的特色，這些附錄提供讀者更多寶貴的知識，與查閱上的便利，舊版《辭海》所載的附錄，除了難以檢索文字的「檢字表」之外，其他還有：

1. 中華民國憲法。
2. 第二次世界大戰結束前後所簽定有關廢止不平等條約之新條約表。
3. 中外歷代大事年表。
4. 中華民國行政區域表。
5. 韻目表。
6. 中外度量衡幣制表。
7. 萬國原子量表。
8. 譯名西文索引。
9. 國音常用字讀音表。

而增訂版《辭海》除了修訂各表外，並將「國音常用字讀音表」條改成「注音符號檢字表」，使得讀者查檢時，多了一套以國語讀音檢索的途徑。另外，再增添了「先總統蔣公生平大事記要」、「世界各地時刻對照表」、「華氏、攝氏溫度換算表」、「元素週期表」、「國際天文學會星座名稱對照表」、「蒲福氏風級表」、「颱風名稱」、「血液型遺傳表」等八種新附表，可以開拓讀者知識的視野。

五、仍需要仔細修訂增補之處

由於本書深淺適宜，編纂有條理，普及率頗高，相對地，人們對它的要求也就跟著提高了，因此有不少學者撰文評騭，糾舉誤謬，例如《中國文史工具資料書舉要》曾指出該書有：

1. 轉鈔他書，未加校核，而沿襲原書的錯誤。
2. 引文任意改動刪節，而不加以說明。
3. 照鈔古書不另作解說，未替讀者解決問題。

等三項缺點，尤其是這些缺點，在增訂的《辭海》裏，仍然存在，並沒有詳細地重新一一查覆修正，以給讀者一個清楚的交待，實在辜負廣大讀者的熱愛之情，所以讀者們在翻查之際，最好也能再和資料的原來出處核對一下，以免所據失實。除此之外，全書詞組的排列固然很嚴密，但同部首同筆畫下的單字，實在看不出有何特定的排列次序，以致在體例上還有缺憾；至於新增的注音符號，也許是一時的疏忽，與原來的切語不盡符合，例如「一部」的「下」字有㊙ㄒㄧㄚˋ㊚ㄒㄧㄚˇ二音，其原切語作㊙諧雅切、㊚系亞切，㊙切語原是上聲，現在國語演變成去聲，這沒有問題，但原本就作去聲的㊚系亞切注成上聲的ㄒㄧㄚˇ，不知這是根據什麼注的，因為就語音演變的規律看來，現在國語仍然讀作去聲ㄒㄧㄚˋ才對呀！最後，本書仍然有一些常用的詞彙蒐羅得不夠全備，例如「徐娘半老」、「勤能補拙」等今人常用的語詞，實在應該再花工夫增補才好。

原刊載於《國文天地》4：4，p91～93，1988 年

淺談古文的吟誦

說到古文的欣賞，吟誦是很重要的一環。古代的讀書人，讀書沒有不吟哦的，這為什麼呢？

中國的語言文字本身就具備單音節（monsyllabic）、孤立性（isolating）及高低不同的聲調。由於這樣的特性，使得我們的語言文字，充滿著音節的美、韻律的美。我國古代文人早就將這種高低抑揚的音色，充分地表現在文學作品上。因此從聲音的角度去評價、欣賞文學作品，成為我國文學理論中重要的一環。既然如此，不以吟哦朗誦的方式讀古文，又如何能了解古人遣辭造意之精妙，情感之豐沛呢？

另一方面，古人也了解透過文辭表達的思想道理，必須經過反覆不斷地吟誦，才能夠逐漸地深入我們內心之中，使得我們的言行舉止都能合理合宜，這就是所謂的「口而誦，心而惟」，「入乎耳，箸乎心」。

近來教育心理學家談論人類的記憶，指出所有的感官都有輸入大腦記憶的作用，而一般人通常只強調視覺的記憶，忽略了聽覺的記憶能力，這是很可惜的。其實不論視覺或聽覺，都可以使我們由生理活動而轉變成心理活動，所以古文以吟誦的方式，來加強思想道理的灌輸，正是充分運用視覺、聽覺雙管齊下的教育方式。

現在我們來談談如何吟誦古文，這可分成兩個部門來說明：

一、吟誦前的準備

首先要了解作者撰述該文的動機，文章的體裁，內容的轉折、起伏，及段落大意。以「出師表」為例，我們首先要了解本文的作者——諸葛孔明是位受先主託孤而忠勤謀國的臣子，他在即將離開後主遠駐漢中之際，上表進言，文中充滿作者對先帝的感念、對國家的忠誠，以及對後主殷切的期望。全文分成四段，第一段是勉勵後主廣開言路，修德圖強。第二段是說賞罰要公正分明，不要偏私。第三段則勸勉後主親近賢臣，疏遠小人，並列舉忠貞的官吏，以供後主諮詢。末段是說明自己興復漢室的志願。由其全文大意，我們可以明確地知道，本文絕對不可以一種愉悅的心情、輕快的口吻來吟誦，而必須以沉重平正，又略帶一種諄諄訓誨的語氣來通貫全篇。

二、吟誦時的原則

吟誦古文沒有固定曲調，除了有一些基本的原則要遵循之外，其餘全憑吟誦者的直覺，信口吟哦。但這些基本的原則究竟有哪些呢？大致說來有以下三點：

（一）　形式的配合

即吟誦時語氣的停頓、轉換，必須在詞組、句子、段落的末尾，不可在不成詞、不成句的地方任意地停頓、轉換，否則會造成語勢中挫，文意不能連貫的情形。

（二） 聲調的掌握

中國文字的聲調大致可分平、仄兩大類，通常平聲字，聲音以清亮高昂為佳，遇仄聲字時，聲音必須沉重低促。理論上全篇文字在吟誦時，都應該掌握住它的聲調，但是這種嚴格地要求並不容易做到，不過我們至少要在每個詞組、句子、段落的最後一個字，完全掌握住這個基本的原則。

（三） 情感的灌注

這是指吟誦者要把握住作者的情感世界，通常作者的辭情激昂高亢，那麼我們灌注的情感也必須是激昂高揚的，如此一來聲音語氣自然就跟著高昂起來了；倘若作者的辭情是哀怨婉轉，那麼我們灌注的情感也必須是哀怨婉轉的，如此表達出來的聲音語氣自然悽清纏綿。像這樣，吟誦者與作者聲情相契，必會產生共鳴的效用。

初學者吟誦時，常有兩項心理障礙必須排除：

第一，不要畏懼他人的笑謔　古人吟誦的方法，今人多已不聞，所以當你吟誦時，他人乍聽之下，不免覺得可笑，但是只要你持續吟誦下去，聽者也就習慣了，久而久之，說不定也會低聲跟著你吟誦呢！

第二，不要貪多　初學時先以錄音帶錄得吟誦的古文一篇，經過反覆地模仿練習，直到能與吟誦者的口吻聲調完全神似之後，才練習第二篇文章，照這個原則熟吟幾篇之後，自然而然地，所有的古文也都能吟誦了，這時你會發現吟誦古文，再也不是件困難的事了。

原刊載於《空大學訊》，p29～30，1988 年

贛州陳伯元先生六秩壽序

當今之世，國學領域，其勤奮苦學，致學問精湛，成其家數者，蓋鮮；而復肆通餘學，宏富著述，並凝鑄偉辭者，益鮮；至能春風化雨，誨人不倦，弟子英發，脩禮從游，四方上庠，爭相延聘者，尤鮮，而能兼之者，其唯吾師贛州陳新雄伯元先生乎？

先生少即聰穎過人，玉質彰明，早萌遠志，夙窺國學之津途，逮入上庠，潛研絕學，得林景伊、潘石禪等名師之掖引，遂騁驥騄於千里，振鵬翼乎雲漢，揚聲兩岸，播名四方。　先生之學，於文字聲韻，發明特多，貫洞古今，新舊並陳，《廣韻》、《說文》，用力尤深，古音之學，集明清以來之大成，蔚然一家，所論元元本本，至精至悉，承先啟後，有功士林。非止小學通明，亦遍覽群籍，舉凡詩書左國，莫不涉獵，而於《通鑑》一書，用力尤勤，其博學鴻儒，已然成形。不獨此也，且縱情文學，咸可觀采，發為文章，或記遊歷，或抒所懷，皆流暢通達，蘊籍有味；睿發忠言，宏議讜論，則志秉霜雪，正直宏肆，彰君子之大道，疾斗筲之醜行；吟詠詩詞，才思敏捷，對客揮毫，信手立成，迄今已積稿二千餘篇，洵可驚歎。

觀夫　先生其所以精博宏通，成就高明者，豈恃英才卓躒而已哉？乃在秉志不回，專結於一，夕惕若厲，自強不息，由　先生鍥不舍名齋，可窺一二。其生徒肅列門牆，近悅遠來，而咸謹諾持禮，彬彬有節者，豈徒拘拘於經師而已？尤在人師之身教言教，所喻者絲毫不苟，嚴師尊道，金聲玉振，繼聲承志。此所以名聞內外，四方仰止，豈唯教學而已？　先生於學術之唱導，卓爾有成，蓋不辭艱難，創立聲韻、訓詁學會，主辦學術會議，提振研究水準，推動兩岸學術交流，環顧當今戮力宏揚國學，並世諸儒，孰能出　先生右者乎？

今　先生六十初度，猶精明強固，囟力不衰，一如壯年，自茲而往，著書立言，作育英才，信益臻純青，大有助於後學，當繼康成百代宗師之偉業，永留文子裁育茂俊之美談；吾儕幸沐沂風舞雩於帳下，固當光大先生之德業，雖吾儕之幸，亦國學之幸也夫。

陳伯元先生六秩壽慶祝壽委員會敬祝

弟子孔仲溫恭撰

原刊載於《陳伯元先生六秩壽慶論文集》，p3，1994 年

答客問四則★

一、陳蘭皋的「皋」

前些日子，臺灣電力公司董事長陳蘭皋先生屆臨退休，新聞媒體都競相報導。有些電視臺與廣播電臺，把陳蘭皋先生的「皋」字唸作「ㄍㄠ」，也有的唸作「ㄍㄠˇ」，而各大報紙，則把它刊登作「皋」字，也有的刊登作「臯」字，甚至在同一張報紙上，這兩種字形都同時出現，像這樣混淆的情形，真教人分不清楚到底誰是誰非，實在是需要討論一下。

首先，談「皋」字的唸法。從唐宋以來的字書和韻書，都把它唸作平聲，偶爾會因為假借的用法，而唸作去聲，但是不論是唸作平聲或去聲，轉變成現在的國語音讀，也

★編者按：此四則問答為孔師仲溫為《國文天地》之讀者解疑答惑所寫。

應該是唸作第一聲或第四聲二種，而不應該有第三聲的唸法，所以唸作「ㄍㄠˇ」這個音，是沒有什麼根據的。

其次再談談「皋」的寫法。從表面上看來，「皋」和「臯」的寫法，好像沒什麼太大的區別，應該是可以通用的，因為目前一般人，常常把「夲」字這個字形寫作「本」，既然「夲」可以寫作「本」，自然「皋」也就可以寫作「臯」。其實這是一個錯誤的觀念，因為「本」字本來就不可以寫作「夲」，「本」字原來的字義是樹根的意思，字音唸作「ㄅㄣˇ」，而「夲」字的字義卻是向前趨進的意思，字音唸作「ㄊㄠ」，可見得「本」和「夲」，原來就是兩個不相同的字。而「皋」字，從許慎的《說文解字》知道它是由「白」和「夲」二形，結合而成的會意字，所以寫作「白」「夲」的「皋」是正確的，寫作「白」「本」的「臯」，那便是錯誤的。至於「皋」字，還有作「皐」和「皐」的寫法，這都是從「皋」演變而成的俗寫字體，也不是標準的寫法。

原刊載於《國文天地》1：6，p52，1985 年

二、那本工具書較實用

問：目前坊間介紹成語用法之工具書多半錯誤很多，能否提供一本較值得參考的成語工具書？（台北讀者·劉奕成）

答：誠如讀者劉先生來函所稱，目前流傳坊間關於成語用法的工具書，多半是錯誤很多的。但成語辭典的編纂，就如同一般辭典的編纂一樣，能夠將資料嚴密正確的查覈統理，就已經不容易了，更何況要進一步的談論「用法」，這必然是難上加難的事。於此，個人僅就目光所及，介紹兩本成語工具書，以供劉先生參考。其一是由師大繆天華教授主編的《成語典》，復興書局，民國六十年初版。該書是將古籍中的經典語、詩詞語、戲曲小說語、熟語、俗語等，一一加以收錄，達一萬二千餘條，按部首筆劃編次排比，語彙是以淺近文言解釋，並注明出處，遇有特殊字音的字，則以注音符號注明。論其資料是相當豐富完備，但是沒有詳細地說明用法，同時文辭也較深奧，是比較不容易讓中小學生理解的。其次是由中央大學顏崑陽教授與淡江大學龔鵬程教授合編的《實用成語辭典》，故鄉出版社，民國七十年初版。這部成語辭典著重點在「實用」，所以在資料的蒐羅，並不主張完備，但求深淺適中，而敘述的文字，也講究流暢淺近。全書體例，明晰而嚴謹，也是以部首筆劃統攝所有的語彙，每條語彙均以注音符號注音，其下再分成注釋、出處、用法、例句四個部分，逐一說明，可讓讀者充分地了解該語彙的音義、來源、性質，及使用的範圍，頗適合中小學生及一般民眾參考。

原刊載於《國文天地》3：11，p7，1988 年

三、「決擇」不是「抉擇」

問：「決擇」與「抉擇」意思似乎相同，但不同的辭典用字不同，不知何者為是？何以如此？（讀者紀榮崧）

答：其實「決擇」與「抉擇」這兩個詞匯，在構詞的形式上是相同的，都是由兩個動詞組合成的複合詞，但是從詞義的觀點上分析，則不相同，「決擇」是屬於並聯關係的複合詞，「抉擇」是屬於同義的複合詞。怎麼說呢？「決擇」這個詞匯的意義，是由「決定」（決）和「選擇」（擇）這兩個意義組合而成，而「決定」和「選擇」，它們在意義上既非相同，也不是相反，也就是所謂的「並聯關係」，所以「決擇」一詞，可以如《大辭典》所釋，作「決斷、選擇」的意思。至於「抉擇」這個詞匯，雖然是由「抉」和「擇」這兩個詞組合而成，但「抉」、「擇」的詞義是相同的，作「挑取、選擇」的意思，許慎《說文解字》就解釋「抉」的本義作「挑也」、「擇」的本義作「柬選也」，所以「決擇」跟「抉擇」，從字形上看似一樣，實際上在構詞的形式上和意義上是有些不同的。

原刊載於《國文天地》134：9，p9，1996 年

四、「花稍」、「花俏」同源自「花哨」

問：又「花稍」與「花俏」是否意思雷同而用字歧異，其理安在？抑或意思有別？差異何在？（讀者紀榮崧）

答：「花稍」跟「花俏」這兩個詞匯，在意義上是雷同的，其原因就在它們的根源都是「花哨」，而「花哨」是元、明、清以來，在北京一帶流行的俗語。「花」用的是引申義，指顏色錯雜的意思。「哨」，根據《廣雅·釋詁》：「哨，袤也。」也就是不正的意思。在元雜劇裡把喜歡說謊話，說話說得天花亂墜的騙子，稱為「哨子」或「哨」，如秦簡夫《東堂老》第一折說：「你抛撇了這醜婦家中寶，挑剔著美女家生哨。」而明·吳承恩《西遊記》裡，用「花哨」一詞作「花狸狐哨」，在第十二回裡他寫道：「我家是清涼瓦屋，不像這個害黃病的房子，花狸狐哨的門扇。」這裡的「花狸狐哨」是形容花花綠綠，形色錯雜，不怎麼莊重旳樣子。詞匯裡的「狸狐」，應該不是實指，而是語氣的轉折襯語。因為今天的北京話裡，也有作「花里胡哨」、「花麗狐哨」、「花拉虎哨」、「花里虎哨」、「花哩唿哨」，意思都是一樣，也就是「花哨」這個詞匯，有時還以疊字，作「花花哨哨」的形態出現。而「花哨」一詞，在清·文康《兒女英雄傳》又轉變為「花稍」這個詞，「稍」是「哨」的假借，意義不變。

至於「花俏」一詞，應是最晚出的，用以形容那外表光鮮華麗，卻是浪漫風流、或不切實際的人。

原刊載於《國文天地》135：8，p8，1996 年

孔仲溫教授著作目錄

戴俊芬、陳梅香整理

一、期刊論文：

1. **1980** 〈《詩經‧靜女》篇疏證〉，《孔孟月刊》18：9，頁 12～15／18：10，頁 9～11
2. **1985** 〈《類篇》字形研析〉，《中華學苑》33，頁 99～193
3. **1985.11** 〈陳蘭皋的「皋」〉，《國文天地》1：6，頁 52
4. **1986** 〈《韻鏡》的特質〉，《孔孟月刊》24：11，頁 19～32
5. **1986** 〈〈敦煌守溫韻學殘卷〉析論〉，第四屆全國聲韻學研討會，刊載於《中華學苑》34，頁 9～30／《聲韻論叢》第一輯，1994 年，頁 269～296

6. **1987** 〈宋代的文字學〉，《國文天地》3：3，頁73～79

7. **1987** 〈《廣韻》祭泰夬廢四韻來源試探〉，第五屆全國聲韻學研討會，刊載於《臺灣師大國文學報》16，頁137～154／《聲韻論叢》第一輯，1994年，頁249～268

8. **1987** 〈《中文大辭典》巡禮〉，《國文天地》3：5，頁60～62

9. **1988** 〈《重編國語辭典》巡禮〉，《國文天地》3：8，頁81～83

10. **1988** 〈《辭源》巡禮〉，《國文天地》3：10，頁93～95

11. **1988** 〈那本工具書較實用〉，《國文天地》3：11，頁7

12. **1988** 〈《辭海》巡禮〉，《國文天地》4：4，頁91～93

13. **1988** 〈淺談古文的吟誦〉，《空大學訊》，頁29～30

14 **1989.05** 〈《類篇》字義探源〉，《靜宜人文學報》1，頁121～146

15. **1989** 〈論《韻鏡》序例的「題下注」「歸納助紐字」及其相關問題〉，第七屆全國聲韻學研討會，刊載於《聲韻論叢》第二輯，1994 年，頁 321～344

16. **1990.01** 〈《類篇》字義的編排方式析論〉，《興大中文學報》3，頁 123～137

17. **1990.03** 〈《說文》「品」形文字的造形試析〉，第一屆文字學研討會，刊載於《東吳文史學報》8，頁 93～107

18. **1990.05** 〈〈辨四聲輕清重濁法〉的音韻現象〉，香港中國聲韻學國際學術研討會，刊載於《孔孟學報》62，頁 313～343

19. **1991.05** 〈殷商甲骨諧聲字之音韻現象初探——聲母部分〉，第九屆全國聲韻學學術研討會，刊載於《聲韻論叢》第四輯，1992 年，頁 15～42

20. **1991.11** 〈《類篇》破音別義研析〉，《漢語言學國際學術研討會論文集》（二），頁 19～52，（*榮獲 81 年度第 1 期國科會甲種研究獎勵）

21. **1992.05**　〈段注《說文》「牡妹」二字形構述論〉，《第二屆清代學術研討會論文集》，頁 577～599

22. **1992.05**　〈論上古祭月同部及其去入之相配〉，《第二屆國際暨第十屆全國聲韻學學術研討會論文集》，頁 375～392，（*榮獲 82 年度第 1 期國科會甲種研究獎勵）

23. **1992.10**　〈中共簡化字「異形同構」現象析論〉，《大陸情勢與兩岸關係學術研討會論文集》，頁 1～25

24. **1993.04**　〈論字義的分類及本義的特質〉，《中山人文學報》1，頁 39～50

25. **1993.05**　〈《類篇》引申義析論〉，《中國海峽兩岸黃侃學術研討會論文集》(2)，頁 105～115

26. **1993.06**　〈論引申義的特質〉，《林尹教授逝世十週年學術研討會論文集》，頁 231～242

27. **1993.12**　〈《類篇》假借義析論〉，《第一屆中國訓詁學學術研討會論文集》，頁 95～121

28. **1994.03**　〈汲古閣毛氏景鈔本《類篇》後記〉，《陳伯元先生六秩壽慶論文集》，頁 433～446

29. **1994.03** 〈贛州陳伯元先生六秩壽序〉，《陳伯元先生六秩壽慶論文集》，頁 3

30. **1994.04** 〈論假借義的意義與特質〉，《中山人文學報》2，頁 21～43

31. **1994.05** 〈論《類篇》的本義〉，《周氏獎學金第二十屆紀念論文集》，頁 73～89

32. **1994.08** 〈論郙陵君三器的幾個問題〉，紀念容庚先生百年誕辰暨中國古文字學學術研討會，刊載於《容庚先生百年誕辰紀念文集》，頁 533～546

33. **1995.04** 〈楚郙陵君三器銘文試釋〉，《第六屆中國文字學術研討會論文集》，頁 1～17

34. **1995.05** 〈論「重紐字」上古時期的音韻現象〉，第四屆國際暨第十三屆全國聲韻學學術研討會，刊載於《聲韻論叢》第六輯，1997 年，頁 245～283

35. **1995.09** 〈從《黃季剛先生手寫日記》論黃先生治古文字學〉，1995 黃侃國際學術研討會，刊載於《黃侃學術研究》，頁 47～67，1997 年，武漢大學出版社

36. **1995.11**　〈論江永古韻入聲八部的獨立與相配〉，《第四屆清代學術研討會論文集》，頁 497～519

37. **1995.12**　〈一國兩字〉，《1997 與香港中國語文研討會論文集》，頁 308～314

38. **1996.04**　〈望山卜筮祭禱簡文字初釋〉，《第七屆中國文字學全國學術研討會論文集》，頁 237～251

39. **1996.07**　〈「決擇」不是「抉擇」〉，《國文天地》134：9，頁 9

40. **1996.08**　〈「花稍」、「花俏」同源自「花哨」〉，《國文天地》135：8，頁 8

41. **1996.09**　〈從敦煌伯二五一〇號殘卷論《論語》鄭氏注的一些問題〉，雲南孔子學術研究會海峽兩岸第二次學術研討會，刊載於《中山人文學報》5，1997 年，頁 45～63

42. **1996.11**　〈釋盇〉，《于省吾先生百年誕辰紀念論文集》，頁 256～261，吉林大學出版社

43. **1997.03**　〈再釋望山卜筮祭禱簡文字兼論其相關問題〉，《第八屆中國文字學全國學術研討會論文集》，頁 37～56

44. **1997.03**　〈《玉篇》俗字孳乳的訛變類型析論〉，第一屆兩岸中山大學中國文學學術研討會，收入《中山人文學術論叢》第一輯，頁 189～207

45. **1997.04**　〈望山卜筮祭禱簡「賽、𥛚」二字考釋〉，《第一屆國際暨第三屆全國訓詁學學術研討會論文集》，頁 819～831

46. **1997.10**　〈楚簡中有關祭禱的幾個固定字詞試釋〉，《第三屆國際中國古文字學研討會論文集》，頁 579～598

47. **1998.08**　〈論《龍龕手鑑》「香嚴」音之音韻現象〉，《漢語音韻學第五屆國際學術研討會論文集》（臺灣部分），頁 17～28，（*榮獲 87 年度第 1 期國科會甲種研究獎勵）

48. **1998.08**　〈《玉篇》字孳乳字的遞換類型析論〉，《漢字文化國際學術研討會論文集》（臺灣部分），頁 15～28

49. **1998.10**　〈郭店緇衣簡字詞補釋〉，國立中山大學中文系學術討論會，刊載於《徐文珊教授百歲冥誕紀念論文集》，1999 年，頁 299～311，文

史哲出版社

50. **1998.11** 〈大陸簡化字「同音替代」之商榷〉，《第五屆國際漢字研討會論文集》，頁 249～255

51. **1999.04** 〈郭店緇衣簡字詞再補釋〉，《第十屆中國文字學全國學術研討會論文集》，頁 223～234

52. 時間不詳 〈大陸簡體字述評〉，國立中山大學華語中心漢字教學教材講義

二、專　書：

1. **1986.12** 《類篇研究》，學生書局，466 頁

2. **1987.10** 《韻鏡研究》，學生書局，221 頁

3. **1994.01** 《類篇字義析論》，學生書局，287 頁

4. **1995.10** 《文字學》，國立空中大學，646 頁（合撰）

5. **2000.05** 《玉篇俗字研究》，學生書局，186 頁（*榮獲 86 年度第 1 期國科會甲種研究獎勵）

6. **2000.08** 《孔府美食》，商周出版社，159 頁

三、國科會計劃

年度	執行起迄	計劃名稱
85	1995.08.01～1996.07.31	歷代重要字書俗字研究——《玉篇》俗字研究
86	1996.08.01～1997.07.31	《龍龕手鑑》綜合研究——《龍龕手鑑》音系研究
87	1997.08.01～1998.07.31	《龍龕手鑑》綜合研究——《龍龕手鑑》音系研究（II）
88	1998.08.01～1999.07.31	楚卜筮祭禱簡研究

後　記

恩師　孔仲溫先生不幸於八十九年四月七日與世長辭，猶記陪伴　恩師病榻旁的情景，望著　恩師與疾病搏鬥，即使已骨瘦如柴，不到最後一刻，仍絕不輕言放棄的認真模樣，正與其為學態度，如出一轍，　恩師留給我們弟子後輩的，又豈止該是「英年早逝」的感歎而已？我從「如出一轍」的恆河沙數之中，看到了「永恆」，而這不正是「重於泰山」之處！

歲月荏苒，然　恩師的關照與期許，不時於午夜夢迴時，輕盈縈繞，雖時空已有不同，常能感受　恩師仍「學無止境」地孜孜不倦於學術研究，與對此《論學集》編撰進度之關心，有時則是對個人學術研究的鼓勵，與告知生活一切順當，彷彿自由徜徉，十方來去，某次夢於路途偶遇，覺得自己能請　恩師吃頓飯，有人生不虛此行之充實感，因為　恩師以往也是這麼地照顧我們這些後生晚輩……

經蒐集　恩師於會議期刊所發表過的論文，計五十二篇，以　恩師為學嚴謹之態度，面對卷帙繁浩之內容，請益於　陳師新雄，乃決定　單篇論文若已於日後結集為專書如《類篇研究》（1986.12）、《類篇字義析論》（1994）、《玉篇俗字研究》（2000）者，則不列入此次的編輯，如此刪去十一篇，其餘共計收錄四十一篇論文；又以所收錄的論文，實已超過原定「語言文字」的範圍，故改稱為「孔仲溫教授論學集」應更為合適。

「一日為師，終身為父」，接下　恩師《論學集》的編輯工作，恐怕只能報答　恩師栽培之恩的千萬分之一，期間常因教學研究與家庭生活諸多瑣事，有所延宕，但仍戮力於　恩師忌日之時，呈獻予　恩師在天之靈。延宕之疏，定為個人一己之失，其他同門師姊弟妹皆竭盡心力，勉力為之。參與《論學集》打稿、校稿者有陳瑤玲、洪燕梅、陳梅香、黃靜吟、張意霞、楊素姿、王仲翊、戴俊芬、何昆益、謝佩慈、陳國瑞、陳明道、林雅婷、李富琪、張美玲、邱彥遂，其中戴俊芬學妹亦特別撥冗前來幫忙協助編輯校訂，以上為　恩師曾指導過之研究生，另吳智雄為　恩師曾授課之學生，特別的是　恩師之子令文、令元，亦欣喜參與校稿，除此之外，要感謝國立成功大學中國文學研究所研究生周惠茹、穆虹嵐、宋鵬飛等同學，幫忙掃描字形與二校之工作。於三校之餘，仍不時揣想恩師當親自過目確認，每念及此，常有所不安，故而欲假一己之目，以安親心，親自審查完畢之時，益服膺於　恩師撰述思辨細膩之處！師恩浩蕩，終身思慕。

謹以此《論學集》之編輯出版，告慰

恩師栽培之德澤

中華民國九十年十一月十五日　弟子　陳梅香泣記

國家圖書館出版品預行編目資料

孔仲溫教授論學集

孔仲溫著. – 初版. – 臺北市：臺灣學生，
2002[民 91]
面；公分

ISBN 957-15-1118-8 (精裝)

1. 中國語言 – 論文，講詞等

802.07 91002549

孔仲溫教授論學集（全一冊）

著作者：孔仲溫
編輯：陳梅香
出版者：臺灣學生書局
發行人：孫善治
發行所：臺灣學生書局
臺北市和平東路一段一九八號
郵政劃撥帳號：00024668
電話：(02)23634156
傳真：(02)23636334
E-mail：student.book@msa.hinet.net
http：//studentbook.web66.com.tw

本書局登記證字號：行政院新聞局局版北市業字第玖捌壹號

印刷所：宏輝彩色印刷公司
中和市永和路三六三巷四二號
電話：(02)22268853

定價：精裝新臺幣一〇〇〇元

西元二〇〇二年三月初版

ISBN 957-15-1118-8 (精裝)

中國語文叢刊

㉑	訓詁學(上冊)	陳新雄著
㉒	音韻探索	竺家寧著
㉓	閩南語韻書《渡江書》字音譜	王順隆編著
㉔	簡明訓詁學(增訂本)	白兆麟著
㉕	音韻闡微	(清)李光地等編纂
㉖	聲韻論叢・第五輯	中華民國聲韻學會 中正大學國文系所主編
㉗	漢藏語同源詞綜探	全廣鎭著
㉘	聲韻論叢・第六輯	中華民國聲韻學會、臺灣師範大學國 文系所、中央研究院歷史語言研究所主編
㉙	聲韻論叢・第七輯	中華民國聲韻學會、逢甲大學中 文系所、臺灣師範大學國文系所主編
㉚	聲韻論叢・第八輯	中華民國聲韻學學會、國 立彰化師範大學國文系所主編
㉛	玉篇俗字研究	孔仲溫著
㉜	聲韻論叢・第九輯	中華民國聲韻學學會、國 立臺灣大學中國文學系主編
㉝	聲韻論叢・第十輯	中華民國聲韻學學會、 輔仁大學中國文學系所主編
㉞	辭格比較概述	蔡謀芳著
㉟	孔仲溫教授論學集	孔仲溫著